W0334235

BASTEI
LÜBBE

BASTEI LÜBBE Von Alexander Lohmann sind bei Bastei Lübbe weiterhin lieferbar:

Bd. 28 527 Gefährten des Zwielichts
Bd. 28 532 Der Tag der Messer

**Über den Autor:**
Alexander Lohmann, geboren 1968 in München, studierte nach seiner Ausbildung zum Informatiker Germanistik und Geschichte und war als Redakteur bei Zeitschriften tätig. Die Lektüre des »Herrn der Ringe« weckte schon früh seine Liebe zur Fantasy. Während der 90er-Jahre war er im Fandom aktiv, z. B. als Mitherausgeber eines Fanzines. Seine Vorliebe für spannungsreiche Gegensätze setzt er am liebsten in eigenen Büchern um, wovon die »Gefährten des Zwielichts« und »Der Tag der Messer« beredtes Zeugnis ablegen. Wenn Alexander Lohmann gerade kein Buch schreibt, arbeitet er als freier Lektor und Literaturübersetzer in Leichlingen.

Alexander Lohmann

# DER TAG DER MESSER

BASTEI LÜBBE

BASTEI LÜBBE TASCHENBUCH
Band 28 532

1. Auflage: September 2009

Bastei Lübbe Taschenbücher in der Verlagsgruppe Lübbe

Originalausgabe

© 2009 by Verlagsgruppe Lübbe GmbH & Co. KG,
Bergisch Gladbach
Textredaktion: Monika Hofko, Agentur Scripta
Lektorat: Ruggero Leò
Titelillustration: © Fantasio Fine Arts/Oliver Wetter
Umschlaggestaltung: Guter Punkt, München
Satz: Urban SatzKonzept, Düsseldorf
Gesetzt aus der Baskerville
Druck und Verarbeitung: CPI – Ebner & Spiegel, Ulm
Printed in Germany
ISBN 978-3-404-28532-7

Sie finden uns im Internet unter
www.luebbe.de
Bitte beachten Sie auch: www.lesejury.de

Der Preis dieses Bandes versteht sich einschließlich
der gesetzlichen Mehrwertsteuer.

Bedanken möchte ich mich wieder bei Linda Budinger, die wie immer meine erste Testleserin und Ansprechpartnerin für den Roman war. Sie hat dazu beigetragen, dass in den Schrecken der Revolution auch die Lichtblicke nicht vergessen wurden.

Weiterhin gilt mein Dank auch meinen Testlesern Andrea Broichhausen, Stephan Dierlamm und Marcel König. Ihre Anmerkungen haben mir sehr geholfen, in den Wirren der Revolution nicht verloren zu gehen.

Außerdem bedanke ich mich bei meiner Lektorin Monika Hofko. Sie hat den Härten der Revolution standgehalten und schließlich alles zu einem guten Ende geführt.

Widmen will ich diesen Roman dem Eskapismus und der Fantasy, die es erlaubt, Geschichten zu erzählen, die in unserer Welt nie geschehen sind und niemals geschehen können.

# Inhaltsverzeichnis:

# Prolog

Hinrichtungen fanden stets im Abenddämmer statt.

Das Schafott stand auf dem Drauzwinkel, dem kleinen Platz hinter dem Tor des Blutes. Die hohen Stadtmauern und die verwinkelten Türme von Daugazburg schnürten den Platz ein wie ein zu eng gebundener Gürtel. Der freie Raum konnte die Menge kaum fassen, die sich heute für das Schauspiel versammelt hatte.

Immer mehr Volk drängte aus den verschatteten Gassen zwischen den Gebäuden heran, es stand auf den Galerien, die sich um Türme und Erker wendelten, und es belagerte die Brücken und Hochstraßen dazwischen. Wer Zugang zu den Wehrgängen hatte, suchte sich dort einen Platz. Goblinkrieger beugten sich über die zur Stadt hin ungesicherte Kante des Außenwalls und spähten hinab. Sie schoben Gnomenkundschafter die Treppen hinunter, wo diese auf den unteren Stufen stehen blieben oder in kleiner Gestalt an den Steinen emporkletterten, um sich einen besseren Platz zu suchen.

Dennoch blieb es erstaunlich ruhig. Auf dem Schafott stand ein Nachtalb, mit dem olivgrünen, rundlichen Gesicht und den feinen Zügen seines Volkes. Er verlas mit monotoner Stimme die Anklage in ein bleiernes Schweigen hinein. Nur die Goblins auf den Wällen blieben von der Stimmung unberührt. Ab und zu johlten sie oder warfen Abfälle unter die versammelten Massen. Zwei von ihnen flogen selbst hinterher, als die Unteroffiziere für Ordnung sorgten. Blutend und zerschlagen blieben sie auf dem Pflaster liegen, und einer zerschmetterte beim Aufprall noch einen Menschen, der hinten in der Menge gestanden hatte.

Sie waren eben Goblins. Niemand erwartete etwas anderes von ihnen, und niemand scherte sich um ihren Tod oder um den Tod eines menschlichen Sklaven. Ungerührt blieben alle Augen auf das Schafott gerichtet. Allenfalls die Zuschauer auf den schlechten Plätzen unmittelbar unter der Außenmauer schauten immer wieder misstrauisch nach oben.

Neben dem Herold, der die Anklage vortrug, stand ein Gnom in Ketten: Wito, der Held des letzten Krieges. Bewahrer von Leuchmadans Kästchen. Der Hüter des Lebens in Daugazburg. Zwölf Jahre zuvor hatte er die Verwüstung der Grauen Lande verhindert. Geliuna, die Gebieterin von Daugazburg und eine der letzten Feien, hatte ihn deshalb zum Geheimen Rat erhoben. Jetzt war er tief gestürzt und in Ungnade gefallen.

Den Blick starr auf das Pergament gerichtet, las der Herold von Verrat und Verschwörung gegen die Herrin der Nacht, von Umsturz und Ketzerei wider Leuchmadans Geist. Hinter ihm stand ein spilleriger Kobold, der dem Alb gerade bis zu den Knien reichte und damit noch kleiner war als der verurteilte Gnom. Er unterstrich die Worte, indem er an den richtigen Stellen eine blecherne Rassel schlug. *Fast* an den richtigen Stellen. Wann immer er zu früh schlug und die letzten Worte des Herolds übertönte, oder zu spät, wenn der Herold schon wieder fortfahren wollte, bedachte der den Kobold mit einem bösen Blick.

Die Menge nahm die Anschuldigungen gegen den Verurteilten schweigend auf.

Fünf Reihen schwer bewaffneter Goblins, krummbeinig, langarmig, bildeten einen schützenden Ring um die Richtstätte. Ihre Gesichter zeigten eine Mischung aus menschlichen und äffischen Zügen. Ihre tief liegenden Augen blitzten tückisch über der flachen Nase, und sie fletschten die Raubtierzähne.

Die Menge drängte gegen sie. Das Schafott ragte auf wie eine Insel im feindseligen Meer. Auch wenn die Zuschauer ruhig blieben, lag etwas Bedrohliches in dieser Stille. Die Goblins rückten dichter zusammen und hoben die Schilde.

Die untergehende Sonne zeichnete einen dunkelroten Streifen an den westlichen Himmel. Die Türme der Stadt, wo sie über die Wälle hinausragten, glühten wie in Blut getaucht. Die Gesichter tief unten lagen im Schatten. Etwas regte sich in der Menge.

Die Goblins fassten die Speere fester. Einer schlug nach einem Schaulustigen in der vordersten Reihe und zog ihm einen blutigen Striemen über die Wange. Die Umstehenden zischten unwillig. Einige Zuschauer wichen zurück, andere drängten umso fester gegen den Schildwall. Die Reihen der Goblins wurden mit einem Ächzen zusammengepresst.

Weiter hinten in der Menge bildete sich eine Gasse. Eine hochgewachsene Gestalt trat zwischen die Zuschauer, und alle machten eilig Platz. Der Scharfrichter war gekommen. Langsam schritt er auf das Schafott zu und hinterließ einen schmalen freien Pfad hinter sich, eine schnurgerade Wunde, wie mit dem Messer über den Platz gezogen.

Die Schwarze Fei hatte viele Henker, doch nur einer war der *Scharfrichter.* Er brauchte keinen anderen Namen. Der Scharfrichter war doppelt so groß wie ein Goblin, aber spindeldürr. Seine überlangen Arme lagen seitlich an seinem Körper unter der formlosen Kutte, von Ärmeln oder Ärmelfalten umspielt; die Finger waren knochige Klauen.

Die Nase des Scharfrichters wirkte wie plattgedrückt; der Mund darunter war zugenäht. Die blassen runden Augen glichen denen eines Fisches, fest gegen das dicke Glas eines Aquariums gepresst. Seine Haut war graugrün und kahl. Mancher hielt den Scharfrichter für einen Untoten, andere sahen einen Dämon in ihm oder eine von Leuchmadan geschaffene Kreatur. Er verrichtete seinen Dienst schon so lange, wie der älteste Nachtalb zurückdenken konnte, und er vollstreckte die Urteile der Herren von Daugazburg – gleichgültig, wer gerade auf dem Thron sitzen mochte.

Er kam bei dem Schafott an. Der Wall aus Schilden teilte sich. Gemessenen Schrittes stieg der Scharfrichter die Stufen empor.

Wito der Gnom blickte auf. Er war abgemagert. Sein Leib sah aus, als könne er den übergroßen Gnomenkopf kaum tragen. Schmerz und Entbehrung zeichneten sein Gesicht. Der Kopf war an vielen Stellen kahl, die dunkle Haut wund. Ein Arm war unnatürlich krumm, wie gebrochen und falsch eingerichtet. Wito trug Ketten an Händen und Füßen.

Er schaute vom Scharfrichter zur Menge. Seine Augen waren trüb. Er versuchte den Rücken zu straffen, zuckte zusammen und erschlaffte wieder. Wito senkte den Kopf.

Der Scharfrichter baute sich vor ihm auf, eine verkrümmte Gestalt wie eine unheimliche alte Weide. Seltsame Wölbungen beulten die Kutte aus, als wäre das Kleidungsstück ein Sack voll unförmiger Klumpen. Unter dem Saum schauten bloße Füße mit überlangen Zehen hervor, die in ebenso schwarzen Klauen ausliefen wie die Hände.

Der Scharfrichter starrte auf den Gnom. Ein Schatten zog über seine Augen wie ein unsichtbares Lid. Die vernähten Lippen zuckten, die Klauenhände regten sich verhalten.

»Und für seine Verbrechen soll Wito, der Gnom, verbannt werden in das Labyrinth des Schreckens«, beschloss der Nachtalben-Herold seine Rede. »Im Namen Geliunas, der Schwarzen Fei, der Herrin von Daugazburg und der Grauen Lande, Statthalterin von Leuchmadan bis zu Seiner Rückkehr.« Er wandte sich dem Scharfrichter zu. »Ihr möget das Urteil nun vollstrecken.«

Mutwillig schlug der Kobold die Rassel, sodass ihr Klang die letzten Worte des Herolds fast verschluckte. Das Rot am Himmel über den Mauern gerann zu einem dumpferen Ton. Die Fledermäuse von Daugazburg verließen ihre Höhlen und kreisten lautlos über dem Platz. Wie lebende Rauchwolken flogen sie ineinander und zerstreuten sich wieder. Manche flatterten ins Umland hinaus, um sich zwischen den Feldern und Hainen ihre Beute zu suchen, andere tauchten zurück in das Gassengewirr und kamen den Aufträgen ihrer Herren nach.

Der Scharfrichter breitete die langen Arme aus. Er öffnete seine Klauenhände, dann spreizte er die Finger. Die Krallen des Scharfrichters rissen ein Loch in die Wirklichkeit, und die Menge hielt den Atem an.

Eine Schwärze tat sich auf, die keine Schwärze war – kein Schatten, sondern ein fremdes Licht, so unfassbar, dass es alles Sehen auslöschte. Selbst die nachtsichtigsten unter den Finstervölkern blickten blind in diese Dunkelheit, die sich allmählich zu einer Fläche auswuchs, zu einer Scheibe ohne Tiefe. Dies war das Tor zum Labyrinth des Schreckens, das allein der Scharfrichter öffnen konnte.

An diesen Ort verbannten die Herren von Daugazburg ihre Feinde, und die meisten von ihnen fanden dort unter unvorstellbaren Qualen den Tod. Sie wurden in einer unwirklichen Umgebung von Ungeheuern gejagt und von Entbehrungen gequält, bis sie zugrunde gingen. Nur wenige kehrten zurück.

Wem es gelang, der war an Leib und Seele gebrochen. Trotzige Rebellen und stolze Fürsten kamen als unterwürfige Diener wieder, bloße Schatten ihrer selbst. Sie überlebten nur so lange, wie sie den Herren von Daugazburg als Beweis ihrer Macht dienen konnten.

Tausende Augenpaare, die im Schatten unter den Türmen glänzten, schlossen sich nun oder wandten sich ab. Die wabernde Scheibe aus Unlicht war mehr zu fühlen als zu sehen, ein steter Sog, der an jedem zerrte. Wer den Blick nicht gleich abwendete, dem schien es die Augäpfel aus den Höhlen zu ziehen.

Zwei Goblins traten vor. Sie packten Wito den Gnom und warfen ihn zu dem Scharfrichter hin. Sogleich fuhren sie wieder herum und wichen zwei Schritte zurück, als fürchteten sie, mit dem Verbannten verschlungen zu werden.

Der Scharfrichter hielt die Arme ausgebreitet wie zu einer Umarmung. Der Gnom schlug vor ihm auf den Boden, stolperte in seinen Ketten weiter, kippte nach vorne … und verschwand. Darauf klatschte der Scharfrichter einmal scharf, und das Unlicht erlosch.

Die Zuschauer blickten wieder auf. Sie starrten zum Schafott empor. Das Labyrinth des Schreckens. Niemand in der Menge wusste wirklich, was für ein Ort sich hinter dieser Bezeichnung verbarg. Doch jeder kannte seine Bedeutung: Es war wie der Tod, nur mit dem Grauen vorweg, an einem Ort jenseits der Welt und verloren.

»Das Urteil wurde vollstreckt«, verkündete der Herold. »Wito der Gnom ist verbannt, und sein Schicksal soll allen zur Warnung dienen.«

Der Scharfrichter verschränkte die Hände und schickte sich an, von dem Podest zu treten. Der Kobold sprang hinter dem Nachtalb umher. Er schlug die Rassel, und der Herold zog die Augenbrauen zusammen und starrte missbilligend in die Menge.

Da ertönte ein leises Stimmchen, von so weit unten aus der Masse an Köpfen und Gesichtern, als hätten irgendjemandes Füße plötzlich sprechen gelernt. »Pfui!«, rief die Stimme. »Schande! Nach allem, was Wito getan hat! Die Schwarze Fei wäre nicht an der Herrschaft ohne …«

Das Weitere ging unter im Gemurmel. Alle sprachen durcheinander, es gab Meinungen und Widerworte, und mancher griff die Rufe auf: »Pfui!« und »Schande!«.

Schreie mischten sich in das Raunen. Bewaffnete Goblins tauchten auf. Eben noch waren sie von Umstehenden verdeckt gewesen, nun verschafften sie sich Platz. Eilig wichen die Schaulustigen zurück, als die Krieger ihre Waffen schwangen. Sie bahnten sich einen Weg zu der Stelle, wo die erste Stimme erklungen war. Auch die Wachen um das Podest setzten sich in Bewegung und trieben die Menge auseinander.

# 1. Teil
# Revolution

*Ein Urwald entspross dem Mauerwerk und füllte das ganze Zimmer. Das Pult stand mitten im Dickicht. Blätter umrankten die Bücherregale, Stämme krümmten sich zu Fächern und Luftwurzeln hingen von der Decke tief in den Raum hinab. An einigen davon waren Dinge befestigt, die der Bewohner dieser Räumlichkeiten rasch griffbereit haben wollte – Schriftrollen, Werkzeuge und Präparate.*

*Inmitten des zugewucherten Gemachs saß der Nachtalb an seinem Schreibpult. Er grub die Finger in das Pergament und knüllte das Blatt zusammen. Dann stand er unvermittelt auf und ging zum Fenster.*

*Hier kam er nicht weiter. Der Verlauf seiner Forschungen erforderte eine Exkursion! Aber jetzt? Raschelnd umschmeichelte das Grün seine Schultern, während er den Raum durchquerte.*

*Eine kreisrunde Öffnung im Pflanzenwerk ließ das Fenster frei. Wie ein Auge blickte es hinaus in eine Welt, die unterschiedlicher nicht hätte sein können: In Daugazburg gab es unter freiem Himmel nicht einen Baum oder Strauch. Der Nachtalb legte die Hand auf die Scheibe. Die Facetten, die eben noch das Licht gebündelt und einen blassen Strahl auf sein Pult gelenkt hatten, glätteten sich und wurden klar, bis er schließlich ungehindert hinausschauen konnte.*

*Die Sonne sank dem Horizont entgegen. Hier, vom höchsten Stockwerk seines Turms aus, sah er den orangeroten Ball eben noch über den Stadtmauern stehen. Er blinzelte. Die Sonne war den Nachtalben kein Freund. Sie brauchten Licht zum Lesen wie jedes andere Geschöpf, doch die Alben bevorzugten den Mond dafür – oder ein Fenster aus amorphem Glas, das das Sonnenlicht filterte und angenehm dämpfte.*

*Die Stadt wirkte ruhig. Bald würden Lampen und Fackeln entzündet werden, wenn das reiche Nachtleben von Daugazburg seinen Anfang nahm. Der Nachtalb hier oben war diesem Treiben entrückt. Kein Laut drang in sein Studierzimmer. Er starrte in die Gassen hinab und nahm in der Ferne Bewegung wahr.*

*Der Nachtalb kniff kurz die Augen zusammen, dann nickte er. Er hatte davon gehört: Ein Gnom sollte dort gerichtet werden. Diese Neuigkeit war in den letzten Tagen ein Stadtgespräch gewesen. Vor wenigen Jahrhunderten hätte niemand ein solches Ereignis der Erwähnung wert befunden. Wen kümmerte das Schicksal eines Gnoms?*

*Ja, noch vor einem Jahrhundert hätte Geliuna sich nicht die Mühe gemacht, eine so mindere Kreatur in das Labyrinth des Schreckens zu verbannen.*

*Es war ein Zeichen dafür, wie schwach die Herrin war. Leuchmadans Rückkehr hatte ihre Herrschaft erschüttert und sein neuerlicher Sturz das ganze Reich. Aber dennoch – so viel Aufhebens um einen Gnom!*

*Unmöglich konnte er unter diesen Umständen reisen. Umstürze standen bevor. Der Nachtalb hielt sich vom Treiben bei Hofe fern, doch es gab Neider. Und er hatte einiges zu verlieren. Niemand wusste, was die nächsten Monde brachten …*

*Er ging an sein Schreibpult zurück und entfaltete das alte Pergament wieder, suchte in den Zeilen nach neuen Erkenntnissen. Dann holte er einen Stoß feiner Blätter aus einem Seitenfach und machte sich Notizen.*

*Als die Sonne endgültig vom Firmament verschwand, entzündete er den talggefüllten Menschenschädel, der ihm als Leuchter für die Stunden des Übergangs diente. Dann tastete er nach dem silbergefassten Glasröhrchen um seinen Hals. Ihm blieb noch ein wenig, was er hier in der Stadt, in seinem Turm erledigen konnte. Doch wenn die Zeiten ruhiger wurden, musste er aufbrechen und seine Theorien vor Ort überprüfen. Schon seit Jahrzehnten schob er diese Reise von sich her. Und in seinem Herzen wusste er auch den Grund dafür: Ob er nun recht behielt oder nicht – nach dieser Exkursion wäre sein Leben nicht mehr wie vorher.*

*Und der alte Nachtalb schätzte Veränderungen nicht.*

# 1. Kapitel:
# Von neuen Ideen und altem Gebein

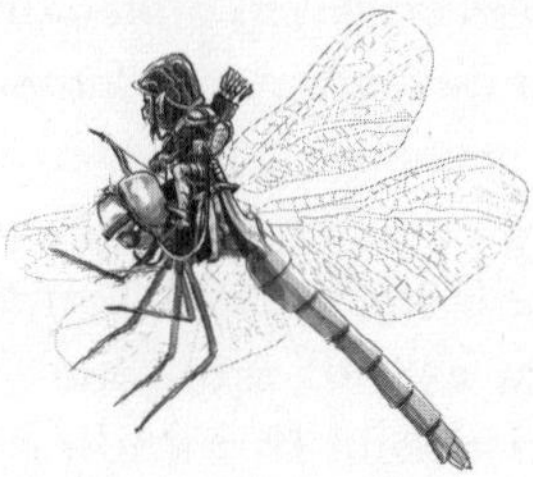

*Etwas ändert sich in Daugazburg. Treffpunkte entstehen in der Stadt, neue Orte und neue Formen der Geselligkeit. Die Leute reden über Politik. Völker machen sich Gedanken über die Rolle, die sie in den Grauen Landen spielen. Und es bilden sich Zusammenschlüsse jenseits von Sippe und Volk.*

*Das liegt nicht nur an den Wirren nach Leuchmadans Verschwinden, nicht an dem unvermittelt beendeten Krieg, dem Abzug der Verbündeten.*

*Neue Ideen liegen in der Luft. Es ist ein Aufbruch in eine neue Zeit. Die Entwicklung ist unumkehrbar. Was auch immer in den nächsten Jahren geschehen wird: Daugazburg wird nicht mehr dieselbe Stadt sein wie zuvor. Eine Rückkehr der tausendjährigen Herrschaft der Fei wird es nicht geben, und selbst die Herrin wird sich bewegen müssen und dem Wandel folgen.*

Bleidan, der Nachtalb,

Rede in der politischen Vereinigung der
»Freunde des Fortschritts«

Frafa, die Nachtalbe, trug ein Taschentier auf der Schulter und einen Korb am Arm und versuchte, sich einen Weg durch die Menge zu bahnen. Unwillig warf sie den Kopf zurück, sodass ihr schwarzes, halblanges Haar nach hinten flog. Die Echse schrak auf und kletterte an ihr herum. Frafa hasste Menschen, diese groben und stinkenden Sklaven, und hier gab es so viele davon!

Frafa war früh aufgebrochen, um als Erste auf dem Zollmarkt vor der Stadt zu sein. Jetzt steckte sie in der Menge fest, ehe sie auch nur den Drauzwinkel erreicht hatte.

Auf dem Platz stand eine Hinrichtung bevor. Sie hatte davon gehört. Es ging um kleines Volk, um Gnome. Frafa hätte im Traum nicht damit gerechnet, dass sich das neugierige Pack deswegen bis in die Gassen hineindrängte. Sie blickte nach oben. Die Brücken und Galerien waren ebenso überfüllt. Ob sie umkehren sollte, um die Stadt durch ein anderes Tor zu verlassen? Das würde länger dauern als die ganze Hinrichtung.

Frafa drängte weiter vorwärts. Einem Menschen, der nicht beiseiterücken wollte, stieß sie den spitzen Ellbogen ins Auge. Das Taschentier an ihrem Ohr zischte, und Frafa zuckte zusammen. Die Menge schloss sich dichter um sie. Der Korb wurde ihr so fest an den Leib gepresst, dass der Bast krachte. Frafa spürte, wie Balgir das Taschentier den Schwanz um sie ringelte und sich fester anklammerte.

Die meisten der Menschen um sie her trugen eiserne Halsringe. Es waren Sklaven, zu gering von Rang, um sich einen besseren Platz vorne im Drauzwinkel zu erkämpfen. Sie reckten sich und stellten sich auf die Zehenspitzen, sie blinzelten in die zunehmende Dunkelheit zwischen den hohen Türmen von Daugazburg und hatten doch keine Aussicht, irgendetwas von dem Ereignis mitzubekommen, um dessentwillen sie hergekommen waren.

*Sie sind nur hier, um mir im Weg zu stehen,* dachte Frafa.

Flinke Kobolde huschten zwischen den Beinen der Menschen hindurch, und Frafa trat nach ihnen.

Sie hielt den Korb so vor den Bauch, dass der Griff wie zufällig Balgirs Schwanz einklemmte. Das tat sie so lange, bis das Taschentier auf ihrer Schulter lauter zischte und die Krallenfüße durch den Stoff in ihre Haut bohrte. Dann machte sie sich Sorgen um ihre Ohren und achtete darauf, das Tier nicht länger zu reizen. Sie wusste genau, Balgir hasste sie, und das zahlte Frafa ihrem Vertrauten nach Kräften heim.

Die Dunkelheit um sie her wurde dichter. Schatten krochen höher und höher an den Türmen empor und verschlangen das rote Abendlicht. Die lächerlich hellen Menschenaugen glänzten in der Dämmerung. Frafa roch Angst und Wut in der Menge. Es wurde schlimmer, je näher sie dem Drauzwinkel kam, aber entschlossen schob sie sich voran.

Hinrichtungen fanden bei Sonnenuntergang statt. Danach würde die Menge sich rasch zerstreuen. Bis es so weit war, wollte Frafa den Platz erreicht haben, damit sie nicht in den schmalen Straßen von der davonflutenden Menge mitgerissen wurde.

Plötzlich schlossen sich grobe Finger um ihren Arm. »Eine kleine Nachtalbe, so ganz allein hier unten«, murmelte eine Stimme dicht neben ihr.

»Schande!«, brüllte Darnamur, der Gnom. Er war nur halb so groß wie ein Goblin und konnte kaum sehen, was auf dem Schafott geschah. Doch was er mitbekam, reichte aus: Sie hatten Wito in die Verbannung geschickt, seinen Freund und Hauptmann. Wie konnten sie es wagen?

Rings um ihn nahmen andere Zuschauer den Ruf auf. Die meisten davon waren Gnome wie er. Manche von ihnen kannte Darnamur. Es waren Anhänger von Witos politischer Vereinigung, den »Grünen Landen«. Aber auch Menschen und Kobolde taten ihren Unwillen kund. Viele auf dem Platz waren mit dem Urteil nicht einverstanden.

Aber als die Goblins kamen, rückten sie alle von Darnamur ab, und er stand unvermittelt allein da.

*Feiglinge!*

Darnamur zog ein Messer. Seine Hand bebte vor Wut. Er stierte den Goblins entgegen.

Die Krieger vor dem Schafott rückten als geschlossener Wall aus Schilden vor. Sie bohrten sich in die weiche Flanke der Massen und drängten die Leute zurück. Die Truppen von Geliuna, der Schwarzen Fei, räumten den Drauzwinkel. Kleinere Trupps der Stadtgarde, die unter den Zuschauern standen, setzten sich ebenfalls in Bewegung. Wo die Unzufriedenen sich sammelten, trieben die Goblins sie auseinander. Gleich mehrere dieser Trupps hielten auf Darnamur zu.

Darnamur bewegte sich mit den Umstehenden. Die wichen den Kriegern aus, aber dem kleinen Gnom boten sie dennoch eine gute Deckung. Sie tarnten seine Bewegungen und hielten die Gegner auf. Darnamur nutzte das Gewimmel und schlich von der Seite an die Goblins heran, die ihn fassen wollten.

Da bekam er von hinten einen Tritt. Er wurde nach vorn geschleudert und schlug der Länge nach hin. Bevor Darnamur sich aufrappeln konnte, stellte der Angreifer ihm einen Fuß auf den Rücken. Eiserne Stiefelbeschläge gruben sich in die Lederweste. Darnamur wand sich, aber der Stiefel presste ihn auf den Boden, sodass er kaum noch Luft bekam.

Hilflos wandte er den Kopf. Aus den Augenwinkeln sah er glänzende Schienen an kurzen, krummen Beinen. Ein goldener Brustpanzer blitzte darüber. Darnamur stach ungeschickt mit dem Messer nach dem Bein, aber der Goblin, der ihn überwältigt hatte, stieß ihm das stumpfe Ende des Speerschafts gegen den Kopf. Es war nur ein leichter Stoß, aber Darnamurs Gesicht schlug gegen das Pflaster, das Messer fiel ihm aus der Hand und er spürte den metallischen Geschmack von Blut im Mund.

»Gibst du wohl Ruhe, du kleine Wanze«, knurrte der goldene Goblin.

Die anderen Wachen kamen heran und blickten auf Darnamur hinab. Der schaute mit tränenden Augen zu ihnen auf.

»Ah, hast sie erwischt, die ranzige Ratte«, sagte einer der Krieger zu dem Goldgerüsteten. »Gib uns den Gnom. Diese halben

Zwerge sollte man gleich im Dutzend hinrichten, sonst wird man nicht satt davon!« Der Krieger lachte.

Da fuhr ihm eine Speerspitze ins Auge und wurde wieder zurückgerissen, verschmiert mit Schleim und dunklem Blut.

Frafa riss sich erschrocken los und fuhr herum.

Ein besonders hässlicher Mensch, grob und unförmig und mit Pockennarben im Gesicht, drängte ihr nach. Er trug schäbige Kleidung, roch nach Krankheit und Alkohol – und er trug keinen Ring um den Hals. Ein herrenloser, streunender Mensch!

Frafas Herz pochte wild. »Was erlaubst du dir«, fuhr sie den Kerl an. Hoffentlich zitterte ihre Stimme nicht. Das Blut rauschte ihr so laut in den Ohren, dass sie sich selbst kaum hören konnte.

Der Mann fasste mit seinen prankenartigen Händen wieder nach ihr, und Frafa wich weiter zurück. »Ich werde deine Finger verdorren lassen!«, drohte sie.

Der Mensch grinste hämisch. »Das glaube ich kaum, mein hübsches Nachtalbenkind«, murmelte er. »Du bist nur ein Küken und weit weg von deinesgleichen.«

Frafa zwängte sich zwischen den Schaulustigen hindurch. Sie wollte im Schatten untertauchen. Menschen waren nicht geschaffen für die Nacht.

Doch sie kam kaum voran. Überall standen Menschen, und sie machten ihr nicht Platz. Sie murrten unwillig, wenn Frafa gegen sie stieß. Der Mann hinter ihr bahnte sich rücksichtslos einen Weg. Er drängte Frafa auf eine Seitengasse zu und holte sie an der Einmündung ein.

Dort presste er Frafa gegen eine Mauer, den Sockel eines mächtigen Turmes. Frafa keuchte. Sie starrte zu dem Mann hoch. Sein Atem schnürte ihr die Luft ab.

Der Mann wühlte ungerührt in dem Korb herum, den Frafa schützend vor sich hielt. Sie hielt ihn schräg, damit der Mensch nicht mehr hineinsehen konnte. Der presste sie daraufhin noch heftiger gegen den Mauersockel. Frafa gab ein ersticktes Würgen von sich, und alle Kraft wich aus ihren Armen. Der Angreifer riss den Korb an sich. Als er sich vorbeugte, biss Balgir ihm in die Nase.

Der Mensch schrie auf und fuhr zurück, aber das Taschentier ließ nicht los. Der Mann taumelte und ruderte wild mit den Armen. Die Umstehenden wichen zur Seite. Das Taschentier hatte sich so fest verbissen, dass er es hinter sich her von Frafas Schulter zerrte.

Frafa blieb benommen stehen. Sie rang nach Atem und starrte dem Angreifer nach. Der warf den Kopf hin und her und schrie. Balgir schlenkerte vor seinem Gesicht wie ein bizarrer Rüssel, Blut tropfte dem Mann vom Kinn.

Er schloss seine kräftigen Fäuste um die grüngraue Echse und zerrte an ihr. Das Blut strömte ihm dabei über das Gesicht, und er gab gurgelnde Laute von sich. Balgir legte ihm die Vorderpfoten auf die Schläfe und klammerte sich damit zusätzlich fest. Der Mensch quetschte die Echse heftiger, und Balgir schlug ihm die Krallen in die Augen.

Der Mann schrie gellend.

Um sich schlagend bahnte er sich einen Weg durch die Menge. Er riss an der Echse und schlug auf sie ein. Meistens traf er sich selbst. Die Umstehenden murrten und stießen den Mann fort. Frafa raffte sich auf, nutzte eine Lücke und floh. Nach wenigen Schritten blieb der Lärm des Kampfes hinter ihr zurück, und zitternd setzte sie ihren Weg zum Tor des Blutes fort.

Sie hatte Balgir verloren, aber dafür die Börse im Korb gerettet. Mit dem Silber konnte sie ohnehin mehr anfangen als mit dem Taschentier, das ihr heute zum ersten Mal nützlich gewesen war. Frafa atmete tief durch.

*Im Grunde ist meine Tante an allem schuld,* befand sie: Daugrula hätte Frafa in die Lehre nehmen und bei Hofe einführen sollen. Stattdessen hatte sie die Nichte schnellstmöglich zum greisen Aldungan abgeschoben, damit sie selbst in die Welt hinausspazieren und sich umbringen lassen konnte. Und dieser Lehrherr kümmerte sich um Frafa nur, wenn er sie für Botengänge brauchte. Aldungan hatte ihr nicht einmal beigebracht, wie sie sich gegen einfache Menschen zur Wehr setzen konnte!

Die Unruhe vor ihr nahm zu. Frafa hielt kurz inne und legte den Kopf schräg. Sie hörte Johlen und Brüllen – feierte die Menge etwa die Hinrichtung?

Frafa eilte weiter. Nach wenigen Schritten öffnete sich der Platz vor ihr. Hier mischte sich anderes Volk unter die Menschen: Gnome und Kobolde, Goblins, Vampire und Nachtmahre … Und auch Nachtalben.

Sie atmete auf und wollte sich dem zivilisierteren Volk zugesellen. Bis sie erkannte, dass all diese Wesen in ihre Richtung liefen. Eine Masse von Leibern hielt genau auf sie zu und drohte sie zu überrennen.

Der Goblin riss brüllend die Hände an das verletzte Auge und taumelte zurück. Seine Kameraden packten ihre Waffen fester.

Der Goblin mit der goldenen Rüstung stemmte den Speer vor sich auf den Boden. »Wenn du deine Glotzer nicht brauchen kannst, ich weiß was damit anzufangen.« Er leckte Blut und Augenflüssigkeit von der Speerspitze. »Ihr Wildsaugesichter! Wisst wohl nicht, wen ihr vor euch habt?« Der Goblin schlug sich mit der Linken vor den funkelnden Brustpanzer. »Ich bin Hauptmann von Geliunas Palastgarde. Ihr seid nur behaarte Würmer, die durch die Gossen von Daugazburg kriechen! Ihr nehmt mir meinen Gefangenen nicht weg!«

Die anderen Goblins verharrten unschlüssig und knurrten. Hasserfüllt starrten sie den Artgenossen an, der über Darnamur aufragte, aber sie zogen den Kopf ein. Der Goblin mit dem ausgestochenen Auge wimmerte.

»'tschuldige, Hauptmann …«, stieß einer der Krieger widerwillig hervor. »Wir sorgen für Ordnung aufm Platz. Wollten 'n stinkenden Gnom festnehmen, der Aufruhr verbreitet.«

Der Goblinhauptmann hob den Fuß hoch, mit dem er den Gnom zu Boden gedrückt hatte. Darnamur holte tief Luft. Dann fühlte er sich von einer Klauenhand am Rücken gepackt und wurde hochgehoben wie ein Päckchen.

»Ich kümmer mich um den Aufrührer«, sagte der goldene

Goblin. »Ihr kriecht wieder in die stinkenden Löcher, wo ihr rausgekommen seid.«

Er drängte sich zwischen den anderen Goblins hindurch. Dabei schlug er mit dem Speerschaft nach ihnen, und sie wagten nicht, sich dem Hauptmann von Geliunas Palastgarde zu widersetzen. Winselnd liefen sie auseinander und zogen ihren verletzten Kameraden mit sich.

»Manchen Saunasen muss man den Gehorsam einprügeln«, knurrte der Goblin. Darnamur sträubte sich gegen dessen Griff und zappelte. Der Goblin schüttelte ihn, dass die Zähne aufeinanderschlugen. Schlaff blieb Darnamur im Griff des Hauptmanns hängen, während der durch die panisch vom Platz fliehende Menge auf die Stadt zuschritt. Er tauchte in den Schatten der turmhohen Häuser, bahnte sich seinen Weg zwischen fliehenden Menschen und Gnomen hindurch und bog in eine Seitengasse ein.

Darnamur tastete nach seinem zweiten Messer, dem Knochenmesser im Stiefel.

Der goldene Goblin warf ihn auf den Boden, packte ihn an seinem Wams und riss ihn wieder hoch. Die Nähte an Darnamurs Weste drohten zu reißen, die Klauenfinger des Goblins krallten sich in das Leder.

Dann rammte der Goblin den Gnom so kräftig gegen eine Hauswand, dass Darnamur erneut die Luft wegblieb. Er sah seinen Gegner, der ihn am ausgestreckten Arm festhielt, nur noch verschwommen: einen vergoldeten Brustpanzer mit in Silberintarsien eingelassenen Fledermausschwingen, darüber einen gleichfalls vergoldeten Helm mit rotem Helmbusch und ein dunkles, pelziges, flachnasiges Gesicht dazwischen.

»Darnamur, du dämliche Rattenfresse!«, brüllte der Goblin ihn an. »Willst du endlich klug werden, oder muss ich dir den Kopf erst zurechtrücken?«

»Dich bring ich als Erstes um, Werzaz«, zischte Darnamur. »Lass mich los, wenn du ein Krieger bist und kein geschleckter Feienknecht!«

Werzaz schüttelte den Gnom noch heftiger, als der Kobold

zuvor auf dem Schafott seine Rassel geschwungen hatte. Dann ließ er ihn auf das Straßenpflaster fallen. Darnamur blieb reglos liegen. Werzaz trat schwer atmend einen Schritt zurück und lehnte sich gegen die Wand. Eine Weile sprach keiner von ihnen ein Wort.

»Hör zu, Flohhauptmann«, keuchte Werzaz schließlich. »'s gefällt mir auch nicht, was die Fei mit dem kleinen Wito gemacht hat. Aber er hat's selbst rausgefordert!«

Darnamur sagte nichts. Er lag einfach nur da wie tot. Werzaz trat wieder zu ihm hin und stieß ihm ganz leicht die Spitze des eisenbeschlagenen Stiefels in die Seite.

»Hörst du mich, Sterzkopf?«, fragte er. »Als Hofrat der Fei hätt Wito in Samt und Seide leben können, den Rest seiner Tage. Aber er konnt ja sein Maul nicht halten, der überschlaue Gnom. Und jetzt isser weg, und du machst da gar nichts dran. Kannst dich höchstens auch noch schlachten lassen, wenn du zu laut rumschreist.«

Darnamur hob den Kopf. »Es ist gut, Werzaz«, sagte er. »Du hast recht.«

»'türlich hab ich recht, Käferhirn«, knurrte Werzaz.

Darnamur stand schwankend auf und strich sich die Weste glatt. »Du hättest mich trotzdem nicht so grob anfassen müssen«, murmelte er.

»Sondern?«, fragte Werzaz. »Soll ich dich streicheln und herzen und warten, bis die Kameraden von der Stadtgarde dir den Saft ablassen? Ich hätt nicht geglaubt, dass du so blöde bist!«

Darnamur nickte. Er fasste an den Gürtel, sah sich um, aber das Messer war auf dem Platz geblieben. »Es ist ... über mich gekommen«, sagte er. »Ich dachte ... Jedenfalls hätte die Fei Wito nicht verurteilen dürfen. Es war ungerecht. Hätte er ihr das Kästchen nicht gebracht, säße sie gar nicht auf dem Thron. Und hätten alle auf dem Platz gegen dieses Unrecht zusammengestanden, dann hätten diese Goblins mir gar nichts tun können. Verdammt, hättest nur du mir geholfen, wären wir mit diesen Goblins schon fertig geworden!«

Werzaz fasste Darnamur an der Schulter und zog ihn mit sich.

»Bist wohl die Fei von Hätten-Land, was?«, sagte er. »Aber recht hast du. Heute braucht es mehr Blut, um das Blut zu kühlen! Ich kenn eine Schenke, da kehrt die Goblinwache ein. Gehn wir dahin und machen einen drauf. Für Wito, damit wir drüber wegkommen! Ich lad dich ein.«

Darnamur schüttelte seine Hand ab. »Ich will nicht darüber wegkommen!«

»Wir haben Spaß, ganz wie du es wolltest«, meinte Werzaz lockend. »Nur woanders, wo's nicht gleich als Aufruhr gilt. Wir gehn in die Kneipe, trinken was. Dann schlag ich ein paar von den Fratzen die Zähne ein, und du Trollkötel springst zwischen ihren Beinen herum und schlitzt ein paar Bäuche auf, wenn sie abgelenkt sind. Hei, das wird eine richtige Goblinfeier!«

Er knuffte seinen Begleiter, der drei Schritte zurücktaumelte.

»Danke«, sagte Darnamur. »Ich denke, ich besuche lieber meine eigene Schenke.« Er machte kehrt und entfernte sich.

»Aber keinen Unsinn mehr, Kleiner!«, rief Werzaz ihm nach.

Darnamur hob die Hand, ohne sich umzuschauen, und zeigte seinem alten Kampfgefährten zwei Finger.

Frafa blickte sich gehetzt um. Sie stand am Rand des Platzes, am Sockel eines Turms, und die Menge drohte sie zu zerquetschen. In der Einmündung, aus der sie eben gekommen war, drängten sich immer mehr Leute. Goblinkrieger trieben die Zuschauer erbarmungslos vom Platz und kümmerten sich nicht darum, wen sie mit ihren Speeren trafen.

Frafa wich zurück, bis sie die kühle Mauer in ihrem Rücken fühlte. Den Korb hielt sie schützend vor sich. Dann spürte sie, wie wieder jemand nach ihrem Arm fasste.

Hatte dieser furchtbare Mensch das Taschentier abgeschüttelt und war ihr nachgekommen?

Aber der Griff war leicht, die Finger schmal. Als Frafa den Kopf wandte, blickte sie Bleidan ins Gesicht, dem Meisterschüler ihres Herrn. Wieder schlug ihr Herz schneller, doch diesmal aus ganz anderen Gründen.

Bleidan war ungewöhnlich groß für einen Nachtalb, und sein rundliches Gesicht war so hell, dass die pechschwarzen Augen darin umso dunkler wirkten. Ein Hauch von Goldschimmer lag über seinem schwarzen Haar, das ihm offen und lang über die Schultern fiel. Frafa war überzeugt davon, dass dieser Glanz sichtbarer Ausdruck seiner magischen Aura war. Er trug ein langes, an den Seiten geschlitztes dunkelblaues Gewand mit brokatenen Flammen an der Schulter.

Frafa schaute zu ihm auf, den Mund halb offen mit leicht vorgeschobener Oberlippe, und sie schämte sich dafür. Verlegen strich sie mit der Linken ihr Kleid glatt.

Bleidan zeigte seine makellosen, spitz zulaufenden kleinen Zähne. Sie funkelten wie Perlen, die auf winzigen Kissen aus blutrotem Samt zur Schau gestellt wurden.

Frafa senkte den Blick. »Meister Bleidan«, murmelte sie.

»Es wird ein wenig unruhig hier«, sagte Bleidan. »Am besten kommst du mit mir.«

Er zog sie hinter sich her, und Frafa folgte ihm wie in Trance. Hinter ihrer Stirn kreisten die Gedanken. Sie wollte etwas Kluges sagen, etwas Aufsehenerregendes tun. Aber sie konnte Aldungans Meisterschüler nur hinterherstolpern. Sie war Bleidan noch nie so nah gewesen. In Aldungans Turm hatte sie ihn bloß aus der Ferne gesehen. Nie hatte sie einen Grund gefunden, als niederer Lehrling ein so hochstehendes Mitglied des Haushalts anzusprechen.

Was hatte Bleidan unter all den Schaulustigen auf dem Platz gewollt? Gewiss erforschte er die Magie des Scharfrichters. Was für eine Macht wäre es, wenn man dieses Geheimnis entschlüsselte und selbst ein Tor zu dem Ort öffnen konnte, an den die Fei ihre Feinde verbannte.

Der Alb vor ihr ging gelassen auf den Schildwall der Goblins zu. Auf seine herrische Geste hin öffneten sie einen Durchgang für ihn und seine Begleiterin, und die beiden gingen an den stinkenden Goblins vorbei, die fluchend weitermarschierten. Leder knarrte und Stahl klirrte. Dann standen die beiden Nachtalben auf dem fast leeren Drauzwinkel. Ein Stück vor ihnen erhob sich das Schafott, dazwischen lagen einzelne Zuschauer, die gestürzt und von den Goblins zurückgelassen worden waren. Manche schreiend, andere still in ihrem Blut.

Bleidan löste die Finger von Frafas Oberarm und fasste sie an der Hand. Er führte sie von diesem Ort weg und wieder auf die Stadt zu.

»Ich muss ...« Frafa räusperte sich. Sie musste draußen auf dem Zollmarkt Pflanzensamen kaufen. Aber warum sollte sie das jetzt erwähnen?

»Ich bin überrascht, dich hier zu treffen«, sagte Bleidan. »Ich wusste nicht, dass du dich für diese Dinge interessierst.« Mit einer vagen Geste wies er über den Platz.

Frafa nickte eifrig. »Ich interessiere mich für alles«, sagte sie. »Ich will lernen.«

Darnamur drang tiefer in das Abendviertel ein. Er folgte den Straßen der Unterstadt, die auf dem Boden verliefen. Oben zwischen den Türmen spannte sich ein eigenes Netz von Brücken und Hochstraßen, ein Irrgarten, wenn man sich dort nicht auskannte. Viele dieser Wege führten durch Privathäuser, an Toren und Wachen vorbei, die nicht jeden passieren ließen.

Hier unten, am Fundament der Stadt, bewegte sich das Volk. Daugazburg war hier ein ganz anderer Ort.

Wie kleine Festungen ragten Türme aus rotem Stein in den Nachthimmel. So getrennt voneinander sie in der Höhe auch wirkten, am Grund waren ihre Wurzeln zusammengewachsen. Fundamente und Grundmauern vereinigten sich zu großen Gebäudeanlagen, niedrige und halbhohe Häuser lehnten sich an diese Wände und bildeten ein Gewirr von schmalen Gassen, durch das nur wenige breite Hauptstraßen schnitten.

Darnamur bog mehrmals ab, und die Unruhe des Drauzwinkels blieb hinter ihm zurück. Er sah sich um, aber niemand folgte ihm.

Die meisten Passanten hier waren Menschen: Sklaven und ehemalige Sklaven, entlaufene Sklaven und die Nachkommen von Sklaven. Es gab auch viele Menschen, die niemals Sklaven gewesen waren. Sie entstammten den Völkern, die sich Leuchmadan freiwillig unterworfen hatten, die ihn als Gott verehrten. Sie hatten Daugazburg als Verbündete betreten und waren geblieben. Und nach dem letzten Krieg vor zwölf Jahren waren es noch mehr geworden.

Hier unten, in der Finsternis zwischen den Fundamenten, hätte man Daugazburg fast für eine Menschenstadt halten können. Nachtalben verirrten sich selten hierher, kleines Volk fiel nicht auf. Tagsüber hatten die Menschen die Straßen fast ganz für sich. Dann gingen selbst die Goblins selten nach draußen, Vampire und Nachtmahre niemals.

Jetzt, in der Nacht, brannte fast an jeder Ecke, vor jedem Eingang ein kleines Licht. Von den höchsten Türmen aus mussten die Tiefen der Stadt wie ein Spiegelbild des Sternenhimmels hoch oben wirken, und diese Sterne leuchteten für diejenigen unter den Einwohnern, denen die Nacht nicht die natürliche Heimat war.

Eine große rote Laterne in der Form eines Drachen schimmerte vor einem Bau, der krumm und schief an einen Turm gelehnt dastand – der Rote Drache. Darnamur liebte diesen Ort. Er drückte die Türe auf und trat ein.

Feuchtigkeit schlug ihm entgegen, durchwirkt von Qualm und dem Geruch nach Schweiß. Etwa drei Dutzend Menschen befanden sich im Schankraum, saßen auf wackeligen Stühlen und schiefen Bänken. Sie schlugen mit den Humpen auf die schweren Tische aus groben Bohlen und jagten den Wirt herum.

Dieser, ein hagerer Mann mit ungewöhnlich breiten Schultern und mit einem schütteren Bart, der an den spärlichen Haarwuchs eines Gnoms erinnerte, wurde sogleich auf Darnamur aufmerksam. »He«, rief er. »Wir bedienen keine Gnome hier. Immer noch nicht.« Er wies zu einem kleineren Ausgang, der neben dem Tresen auf einen kurzen Flur führte.

Darnamur winkte ihm zu. »Ich weiß, ich weiß, Beuzabar«, sagte er und ging weiter.

In dem Flur führte eine Treppe nach oben. Darnamur stieg fünf Stufen hinauf, dann nahm er seine kleine Gestalt an. Im Nu schrumpfte er auf die Größe eines Käfers zusammen.

Seitlich neben der Treppe gab es einen Riss in der Wand, so winzig, dass man ihn in normaler Größe nicht sehen konnte. Und in diesen Riss war eine ebenso winzige Pforte eingelassen.

Darnamur klopfte an, und ein weiterer käfergroßer Gnom öffnete ihm. An ihm vorbei trat Darnamur in einen weiteren Raum, in eine geheime Gnomenstube.

Die Kammer war winzig, ein Insektenloch nach den Maßstäben der großen Leute. Für den menschlichen Wirt und für die Besitzer des Hauses war es bloß eine Lücke in einem Zwischenboden, wenige Fingerbreit hoch und in der Fläche kaum mehr als einen großen Schritt zum Quadrat. Doch für die käfergroßen Gnome war es ein riesiger Versammlungssaal.

Sie hatten ihn mit winzigen Tischen und Stühlen ausgestattet, mit einer Verschalung, die alle Lücken abdichtete und Spinnen und anderes Geziefer abhielt. An der einen Seite war ein Tresen mit einem Durchbruch nach vorn in die große Schankstube. Zwischen den Bechern und Krügen im Regal waren winzige Gnomenfässchen aufgestapelt. Beuzabar achtete darauf, dass sie stets gut mit Bier und Wein gefüllt blieben.

Die Gnomenstube war noch besser besucht als der vordere Teil der Schenke. Etwa fünfzig Gnome saßen in großen und kleinen Gruppen beieinander, tranken und debattierten leise oder auch lautstark. Dann und wann legte sich der Lärm aus der großen Gaststube über ihre Gespräche.

Als Darnamur eintrat, winkten ihm mehrere Gnome zu. Eine Gruppe, die an drei zusammengeschobenen Tischchen saß, rief nach ihm, und einer kam ihm entgegen. Es war Ganoch, Darnamurs Stellvertreter im Bund der *Knochenmesser*. Wie die meisten Gnome in dem Raum trug auch Ganoch grobe Kleidung in matten Farben, die fast so etwas wie die Uniform der Spähtrupps der Schwarzen Fei Geliuna darstellte. Er trug sein Haar in auffälligen kleinen Zöpfen – jedes Büschel der schütteren Haare auf seinem großen Kopf war einzeln geflochten.

»War's das?«, fragte er.

Darnamur nickte schweigend. Gemeinsam mit Ganoch bewegte er sich langsam auf die zusammengeschobenen Tische zu.

»Du siehst wirklich elend aus«, befand Ganoch. »Wir hätten mitkommen sollen.«

»Nein«, sagte Darnamur. »Jetzt ist nicht die richtige Zeit, um Ärger zu riskieren.«

Ganoch musterte ihn von oben bis unten. »Du bist dem Ärger jedenfalls nicht aus dem Weg gegangen. Du siehst eher so aus, als hättest du vor Wut fast deine Weste gesprengt!«

Darnamur zuckte die Achseln. »Besser ich als wir alle«, sagte er.

»Wir haben übrigens Witos Familie in Sicherheit gebracht«, erklärte Ganoch.

Darnamur blieb überrascht stehen. »Seine Familie?«

»Seine Frau«, sagte Ganoch. »Seine Kinder. Falls die Fei es auch auf sie abgesehen hat.

Er und Darnamur tauschten einen Blick, und Ganoch stellte überrascht fest: »Du wusstest es gar nicht! Du wusstest nicht, dass Wito eine Familie hat.«

»Wir haben nie über so was gesprochen«, gab Darnamur mürrisch zurück.

»Aber ihr kennt euch seit mehr als zwanzig Jahren! Du warst jahrelang sein Leutnant. Sein Freund!«

»Es gab nie einen Grund, über persönliche Dinge zu reden.« Es klang, als würde er sich verteidigen. »Wie sollte ich auch wissen, dass Wito neben dem Dienst noch ein geheimes Doppelleben führt?«

Er versuchte sich an einem Grinsen, aber Ganoch starrte ihn nur verständnislos an. Nach einem kurzen, verlegenen Augenblick ging Darnamur weiter zum Tisch. Die Gnome dort sprangen auf und begrüßten ihren Anführer lautstark. »Hat Ganoch es dir gesagt?«, rief einer. »Die große Neuigkeit?«

Darnamur sah Ganoch an. »Große Neuigkeit?«

Ganoch seufzte. »Die Lieferung ist eingetroffen. Wir konnten sie heute Mittag in die Stadt schmuggeln.«

»Frafa war dein Name, nicht wahr?«

Durch eine Seitentür waren die beiden Nachtalben in einen schiefen Turm gelangt, der neben dem Drauzwinkel an der Stadtmauer stand. Im Inneren führte eine schmale Treppe in der Mauer nach oben bis zu einem Erker weit über der Stadt.

Hier betrieb eine Nachtalbe ein ruhiges Lokal. Sie wirkte kaum älter als Frafa, doch sie hatte grüne Haare, die ihr bis zu den Hüften reichten. Bleidan stellte sie als Litiz vor.

Das Lokal selbst bestand aus einer kleinen Theke, einem Regal mit großen und kleinen Urnen und Dosen dahinter und einem glänzenden Kessel, unter dem es warm glühte. Eigentümliche Bilder in Rot und Grün hingen an den Wänden, und die Tische und Stühle waren so zierlich, dass Frafa schon Bedenken kamen.

Bleidan führte sie auf einen breiten Balkon, von dem aus man über den Stadtwall hinweg auf die Ebene dahinter schauen konnte. Die Wirtin brachte unaufgefordert zwei Becher aus feinem Porzellan mit einem dampfenden, schaumigen Getränk. Frafa blickte misstrauisch auf das Gebräu und rührte mit einem winzigen Löffel darin herum. Es hatte die Konsistenz von dünnem Schlick und auch so ziemlich dieselbe Farbe.

»Die Politik ist dir natürlich in die Wiege gelegt«, fuhr Bleidan fort.

»Politik?« Frafa blickte zerstreut zu ihm auf. Sie hatte gehofft, mit ihm über Magie reden zu können.

Sie hatte gerade an Saira und Tartanis gedacht, das bekannteste Nachtalbenpaar in der Geschichte der Stadt. Sie hatten zwei große Türme an den entgegengesetzten Enden von Daugazburg bewohnt und einander über Jahrhunderte hinweg magische Boten geschickt, fliegende Golems und Riesenfledermäuse, Luftgeister und Dämonen und was ihr zauberischer Erfindungsreichtum sonst noch ersinnen konnte.

Saira und Tartanis galten als Sinnbild für die Liebe unter den Nachtalben, als ein Beispiel, an dem sich jede romantische Vorstellung ihres Volkes orientierte. Magie stand dabei im Mittelpunkt, denn Magie bestimmte das Leben der Nachtalben.

Aber vielleicht, befand Frafa, war es auch nur eine Geschichte. Zumindest mussten Saira und Tartanis vor langer Zeit gelebt haben, denn heute kannte man sie nur noch aus dieser Erzählung, und niemand wusste, wo ihre Türme einst gestanden hatten.

Bleidan sprach von anderen Dingen.

»War deine Tante nicht Daugrula, die erste Zofe der Herrin? Damit hast du eine Verbindung zum Hof.«

Frafa nickte eifrig. »Ich wollte bei meiner Tante lernen. Aber sie war zu beschäftigt und hat mich zu Aldungan geschickt. Ich folge dem Weg des Lebens, so wie sie, und ich wollte bei der Besten lernen. Man sagt, Daugrula war so mächtig, dass selbst die Bäume respektvoll zur Seite traten, wenn sie durch einen Wald wanderte.«

Bleidan lachte. »Sie wird nicht oft einen Wald gesehen haben, hier in Daugazburg. Aber ich kann dir versichern, Aldungan ist auch ein fähiger Lehrherr. Deine Tante hat dich gut untergebracht.«

»Aber meine Tante war im Palast, und Aldungan sitzt die ganze Zeit im Turm. Keiner von den Mächtigen spricht mit ihm.«

»Und er nicht mit ihnen.« Bleidan seufzte. »Es ist nicht so, dass die Mächtigen ihn nicht achten. Aldungan selbst ist es, der sich von den Umtrieben bei Hofe fernhält. Er will seine Zeit nicht mit Gesprächen und Intrigen verschwenden, sondern alle Kraft auf seine Forschung richten. Womöglich ist das auch besser so. Ich glaube nicht, dass er in der Politik viel Neues beitragen kann. Aber wenn du Magie lernen möchtest, bist du bei Aldungan am richtigen Ort.«

Frafa wollte nicht über den alten Aldungan reden. Sie bekam ihn ohnehin kaum zu sehen, obwohl sie seine Schülerin war. »Und was wolltet Ihr auf dem Drauzwinkel?«, fragte sie Bleidan.

»Vermutlich dasselbe wie du«, sagte Bleidan. »Dabei sein und sehen, was geschieht. Vielleicht etwas lernen.«

»Was könntet Ihr an diesem Ort schon lernen?«

»Die Stimmung im Volk beispielsweise.«

Frafa war enttäuscht. Sie verstand immer weniger, was Bleidan auf dem Platz gewollt hatte. Sie selbst war ja nur zufällig dorthin gelangt, aber das konnte sie unmöglich zugeben.

»Es ging um die Hinrichtung eines Gnoms!«, sagte sie. »Auf dem Platz standen viele Gnome. Und Menschen. Wen kümmert deren Stimmung?«

»Du weißt nicht, was für ein Gnom das war?« Bleidan klang enttäuscht, und Frafa schüttelte stumm den Kopf. Sie umklammerte den Becher, erinnerte sich erst jetzt wieder an das Getränk und nahm einen Schluck. Es schmeckte bitter und süß zugleich, mit einem Hauch von Schärfe darin.

Im ersten Moment verzog Frafa das Gesicht, aber je länger der Geschmack in ihrem Mund blieb, umso angenehmer wurde er. Neugierig tastete sie mit der Zunge danach und nahm einen weiteren Schluck, fast wie unter einem Zwang.

»Was ist das?«, fragte sie Bleidan und wies auf die Tasse.

Der hatte soeben die Hand erhoben und den Mund geöffnet, als wolle er weiterreden. Nun hielt er überrascht inne, dann lächelte er. »Xotoc!«, sagte er. »Die menschlichen Verbündeten aus dem Süden haben es mitgebracht, als sie Leuchmadans Ruf folgten. Ein stärkender Trank ist es bei ihnen, so bitter wie Medizin. Aber wir Nachtalben fanden heraus, dass es mit den richtigen Gewürzen verfeinert ganz einzigartig schmecken kann. Es hat sich in den letzten zwanzig Jahren überall in Daugazburg verbreitet.«

Er winkte der grünhaarigen Wirtin zu. Die stand hinter der Theke und rührte Pulver in dampfendes Wasser ein. Sie lächelte zu ihnen herüber und erwiderte Bleidans Geste.

»Viele Xotoc-Stuben haben seither eröffnet«, fuhr Bleidan fort. »Litiz hier findet für meinen Geschmack die interessantesten Mischungen. Und sie hat ein gutes Gespür dafür, was ihren Gästen munden könnte. Du warst noch nie an so einem Ort? Sie sind beliebt bei jungen Alben.«

Frafa schüttelte den Kopf. »Ich komme selten aus dem Turm«, sagte sie verlegen. »Ich muss viel lesen«, fügte sie hinzu.

»Aus den Büchern wirst du nicht erfahren, was heutzutage in

Daugazburg vorgeht«, erwiderte Bleidan. »Zum Beispiel dieser Gnom, der verbannt wurde. Das war Wito, einer von jenen Kundschaftern, die bei der letzten Unternehmung deiner Tante dabei waren.«

»Als Leuchmadans Herz verloren ging?«, fragte Frafa.

»Wito der Gnom brachte Geliuna das Kästchen, und seitdem hatte er eine Stellung bei Hofe.«

»Und meine Tante starb und hinterließ mir nichts weiter als einen lebenden Lederschlauch.« Frafas Stimme klang bitter. »Was will ein Gnom am Hof?«

»Dieser Gnom setzte sich dafür ein, dass sein Volk bei Hofe keine Kuriosität mehr bleibt«, sagte Bleidan. »Er wollte Veränderungen. Posten sollten an alle Völker gleichmäßig vergeben werden. Geliuna sollte die Macht von Leuchmadans Kästchen nutzen, um dem Land Leben zu geben. Das wollte Wito bei Hofe erreichen.«

Frafa blickte vom Balkon hinunter auf die Ebene. Sie war nicht länger grau wie noch vor einigen Jahren. Man hatte die Pflanzungen darauf ausgeweitet, und inzwischen erstreckten sie sich bis zum Horizont. Haine mit kleinen Bäumen und Feldern, Sträucher, die noch kraftlos und blass aussahen, die aber von Jahr zu Jahr besser gediehen. Regenwolken standen am Horizont und spendeten dem Land Feuchtigkeit, und selbst in Daugazburg gingen inzwischen fast jeden Monat kräftige Schauer nieder.

»Genau das hat die Herrin doch getan!«, stellte Frafa fest. »Warum wurde der Gnom dann verurteilt? Hat sie etwa bereut, dass sie die Macht des Kästchens nicht für andere Zwecke nutzte und sich von dem kleinen Wicht bereden ließ?«

Bleidan schüttelte den Kopf. Erheiterung blitzte in seinem Gesicht auf. »Ich glaube kaum, dass ihre Entscheidungen etwas mit diesem Gnom zu tun hatten. Vielleicht hat sie sich mit Wito überworfen, weil ihm das Landbauprogramm nicht weit genug ging. Aber vermutlich ging es eher um die Ziele der politischen Vereinigung, die Wito gegründet hat. *Grüne Lande*, so nannte sie sich. Aber es ging ihm nicht nur um die Fruchtbarkeit des Landes. Er forderte eine gleichberechtigte Stellung für Gnome neben Goblins und Alben.«

Frafa lachte auf und legte rasch die Hand auf den Mund, als sie erkannte, dass Bleidan bei diesen Worten ernst blieb.

»Das mag erheiternd klingen«, sagte der Meisterschüler. »Aber Wito hatte viele Anhänger unter den Gnomen. Und wer weiß? Was uns heute wie ein belustigendes Hirngespinst klingt, mag morgen schon die Grundfesten der alten Ordnung erschüttern. Es gibt inzwischen zahlreiche politische Vereinigungen. Dieser Wito war noch Geliunas kleinster Kritiker ...«

Bleidan grinste bei dem Bild, aber Frafa lauschte mehr seiner wohlklingenden Stimme und dem Rhythmus der Worte als ihrem Inhalt. Ihre Gedanken schweiften wieder zu Saira und Tartanis. Sie fragte sich, ob Bleidan wohl fliegende Wesen aus Pflanzen wachsen lassen konnte. Sie sah es vor ihrem geistigen Auge, grüne Geschöpfe mit Blütenaugen und Blätterschwingen, die zwischen den Türmen von Daugazburg schwebten und dem Geliebten Zeugnis von der magischen Kunst ihres Schöpfers gaben.

Wenn es nicht möglich war, solche Wesen zu erschaffen, befand Frafa, dann *sollte* es sie zumindest geben.

Sie lächelte, während Bleidan von den politischen Vereinen in der Stadt erzählte und sich über Geliunas umstrittene Entscheidung äußerte, nach Leuchmadans Sturz die menschlichen Verbündeten gehen zu lassen und den Krieg zu beenden. Bleidan sprach von der Einheit der Vielen, dem Wahlspruch der Grauen Lande, und wie derzeit viele versuchten, diesen Worten einen neuen Sinn zu geben – wie Wito, der Gnom, der deswegen verurteilt worden war.

Frafa ließ sich von seinem Redefluss einhüllen. Sie schaute hinunter auf die Fläche jenseits der Stadtmauer, wo sich der Zollmarkt erstreckte. Die besten Angebote hatte sie wohl schon versäumt. Doch dafür hatte sie eine Bekanntschaft geschlossen, die ihr mehr bedeutete als die Besorgungen für einen Meister, der sich vermutlich nicht einmal mehr daran erinnerte, was er ihr heute Morgen aufgetragen hatte.

Frafa trank aus ihrem Becher und ließ den Blick von der Landschaft zur Wirtin wandern. Ob Litiz ihre Haare wohl mit Essenzen gefärbt hatte oder mit Magie? Oder gab es tatsächlich grünhaarige Alben? Der Gedanke gefiel ihr.

»Wenn du dich für diese Dinge interessierst, kann ich dich einmal zu einer unserer Versammlungen mitnehmen«, sagte Bleidan gerade.

Frafa schaute ihn an und lächelte, ließ ihre spitzen Zähne für ihn aufblitzen. »Oh, sehr gern!«, antwortete sie.

Darnamur verließ die Gnomenstube im Roten Drachen. Ganoch folgte ihm und auch Dranjar und Batha, zwei weitere Gnome aus Darnamurs Gruppe. Auf der Treppe nahmen sie wieder ihre normale Größe an. Batha sicherte zur Gaststube hin, Dranjar übernahm den Hinterausgang. Die beiden anderen öffneten die Kellertür. Die Gnome überzeugten sich davon, dass niemand sie beobachtete, dann huschten sie die Treppe hinab.

Sie entzündeten kein Licht. Ihre Nachtsicht und ihr Raumgefühl reichten aus, um sich zu orientieren. Sie stiegen über einen schmalen Rost im Boden, unter dem sich ein dünnes Abflussrohr verbarg. Dahinter führten ein paar weitere Stufen hinab in ein ausgedehntes Kellergewölbe. Hier lagerte Beuzabar seine Vorräte an Wein und Bier.

»Ich hätte nie geglaubt, dass die Zwerge liefern«, stellte Ganoch fest. »Nachdem wir ihnen verraten haben, wo sie das Gold finden, hatten sie keinen Grund mehr, ihren Teil der Abmachung einzuhalten.«

»Man muss diese Barttreter zu nehmen wissen«, sagte Darnamur. Ein selbstgerechtes Lächeln kräuselte seine Mundwinkel. »Zwerge lieben zwei Dinge: Schätze und das Werk ihrer eigenen Hände. Gold horten sie gierig, aber ihre Kunst zeigen sie gern vor und prahlen damit. Hätten wir einen Anteil an dem Schatz verlangt, hätten sie uns hintergangen. Aber wir wollten als Gegenleistung die höchste Kunst ihres Handwerks sehen! Sie hatten keinen Grund, das abzulehnen.«

Der Boden vor den Fässern war mit Quadersteinen ausgelegt und abschüssig. Er lief auf einen größeren Abfluss zu, einen Schacht, der selbst für Menschen breit genug war.

Ganoch nahm das Eisengitter heraus und schob es zur Seite. Es schepperte auf dem nackten Stein. Dunkle Eisenwinkel waren in die Schachtwände getrieben worden, eine schmale Stiege, die in die Abwasserkanäle hinabführte.

Darnamur tastete mit dem Fuß nach der ersten Sprosse, die für einen Gnom sehr tief angebracht war. Dann stieg er hinab. Dranjar und Batha folgten ihm, Ganoch zerrte das Gitter hinter sich wieder über die Öffnung.

»Ich frage mich doch, ob wir die Reichtümer gut angelegt haben«, murrte er dabei. »Wir hätten sie selbst ausgraben und sinnvoll verwenden können. Genug Gold, um das Reich damit zu kaufen!«

»Ein Reich«, sagte Darnamur, »kauft man mit Blut.«

Drei Menschenlängen tiefer hielt er inne und tastete an der gegenüberliegenden Wand nach einer Lücke. Der Schacht führte noch weiter hinunter. Tief unter sich hörte Darnamur den Kanal in der Finsternis gluckern und träge schwappen.

Seine Füße fanden Halt. Auf der anderen Seite des Schachts war ein Durchlass, so breit, wie ein Gnom lang war, und deutlich höher. Mit einem wagemutigen Satz löste Darnamur sich von der Wand und sprang in den Hohlraum.

Der Durchlass mündete bald in eine größere Kammer. An einer Seite stapelten sich Fässer und Ballen. Gleich hinter dem Eingang waren Dutzende ebenmäßiger Truhen aufgereiht, in unterschiedlicher Größe, aber allesamt aus glatt poliertem Holz gezimmert und mit festen Beschlägen verstärkt.

Ganoch trat als Letzter ein. »Heute ist ein trauriger Tag für unser Volk«, sagte er. »Wir haben Wito verloren. Ich wollte unsere Trauer über diesen Verlust nicht mindern, indem wir uns gleich an unseren Neuerwerbungen erfreuen, oder die Freude schmälern, indem sie sich mit dem Schmerz vermischt. Ich hätte dir das hier lieber erst morgen gezeigt. Immerhin war Wito dein

Hauptmann. Es tut mir leid, dass diese Schwätzer sich verplappert haben.«

»Kein Tag wäre besser geeignet, um diese Lieferung entgegenzunehmen«, erwiderte Darnamur grimmig. »Wir sollten sie so rasch wie möglich inspizieren und dann wegschaffen, an Orte, die nur ein Gnom erreichen kann. Lass uns anfangen.«

Ganoch nahm eine Öllampe von einem Fässchen neben dem Durchgang und entzündete sie. Batha schnupperte. Die Luft hier unten roch faulig und stechend.

»Wann immer hier eine Flamme angeschlagen wird«, sagte sie, »erwarte ich einen Feuerball.«

»Beuzabar benutzt dieses Schmugglerloch schon seit Jahren«, entgegnete Dranjar. »Und das Einzige, was seither hochgegangen ist, sind seine Einnahmen.«

Ganoch und Darnamur achteten nicht auf das Geplänkel ihrer jüngeren Kameraden. Sie traten gemeinsam zur ersten Truhe und klappten den Deckel hoch. Dann schritten sie die ganze Reihe ab, und Darnamur untersuchte die Lieferung ihres verbündeten Zwergenclans aus den Schraffelgraten.

Der Inhalt einiger Truhen glänzte weiß im Lampenlicht. Das kalte Gebein darin schluckte die gelbe Wärme des Feuerscheins und warf ihn fahlsilbern zurück. Darnamur fand Messer und Dolche und Kurzschwerter; Kurzbögen und kleine Armbrüste mit Schnellspannratschen – der Schaft aus Holz, Bügel und Mechanik ebenso aus silberweißem Knochenmaterial.

Andere Truhen enthielten Hunderte von Speerspitzen, geschliffen und poliert wie Rasierklingen, daneben Tausende von Pfeilspitzen. Der Inhalt dieser Kästen war nicht nur knochenweiß, zuweilen schimmerte er grau oder metallen wie echtes Silber. Mitunter glänzte es dazwischen auch rot wie Rubin. Darnamur ließ die Pfeilspitzen wie kleine Steine durch die Finger rieseln. Die scharfen Kanten hinterließen Kratzer auf seinen Handschuhen.

Ganoch zeigte auf eine letzte Kiste, die kleinste in der Reihe.

»Selbst die Reste, mit denen man nichts mehr anfangen kann, haben die Zottelfratzen uns mitgeschickt. Sie haben Zahnstocher daraus geschnitten!«

Darnamur warf einen Blick darauf. »Winzige Speere, die wir nur in unserer kleinen Gestalt benutzen können«, stellte er fest. »Wir können sie nicht als Waffen mitnehmen, aber wir können sie in unseren Verstecken aufstellen. Damit lassen sich zumindest Tiere fernhalten.«

Er ging wieder Richtung Eingang und blieb dort vor einer Truhe stehen. Er nahm ein Kurzschwert heraus und wog es in der Hand. Es glich von der Machart den Messern, die Wito vor zwölf Jahren für seinen Trupp eingeführt hatte: aus einem einzigen Knochen geschnitten, den Griff für besseren Halt mit Lederriemen umwickelt.

Allerdings war es viel länger als die Knochenmesser, die Darnamur bisher gesehen hatte, und viel feiner gearbeitet. Die Klinge war schmal und selbst an der dicksten Stelle so dünn wie Pergament. Ein filigraner Handschutz saß zwischen Griff und Klinge, ein Knauf bot der Hand zur anderen Seite hin Halt.

Es lag gut in Darnamurs Faust. Die Klinge aus Gebein war leichter, als er es von einer Waffe dieser Größe erwartet hatte, und doch vermittelte sie ein beruhigendes Gefühl von Festigkeit. Darnamur wirbelte herum und hieb das Schwert gegen die Wand.

Funken sprühten. Es knackte und scharrte und Splitter flogen in alle Richtungen. Ganoch trat einen Schritt näher und hob die Lampe. Ihr Schein fiel auf eine frische Kerbe im Stein.

Darnamur untersuchte die Klinge und fand sie makellos. Er erkannte sogar die feinen Löcher und Kanäle auf der Oberfläche, auf die er großen Wert gelegt hatte – eine Möglichkeit, um die Waffen in Gift zu tränken, damit die Gnome auch in ihrer kleinen Gestalt nicht mehr ohne Stachel waren.

Darnamur schloss die Faust fester um den Griff und grinste wild. Seine Zähne glänzten so weiß wie das fahle Gebein in den Truhen. Endlich hatte er die Kriegsbeute eingefordert, die ihm rechtmäßig zustand! Genug Waffen, um alle Gnome seiner Gruppe auszustatten, und noch viele mehr.

Die Zwerge hatten ihm Waffen geliefert, geschnitten aus den Knochen und den Schuppen eines Drachen. Nicht irgendeines Drachen, sondern eines großen Unkwitt, dem Letzten seiner Art. Knochen, die härter waren als Stahl. Aber anders als gewöhnliche Waffen aus Stahl bestanden diese aus einem lebenden Stoff. Ein Gnom konnte sie mitnehmen, wenn er die Größe änderte. Es waren *wirkliche* Waffen, in groß und in klein zu gebrauchen und leicht an jeden Ort zu bringen, den ein Gnom erreichen konnte.

# 2. Kapitel:
# Repression und Verrat

*Die Einheit der Vielen – das ist die Losung von Daugazburg, seit Leuchmadan die Finstervölker hier versammelt hat. Doch was für eine Einheit soll das sein, wo die großen Völker die kleinen wie Knechte behandeln?*

*Der Name unserer Vereinigung bringt die Hoffnung zum Ausdruck, dass die Grauen Lande dereinst wieder erblühen mögen. Doch die wahre Fruchtbarkeit unseres Landes liegt nicht im Boden, sondern in den Fähigkeiten seiner Völker.*

*Nur wenn alle Bewohner von Daugazburg geachtet werden, können sie ihre Stärken entwickeln. Und mit der Gesamtheit aller Stärken können die geeinten Finstervölker mehr erreichen als die sogenannten »Freien Völker« in ihren eng gesteckten Grenzen. Leuchmadans Kästchen kann die Grauen Lande wieder grün machen. Doch die Erfüllung von Leuchmadans Versprechen, die Einheit der Vielen in Daugazburg, kann uns ein goldenes Zeitalter bescheren!*

Wito, der Gnom,

Rede in der Gnomenpartei der »Grünen Lande«

Am späten Nachmittag wurde Frafa von einem hässlichen Geräusch gleich bei ihrem Kopf geweckt. Sie schlug die Augen auf und erblickte Balgir. Das Taschentier hatte zu ihr zurückgefunden. Es stand auf den Hinterbeinen am Bett, stützte die Vorderbeine auf die Kante und würgte einen Klumpen rohes Fleisch auf ihr Kissen.

Frafa fuhr hoch und kreischte.

Sie packte Balgir am Nacken und trug ihn am ausgestreckten Arm in den entferntesten Winkel ihres kleinen Zimmers. Der lange Schwanz des Tieres schleifte über den Boden, bis Frafa es fallen ließ.

»Du widerliche Echse«, schimpfte sie. »Verstehst du mich? Du bist ekelhaft!«

Sie hatte das Gefühl, dass Balgir sie mit seinem starren Maul angrinste. Das Taschentier rollte sich auf dem Boden zusammen. Flecken und tiefe Schrammen zeichneten seine Flanken.

Frafa ging zum Bett zurück und schaute auf das Kissen. Der Klumpen dort sah aus wie eine halb verdaute menschliche Nase.

Frafa schlug die Hand vor den Mund und würgte nun ihrerseits. Sie wandte sich ab, stürmte zur Tür und schrie nach den Dienern. Dann wurde ihr bewusst, dass sie nicht angekleidet war. Sie schlug die Tür wieder zu, schob einen Stuhl davor und sah sich nach einem Kleid um. Schon klopfte es, und aus dem Klopfen wurde bald ein aufgeregtes Rütteln.

Frafa schlüpfte eilig in die Sachen von letzter Nacht, während sich draußen auf dem Flur schon die Wachen sammelten und das Schlimmste annahmen.

»Herrin, Herrin?«, rief eine aufgeregte Stimme. »Alles in Ordnung?«

»Ich komme«, rief Frafa. »Nicht die Tür einschlagen!«

Sie riss den Stuhl wieder weg, öffnete die Tür und sah sich einer ganzen Schar Hauspersonal gegenüber: drei menschlichen Dienern, einem Hausgnom, zwei Goblinwachen und einem wachhabenden Vampir. Das Blut schoss ihr so heftig in die Wangen, dass ihr Gesicht bestimmt ganz grün aussah. So würdevoll wie möglich stand sie da und schickte die Wachen fort. Nur eine Dienerin behielt sie bei sich. Frafa trug ihr auf, das Bett neu zu beziehen und ein neues Kissen zu bringen.

Die Dienerin eilte davon, um Wäsche zu holen. Den Fleischklumpen nahm sie mit. Frafa packte das alte Kissen am äußersten Zipfel und warf es auf die Echse. Sollte das ekelhafte Vieh sich doch in Zukunft auf den Polstern suhlen, die es selbst besudelt hatte!

Frafa blickte an sich hinunter. Sie hatte das Kleid gestern so verdreht auf den Boden geworfen, dass sie es in der Eile mit der Innenseite nach außen angezogen hatte. Vor Scham standen ihr die Tränen in den Augen. All das Personal hatte sie angestarrt!

Sie blickte zum Fenster und blinzelte. Es war noch so früh am Nachmittag und viel zu hell! Aber nach dieser Aufregung konnte sie unmöglich wieder einschlafen. Sie trat in das Treppenhaus. Vielleicht konnte die Köchin ja einen Xotocl bereiten und ihr den Tag nach dem unangenehmen Anfang ein wenig versüßen.

Sie setzte den Fuß auf die Treppe, da hörte sie eine Stimme.

»Frafa?«

Sie fuhr herum. Ein Nachtalb stand vor ihr, in einem düsteren Gewand, dessen schwere Falten bis zum Boden reichten. Aldungan. Der Meister verließ sonst nie seine Studierstube! Weshalb kam er ausgerechnet jetzt die Treppe herab?

Tausend Gedanken schossen Frafa durch den Kopf, und einer davon war, dass sie in der letzten Nacht den Zollmarkt ganz vergessen hatte. Sie hatte mit Bleidan Xotocl getrunken. Dann waren einige seiner Freunde dazugekommen, darunter auch junge Nachtalben, kaum älter als sie. Sie hatte mit Litiz gesprochen, der grünhaarigen Wirtin der Trinkstube, und war schließlich mit den anderen weitergezogen. Sie hatte viele faszinierende Orte kennengelernt, die sie in Daugazburg nicht einmal vermutet hätte. Es war schon Morgen gewesen, als sie wieder hier angekommen war.

»Was hast du mit deinem Kopf gemacht?«, fragte Aldungan. Die Stimme des alten Nachtalbs klang verwundert. Er trat näher, streckte die Hand aus und strich Frafa über das Haar.

»Äh«, stammelte Frafa und fasste selbst nach den Strähnen. Sie waren silberblau und schimmerten zwischen den Fingern im Kontrast zu der olivgrünen Haut. Gestern Nacht hatte diese Farbe ihr gefallen. Sie gefiel ihr immer noch, aber in Aldungans Gegenwart kam es ihr mit einem Mal falsch vor.

»Hm. Hm«, murmelte Aldungan. »Metalle. Essenzen. Das ist keine natürliche Färbung und auch nichts Magisches. Nur eine einfache Verunreinigung.«

Frafa fühlte, wie feiner Staub über ihr Gesicht rieselte, die Ahnung eines silberblauen Funkelns trieb in der Luft. Die Strähne, die sie hielt, färbte sich wieder schwarz. In feinen Schuppen fiel die Farbe ab, die sie in der letzten Nacht gekauft hatte. Der Meister hatte sie mit seiner Magie aus ihren Haaren gezogen.

»Ich weiß wirklich nicht, was für Experimente ihr jungen Leute heutzutage treibt, um euer Geschick zu üben«, sagte Aldungan tadelnd. Sein Blick ging abwesend über sie hinweg. »Zum Glück ließ sich dieses Zeug leicht herauslösen. Ein Unfall?«

»Äh ...« Frafa schüttelte kaum merklich den Kopf.

»Ich hatte dich für Besorgungen ausgeschickt ...«, murmelte Aldungan. Er senkte den Blick und sah sie an.

»Äh ...«, stammelte Frafa wieder. »Der Drauzwinkel ... war so voll ... wegen der Hinrichtung.« Konnte sie Aldungan verraten, dass sie mit Bleidan unterwegs gewesen war? Nein, auf keinen Fall würde sie Bleidan mit hineinziehen.

Aldungan schüttelte kummervoll den Kopf. »Ach ja, die Hinrichtung. Dieser Gnom. Du hast sie dir angesehen? Das enttäuscht mich. Du willst doch wohl nicht anfangen, dich in höfische Händel ziehen zu lassen? Ich habe schon deine Tante auf diese Weise verloren, und sie war eine so begabte Schülerin. Bleib lieber hier im Turm und studiere schön und lass die Welt da draußen für sich selbst sorgen.«

Er schüttelte wieder den Kopf, ging an Frafa vorbei und stieg die Treppe hinab.

»Ich werde die Samen jetzt gleich besorgen!«, rief Frafa.

»Es ist gut, Frafa«, murmelte Aldungan. Er wedelte beiläufig mit der Hand.

Die junge Nachtalbe stand ratlos auf dem Treppenabsatz.

Wollte ihr Meister damit ausdrücken, dass der Auftrag sich erledigt hatte oder dass sie ihn wie angeboten erledigen sollte?

Sie strich sich über den Kopf, und wieder rieselte Farbe aus ihren Haaren. Frafa überlegte, ob sie nicht lieber in ihr Zimmer zurückkehren und sich dort einschließen sollte, bevor das nächste Unglück über sie hereinbrach. Plötzlich lächelte sie.

Immerhin hatte sie gestern Bleidan ein wenig besser kennengelernt. Vielleicht reichte ihre Bekanntschaft aus, damit er sie nun in seinem Studierzimmer empfing und ein wenig richtige Magie lehrte?

Darnamur schritt durchs Pidon-Tor und ließ die Türme hinter sich. Jetzt befand er sich in der Vorstadt, dem neuesten Viertel von Daugazburg. Die Vorstadt war nur von niedrigen Erdwällen geschützt und wirkte verloren zu Füßen der gewaltigen Mauern um die Oberstadt. Einige kleine Goblin-Forts erhoben sich inmitten der Siedlung. Dazwischen standen kleine und gewöhnliche Häuser: drei- oder viergeschossige Ziegelbauten mit gleichmäßig verteilten Fenstern. Zu dieser späten Nachmittagsstunde waren die Straßen fast leer. Menschenkinder spielten in der Gosse.

Darnamur folgte den schmalen Straßen und trat durch eine ungeschützte Türöffnung in ein dunkles Treppenhaus. Über knarrende Stufen stieg er bis ins oberste Geschoss zu seiner Wohnung. Dort schloss er die gut gesicherte Türe hinter sich. Es war nicht das beste Stadtviertel, aber Darnamur lebte gern hier. Neben den Menschen fand man hier vor allem Gnome und Kobolde und keine Nachtalben.

Die Wohnung bestand aus einem einzigen Raum, der ziemlich kahl aussah. Waffen hingen an den Wänden, eine Truhe mit seinen Habseligkeiten stand an der Wand gegenüber der Tür. Auf dem Boden in der Mitte des Zimmers lag eine doppelte Strohmatte mit einer Decke. Ein eisernes Kaminrohr kam in einer Ecke aus dem Boden und verschwand in der Decke.

Darnamur legte sich auf den Rücken, mitten in der verriegelten leeren Kammer, und schloss die Augen. Es war spät geworden. Er hatte Versammlungen besucht und mit vielen Gnomen geredet. Witos Verbannung hatte sie aufgebracht. Viele, die vorher zu Witos *Grünen Landen* gezählt hatten, wollten am liebsten gleich zu den Waffen greifen und ihrem Unmut Luft machen …

Es klopfte an der Tür, und Darnamur schrak hoch.

Durch den schmalen, sorgsam mit braunem Glas abgedichteten Spalt gleich unter der Dachschräge fiel kein Licht mehr ein. Er musste mehrere Stunden geschlafen haben. Es klopfte erneut, und Darnamur erkannte das vertraute Muster.

»Ja?«, fragte er.

»Ich bin's, Dranjar.«

Darnamur stand auf und öffnete die Tür.

»Ganoch schickt mich«, rief Dranjar sofort. »Du sollst in den Drachen kommen. Die Fei …«

Darnamur packte seinen Leutnant und zerrte ihn zu sich ins Zimmer. Er spähte in das Treppenhaus und schlug dann die Tür zu. »Nicht da draußen«, fauchte er Dranjar an. »Was ist los?«

Dranjar holte Luft. »Ein neuer Erlass. Die Fei verbietet alle politischen Vereinigungen!«

»Und?«, fragte Darnamur.

Dranjar zuckte die Achseln. »Das sollte ich dir ausrichten. Ganoch will die Einzelheiten vortragen, im Drachen.«

»Uns betrifft das weniger«, bemerkte Darnamur gleichgültig. »Wir waren schon immer im Untergrund.« Er richtete rasch seine Sachen, dann verließen die beiden Gnome die Wohnung.

Die Vorstadt wirkte selbst zu dieser Stunde verschlafen. Die meisten Bewohner arbeiteten in den älteren Stadtvierteln, oder sie schliefen tatsächlich. Die Menschen von Daugazburg hatten sich im Lebenstakt der Finstervölker ihre eigenen Nischen geschaffen.

Wolken zogen über den Sternenhimmel, und mitunter blinzelte der Mond dazwischen hervor.

Als sie das Pidon durchschritten und zwischen hohen Festungsmauern und aufragenden Türmen eingezwängt waren, wurde es schlagartig dunkler. Schon bei Tag reichte das Licht in den älteren Stadtteilen nur schwach bis zum Boden. In manchen Gassen von Daugazburg flogen selbst zur Mittagsstunde noch Fledermäuse. Jetzt war es hier pechschwarz, außer in den Gassen, wo um der Menschen willen Lichter brannten.

Darnamur hörte ein Rascheln über sich und blickte auf. Etwas Helles glitt vor ihm herab wie ein fallendes Blatt. Es schimmerte bleich im Licht einer fernen Laterne. Dranjar hob es auf.

»Ein Stück Papier!«, stellte er fest. »Wo kommt das her?«

Rufe erklangen aus den Gassen ringsum. Weitere Blätter schwebten wie übergroße Schneeflocken auf das schmutzige Pflaster.

»Jemand wirft Blätter von der Turmspitze«, sagte Darnamur. »Verdammt viele Blätter. Komm schnell.«

Er entriss Dranjar das Blatt und schob es unter die Weste. Dann zog er den jüngeren Gnom mit sich. Sie tauchten in eine lichtlose Seitengasse und hasteten durch die Straßen. In einem weiten Bogen setzte Darnamur den Weg zum Roten Drachen fort.

Dranjar protestierte. »Die Blätter wurden von einem Turm geworfen. Uns wird hier unten auf der Straße wohl niemand deswegen anhalten.«

»Goblins werden sich darum kümmern, sobald sie auf die Blätter aufmerksam werden«, erwiderte Darnamur. »Sie werden nicht groß unterscheiden zwischen dem, der sie geworfen hat, und denen, die sie aufsammeln.«

In einem geschützten Innenhof, wo etwas Licht brannte, holte er das Blatt wieder hervor. Die beiden Gnome lasen gemeinsam darin.

»Ach du meine Güte«, sagte Dranjar. »›Die Einheit der Vielen kann nicht gewährleistet werden, wenn die Vielen von der Einheit ausgeschlossen und ungehört bleiben. Verleiht daher eurem Protest wider die unangemessene Repression dringend notwendiger Reformbestrebungen Ausdruck, indem ihr …‹

Wer hat das denn geschrieben? Und wer soll das Geschwafel bis zum Ende lesen?«

»Aber sein Papier ist gut«, stellte Darnamur fest. Er betastete das Blatt zwischen Daumen und Zeigefinger, dann hielt er es hoch und ließ das Licht hindurchscheinen. »Es sind kaum Fasern zu erkennen. Erstaunlich, dass jemand in diesen Zeiten überhaupt genug Papier bekommt, um es in solchen Mengen vom Turm zu werfen. Immerhin liefern die Bitaner uns weder Papyrusstängel noch fertige Blätter.«

»Oh ja«, sagte Dranjar. »Und die Buchstaben sind so ebenmäßig. Das ist ein Druck, aber ungemein gleichförmig gestochen ...«

»Das ist nicht gestochen«, widersprach Darnamur. »Die Buchstaben wurden in Formen gegossen und die Druckplatte daraus zusammengesetzt. In manchen bitanischen Provinzen gibt es Akademien, die seit einigen Jahren ihre Schriften auf diese Weise verbreiten. Ich habe während des Krieges davon gehört.«

»Papier und bitanischer Druck – haben wir etwa bitanische Provokateure in der Stadt?« Dranjar klang erschrocken.

Auch Darnamur fühlte sich unbehaglich. Mit dieser Art, einen Krieg zu führen, war er nicht vertraut. Aber er hatte gehört, dass der Freie Rat von Menschen, Elfen und Zwergen sich vor einiger Zeit auf einen neuen Anführer geeinigt hatte: auf Gulbert den Zauberer. Darnamur kannte diesen Namen, und dem Zauberer, der ihn trug, traute er jede Hinterlist zu.

»Ich hätte sonst geglaubt, es stecken Kobolde dahinter«, fuhr Dranjar fort. »Weil hier von den ›kleinen Völkern‹ die Rede ist. Und nach einem Gnom klingt es nicht!«

»Wer auch immer das geschrieben hat«, befand Darnamur. »Er hat Mittel zur Verfügung. Material und Wissen.« Er rieb sich nachdenklich die Nase. »Ich denke auch, es stecken Kobolde dahinter. Aber womöglich ziehen andere dieselben Schlüsse wie wir. Und wenn Kobolde und bitanische Spione erst einmal in einem Atemzug genannt werden, haben wir bald ein blutiges Kesseltreiben in der Stadt.«

»Komm herein«, sagte die Stimme von der anderen Seite, und Frafa öffnete die Tür.

Bleidans Arbeitsraum war lang gezogen, mit einem großen Fenster am gegenüberliegenden Ende. An der einen Längswand standen Käfige übereinander, mit Ratten, Mäusen, kleinen Affen, Grasdrachen und roten Salamandern, dazwischen Glaskästen mit Blutwanzen, Borstenspinnen, Goldkornspinnen und Blutwürmern. Auf einem Regal gegenüber lagerte der Nachtalb seine Präparate, Gläser mit missgebildeten Föten, bleichen Kröten, noch schlagenden Herzen und vielen anderen Gebilden, denen nicht anzusehen war, ob sie noch lebten oder ob sie überhaupt jemals gelebt hatten.

Gleich beim Fenster stand ein gewaltiger Glaszylinder, auf dem oben ein abgetrennter Zwergenkopf steckte. Röhren und Schläuche hingen vom Hals in die brodelnde Brühe darunter. Die Augen über dem kurz geschorenen Bart wandten sich in Frafas Richtung und zwinkerten. Daneben war eine Haut auf ein Gestell gespannt – allem Anschein nach die Haut eines Menschen.

Bleidan stand an einem Tisch mit alchemistischen Apparaturen und ließ eine milchige Flüssigkeit in einen Tiegel tropfen. Er trug einen weißen Kittel und hatte die langen Haare mit einem Band zurückgebunden. »Frafa«, sagte er, ohne aufzublicken. »Einen Augenblick.«

Frafa ging durch den Raum und schaute sich die Käfige an. Dann und wann klopfte sie mit dem Finger gegen die Wände eines Vivariums, um den Bewohner aufzuschrecken und mehr von ihm zu sehen. Sie studierte die Exponate an der anderen Wand. In einem Glas schwappte träge eine Flüssigkeit, so grün wie Blut. Etwas Langes, Bleiches wand sich darin, das Frafa nicht genau ausmachen konnte.

»So«, sagte Bleidan. Er trat mit dem Tiegel an die Haut und trug die Lösung mit einem weichen Pinsel auf. Die Menschenhaut zuckte, und es sah aus, als schlüge sie wohlige Wellen. Frafa vernahm ein leises Flappen.

»Du hast bis eben geschlafen?«

»Ja«, erwiderte sie.

»Das ist eine ziemliche Zeitverschwendung«, sagte Bleidan. »Hat dir noch niemand beigebracht, wie man in Trance verfällt? Damit erhältst du deine Tatkraft viel schneller zurück. Außerdem kannst du dabei über allerhand Fragen meditieren und die Ruhezeit nutzen.«

Frafa schüttelte den Kopf. »Ich habe noch nicht viel gelernt«, stellte sie fest. »Meister Aldungan hat mich als Schülerin angenommen, aber er hat gar keine Zeit für mich.«

»Du bist noch nicht so lange hier«, bemerkte Bleidan.

»Fast vierzehn Jahre«, widersprach ihm Frafa. »Meine Mutter brachte mich mit sechs zu meiner Tante, und die schob mich gleich an Aldungan weiter. Der hat mir nur ein paar Bücher gezeigt, aus denen ich lernen soll. Ein paar ältere Schüler fragen mich dann und wann Pflanzen- und Tiernamen daraus ab. Aber ich habe bislang kaum einen Zauber gelernt. Obwohl ich in der Bibliothek schon nach solchen Büchern geschaut habe.«

Bleidan schüttelte den Kopf. »Du bist ungeduldig, Frafa«, sagte er. »Die älteren Schüler sind als Lehrer für dich gut genug. Es wäre gefährlich, wenn du die Magie des Lebens lernen würdest, ohne vorher den Aufbau der Organismen zu kennen, auf die du sie anwendest.«

»Ja.« Frafa zog einen Schmollmund. »Aber das Bild von einer Rose ist keine Rose.«

Bleidan sah sie an. Dann lächelte er. »Nun gut«, sagte er. »Du kannst mir stundenweise zur Hand gehen, und ich werde dir das eine oder andere zeigen. Ich gehe meinen Forschungsplan durch und überlege mir, bei welchen Experimenten du mir helfen kannst.«

Frafas Gesicht hellte sich auf. Grübchen erschienen auf ihren runden Wangen, und sie klatschte in die Hände. »Das wäre großartig, Meister Bleidan.«

Der Zwergenkopf auf dem Zylinder lallte etwas. Frafa zuckte zusammen. Die Zunge hing ihm halb aus dem Mund, und Sabber tropfte in den Bart. Neugierig trat Frafa näher heran.

»Was ist das?«

Bleidan kam zu ihr, nahm einen fleckigen Lappen von seinem Labortisch und wischte den Bart ab. »Das ist der gute alte Ankanos«, erklärte er. »Während des letzten Krieges ließ ich ihn mir von einigen umtriebigen Goblins besorgen. Ich halte ihn schon seit über zwölf Jahren am Leben. Es ist ein Langzeitexperiment.«

Frafa fuhr mit der Hand vor dem Zwergenkopf herum. Die Augen folgten der Bewegung kurz, dann irrten sie ab. »Er lebt?«, fragte sie. »Ein echter Zwerg?«

»Nun«, antwortete Bleidan. »Er ist im Laufe der Jahre schwachsinnig geworden. Er war anfangs in einem besseren Zustand. Ich glaube allerdings, es liegt nicht an meinen Präparaten, sondern in der speziellen Befindlichkeit der Zwerge begründet. Sein Geist verträgt die Behandlung weniger gut als sein Fleisch. Darum überlege ich, den Versuch mit Angehörigen anderer Rassen zu wiederholen.«

Frafa musterte den Zwerg wie gebannt. Doch je länger sie den halb lebendigen Kopf anschaute, umso unbehaglicher war ihr zumute. Sie trat einen Schritt zurück und strich sich unwillkürlich mit der Hand über das Haar.

Sie räusperte sich. »Wie verträgt sich das mit Eurer ›patriotischen Gesellschaft‹, von der Ihr mir gestern erzählt habt? Meintet Ihr nicht, die Völker müssten lernen, eine wahrhafte Gemeinschaft zu bilden? Die Angehörigen der anderen Völker fänden es sicher nicht respektvoll, wenn man ihren Kopf auf ein Glas steckte.«

Bleidan blickte verlegen aus dem Fenster. »Genau darum habe ich ja noch keinen weiteren Kopf präpariert. Es ist schwer heutzutage, auf anständige Weise daranzukommen. Der Krieg ist vorbei, und die Todeskandidaten der Fei will ich nicht nehmen. Aldungan darf ich gar nicht davon erzählen. Er würde gleich einen menschlichen Sklaven dafür kaufen. Der Meister ist eben noch ein Nachtalb der alten Schule. Aber ich glaube, die Menschen sind inzwischen ebenso Teil von Daugazburg wie wir alle.«

»Und der Zwerg nicht?« Frafa wies auf den Kopf. »Er war auch ein Gefangener.«

»Die Menschen von Daugazburg sind nicht nur Gefangene. Sie können sich einfügen«, sagte Bleidan. »Elfen und Zwerge hingegen überleben hier nicht lange. Ich habe also niemandem einen Schaden zugefügt, denn dieser Zwerg war im Grunde schon tot. Was die anderen Völker betrifft, so hoffe ich auf Freiwillige.«

»Freiwillige?« Ungläubig sah Frafa auf den Zwergenkopf.

»Ach, die meisten anderen Völker sind ohnehin erschreckend kurzlebig. Da sollte ihnen das Opfer nicht so groß vorkommen. Wenn ich ihnen den Sinn meiner Experimente deutlich machen kann, hat gewiss einer die Weitsicht, mich dabei zu unterstützen.«

Bleidan beugte sich dichter zu Frafa und senkte die Stimme. »Die kurzlebigen Völker zögen ja auch den größten Nutzen aus meinen Forschungen. Wenn ich es nämlich schaffe, mit meinen alchemistischen Tinkturen und Vorrichtungen Fleisch und Geist unbegrenzt und unbeschadet zu erhalten, dann könnte ich jedes Stück des Körpers durch eine alchemistische Applikation ersetzen. Damit ließen sich nicht nur sämtliche Teile des Körpers austauschen wie die Räder an einem Wagen, sondern sogar durch bessere ersetzen. Die sterblichen Völker könnten so alterslos werden wie die Alben.«

»Aber wäre das denn auch gut?«, wandte Frafa ein. »Ich meine, es wären ja immer noch Goblins oder Menschen oder was weiß ich. Was würden sie mit so einer Gabe anfangen?«

Bleidan starrte sie ungläubig an. Dann schüttelte er den Kopf. »Du stellst Fragen, Kind. Jede Verbesserung in den Teilen verbessert auch das Ganze! Das ist ja eben der Fehler, der seit Jahrhunderten gemacht wird. Wann immer jemand etwas Besseres ersinnt, einen neuen Zauber oder was auch sonst, dann wird es geprüft und verworfen, sobald es sich nicht in die bestehende Ordnung fügt. Aber das ist keine Sorgfalt, das ist Angst. Wir brauchen eine Ordnung, die das Neue zulässt, die jede Verbesserung begrüßt. Eine bewegliche Ordnung, die sich den Veränderungen anpasst, anstatt jede Verbesserung an sich anpassen zu wollen. Du siehst, so fügen sich meine Experimente in die Ideale unserer Gemeinschaft. Wenn ich dich zu unseren Versammlungen mitnehme, wirst du mehr davon hören.«

Frafa blickte zu Boden. Ihre Wangen waren dunkel geworden. Sie fand das alles ein wenig verwirrend, was Bleidan erzählte, und schämte sich dafür. Wenn sie erst einmal so mächtig war wie Aldungans Meisterschüler, würde sie es sicher besser verstehen.

»Könnt Ihr mir erklären, wie es funktioniert?«, fragte sie.

»Die Alchemie des Lebens?«, fragte Bleidan zurück. Er lachte. »Nein, sicher nicht. Wir müssen mit den Grundlagen anfangen. Zuerst musst du lernen, mit deiner magischen Essenz auszugreifen.«

Frafa schaute ihn erwartungsvoll an.

»Heb deine Hand«, sagte er.

Sie gehorchte, und Bleidan legte seine Handfläche auf die ihre. »Was spürst du?«, fragte er.

Frafa lächelte verlegen. Sie fühlte seine Handfläche, glatt und wie von feinen Funken überzogen. Es kribbelte bis in ihren Bauch hinein. Sie drückte ihre Hand ein wenig fester gegen seine und löste den Druck dann wieder, bis sie die Berührung nur noch wie ein leichtes Kitzeln empfand.

Bleidan blickte sie an, das Gesicht regungslos. »Du tastest nur mit deiner Haut«, sagte er. »Die älteren Schüler haben dir doch sicher schon mehr gezeigt.«

»Wenn ich meine Aufmerksamkeit sammle, kann ich … Tiere beeinflussen«, sagte Frafa. »Ich kann ihnen Angst machen, oder sie fühlen sich unwohl. Ich habe auch schon mal eine Menschin angefasst, dass ihre Haut rot wurde und gejuckt hat.«

»Das ist gut«, sagte Bleidan. »Versuch das bei mir.«

»Was?«, fragte Frafa. Sie hatte nicht wirklich gewusst, was sie damals bei der Menschenfrau gemacht hatte. Ihr war nicht wohl bei dem Gedanken, dasselbe bei Bleidan zu tun.

»Tu es einfach.« Bleidan lächelte ihr beruhigend zu. »Wir müssen deine Essenz ja ein wenig herauslocken.«

Frafa konzentrierte sich. Es fiel ihr schwer. In Bleidans Gegenwart pochte ihr Herz. Sie spürte Bleidans Berührung noch immer an der Handfläche, selbst als sie ihre Hand ein winziges Stück zurückzog und ihn gar nicht mehr berührte.

Sie biss die Zähne zusammen und stellte sich vor, sie würde gegen seine Hand schlagen.

Etwas an ihrer Handfläche streckte sich, etwas Körperloses. Und stieß auf Widerstand. Der körperlose Teil ihrer selbst wurde umklammert, ein Stück mitgerissen, wieder zurückgestoßen. Frafa schnappte nach Luft.

Es hatte nur einen Augenblick gedauert, eine Berührung wie ein unsichtbarer Händedruck. Ein Zupfen tief in ihrem Leib. Es überlief sie heiß und kalt. Es fühlte sich an, als hätte Bleidan ihre Seele berührt.

Als Frafa die Augen wieder öffnete, sah sie Bleidans Lächeln. Sie hatte Schleier vor dem Blick. Ihre Knie waren weich, und ihr war, als müsse sie zusammensinken. Sie *wollte* zusammensinken.

»Das«, sagte Bleidan, »war deine magische Essenz. Du hast damit ausgegriffen, und ich habe sie ein wenig gepackt und zurückgeschoben, damit du selbst sie besser fühlen kannst. Sie umgibt deinen Leib wie eine Aura, aber du kannst sie ausschicken. Du kannst damit Magie wahrnehmen und Dinge bewirken. Übe es, sie gezielt zu formen. Das sollte Lektion genug sein für den heutigen Tag.«

Frafa seufzte erleichtert.

»Danke, Herr«, hauchte sie. »Ich ... werde üben.«

»Es tut mir so leid.« Darnamur fasste die Hand der Gnomin und drückte sie. »Wito war mein Freund. Ich versichere Euch, die Verantwortlichen werden dafür bezahlen.«

Sie befanden sich in einer kühlen Kammer tief unter der Erde. Jemand hatte Bettstätten aufgestellt, mit strohgefüllten Matratzen, einem Tisch, wackligen Hockern. Ein kleiner eiserner Ofen bullerte in einer Ecke, der Qualm zog durch Ritzen hoch oben in der Decke ab. Einige beißende Schwaden hielten sich dennoch im Raum. Mehrere prall gefüllte Säcke standen in einer Reihe an der Wand – der gesamte Besitz von Witos Familie, soweit man ihn hatte bergen und hier unten in die Katakomben bringen können.

Witos Frau Cleuda saß auf einem der Hocker, ihr jüngster Sohn klammerte sich an sie. Er mochte etwa sieben Jahre alt sein, zu jung, um schon seine Größe ändern zu können. Drei weitere Kinder standen verlegen herum, die Älteste schon fast eine Frau. Darnamur war irritiert, weil er niemanden von ihnen kannte.

»Rache hätte Wito nicht gewollt«, sagte Cleuda leise. »Er würde wollen, dass sein Werk fortgesetzt wird.«

»Natürlich setzen wir sein Werk fort«, versicherte Darnamur ihr. »Aber die Fei hat sich für den Kampf entschieden, nicht wir.«

»Das ist wahr«, sagte ein alter Gnom, der hinter der Frau stand. Tröstend hielt er eine Hand auf Cleudas Schulter. Sein Haar war schlohweiß und wucherte in wilden Büscheln auf dem kantigen Kopf. Die große Nase verschwand beinahe zwischen den Falten in seinem Gesicht. »Sie hat alles verboten. Wir müssen uns wehren.« Er klang bedrückt.

Darnamur wandte sich zu Ganoch um. »Und wer ist das?«, flüsterte er. »Witos Großvater?«

»Ich höre noch sehr gut, junger Mann«, erwiderte der Alte scharf. »Ich bin Haro, der Schnitzer. Witos Nachbar.«

»Haro der Schnitter?« Dranjar meldete sich zu Wort. Er stand am Eingang und behielt den Tunnel im Auge. »Man sollte meinen, ich hätte von Euch gehört, wenn Ihr Euch so einen Namen erworben habt.«

Der alte Gnom runzelte die Stirn. »Der *Schnitzer*! Ich schnitze Holz und Elfenbein. Filigrane Figuren. In meiner kleinen Gestalt kann ich feine Verstrebungen bearbeiten, die selbst Nachtalben beeindrucken.«

»Du meine Güte.« Dranjars Stimme klang abfällig. Er wandte sich wieder ab und blickte nach draußen.

»Hör zu, Junge!«, meinte Haro aufgebracht. »Ich habe einen

Namen unter den besten Handwerkern der Stadt. Und ich bin Gründungsmitglied der *Grünen Lande.* Euch kennt man nur als Rabauken, die sämtliche Gnome zum Aufruhr anstiften wollen.«

»Bitte«, sagte Darnamur. »Wir wollen uns nicht streiten. Nicht hier, nicht jetzt. Ihr habt selbst gesagt, Ihr wollt kämpfen.«

»Ich will nicht kämpfen«, widersprach Haro. »Aber ich muss! Es widerstrebt mir zutiefst. Ich bin ein friedfertiger Gnom. Ich habe mich nicht einmal an dem albernen, aber gefährlichen Schabernack beteiligt, den viele Gnome so lieben ...«

»Ihr wollt sagen, Ihr erinnert Euch nicht mehr daran«, spöttelte Dranjar von der Türe her. »Weil es schon so lange her ist!«

Haro schnappte nach Luft. Sein faltiges Gesicht wurde fleckig. Witos Frau schüttelte den Kopf und schaute zu Boden.

»Dranjar«, sagte Darnamur scharf. »Geh nach draußen und mach die Tür hinter dir zu.«

»Alles klar, Hauptmann«, erwiderte Dranjar und gehorchte.

»Es tut mir wirklich leid«, sagte Darnamur. »Junge Gnome.«

»Manche werden nicht besser, wenn sie etwas älter sind.« Haro funkelte Darnamur an. »Habe ich gehört.«

Darnamur seufzte. »Was wollt Ihr eigentlich, Haro?«, fragte er. »Ich bin hier, um Witos Familie meine Aufwartung zu machen und um mich von ihnen zu verabschieden. Ich will mich nicht streiten.«

»Entschuldige«, sagte Haro. »Aber es fällt mir schwer. Ich bin ein friedlicher Gnom ... Aber so geht es nicht weiter. Ich will mich dem bewaffneten Kampf anschließen. Witos Verurteilung ... So dürfen sie mit uns Gnomen nicht umspringen.«

»Haro!«, sagte die Frau.

»Nein, Cleuda«, sagte der Alte. »Tut mir leid. Es geht nicht anders. Wenn ich einen anderen Weg sehen würde ... Außerdem muss jemand mit ein wenig Vernunft bei den jungen Heißspornen bleiben. Wenn du mit den Kindern in Sicherheit bist ...«

»Ich möchte nicht gehen.« Cleuda erhob sich von ihrem Hocker. Der kleine Junge klammerte sich fester an sie. »Und

Wito wollte gewiss nicht, dass sein ... sein Weggang solche Folgen hat. Haro, du kannst nicht plötzlich dein Schnitzmesser nehmen und in den Krieg ziehen! Ich will hierbleiben und dazu beitragen, dass die *Grünen Lande* nicht den Weg der Messer nehmen.«

Darnamur schüttelte den Kopf. »Was auch immer Wito von unseren Plänen hielt, er hätte auf jeden Fall gewollt, dass es seiner Familie gut geht. Vor dem Zorn der Fei wäret ihr nicht einmal in den Katakomben lange sicher. Es gibt Siedlungen in den Bergen, wo Gnome unauffällig leben können.«

Cleuda sah ihn an. »Darnamur. Wito hat mir von dir erzählt. Du forderst schon lange den Zorn der Fei heraus und hast hier in der Stadt doch überlebt.«

»Ich kann untertauchen«, sagte Darnamur. »Ich habe keine Familie.«

»Bitte«, sagte Haro. »Um der Kinder willen.«

»Warum kommst du nicht wenigstens mit uns?«, fragte Cleuda. »Ich möchte nicht, dass du ...«

Darnamur ließ sie das untereinander bereden. Er wandte sich zwei jungen Gnomen zu, die neben der Tür warteten. Sie trugen grobe braune Gewänder aus Nesselflachs, Ledergürtel mit Hornschnallen und zwei einfache Knochenmesser darin. Sie sahen nicht aus wie erfahrene Späher, aber Darnamur hatte sie schon einmal gesehen.

»Ihr wart auf einer Versammlung der *Messer*«, sagte er. »Aber ihr seid noch nicht lange bei uns.«

Die beiden Gnome nickten. Darnamur schaute sie an. Schließlich ergriff Ganoch das Wort.

»Das sind Magati und Audan«, sagte er. »Sie waren früher bei Witos *Grünen Landen.* Nach Witos Verbannung haben sie sich uns angeschlossen.«

»Haro hat recht«, warf die junge Gnomin, Magati, ein. »Wir müssen etwas tun.« Sie legte die Hand an den Griff des Messers.

»Sie kümmern sich um Witos Familie«, sagte Ganoch. »Ich habe sie vorläufig dazu eingeteilt. Sie waren früher schon gut mit Wito bekannt.«

Darnamur betrachtete die beiden jungen Gnome nachdenklich. Wenn Ganoch ihnen diese Aufgabe anvertraute, musste er sie für vertrauenswürdig befunden haben. Aber das hieß nicht, dass sie zum Kampf taugten. Sie hatten gewiss nicht in Leuchmadans Armee gedient.

»Ihr begleitet Witos Familie in die Berge?«

Audan und Magati sahen einander an. Dann schüttelten sie den Kopf. Sie blickten entsetzt drein. »Wir sind Stadtgnome«, sagte Magati. »Wir helfen Cleuda und den Kindern, solange sie hier sind. Erledigen Botengänge, besorgen Dinge. Aber dann wollen wir kämpfen!«

»Genau«, stimmte Audan ihr zu. Er schaute auf Cleuda, die immer noch mit Haro sprach. Dann trat er näher an Darnamur heran und senkte die Stimme, als hätte er Angst, Witos Frau zu verärgern. »Ich will Wito rächen! Das war nicht gerecht, was die Fei gemacht hat.«

»Du wirst die Gelegenheit bekommen«, sagte Darnamur. Seit Witos Verbannung strömten den *Knochenmessern* neue Anhänger zu, doch die meisten von ihnen waren nicht tauglicher als diese beiden. Man würde sie ausbilden und eine Verwendung für sie finden müssen. Für jeden von ihnen.

Darnamur lächelte ihnen zu. »Wir freuen uns über eure Hilfe. Und über erfahrene Persönlichkeiten wie Haro.«

Er wandte sich wieder dem Alten zu und Witos Frau. »Ich muss mich verabschieden. Es gibt viel zu erledigen in diesen Tagen. Alle Freunde von Wito sind in Aufruhr, und die Fei drangsaliert uns schlimmer denn je.« Darnamur breitete die Arme aus und seufzte. »Es ist eine harte Zeit für uns alle. Auch wenn Euer Verlust natürlich am größten ist.«

Er herzte die Kinder, verabschiedete sich von dem ältesten Mädchen mit einem Händedruck.

»Mach deinem Vater Ehre«, sagte er zu ihr. »Und euch allen eine gute, sichere Reise. Wir stellen zuverlässige Begleiter ab. Was auch immer in Daugazburg geschieht, Witos Familie wird in den Bergen sicher sein. Dafür verbürge ich mich.«

Ganoch blieb, um mit Cleuda die Reisevorbereitungen abzustimmen. Darnamur verließ die Kammer und schloss die Tür hinter sich. Dann lehnte er sich kurz dagegen, atmete durch.

»Und?«, fragte Dranjar. »Hat es sich gelohnt.«

»Es war nötig«, erwiderte Darnamur. »Wie hätte es ausgesehen, wenn ich die Frau meines Hauptmanns nicht einmal persönlich aufsuche? Aber sorgt dafür, dass sie auch wirklich abreist. Sie ist hier nicht nur in Gefahr – ich fürchte, sie wäre uns auch gehörig im Weg!«

»Wenn ich die Wahl hätte zwischen ihr und Großväterchen Blümchenschnitzer ...«, setzte Dranjar an.

Darnamur unterbrach ihn. »Die hast du nicht. Haro wird bei uns bleiben. Und da er ein Freund von Wito war, werd ich ihn mit Ehre behandeln. Und das erwarte ich auch von dir, Dranjar. Sorg dafür, dass ich keine Klagen über dich höre.«

»Alles klar, Hauptmann«, erwiderte Dranjar mürrisch.

»Seit Witos Verbannung folgen die Gnome uns«, sagte Darnamur. »Und ich will, dass das auch so bleibt.«

Frafa lernte rasch, ihren Geist ausgreifen zu lassen, lebendige Strukturen damit zu ertasten und zu beeinflussen. Bald konnte sie die Dinge, die sie bisher nur aus den Lehrbüchern kannte, auch auf magischem Wege erkennen.

Fast an jedem Morgen traf sie sich zum Ausklang der Nacht in Litiz' Xotoc-Stube mit anderen Nachtalben. Es waren Bleidans Freunde, und sie teilten seine Ansichten. Frafa fragte sich, ob diese Treffen überhaupt noch erlaubt waren. In gewisser Hinsicht bildete Bleidans Freundeskreis ja selbst schon einen politischen Verein.

Frafa saß bei Litiz, trank ihren Xotocl, meistens scharf oder süß, und hatte das Gefühl, eine neue Welt zu entdecken. Eine Welt voller Gefahren. Frafa fühlte sich verwegen.

Sie beobachtete den Platz am Fuß des Turms und die Straßen, die vom Drauzwinkel wegführten. Wann immer Goblinpatrouillen unten vorbeiliefen, schlug ihr Herz schneller. Die Gespräche mit Bleidans Freunden hatten den Hauch des Verbotenen.

Sie lernte viel, und doch blieb die Distanz zu Aldungans Meisterschüler unüberwindbar. Sie achtete stets aufmerksamer auf Bleidan als auf das, was am Tisch gesprochen wurde. Wie konnte sie ihn wohl beeindrucken? Gewiss nicht mit ihrer Magie. Nicht mit künstlichen Geschöpfen, wie Saira und Tartanis sie schufen. So weit war sie noch nicht.

Zudem nagte die Sorge an ihr, was er wohl tun würde, wenn sie ihn herausforderte. Sie musste mehr lernen, um ihm auf Augenhöhe zu begegnen.

»Wie lange lernt Ihr schon bei Meister Aldungan?«, fragte sie ihn eines Tages.

Bleidan zuckte die Achseln. »Mehr als hundert Jahre, zweihundert vielleicht. Es gab Zeiten, da vergaß ich, die Jahre zu zählen.«

Frafa fühlte sich entmutigt. »Und Ihr seid immer noch Lehrling?«

»Es gibt immer etwas zu lernen«, antwortete Bleidan. »Und ich habe hier ein sicheres Haus. Ich müsste nicht bleiben. Viele Nachtalben versuchen allzu früh, sich allein zu behaupten. Sie wollen keinen Lehrer, sondern einen eigenen Posten im Dienst eines höheren Herrn. Ich sah bisher noch keinen Grund dazu.«

Frafa warf Raupen in ein Terrarium. Die kleinen Grasdrachen schnappten danach, und Frafa machte sich einen Spaß daraus, nach ihrer Aura zu spüren und sie zurückzustoßen. Sie bildete die Aura der Raupen nach und brachte die kleinen Echsen dazu, ins Leere zu haschen.

»Liegt es an Eurer Forschung?«, fragte sie. »Es ist sicher schwer, ein ernsthaftes Amt zu bekommen, wenn man sich mit dem Leben beschäftigt.«

»Es dürfte heute leichter sein als je zuvor«, sagte Bleidan. »Seit die Fei Leuchmadans Kästchen errungen hat, weckt sie neues Leben in den Grauen Landen. Viele Pflanzungen sind rings um Daugazburg neu entstanden. Ein Nachtalb, der sich darauf versteht, könnte rasch zum Herrn einer solchen Domäne aufsteigen. Nur wenige Alben befassen sich mit derart elfischen Dingen.«

»Warum nur wenige?«, fragte Frafa. »Es ist machtvolle Magie. Man kann Wunden heilen, lässt Pflanzen wachsen oder verändert sie. Aber man kann auch Krankheit bringen und den Herzschlag anhalten. Warum schätzen so viele Alben diese Macht gering?«

»Alben schätzen Macht sehr«, sagte Bleidan. Er fasste in ein Terrarium und holte eine winzige Blütenschlange hervor. Das bunt gepunktete Reptil war nicht einmal so lang wie sein Unterarm und so dünn wie einer seiner Finger. »Aber Macht ist stets die Macht über deinesgleichen. So ist es bei allen Völkern. Und die Macht über das Leben wirkt nur schwach auf die Nachtalben.«

»Warum?«, fragte Frafa. »Nachtalben leben auch.«

Bleidan strich der Schlange über den Rücken. Zwei kleine Beulen entstanden dort, wo er das Tier berührt hatte. Sie sprangen auf wie Knospen, wuchsen hervor, und im Nu spannten sich zwei Flügel auf dem Rücken der Schlange.

Er legte das Tier auf den Tisch, wo es sich verwirrt wand, ungeschickt mit den Flügeln zuckte und sich mühsam bewegte mit dieser neuen Last auf dem Rücken. Bleidan tippte der Schlange auf den Kopf, und die Flügel schlugen auf und ab. Die Schlange hob ab und schwirrte um die Köpfe der beiden Nachtalben.

»Derlei Dinge zählen für die meisten Alben nicht als Macht«, erklärte er, »sondern als bloße Spielerei. Tiere und Pflanzen und niedere Geschöpfe, sie sind nicht unseresgleichen. Höhere Geschöpfe werden von ihrer magischen Aura bestimmt. Willst du Macht über einen Alb gewinnen, so musst du seine Aura verändern, nicht nur seinen Leib. Oder du beeinflusst die unbelebte Materie in seiner Umgebung.

Die meisten Alben würden einen Zauber bevorzugen, der einen Dolch lenken kann, anstatt das Herz ihres Gegners stillstehen zu lassen. Denn wenn der Dolch im Herz ihres Feindes steckt, so kann dessen Magie es viel schwerer wieder zum Schlagen bringen.«

Bleidan fing die schwirrende Schlange wieder ein, streifte ihr die Flügel ab und sperrte sie zurück in das Terrarium.

»Und zudem«, fuhr er fort, »ist die Lehre von den lebenden Dingen zugleich auch die Kunst unserer Erzfeinde, den Elfen.«

Empört schnappte Frafa nach Luft. »Aber ich bin doch kein Elf, nur weil ich dieselben Zauber beherrsche!«

Bleidan beugte sich dicht zu ihr und flüsterte: »Bist du dir sicher? Wir sind magische Geschöpfe. Unsere Magie bestimmt unser Sein. Womöglich sind die Unterschiede in unserer Magie alles, was uns von den Elfen unterscheidet.«

Frafa lachte unsicher. »Aldungan befasst sich schon seit Ewigkeiten mit dieser Kunst und ist doch kein Elf geworden!«

»Aber er ist auch nicht wie die anderen Nachtalben«, sagte Bleidan. »Er beteiligt sich nicht am Postengeschacher bei Hofe. Er ist so beständig, von allem Treiben dort draußen ganz abgewandt und jeder Veränderung abhold. Das hat schon etwas Elfisches an sich.«

Frafa legte entsetzt die Hand auf den Mund. Wie respektlos, den Meister derart zu beleidigen!

Bleidan schaute auf sie herab und schüttelte den Kopf. »Du kennst die Legende, woher die Feindschaft zwischen Elfen und Nachtalben rührt?«

»Ich habe ... Ich weiß nicht«, stotterte Frafa.

»Sie wird nicht mehr gern erzählt. Nach Ansicht vieler Alben rückt sie unser Volk schon zu nahe an die Elfen heran. Die meisten von uns ziehen eine grundlose Feindschaft vor.« Bleidan lachte. »Aber eine alte Legende besagt, dass es einst ein gemeinsames Volk gab, welches Elfen und Alben voranging, ein Volk, das von der Magie erschaffen wurde, die alle lebenden Dinge umgibt.«

Frafa versuchte, sich einen Elfen vorzustellen. Sie hatte noch niemals einen gesehen, aber es hieß, sie seien das genaue Gegenteil der Nachtalben. Wie sah das Gegenteil eines Nachtalbs aus? Und wie sollten zwei so gegensätzliche Völker einen gemeinsamen Vorfahren haben?

Bleidan erzählte weiter: »Eines Tages gab es Streit in diesem magischen Volke. Die einen wollten ihre Magie nutzen, um zu verändern und zu verbessern. Die anderen wollten stattdessen das vorhandene Leben pflegen und bewahren. Aus diesen Letzteren entstanden die Elfen. Sie vertrieben unsere Vorfahren aus allen lebenden Hainen und verdammten jede Anwendung von Magie, die sich über das ursprüngliche Leben erhebt.«

»Und es bringt uns den Elfen näher, wenn wir dieselbe Art Magie ausüben?«

Bleidan lächelte. »Es ist nur eine Legende. Sie beschreibt, wie wir zu Unrecht von den Elfen aus unserer Heimat vertrieben wurden. Heute bestreitet man lieber, dass es je eine gemeinsame Heimat gab. Ich halte beides für einen Fehler. Warum sollten wir unser Denken an die Vergangenheit binden? Wir müssen in die Zukunft blicken. Wir Nachtalben sollten die Veränderung begrüßen und sie anführen, anstatt uns von alten Legenden die Welt deuten zu lassen oder uns vor dieser Deutung zu fürchten.«

»Und was bedeutet das nun für Elfen und Alben?« Frafa war verwirrt.

»Es heißt einfach nur, dass wir ohne vorgefasste Urteile lernen sollten, egal woher das Wissen kommt«, antwortete Bleidan: »Auch von Elfen, wenn es sein muss. Alles Wissen muss geprüft und das Beste von allen übernommen werden. So können wir schneller voranschreiten. Du wirst bald mehr darüber hören. Wir haben in zwei Tagen eine geheime Zusammenkunft der *Freunde des Fortschritts*. Die erste, seitdem die Fei politische Vereinigungen verboten hat.«

Der winzige Gnom kroch unter dem Türspalt hervor und sah sich um. Ein Bett, ein Schemel, Vorhänge auf der anderen Seite des Raumes – und auf dem Bett lag eine reglose Gestalt.

Der Gnom presste seine Armbrust an sich und huschte lautlos an der Wand entlang, dann quer durch den Raum auf das Bett zu. Misstrauisch spähte er nach allen Seiten, sprang über die Spalten zwischen den schweren Steinplatten am Boden. In der Mitte des Zimmers hielt er inne. Er schöpfte Atem.

Eine Stimme klang vom Bett zu ihm herüber. »Ho, ho, ich spüre dich, kleiner Gnom!« Steif richtete die Gestalt sich auf. Auf den käfergroßen Gnom wirkte sie höher als ein Festungsturm, unerreichbar und bedrohlich. Der Gnom wandte sich zum Vorhang hin und lief los.

Die Gestalt schwang ihre lächerlich klein wirkenden Beine über die Bettkante und richtete sich auf. Sie war nur mit einem dünnen Nachthemd bekleidet. »Lauf nur, doch du entkommst mir nicht!«, rief sie. Ihre Stimme klang gedämpft, als würde sie durch ein Tuch sprechen. Schwankend setzte sie sich in Bewegung, schnitt dem Gnom den Weg ab.

Der winzige Gnom kam nur langsam voran. Sein riesenhafter Gegner bewegte sich unbeholfen, doch unmöglich konnte der Gnom die gegenüberliegende Wand vor ihm erreichen. Mit wenigen Schritten war die Gestalt beim Vorhang. Der Gnom wandte sich von ihr ab und barg die Waffe vor der Brust. Er nahm wieder seine natürliche Größe an.

»Ah! Da bist du«, sagte die Gestalt. »Ha, ha. Stelle dich meinem Zorn!«

Da trat hinter ihr unvermittelt ein zweiter Gnom zwischen den Vorhangfalten hervor. Sein Arm zuckte hoch, es knirschte und knisterte.

Der erste Gnom wirbelte herum, brachte die Armbrust in Anschlag und schoss. Dumpf schlug der Bolzen in die Brust der großen Kreatur, und alle drei Kämpfer erstarrten.

Die große Gestalt regte sich als Erste wieder. Ihr starrer Oberkörper löste sich von den Beinen, wuchs höher und höher und kippte dann nach vorn. Dumpf landete der Torso auf den Steinfliesen. Dahinter kam ein Gnom zum Vorschein. Er atmete schwer und streifte sich Strohhalme aus den spärlichen Haaren. Es war Darnamur, der sich mit einem falschen Oberkörper aus gepresstem Stroh als größeres Geschöpf verkleidet hatte.

»Das war's!«, rief er laut. Die Tür öffnete sich und weitere Gnome stürmten in das Zimmer. Einer von ihnen trug eine Laterne. Darnamur, seine beiden Übungsgegner und die neu hinzugekommenen Gnome versammelten sich um die Attrappe am Boden. Darnamur zog den Armbrustbolzen heraus und reichte ihn an den Schützen zurück.

»Genau getroffen«, stellte er fest. »Und das will ich dir auch geraten haben!«

»Ihr wisst ja«, sagte Dranjar, der die Laterne hielt, »wer hier den Ausbilder trifft, muss bei der Ausbildung der Anfänger die Zielscheiben halten!«

Die Gnome lachten. Darnamur drehte den Strohtorso auf den Bauch und untersuchte das Nachthemd. Ein feiner Riss zeigte an, dass auch der zweite Gnom mit dem Knochenmesser die Puppe genau dort getroffen hatte, wo bei einem Nachtalb das Herz saß.

Dranjar hielt die Laterne näher heran. »Ein echter Nachtalb ist keine Strohpuppe«, gab er zu bedenken. »Bei einem echten Angriff ginge das nicht so leicht.«

»Vermutlich nicht«, räumte Darnamur ein. »Ein echter Nachtalb hält sich nicht an verabredete Bewegungen. Man muss immer auf Überraschungen gefasst sein.«

Damit wandte er sich an die übrigen Gnome, die bewaffnet um ihn herumstanden. Sie zählten zu der Elite seiner Schar, die Attentäter, mit denen er abgestimmte Angriffe auf schwierige Gegner einstudierte, während das »Fußvolk« und die vielen Neuen noch damit beschäftigt waren, den Umgang mit den Waffen aus Drachenbein zu erlernen.

»Angriffe auf Nachtalben sind eine verzweifelte Angelegenheit«, fuhr Darnamur fort. »Wenn wir unsere kleine Gestalt annehmen, sind wir von einer magischen Aura umgeben, die Nachtalben riechen können. Und ihr feines Gehör macht es fast unmöglich, sich an sie anzuschleichen. Wir müssen also den Nachtalb in eine angreifbare Position bringen, so wie wir es hier üben. Aber bei solchen Angriffen müssen wir mit hohen Verlusten rechnen. Wir werden sie also nur wagen, wenn es unbedingt nötig ist.«

Die Tür bewegte sich. Die Gnome wandten den Kopf. Ganoch trat ein. Einige der Gnome senkten die Waffen wieder, die sie im ersten Augenblick misstrauisch erhoben hatten. Sie waren tief unter der Erde, in einem zugemauerten Kellergewölbe, das durch die verbliebenen Spalten nur für Gnome erreichbar war. Aber die Schwarze Fei verfügte über magische Mittel, und niemand wusste, wozu sie fähig war.

»Also gut«, sagte Darnamur. »Dranjar, du machst hier weiter. Ich habe etwas mit Ganoch zu besprechen.«

Er nickte seinen Leuten zu und ging mit seinem Stellvertreter in den Nebenraum. Sie suchten sich einen ruhigen Winkel.

»Was ist?«, fragte Darnamur. »Du bist so schweigsam. Geht es immer noch um die politische Polizei, die Geliuna aufstellen möchte?«

»Sie hat schon Nachtalben als Offiziere ernannt«, sagte Ganoch. »Und in den nächsten Tagen soll eine Vampirgarde zusammengestellt werden. Uns läuft die Zeit davon.«

Darnamur wirkte nicht allzu beunruhigt. »Allmählich merkt die Fei, dass sie die Unruhe in der Stadt nicht allein mit ihren Goblins in den Griff bekommt. Aber sie erkennt es zu spät. Immerhin habe ich schon vor Jahren einen Hauptmann für meine eigene politische Polizei ernannt.« Er grinste und klopfte Ganoch auf die Schulter. »Wie weit bist du mit der Überprüfung unserer neuen Bewerber?«

Ganoch atmete tief durch. »Seit Witos Verurteilung gibt es unzählige Gnome, die bei uns mitmachen wollen. Die meisten von ihnen sind sauber und zuverlässig, aber was wollen wir mit ihnen anfangen? Die meisten Mitglieder der *Knochenmesser* waren ausgebildete Kundschafter und Gnome aus der Armee. Aber die neuen Bewerber haben oft keine Kampferfahrung. Sie sind undiszipliniert und neigen zu gefährlichem Schabernack.«

»Hm.« Darnamur kratzte sich am Kopf. »Wir brauchen nicht nur Kundschafter und Attentäter. Auch Dienstgnome bei irgendwelchen Nachtalben können uns nützlich sein.«

»Allerdings«, räumte Ganoch ein. »Ein paar von ihnen hab ich schon für meine *Beobachter* rekrutiert. Aber je mehr Leute wir aufnehmen, umso mehr fallen wir auf. Und die neue Polizei der Fei wird auf solche Dinge achten.«

»Wir hatten darüber gesprochen«, sagte Darnamur. »Verlier jetzt nicht Kopf. Die politische Polizei wird sich auf Gnome stützen, denn Gnome sind von jeher die Kundschafter der Fei. Und die Gnomentruppen haben wir längst unterwandert. Du weißt, was du zu tun hast, damit sie nicht auf uns aufmerksam werden.«

»Ich weiß«, sagte Ganoch bedrückt. »Und es gefällt mir nicht. Es wird auch nicht reichen, nicht auf Dauer. Da sind nicht nur die Gnomenspitzel der Fei, auf die wir achten müssen. Hauptmann Salvan, der Befehlshaber der politischen Polizei, ist ein junger Nachtalb. Das macht ihn ehrgeizig. Er wird suchen, und er wird weitersuchen, bis er etwas findet. Womöglich sollten wir ... ruhiger bleiben. Nicht so viel Aufsehen erregen, nicht so viele von unserem Volk mit hineinziehen.«

Darnamur dachte kurz nach. »Im Gegenteil, Ganoch«, sagte er schließlich. »Wir müssen unseren Vorsprung halten. Stell mir eine Liste zusammen mit allen Leuten, die zu viel wissen könnten. Menschen, Alben, fragwürdige Gnome, ganz egal. Misstrauische Nachbarn, die zu viel von unserem Kommen und Gehen mitgekriegt haben. Der Wirt vom Roten Drachen ist wohl vertrauenswürdig und unentbehrlich. Aber nimm dir seine Schmuggler und Mittelsmänner vor. Alles, wo ein loses Ende aus unserer Vereinigung herausschauen könnte. Ich werde dann entscheiden, wo ein paar unauffällige Unfälle nötig sind.«

Ganoch verzog das Gesicht.

Darnamur sah ihn eindringlich an. »Ich vertraue dir, Ganoch. Unsere Sicherheit liegt in deiner Hand. Du weißt, was nötig ist, und du wirst es richtig hinbekommen.«

Ganoch nickte müde. »Ja, Darnamur. Ich weiß, was ich tun muss.«

Salvan, der zukünftige Hauptmann der politischen Polizei von Daugazburg, saß in seinem neuen Arbeitsraum hinter dem neuen Schreibtisch. Stapel von Papier und dicke Folianten lagen herum, und noch gab die Einrichtung keinen Hinweis auf die Persönlichkeit des Bewohners.

Salvan war ein Nachtalb, von dem man bisher nicht viel gehört hatte. Er galt als jung, was auch immer das unter den alterslosen Alben bedeuten mochte. Sein Haar war lang und voll und nachtschwarz. Wenn er saß, fiel es beinahe bis zum Boden und umgab seine Gestalt wie ein seidiger Schleier. Er trug ein ebenso schwarzes Gewand mit breiten Schultern, auf denen sein dunkles Vollmondgesicht fast verloren wirkte.

Er blickte auf den Gnom hinab, der eben bei ihm eingetreten war.

»Ganoch«, sagte er. »Du bist einer der Hauptleute der Gnomenspäher am Palast, nicht wahr?«

Ganoch verbeugte sich ehrerbietig. »Es ehrt mich, dass Ihr meinen Namen kennt, Hauptmann Salvan. Und das schon jetzt, wo Ihr noch nicht einmal in Euer Amt eingeführt worden seid.«

Salvan lehnte sich in seinem Stuhl zurück. Seine Mundwinkel kräuselten sich. »Ich bin nicht dumm, Gnom. Und du bist es auch nicht. Du weißt genau, dass ich deinen Namen von der Liste der Kandidaten kenne. Von der Liste der Hauptleute, die als Anführer meiner geheimen Abteilung in Frage kommen. Spitzel und Kundschafter – natürlich Gnome. Oder willst du behaupten, dein Besuch heute hätte nichts mit diesem Umstand zu tun?«

»Und wenn es so wäre?« Ganoch verzog keine Miene. »Ich hätte allen Grund, mich für diese Beförderung zu empfehlen. Ich kenne mich gut aus in der Stadt, habe Verbindungen. Und ich besitze alle Fähigkeiten, die für den Posten nötig sind. Das habe ich bei Einsätzen gegen Schmuggler und andere Gesetzesbrecher oft genug bewiesen.«

»Mag sein, mag sein.« Hauptmann Salvan beschrieb eine wegwerfende Geste mit der schwarz behandschuhten Rechten. »Aber die Auswahl des Hauptmanns für die geheime Abteilung der politischen Polizei obliegt *mir.* Ich will einen Gnom meines Vertrauens auf dieser Stelle. Du hast einiges vorzuweisen, was dir im Dienste der Fei Ansehen verschafft, aber besitzt du auch die Fähigkeiten, die *mich* überzeugen?«

»Nun, Herr …« Ganoch blickte zu Boden. »Womöglich könnte ich schon wertvolle Informationen in das Amt mit einbringen. Informationen, die Euch erste Erfolge sichern.«

»Das müssten schon sehr wertvolle Informationen sein, wenn du damit diesen Posten erschachern möchtest, Gnom.« Salvan lächelte herablassend. »Der Hauptmann der geheimen Polizei wird den Oberbefehl über alle Kundschafter von Daugazburg haben. Und den Oberbefehl über neue Einheiten, die er selbst erst aufstellen soll. Unserer liebenswürdigsten Herrin, der Schwarzen Fei, liegt diese Abteilung sehr am Herzen. Sie wird weder mit Mitteln noch mit Befugnissen geizen. Was willst du mir anbieten, um zum mächtigsten Gnom in Daugazburg zu werden?«

»Wie wäre es mit einer verbotenen politischen Vereinigung? Ich führe Euch zu ihrer geheimen Versammlung. Alle Beweise liegen auf dem Tisch. Ihr zerschlagt sie und verhaftet die Anführer; ein grandioser Triumph, noch vor Eurem offiziellen Amtsantritt. Und es wäre allein Euer Ruhm, denn ein Hauptmann der geheimen Polizei zeichnet sich natürlich vor allem durch seine Diskretion aus. Findet Ihr nicht auch?«

Salvans dünne Brauen rückten zusammen. Er beugte sich vor, musterte den Gnom.

»In der Tat«, sagte er. »Ein Hauptmann der geheimen Polizei, der weiß, wo sein Platz ist, das wäre mir schon recht. Der nur mir Bericht erstattet und ansonsten im Hintergrund bleibt. Aber warum sollte ein Gnom das tun, wenn er doch ein eigenes Amt von einiger Bedeutung hat?«

Ganoch verzog das Gesicht. »Er müsste dabei wohl einige Gnome verraten, die nicht treu zur Fei stehen. Ich denke, dieser Gnom könnte seine neue, einflussreiche Stellung mehr genießen, wenn nicht jeder darüber spricht, was er dabei tut.«

Salvan lehnte sich zurück. Dann lachte er, hell und leise. »Hauptmann Ganoch«, sagte er schließlich. »Ihr Gnome seid so voller Empfindlichkeiten. Aber es ist gut, dass wir beide wissen, worauf es ankommt. Und wenn die Alben als Einzige stark genug sind, auch dazu zu stehen, dann soll mir das nur recht sein. Womöglich könnten wir beide gut zusammenarbeiten.

Also, wo trifft sich diese Vereinigung von Gnomen und anderen Feinden der Fei? Wenn der Preis sich lohnt, das verspreche ich, werde ich deine Bewerbung wohlwollend prüfen. Ein Gnom, der weiß, was er tun muss, der mir liefert, was ich brauche, ohne dass ich ihn eigens antreiben müsste, der hätte genau die Fähigkeiten, die mir für den Hauptmann der geheimen Polizei vorschweben.«

# 3. Kapitel: Eine Jungfer in Nöten

*Wer heute in Daugazburg etwas weiß, der hütet sein Wissen eifersüchtig. Und wer von einer Erkenntnis keinen Nutzen hat, der bekämpft sie gleich. Wissen an sich genießt keine Wertschätzung, und wenn eine Sache keinen Wert hat, so wird auch wenig davon geschaffen.*

*Schaut man über die Grenzen zu unseren Feinden, so muss einem bange werden. Wusstet ihr, dass in vielen bitanischen Fürstentümern freie Akademien gegründet wurden? Sie forschen und tauschen sich untereinander aus, und das reine Wissen ist ihr einziges Gut und ihre einzige Verantwortung. Dieser Entwicklung dürfen wir nicht tatenlos zusehen.*

*Wir in Daugazburg könnten aus einem solchen Austausch der Forschung noch viel mehr Nutzen ziehen als die Menschen von Bitan. Denn Menschen bleiben, wie Elfen und Zwerge, ein jeder für sich, und der Austausch, den sie anstoßen, bleibt so in einem engen Gefängnis. Wir aber sind viele Völker, mit ganz unterschiedlichen Fertigkeiten.*

*Wir sollten also das Prinzip der Freien Akademien nicht ablehnen, nur weil die Idee dazu aus der falschen Richtung kommt. Übernehmen wir es zu unserem eigenen Nutzen, bevor eines Tages der Feind in unser Land einfällt, mit neuen Zaubern und neuen Gerätschaften, die wir nicht einmal verstehen würden.*

Bleidan, der Nachtalb,

Rede in der politischen Vereinigung der
»Freunde des Fortschritts«

Einen Nachtalb beeindruckte man nicht mit dem Aussehen, sondern mit der Macht, die man besaß.

Aber Frafa war schlau genug, um die Lücke in dieser alten Albenweisheit zu erkennen. Wenn dem tatsächlich so wäre, dann hätte sie Aldungans Gegenwart der seines Schülers vorziehen müssen. Und doch weilten ihre Gedanken lieber bei Bleidan. Ihm merkte man die Jugend noch an. Seine Gestalt und der Schnitt seines Gesichts entsprachen dem Idealbild eines Nachtalbs. Mit seinem hellen Hautton und dem schimmernden langen Haar strahlte er zudem einen Hauch von Extravaganz aus. Der mächtige Aldungan hingegen ließ Frafa eher frösteln.

Also spielte das Erscheinungsbild zumindest eine gewisse Rolle. Und Frafa musste ohnehin mit den Mitteln arbeiten, die ihr zu Gebote standen.

Deshalb saß sie nun vor einem kleinen Tischchen in ihrem Zimmer und machte sich zurecht. Sie glättete ihre Frisur mit einem feinen Öl, das die Haare glänzen ließ. Dann steckte sie das Haar mit einem plattierten Bronzekamm auf, der mit seinen zahlreichen Zähnen so aussah wie ein vielgliedriges Insekt, das sich an ihrem Kopf festklammerte. Sie sorgte dafür, dass ihr linkes Ohr freilag, während vom rechten nur die Spitze aus dem schwarzen Schopf ragte.

Balgir lag auf dem Bett und beobachtete sie aufmerksam. Frafa wandte sich dann und wann zu ihm um und runzelte die Stirn. Sie fühlte sich unwohl unter dem prüfenden Blick der Echsenaugen. Fast hatte sie das Gefühl, dass das Taschentier ihre Bemühungen kritisch verfolgte, auch wenn sie damit dem dummen Tier zu viel Ehre erwies.

Frafa wühlte in ihrer Truhe, die ihr inzwischen viel zu klein vorkam. Weshalb war ihr das all die Jahre nicht aufgefallen? Schließlich entschied sie sich für das grüne Kleid, das sie erst kürzlich gekauft hatte. Die Farbe biss sich ein wenig mit ihrem Teint, aber hatte Bleidan nicht angedeutet, dass er für Elfen etwas übrig hatte? Dann war das Kleidungsstück gewiss angemessen! Frafa lief ein wenig hin und her und verfolgte, wie der schräg geschnittene Saum um ihre Knöchel und Waden spielte. Sie lächelte.

Draußen graute der Morgen. Rötliches Licht fiel durch das winzige Fenster in die Kammer. Frafa konnte hinter den Silhouetten weiterer Türme das orangefarbene Rund der Sonne erahnen, von Wolkenfetzen verwischt wie mit einem Pinsel.

Sie holte einen kleinen Handspiegel hervor und musterte ein letztes Mal ihr Antlitz. Mit einigen Strichen und mit getöntem Puder hatte sie ihr Gesicht härter und düsterer gemacht. Das Alter hinterließ wenig Spuren im Gesicht eines Albs, und doch spürte man den Unterschied, wenn man einem Lehrling oder einem tausendjährigen Hexenmeister ins Gesicht blickte. Frafa fand es faszinierend, dass man mit ein wenig Farbe den Anschein von Jahren und Erfahrung nachahmen konnte. Sie hatte wirklich viel gelernt in den letzten Wochen, nicht nur in Bleidans Arbeitszimmer, sondern auch von seinen Freunden und vor allem von seinen *Freundinnen*.

Sie wandte sich Balgir zu und schnappte die Echse, bevor diese unter das Kissen huschen konnte. Frafa strich ihr über den Rückenkamm. Balgir zischte. Frafa konzentrierte sich stärker und kraulte das Taschentier. Sie tastete mit ihren anderen Sinnen nach jenem Knoten in der Essenz ihres Vertrauten, der die beiden Formen verband. Mit einiger Mühe fand sie ihn, drückte mit ihrer magischen Kraft dagegen und endlich, endlich wurde das Tier in ihren Armen schlaff.

Frafa atmete schwer.

Aber immerhin, sie hatte es geschafft. Das Taschentier war ein Erbstück von ihrer Tante, und bis vor Kurzem hatte diese Gabe Frafa nichts als Ungemach bereitet.

Zuerst hatte sie Meister Aldungan bitten müssen, die Echse zum Leben zu erwecken, weil sie selbst es nicht konnte. Und danach hatte sie das Tier als nutzlosen Ballast mitschleppen müssen. Sie konnte es nicht wieder zu einer Tasche werden lassen, und sie hatte auch nicht gewagt, es fortzuwerfen, weil ihr Meister möglicherweise danach gefragt hätte. Und dann hätte sie ihre Unfähigkeit eingestehen müssen.

Nun, diese Zeit war vorbei. Sie würde den Trick trotzdem nicht in Bleidans Gegenwart versuchen. Nicht, solange sie ihn nicht erheblich besser beherrschte. Balgir würde den ganzen Vormittag über eine Tasche bleiben ... und vielleicht auch noch ein wenig länger!

Frafa packte die echsenförmige Tasche an ihrem langen Hals und hielt sie am ausgestreckten Arm vor sich. Sie schaute auf die blitzenden Karfunkel, die dort saßen, wo das Tier seine Augen hatte.

»Na, du boshafte kleine Schlange?«, sagte sie. »Meinst du nicht auch, dass du in dieser Form viel, viel nützlicher bist?«

Sie fasste mit der Linken nach der Klappe der Tasche, bewegte sie wie ein Maul und sprach mit verstellter Stimme: »Aber sicher doch, Herrin! Ich will Euch nur zu Diensten sein!«

Frafa lachte, dann schaufelte sie wahllos alles in die Tasche hinein, was sie für den Vormittag mitnehmen wollte: einige Tücher und ihre Schminksachen, weitere Kämme und Spangen, ein großes wollenes Tuch, falls es zu zugig wurde in der Halle. Sie warf Flakons mit Ölen und Duftwasser hinterher und sah gebannt zu, wie diese in den unergründlichen Tiefen der echsenförmigen Tasche verschwanden.

Misstrauisch steckte sie ihren Arm hinterher und tastete nach den Dingen, die sie hineingeworfen hatte. Sie lachte wieder auf. Balgir konnte eine Plage sein, aber als Tasche war er großartig!

Sie verließ ihr Zimmer, sprang übermütig die Treppen hinab in die Küche. Dort packte sie weißes Brot und Gebäck und einige Flaschen Wein ein und in Wachspapier eingeschlagene Teigtaschen, die die Koboldköchin für sie vorbereitet hatte. Sie schnallte Balgirs Schwanzspitze an die Schnauze, sodass eine Umhängetasche daraus wurde, und schritt die restlichen Stufen hinab.

Es dauerte eine Weile, bis Bleidan erschien. Er musterte sie von oben bis unten. »Hm ... hübsches Schmuckstück.« Er starrte den Kamm in ihrem Haar an, als würde er erwarten, dass er jeden Augenblick loskrabbelte.

Frafa lächelte und schob die Tasche auf ihrer Schulter zurecht. »Danke.«

Ob sie ihn wohl darüber aufklären sollte, dass es sich nur um einen Bronzekamm handelte, der über keine weiteren Kräfte verfügte und den sie leider auch nicht zum Leben erwecken konnte? Nein. Sie konnte so wenig; da schadete es nicht, ein wenig geheimnisvoller zu erscheinen, als sie war.

Aldungans Turm war einer von vieren, die an den Ecken eines uralten Kastells gelegen waren. Die Nebengebäude dieser Festung waren längst durch neuere Bauten ersetzt; die Wälle, die früher von Turm zu Turm geführt hatten, hatte man unten durchbrochen, die Zinnen abgetragen. Die Reste spannten sich als Brücken zwischen den Ecktürmen, und die Straßen der Stadt führten darunter hindurch.

Der Turm hatte daher auf halber Höhe einen zweiten Zugang, der auf eine dieser Hochstraßen führte. Die Alben aus Aldungans Haushalt bevorzugten diese luftige Pforte, doch heute traten Bleidan und Frafa durch die untere Tür. Die Gasse dahinter war wie ein tiefes Tal zwischen hoch aufragenden Bauwerken. Frafa hörte Fledermäuse schwirren. Mit der Morgendämmerung tauchten sie in den Schatten und würden sich bald zurückziehen.

Bleidan sah sich um und schritt kraftvoll aus. Bronzene Drachenköpfe blickten auf sie herab, verzierte Pechnasen oder einfach nur der Ablauf der Regenrinnen von den Türmen. Im Augenblick waren ihre Mäuler geschlossen.

Nach einigen Schritten gelangten die beiden auf eine breitere Straße. Kleinere Gebäude schmiegten sich zwischen die herrschaftlichen Türme, und Papierlaternen schaukelten an Seilen über der Straße. Aldungan hätte solches Menschenwerk um seinen Turm niemals geduldet, denn ein Nachtalb brauchte kein Licht in der Dunkelheit.

»Du weißt aber schon«, wandte Bleidan sich leise an seine Begleiterin, »dass wir nicht zu einer kurzweiligen Gesellschaft unterwegs sind und nicht zu einem Fest?«

Frafa hörte nur mit halbem Ohr zu. Sie hob mit der Linken

den Saum ihres Kleides, damit es nicht über den schmutzigen Boden schleifte, und schaute zugleich auf das bunte Treiben um sie her. Überall waren Menschen und das niedere Finstervolk. Auf den Hochstraßen blieben die Alben meist unter sich.

Menschenweiber hatten Decken auf dem Pflaster ausgelegt und boten dunkles Brot feil. Frafa roch das Steinmehl darin schon aus drei Schritt Entfernung. Andere Krämer hatten billiges Tuch, Schnaps oder Töpferwaren vor sich ausgebreitet. Ein Kobold stand vor seiner winzigen Werkstatt und verkaufte Rätselspiele aus gebogenen Metallstäben. Bettler hielten respektvoll Abstand zu den Alben, blickten aber hoffnungsvoll zu ihnen herüber.

Frafa beschaute ihrerseits die krummen Gliedmaßen, die entzündeten Stümpfe, den Ausschlag, die Geschwüre und die Gebrechen, mit denen diese Gestalten um Mitleid heischten. Zum ersten Mal fühlte sie sich sicher auf den schäbigen Straßen. Mit Bleidan an ihrer Seite hatte sie niemanden zu fürchten, und so konnte sie den Bodensatz von Daugazburg in Muße betrachten.

»Frafa?«, sagte Bleidan.

»Oh ja.« Sie erinnerte sich an die Frage, die er ihr eben gestellt hatte. »Wir gehen zu einer geheimen politischen Versammlung. Von Alben, die den Fortschritt lieben. Wollen wir die Fei stürzen und einen neuen Herrscher einsetzen?«

Bleidan blieb unvermittelt stehen und fasste Frafa am Arm. »Um Leuchmadans willen«, hauchte er. »Sag so etwas nicht. Wie leicht kann es an die falschen Ohren gelangen!«

Frafa schaute sich um, aber sie waren allein. Nur Menschen waren in ihrer Nähe. Aber sie sah Bleidans erschrockenes Gesicht und nickte.

»Wir wollen am Thron der Fei nicht rütteln«, fuhr Bleidan leise fort. »Wir wollen ihr vielmehr helfen! Wenn sie uns nur anhören würde. Doch sie ist von den falschen Beratern umgeben und misstrauisch. Dabei schätzen wir die Art, wie sie ihre Herrschaft ausübt, weit mehr als Leuchmadans Regime. Es ist eine große Tragik, dass wir durch Missverständnis und Vorurteil unser Wirken vor ihr verbergen müssen, und ebendas hoffen wir zu verändern.«

Er ging langsam weiter und achtete darauf, so viel Abstand zu dem übrigen Volk auf der Straße zu halten, wie nur möglich war.

»Aber ist die Fei nicht schwach?«, fragte Frafa. »Ich meine, jeder redet darüber! Sie hat Leuchmadans Kästchen mit all seiner Macht errungen, und anstatt damit den Krieg fortzuführen, schickt sie unsere menschlichen Verbündeten heim und lässt kümmerliche Felder rings um die Stadt anlegen.«

»Die Leute sind so kurzsichtig«, flüsterte Bleidan. »Als Leuchmadan vor tausend Jahren stürzte, war es die Fei, die die Stadt rettete und alles wiederaufbaute. Sie schuf eine neue Zukunft für die Grauen Lande – bis Leuchmadan zurückkam und die Vergangenheit wieder zum Leben erwecken wollte.« Bleidan seufzte. »Das war ein großes Unheil.«

Ein gedämpfter Ruf hallte durch die Straße, von einem Händler zum nächsten weitergegeben. Die Menschen rafften ihre Decken mit den Waren zusammen und verkrochen sich in den Hauseingängen. Krämer mit festen Geschäften schlossen Läden und Türen. Kurz darauf kam eine Patrouille von Goblins den Alben entgegen. Sie grölten, kippten Bettlern die Becher um oder schlugen nach Passanten. Um Bleidan und Frafa machten sie einen Bogen.

Kaum waren sie weitergezogen, kamen die Händler wieder hervor, und das Leben auf der Straße ging weiter. Frafa kicherte.

»Kann es sein«, sagte sie, »dass die Goblins ein ganz anderes Daugazburg erleben als wir?«

Bleidan lächelte. »Einige von ihnen vielleicht. Es gibt die wilden Goblins aus Bergen und Steppe, die als Söldner hier Dienst tun und in der Stadt nicht heimisch sind. Das niedere Volk geht ihnen nach Möglichkeit aus dem Weg. Aber es gibt auch Goblins, die schon länger hier in der Stadt wohnen. Sie fügen sich ein.«

Bleidan hielt kurz inne, dann kam er wieder auf die Fei zu

sprechen: »Ebendarum ist zu begrüßen, dass Geliuna viel von dem unbotmäßigen Volk fortgeschickt hat. Sie nutzt die Macht von Leuchmadans Kästchen nicht für den Krieg, sondern um das Land zu heilen.«

»Wenn ihr so zufrieden seid mit der Fei«, sagte Frafa, »was soll dann diese verbotene politische Vereinigung?«

»Die Fei ist auf dem richtigen Weg, aber es könnte noch mehr getan werden«, erklärte Bleidan. »Und du hast recht. Viele legen es der Fei als Schwäche aus, dass sie nicht in Leuchmadans Fußstapfen tritt. Wir müssen darauf sehen, dass die Wölfe nicht die Oberhand gewinnen, die das Land zerfleischen und sich selbst den größten Anteil an der Beute sichern wollen. Wir müssen aus dem Umbruch einen Aufbruch machen!«

Sie gelangten auf die Hauptstraße vor dem Pidon-Tor, und Bleidan verstummte. Er musste sich seinen Weg gegen den Strom bahnen. Sie waren von Menschen umgeben, von stinkenden, zerlumpten Menschen, die durch das Tor aus der Vorstadt hereinströmten.

Viele ehemalige Sklaven wohnten in dem neuen Stadtteil, außerhalb der trutzigen alten Wälle, und kamen nur zum täglichen Dienst in die Altstadt. Sie waren die Unsichtbaren, die putzten und bauten und werkelten, wenn das Tageslicht einen großen Teil des Finstervolkes von den Straßen gefegt hatte.

Frafa blickte sich um, und ihr fröstelte. Sie fasste die echsenförmige Umhängetasche fester. Diese unförmigen und oft bärtigen Gestalten, die um diese Stunde nach Daugazburg strömten, kamen ihr vor wie ein fremdes Heer, das die Stadt stürmte. Und allein unter all diesen Geschöpfen, zwei Nachtalben im Strom der Fremden ... da fiel es ihr mit einem Mal schwer, sie nur als unbedeutende Diener und Sklaven zu sehen.

Das Lagerhaus war riesig und so gut wie leer. An den Wänden stapelten sich Bretter. Im hinteren Teil war ein Verschlag abgetrennt, in dem sich ein Kontor verbarg. Mitten in der Halle hatte man große Tische aufgebockt, an denen sich die *Freunde des Fortschritts* versammelt hatten. Licht sickerte in breiten Streifen durch schmale Fenster hoch oben unter der Decke. Frafa sah die Staubkörnchen darin tanzen wie feine Schneeflocken.

Sie stand in der zweiten Reihe und langweilte sich. Schräg vor ihr stand Bleidan, beide Hände auf den Tisch gestützt, und stritt sich mit anderen Nachtalben, die sie nicht kannte. Ringsum saßen weitere politisierende Gestalten, mit denen Frafa noch weniger anfangen konnte.

Erstaunlich viele Kobolde drängten sich um den Tisch. Sie standen auf rasch hereingerollten Fässchen und anderen Gegenständen, die eigentlich als provisorische Sitzgelegenheiten gedacht waren. Hinzu kamen einige Gnome, überraschend gut gekleidete Menschen in Leinenhemd und schwarzem Rock sowie Angehörige der selteneren Finstervölker – weiß verhüllte Fatu, ätherische Vilas, dunkle Nachtmahre mit großen Fledermausohren. Viele Vampire waren anwesend; sie trugen dichte schwarze Filzmäntel zum Schutz vor dem Sonnenlicht und hatten die Kapuze tief ins Gesicht gezogen.

»Ich bin reicher als die meisten von ihnen«, klagte einer der Menschen. »Wie kann es sein, dass die Fei jeden alten Zauberer einlädt, aber niemanden von jenen, denen Daugazburg seinen Wohlstand verdankt?«

»Wir müssen uns anderweitig Gehör verschaffen«, sagte Bleidan. »Ich rede mit Aldungan. Wir haben Verbindungen. Vielleicht können wir den einen oder anderen der Mächtigen überzeugen, in unserem Sinne zu sprechen. Wenn Geliuna sie einlädt, wären wir so zumindest mittelbar vertreten.«

»Die denken doch nur an sich und ihre eigene Stellung«, wandte ein anderer Alb ein. »Lasst uns einen Ausschuss benennen, der eine offizielle Petition verfasst. Es kann ja nicht sein, dass die Herrin ausnahmslos jede Vereinigung verbietet. Wir sollten es nicht nötig haben, uns in dieser Scheune zu versammeln!«

»Allerdings nicht.« Frafa zuckte zusammen, als eine samtige Stimme gleich neben ihrem Ohr erklang. Ein Vampir! Kurz schimmerte das bleiche Antlitz unter der Kapuze hervor.

Unwillkürlich zeigte Frafa dem Geschöpf ihre spitzen Zähne und wich einen Schritt zurück.

Der Vampir zuckte mit den hageren Schultern und richtete sich auf. Frafa sah seinen Umriss nur noch von der Seite, eine finster verhüllte Silhouette, deren Gesicht verborgen blieb. Er versuchte nicht wieder, sie anzusprechen. Frafa entspannte sich.

Vampire waren allgegenwärtig, aber sie wusste, dass es diese Kreaturen noch vor hundert Jahren nicht gegeben hatte. Dann hatte ein Nachtalb namens Skandan einen Weg gefunden, Nachtalben mit Menschen zu kreuzen. Frafa fand schon den Gedanken an eine solche Verbindung abscheulich, und die hässlichen Albinos, die dabei herauskamen, ekelten sie an.

Vampire brauchten menschliches Blut, um zu überleben, und dabei waren sie nicht wählerisch. Aber von der nachtalbischen Seite her konnte nur ihr Erschaffer sie am Leben erhalten. Bekamen sie von ihm nicht regelmäßig eine kleine Blutgabe, siechten sie unter grausamen Schmerzen dahin. Das machte sie zu unfehlbar treuen Söhnen und Töchtern, die von ihrem albischen Elternteil abhängig waren. Vampire waren zur Mode geworden, wenn es im Haushalt eines Nachtalbs eine besondere Vertrauensstellung zu besetzen galt.

Außerdem waren Vampire neu. Frafa hoffte, dass sie nicht als Symbol für die Ziele dieser *Fortschrittsfreunde* standen.

Unvermittelt fühlte sie sich in dieser Versammlung zutiefst fehl am Platze. Sie dachte zum ersten Mal darüber nach, was hier eigentlich geschah, was das für Leute waren, was sie planten, worüber sie sprachen. Ihre Knie zitterten. Am liebsten hätte sie Bleidan gefasst und hinausgeführt.

Sie trat neben ihn, wagte aber nicht mehr.

»Niemals würde ein Nachtalb sich kaufen lassen!«, sagte Bleidan soeben.

»Warum nicht?«, drang die Stimme einer Fatu durch die Schleier hindurch. »Viele Nachtalben sind sich nicht zu fein, Mittel für ihre Magie in der Stadt zu kaufen. Manch einer von ihnen ist mächtig, aber verschuldet. Oder gierig nach Gold, um noch mächtiger zu werden. Der Mensch hat recht: Wenn wir zusammenlegen, können wir den einen oder anderen im Rat der Fei kaufen und uns auf diese Weise Einfluss verschaffen.«

Frafa wünschte sich, sie wäre zu Hause geblieben. Sie hatte Zeit mit Bleidan verbringen wollen, aber der beachtete sie gar nicht. Wie lange konnten diese Gespräche dauern? Wenn nur dieses eintönige Gefasel rund um den Tisch endlich ein Ende finden würde ...

Da flog das große Tor der Halle auf. Ein Nachtalb trat ein, eine Schar bewaffneter Goblins drängte sich hinter ihm. Der Alb trug ein schwarzes Gewand und hatte lange schwarze Haare. Vor diesem düsteren Hintergrund sah er aus wie eine Puppe, die man in viel zu große Gewänder gesteckt hatte.

»Keiner rührt sich«, rief er und hob eine Hand. »Ihr seid verhaftet, im Namen der Fei. Wegen einer verbotenen Versammlung und der Planung eines Aufruhrs.«

Totenstille folgte den Worten. Die Fortschrittsfreunde um den Tisch starrten den Eindringling an, manche erschrocken, andere verständnislos, wieder andere mit undeutbarem Ausdruck im Gesicht. Dann brach der Aufruhr los.

Bleidans Gefährten liefen auseinander. Die Goblins stürmten vor und schwangen ihre Waffen – Speere und Krummsäbel und Äxte. Eine Gruppe floh zur Rückseite der Halle, aber auch dort strömten Goblins aus dem Kontor in den Saal. Frafa hob die Tasche an die Brust und blickte sich hilflos um.

Bleidan strich mit einer Hand über das Taschentier, die andere legte er Frafa auf die Stirn. Im Nu erwachte Balgir zum Leben und zappelte in ihrem Griff. Frafa ließ ihn fallen. Sie spürte Bleidans Berührung tief in ihrem Inneren. Er *veränderte* etwas.

Dann wandte er sich an einen Gnom neben ihr: »Godar, bring das Mädchen nach Hause. Ich sorge für Ablenkung.«

»Danke für dein Vertrauen, Bleidan.« Der dicke Gnom mit dunklem Borstenkopf klang sarkastisch. »Aber ich kann meine Gestalt nicht ändern. Etwas hemmt mich!« Aufgeregt fingerte er an den Holzknöpfen herum, die hell auf seiner braunen Tuchweste prangten.

Bleidan kniff die Augenbrauen zusammen. »Ich fühle es«, sagte er. »Ein erbärmlicher Zauber.« Er machte eine Geste mit der Hand, als würde er etwas abschneiden, und sogleich verschwand der Gnom. Überall in der Halle wechselten nun die Gnome in ihre kleine Gestalt und waren nicht mehr zu sehen.

Frafa blickte zu Bleidan empor. Sie reichte ihm nur noch bis zum Bauch und schrumpfte immer weiter!

»Was habt Ihr getan?«, fragte sie erschrocken. Sie wollte zurückweichen, aber Bleidan hielt sie fest.

»Pass auf, dass du nicht auf Godar trittst«, sagte er. »Wenn du so klein bist wie er, könnt ihr durch einen Spalt entkommen. Vertrau auf den Gnom. Er kennt sich aus. Deine Tasche findet ja allein nach Haus.«

»Und was ist mit Euch?«, fragte Frafa.

In der Halle wurde gekämpft. Vilas stürmten auf die Goblins los und verwandelten sich in Wildkatzen, Wölfe, Adler. Eine Vila nahm die Gestalt eines Goblins an und tauchte geschickt zwischen zwei Angreifern hindurch. Verwirrt sahen die Goblins einander an und hieben sich dann gegenseitig die Klinge in die Brust.

Weiße Schleierbahnen flatterten empor und strebten der Decke entgegen – auch die Fatu konnten ihre Gestalt ändern. Die Menschen, die Kobolde, die Vampire und Nachtmahre hatten es schwerer. Sie wurden von den Goblins immer enger zusammengetrieben, auch wenn einige der Menschen ebenfalls Waffen gezogen hatten und sich zur Wehr setzten.

Frafa verspürte einen drückenden Schmerz am Kopf. Sie strich sich über das Haar und ertastete den Bronzekamm. Frafa streifte ihn ab und ließ ihn fallen, bevor er sie erdrückte.

Weitere Nachtalben traten in die Halle und wandten sich gegen die Alben am Tisch. Magie lag in der Luft. Bleidan trat einen Schritt fort, und Frafa streckte den Arm nach ihm aus. »Wartet!«, sagte sie. Sie reichte ihm nur mehr bis zum Knie.

Hinter seinen Goblins war der erste Nachtalb näher herangerückt. Er wies auf Bleidan. »Du hast meinen Zauber gebrochen«, rief er. »Aber damit hast du deine Gnomenfreunde zum Tode verurteilt!«

»Ruf die Goblins zurück, Salvan!«, forderte Bleidan. »Dieser Kampf ist unnötig. Wir stellen uns und ...«

Seine Stimme ging unter im Getöse, als Frafa die Welt der Großen verließ.

Frafa stand auf festgestampfter, lehmiger Erde. Riesige Gestalten bewegten sich über ihr. Sie spürte die Erschütterung, wenn einer der Menschen oder der Goblins den Fuß auf den Boden setzte.

Eine Hand griff nach ihrem Arm. Frafa sah sich um und erkannte den Gnom. Godar zog sie auf die nahe gelegene Wand zu. »Rasch!«, rief er, »bevor wir zertreten werden!«

Frafa folgte ihm benommen.

Die Wand war aus schweren Planken gefügt. Frafa entdeckte Astlöcher und Fugen, durch die sie in ihrer jetzigen Größe mühelos hindurchschlüpfen konnte.

Godar schüttelte den Kopf. »Ich hätte nie gedacht, dass ich das einmal tun muss«, sagte er. »Wenn ich Abenteuer in der Käferwelt erleben wollte, wäre ich Kundschafter beim Heer der Fei geworden.«

»Sind nicht alle Gnome Kundschafter?«, fragte Frafa. Dann fiel ihr ein, dass sie selbst schon andere Gnome kannte: die Hausgnome in Aldungans Turm. Sie hatte sich nie viele Gedanken darüber gemacht, was diese kleinen Wesen in Aldungans Diensten so trieben.

Godar schüttelte den Kopf. »Die Sicherheit von Häusern ist mein Geschäft«, sagte er. »Ich spüre Lücken und Gefahren auf, meist für Alben.« Er schaute sich misstrauisch um. »Dieser Schuppen ist gar nicht sicher. Jede Spinne könnte uns zum Verhängnis werden. Ich hoffe mal, du kannst uns mit Nachalbenmagie die Biester vom Leib halten?«

Frafa schaute ihn fragend an.

Godar zuckte die Achseln. »Dann folg mir einfach«, sagte er. Der Gnom ging an der Holzwand entlang, untersuchte vorsichtig alle Lücken, schaute zu den höher gelegenen Astlöchern empor.

Frafa gewöhnte sich allmählich an die ungewohnte Perspektive. Sie ordnete all die neuen Eindrücke und gewann einen besseren Überblick über ihre Umgebung. Als Erstes entdeckte sie Balgir. Das Taschentier kletterte flink an den Brettern empor auf die schmalen Fenster zu. Die graugrünen Streifen an seinem Leib changierten, und kaum hatte es sich ein Stück weit von Frafa entfernt, verschwammen seine Umrisse und es war so gut wie unsichtbar.

Frafa blickte in den riesigen weiten Raum. Die Goblins hatten eine große Gruppe aus Bleidans Vereinigung am Tisch umzingelt. Niemand leistete Widerstand. Anderswo kämpften Goblins und Nachtalben noch mit einigen Gestaltwandlern, die zu entkommen versuchten. Ein Goblin hatte hässliche Pusteln im Gesicht, die rasend schnell anschwollen und aufplatzten und schmierigen Eiter absonderten. Die fauchende Wildkatze vor ihm, die in Wahrheit eine Vila war, kratzte und biss und brachte mit jeder Berührung Krankheit und Tod über ihre Gegner.

Frafa glaubte, von draußen einen dünnen Schrei zu vernehmen. Aber Godar winkte sie heran. Er stand vor einem großen Spalt.

»Das passt«, sagte er. »Keine Tiere, gute Deckung draußen.«

Frafa trat an die Lücke. Licht fiel herein. Der Vormittag war schon weit fortgeschritten, und ein Sonnenstrahl stach in ihre Augen.

»Komm schon.« Godar fasste sie an der Hand. »Ich weiß nicht, warum Bleidan dich hierher mitgebracht hat, Kind. Ihr hattet wohl nachher noch was vor?« Er lachte.

Frafa blinzelte verwirrt durch den Spalt hinaus. Ein gutes Stück entfernt ragte die Seitenwand einer weiteren Lagerhalle auf. Der freie Raum dazwischen bildete eine Gasse, und an beiden Enden davon sah Frafa schattenhafte Gestalten stehen. Hastig zuckte sie zurück.

Godar hatte sich neben sie geschoben. Die Lücke in der Wand war groß genug für sie beide. »Keine Sorge«, sagte er. »Da stehen ein paar Vampire und riegeln die Ausgänge ab. Aber wir sind zu klein für sie. An denen schleichen wir uns locker vorbei, Mädchen. Halt dich an mich.«

Der Gnom trat nach draußen und presste sich flach mit dem Rücken an die Holzwand. Er sah sich um, dann winkte er Frafa und sprang eine Planke weiter, in die nächste Deckung. Frafa lief gebückt hinterher.

»Durch diese Rille im Boden auf die andere Seite«, flüsterte Godar. »Ich denke, am besten können wir durch das Lagerhaus gegenüber entkommen.«

Er wartete, bis Frafa dicht neben ihm stand. Dann lief er los. Frafa tat einen Schritt und wich wieder zurück. Sie spürte etwas …

Mit einem schrillen Kreischen huschte ein Schatten an ihr vorüber, fischte Godar aus seiner Rinne und sauste davon. Frafa schrie auf. Sie presste sich in die Fuge zwischen zwei Planken der Außenwand. Nun hörte sie die Schreie des Gnoms, die sich rasend schnell entfernten und schließlich verstummten.

Fledermäuse!

Frafa sah nach oben. Ein Dutzend dieser Kreaturen hingen unter dem vorspringenden Dach, im spärlichen Schatten vorkragender Sparren. Während sie hinsah, löste eine weitere Fledermaus sich von ihrem Platz und schwebte dicht über dem Boden den Weg entlang. Ihre schrillen Rufe schnitten durch die Luft, und Frafa presste sich die Hände auf die Ohren.

Sie schob sich dicht an der Wand entlang, zurück zu dem Spalt, durch den sie das Lagerhaus verlassen hatte. Sie hätte niemals geglaubt, dass Fledermäuse so laut sein konnten! Selbst die Nachtalben mit ihrem feinen Gehör konnten die Laute dieser Tiere sonst fast nicht wahrnehmen. Dass sie geschrumpft war, hatte ihre Sinne wohl über alle Maßen geschärft.

Frafa schlüpfte in die Halle zurück. Ihr Herz pochte. Gehetzt blickte sie sich um. Die Goblins hielten ihre Gefangenen in Schach. Einer drückte Bleidans Gesicht auf die Tischplatte, ein anderer band ihm die Hände auf den Rücken. Der schwarze Nachtalb stand daneben und sah zu.

Draußen lag die breite Gasse zwischen den Lagerhallen wieder ruhig und friedlich da. Aber Godar der Gnom war verschwunden, und die Fledermäuse lauerten noch irgendwo.

Fledermäuse waren in Daugazburg allgegenwärtig. Viele Nachtalben hielten sie in großen Scharen als Boten, als Späher und als Wachen und zur Jagd auf Gnome in kleiner Gestalt. Frafa hatte sich über diesen Umstand nie viele Gedanken gemacht, aber sie war auch noch nie so klein gewesen.

Mit ihren magischen Sinnen tastete sie nach den Tieren. Aber ihre Aura schien mit ihr geschrumpft, und ihre Sinne reichten nur wenige Handbreit weit. Um einen Zauber zu wirken, hätte sie ihr Ziel zudem berühren müssen; ihre Magie reichte als Schutz nicht aus.

Sie versuchte, wieder größer zu werden, aber sie verstand nicht, was Bleidan in ihr verändert hatte. Er hatte ihre ganze magische Präsenz wie ein Knäuel Garn zusammengerollt, und sie konnte es nicht entwirren. Sie fühlte zwar, wie die Schlaufen sich von allein wieder lösten, aber langsam, viel zu langsam. Es mochte Stunden dauern, bevor Bleidans Zauber von selbst endete.

Wenn sie noch lange hier wartete, würden Geliunas Nachtalben sie bald aufspüren.

Sollte sie zurückgehen und sich stellen? Was konnte schlimmer sein als die Fledermäuse draußen? Sie erinnerte sich an die Hinrichtung des Gnoms auf dem Drauzwinkel und an die Anklagen des fremden Albs: *verbotene Versammlung und Aufruhr!*

Nein, sie durfte sich hier nicht erwischen lassen.

Vorsichtig schob sie sich wieder durch den Spalt nach draußen. Sie blickte zum Dach. Die Fledermäuse dort verharrten reglos.

Entschlossen biss sie sich auf die Unterlippe.

Die Halle gegenüber mochte gerade mal fünf Schritte entfernt stehen. Aber es waren fünf Schritte in ihrer normalen Größe! Jetzt, in dieser kleinen Gestalt, war die Entfernung gewaltig.

Sie musste es schaffen!

Frafa atmete einmal tief durch, dann lief sie los.

Sie hielt auf die Rinne zu, in der Godar gelaufen war. Diese versprach wenigstens etwas Schutz. Frafa lief und lief, aber ihr Ziel wollte einfach nicht näher kommen.

Sie hörte ein leises Flappen. Frafa keuchte. Ein Kreischen ließ die Luft vibrieren. Als Frafa die lebende Aura dicht über sich spürte, ließ sie sich fallen …

Und dann war da etwas anderes, größer, schwerer als die Fledermaus. Eine Präsenz wie von einem Drachen, durchwoben von Magie. Sie hörte einen dumpfen Aufprall direkt über ihrem Kopf, dann ein schweres Krachen ein Stück weit entfernt. Klatschende Laute, als würde jemand einen riesigen Lederhandschuh schütteln, Schreie, Kreischen, das trockene Knacken berstender Knochen.

Frafa blickte auf.

Balgir erhob sich vor ihr wie ein Ungeheuer. Die Echse hielt eine Fledermaus mit dem Maul am Flügel und schüttelte sie wild. Wieder und wieder schlug das kleine Tier auf den Boden, und das Blut lief ihm aus der stumpfen Nase und aus vielen offenen Brüchen. Balgir ließ den Flügel los und packte die Fledermaus am Leib. Er grub die Zähne in das feine schwarze Fell und riss die Fledermaus mit seinen Krallen in Stücke. Genüsslich verschlang er das warme Fleisch.

Frafa schaute zu, starr vor Entsetzen. Dann blickte sie kurz nach oben. Die anderen Fledermäuse klammerten sich an den Dachsparren fest und machten keine Anstalten, aufzufliegen. Drei, vier schwarze Schemen kreisten an den Zugängen zur Gasse, hielten aber Abstand.

Plötzlich fühlte Frafa sich gepackt. Balgirs dünne Zunge schloss sich um ihre Hüfte wie ein Ledergurt, und mit einem Ruck wurde sie vom Boden hochgerissen. Sie schrie kurz auf, dann verschwand sie hinter Balgirs Lippen.

Ehe sie sich's versah, fand sie sich zwischen dem Rand des Echsenmauls und der dichten Reihe kleiner, spitzer Zähne abgesetzt. Balgirs Maul stand einen Spalt offen, sodass Frafa eben noch hinausblicken konnte. Speichel lief schleimig an Frafas Kleid hinunter, rann durch ihre Haare. Bis zum Oberschenkel stand sie in einer Mixtur von Echsenspucke und Fledermausblut.

»Balgir!«, schrie sie.

Und Balgir lief los.

Das Taschentier rannte auf seinen kurzen Beinen überraschend flink auf den Ausgang der Gasse zu. Dann machte es einen Schwenk und sauste schräg an der Wand des gegenüberliegenden Schuppens hinauf. Kreischend flogen die Fledermäuse unter dem Dach auf und suchten das Weite.

Frafa wurde hin und her geschleudert, halb eingeklemmt in der schmalen Furche zwischen Zähnen und Lippen. Sie glitt auf dem schlüpfrigen Untergrund aus, landete der Länge nach im Schleim und kämpfte sich wieder auf die Füße. Das machte Balgir doch mit Absicht! Tränen traten ihr in die Augen. Noch nie in ihrem Leben hatte sie sich so unrein und gedemütigt gefühlt.

Sie klammerte sich fest, und als sie einen Blick durch den Mundspalt werfen konnte, waren sie hoch über dem Boden. Frafa hörte von draußen das feine Knistern, mit dem Balgirs Krallen im Holz Halt fanden. Dann ein Krachen: Ein langer Schatten ließ die Schuppenwand vor ihnen bersten.

*Ein Armbrustbolzen!*

Frafa reckte sich. Die Vampire am Ende der Gasse waren beängstigend nah. Sie zeigten zu Balgir empor und schossen mit Armbrüsten, aber die Bolzen verfehlten die Echse. Das Taschentier tauchte durch ein Fenster, und sie gelangten in ein weiteres Lagerhaus.

Balgir huschte zwischen Packen hindurch, die bis unter die Decke gestapelt waren, und auf der anderen Seite des Gebäudes hinaus. Frafa fühlte seinen zischenden Atem an sich vorbeistreichen. Sie hörte Rufe, die hinter ihnen zurückblieben.

»Es reicht, Balgir«, rief sie. »Lass mich raus! Lass mich raus!«

Aber Balgir lief weiter. Frafa zitterte.

Weiter ging der Lauf, zwischen den Lagerhallen hindurch

und auf eine Straße mit armseligen mehrgeschossigen Wohnhäusern aus gebranntem Stein. Am Mauerwerk hinauf, entlang der Firste, und bald hatten sie das kurze Stück bis zum Hauptwall zurückgelegt. Balgir kletterte die Stadtmauer hinauf, über die Zinnen, und in der Oberstadt folgte er den Dächern und Brücken und Hochstraßen bis zu Aldungans Turm.

Getragen von Balgir, legte Frafa den ganzen Weg schneller zurück als am Morgen in großer Gestalt mit Bleidan.

Auch hier hielt Balgir sich nicht lange mit Türen auf. Er kletterte geradewegs die Wand empor, stieß das Fenster zu Frafas Kammer auf und sprang hinein. Dann huschte er auf die Kommode und bis zur Waschschüssel und spuckte Frafa dorthinein.

Frafa war halb benommen. Erst als kaltes Wasser über ihr zusammenschlug, klärten sich jäh ihre Sinne. Sie zappelte mit den Beinen, ruderte mit den Armen. Kurz spürte sie Metallboden unter den Füßen, dann kam sie wieder an die Oberfläche. Sie prustete, spuckte, rang nach Atem.

»Baaalg …«, kreischte sie, dann ging sie wieder unter, trat Wasser, kam erneut an die Oberfläche. Sie hustete und hatte keine Luft mehr zum Rufen.

Die Waschschüssel war tief genug, um eine käfergroße Albe darin zu ertränken. Frafa schlug hilflos mit den Armen, denn sie konnte nicht schwimmen. Irgendwie bekam sie den Rand zu fassen und umklammerte ihn so fest, dass ihre Fingergelenke knackten.

Sie beugte den Kopf über die Kante und keuchte. Ihre Füße traten Wasser und fanden keinen Grund. Glänzende Schlieren lösten sich von ihrem Kleid, als Balgirs Speichel herausgewaschen wurde. Das Fledermausblut wolkte in dünnen, schwarzen Schleiern von ihr fort.

»Balgir!«, schalt sie, als sie wieder genug Luft hatte. »Wie kannst du nur, du … unmögliches Tier!«

Balgir hatte sich auf seinem Kissen am Boden zusammengerollt. Seine Flanken hoben und senkten sich, und er war weit, weit von der winzigen Nachtalbe entfernt. Frafa beugte sich vor und stellte fest, dass der Abstand von der Schüsselkante zur Kommode in ihrer jetzigen Größe viele Körperlängen betrug.

Sie konnte nicht hinunterspringen, ohne sich alle Knochen zu brechen. An der überhängenden Wand der Schüssel konnte sie auch nicht hinausklettern.

»Balgir«, rief sie. »Hol mich hier raus!«

Aber die Echse atmete nun ruhiger und schien allmählich in Schlaf zu gleiten.

Frafa rief weiter, verärgert, lockend, bettelnd ... Schließlich verstummte sie, klammerte sich fest, trat Wasser. Sie klapperte mit den Zähnen und wartete darauf, dass der Zauber endete.

»Auf den neuen Hauptmann der geheimen Gnomenpolizei im Dienste der Fei!«

Darnamur hob den Becher, und Ganoch blickte verlegen drein. Er stand nicht auf, sondern senkte den Kopf und sagte: »Ich hätte mich niemals dazu überreden lassen dürfen. Der Preis war zu hoch!«

Wieder einmal hatten sich die Gnome im Hinterzimmer des Roten Drachen versammelt. Darnamur und seine Unterführer saßen um den Tisch, der ganz vorn im Raum stand, dort, wo die Gnomenstube an den großen Schankraum anschloss. An den anderen Tischen saßen weitere Gnome, ebenfalls Mitglieder der *Knochenmesser.*

Die Stimmung war eher still, verhalten. Viele der Gnome flüsterten, und bei Darnamurs Trinkspruch blickten einige verwirrt auf.

»Der Preis?«, fragte ein anderer Gnomenleutnant am Tisch, der nicht eingeweiht war. Darnamur funkelte Ganoch an.

»Er meint die Zerschlagung der *Freunde des Fortschritts.*« Darnamurs Erklärung blieb vage. Nicht jeder musste die genauen Hintergründe kennen. »Es war die erste Aktion von Geliunas politischer Polizei.«

»Ein Nachtalbenklub!«, zischte Dranjar. »Mir tun sie nicht leid, diese Fortschrittsfreunde.«

»Sie waren nicht unsere Feinde«, wandte Batha ein.

»Aber auch nicht unsere Freunde«, sagte Dranjar.

»Manche schon«, erwiderte Ganoch. Er hielt den Kopf gesenkt. »Die meisten Toten bei dem Unternehmen waren Gnome. Salvan hat Fledermäuse um den Schuppen patrouillieren lassen, damit niemand in kleiner Gestalt entkommt. Und viele dieser Gnome waren auch in den *Grünen Landen.*«

Darnamur zuckte die Achseln. »Wir haben Krieg. Es gab Opfer. Und es wird weitere Opfer geben. Wichtig ist nur, dass diese Opfer am Ende nicht vergebens sind und dass wir den Krieg gewinnen. Für alle Gnome!«

Ganoch nickte zögernd. »Aber mir wäre es dennoch lieber, wenn diese Opfer im Kampf gegen den Feind fielen.«

»Nun«, sagte Darnamur in leichtem Tonfall. »Es ist ja nicht so, dass deine neue Gnomenpolizei am Einsatz beteiligt war und ihre eigenen Brüder umgebracht hätte. Die Opfer fielen im Kampf gegen Nachtalben, gegen Vampire und gegen Goblins.«

»Nein, wir haben nicht mitgekämpft.« Ganoch schaute in die Runde. Sein Blick verweilte kurz auf jedem Gnom am Tisch. Einige wussten, dass er seinen neuen Posten einem Verrat verdankte, andere wussten es nicht. »Aber dazu wird es vielleicht noch kommen«, schloss er dann.

»Was meinst du damit?«, fragte Batha.

»Die Fei wird sich mit diesem einen Einsatz nicht zufriedengeben. Hauptmann Salvan will weitere Erfolge feiern. Er wird von uns Gnomenspähern erwarten, dass wir ihm noch mehr Verdächtige ans Messer liefern.«

Ganoch schaute Darnamur an. »Verstehst du? Mit dem Opfer der *Freunde des Fortschritts* ist es nicht getan! Ich muss Salvan Berichte liefern, und wenn ich nichts vorweisen kann, werde ich meinen Posten nicht lange behalten. Womöglich wird er sogar Verdacht gegen uns schöpfen!«

»Wir müssen sofort zuschlagen«, rief Dranjar. »Jetzt, wo wir einen Hauptmann im Innersten des Palastes haben!«

Darnamur schnitt Dranjar das Wort ab. »Nein«, sagte er leise. »Wir sind noch nicht so weit.«

»Dann wird früher oder später jemand auf uns aufmerksam werden.« Ganoch sah unglücklich auf die Tischplatte. »Die politische Polizei ist neu und Salvan ehrgeizig.«

Darnamur erhob sich. Er kramte zwischen den Fugen in der Wand und brachte einen Stapel Papier zum Vorschein. Damit trat er zurück an den Tisch, breitete die Blätter vor seinen Mitstreitern aus und setzte sich wieder. »Nicht, wenn wir Salvan etwas anderes anbieten können.«

Die Gnome beugten sich über die Papiere. Es handelte sich um Flugblätter von der Art, wie Dranjar und Darnamur sie seinerzeit aufgehoben hatten. In der Zwischenzeit hatte Darnamur noch mehr davon gesammelt. Sie alle waren in demselben Druckbild nach der neuen bitanischen Technik gesetzt.

»Kobolde«, sagte Ganoch. »Das müssen Kobolde geschrieben haben.«

Darnamur nickte.

»Das wird Salvan nicht lange beschäftigen«, befand Ganoch. Er legte ein Blatt weg und las das nächste. »Es ist ungelenk formuliert. Kobolde sind keine mitreißenden Redner. Es dürfte kaum die Massen aufstacheln. Niemand nimmt einen Haufen unzufriedener Kobolde ernst. Die sind ja noch kleiner als wir!«

»Aber es wurde auf bitanischen Druckmaschinen gelettert«, sagte Darnamur. »Stell dir einmal Folgendes vor: Die Kobolde arbeiten nicht allein. Bitanische Spione stellen ihnen die Mittel zur Verfügung, damit sie hier einen Aufruhr anzetteln.«

»Das glaubst du doch selbst nicht!« Ganoch starrte Darnamur mit offenem Mund an.

»Nein.« Darnamur schüttelte den Kopf. »Natürlich glaube ich das nicht. Kobolde basteln gerne herum. Irgendeiner von ihnen hat von den neuen bitanischen Druckmaschinen gehört und sie nachgebaut, und seitdem produziert er damit seine lächerlichen Aufrufe. Aber es kommt nicht darauf an, wie es wirklich ist.«

Er beugte sich dichter zu Ganoch hin. »Es kommt darauf an, was du Salvan berichtest: Deine Gnomenspäher haben diese Verschwörung von Kobolden und Bitanern aufgedeckt! Sammle

Flugzettel, konstruiere ein paar weitere Beweise. Die Geschichte klingt groß und bedrohlich. Salvan und die ganze politische Polizei werden hinter den Kobolden herjagen und die Hintermänner suchen. Das wird sie über viele Mondumläufe beschäftigen und von uns ablenken. Bis sie jedes Koboldloch ausgehoben haben, ist unsere Zeit längst gekommen.«

Ganoch schüttelte langsam den Kopf. Er hielt immer noch das letzte Flugblatt fest. Seine Fingerknöchel waren weiß. »Wenn sie die Geschichte ernsthaft glauben, werden sie jeden verdammten Kobold von Daugazburg festnehmen, foltern und erschlagen.«

Darnamur zuckte die Achseln. »Und ein paar ›Hintermänner‹ dazu. Du bist Salvans Spürhund, also kannst du ihn auf jede Fährte setzen, die dir gerade einfällt. Halte ihn beschäftigt, liefere ihm genug Spuren, die von uns wegführen. Wenn du ›Schuldige‹ brauchst, findest du sicher Leute, die uns später im Weg sein könnten. Dann würde die politische Polizei gleich unsere Feinde jagen! Was meinst du, warum es so unbezahlbar für uns ist, dich auf diesem Posten zu haben?«

Ganoch flüsterte so leise, dass nur Darnamur und seine vertrautesten Leutnants ihn hören konnten. »Das kann nicht dein Ernst sein. Du hast mich einmal überredet, gegen mein Gewissen und um des höheren Zwecks willen Verbündete zu verraten. Du kannst nicht erwarten, dass es so weitergeht. Wie viele Leute soll ich noch ausliefern, die auf derselben Seite stehen wie wir?«

»Sie stehen nicht auf unserer Seite«, flüsterte Darnamur zurück. »Denn wir stehen auf der Seite der Gnome, und da stehen wir allein. Mit jedem Tag, den du deinen Posten behältst, kannst du weitere bewaffnete Gnome in den Palast schleusen, unauffällig alle Schlüsselstellen besetzen. Du wirst alles wissen, was die Fei gegen die politischen Vereinigungen von Daugazburg plant. Du verschaffst uns Zeit, bis wir alles perfekt vorbereitet haben.«

»Außerdem sind es nur Kobolde.« Dranjar zuckte die Achseln. Er gab sich keine Mühe, leise zu sprechen. »Wito wollte alle Völker zusammenbringen. Und was ist aus ihm geworden? Wir kämpfen für die Gnome, und wir dürfen nicht zimperlich sein. Unsere Feinde sind es auch nicht.«

»Genau«, sagte Darnamur. »Kein anderes Volk würde für uns eintreten. Sie alle werden uns nur den Platz einräumen, den wir uns erkämpfen können. Warum sollten wir also für andere kämpfen?«

Ganoch nickte zögernd. »Ihr habt recht. Wir wollten für die Gnome kämpfen. Wenn ich einige Kobolde opfern muss, um Gnome zu schützen, werde ich es tun. Am Ende ... wird es allen besser gehen. Wir können es wiedergutmachen.« Er hob seinen Becher und schaute Darnamur an. »Versprich mir, dass es sich lohnt«, sagte er.

Darnamur erwiderte den Blick und nickte grimmig. »Wenn die Bastarde am Boden liegen, dann werden alle unterdrückten Völker triumphieren. Wenn es zum Kampf kommt, tragen wir Gnome die Hauptlast. Wir werden Opfer bringen. Da ist es nur gerecht, wenn wir die Last vorher verteilen, denn in der neuen Ordnung werden auch die Kobolde einen besseren Platz finden. Und alle, die den Fortschritt lieben. Am Ende gewinnen wir alle gemeinsam!

# 4. Kapitel:
# Von den Nachtalben und der Liebe

*Als Rat der Fei will Wito sich für die Stellung der Gnome und die Rechte aller Völker von Daugazburg einsetzen. Doch warum sollten die Großen und Mächtigen teilen, was ihnen heute allein gehört? Wir alle, die wir im Kriege waren, wissen: Erst wenn man dem Gegner einen Dolch an die Kehle setzt, ist er gern bereit, zuzuhören und einzulenken.*

*Es ist gut, dass Wito die Grünen Lande gegründet hat, als Stimme für alle Gnome. Doch eine Stimme wird nur ernst genommen, wenn Hände den Worten Nachdruck verleihen. Soll Wito der Mund sein, der sagt, was gesagt werden sollte. Wir aber werden tun, was getan werden muss. Wir sind der bewaffnete Arm der Grünen Lande. Und wer mit den Gnomen von Daugazburg nicht reden möchte, der soll ihre Knochenmesser fühlen.*

Darnamur, der Gnom,
Rede zur Gründung der »Knochenmesser«

Nach dem Zwischenfall im Lagerhaus ging es Balgir tagelang schlecht. Seine Füße waren blutig gelaufen und sein Bauch wundgescheuert. Frafa erwog, ihre neu erlernte Zauberkunst an dem Taschentier zu erproben und die Wunden mit Magie zu heilen. Doch sie traute ihren Fähigkeiten nicht. Um keinen

Schaden anzurichten, beschränkte sie sich auf Salben und Verbände und pflegte die Echse auf herkömmliche Weise.

Sie selbst litt einige Zeit unter einem Ausschlag. Balgirs Speichel musste die Haut angegriffen haben. Sie vermisste Bleidan. Er hätte diese Reizung mit einer Handbewegung fortgewischt.

Bleidan.

Der erste Schüler Aldungans, der ihr Lehrmeister geworden war, blieb verschwunden. Frafa wagte kaum, den Turm zu verlassen. Ob sie wohl Litiz in ihrer Xotoc-Stube aufsuchen sollte, um nachzusehen, wer von Bleidans Freunden und Weggefährten dort auftauchte? Sie traute sich nicht.

Womöglich beobachtete man sie. Womöglich beobachtete man Litiz. Den Schergen der Fei musste bekannt sein, dass viele der Aufrührer sich dort getroffen hatten. Vielleicht hatten sie den heimeligen Raum in dem Erker über dem Drauzwinkel bereits ausgehoben?

Frafa hockte in ihrem Zimmer, ging dann und wann zur Küche oder in einen Vorratsraum und wartete darauf, dass Bleidan zurückkam.

Am dritten Tag suchte sie Bleidans Arbeitszimmer auf und kümmerte sich um die Tiere. Sie reinigte Käfige und verteilte Futter. Das beruhigte sie ein wenig. Der Zwergenkopf auf seinem Kolben sah sie an, zwinkerte und sabberte. Frafa versuchte, die Kreatur zu ignorieren. Sie wusste nicht, ob sie auch bei diesem Experiment etwas pflegen oder säubern musste. Sie konnte den bloßen Anblick kaum ertragen.

Dennoch kam sie am vierten Tag wieder. Sie blieb länger, verbrachte Zeit mit den Tieren und lernte. Auch ohne Bleidan konnte sie zumindest die Fertigkeiten verbessern, die sie bereits erworben hatte. Sie ertastete die lebende Aura von Bleidans Tieren, versuchte, sie zu deuten, Stimmungen zu verändern, die Geschöpfe zu lenken, lebendes Gewebe zu manipulieren. Es war eine Ablenkung.

Aber Bleidan kam nicht zurück, und Frafa wagte nicht einmal, nach ihm zu fragen.

Eines Tages kam Frafa mit einem großen Putzeimer in das Studierzimmer. Bleidans Zwergenkopf hatte tiefe Runzeln um die Augen. Seine Gesichtszüge wirkten schief, und beständig zuckten irgendwelche Muskeln in seinem Gesicht. Die Flüssigkeit im Kolben war trübe.

Frafa zögerte. Sie stand eine Zeit lang vor Ankanos, dann umfasste sie schließlich resolut das haarige Haupt. »Bleidans Fortschritt findet nicht statt«, murmelte sie.

Sie riss den Zwergenkopf von den Rohren und Schläuchen ab und ließ ihn in den großen Holzeimer plumpsen. Dann kippte sie die Flüssigkeit aus dem Glaszylinder durch das Turmfenster hinab in die Gasse. Sie trug den Kopf fort, kam mit frischem Wasser zurück und reinigte alle Teile der alchemistischen Apparatur, die den Zwerg am Leben gehalten hatte.

Als alles weggeräumt war, atmete Frafa auf. Sie wusste nicht, was Bleidan dazu sagen würde. Aber sie fühlte sich jetzt viel wohler in dem Arbeitsraum.

Die Tiere in den Käfigen hinter ihr riefen und keckerten und schlugen gegen Glaswände und Käfigstangen. Balgir drückte mit der Nase die angelehnte Türe auf und lugte herein. Frafa wandte sich ihrer täglichen Arbeit zu.

Danach wagte sie sich häufiger aus dem Turm. Sie ging auf die Straße, suchte die Märkte auf und sprach mit Aldungans Dienstleuten. Sie mied allerdings die Orte, an denen Bleidan regelmäßig verkehrt hatte, auch wenn sie dort womöglich am ehesten Antwort auf ihre Fragen gefunden hätte.

Die Hinrichtungen auf dem Drauzwinkel wurden häufiger. Meist waren es einfache blutige Spektakel ohne magischen Hintergrund. Als Frafa einmal einem solchen Schauspiel beiwohnte, glaubte sie, einen Nachtmahr aus Bleidans Vereinigung zu erkennen, der auf dem Schafott von Goblins mit Steinhämmern zu Tode geprügelt wurde. Aber es waren keine Alben unter den Verurteilten, und über Bleidans Schicksal erfuhr sie nichts.

»Balgir!«

Frafa balancierte in der einen Hand das Glas mit den Würmern und den Deckel des Vivariums, während sie mit dem anderen Arm ihr Taschentier wegschob, das mit seiner langen Zunge nach den Silberameisen fischte, die sie gerade fütterte. Unvermittelt ließ Balgir sich fallen und verschwand unter dem Regal. Als Frafa ihm nachblickte, sah sie aus den Augenwinkeln eine Bewegung bei der Tür.

»Bleidan!«, rief sie und fuhr herum. Ihr Herz pochte.

Aber es war Meister Aldungan, der mit einem Papier in der Hand eintrat.

Der alte Nachtalb sah sich um. Er trug ein blauschwarzes Gewand mit hohem Kragen. In seinem glatten runden Gesicht zeichneten sich einige sorgenvolle Falten ab. Ansonsten verriet allein eine unergründliche Tiefe in seinem Blick sein wahres Alter.

»Frafa«, sagte er. »Ich spürte deine Präsenz hier unten.«

Frafas Haut prickelte. Unbehagen kroch in ihren Leib. »Ich grüße Euch, Meister Aldungan.« Sie knickste. »Ich kümmere mich um Herrn Bleidans Tiere, solange er ... fort ist.«

Aldungan ließ den Blick durch den Arbeitsraum schweifen. Frafa spürte, wie seine Aura über die Käfige tastete. »Es ist gut, dass dafür gesorgt wird«, sagte er.

»Meister«, fing Frafa zögernd an. »Wisst Ihr, wann Bleidan zurückkehrt?« Ihre Stimme stockte. »Er kehrt doch zurück?«, fügte sie atemlos hinzu.

»Das weiß Geliuna allein«, sagte Aldungan. »Aber Bleidans Unvernunft bringt mich in eine prekäre Lage.«

Er hob das Papier, das er in der Hand hielt. Frafa drückte sich mit dem Rücken an die Käfige. Es war ungewohnt und auch beunruhigend, im Mittelpunkt der Aufmerksamkeit des Meisters zu stehen.

»Unser aller Herrin Geliuna invitiert mich hierin, an einer Zusammenkunft der Großen von Daugazburg teilzuhaben«, erklärte Aldungan.

Frafa nickte und wusste nicht, warum er ihr das erzählte.

»Die drei letzten Feien werden dort sein, einige mächtige Fatu und die größten albischen Magier. Geliuna will eine gemeinsame Linie unter den Mächtigen aushandeln, damit die Unruhe in der Stadt nicht am Ende alle in Mitleidenschaft zieht. Aber ich will mich nicht gerade jetzt in das Treiben bei Hofe hineinziehen lassen, wo die Zeiten so unruhig sind. Ich habe hier ernsthafte Forschungen zu leisten! Soll die Fei also ihre Entscheidungen nach Gutdünken treffen und mir ihre Befehle schicken, wenn sie meiner Fertigkeiten bedarf.«

Aldungan hielt kurz inne und fasste Frafa scharf ins Auge. »So habe ich es stets gehalten. Jetzt aber hat sie Bleidan festgenommen, und das stellt auch mich unter Verdacht. Ich muss sie meiner Ergebenheit versichern. Wie könnte ich also ihre Einladung zurückweisen, ohne dass zumindest Bleidan ihren Zorn zu spüren bekommt?«

Frafa zuckte zusammen. »Ihr könntet Euch für Bleidan einsetzen!«, brach es aus ihr heraus. Das war es, woran sie die ganze Zeit gedacht hatte, noch bevor Aldungan seine eigenen Bedenken formuliert hatte. Wenn die Fei etwas von Aldungan wollte und er es nicht ablehnen konnte, so musste er es eben zu seinem Vorteil nutzen.

»Ah, Frafa«, sagte Aldungan. »So geht das nicht. Handel heißt Händel. Einen solchen Schritt wollte ich eben vermeiden. Wenn ich einen Wunsch an Geliuna herantrage, wird sie eine Gegenleistung fordern. Und am Ende doch nichts gewähren, was sie nicht ohnehin hergeben wollte.«

Frafa schwieg.

»Ich wollte *dich* schicken«, fuhr Aldungan fort.

Frafa blickte ihn fassungslos an. Er streckte ihr das Papier entgegen. In fein geschwungener Schrift war darauf die Einladung zum großen Rat zu lesen.

»Sei du meine Botin«, sagte Aldungan. »Lasse die Herrin Geliuna wissen, dass ich stets ihr treuer Diener bin und keinerlei Ambition habe, zu den Großen zu zählen. Wenn du die Botschaft überbringst, wird es bescheiden genug klingen und nicht wie eine schroffe Zurückweisung.«

Widerstrebend nahm Frafa den Brief entgegen. Ihr Blick traf den ihres Meisters, und die Kehle ward ihr eng. Aldungan wandte sich wieder ab und ging zur Tür.

»Warum ich?«, flüsterte Frafa hinter ihm her.

»Daugrula, deine Tante, war einst meine erste Schülerin und wurde Geliunas vertrauteste Zofe. Wenn Geliuna dich sieht, wird sie an ihre Getreue denken. Du selbst wirst meine Botschaft sein.«

Er hielt kurz inne und fügte dann hinzu: »Und nimm dein Taschentier mit. Geliuna kennt es gut. Wer weiß. Womöglich kannst du sogar weit mehr für Bleidan erreichen, als ich es je könnte. Wenn du das willst, Frafa.«

Er verließ den Raum. Und Frafa wusste nicht, was sie wollte.

Es war ruhig geworden in der Stadt. Frafa kam an der geplünderten Werkstatt eines Kobolds vorüber. Wo Fenster und Türen gewesen waren, klafften leere Löcher, schwarz eingefasst von Ruß. Die winzigen Räume dahinter waren leer und ausgebrannt. Eine halb abgerissene Wandzeitung in grellen Farben hing in einem vergessenen Winkel und kündete von einer »Gesellschaft der freien Menschen«.

In einer anderen Gasse trieb eine Horde Goblins gefesselte Menschen mit Peitschenhieben vor sich her. Frafa roch Blut und Schweiß, von den Riemen aufgestäubt und in der Luft verteilt wie ein schweres Parfum.

Die wenigen Fußgänger auf den Straßen bewegten sich hastig und beäugten einander misstrauisch. Der Mond stand voll und bleich zwischen den Türmen, fast senkrecht über den tiefen Gassen von Daugazburg. Frafa erschauderte, wann immer die Schwingen einer Fledermaus sich vor dem Silberrund abzeichneten. Balgir lag über ihrer Schulter und ließ sich schlaff zu beiden Seiten herabhängen.

Nach einem kurzen Stück Wegs stieg sie eine Treppe empor, die sich außen um einen Turm wendelte. Sie folgte den Pfaden über Brücken und Mauerkronen quer durch die Stadt. Die dunklen Gassen lagen unter ihr wie schwarze Abgründe. Nur selten schimmerte das Licht einer menschlichen Papierlaterne durch die Finsternis wie ein herabgefallener Stern.

So kam sie schließlich nach Fastenwall, dem Stadtteil von Daugazburg, der sich unmittelbar vor der Zitadelle erstreckte. Die höchsten Türme der Stadt erhoben sich vor ihr und stachen nach dem Mond. Graue Schwaden stiegen aus den Mauerklüften zu ihren Füßen. Es roch beißend nach heißem Stahl. Die spitzen Giebel und die scharfen Vorsprünge, die Daugazburgs Architektur bestimmten, waren von schmutzigem Nebel umflort. Ein ständiges Hämmern stieg daraus auf – der Herzschlag der Stadt. In den Häusern unter ihr lagen die Schmieden von Daugazburg.

Frafa stieg eine eiserne Leiter hinab. Wer in den Palast der Herrin wollte, musste das Tor zu ebener Erde nehmen. Rauchschwaden zogen dahin, verhüllten manches und gaben anderes frei. Frafa sah Alben auf den Straßen, und die wenigen Goblins von Daugazburg, die weder Rüstung noch Waffen trugen, sondern Lederschürzen und schwere Hämmer. Dann und wann huschte ein verschüchterter kleiner Kobold an ihr vorbei. Aus jeder Türöffnung, aus jedem Fensterspalt glühte es rot. Hitze ließ die Luft wabern, und der schwere Qualm machte Frafa das Atmen schwer.

Dann war sie auf der Steinbrücke, die über einen tiefen Graben führte. Dahinter lag das stadtwärts gelegene Tor zum Palast der Fei, der als eigenständige Festung mit den äußeren Wällen abschloss.

Sie meldete sich beim wachhabenden Alb und wurde weitergeführt. An jeder Ecke und an jedem Tordurchgang standen Goblins in goldener Rüstung. Fledermausschwingen prangten in Silber auf ihrem Brustpanzer.

»Warte hier«, sagte der Alb, der Frafa durch die Flure geführt hatte. »Die Herrin wird dich empfangen, wenn es an der Zeit ist.«

Frafa sah sich um. Der breite Gang endete vor einem zweiflügligen Portal. Holzintarsien zeigten eine Gestalt, die einen gewaltigen Drachen an einer Kette hielt. Helles und rötliches

Holz deutete Flammen an, die die Szenerie umspielten. Der Hintergrund verschwand in schwarzem Ebenholz.

Auf einer Bank an der Wand saßen weitere Bittsteller, Gnome, Alben und einige Vampire. Eine in sich gekehrte Nachtmahrfrau hatte mit gesenktem Haupt und zuckenden Ohren ganz hinten Platz genommen. Es waren so viele, die hier warteten. Die Zeit verstrich, und nur ein einziger Alb wurde durch das Portal gerufen. Schon nach wenigen Augenblicken kehrte er zurück und ging fort, doch niemand sonst wurde eingelassen.

Frafa wartete.

Endlich öffnete sich das Portal erneut, und ein Alb in Livree rief Frafas Namen. Sie erhob sich mit einem verwirrten Blick auf all die Bittsteller, die schon so viel länger gewartet hatten als sie.

Der Saal hinter dem Portal schien ganz aus Glas gemacht. Der Boden spiegelte wie Eis, und Leuchter aus Kristall hingen über ihrem Kopf wie reifüberzogene Tropfsteine an einer Höhlendecke. Überall funkelte und gleißte es, und das Licht der Lampen wurde tausendfach zurückgeworfen.

Frafa legte die Hand auf Balgirs Hals und suchte unwillkürlich nach einem Fenster, nach dem vertrauten Nachtgestirn. Doch hinter den Flammen und den Schatten im Kristall war kein Blick nach draußen.

Der Alb, der sie eingelassen hatte, blieb am Eingang zurück. Links und rechts davon standen zwei Goblinwachen, die ihren krummen Rücken so gerade streckten, wie es nur möglich war. Der Saal stieg an, in flachen, glänzenden Stufen. An der höchsten Stelle, umgeben von gläsernen Säulen, saß Geliuna auf ihrem Thron.

Die Schwarze Fei trug ein durchscheinendes Gewand aus schwarzen Schleiern, ein jeder so dünn wie ein Hauch. Weich umspielten sie ihren Leib und mischten sich mit den seidenfeinen schwarzen Haaren, die Geliuna über die Schulter fielen.

Frafa näherte sich vorsichtig und drückte Balgir fester. Sie wusste nicht recht, wann sie stehen bleiben musste, wann sich verbeugen. Ihre Schritte wurden kleiner.

Geliunas Haut stach weiß wie Porzellan aus dem schwarzen

Gewand hervor, und Frafa erkannte, dass sie schön war. Die Fei war eine Frau, wie sie, und doch betörte ihr Anblick Frafa so sehr, dass ihr die Tränen in die Augen traten. Es war wie ein berückender Rausch, der ihr zu Kopfe stieg.

Sie konnte nicht mehr weitergehen.

Sie fiel blind auf die Knie und küsste den Boden zu Geliunas Füßen. Sie liebte selbst diesen Boden, der geheiligt sein musste von der Gegenwart der Herrin. Frafa hatte das Gefühl, dass sie tot hinsinken müsste vor Entzücken, wenn sie nur einen Fußbreit näher trat.

»Herrin«, grüßte sie. Dann verstummte sie.

Geliunas Lachen klirrte so hell wie das Kristall über ihren Köpfen.

»Willkommen, kleine Nachtalbe. Du hattest eine Audienz erbeten?«

An der Stimme hörte sie, dass Geliuna auf sie zukam. Es schnürte Frafa die Kehle zu.

»Ihr seid so wunderwunderschön, Herrin«, stieß sie hervor. Sie konnte die Worte nicht zurückhalten. »Ich will Euch dienen immerdar!«

Frafa wusste kaum noch, was sie hierher geführt hatte. Sie konnte an nichts denken als an die Gegenwart der Fei. Ihre Hände zitterten bei dem Gedanken, Geliuna zu berühren.

Geliuna lachte wieder. »Tust du das nicht ohnehin, kleine Nachtalbe? Dient mir nicht ganz Daugazburg?«

Der Rausch verflog. Frafa konnte den Blick wieder heben, und ihr Denken klärte sich. Immer noch war der Anblick der Herrin ihr reines Entzücken, doch zumindest konnte sie die Fei nun ansehen. Sie sah, dass Geliuna ein einziges Schmuckstück trug: Ein roter Rubin schimmerte tief in ihrem Ausschnitt.

Frafa erinnerte sich wieder, weshalb sie gekommen war. Ohne sich von den Knien zu erheben, nestelte sie aus der Gürteltasche einen Brief.

»Mein Herr schickt mich wegen Eurer Einladung.«

»Ich sehe Balgir bei dir, kleine Frafa«, sagte Geliuna. »Beherrschst du das Erbe deiner Tante so unvollkommen, dass du eine andere Tasche benötigst?«

Irgendwo in Frafas Hinterkopf keimte der Gedanke, dass sie nach einer Entschuldigung suchen sollte, nach einer Ausrede. Der Gedanke starb, ohne eine Spur zu hinterlassen. In Geliunas Gegenwart war nichts als die reine Wahrheit lauter genug, um gesprochen zu werden.

»Es ist schwer«, brachte sie hervor. »Für kleine Dinge ziehe ich eine einfachere Tasche vor. Auch wenn Bleidan mir gezeigt hat, wie ich Balgirs Form wandeln kann.«

»Bleidan«, sagte Geliuna. »Ich kenne diesen Namen. Er bedeutet dir etwas.«

Frafa zuckte zusammen. Es war nachlässig gewesen, diesen Namen hier auszusprechen. Und doch …

Sie fühlte, wie ihr Gesicht grün wurde und warm. »Bleidan ist kein Verräter«, brachte sie hervor, auch wenn die Furcht ihr fast die Kehle abschnürte. »Wollt Ihr ihn nicht wieder gehen lassen?«

»Ach, kein Verräter?« Geliunas Stimme klang spöttisch. »Hat er nicht an diesem Treffen teilgenommen, obwohl ich jegliche politische Vereinigung verboten habe? Hat er nicht sogar Zauber gewirkt gegen meine Beauftragten?«

»Aber die Vereinigung, mit der er sich traf, hat sich nicht gegen Euch verschworen!« Frafa wusste selbst nicht, woher sie den Mut nahm. Dabei war dies gar nicht die Botschaft, die sie überbringen sollte. Sie würde Meister Aldungan *und* die Schwarze Fei gegen sich aufbringen! Doch die Worte brannten in ihrem Herzen und mussten hinaus.

Geliuna wirkte nicht aufgebracht. Sie kehrte zu ihrem Thron aus Kristall zurück und ließ sich darauf nieder. Sie sprach im Plauderton weiter, als säße sie in lockerer Runde bei einer Tasse Xotocl und würde ein Thema erörtern, das ihr im Grunde nichts bedeutete. »Die *Freunde des Fortschritts*, so nennen sie sich doch? Sie wollen eine Veränderung. Aber im Augenblick regiere ich in Daugazburg. Nennst du es nicht Verrat, wenn sie daran etwas ändern wollen?«

»Aber das ist es doch nicht, was sie verändern wollen.« Es kostete Frafa Mühe, die richtigen Worte zu finden. Sie schwamm ein wenig in ihren eigenen Gedanken. Im Grunde verstand sie ja selbst nicht, was Bleidan und seine Freunde eigentlich wollten. Was für eine Ironie! Genau darüber hatten die *Fortschrittsfreunde* an jenem Abend gesprochen: über eine Gelegenheit, der Fei ihre Gedanken vortragen zu dürfen. Und ausgerechnet sie, Frafa, kniete nun hier, und die Fei hörte ihr zu ...

Sie würde für Bleidans Vereinigung sprechen, so gut sie es vermochte. Sie würde es für Bleidan tun.

»Sie wollten ... Fortschritt«, fuhr Frafa fort. »Bleidan beispielsweise dachte an Experimente zum Wohle aller ... andere wollten Reichtümer ... Und sie wollten mit Euch reden.«

Frafa suchte in ihrem Gedächtnis zusammen, woran sie sich erinnerte. Doch sobald sie es aussprach, kam es ihr dumm vor. Und das Schlimme war: Ihr kamen sogar Zweifel, ob es wirklich nur an ihr lag. Waren Bleidan und seine Ansichten womöglich gar nicht so klug, wie sie immer gedacht hatte?

Ach, er hätte es gewiss viel besser vortragen können!

Geliuna lehnte sich ein wenig zur Seite. Sie stützte einen Ellbogen auf die Armlehne und legte den Kopf auf die zierlich angewinkelte Hand. Sie seufzte.

»Wie schade, dass deine Tante nicht mehr hier ist. Mit ihr konnte ich über solche Angelegenheiten verständig reden. Sie blickte hinter die Dinge. Also lerne, Kind, damit du dich auch eines Tages zurechtfinden wirst in Daugazburg. Es ist völlig gleichgültig, was dein Bleidan und seine Freunde gesagt und gedacht haben. In Wahrheit hatte ihre Vereinigung nur das eine Ziel: eine Veränderung, die *ihnen* mehr Macht und Einfluss brächte, als sie derzeit haben. So ist es nämlich immer in diesen Dingen.«

Frafa schaute Geliuna einen Augenblick an. Dann schüttelte sie den Kopf. »Aber nein«, sagte sie. »Das kann nicht sein! Bleidan ist wie Meister Aldungan. Er denkt nur an seine magische Forschung! Das ist sein einziger Ehrgeiz.«

»Ach. Und deshalb tritt er ganz zufällig und selbstlos dafür ein, dass die Forschung in Daugazburg einen besseren Platz erhält?« Geliuna lächelte.

Frafa erinnerte sich an Worte, die man so deuten konnte. Aber da fuhr die Fei schon fort:

»Weißt du, Frafa, lange war es friedlich in Daugazburg. Der Krieg forderte kaum Opfer unter den Nachtalben. Meine liebevolle Herrschaft sorgte außerdem dafür, dass ihre Sitten und Gebräuche sanfter wurden. So sind in diesen Jahren viele neue Generationen von Nachtalben herangewachsen. Schüler, die selbst fast schon Meister sind. Doch die alten Meister sind immer noch da. Sie besetzen alle wichtigen Posten. Wohin auch immer ein junger Nachtalb kommt – ein älterer war schon vor ihm da und geht nicht fort. Denn so wenig wie die Feien kennen die Nachtalben einen natürlichen Tod.

Wen wundert es da, dass die jungen Nachtalben unzufrieden werden mit einer Ordnung, in der sie gefangen sind? Dass sie eine neue Ordnung suchen, mit neuen Posten und neuen Hierarchien? Wenn man in der alten Ordnung nicht aufsteigen kann, träumt man eben davon, sie einfach umzustürzen. Damit das Unten, wo man steht, zum neuen Oben wird.«

Frafa blickte die Herrin fassungslos an.

»Und wenn man solche Träume hegt«, fuhr Geliuna fort. »Ist es dann nicht naheliegend, dass man nach Vorbildern sucht, die neue und bisher unbesetzte Positionen versprechen? Das bitanische Akademiensystem, beispielsweise – scheinbar harmlose Forschung, aber mit akademischen Titeln und Räten, aus denen neue Berufe und Meistergrade hervorgehen. Neue, freie und unbesetzte Ränge für junge Nachtalben?«

Frafa schüttelte den Kopf.

Geliuna lachte. »Die *Freunde des Fortschritts* wurden von jungen Nachtalben gegründet«, sagte sie. »Passt das, was ich beschrieben habe, nicht genau zu ihnen?«

»Es waren Menschen dort«, widersprach Frafa. »Und Gnome und ...« Sie hob erschrocken eine Hand zum Mund, als ihr bewusst wurde, wie verräterisch ihre Worte waren.

»... und allerhand anderes Volk, das sich stets den Nachtalben anschließt. Oder das selbst Grund hat, eine Veränderung zu wünschen.« Geliuna machte eine wegwerfende Handbewegung. »Das ist ohne Bedeutung. Es gibt viele politische Vereinigungen ... Oder es gab sie in den Wirren nach Leuchmadans Sturz, ehe ich sie aufgelöst habe. Aber die *Freunde des Fortschritts* waren in ihrem Kern eine Vereinigung junger Nachtalben. Und, meine kleine Frafa, denk darüber nach: Wenn du deine Freunde im Lichte meiner Erklärung betrachtest – ergibt ihr Treiben dann nicht mehr Sinn als diese unzusammenhängenden Brocken, die du mir über sie nennen konntest?«

Ihre dunklen Lippen hoben sich zu einem feinen Lächeln. Sie schaute von ihrem Thron auf Frafa hinab. Frafa wusste nichts mehr zu sagen. Sie hatte Bleidans Vereinigung nie so recht verstanden. Aber Bleidan selbst ...

»Bleidan kann Euch nicht schaden«, murmelte sie. »Ihr könnt ihn dennoch freilassen.«

»Ja, er bedeutet dir etwas.« Geliuna beugte sich interessiert vor.

Frafa stieg wieder das Blut ins Gesicht. Sie wollte etwas sagen, aber Geliuna schnitt ihr mit einer Geste das Wort ab.

»Still. Widersprich mir nicht. Ich verstehe etwas von der Liebe. Beherrsche ich nicht Daugazburg seit tausend Jahren mit dieser Macht?«

Sie lächelte, als sie sich noch ein wenig weiter zu Frafa hinabbeugte. »Aber denke nach, kleine Frafa. Warum sollte ich Bleidan jetzt für dich freilassen? Wenn ich es recht im Gedächtnis habe, pflegt ihr Nachtalben seltsame Vorstellungen von der Liebe. Ihr stellt eure Gefährten auf die Probe und erwählt diejenigen, die würdig sind. Ich kann verstehen, was du an Bleidan findest – doch was findet Bleidan an dir? Wie willst du ihn für dich gewinnen?«

Ihre Stimme wurde leise, lockend. »Stell dir vor, ich halte Bleidan dreihundert Jahre in meinem Kerker gefangen. Du kannst in der Zeit lernen und wachsen und mächtig werden. Wenn ich ihn dann freilasse, bist du eine Meisterin und kannst sein Herz gewinnen! Ließe ich ihn aber jetzt gehen, schenkte ich dir nur eine grausame, unerfüllte Liebe. Willst du mich *darum* bitten?«

»Dreihundert Jahre …« Eine solche Spanne kam Frafa so endlos vor wie der Tod. Auch wenn Geliuna manches aussprach, was ihr selbst schon durch den Kopf gegangen war, so erschien ihr der Weg der Schwarzen Fei dennoch … unvorstellbar. »Ihr werdet ihn wohl kaum für *mich* im Kerker behalten«, brachte sie endlich hervor.

Geliuna zuckte die Achseln. »Warum nicht?«, sagte sie. »Weißt du, Bleidan ist ein gewandter Zauberer und könnte einmal nützlich sein. Aber nicht jetzt. Leuchmadans Rückkehr und sein neuerliches Verschwinden hätten die Grauen Lande beinahe entzweigerissen! Das Volk ist verwirrt. Deshalb liegen all diese neuen Ideen und der Gedanke an Aufruhr in der Luft.

Jetzt kann ich Bleidan und seine Unruhestifter nicht gebrauchen. Die Grauen Lande benötigen Ordnung. Doch in einem hat er recht: Veränderung ist vonnöten. Aber langsam und zum rechten Augenblick. In dreihundert Jahren habe ich womöglich einen Platz für ihn. Und für dich, wenn du deine Ausbildung beendest und zu mir kommst, wie deine Tante. Dir mag das lang vorkommen. Aber es ist nur Zeit. Sie vergeht von selbst. Kehre zurück in deinen Turm und lerne. Wenn du verstehst, werde ich dich wieder empfangen.«

Sie winkte Frafa fort, und in deren Kopf schien sich plötzlich etwas zu klären. Es war, als hätte die Aufmerksamkeit der Schwarzen Fei ein spürbares Gewicht, das bisher auf Frafas Gedanken gelastet hatte und plötzlich von ihnen gewichen war.

»Ihr spracht von Daugrula, meiner Tante«, sagte sie. »Meine Mutter sandte mich zu ihr, damit ich lerne. Aber Daugrula schickte mich gleich weiter zu Meister Aldungan und fort aus dem Palast. Er ist jetzt mein Herr, und seine Botschaft sollte ich heute übermitteln.«

»Ah ja.« Geliuna klang gelangweilt. »Es ist überflüssig, dass du mir seine Botschaft überbringst. Er erzählt mir seit Jahrhunderten dasselbe. Richte ihm aus, seine Abgeschiedenheit könnte bald ein Ende finden. Neue Aufgaben sind zu verteilen. Die

Versammlung, zu der ich ihn geladen habe, mag seine letzte Gelegenheit sein, mitzureden. Denn wenn er nicht spricht, wenn ich ihn dazu einlade, dann werde ich womöglich nicht zuhören, wenn er ein andermal etwas zu sagen hat.«

Sie presste die Lippen aufeinander, dass sie ein schmaler Strich in ihrem weißen Antlitz waren. Doch dann wurde ihr Ausdruck wieder weicher. Frafa fühlte erneut einen Abglanz von Geliunas Ausstrahlung. »Dein Meister, Frafa, ist ein spröder alter Knochen. Ein Nachtalb von altem Gemüt. Ich weiß wirklich nicht, warum er meine Gegenwart so sehr meidet. Meine besondere Fertigkeit muss er doch gewiss nicht fürchten, wo er doch kaum empfänglich dafür ist.

Aber wenn ich dich ansehe, dann weiß ich, wie sehr ich Daugazburg im letzten Jahrtausend in meinem Sinne gewandelt habe. Sei nicht verwirrt, und sei nicht bitter. Richte deine Botschaften aus – und komme irgendwann zurück.«

Sie lächelte Frafa an, sodass dieser das Herz wieder schneller schlug. Frafa richtete sich zitternd auf, Balgir auf der Schulter. Sie machte tiefe Knickse und entfernte sich rückwärts aus dem Saal. Die spiegelnden Flächen ringsum warfen Geliunas Antlitz zurück. Die Fei auf ihrem Thron wirkte so majestätisch, dass Frafa sich in diesem Moment nichts sehnlicher wünschte, als einen Platz an ihrer Seite zu verdienen.

Zu Hause berichtete sie Meister Aldungan getreulich, was Geliuna gesagt hatte. Bei dem Teil der Rede, den man als Drohung verstehen konnte, zuckte Aldungan nur die Achseln. Doch als Frafa ihm auch von Geliunas letzten Worten erzählte, da lachte er.

Frafa schaute ihn überrascht an.

»Das ist dann wohl die Gelegenheit für eine kleine Lektion«, sagte Aldungan, als er Frafas Verwirrung bemerkte. »Also höre, meine Schülerin: Ironischerweise hat es unser aller Herrin Geliuna auf einem Felde zur Meisterschaft gebracht, welches hierzulande noch geringer geschätzt wird als das meine. Sie vermag es, ein jedes Geschöpf in Liebe und Zuneigung zu sich entflammen zu lassen, jedenfalls in dem Maße, wie dieses Geschöpf zu solchen Gefühlen überhaupt in der Lage ist.«

»Dann war es Magie!«, hauchte Frafa.

»Oder eine natürliche Fähigkeit.« Aldungan nickte. »Wer kann das bei den Feien schon unterscheiden? Man sollte meinen, damit käme sie in den Grauen Landen nicht weit. Und doch findet man selbst bei den finstersten Kreaturen meist noch etwas, das ihnen am Herzen liegt – und schon hat Geliuna einen Hebel in der Hand, den sie für sich nutzbar machen kann.

Dennoch ist die Liebe in den Grauen Landen ein seltenes Gut. Geliuna fiel es stets leichter, Menschen für ihre Zwecke zu verführen, als die Angehörigen jener Völker, die sie eigentlich beherrschen möchte. Daher träumt sie davon, ein Geschlecht von Nachtalben zu schaffen, das empfindsamer ist und leichter der Zuneigung fähig. Viele ihrer Gesetze und Regeln während der letzten tausend Jahre sollten uns in diese Richtung erziehen, jedoch nur, damit sie uns leichter beherrschen kann.«

Er sah Frafa an. Ein Lächeln umspielte seine Lippen. »Deine Tante hielt sie in dieser Hinsicht stets für ein Musterbeispiel. Darum wurde Daugrula auch zu ihrer vertrautesten Dienerin. Geliuna war sich ihrer Liebe und Treue so gewiss, dass sie ihr sogar die heikelste aller Missionen übertrug, die Wiederbeschaffung von Leuchmadans Schatz. Aber ich sage dir, Frafa: Der Nachtalb, der jemals Treue und Liebe über seinen eigenen Vorteil stellt, ist noch nicht geboren. Unsere Herrin gibt sich Illusionen hin, wenn sie anderes erhofft.«

»Aber sie war beeindruckend«, flüsterte Frafa. »Ich weiß nicht …«

Aldungan schnitt ihr mit einer Bewegung der flachen Hand das Wort ab. »In der Tat. Du *kannst* es nicht wissen. Du wurdest noch nicht auf die Probe gestellt. Doch im Gegensatz zu Geliuna, die ein wenig zu sehr auf ihre besondere Begabung vertraut, weiß ich heute schon, wie du dich dann entscheiden wirst. Du wirst den greifbaren Vorteil wählen und nicht eine Fantasterei wie die Liebe. Genau wie jeder andere Alb.«

## 5. Kapitel:
## Der Tag der Messer

*Viele in Daugazburg sind der Ansicht, man hätte den Krieg gegen die Bitaner einfach fortführen können. Ich hoffe, hier in unserem Kreise gibt sich niemand dieser Täuschung hin.*

*Die verbündeten Menschen aus dem Süden hielten einzig Leuchmadan die Treue. Für uns Finstervölker haben sie nicht viel übrig. Auch Goblins und Trolle erkennen nur Leuchmadan als ihren Herrn an. Keiner von uns könnte eine große Zahl von ihnen in Zucht und Ordnung halten.*

*Wir alle erinnern uns an die Zeit nach Leuchmadans erster Niederlage: Der Feind stand vor den Toren, das Land war verwüstet. Hunger und Zwietracht überall. Was von Leuchmadans Heer übrig war, blieb in der Stadt eingeschlossen. Plünderung und Blutvergießen waren die Folge, alle fielen übereinander her.*

*Das habe ich diesmal verhindert. Ich löste den Überhang der Truppen auf, bevor er von selbst in Auflösung verfiel. Wir Übrigen müssen nun zusammenhalten und eine kurze unruhige Spanne überstehen. Dann wird es diesmal nicht Jahrhunderte dauern, sondern nur wenige Jahre, bis die Grauen Lande wieder erblühen.*

Geliuna, die Schwarze Fei, Herrin von Daugazburg,
vor den Mächtigen des Reiches

Sie waren ihm schon um Mitternacht aufgefallen, diese Gnome, die sich bei der Kapelle herumtrieben. Der Kustos hatte sie misstrauisch beäugt, und sie waren wieder abgezogen. Als er jetzt aus dem Fenster seines kleinen Kontors schaute, traute er seinen Augen nicht.

Die Gnome waren wieder da, aber nicht allein. Menschliche Diener schleppten unter ihrer Aufsicht Dinge in das geheiligte Gebäude. Er sah Körbe mit Vorräten, Tabletts mit Geschirr, Weinschläuche und sogar Fässer, die von den Domestiken in seine Kapelle gerollt wurden!

Der Kustos fasste sich ans Herz und stand einen Augenblick da wie erstarrt. Es war ihm zutiefst zuwider, diese niederen Geschöpfe ansprechen zu müssen. Aber die Gnome trugen Waffen, und wenn ihn nicht alles täuschte, so zählten sie zur geheimen Polizei. Er würde die Goblinwachen vermutlich nicht dazu bewegen können, sie von seinem Hof zu schaffen. Er musste sich selbst darum kümmern.

Der Alb eilte nach draußen. »Was treibt ihr da? Welche Entweihung!«, rief er. Er wedelte mit den Armen und verstellte ihnen den Weg. Doch die Gnome beachteten ihn gar nicht. Als die Menschen verwirrt stehen blieben, trieben die Gnome sie wieder an. Wie emsige Bienen beschrieben die Dienstboten einfach einen Bogen und schleppten Tischtücher, Kristallgläser und einen Kasten mit Leinenservietten um den Kustos herum.

Die Kapelle war ein Gebäude aus Holz. Sie stand auf einem alten und tiefen Innenhof der Zitadelle, der ringsum von hohen Wällen umschlossen war. Sie war alt, sehr alt, und womöglich konnte man sie als das Samenkorn ansehen, aus dem die ganze Stadt erwachsen war. Seitdem sie erbaut worden war, hatte sich Daugazburg beständig um sie herum ausgebreitet. Das Gebäude bestand aus einem einzigen großen Raum mit einem spitzen Giebeldach und einigen kleinen Anbauten, die als Lager oder als Rückzugsnischen für Diener genutzt wurden.

Der Palast hatte inzwischen viele Hallen aus Stein, die größer und weit zweckmäßiger waren. Die Kapelle wurde kaum noch genutzt. Es war eine Reliquie, ein Zeugnis Leuchmadans. Der Kustos war der Einzige, der regelmäßig hier arbeitete und in einem der Anbauten lebte. Seit Jahrhunderten war er für dieses Kleinod verantwortlich.

Ein Gnom trat auf ihn zu. Es war Ganoch, der Hauptmann der geheimen Gnomenpolizei. Der Kustos atmete tief durch. Beim Anblick des bekannten Gesichts fühlte er sich erleichtert und beunruhigt zugleich.

»Ganoch«, tadelte er. »Was soll dieses ... dieser ... diese Ruchlosigkeit?«

Ganoch zuckte gleichmütig die Achseln. »Wir bereiten die Kapelle vor.«

»Was ...« Der Kustos rang nach Atem. Er zog ein Tuch aus seinem schwarzsamtenen Gewand und fächelte sich damit Luft zu. »Was macht ihr euch an diesem einzigartigen Vermächtnis unseres Herrn zu schaffen? Es untersteht meiner Obhut!«

»Nach Sonnenaufgang wird es einen Empfang darin geben. Für hochgestellte Gäste. Würdenträger der Fei, womöglich sogar die Fürsten, mit denen sie zu Rate sitzt. Wir bereiten hier alles vor.«

»Was habt ihr damit zu schaffen? Warum wurde mir nichts davon gesagt? Das ist eine Unverfrorenheit!«

»Hauptmann Salvan hat diesen Empfang veranlasst«, entgegnete Ganoch. »Er hat uns mit der Aufsicht betraut.«

»Salvan!« Der Kustos schnappte nach Luft. »Dieser Emporkömmling. Es steht ihm nicht zu, über die Kapelle zu verfügen. Ich werde mich bei der Fei selbst beschweren!«

Ganoch grinste den Nachtalb unverfroren an. »Tut das, wenn Ihr wollt, Kustos. Aber Ihr wisst so gut wie ich: Selbst wenn Salvan hier seine Befugnisse überschreitet, wird die Fei ihn deshalb nicht gleich entlassen. Schlimmstenfalls wird sie ihn tadeln. Aber dann ist er immer noch der Hauptmann der politischen Polizei und dürfte nicht gut zu sprechen sein auf denjenigen, der sich ihm in den Weg gestellt hat.«

Hilflos fuchtelte der Kustos mit den Händen. »Aber was soll ich sonst tun? Wenn ich mich bei Salvan selbst beschwere, lacht er doch nur über mich!«

Ganoch verzog das Gesicht. »Das mögt Ihr halten, wie Ihr wollt. Ich jedenfalls befolge Salvans Befehle.«

Der Gnomenhauptmann wandte sich ab und ließ den Kustos einfach stehen. Der sah Ganoch auf das Tor der Kapelle zugehen und überlegte, was er unternehmen sollte. Zumindest konnte er den Anschein von Autorität wahren.

»Warte, Gnom!«, rief er. Ganoch drehte sich zu ihm um.

Der Kustos lief so schnell hinter ihm her, dass sich seine Beine fast in dem eng geschnittenen Gewand verfingen. »Ich werde die Aufsicht übernehmen.«

Ganoch lächelte. »Das ist gut«, sagte er. »Ihr kennt Euch sicher besser aus als wir. Wir haben in einem Seitenflügel einen Lagerraum aufgetan. Dort sollen in einer Kellernische noch einige sehr alte Kerzen lagern. Wir haben die Regale halb leer geräumt, aber bisher ...«

»Ihr habt was?« Die Stimme des Kustos überschlug sich beinahe. Er rannte noch schneller, an Ganoch vorbei und ins Innere des Gebäudes. Ganoch kam hinter ihm her und schloss ordentlich alle Türen, durch die sie kamen.

Es war die zweite Nacht, in der Geliuna mit den Fürsten von Daugazburg zusammensaß. Als sie den Spiegelsaal verließen, wartete ein Gnom auf sie. Er trug eine Livree in Schwarz und Gold und Schnallenschuhe wie ein Palastdiener.

»Wenn die Herrschaften mir bitte folgen möchten.« Der Gnom verneigte sich. »Ich soll sie zum Ausgang geleiten.«

»Als könnten wir den nicht allein finden«, knurrte ein Nachtalb.

»Die Herrin hielt eine Geste des Respekts für angemessen. Ein Flügel des Palasts wurde geräumt, damit die Herrschaften sich die Flure nicht mit gewöhnlichem Volk teilen müssen. Dazu hat die Herrin eigens einen Ausgang freigegeben, der unmittelbar auf die Hochstraßen führt. Die tiefen Gassen sind schmutzig und wimmeln von Menschen, jetzt, bei Tageslicht.«

»Ich schaffe mir meine eigenen Pfade«, hörte man die geisterhafte Stimme einer Fatu. Sie hob die schleierverhüllten Arme über den Kopf, und ihre Gestalt zerfiel in Hunderte kleiner Tücher, die durch die Luft schwebten und endlich herabsanken. Sie verschwanden zwischen den Bodenplatten wie Nebelschwaden.

»Ha!«, rief ein Fae aus. »Das wird Geliuna gar nicht gefallen, dass Nifarfa sich inmitten des Palastes mit Magie bewegt. Mal sehen, was sie morgen dazu sagt!«

Einer der Alben gab einen abschätzigen Laut von sich, dann folgte die Gruppe dem Gnom. Manche bewegten sich schweigend und würdevoll, andere sprachen über die Verhandlungen mit der Schwarzen Fei im Spiegelsaal.

»Geliuna gibt eine Hochstraße in den Palast frei«, bemerkte der Fae. »Das wurde auch Zeit. Dass selbst wir wie die Bittsteller durch die ebenerdigen Tore eintreten sollten, war eine stete Demütigung.«

»Man wollte nur, sie erwiese uns dieselbe Hochachtung im Rate«, erwiderte der Alb. »Sie spricht von einer Übereinkunft, aber sie diktiert uns wie die Herrin ihren Knechten.«

Die Gruppe folgte steinernen Fluren, von rötlichen Lichtern an den Wänden spärlich erhellt. Vampire bewachten schwere Portale aus Bronze, öffneten sie vor den Fürsten und schlossen sie hinter ihnen wieder. In einer Nische standen weitere Diener des Palastes, Alben und Nachtmahre. Sie senkten den Blick, als die Fürsten an ihnen vorüberkamen, und verbeugten sich tief. Dann fiel ein Tor hinter ihnen zu, und von da ab waren die Flure leer.

»Wenn das ein dummer Gnomenscherz ist …«, knurrte der mürrische Albenfürst.

»Das Ungeziefer steckt in den Wänden«, stimmte ein anderer ihm zu.

»Was?«, fragte ein Fae und legte den Kopf schief. »In der …«

Die Gnome standen plötzlich zwischen den Fürsten. Sie trugen Lederrüstungen und hielten zierliche Waffen aus bleichem Gebein in den Händen. Mit scharfem Knall schlugen Armbrustsehnen, und Bolzen fuhren Feien und Alben in den Leib. Die Knochenklingen der Gnome waren länger als ihre Arme, und damit stachen und hackten sie auf die Herren von Daugazburg ein. Die Schneiden, scharf wie Rasierklingen, schlugen klaffende Wunden, grünes und schwarzes Blut troff zu Boden. Eine Nachtalbe schrie gellend auf und verstummte gurgelnd, als eine Klinge ihr die Kehle durchtrennte.

Immer mehr Gnome strömten käfergroß aus den Mauerspalten, wechselten ihre Gestalt und griffen an. Sie rutschten auf dem schlüpfrigen Boden aus, klammerten sich an den Gewandfalten ihrer Opfer fest, stießen ihnen die Klingen in den Unterleib oder schnitten ihnen hinterrücks die Kniesehnen durch.

Ein Fae lag auf den Steinen, von drei Armbrustbolzen durchbohrt und von Schnittwunden übersät. Er packte in das Knochenschwert eines Gnoms und hielt es fest. »Ihr hässlichen Ratten könnt mich nicht aufhalten«, zischte er. Dunkles Feuer loderte von seinen Händen die Klinge entlang und schwärzte sie. Der Gnom stieß einen Schrei aus und ließ die Waffe los, aber schon fielen ihm Haut und Fleisch in Flocken von der Hand. Rasend schnell breitete sich eine zehrende Fäulnis den Arm empor aus.

Ein anderer Gnom schlug dem Fae von hinten eine Kerbe in den Schädel. Das magische Feuer erlosch. Aber die Wunden des Faes schlossen sich innerhalb von Augenblicken. Er richtete sich auf, schüttelte die kleinen Gestalten ab und schlug und trat um sich.

An einer anderen Stelle des Gangs riss sich ein Nachtalb den Mantel von den Schultern und fegte damit die Angreifer fort. Blutend taumelte er vorwärts. »Für diesen Verrat wird die Fei bezahlen!«, rief er aus. Dann trat er durch eine Wand. Ein Armbrustbolzen traf noch seinen Rücken und steckte unvermittelt im Stein fest, umgeben von einem Fleck aus grünem Blut. Der Alb war verschwunden.

Die meisten der Fürsten waren niedergerungen. Manche

stöhnten, andere regten sich nicht mehr. Zwei Dutzend Gnome wimmelten um sie herum.

Nur der Fae wurde immer stärker. Seine Wunden heilten schneller, als die Gnome mit ihren schwachen Armen sie schlagen konnten. Seine Finger wuchsen zu Peitschenschnüren. Er schlug damit zu, und drei Gnome wurden getroffen und zerfielen zu Asche. Es roch nach Kohle, schwarze Bröckchen rieselten aus den zusammenfallenden Kleidern.

»Ha, ich werd ... « Zwei lange Spieße fuhren in seinen Leib und schnitten ihm das Wort ab. Überrascht blickte er auf. Vampire stürmten durch den Gang, in voller Rüstung und mit schweren Waffen aus Stahl in der Hand.

Der Fae ließ die Peitschenfinger zurückschnellen und hob die Hände. Ein Blitz aus Finsternis fuhr zwischen die Angreifer. Die Vampire stoben auseinander und warfen sich zu Boden. Einer wurde mitten in die Brust getroffen und zerbarst an Ort und Stelle. Blutige Fetzen flogen durch den Gang, ein Kamerad des Getroffenen wischte sich einen feuchten Hautlappen aus dem Gesicht.

Doch auch aus der anderen Richtung kamen Vampire den Gang entlang. Sie packten den Fae von hinten und hackten ihn in Stücke, bevor er einen weiteren Zauber sprechen konnte.

»Halt!«, rief einer der Gnome. Es war Ganoch, der Hauptmann von Geliunas geheimer Polizei. »Passt auf! Es sind Mächtige. Ein jeder von ihnen hat ein magisches Herz! Verletzt sie, damit sie nicht zaubern können. Aber verstümmelt ihren Leib nicht allzu sehr. Wenn sie über jede Heilung hinaus verwundet werden, kann ihre Seele entkommen und anderswo Zuflucht finden.«

Einer der Vampire stieß einen Pfiff aus, und seine Genossen stellten den Kampf ein. Die Waffen misstrauisch erhoben, blickten sie auf ihre Opfer hinab.

Der Leib des Faes zu ihren Füßen, so grausam zugerichtet er auch war, fügte sich schon wieder zusammen. Der Leutnant der Vampirgarde atmete auf.

»Keine Sorge«, sagte er. »Wir halten sie am Leben.«

»Gut«, sagte der Gnomenhauptmann. »Bringt sie in das Haus

der Schreie und haltet sie in diesem Zustand. Aber denkt daran, sie sind gefährlich.«

Der Leutnant kratzte sich am Kopf. »Soll ich Hauptmann Salvan Bescheid geben?«, fragte er.

Der Gnom zuckte die Achseln. »Die Fei will sich bei Sonnenuntergang selbst um die Gefangenen kümmern. Wenn ihr euch bis dahin der Aufgabe nicht gewachsen fühlt, kann ich allerdings sehen, wer von den Albenoffizieren jetzt bei Tage zu erreichen ist ...?«

Zischend stieß der Vampirleutnant die Luft zwischen seinen spitzen Zähnen hervor. »Nicht nötig.« Er wischte sich mit dem Handrücken über die bleiche Stirn. »Schafft sie weg«, befahl er seinen Leuten.

Die Vampire hoben die blutenden Körper auf und schleppten sie zwischen sich davon. Wenn einer der Gefangenen sich erholte, hieben sie ihm mit Äxten in den Rücken oder auf den Kopf, und wenn er schrie, schlugen sie noch einmal zu, bis er verstummte. Der Leutnant folgte seiner Truppe, und die Gnome blieben allein zurück.

Ganoch sah sich um.

»Wir sollten hier aufwischen«, sagte er, »bevor wir die Gänge wieder freigeben.«

Darnamur trat auf den schmalen Steg, der vom Turm zur Innenmauer der Zitadelle führte. Aus der tiefen Häuserschlucht unter seinen Füßen stiegen beißende Schwaden empor, die im Morgenrot aufglühten. Der Straßengrund blieb darunter verborgen. Der Steg endete vor einer robusten Pforte. Es war ein enger Einlass, selbst nach den Maßstäben eines Gnoms. Aber es war einer der wenigen Zugänge zum Palast, die nicht zu ebener Erde lagen, und er war nicht für Besucher bestimmt.

Darnamur pochte leise gegen die eisenbeschlagene Tür. Seine drei Begleiter drängten sich hinter ihm zusammen. Sie waren erst nach Witos Verbannung zu den *Knochenmessern* gestoßen, aber sie waren vertrauenswürdig. Darnamur hatte sie als

Vertraute von Witos Familie kennengelernt: Audan und Magati, die beiden jungen Gnome, die ihr Geld als Botenläufer verdienten. Und Haro, der alte, grauhaarige Knochenschnitzer. Haro schaute von der geländerlosen Brücke hinab in die Tiefe und murmelte unverständlich vor sich hin.

Die Tür öffnete sich einen Spalt, und ein Gnom spähte heraus. Es war einer der livrierten Lakaien des Palastes. Hastig winkte er die vier Neuankömmlinge herein.

»Dienstboten benutzen den Eingang manchmal«, murmelte er. »Is' trotzdem besser, wenn wir nicht gesehen werden.«

Darnamur nickte.

»Ich bin nur um Witos willen mit dabei«, verkündete Haro. »Ich verabscheue Gewalt, aber was sie mit ihm gemacht haben ...«

Der Gnom, der sie eingelassen hatte, wartete die Litanei nicht ab. Er ging voran. Darnamur warf Haro einen Blick zu, schüttelte den Kopf und folgte dann ihrem Führer. Die fünf Gnome huschten einen unbeleuchteten Gang entlang, mit nackten Wänden und ohne Fenster. Türlose Nischen zweigten in regelmäßigen Abständen ab und führten tiefer in den Palast.

»Ein Tunnel innerhalb der Außenmauer«, erklärte ihr Führer leise. »Die Bediensteten gelangen von hier aus ungesehen in die äußeren Säle des Palastes, um ihre Arbeit zu verrichten. Dienstbare Geister, die stets unsichtbar bleiben und keinen der Mächtigen durch ihre Gegenwart beleidigen.«

Der Gnom führte sie durch die verborgenen Gänge, eine schmale Wendeltreppe empor und durch düstere Hallen bis auf eine Galerie, die über einem Innenhof verlief. Mitten auf dem Hof ragte ein gewaltiger Festungsturm in die Höhe.

Seine Fassade bestand aus schwarzrotem Stein. Sie war von Reliefpfeilern umsäumt, dicht an dicht, die sich teilweise spitz nach oben verjüngten. So ließen sie die Konturen eines jeden Turmgeschosses verschwimmen. Zacken ragten ringsum aus den Mauern wie abgebrochene Brückenbögen. Darunter schimmerten schwarze, in den Stein geschnittene Kreise wie wachsame Augen.

Hinter diesen Mauern verbargen sich Geliunas private Gemächer.

Ganz in der Nähe der Gnome überspannte eine mit Fresken verzierte Brücke den Abgrund. Sie war ungesichert, aber breit, und sie endete vor einem Tor auf halber Höhe des Turms. Ketten hingen vom Brückenbogen herab wie nutzloser Schmuck, und die Streben unter dem steinernen Laufsteg wirkten wahllos verbaut und unangemessen wuchtig.

Der Lakai führte sie über die Galerie zum Brückenaufgang. Haro zog den Kopf zwischen die Schultern und flüsterte: »Leuchmadans Gnade.«

Audan und Magati rückten dichter zusammen. Ihre Schultern zitterten. Das Licht aus den Turmfenstern schimmerte kränklich gelb zu ihnen herüber, vom Schein des heranbrechenden Tages überdeckt wie von einem Leichentuch.

»Wir müssen die Brücke in kleiner Gestalt überqueren«, sagte der Palastgnom. »Die Goblins am anderen Ende werden uns so nicht bemerken. Die Nachtalben im Inneren des Turms spüren euch allerdings umso besser, wenn ihr klein seid.«

Haro griff nach dem Heft des gewöhnlichen Knochenmessers, das in seinem Gürtel steckte. »Für Wito«, murmelte er. »Für Wito und alle Gnome muss ich es tun.«

An der Ecke wechselten die Gnome ihre Gestalt und traten auf die Brücke hinaus. Ein kalter Wind pfiff über die Steine und trug Brandgeruch von den Schmieden heran. Rauchfetzen umspielten die winzigen Gnome wie Gespenster, lösten sich im Wind auf und ballten sich zu neuen Formen zusammen. Die Goblins in goldener Rüstung auf der anderen Seite verloren sich fast in der Ferne.

Ihr Führer ging vor, Darnamur folgte ihm.

Auf jeden gewöhnlichen Eindringling musste die Brücke wirken wie eine lange Fläche ohne jede Deckung. Am Rande ragten in regelmäßigem Abstand konische Zacken empor, wie die Stützen eines Geländers, das niemals gebaut worden war. Doch sie waren an der Außenseite des Übergangs angebracht, sodass sich niemand dahinter verbergen konnte.

Für die verkleinerten Gnome war der glatte Steinboden eine zerklüftete Felsenlandschaft. Viele Platten waren geborsten und gegeneinander verschoben. Dazwischen verliefen gezackte Rillen. Grate hoben sich empor wie steile Berghänge.

Aber die Unregelmäßigkeiten im Gelände boten den Gnomen auch Schutz, wenn eine allzu heftige Windböe einen von ihnen erfasste und wegzuwehen drohte. Sie hielten sich in der Mitte der Brücke, suchten den Windschatten und froren. Der Weg kam ihnen endlos vor. Doch von gelegentlichem Straucheln und Stolpern abgesehen, gerieten sie nicht in Gefahr.

Endlich ragten die eisenbeschlagenen Stiefel der beiden Wachen über ihnen auf. Die Goblins standen reglos da und umklammerten ihre Lanzenschäfte. Ihre Mäntel flatterten im Wind, davon abgesehen hätten es Statuen sein können. Sie bemerkten die Gnome nicht, die zu ihren Füßen umherwimmelten wie Ungeziefer.

»Hier entlang«, wisperte ihr Führer. Er wies auf eine Rinne, die seitlich an der Brücke nach unten führte.

Audan schaute zu den Goblins auf. Dann folgte sein Blick der gemauerten Brückenflanke in die Tiefe. Die Steine waren schlüpfrig, und Moos wuchs in den Spalten. »Wenn wir hier abstürzen«, flüsterte er, »dann würde der Wind uns in unserer kleinen Gestalt womöglich tragen.«

»Verlass dich nicht darauf«, knurrte Darnamur. Er löste das Seil, das er unter seiner Weste um den Leib gewickelt trug, und sicherte seine Gefährten damit. Dann begannen sie den Abstieg.

Der Wind zerrte in Böen an ihrer Kleidung. An manchen Stellen waren die Steine so brüchig, dass die Gnome viele Lücken und Vorsprünge fanden, die Füßen und Fingern Halt boten. Dann wieder gab es quer verlaufende Riefen, die fast so etwas wie Stufen bildeten. Haro, Audan und Magati klammerten sich dennoch fest, als gelte es ihr Leben. Immer wieder traten sie Geröll los und verloren den Halt.

Darnamur hatte ein kleineres Knochenmesser gezogen, stieß es in Vertiefungen und verschaffte sich auf diese Weise Halt, wann immer einer seiner Begleiter sich am Seil festklammern musste.

Sie gelangten an einen steilen Kamin zwischen zwei Quadersteinen. Das Moos überzog die glatten Flächen, und aus allen Ritzen quoll ein zäher schwarzer Schleim. Darnamur tastete nach Halt, doch unter seinen Händen rann Wasser aus dem Moos wie aus einem Schwamm.

»So geht es nicht«, sagte er. Er rief seine Begleiter zu sich und ließ sie einzeln am Seil hinab. Es selbst folgte ungesichert und kam schwer atmend unten an.

Haro wandte sich an ihren Führer. »Ich dachte, Ihr wüsstet einen sicheren Weg in Geliunas Räumlichkeiten«, bemerkte er vorwurfsvoll.

Der Dienstgnom zuckte die Achseln. »Im Sommer war der Weg einfacher. Früher, als ich häufiger hier geklettert bin, hat's auch nicht so viel geregnet in Daugazburg. Das schlechte Wetter, wie ihr wisst, plagt uns erst, seit Leuchmadan uns verließ.«

Sie setzten den Weg fort, bis sie an eine tiefer liegende Stelle der Turmwand kamen. Ihr Führer wies auf einen Riss im Mauerwerk, ein breiter Gang für einen verkleinerten Gnom. In ihrer natürlichen Gestalt hätten sie kaum die Hand hineinstecken können.

»Da geht es rein«, sagte der Lakai.

Haro blickte zweifelnd auf das dunkle Loch.

»Da ist bestimmt alles voller Spinnen!«, merkte Magati an.

»Ich glaube kaum«, sagte Darnamur. Er betastete die Kante des Lochs und hob dann eine Hand. Zwischen den Fingern hielt er einige braune Haare.

»Ein Mauseloch!«, rief Magati.

Audan erschauderte.

»Mäuse sind keine eifrigen Jäger«, sagte Darnamur.

»Da könnten auch Ratten drinstecken«, erwiderte Haro. »Die sind hinterhältig.«

»'s gibt viele Löcher und Ritzen, wo man sich verstecken kann«, erklärte ihr Führer. »'s ist der einzige Weg zur Fei. Wenn ihr dem Gang folgt, gelangt ihr in die Flure des Turms. Dann müsst ihr nur noch den Weg ins Schlafgemach finden. Und den albischen Famuli aus dem Weg gehen. Neugierige junge Gnome nutzen diesen Weg schon seit Generationen.«

»Und manche kommen nicht zurück«, behauptete Magati.

Der Dienstgnom zuckte die Achseln und widersprach ihr nicht. »Ich kehr jetzt um«, sagte er. »Ich hab nur zugesichert, dass ich den Weg zeige. Mit dem Rest von dem Ganzen hab ich nichts zu schaffen.«

Er blickte plötzlich gehetzt über die Schulter und zog den Kopf ein. »'s kann gar nicht gut gehen«, murmelte er.

Tropfen klatschten gegen die Brückensteine. Es fing an zu nieseln, und die vier verbliebenen Gnome drangen tiefer in das Mauseloch vor. Darnamur zog den langen Dolch aus Drachenbein.

Viele Feuer brannten in dem Turm. In einer Nische züngelten gelbe Flammen hinter Glas und warfen ihr Licht weit in den Flur. Aber sie strahlten keine Wärme aus, und es war auch kein Abzug zu erkennen. Die Gnome hatten wieder ihre große Gestalt angenommen, und Audan presste die Nase gegen das Glas.

Darnamur fasste ihn am Ärmel. »Komm«, flüsterte er. »Die Wunder des Palastes können wir bestaunen, wenn er *uns* gehört.«

»Ich bin nicht hier, um Besitztümer zu erringen«, wandte Haro ein. »Mir geht es nur um die Freiheit der Gnome. Die Alben und alles große Volk mögen ihre Schätze behalten.«

Darnamur funkelte den Alten an und legte einen Finger auf den Mund. »Geliuna soll es nicht behalten«, zischte er. »Und sie soll uns auch nicht vorzeitig hören. Ihr Schlafgemach liegt hinter der letzten Tür auf diesem Gang. Wir müssen wieder klein werden.«

»Woher weißt du …«, setzte Haro an, aber da schnurrte Darnamur auch schon zusammen.

Sie versammelten sich in einem Winkel unter dem züngelnden orangegelben Licht.

»Alben hören uns auch in kleiner Gestalt recht gut«, flüsterte Darnamur seinen Gefährten zu. »Die Fei vermutlich auch. Wir müssen also leise sein.«

Seine Begleiter nickten, und Haro wiederholte seine Frage nicht. Er zog wieder das Knochenmesser, das Darnamur ihm gegeben hatte. Seine Hand zitterte. Unsicher spähte er den Gang entlang, in die Richtung, die Darnamur ihnen gewiesen hatte. Seine Lippen bewegten sich unter ungesprochenen Worten.

Die Gnome huschten weiter. Darnamur hatte sie bis hierhin geführt, nach den Beschreibungen, die seine Spione gesammelt hatten. Sie hatten das Loch in der Mauer durchquert, ohne auf Mäuse zu stoßen, und um die wenigen Nachtalben, die noch unterwegs waren, machten sie einen großen Bogen. Inzwischen bewegten sie sich über einen abgeschiedenen Korridor, der nur den engsten Vertrauten der Schwarzen Fei vorbehalten war. Und sie waren allein hier.

Vor einer Tür, die als goldenes Relief eine Dornenranke mit feinen Blüten zeigte, hielten sie inne. Von innen sickerte Tageslicht auf die Schwelle. In der Kammer dahinter musste ein Fenster sein. Darnamur legte sich auf den Bauch und zupfte Magati am Hosenbein, bis sie ihm folgte. Nach und nach krochen alle Gnome unter der Tür hindurch.

Das Schlafgemach der Herrin war erstaunlich einfach gehalten. In der hinteren Ecke konnte man die Umrisse eines riesigen Bettes erahnen. Es war von Bahnen feiner Vorhänge umgeben, die so zart waren wie Schleier. Sie reichten von der Decke bis zum Boden und waren zum Bett hin gebauscht wie die Blätter um den Kelch einer schlanken Blüte.

Einige schwerere Vorhänge verdeckten das Fenster. Nur ein heller Umriss zeichnete sich dahinter ab. Feine Tische mit schlanken Beinen, Hocker und Lehnstühle und ein zierliches Pult verteilten sich in dem Raum. Wie die Täfelung der Wände war alles in dem Raum in edlem Weiß gehalten.

Nichts regte sich, kein Laut war zu vernehmen.

Darnamur zog mit der Linken Audan, mit der Rechten Haro

zu sich und wisperte beiden zu: »Ihr kümmert Euch um die Herrin, ich hab noch was anderes vor.«

Audan blieb starr vor Schreck zurück, als Darnamur lautlos unter der Türritze hindurch verschwand. Er hörte ein Klappern und zuckte zusammen. Haro war das Knochenmesser aus der Hand gefallen.

»Aber ... aber ... das kann er doch nicht ...«, stotterte der alte Gnom.

»Pst«, zischte Magati.

»Er hat recht!«, flüsterte Audan. »Darnamur kann uns doch jetzt nicht allein lassen!«

»Er hat es getan«, flüsterte Magati zurück. »Wir haben nur die Wahl, ob wir weitermachen oder mit ihm das Weite suchen.«

»Ich kann das nicht allein«, sagte Haro. »Ich bin ... nur mitgekommen. Um Witos willen. Ich bin nicht einmal ein Kämpfer. Ich verabscheue Gewalt. Mein Leben lang hab ich als Schnitzer die Klinge nur gegen feinen Zierrat geführt.«

»Ich mache jedenfalls weiter.« Magati klang entschlossen. »Für Wito. Wenn auch nur die Hälfte von dem stimmt, was ich gehört habe, ist für den heutigen Tag einiges geplant. Wenn wir scheitern, wäre alles vergebens. Die Gnome müssten einen furchtbaren Preis dafür zahlen.«

Audan versuchte, seinen fliegenden Atem zu beruhigen. »Ich mache weiter«, sagte er dann.

Magati nickte zufrieden. Sie schaute Haro an. Der Alte nickte zögernd und murmelte schließlich: »Aber wenn wir zurückkehren, werd ich was erzählen über diesen Darnamur. Einen Drachen erschlagen! Pah. Ich frage mich, wen er dabei wohl vorgeschickt hat, der Maulheld.«

Sie gingen von der Tür aus weiter in den Raum hinein. Haro machte noch einmal kehrt, um sein Messer zu holen. Dann schaute er Magati an, öffnete den Mund, aber die legte die Finger auf die Lippen und wies auf das Bett.

Audan kniff die Augen zusammen und versuchte, die Schleier

mit seinem Blick zu durchdringen. Lag dort überhaupt jemand? *Schlief* die mächtige Schwarze Fei jemals? Noch nie hatte ein Gnom einen Nachtalb übertölpeln können – jedenfalls erzählten das die Eltern ihren Kindern, wenn sie diese bei deren Streichen zur Vorsicht mahnten. Wie sollte es dann bei einer Fei möglich sein, wo Feien doch viel mächtiger waren als Alben?

Aber Magati schritt voran, geradewegs auf das verhüllte Bett zu.

Audan hätte sich lieber an der Wand entlang vorwärtsbewegt, um sich im Schutze der Möbelstücke auf Umwegen zu nähern. Jetzt blieb ihm keine Wahl. Er folgte seiner Gefährtin. Haro hielt sich dicht an seiner Seite. Sein Atem ging so schwer, dass Audan jeden Augenblick damit rechnete, entdeckt zu werden.

Audan streckte die Hand aus und fasste Magati an der Jacke. Der Weg bis zum Bett wirkte licht und leer, und der Boden aus weißem Marmor war glatt und makellos. In ihrer kleinen Gestalt lag eine gute Strecke vor ihnen, und trotz seiner Sorgen wollte Audan nicht blindlings losstürmen. Möglicherweise verbargen sich zwischen den zarten Schlieren im Marmor gefährliche Spalten oder kleine Tiere. Auch er nahm seine Waffe in die Hand; Magati hatte ihre längst gezogen. Drei kleine Dolche. Darnamurs Waffen waren auch aus Gebein gewesen, hatten allerdings fester und schärfer ausgesehen. Nun waren sie mitsamt dem wankelmütigen Anführer verschwunden.

Die Gnome erreichten die ersten Vorhänge. Audan legte eine Hand auf das weiße Gewebe. Selbst für den käfergroßen Gnom fühlte der Stoff sich dünn an, weich und leicht.

*Wie Spinnweben,* dachte er erschrocken.

Er spürte eine brüske Bewegung neben sich und fuhr herum. Haro hatte das Messer erhoben. Sein Mund war verkniffen, und er tat einen Schritt nach vorn.

Hastig fasste Audan ihn an der Schulter. Auch Magati schaute sich entsetzt um und wedelte abwehrend mit der Hand. Audan wies auf den Saum der Vorhänge. In ihrer kleinen Gestalt konnten sie darunter hindurchschlüpfen, fast ohne sie zu bewegen. Doch wenn sie zu früh ihre große Gestalt annahmen, würden sie die Vorhänge in auffällige Bewegung versetzen und sich damit vielleicht verraten.

Gemeinsam fassten Audan und Magati den Alten beim Arm und führten ihn mit sich auf die andere Seite der Schleierwand. Die Tuchbahnen umschmeichelten sie. Misstrauisch spähte Audan nach oben, ob sich noch etwas anderes zwischen den Vorhängen bewegte.

Bald ragte das Bett vor ihnen auf. In sanftem Schwung nach außen gewölbt, führten weiße Füße zu einem hölzernen Rahmen empor. Auf dem Bett konnten die Gnome Berge von Kissen erkennen. Sie blickten einander an.

Wenn sie sich jetzt groß machten, könnten sie gerade über die Kante auf das riesige Bett spähen. Aber ob die Schwarze Fei überhaupt darauf lag, wussten sie immer noch nicht.

Magati bedeutete ihnen mit einer Handbewegung, dass sie um das Bett herumgehen sollten. Aber Audan legte eine Hand auf den Schleier, der unmittelbar hinter ihnen herabfiel. Der Stoff war sehr griffig. Wenn man ihn ein wenig zwirbelte, konnten die kleinen Gnome ihn fast benutzen wie ein Seil.

Er nahm das Messer zwischen die Zähne und kletterte empor. Haro und Magati schauten ihm unschlüssig nach, dann steckte Magati das Knochenmesser in den Gürtel und machte sich ein Stück daneben ebenfalls an den Aufstieg. Haro blieb unten zurück. Unruhig trat er von einem Bein auf das andere.

Ihr Gewicht in Käfergröße reichte aus, das leichte Gewebe straff zu ziehen. Der Schleier mit den beiden Gnomen geriet ins Schaukeln. Magati hatte Audan bald eingeholt und erreichte vor ihm die Höhe der Bettkante.

Sie spähte hinüber. Audan hielt kurz inne, kletterte ein Stück weiter, wartete wieder. Magati sah zu ihm herab und schüttelte den Kopf.

Beide Gnome verharrten unschlüssig.

Dann glitten sie wieder am Vorhang nach unten.

»Sie ist nicht da«, flüsterte Magati Haro zu.

»Pst«, wisperte Audan. »Womöglich versteckt sie sich irgendwo anders im Zimmer. Wir müssen nach ihr suchen.«

»Wo sonst soll sie sich verstecken?«, fragte Magati. Sie sprach immer noch leise, aber ihrem Gesicht war die Verzweiflung anzusehen. »Wir konnten von der Tür den ganzen Raum überblicken. Der Vorhang um das Bett herum war das einzige Versteck. Und ihr habt selbst gemerkt, wie leicht die Vorhänge sind. Wäre die Fei hinausgetreten, während wir uns angeschlichen haben, dann hätten wir die Bewegung gespürt.«

Die Gnome blickten einander ratlos an. Haro zuckte die Achseln. Man konnte fast so etwas wie Erleichterung aus seinem Gesicht ablesen.

»Es war alles vergebens«, sagte Magati. »Sie schläft tagsüber nicht. Wer weiß, ob eine Fei überhaupt schlafen muss.«

»Warum dann das Bett?«, fragte Audan. »Sie kommt bestimmt noch. Wir verstecken uns bei der Tür und warten auf sie.«

Magati nickte. Gemeinsam schlüpften sie wieder unter dem Vorhangsaum hindurch. Kaum hatten sie ein paar Schritte in den freien Raum hinein getan, da erbebte der Boden unter ihren Füßen. Alles um sie herum trübte sich, wirkte mit einem Mal verzerrt, als würden sie durch Wasser blicken …

# 6. Kapitel:
# Und hätt er der Liebe nicht ...

*Ich hab vor Kurzem mit einem bitanischen Gefangenen geredet. Den verstand ich kaum: Er redete seltsam, und was er mir von der Heimat erzählte, das war ganz hinter der Grenze. Meine Heimat ist das jedenfalls nicht.*

*Ich wurde hier geboren. Bitan und die Menschen auf der anderen Seite von den Bergen bedeuten mir nichts. Und geht es euch nicht genauso? Woher unsere Vorfahren auch kamen, heute sind wir hier zu Hause. Aber die Herren von Daugazburg, die Finstervölker, die Alben und die Goblins, sehen nur Feinde und Sklaven in uns. Auch wenn wir keinen Halsreif mehr tragen.*

*In Wahrheit ist das hier längst nicht mehr ihre Stadt, nicht mehr ihr Land allein. Wenn ich am Tag auf den Straßen bin, sehe ich fast nur Menschen. Sogar in der Nacht sehe ich so viele Menschen, wie ich andere Völker sehe. Daugazburg ist eine Menschenstadt. Es geht nicht darum, dass die anderen uns unseren Anteil an der Stadt geben. Wir müssen selbst erkennen, dass es unsere Stadt ist, und uns nehmen, was uns zusteht!*

Tomgas,

Führer der »Gesellschaft der freien Menschen«

Die drei Gnome liefen aufgeregt durcheinander, aber ringsum war ihnen der Weg versperrt. Sie rannten gegen eine unsichtbare Wand. Audan prallte mit einer solchen Wucht dagegen, dass er sich benommen auf den Hosenboden setzte und die schmerzende Stirn rieb.

Er hörte, wie Magati aufschrie. Haro stand wie erstarrt da und schaute nach oben. Audan folgte seinem Blick. Eine milchig trübe Blase wölbte sich über ihnen, und dahinter stand ein riesenhaftes Antlitz, das langsam zu ihnen herabsank – die Schwarze Fei!

Sie lächelte. Ihre Zähne blitzten im Streulicht, das durch den Vorhang vom Fenster hereinfiel.

»Sieh an.« In ihrer Stimme schwang ein feines Klingen mit wie von klirrendem Kristall. »Wen haben wir denn da?«

Audan kam langsam wieder zur Besinnung. *Die Fei hat eine Schale über uns gestülpt,* erkannte er. Die durchscheinende Blase war eine gläserne Kuppel, unter der sie gefangen saßen. Geliuna ging auf die Knie und betrachtete die Gnome wie possierliche Insekten.

Audan starrte zurück. Er hatte die Herrin noch nie gesehen, und sie kam ihm überirdisch schön vor. Ihm wurde bewusst, wie verwerflich ihr Vorhaben gewesen war. Die Fei war ein höheres Wesen! Sie hatte es verdient zu herrschen. Er schaute in ihre Augen, versank in diesen sternglänzenden Tiefen, bis die Tränen seinen Blick trübten.

Geliuna hob einen Finger und schlug damit gegen das Glas. Es gab ein Dröhnen wie von einer Glocke, und die drei Gnome saßen mitten darin. Audan fand sich jäh aus seiner Versunkenheit gerissen. Er schrie auf und presste sich die Hände an den Kopf. Auch Haro und Magati gingen in die Knie und hielten sich die Ohren zu.

»Nun, was wolltet ihr kleinen Gesellen denn in meinem Schlafgemach?«, klang Geliunas Stimme, während das Dröhnen allmählich erstarb. »Das ist doch höchst unanständig!«

»Von uns erfahrt Ihr nichts!«, rief Magati trotzig. Sie hielt immer noch das Knochenmesser in der Hand.

»Ach, meine wunderwunderschöne Herrin, verzeiht mir!«, greinte Haro. »Ich habe es doch nur für Wito getan. Ich wollte den Gnomen etwas Gutes tun!«

»Und wie genau wolltet ihr Winzlinge das anfangen?«, fragte Geliuna. Ihre Stimme klang sanft, aber sie kratzte beiläufig mit einem Fingernagel über das Glas. Der Laut schnitt Audan in die schmerzende Stirne und brachte seinen Schädel fast zum Zerspringen.

Magati war wieder auf die Knie gesunken. Audans Herz schlug schneller. Gebannt schaute er auf Geliunas Finger, der ihm so viel Schmerz bereitete. So süßen Schmerz! Er liebte die Herrin und wusste, dass er für sie sterben würde. Hätte er sie nur früher gekannt, bevor er sich auf diesen frevelhaften Plan eingelassen hatte!

Haro blickte entsetzt auf das Messer in seiner Hand und warf es von sich. »Wir ...«, stammelte er. »Wir ... wollten Euch töten. Wir sollten Euch tatsächlich töten! Darnamur hat es uns eingeredet. Es ist unverzeihlich.«

»So«, sagte die Fei. »Darnamur. Ich kenne diesen Namen. Der Drachentöter. Der Ruhm ist ihm wohl zu Kopfe gestiegen.«

Sie erhob sich und ging in kleinen Schritten um die Glasschale herum. Die Gnome hockten zusammengesunken auf den Knien und schluchzten. Audan kam sich schuldig und beschmutzt vor. Er dachte daran, was Geliuna Wito angetan hatte. Aber er und die anderen Gnome hatten es völlig missverstanden! Wito hätte der Fei gewiss nichts nachgetragen, sondern war für sie freudig in die Verbannung gegangen.

»Ich machte Darnamur zu einem Hauptmann meiner Späher, und doch, er blieb nicht bei mir. Nach wenigen Jahren quittierte er den Dienst. Ich hätte wissen müssen, dass ein Krieger wie er sich nicht mit einer Pension ins private Leben zurückzieht. Aber wie gut er sich auch immer geführt haben mag, er bleibt ein *Gnom*! Ein feines Spielzeug, nicht mehr. Warum hätte ich einen Gedanken daran verschwenden sollen?«

Geliuna beugte sich wieder zu ihnen herab und kniff die Augen zusammen.

»Ich wusste natürlich, dass einige Gnome Aufruhr im Sinn haben. Wito knüpfte Verbindungen bei Hofe und führte Gespräche ... dem musste ich ein Ende setzen. Ich habe auch gehört, dass Witos politische Vereinigung einen Flügel hat, der auf Gewalt drängt.«

Ihre Lippen kräuselten sich zu einem Lächeln.

»Aber bei Leuchmadan, es sind nur *Gnome*! Ganz Daugazburg ist in Aufruhr und versucht sich an Politik. Der Gedanke an blutrünstige Gnome schien mir allenfalls eine Posse am Rande zu sein! Aber Darnamur ... Da werde ich mein Augenmerk wohl auch auf die Gnome richten müssen.«

Wieder schlug sie beiläufig mit dem Finger gegen das Glas. Ihre Gefangenen rührten sich kaum noch. Sie schwiegen und schluchzten. Erst jetzt hatten sie erkannt, wie sehr sie die Herrin liebten, die sie um ein Haar hatten ermorden wollen.

»Es war von Anfang an ein lächerliches Unterfangen. Nicht wahr, ihr Püppchen?«, fragte sie. »Selbst in euren kleinen Köpfchen sollte ein wenig mehr Verstand sein. Nun muss ich euch bestrafen, obwohl ihr mir niemals einen Schaden hättet tun können. Kein Gnom könnte das, kein Nachtalb, und hättet ihr auch meinen Leib unbemerkt mit Klingen und Giften oder Zauberei getroffen. Euer ganzer Plan war nichts als ein Possenspiel!«

Sie verstummte, legte einen Finger auf die Lippen und sah sich um. »Und Darnamur hat euch geschickt? Es war ein verrückter, ein aussichtsloser Plan – aber gerade deswegen hätte ich erwartet, dass er dabei ist. Darnamur, der Drachentöter.«

»Er *war* bei uns«, schluchzte Haro.

»Pssst«, zischte Magati. Der Laut kam tief aus ihrer Kehle, als würde sie ihn sich abringen. Dann wurde sie von Schluchzern geschüttelt. Sie ballte die Fäuste und schlug verzweifelt auf den Boden. Audan erkannte den Trotz in ihren Gesten.

»Er hat uns verlassen, am Eingang zu Eurer Kammer«, fuhr Haro fort. »Er meinte, er hätte noch etwas anderes vor.«

»Etwas anderes vor!« Geliuna richtete sich ruckartig auf. Ihre Hand fuhr zu einem Rubin, den sie an einer feinen Kette um den Hals trug. Ihre Finger zitterten. »Er kann doch nicht ...«

Nachdem er seine Gefährten verlassen hatte, war Darnamur unter der Tür hindurch zurück in den Flur gekrochen. Dort huschte er rasch hinter den Türrahmen und wartete einige Augenblicke ab. Die anderen folgten ihm nicht. Gut.

Er zog ein Holzröhrchen aus der Innentasche seiner Weste und nahm den Verschluss ab. In dem Röhrchen befand sich eine Salbe, und Darnamur verteilte sie großzügig in seinem Gesicht und auf jedem Stück Haut, an das er unter seiner Kleidung herankam. Den Rest verrieb er auf seiner Kleidung – auf der Lederweste, den Ärmeln seines Leinenhemds und auf der Hose.

Darnamur zog die Oberlippe hoch und schnüffelte. Er nahm einen leichten Fettgeruch wahr, nicht mehr. Hatte die Paste anders gerochen, als sie frisch gewesen war? Er erinnerte sich nicht. Aber sie wirkte auf magische Weise, und Darnamur hoffte, dass zwölf Jahre da nicht viel ausmachten.

Und er hoffte weiter, dass die Fei die Magie eines verkleinerten Gnoms auf dieselbe Weise wahrnahm wie Alben und Elfen ... und dass sie auf dieselbe Weise getäuscht werden konnte.

Er kroch wieder unter die Türritze und spähte zurück in den Raum. Von seinen Gefährten war nichts zu sehen. Das Schlafgemach der Fei lag vor dem käfergroßen Gnom wie eine riesige weiße Wüste. Wenn seine winzigen Begleiter dorthinein gegangen waren, mussten sie längst außer Sicht sein.

Dafür sah Darnamur die Fei am anderen Ende des Raums. Sie kam durch die Schleier, die ihr Bett umgaben. Das Gewebe bewegte sich nicht, es bauschte sich nicht einmal. Die Fei trat hindurch wie durch einen Wasserfall. Die Schleier und ihre feine Kleidung schienen einen Augenblick lang zu verschmelzen, wie eine tintenschwarze Trübung im strahlenden Weiß, dann stand Geliuna im Raum.

Unwillkürlich wich Darnamur zurück. Er suchte Schutz im Schatten des Türrahmens. Die Fei schritt lautlos durch das Zimmer auf einen kleinen Tisch zu, von dem sie eine große Glasschale herunternahm. Darnamur verfolgte, wie Geliuna abwartete, die Schale schwungvoll auf den Boden setzte und sich dann daran zu schaffen machte. Als sie wieder aufsprang, lächelte er.

Er wich tiefer in den Schatten unter der Tür zurück. Da riss Geliuna die Tür unvermittelt auf. Darnamur zuckte erschrocken zusammen. Riesenhaft ragte die Fei über ihm auf. Die Dielen des Zimmers hatten unter ihrem Schritt nicht geschwungen. Dabei war Darnamur davon überzeugt gewesen, in seiner Käfergröße jedes große Geschöpf herankommen zu hören!

Die schwarzen Gewänder der Herrin umflorten ihn wie Qualm. Darnamur haschte danach. Tatsächlich bekam er leichtes Gewebe zu fassen, und er ließ sich mitschleifen. Rasch kletterte er ein kleines Stück höher und hing bald wie eine Laus in einer Kleiderfalte der Schwarzen Fei.

Die hielt inne und schaute suchend umher. Unwillkürlich zog Darnamur den Kopf zwischen die Schultern und hielt die Luft an. Doch dann raffte Geliuna ihr Kleid enger um sich und ging weiter.

Darnamur wollte aufatmen, beherrschte sich aber. Langsam und geräuschlos ließ er die Luft aus seinen Lungen entweichen und atmete so flach er konnte. Sein Puls ging rascher. Wieder balancierte sein Leben auf einer Messerklinge. Jetzt blieb ihm keine Wahl mehr. Wenn er überleben wollte, musste er einen übermächtigen Gegner erschlagen! Es war ein gutes Gefühl.

Dennoch: Es war nicht derselbe Rausch wie in der Drachenhöhle. Der Fei fehlte die Präsenz des Unkwitt, die alles fortgerissen hatte, was den Verstand umgab, alle kleinen Gedanken, jede Ablenkung. Darnamur überlegte, ob er etwas tun konnte, um die Gefahr zu erhöhen ... doch nein. Der Auftrag ging vor.

Geliuna trat vor das nächste Feuer, das hinter Glas den Flur erhellte, und schob mit einem genauen Griff die Scheibe zur Seite. Dahinter führte eine schmale Stiege nach oben.

Darnamur blinzelte. Er schaute sich nach der Glasscheibe um. Von der Seite her sah er noch immer gelbe Flammen darin tanzen. Das kalte Feuer brannte nicht hinter dem Glas, es brannte *im* Glas!

Es war eine Illusion oder ein magischer Taschenspielertrick.

Die Fei eilte leichtfüßig die Treppe empor. Die Scheibe glitt hinter ihr ganz von selbst wieder an ihren Platz und verschloss den Zugang. Darnamur schaute auf die lodernden Flammen hinab, die sie hinter sich ließen.

Die Treppe endete in einem Erker an einer Ecke des Turms. Darnamur hing weit unten am Kleid der Schwarzen Fei. Von dort aus konnte er durch die schmalen Fenster nur einen Ausschnitt des Himmels sehen. Graue Wolken hingen so tief, als wollten sie die Turmspitzen von Daugazburg küssen. Feiner Nieselregen stäubte in der Luft.

Geliuna stand mit dem Rücken zum Fenster und machte sich hinten am Erker zu schaffen. Sie klappte einen Teil der Wand zur Seite. Eine enge Kammer lag dahinter. Darnamur reckte sich und verdrehte den Hals, um mehr zu sehen, doch der Winkel war zu ungünstig.

Egal. Er *wusste*, was hier lagerte! Darnamur sprang von dem Kleid und schlich um die Fei herum.

Geliuna stand vor einer Stele aus schwarzem Stein, glatt und schmucklos und glänzend. Sie reichte der Fei bis zur Brust und maß im Durchmesser ungefähr eine Armlänge. Geliuna holte etwas aus einer Nische an der Wand und hantierte oben auf der Stele. Ein metallisches Scharren erklang. Die Fei beugte sich wieder über den Stein, und Darnamur hörte sie zischende Laute sprechen. Dann legte sie einen kleinen Schlüssel wieder in der Wandnische ab.

»Nein, wie lächerlich«, murmelte Geliuna. »Niemand außer mir öffnet diese Truhe.«

Sie spielte mit einem Edelstein um ihren Hals. Er war rot und hatte an der obersten Kante einen schmalen, kristallklaren Bogen, wie eine helle Sichel, die sich um die verdunkelte Mondscheibe spannte.

Geliuna verließ die Kammer und schloss die Geheimtür hinter sich.

Darnamur nahm seine große Gestalt an.

Die Stele war so hoch, dass Darnamur auch in seiner natürlichen Größe nicht daraufblicken konnte. Der Gnom griff um die Kante und zog sich empor. Ein zierliches Kästchen thronte auf dem Stein. Es war mit verschlungenen Ornamenten verziert, die an Ranken erinnerten. *Leuchmadans* Kästchen. Darnamur selbst hatte es gemeinsam mit Wito vor zwölf Jahren Geliuna überbracht: ein Behältnis aus Silber, das nicht zerstört werden konnte und in dem die ganze Lebenskraft der Grauen Lande gebunden war.

Darnamurs Mundwinkel hoben sich.

Schon Leuchmadan hatte sein magisches Herz in diesem Kästchen verwahrt. Tausend Jahre lang war es in den Händen seiner Feinde gewesen, doch sie hatten nichts dagegen ausrichten können. Natürlich vertraute Geliuna darauf, dass ihr eigenes Herz in diesem Behältnis auch vor *ihren* Feinden geschützt sein würde.

Sie hatte nur eines vergessen: Darnamur wusste, wie sich das Kästchen öffnen ließ!

Die Fei hatte den Schlüssel in eine Wandnische gelegt. Darnamur blickte dorthin, doch die Nische lag so hoch, dass er sie vom Boden aus nicht erreichen konnte. Und wenn er auf dem Steinblock stand und die Hand ausstreckte ... Nein. Eine gefährliche Kletterei, und Darnamur hatte das Gefühl, dass seine Zeit knapp war.

Geliuna hätte Schlüssel und Kästchen nicht am selben Ort aufbewahrt, ohne dafür zu sorgen, dass der wichtigste Bestandteil fehlte: das Blut der Erde. Und davon hatte Darnamur genug dabei, um das Kästchen auch ohne Schlüssel aufzubekommen.

Er stellte sich ganz auf die Stele und zog ein fein geschnitztes Fläschchen aus Drachenbein aus einer Gürteltasche. Er betrachtete es nachdenklich. Fast hätte er erwartet, dass der Inhalt ein Loch hineinbrannte, aber Grautaz' Knochen schimmerten so weiß wie frisches Elfenbein. Darnamurs besonderer Auftrag an die Zwerge vom Drachenberg hatte seinen Zweck erfüllt.

Er schraubte den Hals des Fläschchens ab. Innen war es mit Wachs versiegelt. Vor zwölf Jahren, an der Quelle des Blutes, hatte Wito eine Kristallphiole mit dem Blut gefüllt, und Darnamur hatte sie eingesteckt. Alles, was von dem Blut geblieben war, befand sich nun in diesem Fläschchen aus Wachs und Knochen, zwei Stoffe von lebendigem Ursprung. Nur so konnte er es mitnehmen, wenn er die Größe änderte.

Aber auch das Blut der Erde selbst musste lebendig sein, damit er es auf diese Weise befördern konnte. Dessen war Darnamur sich nicht sicher gewesen, ehe er es erprobt hatte. Was bedeutete das? War es im Wortsinne Leuchmadans Blut, was da bei der Sternenklippe aus dem Boden trat?

Darnamur zuckte die Schultern. Sollten sich die Gelehrten darüber den Kopf zerbrechen. Er goss die rote ölige Flüssigkeit in das Schloss des Kästchens, verteilte sie an den Fugen und an den Stellen, hinter denen sich die Riegel des Schlosses verbergen mussten. Winzige Tröpfchen tanzten auf dem Silber wie Wasser auf einem heißen Ofen.

Das Silber wurde weich.

Darnamur nahm seinen langen Knochendolch und kratzte damit am Schloss herum. Das Silber gab nach, als wäre es selbst zu Wachs geworden. Mit der Klinge aus Drachenbein konnte er feine Späne herausschneiden.

Darnamur stieß den Dolch in die Fuge und brach die Truhe auf.

Einst hatte Leuchmadans Herz auf einem silbrig schimmernden Feld reinster Magie geruht. Nun lag ein Gebilde aus lauterstem Golde darin, auf einem schlichten Kissen aus schwarzem Samt.

Darnamur stellte das Kästchen vor sich hin und nahm das goldene Herz heraus. Es war größer als seine Faust und glich einem Klumpen, der aus lauter miteinander verschmolzenen Kugeln gebildet zu sein schien. Feine Röhrchen aus Gold entsprossen seinem Inneren wie Adern und verschwanden an anderer Stelle wieder darin.

Darnamur wog es in seiner Hand. Es war schwer, aber nicht so schwer, wie ein Goldklumpen dieser Größe sein sollte. Es musste also hohl sein … Würde Blut heraustropfen, wenn er es zerstörte? Darnamur hob den Dolch. Das Leben der Herrin lag in seiner Hand. Sollte es so einfach sein?

Da schwang die geheime Türe auf, und Geliuna kehrte zurück.

Die drei Gnome hielten erschöpft inne.

»Wir können das Glas nicht bewegen«, stellte Audan fest. »Es ist zu schwer für uns.«

Magati sagte nichts. Sie hatte sich einfach hingesetzt, den Rücken gegen die durchschimmernde Wand ihres Gefängnisses gelehnt.

»In unserer kleinen Gestalt können wir das nicht«, bemerkte Haro leise.

»Wir können uns aber auch nicht groß machen«, sagte Audan. »Das Glas ist zu hart. Wir würden daran zerschellen.«

»Vielleicht ginge es doch«, wandte Magati zaghaft ein. »Wenn wir beim Größerwerden die Arme ausstrecken und die Schale anheben?«

Audan schüttelte den Kopf. »Unsere Arme würden einfach brechen. Egal, wie wir uns groß machen, wir würden gegen die Wand stoßen, bevor wir zwei Handbreit gewachsen sind. Dann wären unsere Knochen noch viel dünner als das Glas.«

»Audan hat recht«, sagte Haro. »Aber überlegt einmal: Wenn wir aufrecht stehen, wachsen wir schneller nach oben als in die Breite. Wenn ich also mit dem Kopf oben gegen die Schale stoße, wäre unten noch genug Platz für euch. Mein Kopf würde zerschmettert, aber mein Leib wächst weiter und drückt die Schale nach oben. Ihr könntet entfliehen.«

»Kommt gar nicht in Frage!«, widersprach Magati entsetzt. »Wie kannst du an so was nur denken?«

»Außerdem«, sagte Audan, »könntest du uns mit deinem wachsenden Leib trotzdem zerquetschen.«

Haro senkte den Kopf. »Ich bin so nutzlos«, sagte er.

»Nein!« Magati sprang auf die Füße und trat auf den alten Gnom zu. »Wir sind alle keine Krieger. Wir wollten das hier nicht tun, aber wir haben unser Bestes versucht.«

»Und sind gescheitert«, befand Audan. Er legte verzweifelt die Hände auf das Glas, das er nur mit dem Blick durchdringen konnte. Die Herrin war fort, und eine Flucht schien so leicht zu sein, wenn sie nur aus diesem Gefängnis hinauskämen.

»Das ist nicht gesagt«, meinte Magati. »Ihr habt gesehen, wie aufgeregt Geliuna plötzlich war. Ich glaube, Darnamur ist hinter irgendwas Großem her. Uns hat er nur zur Ablenkung mitgenommen. Womöglich haben wir genau das geschafft, was er brauchte, um Erfolg zu haben.«

»Großartig«, sagte Audan matt. »Da bin ich aber froh, dass er uns eine Aufgabe gegeben hat, die wir auch bewältigen können.«

Haro schüttelte den Kopf. »Wie man es auch dreht und wendet: Ich bin nutzlos. Was auch immer Darnamurs Plan war oder wie unzulänglich wir alle auch sein mögen – ich bin nutzloser als ihr alle.«

»Was soll das?«, fragte Magati. »Wir sitzen alle im selben Glas. Außerdem, wenn Darnamur Erfolg hat, befreit er uns.«

»Ich habe Darnamur bei der ersten Gelegenheit verraten«, sagte Haro. »Ich habe der Fei alles erzählt.«

»Wir waren alle gebannt von ihr«, sagte Magati. »Es muss ein Zauber gewesen sein.«

»Aber du hast ihm besser widerstanden als ich«, erwiderte Haro. »Schlimmer noch, obwohl ich weiß, dass es ein Zauber ist, kann ich ihn nicht abschütteln! Verstehst du, Magati? Käme die Herrin zurück und ich stünde mit dem Dolch in der Hand vor ihr, dann könnte ich nicht zustoßen. Ich weiß es. Ich würde sie warnen, wenn ein anderer sie bedroht. Ich würde mich sogar aus dem Fenster stürzen, wenn sie mir sagt, dass mein Tod sie glücklich macht.«

Er ließ den Kopf sinken und starrte auf seine Füße. »Ich kann nichts dagegen tun. Ich weiß, was sie mir und euch und all meinen Freunden antun wird. Aber wenn ich bloß an sie denke, sehe ich gleich ihr Gesicht vor mir, und alles Wissen bedeutet nichts. Es ist wie ein Rausch, wie ein Traum. Ich liebe die Herrin mehr, als ich meine selige Gattin je geliebt habe.«

Magati schüttelte den Kopf. Audan versuchte, an Geliuna zu

denken. Er musste zugeben, dass auch er etwas dabei empfand. War es Liebe oder war es Magie? Er wusste es nicht. Aber er konnte sich nicht vorstellen, dass die Schwarze Fei ihm oder seinen Freunden tatsächlich etwas Schlimmes antun konnte. Er *wollte* es sich nicht vorstellen.

Haro schaute seine Gefährten an. »Versteht ihr? Ich bin ein schlechterer Gnom als ihr alle. Ich bin schwächer als ihr. Wenn Geliuna zurückkehrt, würde ich euch verraten und alles, woran ich bis zu dieser Stunde geglaubt habe. Ich kann mich nicht gegen Geliuna auflehnen. Aber ich wäre imstande, euch zu retten, indem ich mich für euch opfere. Flieht und warnt alle anderen, damit sie sich vor dem Zorn der Schwarzen Fei in Sicherheit bringen.«

Audan wollte etwas sagen, aber seine Zunge gehorchte ihm nicht. Ein Teil von ihm, der vernünftigere Teil, begrüßte jede Möglichkeit zur Flucht. Doch seine Gefühle sträubten sich dagegen. Das Schlimmste daran war, dass Audan sich seiner Gefühle nicht sicher sein konnte. Sträubte er sich wirklich, weil er Haros Opfer nicht annehmen konnte, oder sträubte er sich, weil der Einfluss der Schwarzen Fei ihm seinen Kampfgeist und den Wunsch zur Flucht genommen hatte?

Die Fei hielt erschrocken inne, als sie Darnamur sah. Er stand auf dem Podest wie eine Statue, unmittelbar vor Geliunas Augen, und hielt ihr Herz in den Händen. Ihre Blicke kreuzten sich. Darnamurs Hand mit dem Dolch verharrte unschlüssig.

»Ich hatte es im Gefühl«, sagte die Fei. Ihre Lippen zitterten. Die Regung war kaum zu sehen, aber die Herrin der Grauen Lande hielt Darnamurs Blick wie in einem Bann gefangen. Er bemerkte jede Einzelheit. Ihre blasse Haut, das zart geschnittene Gesicht. Den seidigen Glanz auf den schwarzen Haaren. Das dunkle Schleiergewand, das wie leichter Rauch ihren Leib umschmeichelte und kaum die Formen verhüllte, die für Mensch und Alb und ähnliche Geschöpfe unzweifelhaft verführerisch wirkten.

Sie streckte die Hand aus.

»Gib mir das Herz«, sagte sie.

Darnamur zögerte.

»Du wirst mich nicht töten«, sagte die Fei. Ihre Stimme klang einschmeichelnd. Sie wob Darnamurs Gedanken ein, als könne er auf der Welt nichts anderes mehr hören. Er fühlte sich ein wenig an die machtvolle Wirkung der Drachenstimme erinnert, und bei diesem Gedanken trat ein Lächeln auf seine Lippen. In die Augen der Fei trat daraufhin ein Glitzern.

Von dem Moment an, da sie eingetreten war, hatte Geliuna seine Aufmerksamkeit auf sich gezogen wie ein leuchtender Stern. Oder wie ein einzigartig schwieriger Auftrag, der nur mit äußerster Konzentration zu meistern war. Sie weckte ein Gefühl in Darnamur, das er nicht recht einordnen konnte.

Dann tötete er sie. Er stieß die Klinge aus Drachenbein tief in das goldene Herz, zerfetzte Fäden und Röhrchen und hinterließ einen Riss in dem schimmernden Gebilde.

Die Fei schrie auf.

Die Hand, die sie Darnamur entgegenstreckte, zitterte. Schatten sammelten sich um ihre Finger. Zauber flossen von ihren Lippen. Die Luft in der Kammer wurde dick, und das Licht, das von außen hereinfiel, schwand.

Was auch immer die Fei im ersten Augenblick versucht haben mochte, nun besann sie sich auf andere Zauber.

Darnamur stach und hackte auf das Herz ein. Zweimal traf er dabei seine eigene Hand. Eine Wunde klaffte bis auf den Knochen, und Blut rann über die Fetzen des goldenen Artefakts. Sie flogen zu Boden und wurden verschluckt von der Finsternis, die die Fei heraufbeschwor.

Geliuna schrie wieder auf, lauter diesmal. Im Todeskampf riss sie die Hände empor. Dabei zog sie Schlieren von Dunkel hinter sich her, die alles zerfraßen, was sie berührten. Sie ließen Stein zu schwarzem Staub zerfallen und zogen tiefe Furchen in Wände und Podest.

Der Sockel stürzte um, und Darnamur rollte sich am Boden ab. Das Herz fiel ihm aus der Hand.

Eine finstere Fratze schoss auf ihn zu wie ein Schlangenkopf auf einem Leib aus Finsternis. Aber bevor sie Darnamur erreichte, wurde sie zurückgerissen.

Die Fei hatte die Hände vor das Gesicht geschlagen. Ihre Gestalt wurde durchscheinend. Darnamur sah das bleiche Antlitz durch ihre Finger hindurch. Es verschwamm vor seinen Augen.

Sonnenlicht fiel durch die Tür, durch den Leib der Fei.

Geliunas Körper zerfloss zu einer zähen Flüssigkeit, die als träge Welle durch die geheime Kammer schwappte.

Mit einem Fluch sprang Darnamur hoch, rettete sich auf die Bruchstücke des zerschmetterten Sockels. Die Brühe war widerlich, und er wollte nicht damit in Berührung kommen. Das leichte Schleierkleid trieb kurz auf der auseinanderfließenden Pfütze und blieb dann liegen. Der rote Edelstein an der Kette lag dort, wo die Fei gefallen war. Goldene Brocken schimmerten feucht überall auf dem Boden.

Darnamur atmete dreimal rasch, beruhigte sich wieder. Er schaute hinab und beschloss, noch einige Augenblicke abzuwarten.

Er dachte an die eigentümliche Empfindung, die Geliunas Anblick in ihm geweckt hatte. Fast vermisste er dieses Gefühl nun, doch er konnte es nicht wieder wachrufen, und er hatte es auch nie zuvor in sich wahrgenommen. Was für ein merkwürdiger Zauber das wohl gewesen war ... Und was hatte er bewirken sollen?

Darnamur zuckte die Achseln. Was auch immer gewesen war, es war vorbei.

Er blickte auf das Kleid und auf den schmierig glänzenden Boden hinab. Ganz langsam zog ein Grinsen auf sein Gesicht. Ein Hochgefühl stieg in ihm auf und vertrieb die Erinnerung an jenen irritierenden Moment, als der Zauber der dunklen Fei sich in der Leere seines Herzens verirrt hatte.

# 7. Kapitel: Von Feuern und Drachen

*Für die Rechte der Gnome einzutreten und zugleich für die Gemeinschaft aller Völker und für die Grauen Lande an sich, das ist kein Widerspruch. Der Kleine weiß den Wert der Gemeinschaft zu schätzen, denn er ist nichts ohne seine Verbündeten. Der Starke hingegen sieht nur Feinde und kämpft für sich selbst. Mit dem Naturell der Herrschenden ändert sich auch das Naturell der Herrschaft, ganz von selbst, ohne dass man darauf hinarbeiten müsste.*

*Ich bin der Überzeugung, dass das Gemeinwohl umso mehr gewinnt, je mehr die Schwachen an der Herrschaft beteiligt sind. Eine Herrschaft der Kleinen wäre ganz von selbst eine Herrschaft zum Wohle der Allgemeinheit. Sie kann also gar nicht zu weit gehen. Selbst eine Herrschaft der Gnome allein müsste eine ganz andere Art von Herrschaft sein, als wir sie jetzt kennen. Weil die Gnome Verbündete bräuchten, müssten sie auf alle anderen zugehen, sie verstehen und sich um ihre Bedürfnisse kümmern. Die Grauen Lande würden sich ändern auf immerdar.*

Wito, der Gnom,
Rede in der Gnomenpartei der »Grünen Lande«

Darnamur saß am Pult und schrieb. Er hatte sich drei Kissen unterlegen müssen, um bis zur Arbeitsfläche hinaufzureichen. Er arbeitete konzentriert, füllte einen Bogen Papier mit nüchternen, eckigen Lettern und setzte schließlich das Siegel der herrschaftlichen Kanzlei darunter. Er legte das Blatt auf den Stapel mit fertigen Schreiben, nahm ein leeres von einem anderen Stapel und tauchte die Feder ein.

Dann hielt er inne und blickte zur Tür. Beiläufig machte er eine Schublade am Schreibtisch auf und wartete. Die dick verbundene linke Hand ließ er auf der Tischplatte ruhen. Von der Seite fiel Licht durch ein Fenster. Der Abend rückte näher, doch noch war die Sonne nicht untergegangen.

Die Tür vor ihm flog auf.

Ein Nachtalb trat ein. Sein dunkles Haar wellte sich bis zu den Schultern, und er trug eine Robe in Schwarz und Gold und mit Pelzbesatz am Saum. Sein Blick streifte kurz die offene Tür hinter Darnamur, eine Tür, die in das private Arbeitszimmer der Fei führte. Dann heftete er seinen Blick auf den Gnom. »Was treibst du da an meinem Schreibtisch, Bursche?«, fragte er.

»Ich schreibe Befehle«, erwiderte Darnamur kühl. »Die Ihr gleich weiterleiten sollt, Kanzler Fadin.«

»Was?« Der Nachtalb zuckte zurück. »Was bildest du dir ein, Gnom? Wo ist die Herrin?«

»Die Herrin ist tot.« Darnamur hob die Hand, die er hinter der Schreibtischkante verborgen gehalten hatte, und warf dem Alb zwei goldene Halbkugeln vor die Füße. Es waren die größten Teile, die von Geliunas Herz übrig geblieben waren.

»Damit Daugazburg nicht im Chaos versinkt, habe ich die Verwaltung übernommen«, erklärte er, als wäre es die selbstverständlichste Sache der Welt. »Es müssen Befehle überbracht werden, damit nicht jeder gegen jeden streitet, sobald sich herumspricht, dass die Herrin tot ist. Ich habe den halben Tag gearbeitet, damit alles Notwendige vorbereitet ist.«

Fadin schaute auf das Herz der Fei, dann auf Darnamur. Sein Blick wurde unstet, seine Lider flatterten. Dann fing er sich. Er drückte den Rücken durch, schaute auf den Gnom hinab. »Das ist es also …«, murmelte er. »Aber niemals wird ein Gnom hier Befehle erteilen!«

Er hob die Hände.

Die Tür hinter Fadin fiel mit einem Knall zu. Der Alb wirbelte herum. Wie aus dem Nichts stand ein weiterer Gnom vor ihm. Entsetzt taumelte Fadin zurück. Dranjar, Darnamurs Leutnant, hielt eine gespannte Armbrust aus Drachenknochen in der Hand, und die beinerne Spitze des Bolzens zielte auf Fadins Herz.

»Mein Pfeil fliegt schneller als Euer Zauber«, knurrte er.

Fadin ließ die Hände sinken. Hastig krallte er die Finger in sein Gewand, seine Schultern fielen herab. »Aber ...«, stotterte er. »Das kann nicht sein!«

Er drehte sich wieder zu Darnamur um. Der hatte seine Armbrust gespannt in der Schublade aufbewahrt. Jetzt hielt er sie in der Hand und zielte von der anderen Seite auf den Alb. Die beiden Gnome hatten den Kanzler von Daugazburg in die Enge getrieben.

»Wo kommt dieser Gnom her?«, fragte Fadin. Er warf einen Blick über die Schulter zurück, als müsse er sich vergewissern, dass der zweite Gnom nicht nur ein Trugbild war. Seine Stimme klang beinahe vorwurfsvoll, als wäre ihm ein großes Unrecht widerfahren. »Kein Gnom kann sich vor einem Alb verbergen. Ich hätte seine Anwesenheit spüren müssen!«

»Dieses Hindernis haben wir überwunden«, sagte Darnamur. »Wir Gnome können überall sein. Wir *sind* überall. In unserer kleinen Gestalt beobachten wir alles, aber niemand bemerkt uns.«

»Das kann nicht sein!«, keuchte der Alb.

»Ihr habt es selbst erlebt«, sagte Darnamur. »Mein Begleiter stand hinter Euch. Er hätte Euch töten können, bevor Ihr Euch umgedreht habt. Und seid froh, andere Alben *haben* wir bereits getötet. Deshalb seid Ihr doch so eilig hereingestürmt, nicht wahr? Ihr wolltet der Fei von seltsamen Vorkommnissen berichten, von Offizieren und Würdenträgern überall in der Stadt, die im Laufe des Tages auf rätselhafte Weise ermordet wurden?«

»Wir haben Gnome erwischt ...«, stammelte Fadin. »Und es gab Verletzte. Aber bis jetzt wusste ich nicht ...«

Darnamur schnitt ihm mit einer Geste der verbundenen Linken das Wort ab. In der Rechten hielt er weiterhin die Waffe. Ruhig zielte sie auf Fadins Brust.

»Kanzler Fadin«, sagte er. »Es geht mit Euch, oder es geht ohne Euch. Mit Eurer Hilfe geht es leichter. Wenn Ihr nicht mit uns zusammenarbeiten wollt, brauchen wir ein paar Tage länger, und es wird viele Tote mehr geben. Aber zweifelt nicht daran: Wenn Ihr Euch jetzt nicht unterwerft, verschwindet Ihr, genau wie die Goblinwachen vor der Tür. Und am Ende werden wir dennoch bekommen, was wir wollen.«

»Was ... wollt ihr?«, presste Fadin hervor. Seine Hände öffneten und schlossen sich wieder. Seine Augen zuckten hin und her, als suchten sie nach einem Ausweg.

»Wir wollen, dass Ihr diese Befehle überbringt, die ich geschrieben habe. Wenn der Kanzler der Fei sie aushändigt, haben sie größeres Gewicht. Der Machtwechsel wird auf diese Weise ruhig und geordnet vonstattengehen.«

»Damit kommt ihr nicht durch!«, rief Fadin. »Niemand wird Gnome als Herren hinnehmen. Mich könnt ihr vielleicht bedrohen. Aber die Goblins lachen über euch. Viele stolze und mächtige Alben werden Anspruch auf den Thron erheben, sobald sich der Tod der Herrin herumspricht. Gestern erst hat sie die Fürsten von Daugazburg empfangen, und die werden niemals Befehle von euch annehmen, ganz egal, wer sie ihnen überbringt!«

»Kanzler Fadin.« Darnamur beugte sich ein Stück vor und lächelte. Die Zähne blitzten auf hinter seinen dünnen Lippen. »Wer sagt denn, dass wir Gnome die Herren sind, nur weil wir die Gegner sind, die Ihr seht? Wäre es nicht schlau von dem künftigen Herrscher der Grauen Lande, zunächst einmal im Verborgenen zu bleiben? Widerstand zu zerschlagen, wo er sich zeigt, aber selbst kein Ziel für seine Gegner zu bieten? Was glaubt Ihr wohl, wer uns die Mittel verschafft hat, uns ungesehen an Alben heranzupirschen? Wir Gnome sind Späher und Meuchelmörder ... Doch wer in Zukunft der Herrscher der Grauen Lande sein wird, das muss sich erst noch erweisen.«

»Ihr …« Rasch warf Fadin noch einmal einen Blick über die Schulter zurück auf den Gnom, der hinter ihm stand. »Ihr arbeitet für jemanden? Ein Widersacher der Schwarzen Fei hat das eingefädelt? Wer?«

Darnamur schüttelte den Kopf. »Ich bin hier, um Befehle weiterzugeben, nicht um Eure Fragen zu beantworten. Ihr müsst Euch heute nur entscheiden, auf welcher Seite Ihr stehen wollt.«

Fadins Blick wurde ruhiger, und er hörte auf, seine Hände zu Fäusten zu ballen. Er atmete tief durch und wirkte mit einem Mal gefasster. Dann nickte er bedächtig. Er sah aus wie ein Mann, dessen Welt soeben wieder in Ordnung gebracht worden war.

»Gut«, sagte er. Er tat einen Schritt auf den Schreibtisch zu und streckte eine Hand aus. »Gebt mir die Befehle. Ich werde sie übermitteln. Ich bin … nur der Kanzler. Ich habe stets nur Befehle weitergeleitet. Die Fei hätte niemals einen Alb in ihrem Umfeld geduldet, der selbst stark genug wäre, um nach der Macht zu greifen. Sagt das eurem Herrn, dass ich ein guter Mittelsmann bin und gewiss nicht vorhabe, einem der Großen im Kampf um den Thron im Wege zu sein.«

Darnamur schob die Briefe zu dem Alb hin. »Macht Eure Arbeit gut, und es wird keinen Kampf um den Thron geben. Womöglich behaltet Ihr sogar Euren Posten, und nur die Gestalt auf dem Thron wird eine andere sein.« Er zwinkerte.

Fadin verzog einen Mundwinkel. Er blickte auf den Gnom hinab. »Aber bestellt Eurem Herrn auch, dass er sich irgendwann zeigen muss. Das Volk muss seinen Herrscher sehen – zumindest die Mächtigen werden wissen wollen, wem sie gehorchen sollen.«

Nachdem der Kanzler die Briefe genommen hatte, lehnte Darnamur sich ein wenig zurück. Er hielt immer noch die Armbrust in der Hand, aber sein Lächeln wirkte entspannter. »Gemach, gemach, Kanzler Fadin«, sagte er. »In den nächsten Stunden wird erst einmal gezählt werden müssen, wie viele Mächtige in Daugazburg überhaupt noch geblieben sind.«

Der Nachtalb warf einen letzten Blick auf die beiden Gnome, dann eilte er zur Tür.

»Denkt daran«, rief Darnamur ihm hinterher. »Wir Gnome sind überall. Wir beobachten alles. Und ganz besonders, wie Ihr Euch sicher vorstellen könnt, werden wir in den nächsten Stunden Euch im Auge behalten!«

Als Fadin fort war, wechselten die beiden Gnome einen Blick. Darnamur legte die Armbrust weg.

»Wird es reichen?«, fragte Dranjar misstrauisch.

»Für eine Weile«, erwiderte Darnamur. »Dein Auftritt hat ihn ziemlich beeindruckt. Und meine Geschichte von dem geheimnisvollen, mächtigen Verschwörer im Hintergrund wird ihm auch zu denken geben.«

»Es ist eine zweifache Täuschung«, wandte Dranjar ein. »Wie lange kann sie bestehen bleiben? Eine endgültige Lösung wäre mir lieber.«

»Die Gefahr ist überschaubar und der Nutzen groß. In einem hat der Kanzler recht: Seine Macht verdankte er stets nur seinem Amt und der Protektion der Herrin. Was seine magischen Kräfte und sein Ansehen anbelangt, ist er nicht eben der bedeutendste Nachtalb von Daugazburg. Er wird erst dann etwas unternehmen, wenn er sich einem Großen anschließen kann. Das verschafft uns genug Zeit.«

Dranjar wandte sich um. Er hob ein hölzernes Röhrchen vom Boden auf und warf es seinem Hauptmann zu. Der fing es in der Luft auf. Es war die hölzerne Salbenbüchse mit der Paste, die einen verkleinerten Gnom vor den Sinnen magiebegabter Geschöpfe schützte.

Vor zwölf Jahren hatte Darnamur sie auf einer Mission erhalten, um unbemerkt in eine Elfenfestung zu schleichen. Inzwischen wusste er, dass sie auch gegen Nachtalben und Feien wirkte. Aber das Röhrchen war leer, und nur winzige Reste klebten noch an dem Holz. »Jedenfalls werden wir nicht mehr viele Alben mit solchen Auftritten beeindrucken können«, sagte Dranjar. »Wir brauchen mehr von dieser Paste, damit wir *wirklich* überall sein können.«

»Ich weiß«, erwiderte Darnamur. »Aber bis wir welche bekommen, werden wir uns auf andere Weise behaupten müssen.«

Er warf den Behälter zu Dranjar zurück. »Und nun leg das Ding wieder neben die Tür, mach dich klein und kriech hinein. Damit wir zumindest die Alben beeindrucken können, die sich hier in die Schreibstube verirren.«

Frafa wurde von Geräuschen geweckt, die sie nicht einordnen konnte. Sie drehte sich auf die andere Seite und fand sich Auge in Auge mit Balgir wieder, der die Vorderbeine auf die Bettkante stellte und züngelte.

Müde schob sie das Taschentier fort und setzte sich auf. Durch das runde Fenster fiel graues Licht in ihre Kammer. Die Sonne stand noch über den Zinnen der Stadtmauern, und Aldungans Turm badete im milden Winterlicht.

Ein Brausen erklang von draußen, und allmählich konnte Frafa Stimmen und Schreie ausmachen. Auf den Straßen herrschte Aufruhr, zu einer Stunde, da eigentlich nur Menschen zu stummen Sklavendiensten unterwegs sein sollten.

Frafa schwang die Beine über die Bettkante und lief zum Fenster. Balgir brachte seinen Schwanz in Sicherheit, huschte unter das Bett und äugte von dort aus zu ihr empor. Frafa öffnete die trübe Scheibe und sah nach draußen.

Rings um den Turm herrschte Ruhe. Auch der Blick auf die nahe Vorstadt zeigte nichts Außergewöhnliches. Was auch immer den Lärm verursachte, es geschah auf der anderen Seite des Turms, dort, wo die Zitadelle, die Festungen und die meisten der hohen Türme standen.

Sie kleidete sich hastig an und ging zur Tür. Balgir wuselte um ihre Füße. Frafa pflückte das Taschentier vom Boden und legte es sich über die Schulter. Der Flur war verlassen, doch Stimmen drangen aus dem Treppenhaus. Sie schienen aus dem Geschoss darunter zu kommen, wo es eine Aussichtsplattform zur Stadt hin gab.

Frafa hastete die Stufen hinab. Vor dem Zugang zum Balkon

drückte sich ein halbes Dutzend Goblinwachen herum, obwohl es in diesem Stockwerk kaum etwas zu bewachen gab. Frafa zwängte sich an ihnen vorbei. Draußen stand eine Gruppe Alben, Aldungans Schüler und die Famuli seines Haushalts. Sie alle drängten sich an die Brüstung, tuschelten und spähten in die Stadt hinaus.

»Was ist denn los?«, fragte Frafa.

Sie sah an einigen Stellen Rauch aufsteigen, meist in der Nähe der großen Kasernen. Die Schreie aus den Gassen klangen deutlicher an ihr Ohr, das Brüllen von Goblins, Waffengeklirr.

Glaura, eine ältere Schülerin, die bislang kaum ein Wort mit Frafa gewechselt hatte, wandte sich ihr zu und sagte: »Bekommst du denn gar nichts mit? Den ganzen Tag schwirren Gerüchte um Mord und Totschlag umher, und nun haben die Goblins ihre Kasernen verlassen und ziehen plündernd durch die Straßen.«

»Ich habe geschlafen«, sagte Frafa.

Glauras Stupsnase wies selbst dann noch nach oben, wenn sie auf Frafa herabblickte. »Ach ja«, meinte sie. »Die jungen Alben. Würdest du deine geistige Disziplin schulen und den Schlaf durch gezielte Meditation ersetzen, bliebe dir mehr Zeit für deine Ausbildung. Du würdest nicht mehr so viel versäumen.«

»Heute Mittag besuchte Daudragor mit einigen seiner Schüler den Meister«, ergriff ein anderer Alb das Wort. »Er hatte zwei Gnome erschlagen, die ihn anscheinend im Schlaf ermorden wollten. Natürlich schlief Daudragor *nicht.* Aber er verlor mehrere seiner engsten Getreuen bei weiteren Anschlägen in seinem Turm.«

Frafa wippte auf den Zehenspitzen und versuchte, an den anderen vorbei mehr zu erkennen. Anschläge auf Nachtalben kamen immer wieder vor, meist von neidischen Konkurrenten in Auftrag gegeben. In den letzten Jahrhunderten hatte die Fei solche Machtkämpfe zu unterbinden versucht und Gesetze eingeführt. Aber das führte nur dazu, dass die Vorgehensweisen tückischer wurden. Gnome waren geeignete Meuchelmörder, und wenn man sie geschickt anheuerte, ließ sich die Spur nur schwer zurückverfolgen.

Der Mord an den Famuli eines einflussreichen Nachtalb-Zauberers erklärte also nicht den Aufruhr in der ganzen Stadt, und auch nicht, warum die Goblins ihre Kasernen verließen. Allerdings redeten die übrigen Alben auf dem Balkon nun alle durcheinander, und Frafa erfuhr, dass noch einiges mehr geschehen war.

»Es gab weitere Anschläge.«

»Anschläge kann man das nicht mehr nennen, es war eine Säuberung. Wie es heißt, sind auch die Fürsten verschwunden, die Geliuna letzte Nacht empfangen hat.«

Glaura blickte sich verstohlen um. Dann beugte sie sich näher zu Frafa hin. »Man sagt, die Fei ist den Aufruhr der letzten Jahre endgültig leid geworden«, flüsterte sie so auffällig, dass jeder auf dem Balkon es hören konnte. »Nun lässt sie alle Rivalen und Unruhestifter beseitigen. Da hält man besser die Türen geschlossen und meidet die Straßen. Hoffen wir, dass Aldungan nicht den Unwillen der Herrin auf sich gezogen hat.«

»Ihr glaubt also, die Goblins wollen zu Ende bringen, was die Meuchelmörder bei Tage nicht geschafft haben?«

Glaura zuckte die Achseln und wandte sich wieder in Richtung der Stadt. Sie legte die Finger an die Schläfen. Frafa spürte, wie die Albe ihre magischen Sinne ausgreifen ließ, um mehr von den Vorgängen rings um den Turm zu erspüren.

»So genau weiß das niemand«, raunte der Alb, der schon von dem Anschlag auf Daudragor erzählt hatte. »Das letzte Gerücht besagt, dass alle Hauptleute und Leutnants der Goblins mit durchgeschnittener Kehle aufgefunden wurden, als man sie zum Wachwechsel wecken wollte. Seitdem marodieren die Horden ohne Führung in der Stadt.«

Frafa sah sich um. Sie beäugte misstrauisch die behaarten Gestalten, die sich im Flur herumdrückten und ihre Waffen befingerten. Aldungans Goblinwachen wirkten unruhig, gereizt, aber sie schwiegen. Ihre dunklen Augen wanderten flackernd zwischen dem Balkon mit den Alben und der Treppe hin und her. Als Frafas Blick den eines Kriegers kreuzte, bleckte der die Zähne und schaute beiseite.

Frafa fröstelte. Sie zog ihren schweren Schal enger um den Hals.

Erst als Balgir zischte und ihr auf den Handrücken tatzte, erinnerte Frafa sich, dass sie gar keinen Schal trug.

Bei Sonnenuntergang irrten Magati und Audan über den Flur. Blutspritzer sprenkelten ihre Kleidung, und Magatis Augen waren blind vor Tränen.

Sie liefen die Treppe hinab, dann wieder hinauf, auf der Suche nach dem Mauseloch, durch das sie in den Turm gelangt waren. In den ersten Augenblicken nach ihrer Flucht waren sie so erschüttert gewesen, dass sie ganz die Orientierung verloren hatten.

Die Fei war nicht mehr zurückgekommen. Auch Darnamur nicht. Und Haro war tot.

»Wir müssen ...« Magatis Stimme stockte. »Wir müssen ... besonnener vorgehen.« Sie legte eine Hand auf Audans Schulter.

»Ich habe Stimmen gehört.« Ihr Begleiter schaute sich gehetzt um. »Aber wo sind sie alle? Zu dieser Stunde sollte das Gefolge der Fei die Gänge füllen!«

»Sei froh«, sagte Magati. Sie schniefte. »Lass uns Stockwerk für Stockwerk nach unten gehen, bis wir den Ausgang finden.«

Die beiden Gnome schoben sich näher an die nächste Tür heran und lauschten.

»Da waren Schritte«, flüsterte Audan.

»Ach was«, murmelte Magati zurück. Sie wischte sich mit dem Ärmel über die Augen. »Du lässt dich von deinem eigenen Herzschlag erschrecken. Aber wir machen uns klein.«

Sie veränderten ihre Größe und spähten vorsichtig um die Ecke. Ein Flur führte an mehreren kleinen Holztüren und an den eigenartig verglasten Kaminen vorbei. Die Wände waren kahl und schmucklos, die Steinplatten am Boden grau, alt und abgetreten. Wenn sie den gesamten Korridor abschreiten wollten, würden sie in Käfergröße eine ganze Weile unterwegs sein.

»Ich glaube nicht, dass wir hier schon mal waren«, sagte Audan.

Ein Stück entfernt gab es ein Fenster. Magati zeigte darauf. »Gehen wir dorthin. Wir werfen einen Blick nach draußen und wissen zumindest, auf welcher Höhe des Turmes wir sind. Und auf welcher Seite.«

Die beiden Gnome gingen weiter – und wurden unvermittelt groß!

»Was ...?« Audan schaute seine Begleiterin erschrocken an.

»Ich habe nichts gemacht!«, erwiderte sie.

Da wurden sie beide auch schon von hinten am Kragen gepackt und hochgehoben wie zwei Lumpensäcke.

»Was treibt ihr euch denn hier herum?«, säuselte eine melodische Stimme ganz nah an ihren Ohren. »Ich wüsste nicht, dass die Herrin Gnome in ihrem Turm duldet.«

»Diese hässlichen Miniaturgoblins hab ich beim Schnüffeln in den Gängen gefunden, Herr Majordomus!«, sagte die Albe, die sie am Kragen hielt.

Audan zappelte, und Magati schnaubte gekränkt.

Der Nachtalb vor ihnen trug ein schweres Gewand aus blauem Samt mit weiten, herabhängenden Ärmeln. »Und mir wurde gerade gemeldet, dass die Herrin nicht in ihrem Gemach ist«, erwiderte er. »Dafür hat man einen toten Gnom dort gefunden, der mit zerdrücktem Kopf in einer Schale aus gehärtetem Kristall steckt.«

Er musterte Audan und Magati mit zusammengekniffenen Augen. »Wenn das einer dieser Gnomenstreiche ist, von denen man so viel hört, dann ist es ein besonders geschmackloser.«

Der Majordomus stand vor einem großen Portal. Eine Gruppe weiterer Alben hatte sich um ihn geschart; einer von ihnen stützte sich nachlässig auf den Türgriff. Anscheinend stand der gesamte innere Hofstaat der Schwarzen Fei unschlüssig hier herum. Magati hörte die Alben aufgeregt miteinander tuscheln und Mutmaßungen austauschen.

»Die Herrin ist verschwunden«, sagte die Frau hinter ihnen. »Und diese beiden Gnome hier haben etwas damit zu tun.«

Der Majordomus runzelte die Stirn. »Mag sein«, räumte er zögernd ein. »Aber ein Haufen Gnome wird es wohl kaum schaffen, die Herrin verschwinden zu lassen. Ich habe Tegwari ausgeschickt ...«

»Herr!« Ein Alb lief vom Treppenhaus auf sie zu. Er schwenkte einen Brief. »Hier ist ein Schreiben mit dem Siegel der Herrin. Kanzler Fadin hat es zum Brückentor gebracht. Befehle für den Majordomus persönlich.«

Der Alb in der Samtrobe nahm das Schreiben entgegen, studierte das Siegel und brach es.

»Warum schickt die Herrin uns auf diesem Umweg schriftliche Befehle, wenn Schreibstube und Siegelkammer gleich hinter dieser Türe liegen?«, fragte ein Alb und klopfte gegen das Portal.

»Es wird schon seine Richtigkeit haben«, murmelte der Majordomus, während er las. »Wenn der Kanzler es überbracht hat ...«

»Ich habe es jetzt satt«, schimpfte der Alb an der Tür. »Dieses Holz kann mich nicht aufhalten. Ich gehe hinein ...«

»Du willst in das verschlossene Arbeitszimmer der Herrin eindringen?«, fragte die Albe hinter den Gnomen erschrocken. Sie ließ ihre Hände, mit denen sie Audan und Magati hielt, ein wenig sinken.

Der Majordomus blickte auf und zog die Brauen zusammen. »Kommt überhaupt nicht in Frage«, verkündete er. »Die Tür ist verschlossen, und niemand öffnet auf unser Klopfen. Das muss uns genügen. Wir werden uns nicht unaufgefordert Zutritt verschaffen.«

Der Alb an der Tür ließ die Schultern hängen.

Der Majordomus las weiter. »Wir sollen uns in der Kapelle versammeln«, erklärte er schließlich und rollte das Schreiben zusammen. »Es wird eine Verlautbarung geben.«

Die Alben blickten einander an. Magati und Audan verhielten sich still und hofften darauf, dass man sie vergaß. Ob sie sich jetzt wohl klein machen und einfach entkommen konnten?, überlegte Magati.

Aber selbst wenn die Albe, die sie festhielt, unaufmerksam war und nicht verhinderte, dass sie ihre Größe änderten, stünden sie immer noch inmitten dieses Nachtgelichters. Da würden sie nicht weit kommen.

Der aufmüpfige Alb an der Tür schüttelte den Kopf. »Das kommt mir seltsam vor. Warum hätte unsere Herrin sich am Tag fortschleichen sollen, ohne das Protokoll einzuhalten? Sie hätte doch einem von uns Bescheid gegeben. Ich bleibe hier im Turm und suche nach ihr.«

Der Majordomus wedelte mit dem Brief, aber auch er wirkte unsicher. »Hier ist ein Befehl mit ihrem Siegel. Den können wir nicht missachten.«

»Wir wissen nur, dass er im Kontor des Kanzlers gesiegelt wurde. Irgendein Schreiber hat ihn aufgesetzt. Geliuna hat diese Befehle womöglich nicht einmal zu sehen bekommen.«

Tegwari, der Bote, meldete sich zu Wort: »Draußen an der Brücke habe ich nur den Kanzler getroffen ... Versteht ihr, nur den Kanzler! Keine Wachen. Jemand hat die Goblins abberufen. Etwas Merkwürdiges geht hier vor. Fadin wollte nichts weiter sagen. Er hat nur auf die Befehle verwiesen.«

»Also gut«, sagte der Majordomus. »Wir werden umsichtig sein.«

Er teilte die Alben aus Geliunas Hofstaat auf. Zwei von ihnen sollten weiterhin im Turm nach der Herrin suchen, falls diese sich möglicherweise in eine ihrer geheimen Kammern zurückgezogen hatte. Andere schickte er in den Palast, damit sie sich umhörten und herausfanden, was dieser seltsame Bruch im allabendlichen Protokoll zu bedeuten hatte. Der Bote Tegwari sollte außen herum zum Kontor des Kanzlers gehen und nachschauen, ob Geliuna sich in ihrem Arbeitsraum aufhielt.

»Ein halbes Dutzend von uns wird dann ein wenig später in der Kapelle eintreffen«, schloss er zögerlich. Er kratzte sich am Kopf, dann nickte er entschlossen. »Es wird nicht darauf ankommen. Wir übrigen sollten uns eilen. Der Hofstaat muss

Treue und Gehorsam zeigen. Unsere Herrin hat genug Sorgen in Zeiten wie diesen.« Er warf einen flüchtigen Blick auf die Gnome. »Diese Burschen nehmen wir mit. Die Herrin wird sie befragen wollen.«

Der Hof war nicht gepflastert, sondern bestand aus Erde und Sand. Jetzt, nach dem feinen Nieselregen der letzten Tage, war der Boden lehmig und fest.

Mitten auf dem freien Platz stand jener verwinkelte Holzbau, der als »die Kapelle«, bekannt war. Holz war selten und kostbar in Daugazburg. Es schien verschwenderisch, ein ganzes Gebäude nur aus diesem Material zu errichten. Doch die Kapelle entstammte einer Zeit, als die Grauen Lande noch grün gewesen waren.

Audan und Magati hatten von diesem ältesten Teil des Palastes gehört, doch sie sahen ihn nun zum ersten Mal. Die Legende berichtete, Leuchmadan habe das ganze Haus an einem einzigen Tag aus dem Boden sprießen lassen, als ein lebendes Gebäude mit Wurzeln und frischem Grün. Heute war das Holz so tot und trocken, wie es die ganze Ebene um die Stadt seit einem Jahrtausend war. Die grauen Planken waren rissig, die Rahmen an den Fenstern knorrig und verzogen.

Die Stellen allerdings, wo das Bauholz aneinanderstieß, waren unregelmäßig und fugenlos zugleich. Nirgendwo waren Spuren von Nägeln zu sehen oder irgendwelche Zeichen einer gewöhnlichen Bauweise. So mochte man durchaus glauben, dass all das Holz sich dereinst von selbst zu einem Bauwerk gefügt hatte, um dann zu altern und zu sterben und seine klare, gesunde Form zu verlieren.

Geliunas Gefolgsleute traten mit den beiden Gefangenen durch das Tor in den Hauptflügel. Die Albe zog die beiden Gnome wie unartige Kinder am Kragen hinter sich her. Trotz ihrer misslichen Lage schauten die beiden sich neugierig um.

Im Inneren war die Halle weit gepflegter und besser eingerichtet, als man von außen vermutet hätte. Die Wände waren mit neuem Holz vertäfelt, der Boden mit glatten Dielen ausgelegt. Alles glänzte und schimmerte wie frisch gewachst und poliert. Ein durchdringender Geruch nach Harz und duftenden Ölen erfüllte den Raum. Von den quer verlaufenden Balken unter der Decke hingen schwere Leuchter herab. Die bauchigen roten Glasstürze sahen neu aus, die Lampendochte weiß und frisch.

Drei lange Reihen von festlich hergerichteten Tischen standen in der Halle. Die mittlere Tafel war mit weißen Tüchern, schwarzem Geschirr und silbernem Besteck gedeckt. Weinschläuche stapelten sich an der Wand und vor einer kleinen Tür, die in einen Seitenflügel führte. Die Nachtalben hielten inne und schauten sich überrascht um.

»Ein Festmahl?«, fragte einer. »Für uns? Oder ... sollen wir den Fürsten aufwarten?«

»Auf jeden Fall hat die Herrin die Kapelle herrichten lassen und einiges ersetzt«, stellte ein anderer fest. Er blickte zu den großen Leuchtern hinauf. »Aber die schwarzen Kerzen, die zuletzt darinsteckten, haben mir besser gefallen.«

Die Nachtalbe bei den Gnomen meinte abschätzig: »In der Tat. Diese bauchigen Öllampen haben nichts von Leuchmadans Klarheit. Es war ein alter Ort. Dieser Glanz ... entweiht ihn. Was will die Fei damit ausdrücken?«

»Viel schlimmer: Wein in Schläuchen!« Der Majordomus rümpfte die Nase. »Ich hoffe, niemand will uns so etwas auftischen.«

Ein Mensch eilte an den Alben vorüber. Er hielt einen brennenden Docht an einem langen Stab in der Hand und machte sich daran, die Deckenleuchter zu entzünden. Hastig bewegte er sich durch die Halle, während die Alben langsam, unschlüssig zu den Tischen gingen.

»Nein«, sagte einer. »Da stehen nicht genug Teller für uns. Das soll auf jeden Fall kein Nachtmahl für den Hofstaat werden.«

Der Majordomus fing den Menschen ab, der zu den letzten beiden Leuchtern unterwegs war.

»Diener. Weißt du, für wen hier gedeckt ist?«

Der Mensch zog den Kopf ein. Er schüttelte zaghaft den Kopf und blickte eingeschüchtert zu dem Alb auf, obwohl er, wenn er sich ganz aufrichtete, einen Kopf größer sein musste. »Nein, Herr. Mir wurde nur aufgetragen, den Raum zu erleuchten. Ich dachte ... ihr wäret die Gäste?«

»Wer hat es dir aufgetragen?«, fragte der Majordomus. »Der Kustos?«

»Dieser Gnom«, sagte der Mensch. »Hauptmann ...«

In diesem Augenblick zerbarst eine der Lampen über ihren Köpfen. Feurige Tropfen spritzten durch den Raum. Wo sie auf das frisch geölte Holz trafen, leckten sogleich gierige Flammen über die Täfelung. Das Feuer raste über die Dielen, züngelte nach den Tischtüchern.

Die Alben liefen in Panik durcheinander und klopften Brandnester auf ihren Gewändern aus. Einer stand ruhig da, hob eine Hand und murmelte Silben, die das Feuer zu seinen Füßen blass und blau werden ließen, bis es endlich matt erstarb. Er bewegte die Hand, und wohin seine Handfläche wies, da erloschen die Flammen.

Zwei weitere Lampen zerplatzten und schickten flammende Meteore durch den Raum. Ein Schwall brennenden Öls ergoss sich über einen Nachtalb. Er stand sofort in hellen Flammen. Blindlings rannte er los und schlug um sich, setzte als lebende Fackel alles in Brand, womit er in Berührung kam.

Der Blick des Majordomus irrte umher und fiel dann auf den Menschen. »Verrat«, schrie er dem Diener ins Gesicht. Seine Hand zuckte vor. Wo die Finger den Menschen berührten, gab dessen Fleisch nach, als wäre es frischer Teig. Der Nachtalb stieß seine Hand tief in den Hals des Dieners und riss eine klaffende Wunde. Erst als der Majordomus die Hand zurückzog, strömte Blut. Der Mensch gab noch einige gurgelnde Laute von sich und sank dann um.

Seine Stange mit dem Docht fiel in die andere Richtung, und sogleich breitete sich dort ein weiterer Feuerkreis am Boden aus. Der Nachtalb mit dem Löschzauber schrie seine Zauberworte und wedelte wild mit der Hand, doch die Flammen loderten schneller um ihn auf, als er sie ersticken konnte. Schon griffen sie auf seinen Umhang über. Eine Öllampe nach der anderen barst. Es war, als wenn die Luft selbst brennen würde.

»Verrat!«, brüllte der Majordomus wieder. »Das ist eine Falle! Der ganze Raum ist mit Brandöl getränkt. Folgt mir nach draußen!«

Einige Alben drängten sich schon vor der Tür zusammen und drückten dagegen. Sie war verriegelt. Das Feuer lief über die Wand wie ein Vorhang, der sich schloss, und trieb die Alben vom Eingang fort. Sprühend und knisternd schossen Stichflammen zwischen den Dielenbrettern empor, als wäre unter dem Boden noch etwas anderes in Brand geraten.

»Ja, das ist Brandöl«, rief einer der Alben. Er schützte sein Gesicht mit dem Arm und wich zurück. »Brandöl aus dem Arsenal!«

Auch wo das Feuer nicht hinkam, war es nun unerträglich heiß. Die Fensterscheiben zersprangen, und ein brausender Luftzug fuhr durch den Raum. Dennoch zog sich der Qualm immer mehr zu. Audan atmete flach, doch jedes Luftholen brannte in seinen Lungen.

Zwei Alben harrten vor dem Eingang aus und versuchten, das Tor mit Magie zu öffnen. Da griffen die Feuerzungen auf die Weinschläuche über. Sie zerplatzten mit einem dumpfen Knall und spien brennendes Öl schwallweise durch die Halle. Die Alben an der Tür brannten lichterloh. Schreiend wälzten sie sich auf dem Boden. Magati und Audan duckten sich tief hinter die größeren Alben, die ihnen ein wenig Schutz boten. Sie husteten.

»Hinter mir!«, rief der Majordomus. »Sammelt euch hinter mir!«

Er wirkte einen Zauber, und das Feuer vor ihm erstarb. Ringsumher loderte es umso höher. Flammen tafelten an den Tischen. Brennende Nachtalben rannten durch den Saal, zu panisch, um die Flammen zu ersticken oder die Befehle des Majordomus zu hören. Ihre Schreie übertönten das Wimmern der Verletzten, das Röcheln und Husten derer, die im beißenden Rauch erstickten.

Die Übrigen rückten enger zusammen. Ein freier Korridor reichte vom Majordomus bis zur Tür, links und rechts davon standen die Flammen wie glosende Wände, ballte Rauch sich wie graues Mauerwerk. Aber wo die Alben standen, wurde es kühler, und man konnte wieder atmen. Der Majordomus hielt das Feuer auf Abstand, und weitere Alben schützten die kleine Gruppe nach hinten.

Zwei von ihnen bereiteten einen anderen Zauber vor. Einer hatte ein verbranntes Gesicht, Wunden, die grauenhaft schmerzen mussten. Vom Boden her leckten die Flammen an seinem Mantelsaum. Doch er hielt die Augen halb geschlossen und konzentrierte sich. Blaue Funken sprühten um die Hände der beiden Alben.

Audan und Magati standen unbeachtet zwischen den Höflingen ... Da riss Audan sein Knochenmesser unter der Weste hervor und stieß es nach oben, dem Majordomus ins Herz. Mit der Linken packte er Magati am Ärmel. Er schleifte sie mit sich, auf die Tür zu, über die schwarz verfärbten Dielen, die der Majordomus mit seinem Zauber vom Feuer befreit hatte.

»Komm, komm schnell!«, rief er.

Hinter sich hörte Audan die Alben aufschreien, aber die Gnome wandten sich nicht um. Niemand hatte es für nötig befunden, sie nach Waffen zu durchsuchen. Niemand hatte überhaupt mit ihnen gerechnet. Jetzt waren die Alben verwirrt und fassungslos, und die kurze Ablenkung reichte aus, dass das Feuer weiter vordrang.

Audan spürte die Hitze in seinem Rücken. Brennendes Holz stürzte wie ein feuriger Regen von der Decke herab.

Mit fünf, sechs raschen Schritten liefen die Gnome auf die Tür zu, dann machten sie sich klein. Audan hustete. Qualm wirbelte um sie her wie stinkende Nebelschwaden. Aber schon waren die beiden unter dem Türspalt hindurch und draußen. Sie kämpften sich über den sandigen Grund, der von den Fußabdrücken der Alben zerfurcht war. An dem Gebäude hinter ihnen stiegen Flammen vom Dach auf, schlugen aus den Fensteröffnungen. Gierig leckten sie an den Außenwänden entlang.

Jemand hatte das Tor von außen mit Balken verkeilt. Spitze Pfähle staken im Boden, genau unter den Fenstern der Kapelle. Einem Alb war es gelungen, durch eine der schmalen Öffnungen zu springen. Jetzt steckte er brennend auf einem Pflock und versuchte mit schwachen Bewegungen, sich zu befreien. Magati schaute mit weit aufgerissenen Augen auf den Sterbenden und stolperte voran.

Audan wandte den Blick ab und zupfte Magati am Kragen. »Wir müssen uns groß machen«, rief er. »Sonst kommen wir nicht schnell genug weg!«

Magati nickte, und sie wechselten ihre Gestalt. Im nächsten Augenblick sahen sie sich einem Trupp Gnome gegenüber, die wie aus dem Nichts ein Dutzend Schritt vor ihnen aus dem Boden wuchsen. Sie hielten Armbrüste mit weiß schimmernden Bögen in den Händen.

»Halt!«, rief eine Stimme. »Die gehören zu uns.«

Audan erkannte Ganoch, Darnamurs Stellvertreter. Er blieb stehen und musterte fassungslos die schwer bewaffnete Gnomenschar, die vor dem Zugang zur Kapelle Stellung bezogen hatte.

»Was macht ihr denn hier?«, rief Ganoch. »Ihr wart doch Darnamurs Gefährten. Wo ist er?«

»Darnamur ist nicht zurückgekommen«, murmelte Audan.

»Wir waren wohl eher seine Ablenkung«, ergänzte Magati empört. »Er hat uns im Stich gelassen. Wir mussten uns selbst befreien. Haro ist tot.«

Ganoch schlug die Augen nieder, dann zuckte er die Achseln. »Eine Ablenkung, das passt zu Darnamur. Ich hatte mich schon gewundert, weshalb er drei so unerfahrene Begleiter mitnehmen wollte. Aber kommt rasch!«

Ganoch schob die beiden Gnome zwischen seine Krieger, und alle wechselten wieder in ihre kleine Gestalt. Die meisten der Gnome waren nun den Blicken entzogen, in Deckung hinter irgendwelchen Bodenwellen. Ganoch behielt die brennende Kapelle im Auge. »Es tut mir leid um den alten Mann«, fuhr er leise fort. »Ich weiß gar nicht, warum er überhaupt mitwollte. Er war kein Krieger. Andererseits, wir haben heute viele gute Gnome verloren und einen hohen Preis bezahlt. Aber es war nicht umsonst. Die Alben sind in der Kapelle. Also muss Darnamur es geschafft haben und sitzt jetzt in der Kanzlei.«

»Warum ist er nicht zu uns zurückgekommen?«, fragte Audan. »Wir saßen einen halben Tag lang unter einem Glas fest. Darnamur hätte uns rasch befreien können. Dann hätte Haro nicht sein Leben dafür geopfert.«

Ganoch blickte verlegen beiseite. »Vermutlich hatte Darnamur keine Gelegenheit dazu. Er hätte sicher nach euch gesehen, sobald sich die Lage beruhigt hat.«

Mit einem lauten Krachen zerbarst die Seitenwand der Kapelle. Übel zugerichtete Nachtalben stürmten durch die Öffnung. Sie waren kaum noch als Mitglieder des Hofstaates zu erkennen. Ihre Kleidung war verkohlt und vom Feuer zerfressen. Asche klebte ihnen in den Haaren. Die Gesichter waren von Ruß und Brandwunden bedeckt.

Die Alben schlugen mit den Armen um sich. Einer von ihnen brannte und wälzte sich im Sand. Ein anderer lief blind gegen einen der spitzen Pfähle und riss sich das Bein auf. Ein Alb war von Flammen umflort. An seinen Händen und Armen zuckte blaues Zauberfeuer, wie an dem geborstenen Holz um die Öffnung.

Durch das Loch war keine Halle mehr zu sehen, nur noch ein brodelndes Inferno.

Überall auf dem Hof erschienen die Gnome und stellten sich den Alben in den Weg. Sie schossen ihre Armbrüste ab und machten sich wieder klein, tauchten hinter den Verwerfungen des weichen Bodens ab, um in dieser Deckung nachzuladen.

Mit einem halben Dutzend Pfeilen gespickt, brach der zaubernde Alb zusammen. Andere seiner Genossen wurden getroffen und starben. Manche überlebten. Sie liefen über den Hof auf die Ausgänge zu.

Die Gnome erschienen zwischen ihren Beinen, mit langen Messern in den Händen. Sie stießen den Höflingen die Klingen in die Kniekehlen und stachen auf sie ein, sobald sie am Boden lagen.

»Was *macht* ihr hier?«, fragte Magati. Sie starrte fassungslos auf das Schauspiel.

»Das letzte Unternehmen, das für den Tag der Messer geplant war«, erwiderte Ganoch ungerührt. »Wenn Geliuna tot ist, wollte Darnamur den Hofstaat der Fei in eine Falle locken. Diese Alben stehen getreu zu ihrer alten Herrin. Wir durften sie nicht am Leben lassen.«

Magati sah sich um. Zitternd wies sie auf die brennende Kapelle, das älteste Bauwerk von Daugazburg. »Aber das...«, stammelte sie. »Das ist... *trollisch*! Gnome tun so etwas nicht.«

Ganoch machte eine halb abwehrende, halb hilflose Geste mit den Händen. »Nun«, sagte er. »Vielleicht ist das ja der Grund, warum niemand einen Troll herumschubst, aber jeder einen Gnom.«

Die Kapelle war inzwischen ein einziger Feuerball. Kein Alb würde mehr herauskommen. Diejenigen, die es geschafft hatten, lagen blutend und reglos am Boden. Nach und nach erschienen weitere Gnome – Ganochs ganze Kompanie, die um den Holzbau herum Aufstellung bezogen hatte. Sie versammelten sich um ihren Hauptmann und erwarteten weitere Befehle.

»Damit ist der Tag der Messer vorüber«, stellte dieser mit einem Seufzer fest. Er schaute immer noch Magati an. »Es... wird jetzt besser werden. Macht euch keine Sorgen.«

Das Licht, das durch das Fenster einfiel, wurde schon matt. Überall an den Fassaden krochen Schatten empor, während die Sonne allmählich hinter den Wällen verschwand. Die Tür zur Kanzlei wurde mit Schwung aufgestoßen und krachte gegen die Wand dahinter. Ein schwer gerüsteter Goblin stürmte herein, schnaubend und mit gefletschten Zähnen.

Sein goldener Panzer mit dem Fledermausemblem saß schief

und nachlässig gegurtet vor der Brust. Er hielt Schild und Speer in der Linken und hatte die Rechte zur Faust geballt.

»Darnamur!«, brüllte er und blieb abrupt vor dem Schreibpult stehen.

Hinter dem Goblin sah Darnamur Dranjars Holzröhrchen durch die Luft fliegen, von der Türe angestoßen. Es prallte gegen die Wand, fiel wieder zu Boden, kullerte und kreiselte, bis es schließlich liegen blieb.

Im nächsten Augenblick erschien Dranjar. Er hielt keine Waffe in der Hand, und sein Gesicht war blass. Der Goblin schaute sich überrascht um und verfolgte, wie der Gnom einige Schritte durch den Raum torkelte, in einer Ecke in die Knie brach und sich würgend übergab.

»Großartig«, kommentierte Darnamur. »Werzaz, kannst du mir vielleicht zwei von deinen Wachen vor die Tür stellen? Ein wenig mehr Rückendeckung wäre nicht schlecht.«

»Was?« Der Goblin wandte sich wieder Darnamur zu und schnaubte. »Warum sollte ich dir eine Wache abstellen, du lächerlicher Flohhauptmann? Was soll dieses Schauspiel? Und was bedeutet ... das hier?«

Er schleuderte ein zerknülltes und eingerissenes Blatt auf den Tisch.

Darnamur lächelte. »Hast du niemanden gefunden, der es dir vorliest? Ich habe darin geschrieben ...«

Werzaz hieb mit der Faust auf den Tisch, dass auf Darnamurs Seite eine Schublade herausflog. »Ich weiß verdammt genau, was darin steht. Und als die Grünfratze etwas von einem ›Gnom‹ erzählt hat, wusste ich auch gleich, dass nur du hinter dieser hirnverbrannten Sauerei stecken kannst. Aber was *soll* das?«

»Warum?«, fragte Darnamur unschuldig. »Gefallen dir die Befehle nicht?«

»Es gefällt mir nicht, welcher Kötel diese Befehle ausgegeben hat!«

Darnamur holte Leuchmadans Kästchen aus einer Schublade. Er rückte den Stuhl vom Pult ab, legte das silberne Behältnis auf seinen Schoß und verschränkte die Hände darüber.

»Nun«, sagte er. »Die Fei ist heute leider von uns gegangen. Irgendjemand muss die Befehle geben, sonst gehen sich hier in Daugazburg bald alle gegenseitig an die Kehle.«

Werzaz schaute den lächelnden Gnom an. Er packte das Schreiben wieder und ballte die Hand zur Faust. »Du Rattengesicht *willst* doch, dass wir ganz Daugazburg an die Kehle springen!«

Darnamurs Lächeln wurde breiter. »Ich dachte mir, das würde den Goblins gefallen«, meinte er. »Ich bin ein milder Herrscher. Ich gebe gern Befehle aus, die meine Untertanen glücklich machen.«

Werzaz zog die Nase hoch und rotzte Darnamur mitten auf den Schreibtisch. »Untertanen! Pah. Wenn sich rumspricht, dass hier ein zottelköpfiger Gnom sitzt und die Siegel aufdrückt, ist Schluss mit der Herrschaft. Oder glaubst du, ein Goblin ließe sich von so einem Popel was befehlen, was er nicht tun will?«

»Dann fallen mir hoffentlich noch viele Befehle ein, die Goblins Freude machen.« Darnamur nickte in Richtung des Papierstapels. »Wenn mir die Ideen ausgehen, frag ich dich um Rat.«

»Ich zieh jedenfalls nicht gegen meine Brüder, nur weil ein Gnom mir das sagt.«

»Deshalb hab ich das von dir auch nicht verlangt«, sagte Darnamur. »Dich hatte ich um einen anderen Gefallen gebeten, Werzaz. Hauptmann Salvan und seine Vampire. Du kümmerst dich um sie, bevor sie merken, was hier vorgeht?«

»Aye«, sagte Werzaz. Er schüttelte den Kopf. »Aber ich tu das nicht, weil du es befohlen hast. Ich tu das, weil Salvan und seine Politischen mir ein Furunkel am Arsch waren, seit die Fei sie in den Palast geholt hat. Er hat meine Goblins rumkommandiert, als wär die Garde seine eigene Truppe! Dieser Pomadenscheißer setzt sich hier nicht auf den Thron.«

»Gut«, sagte Darnamur. Er wies auf das Schreiben in Werzaz' Hand. »Ich habe dir alles aufgeschrieben. Du musst die politische Polizei an zwei Orten gleichzeitig erwischen: hier im Palast, wenn die Alben ihren Dienst antreten; und einen großen Teil der Vampirgarde findest du im Haus der Schreie, wo sie die gefangenen Fürsten bewachen.«

»Erzähl du mir nicht, wie ich meine Arbeit mache, Sterzkopf. Wir Goblins stechen nicht nur tückisch einzelne Feinde ab wie ihr Gnome. Wir erschlagen sie im Dutzend und waten in ihrem Blut. Ich weiß schon, wie ich mit den Grün- und Blasshäutlern fertig werde.«

Darnamur nickte. »Aber vergiss nicht: Die Fürsten der Alben und Feien sind gefährlich. Wenn sie sterben, schenkt ihr magisches Herz ihnen neues Leben. Sie werden anderswo wieder auftauchen und Schaden anrichten. Also müssen sie leben. Aber sie dürfen sich auch nicht weit genug erholen, um zaubern zu können. Da muss ein ausgeklügeltes Gleichgewicht bewahrt werden. Sobald die Vampire erschlagen sind, werden die Goblins sich darum kümmern müssen.«

Werzaz lachte. »Keine Sorge, kleiner Gnom. Wir Goblins wissen, wie man Gefangenen Schmerzen zufügt und sie doch am Leben erhält. Die mächtigsten Zauberer der Alben winseln hören, statt dass sie Befehle geben – ich kenn eine Menge Brüder, die sich da gern drum kümmern werden.«

Er machte kehrt und ging auf die Tür zu. Im selben Augenblick stürmte ein Nachtalb herein und schaute sich atemlos um. Sein Blick flackerte überrascht, als er Darnamur und das Kästchen sah. Doch bei Werzaz' Anblick fasste er sich. »Ah. Du bist doch einer von den Hauptleuten. Ich suche die Herrin ...«

Werzaz' Faust traf den Alb mitten im Gesicht. Der taumelte bis zur Tür zurück. Grünes Blut lief ihm aus der Nase und von einer Platzwunde auf der Stirn. Er starrte Werzaz mit weit aufgerissenen Augen an. Werzaz riss den Säbel aus der Scheide und stieß dem Alb die Klinge in die Kehle.

»Werzaz heiß ich, du wertloses Stück Scheiße!«, brüllte er. »Werzaz, der mächtigste Krieger der Goblins! Oh, ich hasse diese arroganten Kuchenfratzen aus Geliunas Gefolge. Seit 'm Dutzend Wintern bin ich Hauptmann in der Garde, und immer noch kennen sie meinen Namen nicht.«

Er wandte sich zu Darnamur um. »Siehst du das, Stummelbein? Das wollte ich schon immer mal tun. Wenn sich die Zeiten so geändert haben, dass selbst Gnome Befehle geben, dann tu ich ab jetzt nur noch das, was mir passt. Als Erstes bring ich diesem albischen Gelichter Respekt vor mir bei. Ich werde sie schon lehren, sich meinen Namen zu merken!«

Darnamur schaute auf den Toten. »Ich denke, so dürfte sich dein Name schnell unter ihnen herumsprechen. Jedenfalls wenn du ihn nicht nur den Toten ins Gesicht schreist.«

»Mach keine Scherze mit mir, Warzenhaar«, knurrte Werzaz. »Wir haben eine Menge zusammen erlebt, und du hast einen Unkwitt erschlagen. Aber du bist trotzdem nur eine halbe Portion, und ohne deine Heimtücke bist du gar nichts.«

Er ging nach draußen. Vom Flur aus rief er über die Schulter zurück: »Ich schick dir zwei Goblins vor deine Tür. Gibt bestimmt viele Leute, die dich jetzt gern zertreten wollen. Da brauchst du schon was mehr als eine Leibwache, die vor Angst gleich das Kotzen anfängt, wenn ein Krieger in den Raum tritt.«

Seine Schritte verklangen. Dranjar spähte durch die Tür hinter ihm her. Als er sicher war, dass Werzaz fort war, wandte er sich an Darnamur.

»Man sollte ihn abstechen, dieses haarige Schwein.«

»Um Leuchmadans willen, nein!«, rief Darnamur. »Die Goblins sind wichtig für uns, und Werzaz ist unser bester Verbündeter. Er ist tumb, er ist grob, aber er hatte Respekt vor Wito und ein wenig Achtung vor mir. Er ist schwer zu lenken, aber er wird mir nicht heimtückisch in den Rücken fallen. Vor allem wird er es seinen Brüdern schwermachen, das zu tun.«

»Mag ja sein«, sagte Dranjar. »Wir brauchen die Goblins noch, um uns die Alben vom Hals zu schaffen. Aber früher oder später werden die Goblins uns auch Probleme machen.«

»Ich weiß«, sagte Darnamur. »Früher oder später wird uns *jeder* Probleme machen. Und wir haben dann hoffentlich jedes Mal schon die passende Lösung vorbereitet.«

Er stellte das Kästchen wieder in die Schublade, verschränkte die Arme hinter dem Kopf und lehnte sich auf dem Stuhl zurück. Die Kissen, auf denen er saß, verschoben sich, aber Darnamur hielt das Gleichgewicht. Ein wildes Grinsen zeigte sich auf seinem Gesicht.

»Weißt du, Dranjar«, sagte er. »Als ich den Plan entwickelt habe, dachte ich am allermeisten an die Fei. Ich dachte, sie zu erschlagen wäre die entscheidende Großtat, und alles andere nur ein Aufräumen. Wito hätte das wohl besser gewusst. Vermutlich wollte er deshalb nicht den Weg der Messer gehen. Er hat einen guten Ritt nie zu schätzen gewusst.«

»Einen Ritt?« Dranjar runzelte die Stirn.

»Einen wilden Ritt«, sagte Darnamur. »In kleiner Gestalt auf einem durchgehenden Pferd beispielsweise. Oder auf einem tobenden Drachen. Es ist ein irrwitziges Gefühl. Man kann sich dabei fürchten, oder man kann es genießen. Lerne, es zu genießen, Dranjar. Diese Sache hier ist fast so wie der Ritt auf dem Drachen. Der Kampf gegen die Fei war längst nicht so aufregend. Aber dieser Drache hat hundert Köpfe, und für jeden, den man abschlägt, wachsen neue Köpfe nach.«

Er schaute zu seinem Leutnant hin. Dranjar musterte ihn unsicher, mit gerunzelter Stirn, als würde er am Verstand seines Hauptmanns zweifeln. Darnamur zügelte sein Grinsen, ließ es zu einem Lächeln herabbrennen.

»Dranjar«, sagte er. »Du weißt, wie man einen hundertköpfigen Drachen reitet und oben bleibt?«

Dranjar schüttelte unsicher den Kopf.

»Man muss ihm ganz einfach die Köpfe schneller abschlagen, als sie nachwachsen können.«

# 2. Teil

# Terror

*Der Nachtalb stand auf einem Felsgrat und stützte sich schwer auf seinen Stab. Er hatte eine anstrengende Reise hinter sich, auf magischen Pfaden und auch zu Fuß. Nun hatte er sein Ziel erreicht. Die Sternenklippe lag vor ihm.*

*Wie sehr hatte sich dieser Ort verändert!*

*Als er das letzte Mal hierhergekommen war, vor vielen Hundert Jahren, war die Ebene zu seinen Füßen von weißem Staub bedeckt gewesen, eine flache Wüste, aus der nur ab und zu eine einsame Felsspitze oder ein schmaler Grat herausragte. Der Stein, auf dem er stand, war damals nicht zu sehen gewesen, begraben unter einer Schicht toter Asche, die keinen Regen mehr gesehen hatte, seit Leuchmadan das erste Mal gestürzt worden war.*

*Inzwischen war das Land um Leuchmadans Hort ein ausgewaschenes Becken. Seen und Wasserläufe glitzerten, so weit das Auge reichte. Schwarze Wolken am Himmel kündigten schon das nächste Unwetter an. Der weiße Staub war fortgewaschen. Die Sternenklippe wirkte auf diese Weise fast um die Hälfte höher. Der schroffe Berg, dessen Gipfel geformt war wie eine lose aufgesetzte Krone, hatte ein ausgedehntes Fundament bekommen. Die nackte, dampfende und von Spalten durchzogene Senke zu seinen Füßen glühte wie ein Kohlenfeuer.*

*Ja, der Nachtalb war lange nicht mehr hier gewesen.*

*Womöglich hätte er noch Jahrzehnte oder gar Jahrhunderte in Daugazburg verweilt und immer neue Ausreden gefunden, wenn die Umstände ihm die Entscheidung nicht abgenommen hätten. Doch die Unruhen hatten ihn aus der Stadt vertrieben. Er war dankbar dafür. Die Zeit war längst reif gewesen und alle Vorbereitungen getroffen.*

*Er setzte sich wieder in Bewegung. Der Grat lief sichelförmig auf die Sternenklippe zu, und der Nachtalb folgte diesem Bogen. Bald erreichte er eine ausgebaute Straße, die an der Flanke des Kamms auf den Berg zuführte. Als er das letzte Mal hier gewesen war, hatte sie sich gerade noch aus dem Staub erhoben, rissig, zerfallen und schon zu Leuchmadans Zeiten nicht mehr benutzt. Jemand hatte sie instand gesetzt. Frisch behauene Steine füllten Löcher und Abbrüche, und alles war sauber mit Zement geglättet.*

*In Nischen abseits des Weges lagen zahllose Gerippe. Auf Vorsprüngen hangabwärts sah der Nachtalb weitere. Trolle und Goblins waren deutlich zu unterscheiden, doch auch menschliche Sklaven hatten hier den Tod gefunden. Hinter der letzten Kehre auf die Sternenklippe zu wurde das Bild noch gespenstischer: Die Knochen der Toten schienen an manchen Stellen mit dem Stein verschmolzen zu sein. Skelette wuchsen wie kahle, blasse Bäume aus dem Fels. Arme, Beine, Rippen und Köpfe waren halb in den harten Stein eingesunken. Rote Fäden klebten daran wie erstarrtes Blut.*

*Vor zwölf Jahren, als Leuchmadans Hort wieder in das Bewusstsein der Finstervölker gerückt und seine Lage bekannt geworden war, hatte die Fei Beauftragte ausgeschickt, um diesen Ort zu erforschen. Anscheinend war nicht alles verlaufen wie geplant.*

# 8. Kapitel: Jeder nach seinen Fähigkeiten

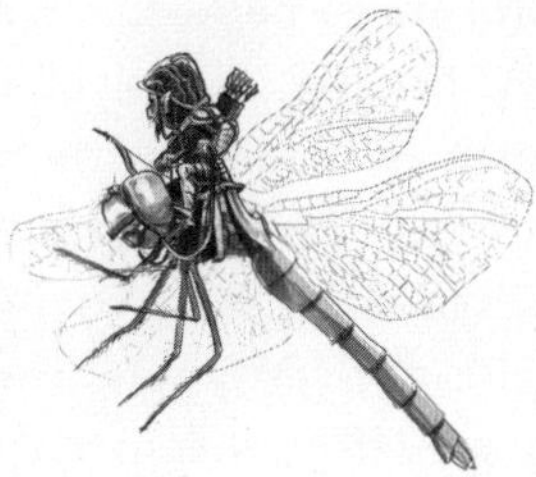

*Ein Kupfermond Belohnung für jeden Fledermauskopf. Das war eine kostspielige Angelegenheit. Selbst Nachtalben haben sich während der ersten Tage an der Jagd beteiligt. Mit ihrer Magie lockten sie Fledermausschwärme zu Tausenden in die Falle und kassierten die Belohnung statt in Kupfer gleich in Gold.*

*Aber es hat sich gelohnt. In den tiefen, verschatteten Gassen, wo sonst selbst am hellen Tag das Schwirren der Flügel zu vernehmen war, ist es still geworden. Das verschafft unseren Spionen Bewegungsfreiheit. Die Stadt bietet unzählige Verstecke für einen verkleinerten Gnom, und heute gibt es nur noch wenige Gefahren, die uns aufhalten können. Unsere Miliz ist inzwischen überall. In Daugazburg regt sich kaum etwas, was unseren Augen entginge.*

Batha, die Gnomin, Darnamurs Leutnant,
im Kriegsrat der *Knochenmesser* nach dem Umsturz

Im Frostmond 41 nLR – Winter in Daugazburg

Bei Sonnenuntergang versammelten sich die Nachtalben aus Aldungans Gefolge im Roten Salon, einer großen, bequem eingerichteten Stube für zwanglose Zusammenkünfte. Das war ihnen in den letzten Tagen zur Gewohnheit geworden. Frafa hatte das Gefühl, dass sie seither mit den anderen Schülern im Haushalt mehr Worte gewechselt hatte als in all den Jahren davor.

Nicht, dass ihr diese Gesellschaft angenehm war. Die Alben saßen beieinander und überboten sich wechselseitig mit Sorgen und Schaudermären. Nach jedem Treffen in der Dämmerstunde fühlte Frafa sich elender als vorher. Dennoch wagte sie nicht, dieser Gemeinschaft fernzubleiben.

Sie selbst traute sich nicht mehr aus dem Haus. Auf den Straßen herrschte Gesetzlosigkeit. Menschen und Goblins machten Jagd auf Nachtalben, so hieß es. Man hörte von Häusern, die erstürmt und deren Bewohner fortgeschleppt wurden. Auf den Tod der Fei folgte eine Welle von Hinrichtungen, schlimmer als jemals zuvor. Zuletzt hatte das Schicksal sogar den alten Kanzler Fadin ereilt. Man erzählte sich, er habe den Goblins ahnungslos den Befehl zur eigenen Festnahme überbracht.

Frafa versäumte die Zusammenkünfte im Roten Salon niemals, weil sie fürchtete, sonst gar nichts mehr über die Vorgänge draußen zu erfahren. Doch was auch immer hier gesprochen wurde, im Nachhinein wünschte sie meist, sie hätte es nicht gehört.

»Ihr hättet unsere beiden alten Hausgnome nicht aus dem Fenster werfen dürfen«, tadelte Frafa einige ältere Schüler. Besorgt kraulte sie Balgir, den sie über der Schulter trug.

Einer der Alben, die gerade mit dieser Tat geprahlt hatten, blickte sie an. »Was verstehst du schon, Kind? Überleg dir lieber, auf welcher Seite du stehst.«

»Nein«, warf Glaura ein. »Sie hat recht. Das war unüberlegt.«

»Diese hässlichen Nasen waren Spione in unserem Haus!«, verteidigte sich ein anderer Alb. »Sollten wir etwa warten, bis sie uns im Schlaf die Kehle durchschneiden?«

Erst lange nach dem ersten Aufruhr hatte sich herumgesprochen, dass die Fei tot war. Noch länger hatte es gedauert, bis deutlich wurde, dass Gnome hinter dem Umsturz standen. Gnome, die aus eigenem Antrieb handelten, nicht nur im Auftrag eines mächtigeren Fürsten.

Viele Alben mochten das heute noch nicht glauben.

»Zwei Gnome, die mit zerschmetterten Knochen am Fuß unseres Turms liegen, sind dennoch ein Unglück«, sagte Glaura. »Ihr hättet sie unauffälliger aus dem Weg schaffen können.«

»Warum kümmert sich der Meister nicht darum?«, rief einer.

»Ich habe den Meister seit Tagen nicht gesehen«, bemerkte eine andere Albe. Alle Blicke wanderten zu Glaura.

Die schüttelte den Kopf. »Ich auch nicht. Er antwortet nicht, wenn man an seine Studierstube klopft. Ich frage mich, ob er überhaupt noch hier ist.«

Die Alben sahen einander betreten an. Das Gespräch stockte kurz. Frafa erhob sich und trippelte auf Zehenspitzen zum Fenster.

Finsternis stieg aus den Gassen auf. Ein heller, roter Widerschein lag auf den höchsten Türmen im Morgenviertel. Die Stadt kam Frafa fremd und leblos vor. Sie war es nicht gewohnt, dass man in die verschatteten Häuserschluchten schauen konnte, ohne irgendwo eine Bewegung wahrzunehmen, ohne das Gefühl zu haben, dass die Dunkelheit selbst dahinfloss.

Aber die Fledermäuse, seit Jahrhunderten Wahrzeichen von Daugazburg, waren rar geworden. Wo immer sie sich zeigten, warteten Häscher mit Netzen oder Keulen auf sie, oder mit allen Arten von Geschossen. Meist waren es arme Menschen, die sich mit dem Kopfgeld ein Zubrot verdienten.

Frafa hatte nicht viel übrig für Fledermäuse, vor allem nicht seit dem Vorfall beim Lagerhaus. Aber das Verschwinden der Tiere hinterließ eine Lücke, die Frafa beunruhigte. Sie hatte stets das Gefühl, dass etwas Schlimmeres, eine unsichtbare Bedrohung in diese Lücke vordrang.

Aus dem Raum hörte sie die Stimmen der anderen.

»Wir müssen uns zusammenschließen«, schlug einer vor. »Es sind ja nur ein paar Gnome und die Goblins.«

»Kennst du noch einen angesehenen Meister, der als Anführer infrage käme? Es ist ein Wunder, dass Aldungan bislang ungeschoren blieb.«

»Wir sollten die Stadt verlassen. Die Posten an den Stadtmauern sind kaum noch besetzt, heißt es. Es sollte nicht schwer sein, unbemerkt hinauszukommen …« Nach und nach gingen die Alben auseinander. Ein weiteres ergebnisloses Treffen. Frafa schlich sich danach in das oberste Geschoss des Turmes und wartete, ob Aldungan nicht doch von sich hören ließ.

Gewaltsame Übergriffe gegen Gnome gab es selten. Und wenn es sie gab, dann geschahen sie meist hinter festen Mauern, an Orten, wo die Täter sich sicher und unbeobachtet fühlten. Menschen und Goblins konnten sich nirgendwo sicher fühlen. Nur die magischen Geschöpfe von Daugazburg hatten noch einen Rest von Widerspruchsgeist bewahrt.

Darnamur spielte mit einem Holzröhrchen in seiner Westentasche.

Auf den Straßen wagte niemand, einen Gnom zu behelligen. Aber das galt nicht unbedingt für Darnamur selbst. Er hatte sich viele mächtige Feinde gemacht, die gewiss auch ein Risiko eingehen würden, um seiner habhaft zu werden.

Deswegen verließ er seine neuen Amtsgemächer nur in kleiner Gestalt. Wenn er dann weitab vom Palast in irgendwelchen Gassen wieder seine große Gestalt annahm, in unauffälliger, abgewetzter Lederkleidung, war er nur ein Gnom unter vielen.

Darnamur schnupperte. Er war in Fastenwall, dem alten Stadtviertel rings um die Zitadelle, in den tiefsten, den finstersten Gassen. Selbst in seiner natürlichen Gestalt war er hier beinahe unsichtbar. Qualm kroch über den Boden, fetter Ruß stob aus Fenstern und Kaminen und klebte an allen Wänden. Der Himmel war grau und hing tief zwischen den Gebäuden, als wären die Wolken herab in die Stadt gesunken.

Es hämmerte und dröhnte aus den Gebäuden. Mitunter sah man alte Goblinschmiede in versengten Schürzen vor ihrer offenen Werkstatt. Auch nach der Revolution der Gnome gingen die alltäglichen Arbeiten weiter, und zu den Handwerkern war von den Unruhen weniger durchgedrungen als anderswo.

Darnamur watete durch den Rauch, durch den beißenden

Geruch von glühendem Stahl, von chemischen Stoffen und alchemistischen Substanzen, die zum Härten, zum Brünieren oder für außergewöhnlichere Zwecke Verwendung fanden. Die Feuer aus den Öfen und Essen der Manufakturen brannten hell genug, um das Stadtviertel selbst für Menschen zugänglich zu machen.

Darnamur musterte die Gestalten, die neben ihm durch den Dunst eilten. Die meisten trugen Tücher vor Mund und Nase. Grobe Mäntel und Hüte schützten sie vor dem Schmutz. Sie hasteten die Straße entlang oder standen bei einem Geschäftsinhaber und feilschten um die Preise.

Darnamur blieb nicht lange auf der Hauptstraße, sondern bog bald in eine Seitengasse ab. Dort folgte er einem schmalen Einschnitt zwischen zwei Gebäuden, der für einen Menschen fast schon zu eng gewesen wäre. Am Ende stieg er über zwei Treppen und einen kurzen Steg und erreichte einen Zugang, der im zweiten Geschoss eines wuchtigen Anbaus lag. Ein uralter, verfallener Turm ragte darüber auf, der inzwischen als Schornstein für eine Schmiede darunter diente.

Hier oben war die Luft ein wenig besser. Ein leichter Wind trieb den Rauch auseinander, und dann und wann sah Darnamur in der Ferne einen Stern aufblitzen. Vielleicht waren es auch nur hoch gelegene Fenster in einem anderen Stadtteil. Der Dunst, durch den er sich eben noch gekämpft hatte, wälzte sich als schwarzgrauer Fluss unter ihm.

Darnamur klopfte.

Es dauerte eine Weile, bis ein Kobold öffnete. Darnamur kniff die Augen zusammen und blickte auf die kleine Gestalt hinab.

»Meister Smatra?«, fragte er. »Wir hatten einen Termin vereinbart.«

Das kleine Geschöpf blinzelte und krümmte sich dann vor Lachen. Es beugte sich vor, rollte sich fast zu einer Kugel zusammen und kullerte unter irrwitzigem Gekicher vor der Tür hin und her. Sein zerfledderter Kittel flatterte um ihn herum, als wäre er aus Fetzen zusammengenäht.

Dann sprang der Kobold auf seine dürren Beine, schniefte und rief: »Meister Smatra? Nein, der bin ich doch nicht!«

Er rannte davon und verschwand im Inneren des Gebäudes.

Hinter der Tür führte ein kurzer Flur in eine große Halle. Smatras Heim war ein eigentümliches Gebäude. Der Konstruktionsmeister der Kobolde hatte alle Wände und Zwischendecken entfernt und sich eine Werkstatt nach eigenen Vorstellungen eingerichtet. Stege aus Holz und Metall liefen kreuz und quer durch die Halle, zum Teil wackelig und äußerst fragwürdig an den Wänden und der hohen Decke verankert. Leitern spannten sich scheinbar ohne Plan von einer Ebene zu nächsten.

Dazwischen standen Tische und Werkbänke auf verschiedenen Ebenen und große Kessel mit vielen Hebeln und Glasröhren und Zeigern daran. Es zischte und quietschte und prasselte in dem Gebäude. Es knisterte, und Rufe und Schreie hallten zwischen den Stegen wider. Menschen und Kobolde wuselten umher und gingen Arbeiten nach, deren Zweck Darnamur nicht nachvollziehen konnte.

Er wartete. Der kleine Türhüter kehrte nicht zurück, und so trat Darnamur schließlich ein.

Er kletterte über Stege und Stiegen, schaute neugierig den Arbeitern über die Schulter und versuchte ganz nebenbei herauszufinden, wo der Meister dieses Infernos steckte.

»Aus dem Weg, aus dem Weg!« Ein Mensch rempelte Darnamur an. Er balancierte ein Tablett mit brodelnden Flüssigkeiten. Ein Zylinder fiel in die Tiefe, und eine ölige grüne Flüssigkeit spritzte heraus. Wo sie auf Holz tropfte, schossen Flammen auf. Brennende Splitter stoben nach allen Seiten. Mehrere Kobolde in der Halle johlten und quieksten bei dem Anblick.

Darnamur achtete genauer darauf, wo er hintrat.

Endlich erreichte er ganz unten in der Halle einen Steinboden. Ein kleiner Gnom stand dort inmitten einer Gruppe Menschen, die mit dem Hammer glühende Nieten in eine Kesselwand trieben.

»Passt auf, passt auf!«, kreischte er. »Ihr tumben Toren ruiniert mir alles.«

Der Kobold trug einen Kittel, der mit Flecken in allen Farben übersät war – jedenfalls mit allen Farben, die man auf einen

Blick als Schmutz und Klecks erkennen und nicht mit einer Verzierung verwechseln konnte. Durch mehrere große Brandlöcher sah man die bloße braune Haut. Dennoch war das Kleidungsstück nicht ganz so zerfetzt wie das des kleinen Burschen, der Darnamur eingelassen hatte.

Der Kobold hielt einen kurzen Stab aus Metall in der Hand. Der Griff war mit Holz ummantelt, und an der Spitze saß ein Klumpen aus Glas oder Kristall. Der Kobold fuchtelte damit in Richtung seiner menschlichen Hilfskräfte und traf einen Mann am Arm. Ein kleiner Blitz knisterte aus dem Kristall. Der Arbeiter zuckte zusammen, schrie auf, biss dann die Zähne zusammen und hämmerte weiter.

Das lange weiße Haar des Kobolds stand in alle Richtungen ab. Funken tanzten an den Spitzen wie ein Echo des Blitzschlags aus seiner Waffe. Er kicherte irr.

»Meister Smatra?«, fragte Darnamur.

Der Gnom fuhr herum und fuchtelte mit dem Blitzstab. »Meister Darnamur!«, kreischte er und wirbelte auf ihn zu. Unwillkürlich wich Darnamur zurück.

»Wie ich sehe, haben die Schergen der Fei Eure Werkstatt verschont«, stellte er fest. Er umschrieb mit einer Geste das geschäftige Treiben in der großen Halle.

Smatra kicherte. »Die Fei. Die Fei!« Er ließ einen Blitz in die Luft zischen, der prasselnd in den eine Handbreit entfernt stehenden Kessel einschlug. Dahinter hörte man einen Aufschrei, und der Kobold kicherte wieder. »Die Fei hat sich nie um meine Erfindungen gekümmert.« Er fasste Darnamur vertraulich am Arm. »Es freut mich, freut mich, dass Ihr aufgeschlossener seid. Kommt, kommt, ich zeig Euch was!«

Zögernd ließ Darnamur sich in einen ruhigeren Winkel der Halle führen. »Die Fei hat im letzten Mond viele Kobolde festnehmen oder gar hinrichten lassen. Ihr seid der letzte Meister mit einer großen Werkstatt, der unversehrt geblieben ist.«

»Ein Glück für Euch, ein Glück für Euch«, sagte Smatra. »Und ich bin der Beste! Die anderen sind allesamt nur Schnitzer und Räderdreher. Aber ich wirke Magie ohne Zauber!« Er kicherte und entließ einen Blitz aus seinem Stab. Doch es kamen nur ein paar schwache Funken heraus. Die Luft roch säuerlich.

»Ein interessantes Ding habt Ihr da«, sagte Darnamur. »Eine Waffe?«

»Eine Funkenpeitsche nenne ich es«, sagte Smatra. »Hält die Sklaven auf Trab, auf Trab. Menschen können so träge sein. Und meine Lehrlinge beruhigt so ein Schlag. Sehr vielseitig.« Er lachte schrill. »Aber kommt, Meister Darnamur. Ich zeig Euch meine echte Forschung, echte Forschung!«

Er führte seinen Besucher durch eine eisenbeschlagene Tür in einen kleineren Nebenraum. Hier war die Decke so hoch wie üblich, fast schon niedrig für einen Menschen oder für einen Nachtalb. Der Raum war immer noch von beachtlicher Größe, und er war vollgestellt mit Tischen, mit Flaschen und Kolben und Schalen, mit Mörsern und Säcken, mit Gerätschaften, die an ein alchemistisches Labor erinnerten, aber auch mit ganz fremdartigen Gebilden aus Metall: mit Spulen und Kästen, mit Zeigern und Uhrwerken und beweglichen Gestängen, die surrend rotierten.

Darnamur hielt Ausschau nach Dingen, die nützlich aussahen. Aber der Kobold zog ihn in einen stillen Winkel, wo sich auf einem einsamen Tisch ein Rad drehte.

»Hier, hier!«, sagte Smatra. »Meine neuste Forschung. Die Thaumakinetik! Ist das nicht großartig? Ein Quell steter Bewegung. Alles, alles ließe sich damit machen! Ich sehe eine große Zukunft dafür, ein ganzes Feld der Thaumatek, das alle möglichen Gerätschaften gebiert.«

Darnamur betrachtete das Wunder, das Smatra ihm da präsentierte. Es fiel ihm schwer, die rechte Begeisterung aufzubringen.

Ein einfaches dünnes Rad, nicht mehr als ein Reif aus Draht, drehte sich holprig um eine Achse, die links und rechts auf einem Drahtgestell auflag. An dem Rad selbst, einander gegenüber, hing je eine Perle aus Glas. Die Glasperlen schimmerten wie zwei große rote Tropfen. Das Ganze stand auf einem hölzernen Sockel, der zur Hälfte mit einer Platte aus silbrig funkelndem Metall bedeckt war. Es sah aus wie ein Spielzeug für Kinder.

Smatra bemerkte Darnamurs zweifelnden Blick und lachte meckernd.

»Ja, ist gerade erst zurechtgebogen, gebogen«, sagte er. »Aber die Idee, die Idee!«

Er wies auf die beiden Glasperlen mit dem rötlichen Inhalt: »Dort drin liegt das Herz von allem. Das Blut der Erde. Sehr kostbar und schwer zu bekommen, hoch magisch, auch wenn niemand so recht was damit anzufangen weiß. In den Unruhen der letzten Zeit konnte ich einen Tropfen erwerben. Goblins haben ihn aus dem Turm eines Albs geraubt. Wussten gar nicht, was es war ...«

Er schaute zu Darnamur hin, der gelangweilt im Raum herumblickte. Der Kobold zupfte ihn am Ärmel und erklärte weiter: »Ich habe festgestellt, dass das Blut zueinanderstrebt. Und im Boden tief unter uns steckt eine Menge Blut, eine Menge. So hoch die Tropfen auch fliegen, das Blut in der Erde zieht sie zurück, zurück. Viel stärker, als sonst alles dem Boden zustrebt. Das merkt man kaum, wenn das Gewicht von so einem kleinen Tropfen sich verdoppelt, verdreifacht. Aber die Wirkung, die Wirkung!«

»Ah ja«, sagte Darnamur teilnahmslos.

Der Kobold schlug die Hände über dem Kopf zusammen und hüpfte auf und ab. »Seht Ihr nicht die Möglichkeiten, Möglichkeiten? Ich habe eine Platte gekauft, die mit einem Zauber belegt ist. Sie schirmt Magie ab, lässt sie nicht durch oder dämpft sie. Albenzeug, was weiß ich. Wenn das Rad sich dreht, ist immer ein Tropfen über der Platte. Die trennt es dann vom Blut unter uns. Die andere Perle mit dem Blut der Erde wird indes heftig hinuntergezogen und treibt das Rad an. Unten gleitet sie über die Zauberplatte, während die Kugel oben über die Seite aus Holz gerät. Und der Kreislauf beginnt von vorn. Seht Ihr ... immerwährende Bewegung! Immer und immer und immer, solange das Blut der Erde unter unseren Füßen fließt.«

»Hm, ja«, sagte Darnamur. »Ich hatte eher an Waffen gedacht. An Waffen, die man unbedarften Rekruten in die Hand drücken kann und mit denen sie nach kurzer Übung einem Heer von erfahrenen Kriegern standhalten können.«

»Waffen. Waffen. Immer nur Waffen!«, keckerte der Kobold. »Hatte gehofft, die Gnome sind anders und sehen auch die großen Ideen. Waffen sind was für große Leute, große Leute.«

»Mag sein«, meinte Darnamur. »Aber wir brauchen sie trotzdem. Seit dem Tag der Messer haben wir nicht mehr genug Goblins, um die Mauern zu bemannen. Außerdem brauchen wir eine andere Truppe, die den Goblins im offenen Kampf standhalten könnte. Mit Meuchelmord allein halten wir sie auf Dauer nicht in Schach.«

»Ah.« Der Kobold kicherte. »Ihr wollt die Menschen bewaffnen, die Menschen. Aber ich sag euch, Waffen allein machen aus Sklaven keine Krieger, keine Krieger.«

»Mag sein«, sagte Darnamur. »Aber ein bewaffneter Sklave, der einem Krieger gewachsen ist, reicht mir auch. Für uns kleine Leute wäre das sogar die bessere Lösung, meint Ihr nicht auch, Meister Smatra?«

»Ja, ja.« Der Kobold wirbelte im Kreis und klatschte in die Hände. »Klingt gut, gut. Aber hier im Haus will ich sie nicht haben, diese bewaffneten Sklaven. Stören bei der Arbeit. Sollen draußen kämpfen, auf den Straßen, die Goblins und die Sklaven und all die anderen groben Gesellen.«

»Könnt Ihr mir geben, was ich brauche?«, fragte Darnamur.

»Selbstverständlich, selbstverständlich«, sagte Smatra.

Er führte Darnamur zu einer Tafel und entrollte Skizzen und Konstruktionspläne. Er erläuterte Darnamur, wie sich seine Erfindungen als Waffen einsetzen ließen. Da gab es einen Kasten mit Armbrüsten auf einer drehbaren Lafette, die mit einer Kurbel automatisch gespannt, geladen und abgefeuert werden konnten, eine nach der anderen. Allerdings benötigte man einen Troll, um die Kurbel zu drehen.

Darnamur starrte auf die Skizze mit den feinen Rädern und Hebeln und komplizierten Zuführungen. Vor seinem geistigen Auge sah er einen Troll, der dieses mechanische Wunderwerk bediente. Er schüttelte den Kopf.

Smatra zeigte ihm einen seiner großen Kessel, auf einen Wagen montiert. Ein Rohr war daran angebracht und feuerte wuchtig Geschosse ab, wenn man im richtigen Moment den Zugang zur Druckkammer öffnete. Aber dieser Wagen war schwerfällig, und Darnamur konnte sich nicht vorstellen, wie man ihn im Gefecht einsetzen sollte.

Enttäuscht breitete Smatra einige alchemistische Mixturen aus, die einen Gegner verwirren, blenden oder sogar in Stücke reißen konnten. Man sah ihm deutlich an, dass er für die mechanischen Ungetüme mehr übrig hatte. Auch für Darnamur waren die Pülverchen und Flüssigkeiten allzu abstrakt und unberechenbar, als dass er sie sich als Waffe hätte vorstellen können.

»Am besten gefällt mir noch Eure Funkenpeitsche. Kann man sie nicht größer und stärker bauen, dass ein Blitzwerfer daraus wird?«

Der Kobold wurde ganz still. Er setzte sich auf einen Hocker und stützte das Kinn auf die Hände. »Schwierig, schwierig«, murmelte er. »Wenn er töten soll, muss man viel Kraft in einen einzelnen Stab packen. Und dann soll ein Mensch ihn ja auch tragen und als Waffe führen. Die Waffe wird rasch verbraucht und nutzlos sein.«

»Was für eine Kraft packt Ihr dort eigentlich hinein?«, fragte Darnamur. Neugierig schaute er den Stab an, den Smatra neben sich auf den Tisch gelegt hatte. »Ich dachte, Ihr seid kein Zauberer?«

»Oh, keine Zauberei«, erwiderte der Kobold beiläufig. »Blitze. Ganz normale Blitze. Ich fange sie, packe sie ein und bewahre sie auf. Und verteile sie dann mit meiner Funkenpeitsche wie Salz mit einem Streuer. Wenn die Arbeiter frech sind oder faul.« Er kicherte. »Sehr nützlich, die Kraft der Blitze. Ich verwende sie für viele Zwecke. Man kann Hitze damit entfachen, Metall zum Glühen bringen, Feuer entzünden ... Leider gibt es nicht mehr so viele Blitze hier in Daugazburg. Früher, als es immer heiß und staubig war, da zuckten ständig Blitze um die Turmspitzen. Aber seit zwölf Jahren muss man auf Gewitter warten. Launisches Wetter ist das, launisch.«

»Ihr macht nicht den Eindruck, als littet Ihr Mangel«, stellte Darnamur fest. »Ihr gebraucht Euren Stab recht freigebig.«

Der Kobold blickte auf. »Oh ja, ich habe mir ein paar Blitze beiseitegelegt. Ein paar Tausend, Tausend. Gut verwahrt für magere Zeiten, und bei jedem Gewitter füll ich wieder auf. Hei, da schimpfen die Nachbarn, wenn es hier um die Turmspitze züngelt und sprüht. Aber was wollen sie machen? Wenn da einer raufklettert, um mir die Leitungen abzuschrauben, dann lass ich einen Blitz frei und treib es dem Kletteräffchen schon aus!« Smatra lachte.

»Wie bewahrt man Blitze auf?«, fragte Darnamur neugierig.

»Unter der Halle habe ich einen großen Tank vergraben lassen, mit Lagen um Lagen von Metall, so dünn wie Papier. So viele feine Details, so schwer zu erklären. Es ist wie das kleine Blitzgefängnis in meinem Stab, nur viel größer. Aber jetzt liegen da unten tausend Blitze und mehr. Wenn die Nachbarn *das* wüssten, hui, da würden ihnen die Funken sprühen vor Wut.« Smatra kicherte leise in sich hinein. »Leuchmadan mochte meine Forschung und war großzügig. Vorher und nachher, unter der Fei, da kam ich nicht so voran.«

»Wenn Ihr Eure Funkenpeitsche zu einer Waffe macht, dann wird wieder Gold fließen«, versprach Darnamur. »Baut mir Stäbe, die durch bloße Berührung einen Krieger töten. Oder die einen Blitz schleudern können wie eine Gewitterwolke!«

»Schwierig, schwierig«, seufzte der Kobold. Er raffte Pergamente vom Tisch zusammen und zog mit einer Metallscheibe Striche darauf, die für Darnamur aussahen wie wilde Kringel. »Eine tödliche Ladung, tödlich, die auch noch fliegt, und weit wie ein Blitz, ein Blitz, die hält nicht lang.«

»Und wenn Ihr etwas baut wie den Blitztank unter Eurem Haus? Aber so klein, dass man ihn auf einen Karren packen kann? Ein rollendes Zeughaus zum Nachladen für jede Kompanie?« Darnamur sprach langsam, während der Gedanke in seinem Kopf allmählich Gestalt annahm.

»Wäre möglich, wäre möglich«, murmelte der Kobold, tief über die Pergamente gebeugt. »Aber Gold wäre gut, wäre gut.

Gute Forschung braucht Gold, dann werd ich sehen, was ich mir einfallen lasse. Ich meine, für die Blitze ist Kupfer besser, aber für alle Arbeiten daran braucht es Gold, wenn Ihr versteht.«

Frafa verkroch sich in Bleidans Arbeitszimmer und versorgte die Tiere. Anschließend blieb sie dort und kümmerte sich um ihre eigenen Studien – Anfängerübungen. Aber seit der Meisterschüler fort war, verbrachte sie mehr und mehr Zeit in seinem Raum, und niemand erhob Einwände dagegen.

So hatte Frafa sich einen Arbeitsplatz hoch oben im Turm geschaffen. Nur Aldungans persönliche Gemächer befanden sich noch über ihr. Wenn sie aus dem Fenster schaute und den Blick über die Stadt genoss, konnte sie sich zweihundert Jahre in die Zukunft träumen ... oder noch weiter. In die Zeit, da sie selbst eine mächtige Zauberin wäre und einen eigenen Turm besäße, von dem aus ihr Daugazburg zu Füßen lag.

Sie würde geflügelte Boten zu Bleidan schicken, der in einem eigenen Turm hauste, ganz so, wie Saira und Tartanis es in der Legende getan hatten. Und Bleidan würde Kreaturen aus seinem Labor in ihr Haus schicken, albtraumhafte Geschöpfe mit Klauen und Zähnen und gifttriefendem Stachel. Die sie natürlich mühelos abwehrte, so wie er ihre Gesandten.

Und dann, wenn sie sich als würdig erwiesen hatten, würden sie einander gegenübertreten und Liebende werden. Es wäre eine Liebe auf dem rasierklingenscharfen Grat tödlicher Magie, wie nur Nachtalben sie leben konnten – die keinen Partner hinnahmen, der nicht stark und rücksichtslos war wie sie selbst. Denn warum sollte man Zeit mit Zweisamkeit verschwenden, wenn der eine dem anderen doch nur zum Ballast würde und schwächliche Kinder dabei herauskämen?

Frafa saß auf einem Stuhl, blickte mit großen Augen durch das trübe Fenster in die Dunkelheit hinaus und imaginierte die Chimären, die sie dereinst entwerfen und zu Bleidan schicken würde. Ein leises Keckern der Affen in den Käfigen riss sie aus den Träumen.

Es wurde Zeit, dass sie auch in der Wirklichkeit ihre Kräfte schulte. Denn leider war sie noch weit davon entfernt, den Platz hier oben unter der Turmspitze zu verdienen ...

Sie konzentrierte sich. Die magische Essenz auszustrecken war eine der wichtigsten Übungen. Je weiter sie mit ihrem Geist greifen konnte, umso weiter würde ihre Zauberkraft reichen. Reichweite und Präzision waren die beiden Grundfertigkeiten, die auf Dauer die Grenzen ihrer Möglichkeiten bestimmten. Also versäumte sie es nicht, jede Nacht mehrere Stunden lang diese Dehn- und Kraftübungen des Geistes zu praktizieren, bevor sie ihr Bücherwissen schulte oder die Anwendungen eines Zaubers erprobte.

Frafa schloss die Augen. Sie konnte die Essenz spüren und die Aura aller Geschöpfe in den Käfigen hinter ihr. Aber das Keckern der Affen störte sie immer wieder.

Unwillig richtete sie sich auf.

Die Tiere waren wirklich außergewöhnlich unruhig. Jetzt übertrugen sie ihre Unruhe auch noch auf die Vögel. Die kleinen Nager folgten, dann schwirrten die Insekten, und im Nu herrschte ein Lärm in dem Raum, ein Kreischen und Krächzen, ein Schrillen und Summen und Scharren und Kratzen, dass Frafa sich die Ohren zuhielt.

»Ruhe!«, rief sie und stampfte mit dem Fuß auf. Balgir, der immer wieder von hinten gegen ihre Beine gestupst hatte, sprang zurück. Was war hier nur los?

Frafa versuchte, auf magischem Wege für Ruhe zu sorgen. Sie ließ ihre Kraft ausgreifen, um die Aura der Geschöpfe zu verändern ... Doch es waren einfach zu viele. Ihr wurde schwindlig.

Da ging die Tür auf, und Glaura streckte den Kopf herein.

»Du bist das, Frafa«, sagte sie. »Ich hatte etwas gespürt ... Ich dachte, Bleidan wäre zurück. Oder der Meister wäre hier.«

»Ich kann nichts dafür«, rief Frafa. »Sie fingen plötzlich mit dem Lärm an. Dabei habe ich sie alle schon versorgt!«

»Hast du es nicht bemerkt?« Glaura wandte sich um und schaute in den Gang hinaus. »Die Goblins sind da. Sie stürmen den Turm!« Glaura schüttelte den Kopf. »Wie kann eine Albe weniger mitbekommen als ein Haufen Vögel?«

»Oh.« Frafa hatte ein beklommenes Gefühl in der Magengrube.

Jetzt hörte sie den Lärm von der Straße, Goblinrufe. Aber in Daugazburg war immer irgendwo Lärm, und sie hatte sich abgewöhnt, darauf zu achten. Sie tat ein paar Schritte auf Glaura zu. »Was tun wir jetzt?«, fragte sie.

»Ich weiß nicht, was *du* vorhast«, sagte Glaura. »Aber ich verschwinde von hier. Ich höre sie schon auf der Treppe. Die Famuli werden sie nicht lange aufhalten.«

»Wir müssen den Meister holen!«, rief Frafa. »Er muss seinen Turm verteidigen.«

»Ich war beim Meister«, sagte Glaura. »In seinem Raum jedenfalls. Sobald ich sie kommen spürte.«

»Er ist fort?«, fragte Frafa atemlos.

Glaura zuckte die Achseln. Sie trat zu den Käfigen und nahm den größten Vogel heraus. Mit beiden Händen presste sie das zappelnde und kreischende Tier fest an ihren Leib. »Keine Ahnung«, erwiderte sie. »Ich habe ihn nicht in seinem Raum vorgefunden, aber wenn er will, kann Meister Aldungan seine Anwesenheit natürlich verborgen halten. Jedenfalls wird er nicht um seinen Turm kämpfen, und er wird uns nicht beistehen.«

Sie ging zum Fenster und trat es mit dem Fuß auf. Der Rahmen krachte außen gegen die Wand, die Scheibe klirrte. »Wir müssen für uns selbst sorgen. Jeder, so gut er es vermag. Ich werde mich draußen im Land umsehen. Es soll einige versprengte Alben geben, die den Kampf aufgenommen haben. Lebe wohl, Frafa.«

Der Vogel an ihrer Brust war verstummt, und Glauras Umrisse verschmolzen mit dem Tier. Der Vogel wuchs in dem Maße, wie Glaura verging. Schließlich hockte ein riesiger Kranich auf der Fensterbank und sprang in die Tiefe. Frafa hörte ein Flappen, und der Vogel, der Glaura war, tauchte wieder auf und glitt davon. Rasch verschwand er über den Mauern, die Oberstadt und Vorstadt voneinander trennten.

Frafa eilte zum Fenster und blickte hinaus. Ein Dutzend Goblingesichter schauten zu ihr empor. Frafa fuhr zurück. Plötzlich bekam sie kaum noch Luft vor Aufregung.

Sie hörte das Gebrüll von der Straße nun überdeutlich. Poltern und Krachen drang aus dem Gebäude selbst. Fahrig strich sie ihr Haar zurück. Sie schaute von den tobenden Tieren in ihren Käfigen zum Fenster und zur Tür. Wie sollte sie entkommen?

Glauras Zauberkraft übertraf die ihre bei Weitem. Sie konnte sich keine Flügel wachsen lassen. Sie erinnerte sich an den zweiten Ausgang, auf halber Höhe im Turm. Aber die Goblins waren schon im Treppenhaus, und womöglich hielten sie beide Ausgänge besetzt. Frafa wollte ihnen nicht in die Arme laufen.

Ihr fiel der Zauber ein, mit dem Bleidan sie hatte schrumpfen lassen. Sie schloss die Augen und versuchte, sich ins Gedächtnis zu rufen, wie sich die Veränderung angefühlt hatte. Sie musste doch in der Lage sein, das an sich selbst zu wiederholen.

Aber die Veränderung war zu komplex. Wann immer sie ihre eigene Essenz fassen und in eine so ungewohnte Form zwingen wollte, entglitt sie ihr und schnellte zurück.

Sie öffnete die Augen wieder und blickte auf Balgir hinab. Die Echse lag auf dem Boden, den Kopf angehoben, und sah erwartungsvoll zu ihr auf.

»Du kannst an der glatten Mauer klettern, nicht wahr?«, sagte Frafa. »Wenn ich es doch schaffe, mich klein zu machen, bringst du mich dann wieder in Sicherheit?«

Balgir wandte sich ab, huschte zu der Fensterbank und dann nach draußen. Im nächsten Augenblick war er verschwunden.

Frafa starrte fassungslos auf die leere Fensteröffnung. Sie war allein. Und auf der Treppe hörte sie raue Rufe und das Klirren von Stahl.

# 9. Kapitel: Auf eigenen Füßen

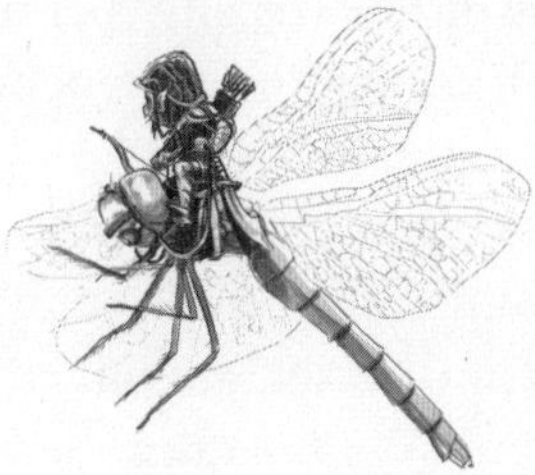

*Männer. Krieger. Das ist eine gute Zeit für Goblins. Die Gnome waren die Späher für die Fei. Jetzt spähen sie für uns. Sie suchen die fettesten Wänste in der Stadt, die frechsten Alben. Jeden Tag stellen sie neue Listen zusammen, wo wir am besten plündern können und unseren Spaß haben.*

*Wir müssen nur hingehen und die Beute abholen. Den stolzen Mondgesichtern brechen wir den Hals, wir saufen ihren Wein und fressen ihr Fleisch. Und wenn die Sonne aufgeht, verprassen wir ihr Gold und lassen es uns noch einmal gut gehen.*

Mataz, ein Hauptmann der Goblingarde,
zu seinen Kriegern

»Ho, ho, kleine Made, was windest du dich?«

Die beiden Goblins hasteten durch den Korridor. Sie hielten einen Gnom an den Armen zwischen sich und ließen ihn lachend vor und zurück schaukeln. Er zappelte wild, konnte den Griff der kräftigen Krieger aber nicht abschütteln.

Der Gnom war schlammverschmiert, seine Hose abgetragen und zerschlissen. Unter all dem Schmutz erkannte man noch die typischen Gewänder eines Kundschafters: zweckmäßige Kleidung aus Leder und Wolle in matten Farben, im Gürtel ein einfaches Knochenmesser.

Drei weitere Gnome begleiteten den Trupp und ließen die kurzen Beine wirbeln, um mit den Goblins Schritt zu halten. Sie waren ähnlich angezogen wie ihr Genosse, der sich verzweifelt gegen die Goblin-Gardisten wehrte. Aber ihre Gewänder waren sauber, und statt der kruden alten Knochenmesser trugen sie die neuen Waffen aus Drachenbein.

Mit einem Knall stieß der Trupp eine große Tür auf und stürmte in die Amtsstube von Hauptmann Ganoch. Der saß an seinem Schreibtisch und beriet sich mit einigen Unterführern. Als die Tür gegen die Wand stieß, fuhr sein Kopf so schnell hoch, dass die feinen Zöpfe flogen.

»Und – hepp!«, riefen die Goblins. Sie schwangen den Gnom in ihrer Mitte und ließen ihn dann los, sodass er quer durch den Raum segelte. Er kam auf, kippte vornüber und rutschte bis vor den Schreibtisch. Zerschlagen und schwer atmend blieb er liegen. Die Goblins lachten.

»Was soll das?«, rief Ganoch. Er blickte auf den zerschundenen Kundschafter.

Die drei Gnome, die mit den Goblins gekommen waren, blickten einander betreten an. »Ein Bote vom Scherbenpass. Er hat eine Meldung zu überbringen.«

»Und darum wird er von den Goblins durch den Palast geschleift und blutig geschlagen?«

»Wir haben niemanden geschlagen!«, widersprach der eine Gardist.

»Stimmt«, fügte der andere grinsend hinzu. »Wenn wir so einen kleinen Wurm schlagen, fliegt dem doch glatt der Kopf weg.«

»Und die Gedärme quellen ihm heraus.« Die erste Wache deutete es mit einer ausgreifenden Bewegung vor ihrem Bauch an. »Passiert, wenn man auf Maden drauftritt.«

Die beiden Goblins in ihren vergoldeten Panzern lachten und stießen sich übermütig an.

»Er war außer sich«, meinte einer der Gnome. »Er wollte die

Goblins nicht in seiner Nähe dulden. Also haben sie ihn schließlich festgehalten und hierher getragen. Wir wussten auch nicht, was wir tun sollten.«

Alle Gnome im Raum schwiegen und schauten auf den Boten hinab.

»Ihr könnt auf euren Posten zurück«, sagte Ganoch zu den beiden Goblins. Lachend und schwatzend drängten sich die zwei nach draußen. Einer der drei Gnome, die mit ihnen gekommen waren, schloss die Tür.

»Warum bringt ihr den Boten zu mir?«, fragte Ganoch. »Wäre das nicht Darnamurs Angelegenheit?«

»Der ist wieder mal verschwunden«, erklärte ein Gnom. »Und ein halbes Dutzend Gnome von seiner Wache. Vermutlich begleiten sie ihn, aber wir wissen nicht, wo er ist. Und der Bote meinte, er müsste sofort mit jemandem reden. Es wäre wichtig.«

»Hm.« Ganoch rieb sich die Stirn. »Also gut. Was gibt es an der Grenze?«

»Einen Angriff der Bitaner können wir jetzt gar nicht gebrauchen«, sagte einer seiner Leutnants. »Wir haben keine Truppen mehr in der Stadt, die wir als Verstärkung schicken könnten.«

Der Bote rappelte sich auf, bis er vor Ganoch kniete. Tiefe Linien zeichneten sein großes Gnomengesicht. Er schluckte ein paarmal, bevor er reden konnte.

»Es ist Hauptmann Hagaz«, stieß er hervor.

Die Gnome sahen sich verwirrt an, bis einer einwarf: »Das ist der Anführer der Goblins am Pass. Er befehligt einen Großteil unserer Krieger an der Grenze.«

»Es hat sich herumgesprochen«, keuchte der abgekämpfte Bote. »Was in der Stadt passiert ist. Protektor Darnamur hat Boten an Hagaz geschickt. Sie haben von ihm verlangt, dass er sich der neuen Herrschaft unterwirft. Aber es kamen auch Nachtalben in die Berge. Und Goblins, die aus der Stadt geflohen sind.«

»Komm zur Sache, Mann«, knurrte Ganoch. »Wir können

uns vorstellen, was da draußen vorgeht. Es gibt genug Flüchtlinge, die für Unruhe sorgen.«

»Hagaz will sich nicht unterwerfen. Er hat die Boten aus Daugazburg erschlagen. Und er macht Jagd auf seine eigenen Kundschafter, auf alle Gnome unter seinem Befehl. Er will keinem Gnom gehorchen und niemandem, der durch einen Gnomenaufstand an die Macht gekommen ist.«

Ganoch zuckte die Achseln. »Ja. Er wird nicht der Einzige sein, fürchte ich. Wir können nichts dagegen tun … noch nicht. Wir müssen erst die Kontrolle über die Stadt sichern, bevor wir uns um aufrührerische Provinzen kümmern können.«

»Aber Hagaz ist auf dem Weg hierher«, rief der Bote. »Mit zwölftausend Goblins der Grenzwacht und mit allen Unzufriedenen, die er unterwegs sammeln kann. Wir müssen Daugazburg verteidigen, oder er wird alle Gnome auslöschen!«

Frafa stürzte zum Fenster. Sie sah, wie Balgir schräg die Mauer hinabkletterte, schon mehr als eine Armlänge entfernt. Die Echse wandte sich nicht nach ihr um. Unten auf der Straße stürmten soeben die letzten Goblins durch die zertrümmerte Eingangstür und verschwanden im Turm.

Im selben Augenblick barst in einem tieferen Stockwerk ein weiteres Fenster. Blaues Zauberfeuer schoss aus dem Gebäude, knisternd und zischend. Ein brennender Nachtalb wurde mit der Lohe herausgeschleudert und stürzte auf die Straße. Frafa konnte nicht erkennen, wer es war. Sie hörte die Schmerzensschreie der Goblins, die der Alb mit seinem letzten Zauber getroffen hatte. Balgir verschwand um die Ecke des Turmes und war nicht mehr zu sehen.

Frafa beugte sich so weit aus dem Fenster, wie sie es wagte. Sie konnte ein Stück der Hochstraße erkennen, die vom Turm fortführte. Zwei Alben liefen zum Turm gegenüber – einigen war also auf diesem Wege die Flucht geglückt. Goblins waren ihnen dicht auf den Fersen. Weitere Goblins kamen wieder aus der unteren Tür heraus. Sie schleppten eine schreiende Albe auf den Schultern fort und trampelten dabei über den Gestürzten hinweg, der mit schwelendem Gewand auf dem Pflaster lag. Dann wurde es ruhiger auf der Straße, aber der Tumult im Turm rückte näher.

Schwere Stiefel polterten durch den Treppenaufgang. Frafa lief auf den Flur. Niemand war zu sehen. Aber die Rufe und Flüche der Goblins auf der Treppe wurden lauter. Der Weg zum Dach hinauf war womöglich noch frei, aber Hilfe fände sie dort so wenig wie hier.

Frafa legte die Hände auf die Tür zum Treppenhaus und atmete tief durch. Sie ordnete ihre rasenden Gedanken, ließ ihre Essenz in das Holz strömen. Knarrend verzogen sich die Bretter. Mit der Macht ihres Geistes verschob Frafa die Fasern des Holzes, verdrillte sie und webte eine festere, eine makellose Struktur daraus. Das Holz dehnte sich, schob sich mit einem Ächzen gegen den Rahmen und quoll ein Stück darüber hinaus. Die Tür war blockiert.

Der versperrte Zugang zum Treppenaufgang verschaffte ihr Zeit, aber die Goblins konnten ihn natürlich mit Gewalt aufbrechen. Und sie wussten, dass Frafa hier war; immerhin hatten sie ihr Gesicht am Fenster gesehen. Sie rannte in Bleidans Arbeitsraum zurück und blickte sich um.

Frafas Blick wanderte zu den Käfigen. Konnte sie die Tiere herauslassen und auf die Angreifer hetzen? Aber die Tiere waren wie toll. Es würde schwer sein, den aufgewühlten Geist dieser Kreaturen zu beruhigen. Sie würde sie dazu vermutlich berühren müssen.

Nein. Sie hatte keine Aussicht, diese Tiere in den Kampf zu lenken. Wenn sie die giftigeren und gefährlichen Geschöpfe freiließ, würde sie selbst ihnen als Erste zum Opfer fallen.

Frafa rannte im Zimmer auf und ab. Sie brauchte eine Idee!

Hektisch durchsuchte sie die Gläser und Tiegel und Schalen und Dosen, die Bleidan auf seinen Regalen verwahrte. Mit vielen Dingen dort konnte sie überhaupt nichts anfangen, und das, was sie einordnen konnte, schien ihr nutzlos. Kurz sah sie vor ihrem inneren Auge, wie sie die hereinstürmenden Goblins mit Ton-

und Glasbehältern bewarf, wie die Gefäße zerplatzten, magischer Staub in die Luft stieg, sich vermischte, ein Ungeheuer formte, das ihre Feinde zerriss …

Nein. Fantasiegebilde würden sie nicht retten. Ihre Zeit lief ab.

Die Goblins schlugen gegen die Tür, die Frafa gerade gehärtet und verkeilt hatte. Erst einige dumpfe Schläge, Tritte. Dann krachten Klingen gegen das Holz. Frafa sammelte sich ein letztes Mal und blockierte auch die Zimmertür. Ein zusätzlicher Aufschub.

Sie wich so weit wie möglich zurück, starrte angsterfüllt zur Tür.

Da hörte sie hinter sich ein leises Geräusch am Fenster. Frafa fuhr herum.

Balgir kletterte wieder in den Raum. Er trug ein langes, zusammengerolltes Seil im Maul.

Als Magati durch das Pidon-Tor trat und die Vorstadt erreichte, atmete sie auf. Die Bedrückung, die sie während des ganzen Weges durch die Oberstadt verspürt hatte, fiel von ihr ab. Das lag nicht nur an den Häusern, die in der Vorstadt viel niedriger waren, ohne dräuende Türme und mit geraden, übersichtlichen Straßen. Es lag vielmehr an den Bewohnern.

Die Vorstadt gehörte den Menschen. Nachtalben und Goblins sah man hier selten, und das hatte sich seit der Revolution nicht geändert. Die Vorstadt war wie eine Insel im milden Mondlicht, inmitten eines brodelnden, sturmverhangenen Ozeans.

Die Stimmung hier war geradezu erfrischend. Es war kalt, aber trocken. Viele Menschen hielten sich in diesen frühen Abendstunden auf den Straßen auf. Sie standen in Gruppen beieinander und plauderten, aßen, tranken an behelfsmäßig ausgebauten Stuben und Trinkhäusern. Schankknechte trugen dampfende Becher auf Tabletts zu den Gästen. Ein halbes Dutzend Frauen drängte sich an einem Grillrost zusammen und wärmte die rauen Hände an der Glut. An den Ecken spielten Straßenmusikanten auf. Magati hörte Lachen, Singen, Fröhlichkeit. Kinder liefen umher, und immer wieder sahen Menschen zu der Gnomin hin, lächelten oder winkten ihr grüßend zu.

Während überall in der Oberstadt die Völker im Krieg miteinander lagen und selbst die siegreichen Parteien, die Gnome und Goblins, einander mit Misstrauen beäugten, herrschte hier in der Menschensiedlung Friede und eine gespannte Erwartung, ja fast Überschwang.

Die alten Herren waren gestürzt, und die Gnome hatten niemals auf die Menschen herabgeschaut. Witos Vereinigung der *Grünen Lande* hatte mit vielen politischen Gruppierungen der Menschen freundschaftlichen Umgang gepflegt, und die Menschen erwarteten die Freiheit.

»Grins nicht so«, murmelte Audan, der unbemerkt an Magatis Seite getreten war. Er lächelte verbissen, nickte den Menschen zu und hielt sich von ihnen fern.

»Aber ist es nicht schön?«, fragte Magati. »Wenn ich die Vorstadt betrete, habe ich Hoffnung, dass alles gut wird und das Ganze am Ende einen Sinn hatte. Irgendwann werden wir friedlich zusammenleben, und einer wird den anderen achten. Wir werden etwas aufbauen. Wie Wito es vorhatte.«

»Die Menschen erwarten viel«, sagte Audan mit gepresster Stimme. »Und wenn sie es nicht bekommen, wird die nächste Erhebung *hier* ihren Anfang nehmen.«

»Ach, du Griesgram«, erwiderte Magati. »Musst du immer mit dem Schlimmsten rechnen?«

Nebeneinander gingen sie über den Markt und kauften, was sie für ein Abendessen brauchten. Früher hatten die menschlichen Händler alles getan, um in die Oberstadt zu gelangen. Jetzt breiteten sie ihre Decken hier an der Hauptstraße aus, zwischen Werkstätten und festen Ständen, und die Kunden kamen zu ihnen, wenn sie dem gefährlichen Treiben von Daugazburg entkommen wollten.

Kräftige Männer, mit Stöcken bewaffnet, patrouillierten in den Straßen und sorgten für Ordnung. Sie alle gehörten zur »Gesellschaft der freien Menschen«, einer weiteren politischen Vereinigung, die unter der Fei verboten gewesen war. Darnamur, der selbst ernannte Protektor von Daugazburg, war mit ihnen in Verbindung getreten und hatte ihnen die Verwaltung der Unterstadt angetragen. Sie hatten wenig zu tun, außer mit den allgegenwärtigen Dieben fertig zu werden oder gelegentliche Raufereien zu schlichten.

Aber Audans trübe Stimmung zog auch Magati mit. Schweigsam erledigten die Gnome ihre Besorgungen, ehe sie sich zu Audans Wohnung in einer Seitenstraße begaben. Sie trafen sich immer hier, wenn sie es einrichten konnten.

Gemeinsam bereiteten sie das Essen zu, setzten sich an den Tisch. Stimmen drangen von draußen herein, aber die Gnome redeten nicht viel.

»Ich glaube, Darnamur hat einfach nicht mehr an uns gedacht«, sagte Audan.

Magati rollte mit den Augen. »Fängst du schon wieder damit an?«

»Soll ich es vergessen?«, sagte Audan. »Haro ist deswegen gestorben. Darum glaube ich auch nicht, dass es hier so ruhig bleiben wird. Darnamur hat seine eigenen Pläne, und er kümmert sich nicht um das Wohlergehen der Leute um ihn her. Du hast es selbst erlebt! Er hat uns zur Ablenkung mitgenommen, und als wir unseren Zweck erfüllt hatten, hat er uns schlicht *vergessen*!«

Magati zuckte die Achseln. »Selbst wenn. Was können wir tun? Er hatte Erfolg, und immerhin war er Witos Freund.«

»Ja«, sagte Audan. »Wenn Wito hier wäre, dann sähe es anders aus.«

Magati legte die Gabel beiseite. »Ich habe gehört«, sagte sie nachdenklich, »dass der Scharfrichter sich dem neuen Regime unterworfen hat. Aus freien Stücken, sobald bekannt wurde, dass die Fei gestürzt ist. Darnamur muss mit ihm über Witos Schicksal gesprochen haben.«

»Vermutlich hat er ihn umgebracht«, antwortete Audan. »Immerhin hat man den Scharfrichter seit dem Umsturz nicht mehr auf dem Drauzwinkel gesehen. Dabei gab es Hinrichtungen genug. Die Goblins kümmern sich jetzt darum.«

»Ja, aber wenn nicht? Der Scharfrichter hütet das Tor zum Labyrinth des Schreckens. Jetzt ist er einer von uns. Was, wenn Wito noch lebt und womöglich zurückkehren kann?«

Frafa huschte durch die dunklen Gassen von Daugazburg. Es war still geworden. Die kleinen Händler und Handwerker waren verschwunden. Sie verschanzten sich hinter den geschlossenen Türen ihrer Werkstätten. Die wenigen Passanten liefen mit gesenktem Kopf dahin und beeilten sich, an ihr Ziel zu gelangen.

Frafa hatte kein Ziel.

Sie stolperte durch die Straßen, bog hier ab und dort und wagte nicht, stehen zu bleiben und genauer nachzudenken. Sie wollte so weit wie möglich fort von Aldungans Turm. Womöglich hatte ja ein Goblin beobachtet, wie sie geflohen war. Wenn sie das Zimmer stürmten, würden die Häscher das Seil finden und sich auf die Suche nach ihr machen.

Frafa zog den Kopf zwischen die Schultern und blickte unter gesenkten Lidern misstrauisch umher. Wann immer sie Goblins hörte oder sah, wich sie ihnen aus, bog ab oder wählte eine andere Straße. Einmal kam ihr eine Patrouille entgegen, und Frafa konnte nicht mehr entkommen, ohne dass es verdächtig gewirkt hätte.

Sie machte sich so klein wie möglich und zog sich in einen Hauseingang zurück. Sie wünschte sich einen Kapuzenmantel, denn Nachtalben waren nicht mehr wohlgelitten in der Stadt. Ein Goblin sah sie an und zeigte seine Zähne, aber der Unteroffizier an der Spitze brüllte, und die Goblins zogen weiter.

Immer wieder spürte Frafa die Anwesenheit von Gnomen. Die kleinen Geschöpfe waren überall, unsichtbar, winzig wie die Insekten. Sie verbargen sich in Mauerspalten, beobachteten und lauschten. Nur Nachtalben konnten ihre Aura spüren.

Frafa fühlte sich beobachtet und verfolgt. Es war nur eine Frage der Zeit, bis die Verfolger ihre Spur aufnahmen. Sie brauchte einen Unterschlupf!

Sie legte beide Hände auf Balgir, den sie wieder auf den Schultern trug, und drückte ihn ein wenig. Seine lebendige Gegenwart schenkte ihr Zuversicht. Sie zitterte, denn sie trug nur ein dünnes Hauskleid, und die Luft war kalt. Es war Winter, doch zum ersten Mal seit zwölf Jahren regnete es zu dieser Jahreszeit nicht, und Frafa war froh darüber.

»Mutter«, murmelte sie.

Es gab Gerüchte. Ihre Mutter sollte wieder in der Stadt sein. Schon seit vielen Jahren, seit der Krieg im Westen zum Erliegen gekommen war. Dann und wann hatte ein Alb es ihr gegenüber erwähnt, als müsste es für Frafa von Bedeutung sein. Aber sie war nie auf den Gedanken gekommen, ihre Mutter zu besuchen. Wozu auch?

Swankar hatte sie vor vierzehn Jahren loswerden wollen und bei Daugrula im Palast abgegeben. Als Daugrula sie an Meister Aldungan weitergereicht hatte, war ihrer Mutter das auch gleichgültig gewesen. Also hatte Frafa mit ihr ebenfalls nichts mehr zu schaffen.

Aber wohin sollte sie sich sonst wenden?

Frafa wühlte aus ihrem Gedächtnis hervor, was sie wusste. Sie suchte den Stadtteil und die Straße und ein Gebäude, das auf die Beschreibungen passte. Sie fragte schüchtern nach dem Weg und stand schließlich vor einer kleinen Pforte in einer grauen Hausfassade ohne Fenster.

Zaghaft klopfte sie an.

Ein Goblin stieß die Tür auf. Frafa taumelte zurück und stolperte die beiden Stufen hinunter, die von der Straße zu der Tür hochführten. »Ich, ich …«, stotterte sie.

War sie hier falsch? Hatten die Goblins auch schon das Haus ihrer Mutter gestürmt?

Der Goblin sah auf sie hinab. Er trug einen Brustpanzer aus gehärtetem Leder und hielt die Klauenhand auf dem Schwertgriff. »Was willst du?«, knurrte er Frafa an. »Bratechse verkaufen?«

Balgir zischte.

»Swankar …«, stammelte Frafa.

»Willst die Herrin besuchen, Pfannkuchengesicht?«, erwiderte der Goblin. »Kenn dich aber nicht. Kann ja jeder kommen. Gibt zu viel Bettelpack unter den Nachtalben, heutzutag.«

»Ich bin Frafa«, sagte Frafa. »Ich bin ihre Tochter.«

»Hab dich nie hier gesehen«, sagte der Goblin. »Eingeladen bist du nicht.« Er kniff misstrauisch die Augen zusammen. Dann trat er einen Schritt vor und schloss die Hand um Frafas Arm. »Was soll's«, knurrte er. »Soll die Herrin entscheiden.«

Balgir schnappte nach ihm. Der Goblin packte die Echse mit der Linken am Hals, rupfte sie Frafa von der Schulter und ließ sie aufs Pflaster klatschen. Dann zerrte er Frafa mit sich ins Haus, schob sie weiter in den Flur. Ein anderer Goblin nahm sie dort in Empfang.

Krachend fiel die Tür ins Schloss.

»Herrin übt«, sagte der zweite Goblin. Er zog Frafa über unbeleuchtete Korridore hinter sich her, bis sie zu einer großen Halle gelangten. Sie war fensterlos und so hoch wie zwei Stockwerke. Zwei einsame Kerzen blakten in Nischen an den Schmalseiten, genug Licht für Goblins und Nachtalben. Der Boden der Halle war aus Holz. Dort standen sich eine Albe und ein Vampir gegenüber und kreuzten die Klingen.

»Deine Tochter, Herrin.« Der Goblin schubste Frafa grob in den Raum. »Sagt sie.«

Frafa taumelte ein paar Schritte nach vorn. Der Vampir sah sich überrascht zu ihr um. Die Albe stieß ihm ihre lange schmale Klinge in den Bauch, dass die blutige Spitze auf der anderen Seite hervortrat. Dann riss sie den biegsamen Stahl wieder heraus, trat ihrem Gegner die Beine fort und stieg über ihn hinweg, nicht ohne dabei den Stiefelabsatz in seine Wunde zu rammen.

»Das soll dich lehren, dich im Kampf nicht ablenken zu lassen, Rudrogeit. Du Narr.«

»Ja, Mutter«, ächzte der Vampir. »Verzeiht, Mutter.«

Er richtete sich auf, als die Albe an ihm vorbei war. Vornübergekrümmt saß er auf dem Boden. Die Nachtalbe blieb vor Frafa stehen und musterte sie.

»Frafa«, sagte sie schlicht.

Swankar war eine hochgewachsene Albe. Sie trug kein Kleid, sondern ein silbergraues Oberteil und eine eng anliegende Hose, unter der bei jedem Schritt die Muskeln spielten. Sie war die kräftigste Nachtalbe, die Frafa jemals gesehen hatte. Ihre Stulpenstiefel reichten bis zum Knie, und die feinen Lederhandschuhe endeten erst am Ellbogen. An der gegenüberliegenden Wand sah Frafa neben einer umfangreichen Sammlung von Waffen auch schmale Schilde und ein feines Kettenhemd, die für Swankars Gestalt gemacht schienen.

»Du hast lange nichts von dir hören lassen«, sagte sie.

»Ich ...«, fing Frafa stockend an, aber ihre Mutter winkte ab.

»Warum auch immer«, sagte sie. »Ich bin dir dankbar dafür. Aber was willst du jetzt hier? Hält Aldungan dich kurz in diesen schwierigen Zeiten? Willst du Geld? Dich selbstständig machen, einen eigenen Turm kaufen, wie diese verrückten Zauberer es zu tun pflegen?«

»Aldungan ist fort«, rief Frafa. »Goblins haben seinen Turm verwüstet. Sie haben mich vertrieben.«

»Das ist traurig.« Swankar strich sich über die halblangen Haare. »Sag bloß, ich hab dich jetzt wieder am Hals. Als ich dich bei Daugrula abgegeben habe, dachte ich eigentlich, ich hätte dich gut untergebracht. Ihr hättet zueinander passen sollen. Dasselbe verseuchte Blut.«

Ein Stich fuhr Frafa ins Herz. Sie richtete sich höher auf. »Das einzige Blut«, erwiderte sie eisig, »das ich mit Daugrula gemeinsam hatte, kam über deine Linie.«

Swankar gab ihr eine Ohrfeige. Frafas Wange brannte, aber noch mehr schmerzte der Umstand, dass dieser Schlag so beiläufig erfolgt war. Swankar schenkte Frafa dabei nicht mehr Aufmerksamkeit als ein Schreiber, der die Feder ins Tintenfass tauchte. Sie sprach so gleichgültig weiter, als wäre ihr die eigene Tat nicht einmal bewusst. »Bevor du mich trotzig herausforderst, Kind, musst du mindestens noch hundert Jahre älter werden. Und im Moment sieht es nicht so aus, als wärest du allein dazu in der Lage.«

»Was willst du eigentlich?«, rief Frafa beleidigt. »Was ist falsch an mir? Und an Daugrula, die immerhin erste Zofe der Herrin von Daugazburg war? Auch mir hatte Geliuna schon eine Stelle bei Hofe angeboten, während du immer nur mit Goblins umherziehst und mit Waffen kämpfst. Du solltest *stolz* auf mich sein!«

»Stolz?« Swankar lachte. »Weil meine Tochter sich mit den Fertigkeiten der Elfen schmückt, die ich mein Leben lang nur erschlagen habe?« Ohne sich umzudrehen, wies sie auf den Vampir, der hinter ihr am Boden saß. »Selbst mit diesem Halbblut kann ich mehr anfangen als mit dir.«

Der Vampir hielt den Kopf gesenkt und presste die Hand auf die Wunde.

»Nein«, fuhr Swankar fort. »Irgendwann kam dieser Fluch in unsere Familie. Vielleicht hat einer unserer Vorfahren sich mit einem Elf eingelassen. Mich hat das Unheil zum Glück verschont, dachte ich. Ich bin nie auf die Idee gekommen, mit Tieren zu reden und Pflanzen zu hätscheln.« Sie schnaubte verächtlich. »Wie meine große Schwester Daugrula. Während meiner ganzen Jugend musste ich mich für sie schämen und mir den Spott anhören für das, was sie tat. Und dann kamst du!«

»Mutter«, sagte der Vampir.

Swankar fuhr herum. »Was ist, Rudrogeit?«

»Darf ich ... mich zurückziehen?« Taumelnd kam er auf die Beine.

»Ich weiß gar nicht, warum du hier noch hockst und mir die Halle vollblutest«, erwiderte die Albe. »Wenn du nicht mehr kämpfen kannst, bist du nutzlos für mich.«

Sie fuhr wieder herum, und ihre Klinge zuckte hoch. Frafa wich zurück. Der Stahl wippte dicht vor ihrer Kehle. »Ich glaube auch nicht, dass du mir für Übungen taugst«, sagte Swankar. »Oder dass du überhaupt ein Talent hast, hier etwas zu lernen.«

Sie ließ den Degen sinken. »Aber meinetwegen, ich kann dich ein paar Tage durchfüttern. Die Fei hat viele neue Pflanzungen angelegt vor der Stadt. Wer auch immer am Ende herrschen wird, irgendwann wird er sich darum kümmern müssen. Mit deinen

Fähigkeiten kommst du sicher irgendwo als Gartenpflegerin unter, wenn die Lage sich beruhigt hat.«

Der junge Vampir schleppte sich an ihnen vorbei nach draußen. Frafa trat einen Schritt zur Seite.

»Lass dir von Rudrogeit eine Kammer zeigen«, sagte Swankar. »Wo du dich verkriechen kannst.«

»Nein danke«, erwiderte Frafa. Ihre Stimme klang rau, und sie räusperte sich. »Ich denke, ich komme auch ohne deine Hilfe zurecht.«

Ihre Mutter zuckte die Achseln. »Mir soll's recht sein. Aber glaub nicht, dass du mich beeindrucken kannst, wenn du jetzt ein bisschen Stärke zeigst. Wer mit fast zwanzig Jahresläufen noch zu seiner Mutter rennt, wenn's mal was rauer wird, der hat eindeutig zu viel zartes Elfenblut abbekommen.«

Frafa wandte sich grußlos um und marschierte den Korridor zurück, durch den sie gekommen war. Von dem Goblin, der sie gebracht hatte, war nichts mehr zu sehen.

»Rudrogeit«, hörte sie ihre Mutter rufen. »Schick mir einen neuen Partner zum Fechten. Vielleicht ein paar von den Affengesichtern. Die werden fett und faul, seit wir hier in der Stadt auf unserem Arsch sitzen!«

Die Stimme verklang hinter ihr. Sie fand die beiden Torwächter wieder in einer Nische beim Eingang. Sie saßen dort an einem kleinen Tisch und wetteten, wer von ihnen am längsten die Hand über eine Kerzenflamme halten konnte. Frafa stapfte an ihnen vorüber, ohne innezuhalten, schob den Riegel zurück und trat auf die Straße.

Kälte schlug ihr entgegen. Frafa griff nach dem Kragen ihres Kleides, aber er ließ sich nicht hochschlagen. Also zog sie das ganze dünne Kleidungsstück ein wenig weiter am Hals hinauf, eine sinnlose Geste. Sie schritt die Stufen hinab.

Balgir tauchte aus dem Schatten der Hauswand auf. Er kletterte an der Mauer neben der Treppe empor, bis er nur noch mit den Hinterbeinen auf dem Boden stand. Kurz hielt er sich mit beiden Vorderfüßen an der obersten Stufe fest, taumelte dann halb aufgerichtet von der Treppe fort und sank nach zwei

Schritten vor Frafas Füßen hintenüber. Da lag er auf dem Rücken, eine Klaue auf die Brust gepresst, und spähte mit einem Auge zu ihr hoch. Dann durchlief ihn ein Zittern, er streckte alle viere von sich und lag steif ausgestreckt da.

»Balgir!«

Eilig hob Frafa das Taschentier auf. Balgir war starr wie ein Brett. Der lange Schwanz stand gerade vom Leib ab. War die Echse etwa steif gefroren?

»Was hast du?«, fragte Frafa besorgt. Sie drückte das Tier an ihre Brust, um es zu wärmen. Balgir fühlte sich wirklich eisig kalt an, und Frafa fröstelte. Sie konnte selbst kaum Wärme geben. Aber sie hörte Balgirs Herz schlagen und spürte seine lebende Aura. Sie brauchte dringend einen Unterschlupf.

Neben dem Haus mündete eine schmale Seitengasse in die Hauptstraße. Frafa sah dort eine Bewegung. Sie drückte Balgir fester an sich. Die Echse riss die Augen wieder auf und röchelte erstickt.

Es war Rudrogeit, der Vampir, der verstohlen um die Ecke schaute und Frafa zu sich winkte. Zaghaft trat sie näher.

Rudrogeit sah jung aus, er war fast noch ein Kind und doch schon genauso groß wie sie. Er hatte sich nachlässig einen Mantel übergeworfen. Sein weißes Hemd darunter war gut zu erkennen. Auf der linken Seite war es blutdurchtränkt, und ein dünnes Rinnsal lief ihm über seine Schuhe. Bei jedem Schritt blieben einige dunkle Tropfen auf dem Pflaster zurück.

Frafa schaute entsetzt auf die Wunde und schlug eine Hand vor den Mund. »Leuchmadans Gnade!«, hauchte sie. Sie löste den Griff um Balgir, und die Echse glitt ein Stück hinunter. Sie fing an zu zappeln und hielt sich mit den Klauen an Frafas Schulter fest.

»Vampire sind zäh.« Rudrogeit rang sich ein Lächeln ab. »Es wird heilen.« Er hob den linken Arm und hielt Frafa einen Lederbeutel hin. »Für dich, Schwester«, sagte er. »Mutter hat gute Verbindungen zu den Goblins, und es geht uns nicht schlecht. Das wird dir sicher weiterhelfen.«

Frafa hob den Kopf, sodass ihre Nase in die Luft zeigte. Sie zog die Arme an den Leib. »Nenn mich nicht Schwester, du Missgeburt. Ich bin eine Nachtalbe und du nur ein *Vampir*, den meine Mutter als dienstbare Kreatur erschaffen hat. Ich brauche deine Hilfe nicht. Und meine Mutter kann ihr Silber behalten.« Sie trat einen Schritt von Rudrogeit fort, dann besann sie sich eines Besseren. Sie wandte sich noch einmal zu dem Vampir hin und nahm ihm den Mantel von den Schultern. »Aber das hier«, sagte sie, »nehme ich mit, um meinen Vertrauten zu wärmen. Was ein Vampir getragen hat, ist für mein Haustier womöglich noch gut genug. Du magst jetzt zu deinen Pflichten als Nadelkissen zurückkehren. Oder als Zielscheibe. Oder zu was auch immer meine Mutter dich sonst noch gebraucht.«

Dann schritt sie stolz die Straße entlang. Erst, als sie um die nächste Ecke außer Sicht war, fielen ihre Schultern wieder herab. Die Schwäche kehrte zurück. Sie wickelte den Mantel um sich und Balgir und wagte einen vorsichtigen Blick um die Häuserkante zurück.

Von Rudrogeit war nichts mehr zu sehen, und die nächtliche Straße vor dem Haus ihrer Mutter lag so verlassen da wie bei ihrer Ankunft.

»Wir sollten auf den Protektor warten!«, sagte Dranjar mürrisch.

Die Anführer der Gnome hatten sich in einem kleinen Saal in der Zitadelle versammelt, nahe der Kanzlei und beim Zugang zum früheren Turm der Fei. Darnamurs Stellvertreter Ganoch war hier, und auch Dranjar und Batha. Hinzu kamen alle Hauptleute der Späh- und der Miliztrupps, die schon vor dem Aufstand zusammengestellt worden waren. Diese Offiziere hatte Ganoch gründlich überprüft, und sie genossen sein Vertrauen. Später hatte es genügt, dass man ein Gnom war, um in die neu gebildeten Einheiten aufgenommen zu werden. Ganoch wollte nicht, dass sich die Gerüchte schon jetzt in diesen Kreisen verbreiteten.

»Uns bleiben drei Tage«, sagte er. »Wir können keine Zeit verlieren. Wenn Darnamur, der *Protektor* von Daugazburg, zu erscheinen beliebt, will ich ihm einen umfassenden Lagebericht vorlegen können. Dann kann er sich überlegen, was wir den Goblins erzählen und wann wir das tun. Denn *das* ist eine Entscheidung, die ich ihm wirklich nicht abnehmen möchte.«

»Den Goblins können wir nicht trauen. Ich habe es selbst erlebt!«

Auch der Bote vom Scherbenpass war anwesend. Er war frisch gewaschen und neu eingekleidet, aber nicht sehr ausgeruht. Sie brauchten ihn, weil er als Einziger die Fragen zu der Bedrohung beantworten konnte.

»Die Goblins am Scherbenpass sind ein wilder Haufen«, sagte Dranjar. »Aber auf unsere Goblins können wir uns verlassen.«

Der Bote schnaubte abfällig. Er krempelte die Ärmel hoch und zeigte gerötete Druckstellen, wo die Palastwachen ihn gepackt hatten.

»Goblins sind grob«, meinte Ganoch. »Aber im Augenblick sind sie unsere einzigen Krieger, und wir müssen sie ertragen.«

Batha stand auf, wie es ihre Art war, wenn sie etwas zu sagen hatte. »Die Goblins unterstützen uns nicht aus Treue oder Zuneigung. Sie tun es aus Eigennutz. Ein Goblinhauptmann mit einer noch stärkeren Armee vor den Toren der Stadt ist für sie kein Verwandter, dem sie Loyalität schulden. Er ist ein Konkurrent, der ihre Pläne bedroht!«

»Eine Übermacht vor den Toren könnte das Gleichgewicht in der Stadt zu unserem Nachteil verändern«, wandte Ganoch ein. »Wenn die Lage aussichtslos ist, werden die Hauptleute der Garde sich lieber einem übermächtigen Herrn unterwerfen, als für uns unterzugehen.«

»Einerlei«, befand Dranjar. »Wir brauchen die Goblins. Wir haben keine anderen Krieger, um die Mauern zu bewachen.«

»Zehntausende von Gnomen!«, rief der Bote. »Und es hieß, ihr hättet sie alle bewaffnet.«

»Nicht für den offenen Kampf«, sagte Ganoch.

»Schleichen wir uns doch in das Lager der Goblins, wenn sie vor den Mauern sind«, schlug Dranjar vor. »Tagsüber, in großen

Scharen. Dann werden wir gleichzeitig groß und schlachten sie ab, ehe sie wissen, wie ihnen geschieht!«

Einen Augenblick lang herrschte Stille im Saal. Dann schüttelte Ganoch den Kopf. »Das geht nicht. Zu viel flaches Land ohne Deckung. Da kann ein kleiner Gnom leicht zertreten werden. Wir könnten auch nicht alle gleichzeitig angreifen; so genau lässt sich der Angriff nicht abstimmen. Und sobald der erste Gnom angreift, sind alle Goblins gewarnt. Es würde ein Handgemenge geben, das wir nicht gewinnen können.«

»Darnamur hat Gift anmischen lassen«, warf Batha ein. »Und alle neuen Knochenwaffen sind dafür gerüstet. Ein käfergroßer Gnom kann damit einen Goblin töten, ohne dass ihn jemand sieht. Das sollte unsere Nachteile ausgleichen.«

Die Gnome sahen sie an. Das war kein allgemeines Wissen, und es war nicht sicher, ob Darnamur das zu diesem Zeitpunkt schon bekannt machen wollte. Ganoch runzelte die Stirn und musterte Batha missbilligend.

»Wir Gnome dürfen auf keinen Fall die Hauptlast des Kampfes tragen«, sagte er. »Nicht, wenn es ein offener Kampf mit unzureichender Deckung ist. Unsere Verluste wären zu hoch, und wir könnten die Stadt danach nicht mehr kontrollieren.«

Die Gnome erwogen weitere Möglichkeiten. Sie ließen sich von dem Boten genau die Stärke von Hagaz' Truppen beschreiben, ihre Bewaffnung. Sie überlegten, was für Verbündete der aufständische Goblinhauptmann unterwegs um sich scharen konnte. Sie dachten darüber nach, wie sie die Verteidigung der Stadt gestalten konnten. Sie würden Menschen bewaffnen müssen, um die Mauern zu besetzen.

Dreißigtausend Goblins hatte die Fei allein zu diesem Zweck zurückbehalten. Seit dem Tag der Messer waren nur noch die dreitausend Goblins der Palastgarde übrig.

»Können wir Hagaz' Heer nicht mit einem entschlossenen Ausfall zersprengen?«, fragte Batha. »Es ist ein wilder Haufen aus verschiedenen Stämmen. Längst nicht so gut gedrillt und diszipliniert wie die Palastgarde.«

»Darauf dürft ihr nicht hoffen«, meinte der Bote. »Hagaz'

Horden sind Veteranen aus dem Krieg gegen Bitan. Sie haben sich ganz ordentlich zusammengerauft, und Hagaz führt sie mit eiserner Faust.«

»Und wer weiß, wie viele rachsüchtige Alben ihm Rückendeckung geben«, warf ein Gnomenhauptmann ein. »Wir haben zu viele von den Zipfelohren entkommen lassen. Das war ein Fehler.«

»Außerdem ist die Garde längst nicht mehr so gut organisiert«, rief ein anderer. »Sie haben nicht alle Goblins der Stadtwache vertrieben oder erschlagen. Die Goblinhauptleute haben jeden aufgenommen, der sich ihnen unterworfen hat. Damit sie im Wettstreit untereinander stärker dastehen.«

»Aber das stärkt uns doch!«, rief Dranjar. »Wir haben also mehr als dreitausend Goblins. Hat eigentlich irgendwer unsere Truppen gezählt?«

Ganoch hob eine Hand und gebot den erhitzten Offizieren Schweigen. Dann wandte er sich an den Boten. »Verschiedene Stämme und Sippen also. Hm. Weißt du, welche Sippen genau in Hagaz' Streitmacht vertreten sind? Und welcher Sippe er selbst angehört?«

Die Xotoc-Stube war völlig verwüstet. Die Möbel waren zertrümmert und die Tür fehlte, und die ganze Außenwand des Erkers war herausgebrochen. Wie ein schadhaftes Gebiss standen die letzten Reste der Wand und grinsten auf den Drauzwinkel hinab.

Frafa saß zusammengekauert bei den Mauerstümpfen und zog zitternd den Mantel um sich. Balgir lag zusammengerollt auf ihrem Schoß. Er wärmte sie nicht, sondern schien vielmehr die Wärme aus ihrem Körper zu ziehen.

Trümmer, Scherben und Splitter bedeckten den Boden. Die Goblins hatten alles zerschlagen, was sie vorgefunden hatten. Frafa hatte sich ein kleines Eckchen saubergefegt, sodass sie sitzen konnte, ohne sich das Kleid zu zerschneiden oder sich die Haut an spitzen Kanten aufzureißen.

Sie hatte gehofft, hier Zuflucht zu finden, womöglich einen Bekannten zu treffen, auf eine warme Tasse Xotocl. Stattdessen verbrachte sie die Nacht in einem zugigen Erker hoch oben in einem verlassenen Turm. Immerhin waren die Goblins, die hier gehaust hatten, wieder verschwunden.

Was wohl aus Litiz geworden war, der Wirtin mit den grünen Haaren? Und wohin sollte sie selbst sich nun wenden? Hier jedenfalls konnte sie nicht bleiben. Es gab keine Hilfe hier, nicht einmal etwas zu essen.

Sie wünschte sich, sie hätte Rudrogeits Börse angenommen.

Die Sonne ging auf und schickte ihre Strahlen zwischen den Turmspitzen hindurch in die Stadt. Frafa streckte sich, um ein wenig Wärme aufzunehmen, aber das Licht drang nicht hier herein. Unter ihr wies der lange Schatten des Turms auf die neu errichteten Galgen, an denen Nachtalben baumelten. Goblins trieben ihr Spiel mit den Toten, schaukelten auf den Gehängten, schwangen gegeneinander oder versuchten mutwillig, sich mit den pendelnden Leibern gegenseitig vom Schafott zu stoßen.

Frafa duckte sich wieder hinter den Mauerrest.

Langsam kroch sie auf den Ausgang zu. Erst als sie im Treppenaufgang stand, von draußen nicht mehr zu sehen, richtete sie sich auf. Sie lauschte. Alles blieb ruhig. Leise stieg Frafa hinab.

Ziellos streifte sie durch die Stadt, die nun, bei Tageslicht, fast ganz verlassen wirkte. Während die Sonne allmählich über die Mauerkrone stieg und immer mehr Winkel und Gassen der Finsternis entriss, zogen die letzten Gestalten sich nach und nach zurück. Selbst die Hauptstraßen lagen da wie ausgestorben, und nur wer unaufschiebbare Geschäfte hatte oder wer keinen Unterschlupf besaß, hielt sich noch hier auf.

Auch die Menschen fehlten. Früher waren sie um diese Stunde in die Oberstadt geströmt, um ihre Arbeit zu tun. Inzwischen wurden die Straßen kaum noch sauber gehalten. Die Menschen blieben fast alle in der Vorstadt.

Frafa strich umher, bog in Seitengassen, wo sie Schatten fand.

Der Morgen nahm seinen Fortgang, das rote Licht wurde klarer. Die Albe stellte fest, dass ihre Schritte sie ganz unwillkürlich wieder zu Aldungans Turm geführt hatten. Es war das einzige Zuhause, das sie in den letzten vierzehn Jahren gekannt hatte.

Die schwere Pforte hing zertrümmert in den Angeln. Die Fensteröffnungen waren klaffende Löcher, von scharfen Scherbenzähnen umrahmt. An manchen Stellen war die Außenmauer rußig schwarz. Das Obergeschoss schien gänzlich abgebrannt zu sein, das Dach eingestürzt. Möbelreste lagen auf der Straße.

Aber alles blieb still. Die Goblins hatten sich wieder zurückgezogen.

Vorsichtig trat Frafa näher, sah sich um, dann trat sie ein. Die Luft im Turm roch bitter.

Sie ging durch die Eingangshalle, hielt inne. Balgir auf ihrer Schulter hob neugierig den Kopf, wirkte aber nicht beunruhigt. Frafa verließ sich auf ihr Taschentier und ging weiter. Bei jedem Schritt knirschte es unter ihren Füßen, Glas und Ton, Holz, Leder – die Goblins hatten ein grauenvolles Chaos hinterlassen. Vermutlich hatten sie alles Wertvolle mitgenommen, ehe sie zerschlugen, was übrig blieb. Frafa schlurfte über den Boden, damit sie sich nichts durch die dünnen Sohlen ihrer Hausschuhe trat.

Sie gelangte in den Flur und weiter in das Treppenhaus. Rauch hing im Halbdunkel des Turms. Frafa hielt den Blick gesenkt und vermied es, sich umzuschauen. Sie roch das Blut, und sie wollte keine Leichen sehen oder, schlimmer, die verstümmelten Überreste von Leichen, die die Goblins zurückgelassen haben mochten.

In ihrem Zimmer war das Bett zertrümmert, die Matratze zerfetzt. Ihre Truhe war aufgebrochen, und die Kleidungsstücke lagen als besudelte Fetzen auf dem Boden. Mit spitzen Fingern schob Frafa die umgestürzte Kommode zur Seite. Die Waschschüssel war nicht mehr da, der Spiegel lag zersprungen neben der Tür. Sie tastete sich rückwärts wieder aus dem Raum hinaus. Sie fühlte sich geschändet. Es war ihr unerträglich, noch länger hier zu verweilen.

Frafa ging schneller und huschte die Treppe empor. Bleidans

Arbeitszimmer war ihr zu einem zweiten Rückzugsort geworden. Als sie ein Zischen im Dunkel hörte, hielt sie inne und streckte die Hand aus. Sie erspürte wilde Essenz, beruhigte sie und fing die Schlange ein, die sich in einem Winkel der Stiege verkrochen hatte. Behutsam trug sie das Tier zu Bleidans Zimmer. Sie war ganz in den Zauber vertieft, der die Schlange beruhigte, und trat unachtsam durch die Tür.

Sie schrak zurück. Eine Gestalt wühlte zwischen den zerschlagenen Käfigen und umgekippten Gläsern herum. Frafa wollte kehrtmachen, die Treppe hinabfliehen, doch dann dämmerte es ihr.

Sie wandte den Kopf. »Bleidan?«

Der Alb schaute sie an. Er sah sehr mitgenommen aus. Sein rundes Gesicht war so hager geworden, dass es beinahe an einen Elf erinnerte. Die einst grünbraune Haut wirkte grau. Falten zeigten sich auf seiner Stirn. Bleidans Finger, die um den angebrochenen Holzrahmen eines Käfigs geschlossen waren, sahen so dünn aus wie bei einem Skelett.

»Frafa«, sagte er. Seine Stimme klang matt. Er fuhr fort, mit fahrigen Bewegungen aufzuräumen. Stellte die Überreste seiner Tierkäfige wieder auf die eine Seite des Zimmers, die Trümmer seiner Sammlung auf die andere Seite. »Ich dachte, alle wären fort.«

»Das sind sie auch«, sagte Frafa. Sie trat einen Schritt auf Aldungans Meisterschüler zu, hielt inne, blickte ihn an. »Wer konnte, ist geflohen, als die Goblins kamen. Die anderen ...« Sie verstummte.

Bleidan nickte und sah sich hilflos um.

»Wie bist du entkommen?«, fragte Frafa.

»Entkommen?«, fragte Bleidan zurück. Er klang ein wenig benommen. »Ach ja. Nein. Ich bin nicht entkommen. Man hat mich gehen lassen. Immerhin ist die Fei gestürzt. Damit war die Anklage gegen mich irgendwie hinfällig.«

Er arbeitete wie abwesend weiter. »Du kannst mir helfen, die Tiere wieder einzufangen. Die Goblins haben viele erschlagen, aber ich höre und sehe und spüre noch viele von den flinkeren hier im Gebäude. Pass auf, einige sind gefährlich.«

»Ich weiß«, sagte Frafa. Zögernd ging sie ihm zur Hand. »Ich war hier, als es passierte. Ich habe auf deine Tiere aufgepasst, während du fort warst ...« Sie vollführte eine hilflose Geste durch den Raum, und es kam ihr alles so sinnlos vor. »Glaura hat einen Vogel genommen, um sich seine Schwingen zu borgen, aber ich musste mich an einem Seil aus dem Fenster hinunterlassen.«

Nach und nach erzählte sie Bleidan alles, was geschehen war. Sie berichtete, wie sie in der verwüsteten Xotoc-Stube Unterschlupf gefunden hatte, und schließlich, zögernd und ganz am Ende, schilderte sie auch noch, wie es ihr bei ihrer Mutter ergangen war.

»Hm«, sagte Bleidan. »Erstaunlich. Ich dachte immer, Daugrula wäre diejenige gewesen, die ihre jüngere Schwester verachtet hat. Sie hat ihr vorgeworfen, Menschenblut in den Adern zu haben – so viele Muskeln wie ein Mensch, so viel Magie wie ein Zwerg, das hat Daugrula über Swankar gesagt. Man darf sich wohl nicht wundern, wenn man von der anderen Seite nichts Besseres zu hören bekommt.«

»Daugrula hat meine Mutter vor aller Ohren verspottet?« Frafa war entsetzt. Womöglich hätte ihr das Genugtuung bereiten sollen, nach allem, was sie selbst sich von ihrer Mutter hatte anhören müssen. Dennoch fühlte sie sich nun von beiden Seiten gekränkt ... Aber vielleicht war das auch der Grund gewesen, weshalb Daugrula sie nicht im Palast behalten und selbst ausgebildet hatte: weil sie das Kind ebenso verachtet hatte wie die Mutter.

Bleidan fegte kleinere Splitter mit einem Brett zusammen. »Daugrula war Aldungans Meisterschülerin, lange bevor ich in diese Stellung aufgestiegen bin«, sagte er. »Sie war oft zu Gast und sprach freimütig. Vor allem, als sie dich in Aldungans Obhut brachte, war deine Mutter natürlich Gesprächsstoff. Mach dir keine Gedanken darüber. Ein dummer Zwist unter Schwestern. Er betrifft dich nicht.«

Frafa sah das anders. Immerhin hatte Swankar ihr vorgehalten, dass Frafas Blut ebenso unrein war wie das von Daugrula. »Stimmt es denn?«, fragte sie. »Ich meine, dass wir Elfenblut in unseren Adern haben? Wir alle, die wir mit unserer Magie die Mächte der Natur beherrschen können?« Sie glaubte sich zu erinnern, dass selbst Bleidan etwas Ähnliches erzählt hatte.

Bleidan lachte leise und trocken. »Wer weiß? Womöglich haben alle Alben Elfenblut in den Adern. Vielleicht aber auch nicht. Wen kümmert es? Jeder von uns ist, was er ist. Nur das zählt. Genau wie deine Mutter nicht gleich zum Vampir wird, nur weil der Weg einer Kriegerin ihr mehr liegt als der des Magiers.«

»Meine Mutter hat sich mit Menschen eingelassen und Vampirkinder zur Welt gebracht«, sagte Frafa. »Treue Knechte, die für sie kämpfen. Ich habe gesehen, wie sie in ihrem eigenen Haus mit einem Vampir das Fechten geübt hat. Ich habe einen Vampir als Halbbruder, fürchte ich!«

Sie hörte ein leises Klatschen hinter sich. Eine spöttische Stimme sagte: »Oh, eine rührende Familiengeschichte. Welch bittere Tragik. Fast möchte man meinen, die Alben hätten einen Winkel in ihrem Herzen bewahrt, der nicht mit Magie und dem Wunsch nach Macht ausgefüllt ist.«

Frafa wirbelte herum. Ein Gnom stand grinsend hinter ihr, bewaffnet mit den schimmernden Knochenwaffen, die man seit Kurzem bei den Spähertrupps sah, und bekleidet mit einer abgenutzten Lederweste.

»Was ... Aber wie ...«, stotterte Frafa.

»Darf ich vorstellen«, sagte Bleidan müde. »Darnamur, der ›Protektor‹ von Daugazburg. Ich hätte nicht erwartet, dass Ihr unser Haus heute noch mit Eurem Besuch beehrt«, fügte er an den Gnom gewandt hinzu.

»Aber wo kommt er her?«, fragte Frafa fassungslos. »Ein Gnom kann sich nicht unbemerkt an einen Nachtalb anschleichen!«

»Jetzt schon«, sagte Bleidan. »Ich habe ihm eine alchemistische Substanz gemischt, welche die magische Aura eines verkleinerten Gnoms vor den Sinnen der Alben verbirgt. Eine ›vertrauensbildende Maßnahme‹. Obwohl es nicht unbedingt für Vertrauen sorgt, sich an arglose Personen heranzuschleichen und ihre privaten Gespräche zu belauschen.« Er schaute Darnamur an.

Der zuckte die Achseln. »Ich hatte dir gesagt, ich würde das Mittel erproben, Bleidan.«

»Aber die Gnome werden uns alle umbringen!«, rief Frafa und wich zurück. Sie ließ den Gnom nicht aus den Augen. »Wie konntest du so etwas tun? Jetzt hält gar nichts mehr sie auf, sie benötigen nicht einmal mehr die Goblins als Verbündete.«

»Es war Teil des Handels und eine Bedingung, damit ich und die übrigen *Freunde des Fortschritts* freikommen«, erklärte Bleidan. Seine Stimme klang unsicher. »Es sollte dem Morden ein Ende setzen, weil die Alben dann keine Gefahr mehr für die Gnome sind. Als Gegenleistung wollte Darnamur nicht nur die Übergriffe gegen die Nachtalben einstellen, sondern sogar eine Regierung zusammenstellen, an der alle Völker zu gleichen Teilen mitwirken. Und die *Freunde des Fortschritts* dürfen bestimmen, wer als Vertreter der Nachtalben in diesem Rat sitzt. Ihr werdet die Vereinbarung doch einhalten, Darnamur?«

Der Gnom lächelte und deutete eine Verbeugung an. »Selbstverständlich werde ich das. Punkt für Punkt. Mir ist sehr daran gelegen, die gewaltsame Übergangszeit zu beenden. Daugazburg muss zur Ruhe kommen.«

»Oh ja«, stimmte Frafa aus vollem Herzen zu. Aber sie sah immer noch misstrauisch zu ihm hinab, und auch Balgir auf ihrer Schulter zischte leise.

Darnamur schaute zu ihr auf. »Du bist Daugrulas Verwandte, nicht wahr? Keine Sorge. Ich werde dir sicher nichts antun. Nein, ich wollte dir sogar ein Amt antragen. Im Palast. Ein sehr hohes Amt. Das wollt ihr Nachtalben doch alle, nicht wahr? Komm heute Abend zu mir in die Zitadelle, und ich gebe dir eine Stellung, die dich vor allen anderen Alben auszeichnen wird.«

Bleidan trat neben Frafa und legte die Hand auf ihre Schulter.

»Haltet sie da heraus«, sagte er. »Ihr wisst, wie gefährlich die Lage ist, und Frafa ist noch ein Kind. Ihr könnt sie nicht in irgendwelche Machtkämpfe hineinziehen.«

Frafa löste sich aus seinem Griff und trat einen Schritt von

Bleidan weg. »Im Gegenteil«, sagte sie und warf ihrem Freund einen gekränkten Blick zu. »Ich bin kein Kind mehr. Und ich will auf eigenen Füßen stehen. Ich werde heute Abend in den Palast kommen!«

# 10. Kapitel:
# Von Herren und ihren Werkzeugen

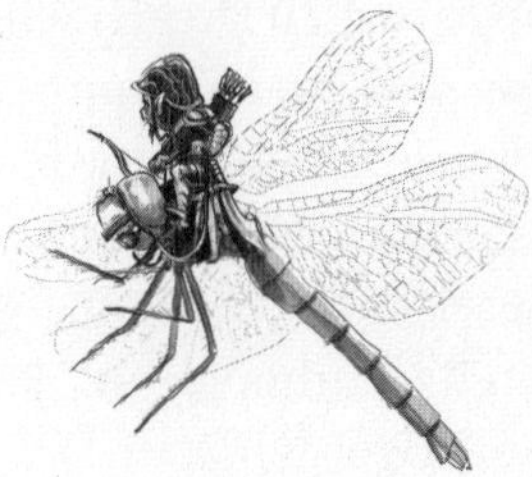

*In den ersten Tagen nach dem Umsturz haben wir die Anhänger der alten Herrschaft zerschlagen und künftige Bedrohungen aus dem Weg geräumt. Dieses notwendige Vorgehen hat auch Missfallen erregt, selbst bei verbündeten Gruppen. Weil »Kampf« oder »Verfolgung« ihnen zu hart klang, sprachen manche Gnome gern von »Säuberungen«. Ich halte diesen Ausdruck für unglücklich. Denn bei Säuberungen denkt man an Schmutz.*

*Besser ist es, wenn der zielgerichtete, der aufbauende Charakter unserer Bemühungen betont wird. Wir kämpfen nicht gegen etwas oder gegen jemanden, sondern für etwas – für unsere Anliegen, für die Gnome. Jetzt, wo wir im Hohen Rat den Frieden mit den anderen Völkern pflegen wollen, obwohl im Hintergrund unser Kampf noch lange nicht vorbei ist, müssen wir umso mehr darauf achten, dass in unseren Worten kein Angriff mehr erkennbar ist.*

*Wenn also wieder einmal eine Kampagne gegen unsere Feinde notwendig ist, müssen wir dafür ein sauberes, ein friedliches Wort gebrauchen.*

Darnamur, der Gnom,
vor den Führern von *Knochenmessern* und *Grünen Landen*

Die Drachen von Daugazburg maßen in der Länge so viel wie sechs Goblins. Es waren tumbe Geschöpfe ohne Verstand und ohne Magie. Doch seit mit dem letzten Unkwitt die großen Drachen dahingeschieden waren, gab es keine anderen mehr. Und das, befand Darnamur, war auch besser so.

In Daugazburg gab es derzeit zwei Drachen und sechs Greife. Sie trugen sechs Vilas und zwei Vampire. Hinzu kamen ungefähr einhundert schwer bewaffnete verkleinerte Gnome, die in besonders ausgepolsterten Ledertaschen mitreisten. Die meisten Tiere kreisten bereits mit Fracht und Reitern am Himmel. Nur ein einzelner Greif stand noch auf dem Dach des Warpelturms, von der Vila am Zügel gehalten. Das Tier spreizte die Flügel, die im Schein der sinkenden Sonne metallisch aufblitzten.

»Daugazburgs besondere Stärke lag stets in der Luft«, sagte Darnamur. »Wir brauchen mehr fliegende Geschöpfe. Es ist eine Schande, dass ich dir so wenige große Krieger mitgeben kann.«

Ganoch wandte den Blick ab. »Gnome können keine fliegenden Geschöpfe lenken«, erwiderte er. »Wenn du mehr von ihnen willst, solltest du nicht die Völker dezimieren, die dazu in der Lage sind.«

Darnamur schaute seinen Stellvertreter an und runzelte die Stirn. »Es wird besser werden. Bis dahin müssen wir eben mit dem vorliebnehmen, was wir haben.«

»Meinst du deinen seltsamen Rat?«, fragte Ganoch. »Die anderen Völker werden niemals Vertreter akzeptieren, die nach deinen Regeln ausgewählt wurden.«

»Die Schwarze Fei hat jahrhundertelang regiert, ohne überhaupt jemanden zu fragen. Die anderen Völker sollen froh sein, dass sie Vertreter bekommen. Sie werden es akzeptieren, verlass dich darauf!«

»Ich muss gehen«, sagte Ganoch. »Um solche Fragen können wir uns kümmern, wenn wir mit Hagaz und seiner Horde fertig sind.«

»Dein Plan ist gut«, befand Darnamur. »Ich wünsche dir Glück.«

Ganoch grüßte knapp, eine Faust auf die Brust gelegt, und trat zu dem wartenden Greif hin. Die Vila fasste Ganoch am Kragen und hob ihn hoch. Im selben Augenblick wechselte er die Größe und schrumpfte zusammen. Die Vila machte sich an einer Tasche zu schaffen. Der Greif hob ab.

»Ganoch verliert seine Schärfe«, sagte Darnamur. Er ging zu der Treppe, die außen an der Turmmauer nach unten führte. Dranjar und Batha schlossen sich ihm an. »Das ist nicht gut für ein Messer.«

»Wir sind nicht bloß Messer«, erwiderte Batha. »Wir alle haben uns Witos *Grünen Landen* angeschlossen. Wito hat es sich gewiss nicht *so* vorgestellt, als er meinte, dass die anderen Völker die Gnome achten sollten.«

»Aber wir waren uns einig, dass wir den Respekt der anderen Völker nicht friedlich gewinnen werden«, rief Dranjar hitzig. »Die Goblins respektieren nichts als eine scharfe Klinge.«

»Sehr richtig«, sagte Darnamur. »Ganoch scheint zu glauben, unser Kampf um Anerkennung wäre vorüber, die Stadt gewonnen, und es ginge nur noch um die Goblins draußen. Aber es ist zu früh, die Waffen aus der Hand zu legen. Nein, ich habe neue Aufträge für euch. Es ist an der Zeit für ein weiteres Prognom.«

»Ein was?« Batha schaute ihren Hauptmann ratlos an.

Die Goblins vor der Tür grinsten frech und standen nachlässig auf ihre Speere gestützt, als Darnamur zu seinem Arbeitszimmer kam.

»Da war eine Albe für dich da, Meister«, sagte der eine. »Behauptet, sie wär eingeladen.«

»Ihr wart hoffentlich nett zu ihr«, erwiderte Darnamur. »Sie wird bald die mächtigste Nachtalbe in ganz Daugazburg sein!«

Er lächelte die Goblins an, die verwirrt dreinsahen, und trat in die frühere Kanzlei. Fadins Kontor hatte sich sehr verändert. Darnamur hatte den wuchtigen Schreibtisch behalten. Aber dahinter stand jetzt ein erhöhter Stuhl mit passenden Fußstützen, damit Darnamur gut sitzen konnte. Die Schränke an den Wänden hatte er leer räumen lassen und füllte sie nun nach und nach mit seinen eigenen Papieren.

Zuerst befasste Darnamur sich mit den Schreiben, die im Laufe des Tages eingegangen waren. Es war wieder ein Brief jenes geheimnisvollen Informanten darunter, der ihm seit einiger Zeit die Verstecke der bedeutsamsten Nachtalben verriet, die nach der Revolution untergetaucht waren. Darnamur wusste immer noch nicht, wer dieser Helfer war. Aber ohne Zweifel würde er sich zu erkennen geben, wenn er seine Belohnung abholen wollte.

Vermutlich war es ein Nachtalb, der seine eigenen Brüder hinterging. Die Anweisungen in den Briefen waren unerhört genau und kundig und halfen Darnamur sehr, die Goblins Nacht für Nacht richtig zu dirigieren.

Darnamur brütete kurz über dem Brief und dachte nach. Jetzt war nicht die richtige Zeit, die gewohnte Vorgehensweise beizubehalten. Er musste die Goblins auf den Krieg vorbereiten und auf die Umstellung in der Regierung. Sollte er sie da weiterhin in irgendwelchen Löchern nach den letzten Getreuen der Fei stochern lassen? Er ließ erst einmal die Albe hereinführen.

Als Frafa eintrat, hatte Darnamur einige große Bögen Pergament vor sich ausgebreitet und hielt eine Schreibfeder in der Hand. Er legte die Feder fort, hob die Arme in einer grüßenden Geste und winkte seine Besucherin heran.

»Ah, Frafa! Tritt näher!«, rief er und lächelte.

Frafa tätschelte unsicher den Kopf ihres Taschentieres. Darnamur fügte hinzu: »Ich habe ihn übrigens zurückgebracht, weißt du?«

»Was?« Frafa zuckte zusammen. Verlegen stand sie zwischen Tür und Schreibtisch und spähte misstrauisch in die Ecken.

»Balgir. Als seine letzte Herrin den Tod fand, fiel er dem Feind in die Hände. Ich habe ihn als Tasche hierher gebracht und dafür gesorgt, dass er zu den rechtmäßigen Erben gelangt. Also zu dir.«

Balgir hob den Kopf und starrte den Gnom mit seinen großen Augen an. Er öffnete das Maul einen Spaltbreit und züngelte. Frafa trat vor den Schreibtisch, und Darnamur wies auf die Pergamentbögen, die vor ihm lagen.

Eine große Zeichnung zeigte eine Kuppel auf einem Mauerrund. Erst auf den zweiten Blick erkannte man vor dem bogenförmigen Eingang eine breite Freitreppe mit Gestalten darauf und einen Kranz von Bäumen rings um das Bauwerk. Dieser Maßstab verriet die gewaltigen Ausmaße des Gebäudes, das jeden Turm von Daugazburg weit überragen würde. Die Außenwand war so dick, dass der Eingang wie ein Tunnel in der Finsternis verschwand.

Darnamur schlug den Pergamentbogen um und zeigte einen weiteren, der darunterlag. Darauf war eine runde, säulengetragene Halle abgebildet. Lichtstrahlen stachen wie Lanzen durch Fensteröffnungen ganz oben unter der Decke. Im Vordergrund sah man zwei steinerne Gestalten auf Sockeln stehen: eine Nachtalbe und eine Gnomin.

»Deine Tante und ich, wir haben uns gut verstanden«, sagte Darnamur. »Ich wollte ihr ein Denkmal errichten lassen, in der Halle der Helden. Gleich hinter dem Eingang.«

»Die Halle der Helden?« Frafa beugte sich neugierig vor und studierte das Bild. »Und warum ist die Gnomin ebenso groß wie die Albe?«

»Es sind Gedenksteine«, sagte Darnamur. »Und wir gedenken nicht der Körpergröße, sondern der Taten. Daugrula und Skerna. Sie starben, als wir Leuchmadans Kästchen zurückbrachten und die Grauen Lande retteten.«

Darnamur seufzte. Er wies auf die Pergamente. »Und die Halle der Helden siehst du hier. Das sind die Skizzen des Baumeisters, den ich beauftragt habe. Sollte man glauben, dass ein kleiner Kobold so zyklopenhafte Gedanken in seinem Kopfe ausbrütet?

Die Halle wird auf dem heutigen Drauzwinkel stehen. In dem Saal gedenken wir der Helden, die den Wandel brachten; in der Kuppel darüber tagt der Hohe Rat. Wer diese Halle betritt, wird auf einen Blick sehen, dass die Völker von Daugazburg zusammenarbeiten und dass keiner mehr zählt als der andere, wie unterschiedlich der Körperbau auch sein mag. Du siehst, ich habe deine Tante nicht vergessen. Sie wird ihren Platz im zukünftigen Daugazburg erhalten.«

Frafa richtete sich auf und warf den Kopf zurück. »Warum erzählst du … erzählt Ihr mir das?«, fragte sie. »Was habe ich mit meiner Tante zu schaffen? Ihr meintet doch, Ihr hättet einen Platz für *mich*!«

Darnamur grinste und rutschte von seinem Stuhl. »So gefällt mir das. Eine Nachtalbe, in der Tat. Dann komm mit, ich will dir deinen Platz zeigen.«

Frafa hatte einen Kloß im Hals. Sie war überzeugt davon, dass überall im Zimmer unsichtbare Gnome versteckt waren, die jederzeit hervorspringen und sie niederstrecken konnten, mit einem tückischen Messerstich in den Rücken, mit einem Armbrustbolzen ins Herz …

Sie schluckte und versuchte, sich zusammenzunehmen. Frafa wusste nicht, wie sie diesem Gnom gegenübertreten sollte. Er war nur ein Gnom, aber mit einem eigentümlichen Titel: Protektor! Und ohne Zweifel besaß er die Macht, alle Goblins von Daugazburg über die Nachtalben herfallen zu lassen. Sie hatte sich hierher gewagt, sie versuchte ihr Bestes, aber ganz gewiss wagte sie das alles nicht, um sich jetzt Geschichten von ihrer Tante erzählen zu lassen!

Darnamur ging voraus. Frafa drückte Balgir fester und schaute sich verstohlen um. Anscheinend nahm der Gnom ihr den Ausbruch nicht übel, denn nichts geschah. Er schloss die rückwärtige Tür des Kontors auf, und sie gelangten in einen weiteren, größeren Raum.

Hier sah Frafa ein Podest mit einem goldplattierten Thron. Fledermausschwingen zierten die Lehne. Edelsteine waren kunstvoll eingearbeitet, wo ihr Funkeln die Schnitzereien am besten zur Geltung brachte. Das ganze Zimmer war mit weichen Teppichen ausgelegt. Wandmalereien zeigten eine fantastische Landschaft mit bizarren Pflanzen in Rot und Violett und mit Feien und Nachtalben, die darin lustwandelten.

Es war ein weiterer Thronsaal der Fei, ihr Arbeitszimmer, zu dem die Kanzlei das Vorzimmer darstellte. Frafa hatte bereits gehört, dass die Gnome den Turm der Fei geräumt und verriegelt hatten, ebenso wie den Gebäudeflügel, der daran grenzte. Der Protektor hatte seinen Sitz im Zimmer des Kanzlers. Alles dahinter war sein eigenes, sein geheimes Reich geworden. Und er hatte aus dem Arbeitszimmer der Fei eine Abstellkammer gemacht, wie Frafa nun erkannte.

Vor dem Thron stand ein reich verziertes Stehpult. Aber das Pult und der Boden darum herum waren mit Schriftrollen bedeckt. Weitere Schriftrollen, Folianten, einzelne Bögen von Pergament und Papier türmten und stapelten sich an den Wänden oder lagen in losen Haufen überall im Raum herum. Frafa kam es vor wie eine Entweihung.

Sie erinnerte sich an das eine Mal, da die Fei sie in ihrem glänzenden Spiegelsaal empfangen hatte. Sie dachte an Geliunas Erscheinung. An ihre Aura …

Eine Träne rann ihr über die Wange, und sie fühlte Leere in ihrem Herzen. Erst jetzt, in diesem Raum, wurde ihr bewusst, dass die Schwarze Fei gegangen war und dass sie niemals wiederkommen würde. Frafa war zumute, als könne sie ihr Lebtag keine Freude mehr empfinden.

Aber Darnamur durchquerte den Raum, öffnete die Tür gegenüber und trat durch einen kurzen Verbindungsgang in den Turm. Frafa ballte die Fäuste, wischte sich die Träne von der Wange und folgte ihm. *Es war nur ein Zauber*, ermahnte sie sich. Sie schämte sich, dass sie dem Zauber der Fei immer noch nicht ganz entronnen war. Am liebsten hätte sie die aufgehäuften Schriften entzündet und das ganze Zimmer mit allen Erinnerungen in Flammen aufgehen lassen.

Im Turm fing Darnamur wieder an zu sprechen: »Die Fei hat vieles getan, damit Daugazburg in der Wüste überleben konnte. Seit Leuchmadan das zweite Mal gestürzt wurde, hat sie die Pflanzungen um die Stadt noch erweitert. Doch das hat die Verluste kaum ausgeglichen, die wir im Handel erlitten haben, seitdem unsere Verbündeten im Süden und im Osten sich von uns abgewandt haben.«

»Was hätte sie auch tun können?«, fragte Frafa. »Es brauchte alle Magie, um eine so große Stadt überhaupt zu erhalten. Die Fei hat es tausend Jahre lang geschafft. Aber seit Leuchmadans Rückkehr ist Daugazburg so rasch gewachsen, dass man mit dem Ausbau der Pflanzungen kaum nachkam.«

Frafa wusste das genau. Aldungans Schule war der Mittelpunkt aller Naturmagie in Daugazburg. Viele seiner Schüler und ehemaligen Schüler hatten ihren Anteil daran gehabt, den Grauen Landen Leben abzutrotzen. Ohne Leuchmadans Unterstützung wäre es gar nicht möglich gewesen, so hieß es. Doch seit Leuchmadans Sturz hatte die Fei allein noch mehr erreicht – mit Hilfe von Leuchmadans Kästchen, so sagten die Alben, die etwas davon verstanden.

Darnamur stieg die Treppen im Turm empor, und Frafa folgte ihm.

»Die Fei war misstrauisch«, erklärte er. »Sie war eine Zauberin, aber die Macht des Lebens war nicht ihre Stärke. Daugrula hatte diese Gabe. Genau wie du. Und ebendiese Macht liegt in Leuchmadans Kästchen. Geliuna hat zwölf Jahre lang versucht, diese Kraft zu meistern. Sie ist nicht weit gekommen.«

Darnamur sah Frafa an. »Aber das Land braucht Leben. Das Leben, das in Leuchmadans Kästchen liegt. Die Fei hat ein paar Pflanzungen rings um die Stadt angelegt. Großartig. Mein Freund Wito träumte von *grünen Landen*! Und Leuchmadans Kästchen enthält genug Macht, um das ganze Land erblühen zu lassen. Nur hat die Fei nicht gewagt, einen Alb an das Kästchen zu lassen, der sich auf diese Macht versteht!

Ich werde diesen Fehler nicht begehen. Ich werde dir Leuchmadans Schatz anvertrauen. Lass die Grauen Lande grün werden.«

Darnamur führte sie durch einen magischen Spiegel und dann eine geheime Stiege empor in eine kleine Kammer. Mitten im Raum stand ein hoher, schmaler Tisch, unter dem noch die geborstenen Überreste eines im Boden eingelassenen Sockels zu erkennen waren. Auf dem Tisch aber ruhte Leuchmadans Kästchen. Frafa blieb ehrfürchtig im Eingang stehen und senkte den Kopf.

»Das kann ich nicht«, flüsterte sie. Seit der *Protektor* ihr sein Anliegen vorgetragen hatte, war ihr die Brust mit jedem Schritt enger geworden. Es war, als laste die Bedeutung dieser Aufgabe auch körperlich auf ihr und würde sie erdrücken.

»Bleidan!«, rief sie unvermittelt aus. »Bleidan entstammt derselben Schule. Er ist fast schon ein Meister. Übergebt ihm die Macht über das Kästchen.«

»Bleidan hat seine eigenen Aufgaben.« Darnamur verzog die Lippen. »Andere Aufgaben. Schwierige Aufgaben, die sein ganzes Können erfordern. Nebenbei wird er ein Mitglied des Hohen Rates sein, der in den nächsten Tagen die Herrschaft in der Stadt übernimmt. Das allein ist schon Aufgabe genug für einen Mann. Hier hingegen ...«, Darnamur nickte in Richtung des Kästchens, »... ist eigentlich nur eins zu tun: die Kraft dieser Schatulle freizusetzen. Langsam und maßvoll. Du wirst dich schon daran gewöhnen.«

Zögernd trat Frafa näher. Darnamur machte ihr Platz. Einen Schritt vor dem Tisch blieb sie stehen. Sie konnte das Kästchen fühlen, ohne die Augen zu schließen. Die Kammer musste abgeschirmt sein, denn draußen vor der Tür hatte sie nichts wahrgenommen. Doch seit sie die Schwelle überschritten hatte, spürte sie die Macht wie ein nagendes Unbehagen. Als sie unmittelbar davorstand und zaghaft mit ihrer Essenz tastete, war ihr, als wäre hinter dem dünnen Silber dieser Schatulle ein brausender Wasserfall, dessen Dröhnen in Frafas Leib widerhallte.

»Ich glaube nicht, dass ich es beherrschen kann«, sagte sie zaghaft.

»Tu dein Bestes«, meinte Darnamur. »Ich will dir nichts vormachen. Wir brauchen jemanden, der sich um das Ding kümmert, und zwar bald. Es raubt dem Land noch immer die Lebenskraft. Seit die Fei tot ist, bleibt der Regen aus und die Pflanzungen verdorren. Es wird Hunger geben in der Stadt, wie vor tausend Jahren. Noch bleiben uns ein paar Mondläufe, um zu handeln. *Dir* bleiben noch ein paar Mondläufe Zeit, um zu lernen! Aber wenn du es nicht tust, werden wir untergehen, und darum wirst du nun damit anfangen.«

Er stellte es ganz nüchtern fest, als wäre es eine Tatsache. Frafa erkannte, dass es ein Befehl war, keine Bitte. Sie dachte an die letzten Tage zurück. Sie konnte sich dieser Aufgabe nicht entziehen, selbst wenn sie es wollte. Aber wollte sie es überhaupt?

Das Kästchen war verlockend.

Sie fühlte die Macht.

Allein schon in der Nähe von Leuchmadans mächtigem Artefakt zu stehen veränderte sie. Sie fühlte sich nicht länger wie Frafa, die Schülerin. Sie war Frafa, die Nachtalbe! Die Zauberin. Eine Zauberin von eigenem Recht, mit eigener Stellung. Auf Augenhöhe mit Bleidan.

Dieser Gnom verlangte ja nichts anderes von ihr, als dass sie das war, was sie immer hatte sein wollen!

Frafa lächelte. Balgir spannte sich und sprang mit einem Satz von ihrer Schulter. Er huschte aus der Kammer. Frafa tat noch einen Schritt und legte die Hand auf das Kästchen.

Es riss ihr beinahe die Essenz aus dem Leib. Frafa musste alle Kraft aufbieten, um nicht in einem Meer von Lebenskraft zu versinken. Sie sah kein Kästchen mehr, nahm nichts mehr wahr von dem Raum oder vom eigenen Körper. Sie war anderswo, sie war reine Magie, an der ein Mahlstrom riss.

Sie ballte sich zusammen, so eng und fest, wie sie ihre Essenz nur bündeln konnte. Frafa hatte jeden Sinn dafür verloren, wo sie war. Sie konnte sich nicht mehr zurückziehen. Es dauerte lange, bis sie überhaupt wieder ein unbestimmtes Gefühl von einem *Draußen* entwickelte.

Es gab die Magie des Kästchens, und irgendwo dahinter eine Außenwelt, kaum wahrnehmbar durch den brausenden Wasserfall gefangener Essenz. Wenn Frafa auch nur einen Augenblick unaufmerksam war, wenn ihre eigene Essenz die reine Kugelform verlor, eine winzige Unregelmäßigkeit zeigte, wenn sie einen Finger ausstreckte ... wurde sie von der übermächtigen Magie wieder glatt geschmirgelt. Was auch immer sie an Angriffsfläche bot, es wurde abgerissen.

Frafa geriet in Panik.

Unmöglich konnte sie die Magie des Kästchens kontrollieren! Ihre Kraft und ihre Begabung hatten eben ausgereicht, eine Verbindung herzustellen, eine Verbindung, die ihr eigenes Sein in das Kästchen zu reißen drohte, genau wie alle Lebenskraft der Grauen Lande schon seit Jahrhunderten. Wie sollte sie überhaupt wieder hinausfinden, wenn sie nicht einmal mehr ihren Körper spürte?

*Das Leben entreißen …*

Es war kein Zufall, dass die Magie an ihr zehrte. Es lag nicht nur an der übermächtigen Kraft dieses Kästchens, die sie nicht beherrschen konnte, es war eine Auswirkung des letzten Zaubers, den Leuchmadan damit gewirkt hatte! Erst in der letzten großen Schlacht vor tausend Jahren hatte Leuchmadan das Kästchen dazu veranlasst, das Leben des Landes an sich zu reißen. Er hatte keine Gelegenheit mehr gefunden, diesen Zauber zu lösen, und so wirkte er bis heute weiter.

Diese Erkenntnis konnte Frafa nutzen. Mit einem Mal konnte sie die Ströme der Magie besser unterscheiden. Da war die Lebenskraft, die in das Kästchen gebannt war, ein aufgewühltes Meer roher Magie. Und da war eine andere Kraft, die dieses Meer formte und bändigte und einen Zufluss schuf. Diese zweite Kraft war es, die an Frafas Essenz zerrte und sie zu verschlingen drohte. Das Meer dahinter, wohin es sie zog, war übermächtig, doch es wandte sich nicht gegen sie.

Der Sog wirkte nicht überall. Frafa lernte, sich der gerichteten Kraft zu entziehen. Ganz langsam entwand sie sich Leuchmadans zehrendem Zauber, gewann ein wenig Abstand und Bewegungsfreiheit.

Doch der Zauber, der auf dem Kästchen lag und der Leben verschlang, war so übermächtig, dass Frafa ihn nicht brechen oder umkehren konnte. Jetzt, wo sie ihn wahrnahm, konnte sie ihm ausweichen – mehr nicht. In der Verbindung mit dem Kästchen war sie blind für die Außenwelt. Selbst wenn sich an dem Sog vorbei ein wenig von der rohen Magie greifen ließ – es gab kein Ziel, wohin Frafa sie lenken konnte!

Aber sie wollte es trotzdem versuchen.

Dem Land Lebenskraft zurückgeben, das hatte Darnamur von ihr verlangt. Frafa tastete mit feinen Fingern ihrer Essenz nach dem Ozean an Leben, den sie in sich und um sich her fühlte. Leuchmadans Bann riss wieder an ihr, zehrte sie aus. Aber Frafa war vorsichtig, und es war nicht so schlimm wie bei der ersten, unvorbereiteten Verschmelzung.

Behutsam streckte Frafa ihre Geistfinger aus. Sie wand sie um die Strudel herum, streifte schmerzhaft daran und wich aus. Und dann griff sie in den Ozean aus Macht, riss Spritzer davon heraus, wie ein Kind, das mit bloßen Händen im Meer plantscht.

Macht schoss in einem wilden Strahl empor und verlor sich in einem ungerichteten Schwall irgendwo in der Wirklichkeit. Frafa wurde mitgerissen. Die Essenz prallte gegen den Körper zurück, in dem sie verankert war. Frafa taumelte nach hinten, weg von Tisch und Kästchen, und sie sank zu Boden.

Ihr wurde schwarz vor Augen.

Darnamur schaute auf die Nachtalbe, die vor ihm auf dem Boden lag. Eben dachte er darüber nach, ob sein Versuch wohl gescheitert war und er sich eine andere Möglichkeit überlegen musste, da schlug sie die Augen auf. Sie bewegte die Lippen, aber ihre Stimme klang so undeutlich, als hätte sie statt der Zunge ein Kissen im Mund.

»Was?«, fragte Darnamur.

»Ihr seid noch hier?«, flüsterte die Albe.

»Wieso?«, fragte Darnamur. »Wolltest du mich etwa fortzaubern?«

Die Albe schloss langsam die Lider und öffnete sie wieder. Ansonsten lag sie weiterhin reglos da.

»War so lange fort«, murmelte sie schließlich. »Dachte nicht, dass Ihr wartet. Habt sicher anderes zu tun.«

»Du hast das Kästchen berührt und bist nach hinten gekippt, als hätte dich ein Schlag getroffen«, sagte Darnamur. »So viel Zeit konnte ich grad noch entbehren.«

»Oh«, sagte Frafa.

Darnamur blickte interessiert auf sie hinab. Wenn die Zeit für die Nachtalbe anders verstrichen war, hatte sie womöglich etwas ausrichten können ...

»Kannst du das Kästchen beherrschen?«, fragte er. »Oder ist es zu stark für dich?«

»Kann ... lernen«, erwiderte Frafa.

Darnamur überlegte kurz. Lieber vertraute er das Kästchen einer Albe an, die nur wenig ausrichten konnte, als einem ihrer Volksgenossen, der weit ehrgeizigere Ziele damit verbinden würde.

»Also gut«, sagte er. Er streckte der Albe die Hand entgegen. »Du hast den Posten. Ich verlasse mich auf dich. Du brauchst wohl ein wenig Ruhe, bevor du einen weiteren Versuch unternimmst.«

Frafa nickte. »Das Kästchen ... zehrt«, sagte sie. »Meine Essenz muss sich erholen. Aber es wird leichter gehen beim nächsten Mal.«

Sie ergriff seine Hand und stand wieder auf. »Ich weiß, ich erwarte viel von dir«, sagte Darnamur. »Aber ich vertraue dir. Deine Tante konnte vieles, und du hast ihre Fähigkeiten geerbt.«

Frafa taumelte aus der Kammer. Draußen im Erker wartete Balgir und lief neben ihnen her. Frafa war zu schwach, um ihn zu tragen. Darnamur stützte sie, so gut er konnte. Unterwegs verschloss er alle Zugänge.

Anfangs hatte er Leuchmadans Kästchen bei sich getragen. Aber er war zu dem Schluss gekommen, dass das ursprüngliche Versteck mehr Sicherheit bot. Daugazburg wusste von Leuchmadans Kästchen. In diesem Augenblick war vermutlich jeder Albe, der nicht gerade andere Probleme hatte, begierig darauf. Auch wenn Darnamur sich alle Mühe gab, den Alben andere Probleme zu bereiten.

Die Fei hatte sicher gewusst, wie sie ihren wertvollsten Schatz hüten konnte. Dennoch hatte Darnamur jeden Zutritt zum Turm verboten, damit niemand zufällig auf die geheimen Zugänge stieß.

»Habt Ihr ... etwas gespürt?«, fragte Frafa.

»Was sollte ich spüren?«, fragte Darnamur misstrauisch zurück.

»Ich kann die Macht nicht kontrollieren. Ich wollte Leben in die Welt bringen, wie Ihr es gesagt habt. Aber wenn ich mit dem Kästchen in Verbindung stehe, fühle ich die Welt nicht mehr. Ich kann keinen Regen zu den Pflanzungen schicken, keine Lebenskraft in die Erde. Ich kann die Magie nur blind hinauswerfen.«

»Ich habe nichts gespürt«, sagte Darnamur. »Aber du wirst lernen, die Macht besser zu beherrschen?«

»Es wird dauern«, erklärte Frafa. Sie stützte sich nicht mehr ganz so fest auf den Gnom, und ihr Körper erholte sich rasch. »Ich kann die Magie des Kästchens freisetzen. Vermutlich kann ich das bald schon besser und ohne so rasch zu ermüden.

Aber das Kästchen zehrt an der Erde, und ich kann die Magie unmöglich gegen den Strom lenken. Ich muss sie in die andere Richtung schleudern. Den Winden des Äthers anvertrauen. Ich weiß nicht, wohin sie die Lebenskraft tragen. Das Land wird Leben bekommen. Aber nicht unbedingt dort, wo wir es haben wollen.«

Als sie wieder bei der Schreibstube angekommen waren, nickte Frafa Darnamur zu und schlich müde davon. Balgir kroch missmutig hinter ihr her. Kaum hatte sie die Türe geöffnet, da stürmten zwei Gnome herein.

Darnamur hatte sich noch nicht einmal wieder hingesetzt. Er blickte den Neuankömmlingen entgegen und lächelte säuerlich.

»Magati«, rief er. »Audan. Schön, dass ihr vorbeischaut.«

Nach ihrem Anschlag auf die Fei hatte Darnamur die beiden nur noch einmal gesehen. Er hatte ihnen Posten in seinem Stab angeboten, aber sie hatten abgelehnt.

Später hatte er erfahren, dass sie doch für die neuen Milizen arbeiteten, als einfache Botenläufer, wie es ihrer ursprünglichen Tätigkeit entsprach. »Ich hatte nicht erwartet, euch noch mal wiederzusehen. Wollt ihr womöglich doch noch mal richtig anpacken? Ihr wisst, wir haben zu wenige ernsthafte Gnome, und mein Angebot steht noch.«

»Allerdings wollen wir richtig anpacken.« Magati baute sich vor dem Schreibtisch auf und stemmte die Arme in die Hüften. Audan stand halb hinter ihr, blickte verlegen drein und hob in einer entschuldigenden Geste die Schultern.

»Aber nicht als Leutnants bei deinen Spionen und Meuchelmördern, Darnamur«, fuhr Magati fort. »Wir hatten einen anderen Gedanken. Hast du nicht den Scharfrichter festgenommen?«

Darnamur betrat das Haus der Schreie. Dieser Name war durchaus wörtlich gemeint. Die Mauern waren dick, die Kerker lagen tief unter der Erde. Aber sobald er durch das Tor getreten war, hörte er mit seinen feinen Gnomenohren von der Treppe her die schrillen Schreie und das Wimmern der Gemarterten.

Das Haus der Schreie war ein uraltes Gefängnis. Die Fei hatte dort die gefährlichsten Unruhestifter eingekerkert, zumeist Nachtalben und Vilas, aber auch Wito kurz vor seiner Verbannung. Seit dem Umsturz nutzte Darnamur die Gewölbe für seine eigenen Zwecke. Seither war er allerdings nicht mehr hier gewesen.

Auf dem ersten Absatz hielt er kurz inne und lauschte. Die gequälten Schreie stiegen von den tiefsten Gewölben her auf. Darnamur bog bereits im obersten Untergeschoss ab, immer noch acht Gnomenlängen unter der Erde gelegen und mit machtvollen Quadern ausgemauert. Er hob die Hand, um gegen die schwere Eisentüre zu schlagen, da hörte er hinter sich auf der Treppe jemanden heranpoltern.

»He, Flohhauptmann!«, rief ein Goblin mit rauer Stimme. »Willste was Blut schnuppern?«

Es war Werzaz. Sein goldener Brustpanzer war fleckig und zerkratzt, das Gesicht struppig. Er trug keinen Helm, und er war betrunken. »Ha'm mir die Bastarde von Wache gesagt, dass du Trollfurz vorbeischaust. Denk ich mir, begrüß den alten Freund!«

Er hob die Pranke und wischte über Darnamur durch die

Luft. Der duckte sich unwillkürlich, auch wenn es wohl ein grüßender Händeschlag hatte werden sollen.

»Werzaz. Was macht ein ehrbarer Hauptmann der Garde an diesem wenig angesehenen Ort?«

»Sauber genug hier«, sagte Werzaz. Er nestelte einen schweren Schlüsselbund vom Gürtel. »Ranzige Kriecher und Flohfänger, die hier Dienst tun. Aber sie schlagen sich wenigstens nicht gegenseitig tot, sondern schälen die Mondgesichter und schlitzen die Blässlinge. Keine Ehre, aber ein sauberes Vergnügen. Gefällt mir besser als im Palast.«

Er schloss auf. Der Goblin hinter der Tür sprang von seinem Hocker auf, als seine beiden Vorgesetzten eintraten. »Aber was willste hier oben, Kürbiskopf?«, fragte Werzaz. »Unten singt der Chor der Verdammten. Hier oben sitzt nur's harmlose Geziefer und rottet in den Zellen.«

Im Vorübergehen stieß er die Wache gegen die Wand und gab ihr eine Maulschelle, ohne sie anzusehen. Der Goblin bleckte die Zähne, zog aber den Kopf ein.

»Harmlos?«, fragte Darnamur spöttisch. »Nennst du den Scharfrichter der Fei harmlos?«

Sie blieben vor einer Tür stehen, die mit gelben Symbolen bedeckt war. Es war dunkel hier, man hörte Wasser tropfen, und es roch modrig. Die Schriftzeichen auf dem fauligen Holz schimmerten matt.

Zwei Nachtalben standen links und rechts der Tür, und sie beäugten die Neuankömmlinge unsicher.

»Der Scharfrichter!« Werzaz stieß zischend die Luft zwischen den Zähnen aus. »Wusste gar nicht, dass der bleiche Aal auch hier sitzt.«

»Allerdings«, sagte Darnamur. »Und viel zu lange habe ich ihn hier ruhig sitzen lassen.«

Mit einem Wink bedeutete er den Wachen, die Tür zu öffnen, und die Alben gehorchten. Immer wieder irrten ihre Blicke dabei ab und spähten den Gang entlang.

»Er hat sich nicht gerührt«, erklärte einer von ihnen. »Wir behalten ihn ständig im Auge.«

Darnamur nickte. Er und Werzaz betraten eine große Zelle. Wie die Tür waren auch die Wände mit Schriftzeichen bedeckt. Ein großer Kreis aus Silber war in den Steinboden eingelassen. Symbole in unterschiedlichen Farben verliefen innerhalb und außerhalb des Silberrings. Sie waren mit Kreide gezeichnet. In einer Ecke der Zelle saß ein Alb auf einem Hocker.

Inmitten des Kreises lag der Scharfrichter. Man hatte ihm die Kutte abgenommen, und der knotige, verkrümmte Leib lag nackt da. Fahlgrüne Haut spannte sich um einen Körper, und die Knochen sahen aus, als seien sie krumm und schief zusammengenagelt worden. Die langen Glieder waren an Ringen im Boden angekettet.

Werzaz hob einen Fuß wie zu einem Tritt. Aber sein Blick blieb auf den magischen Symbolen haften, und er hielt vor dem Bannkreis inne.

Der Nachtalb kam auf sie zu. »Ich erneuere regelmäßig den Bannkreis«, berichtete er. »Und ich habe auch allerhand Erkundigungen eingezogen, nach sämtlichen Zaubern, die Magie unterbinden können. Keiner weiß, was der Scharfrichter für eine Kreatur ist, oder was er für Fähigkeiten besitzt. Aber er hat bislang keine Anstalten gemacht, zu entkommen.«

Darnamur schritt achtlos über die Symbole und trat neben die riesige, dürre Kreatur. Der Scharfrichter schaute ihn aus seinen blassen Augen an. Er regte sich, drehte sich ein wenig zu Darnamur hin. Ein Wimmern drang durch die vernähten Lippen.

Werzaz rührte sich nicht von der Stelle. »Hab gehört, Meister Flachgesicht hier war der Erste, der dir die Treue geschworen hat. Und doch liegt er in Ketten.«

»Geschworen?« Darnamur wandte sich zu Werzaz um. »Wohl kaum. Er hat den Mund zugenäht. Aber am Tag, nachdem ich die Fei erschlagen habe, kam er in den Palast und hat vor mir die Knie gebeugt. Wollte wohl sein altes Amt auch unter den neuen Herren behalten, diese erbärmliche Kreatur.«

Darnamur blickte auf den Scharfrichter hinab. Dann kniete er sich neben dessen Kopf und säuselte leise in das Ohr: »Aber vorher musst du mir noch deine Treue beweisen. Ein kleiner Dienst nur, dann löse ich vielleicht die Ketten. Und lasse dich wieder deiner Arbeit nachgehen. Hörst du mich, Scharfrichter?«

Die Kreatur wand sich in ihren Fesseln. Die Haut scharrte über den Boden, und die Klauenhände klackerten. Wieder drang ein dumpfer Laut aus dem zugenähten Mund.

Darnamur riss sein Messer aus der Scheide und durchtrennte die Naht und ein gutes Stück der Mundwinkel. Eine schlaffe, dicke Zunge zeigte sich dahinter, keine Zähne. Die Wunden bluteten nicht.

»Ich mag es nicht, wenn man mir keine Antwort gibt«, sagte Darnamur. Er betrachtete gebannt sein makelloses Knochenmesser. »Hast du überhaupt lebendes Blut in dir, du hässliches Stück Aas?«, fragte er. Sein Blick wanderte zum Scharfrichter zurück.

›Gnade, Herr‹, ertönte eine Stimme. Sie klang hohl und dumpf und schien sich in der Luft selbst zu bilden. ›Es steht mir nicht zu, die Stimme zu erheben.‹

»Du hast mir zu antworten«, erwiderte Darnamur. »Denn ich bin tatsächlich dein Herr!«

›Ich bin nur ein Diener‹, sagte die Stimme. ›Seit vielen Tausend Jahren diene ich den Herren von Daugazburg. Ich bringe ihre Feinde fort. Ich bin nur eine Waffe, ein Werkzeug. Ich tue, was man mir sagt. Ich selber sage nie etwas.‹

In einer hilflos anmutenden Geste bewegte der Scharfrichter die Hand und wies in Richtung seines aufgeschnittenen Mundes.

»Das ist gut«, erwiderte Darnamur lächelnd. »Ich habe einen Befehl für dich: Bring Wito zurück! Den Gnom, den du zuletzt in deinen seltsamen Irrgarten geschickt hast. Tu, was ich sage!«

›Das kann ich nicht!‹, tönte die Stimme. ›Ich kann das Tor nur in eine Richtung öffnen.‹

»Dann verrate mir, wie ich ihn zurückbekomme.«

›Ich weiß es nicht. Ich bin der, der geblieben ist. Ich öffne von außen das Tor zum Labyrinth, aber ich habe selbst weder Einlass noch Einblick.‹

Darnamur zog eine Ledertasche hervor und rollte sie auf dem Boden auseinander. Es waren einfache Werkzeuge darin: Zangen und Ahlen und biegsame Drähte, Feilen, Hammer und Holzmeißel.

»Das ist sehr bedauerlich, mein Freund und Diener«, sagte er dabei. »Denn wenn du mir vorenthältst, was ich haben möchte, muss ich dich bestrafen. Womöglich fällt es dir ja noch ein? Ich denke, ich werde von nun an jeden Tag kurz vorbeischauen und dich fragen.«

Er wählte eine Zange mit kurzem Kopf und scharfen Kanten. Prüfend öffnete und schloss er das Werkzeug.

»Wenn ich mich recht entsinne«, sagte er und schaute auf den Scharfrichter hinab, »dann wirkst du deinen Zauber mit den Fingern? Ich fange also lieber unten an, damit dir nicht etwas Wichtiges fehlt, wenn du dich entschließt, mir von Nutzen zu sein.«

## 11. Kapitel:
# Der Vater aller Dinge

*Es ist nicht die Art der Gnome, im Kampf so offen auf dem Schlachtfeld zu stehen. Das ist der Grund, warum wir nach außen hin die Macht an einen Hohen Rat übertragen müssen, in dem alle Völker von Daugazburg vertreten sind.*

*Wir gewinnen dabei viel. Ein Rat voller Nachtalben, Vampire und was weiß ich wirkt eindrucksvoller als ein einzelner Gnom hinter einem Schreibtisch oder eine unsichtbare Armee in Mauerlöchern. Er kann die Goblins besser in Schach halten als wir Gnome allein. Selbst wenn wir im Hintergrund weiterhin die Fäden ziehen – der Goblin reagiert auf das, was er sieht.*

*Auch das einfache Volk sieht die Regierung, die wir ihm zeigen. Künftiger Unwille richtet sich somit nicht mehr allein gegen die Gnome oder gegen einen Gnomenprotektor.*

*Aufgeben müssen wir dazu wenig. Unsere Gnomenspäher und die Milizen setzen wir nach Gutdünken ein. Inzwischen können wir selbst die Nachtalben überwachen, und wir bestimmen die Regeln, unter denen der Rat zusammentritt. Wir können also mit Leichtigkeit die Vorherrschaft behalten und müssen in Zukunft nur noch den Rat kontrollieren, der uns dann beim Volk die Arbeit abnimmt. Wir setzen einen Vertreter in jeden wichtigen Ausschuss. Die übrigen Ratsmitglieder spielen wir gegeneinander aus, sodass niemand sich uns entgegenstellen kann.*

Darnamur, Protektor von Daugazburg,
vor den Führern der *Knochenmesser*

»Ich habe zwei Gnome an der Hand«, sagte Darnamur, als er das Haus der Schreie wieder verlassen hatte, »die sind ganz wild darauf, selbst in das Labyrinth des Schreckens zu gehen und Wito herauszuholen.«

Von außen sah das Gefängnis sehr unauffällig aus. Es war ein schlanker Turm, der sich am Rand eines Platzes gegen die Innenmauer der Zitadelle schmiegte. Über der Erde gab es nur ein paar Wachräume. Rötliche Wolken waberten über die Mauerkrone aus Fastenwall heran.

Werzaz, der mit ihm gekommen war, nickte. Er schaute über den Platz zu den Unterkünften, die gegenüberlagen. Seine eigene Kompanie war dort untergebracht. »Tapfere kleine Pickelzapfen sind das. So eine Tat wäre eines Kriegers würdig!«

Darnamur blieb stehen. Er starrte Werzaz an. »Du bist genauso verrückt wie sie, Pelzkopf! Warst du nicht dabei, als ich gerade mit dem Scharfrichter geredet habe? Er weiß selbst nicht, wie man jemanden aus dem Labyrinth herausholt. Wenn ich jetzt noch zwei Gnome hinter Wito herschicke, wäre das nichts als eine weitere Hinrichtung. Sie kämen nicht mehr zurück!«

»Ja«, sagte Werzaz. »Aber sie können den alten Sterzkopf suchen und an seiner Seite kämpfen.«

»Wenn er noch lebt«, sagte Darnamur. »Wito ist seit Monaten dort, und es soll da alle möglichen Ungeheuer geben. Ungeheuer, die man sonst bloß in Albträumen findet.«

»Pah.« Werzaz spie aus. »Der alte Wito ist ein gerissener Winkelkriecher. Der hält durch. Der findet selbst den Ausweg. Wir beide sind schon aus ganz anderen Labyrinthen wieder rausgekommen.«

»So?« Darnamur schaute zweifelnd drein. »Na ja, es gibt Geschichten über Verurteilte, die aus dem Labyrinth entkommen sind. Vielleicht finden wir einen von ihnen. Ich lasse nach ihnen suchen. Aber ich fürchte, das sind wirklich nur alte Geschichten. Und selbst wenn sie stimmen, so besagen sie auch, dass man das Labyrinth nur als gebrochener Sklave verlässt. Ich schicke keine Gnome mehr rein, solange ich nichts Besseres erwarten kann.«

»Deinen Haufen von Pisspottkriechern kannst du gern draußen halten«, erwiderte Werzaz. »Aber versuch das mal bei mir!«

Darnamur schaute überrascht zu ihm hoch. »Was?«

»Ich geh mit. Ich geh in das Labyrinth des Schreckens und hole Wito zurück. Ja, das ist eine Aufgabe, die eines Kriegers würdig ist!« Werzaz schlug sich mit der Faust vor den Brustpanzer. »Deine beiden Gnome sollen ruhig mitkommen, wenn sie für ihren Hauptmann kämpfen wollen.«

Darnamur schüttelte den Kopf. »Du bist verrückt«, sagte er. »Verdammt, ist das ansteckend?«

Werzaz beugte sich zu ihm herab. Mit einem Mal klang er gar nicht mehr betrunken, nicht einmal grob, sondern überraschend ruhig. »Hör zu, kleiner Gnom«, sagte er. »Ich hab dir gesagt, ich kämpf nicht für euch Gnome gegen Goblins. Glaubst du, ich hab nicht mitbekommen, dass dieser dämliche Hagaz mit seinen Staubtretern auf dem Weg hierher ist? Nein, ich will nicht gegen alte Kameraden kämpfen und auch nicht gegen mein Volk. Nicht für euch jedenfalls. Leuchmadan ist fort, und die neuen Herren von Daugazburg bedeuten mir wenig. Die einen wie die anderen. Aber den alten Wito da rausholen, das ist ein ehrenhafter Kampf. Du nimmst mir nicht die Möglichkeit für einen ehrenhaften Kampf, Darnamur, sonst stopf ich dich in die Schublade von deinem feinen Tisch und zünd ihn an.« Er nickte mit großem Nachdruck.

Darnamur kratzte sich am Kopf. »Wenn das so ist ...«, sagte er. »Aber ich hätte dich lieber hier an meiner Seite. Gerade in den nächsten Tagen.«

Werzaz lachte. »Das kann ich mir vorstellen, du Fliegenbein. *Jeder* hätt mich gern an seiner Seite, wenn's ans Hauen und Stechen geht. Denn ich bin Werzaz. Ich bin der Krieger!«

Regil Morada stand an einem Weinstand in der Vorstadt, inmitten anderer Menschen, und redete sich in Rage.

»Diese kleinen Giftzwerge glauben, sie könnten sich alles erlauben!«, rief er. »Es reicht ihnen nicht mehr, nur die Alben in der Oberstadt zu tyrannisieren. Ich habe gleich gesagt, wenn sie da fertig sind, rücken sie uns auf die Pelle.«

»Psst!« Ein Freund legte ihm beschwichtigend die Hand auf den Arm. »So etwas sagt man nicht.«

»Ich sage, was ich will«, erwiderte Regil. »Seit dem Sturz der Fei sind wir frei. Das haben auch die Gnome gesagt.« Er fuchtelte wild mit dem Becher. Heißer gewürzter Wein spritzte heraus. Als Regil es bemerkte, trank er den Rest und ließ sich von der Händlerin nachschenken.

»Die Gnome sind unsere Freunde«, wandte einer seiner Zechkumpane ein. »Menschen und Gnome halten zusammen gegen die Unterdrückung durch die zauberischen Wesen.«

»Dass ich nicht lache«, sagte Regil. »Für mich betreiben Gnome die tückischste Zauberei. Überall verstecken sie sich und stellen einem nach.«

»Du bist betrunken«, sagte sein Freund. »Niemand stellt dir nach.«

»Ach? Aber dass sie mich aus meinem Haus vertreiben wollen, das ist in Ordnung?«

»Es geht ja nicht gegen uns. Und es ist nicht die Schuld der Gnome. Sie müssen die Vorstadt räumen, weil dieser Goblingeneral heranmarschiert. Und der bringt all die geflohenen Nachtalben wieder mit, die uns knechten wollen.«

»Meinetwegen«, knurrte Regil. »Aber ich sag's dir, ich lass mich nicht ausplündern. Wenn die Gnome unsere Verbündeten sind, dann sollen sie auch unsere Häuser verteidigen. Stattdessen sollen wir jetzt in die Oberstadt ziehen. In die leeren Häuser, die die Goblins geplündert und ausgeräuchert haben. Im Winter. Ich habe eine Werkstatt hier! Wie soll ich das alles mitnehmen?«

»Wir müssen zusammenrücken. Zu unserem eigenen Schutz«, sagte der Zechkumpan. Er blickte sich beunruhigt um. »Schwing nicht solche Reden. Willst du als Verräter gelten?«

»Pah, Verräter.« Regil trank den Wein in einem Zug aus, verzog das Gesicht und keuchte, als die heiße Flüssigkeit seine Kehle verbrannte. Dann stellte er den Becher mit einem Knall ab.

»Wenn es so weit kommt, dass man ein Verräter ist, nur weil

man nicht den Gnomen dient, dann können die Alben gern zurückkommen. Ich bin Bürger von Daugazburg. Bin ich ein Verräter, wenn ich meinen Besitz verteidige und mein Stadtviertel nicht aufgeben will?«

Regil machte brüsk kehrt und ging davon. Er schwankte ein wenig. An der nächsten Ecke stützte er sich an der Hauswand ab und atmete tief durch. Die Luft war kühl und frisch, und winzige Eiskristalle schwebten aus einem beinahe wolkenlosen Himmel herab.

Er schaute sich kurz um, aber niemand achtete auf ihn. Regil sah seine Genossen und seine Nachbarn, die immer noch an dem Weinstand standen, die Becher in den dick behandschuhten Händen. Andere Menschen gingen durch die abendlich erleuchteten Straßen. Manche stapelten Möbel vor ihren Häusern auf und bereiteten sich auf einen Umzug vor.

Regil Morada schüttelte den Kopf und ging weiter.

Es war nicht weit bis zu seinem Haus. Er betrat den Flur und stieg die Treppe empor. Die Stufen knarrten unter seinen schweren Schritten, und er hielt sich mit einer Hand am Geländer fest. Als er auf der vorletzten Stufe angekommen war, wuchs vor ihm plötzlich ein Gnom aus dem Boden.

»Buh!«, rief Magati. Sie sprang in die Luft und fuchtelte mit den Händen vor Regils Gesicht herum.

»Wa- wa ...«, stammelte Regil und zuckte zurück. Er verlor auf der steilen Treppe das Gleichgewicht und taumelte nach hinten. Das Geländer barst, als er dagegenfiel. In Panik griff er nach einer Strebe, aber sie gab nach, und Regil stürzte schreiend in die Tiefe.

Drei Stockwerke tiefer schlug er auf dem steinernen Boden auf, und es wurde still.

Mit zwei Schritten eilte Magati zum Geländer und schaute hinunter. »Leuchmadans Gnade. Ich wollte ihm nur einen Schrecken einjagen.«

Audan stand mit einem Mal neben ihr. »Darnamur würde das gefallen«, bemerkte er. »Das hat er sich wohl vorgestellt, als er seine Miliz zu einem ›Prognom‹ ausschickte.« An seiner Begleiterin vorbei schaute er hinab. Von hier oben aus konnte man nur die Beine des Gestürzten sehen, die seltsam verdreht voneinander abstanden.

Dann hörten sie Stimmen hinter den Türen. Weitere Bewohner des Hauses regten sich.

»Regil?«, rief eine Frauenstimme gleich hinter der nächsten Tür. »Bist du das?« Schritte näherten sich auf knarrenden Dielen.

»Ich wollte es auf Gnomenart regeln«, sagte Magati. »Mit einem Streich.«

»Es war ein Unfall«, erwiderte Audan. »Komm, machen wir uns klein. So was kommt öfter vor.«

Und Audan hatte recht. In diesen Tagen gab es viele solche Unfälle in Daugazburg. Unter Menschen, Goblins und auch unter den anderen großen Völkern. Vor allem traf es schlecht gelaunte Bürger, die ihrem Unmut Luft machten und mit anderen darüber sprachen. Es gab Unfälle und unaufgeklärte Morde und ganz rätselhafte Todesfälle, bis die Luft schließlich schwer wurde von unausgesprochenen Gedanken.

Die geheime Gnomenstube im Roten Drachen war zum Bersten voll. Darnamur hatte vor dem Tresen mit den größten Tischen einen Winkel abgetrennt, in dem er sich mit den Offizieren und mit den ausgewählten Mitgliedern seiner *Messer* versammelt hatte. Die Gnome im anderen Teil der Stube standen so dicht, dass man kaum atmen konnte. Immer mehr Gnome strömten in den Treppenaufgang und wollten herein.

»Warum sollten wir unsere Kompanien eine Stunde vor Beginn der Versammlung hier drin antreten lassen?«, flüsterte Dranjar ihm zu. »Wenn du Ärger erwartest, hätten wir sie besser draußen vor dem Gebäude versammelt. Da können sie sich wenigstens bewegen!«

Darnamur schaute über die Menge. Fast alle Gesichter kamen ihm bekannt vor. Es waren dieselben, die sich im Verlauf der letzten Jahre regelmäßig hier getroffen hatten, wenn auch selten so viele auf einmal. Die meisten von ihnen trugen Waffen aus Drachenbein und waren schon an ihrer Kleidung als Kundschafter zu erkennen – Gnomenkrieger, das Rückgrat der Revolution und ihrer derzeitigen Vorherrschaft.

»Ich brauche sie genau hier«, sagte Darnamur.

»Da draußen stehen mehr als dreimal so viele Gnome, wie in den Saal passen«, nörgelte Dranjar. »Und das ausgerechnet heute! Was ist mit deinem groß angekündigten ›Prognom‹? Angst und Schrecken sollten wir in der Stadt verbreiten. Stattdessen hältst du deine besten Truppen stundenlang hier fest und überlässt die Straßen den *Stümpern*. Den Hilfstruppen. Den angelernten Plänklern. Gnome ohne Disziplin, die nichts als Unsinn im Kopf haben.«

»Dranjar«, meldete sich Batha zu Wort. »Du verstehst mal wieder gar nichts.«

»Frieden, meine Freunde.« Darnamur wandte den Blick von der Menge und drehte sich lächelnd seinen Begleitern zu. Nacheinander musterte er auch die übrigen Offiziere und die Veteranen, die er hinter dem Tisch versammelt hatte. »Heute ist ein großer Tag für uns Gnome. Wir wählen die Vertreter unseres Volkes, die wir in den Hohen Rat schicken. Wir müssen Einigkeit zeigen. Soldaten streiten nicht im Angesicht des Feindes.«

Batha presste die Lippen aufeinander und nickte. Dranjar funkelte sie an.

»Es ist so voll hier drin«, sagte ein uralter Gnom mit weißen Haaren und Runzeln, tief wie Ackerfurchen. Er hatte eine riesige und rötlich angeschwollene Narbe auf der Stirn, wo ihn am Tag der Messer eine Klinge getroffen hatte. »Hätten uns draußen versammeln sollen.«

»Es ist kalt draußen, Greuwa«, sagte Darnamur. »Außerdem konnte man nicht damit rechnen, dass so viele Gnome kommen.«

»Was hast du gesagt?«, fragte der Alte.

»Kalt!«, rief Darnamur.

»Ja, ja«, sagte Greuwa. »Der alte Beuzabar heizt nicht mehr

richtig ein in seiner Schenke. Hättest dir was Wärmeres anziehen sollen, Junge, wenn du jetzt frierst.« Er lüpfte ein wenig die Wolldecke, die er über der Schulter trug.

»Beuzabar ist nicht mehr da, Großväterchen«, sagte Magati. »Vom Roten Drachen ist nur noch dieses Hinterzimmer geblieben. Die Fei hat die Schenke gestürmt, hast du das vergessen?«

Der alte Greuwa legte lauschend den Kopf schief. Darnamur hörte nicht mehr zu, sondern stieg auf den Tisch. Er hielt einen kurzen Stoßspeer mit Knochenspitze in der Hand. Mit dem Schaft klopfte er auf die Tischplatte, bis ein wenig Stille im Saal einkehrte und die Aufmerksamkeit der Versammelten sich auf ihn richtete.

»Meine Freunde«, fing er an. »Meine Brüder. Heute ist ein historischer Tag. Die Zeit der Revolution ist vorüber, und wir errichten eine neue Herrschaft. Keine Tyrannei, sondern eine gemeinsame Regierung, in der alle Völker zusammenstehen. Ganz so, wie Wito es uns aufgetragen hat!«

Er hielt kurz inne. Jubelrufe ertönten und schwollen an. Die Gnome trampelten mit den Stiefeln auf den Boden, schlugen mit Waffen und Bechern gegen Wände und Möbel. Darnamur hatte den richtigen Ton getroffen. Für diese Worte zollten ihm selbst die wenigen Beifall, die nicht zu den *Knochenmessern* gehörten, sondern nur zu Witos *Grünen Landen.*

»Wir sind heute hier, um unsere Abgesandten zu wählen: zehn Gnome, die uns im Hohen Rat vertreten werden.«

»Ist das nicht etwas überstürzt?«, rief ein rundlicher Gnom, der zwischen Dranjars und Bathas Kompanie eingekeilt stand. Unwilliges Zischen brandete um ihn auf, aber Darnamur hob die Hand und gebot Ruhe.

»Lasst den Gnom seinen Einwand vorbringen. Dies ist eine freie Versammlung.«

Der rundliche Gnom schaute nach links und nach rechts und wischte sich über die Stirn. Er trug feine Kleidung aus rotem Samt. Um seinen Hals lag ein Spitzenkragen. »Ich meine nur, das kommt etwas plötzlich. Vor wenigen Stunden erst erging der

Aufruf zu dieser Versammlung, und jetzt wollt ihr die Regierung in einem Hinterzimmer von den Gnomen wählen lassen, die sich zufällig hier eingefunden haben? Sollte nicht ein jeder Gnom an dieser Entscheidung beteiligt sein?«

Darnamur lächelte. »Es wird jeder Gnom beteiligt«, sagte er. »Zugegeben, dies alles verläuft ein wenig überstürzt. Aber ein Heer von Goblins und Alben marschiert auf die Stadt zu. In zwei Tagen muss der Hohe Rat stehen. In ruhigeren Zeiten werden weitere Abstimmungen folgen.«

Darnamur stellte sich auf die Zehenspitzen und schaute über die Versammlung. »Denkt daran: Die Zeiten der Tyrannei sind vorüber. Es wird keine immerwährende Herrschaft geben. Auch die Mitglieder des Hohen Rates werden nicht über euch stehen, sie verwalten nur eure Anliegen gegenüber den anderen Völkern. Die politischen Vereinigungen, die die Fei einst verbieten wollte, sind in Zukunft die wahren Herren von Daugazburg. Wir …« Mit einer weiten Geste wies Darnamur auf die ausgewählten Anhänger, die sich hinter ihm versammelt hatten. »… haben Kandidaten ausgewählt aus den Reihen der *Grünen Lande*. Und die *Grünen Lande* stehen jedem Gnom offen. Die Mitglieder treffen sich regelmäßig, in großem und in kleinem Kreise, und jeder kann seine Stimme einbringen. Die Gesandten unseres Volkes, die wir heute wählen, werden ihrer Partei gegenüber jederzeit Rechenschaft ablegen müssen.«

»Ich selbst«, fuhr Darnamur fort, »werde als Protektor zurücktreten, sobald der Hohe Rat sich trifft. Ich habe euch in die Revolution geführt und den Übergang verwaltet. Aber ich wollte die Fei nicht als Tyrann ablösen. Nur dann, wenn ich heute von euch dazu bestimmt werde, nehme ich einen Platz im Rat ein, als Gleicher unter Gleichen.«

»Darnamur!«, rief Dranjar. Er riss sein langes Messer aus dem Gürtel und reckte es in die Luft. »Darnamur!«, rief er noch einmal, und seine Kompanie nahm den Ruf auf.

Bleich funkelten die Knochen in der dämmrigen Halle, als Hunderte langer Messer in die Luft gereckt wurden. Erst antwortete Dranjars Kompanie, dann Bathas, und die übrigen Kundschafter schlossen sich an. Darnamur lächelte. Das waren die *Knochenmesser*, seine Kampfgefährten.

Unter dem funkelnden Klingenwall aus Bein sah man keine anderen Gnome.

Wieder hob Darnamur die Hände und gebot Ruhe.

»Gut«, sagte er. »Wenn es der einhellige Wille dieser Versammlung ist, werde ich weiterhin unsere Interessen vertreten. Ich werde den Alben und Goblins und Menschen und Kobolden im Rat zeigen, dass uns Respekt gebührt.«

Er hob den Speer in die Luft. Die versammelten Gnome erwiderten die Geste und jubelten. Diesmal wartete Darnamur eine Weile ab, ehe er fortfuhr. Er ließ sich von einem seiner Offiziere ein Stück Pergament reichen.

»Meine Brüder und Schwestern«, sagte er dann. »Wir, die Versammlung aller Truppführer der *Knochenmesser*, und diejenigen Führer der *Grünen Lande*, die wir in der Eile zusammenrufen konnten, haben eine Liste zusammengestellt. Wir haben Veteranen ausgewählt, die am Tag der Messer bewiesen haben, dass sie alles für die Gnome geben, dass sie keine Gefahr scheuen und dass sie mit ihrem Leben für euch einstehen.«

Die Greife und Drachen flogen die ganze Nacht hindurch, bis sie in den kalten Stunden vor der Dämmerung die Schraffelgrate erreichten. Sie folgten den Tälern, mieden die schneebedeckten Höhen. Sie flogen an den Ausläufern der Berge entlang, bis mit den ersten Sonnenstrahlen die Vilas ihre Greife niedergehen ließen.

Die Schar landete auf einem glitzernden Schneefeld, das wie eine Zunge von einem Abhang her auslief und auf der anderen Seite am Südhang eines weiteren Grats leckte. Die Schneedecke war verharscht. Sie brach ein, als die Flugtiere aufsetzten. Ein Drache hob den Kopf und stieß ein Brüllen aus, aber die Reiterin zog am Zügel. Die beiden Echsen rückten zitternd zueinander und suchten gegenseitig den Schatten ihrer Schwingen. Die

Greife waren keine so ausgeprägten Nachtgeschöpfe und zeigten sich unberührt von der aufgehenden Sonne.

Als die Tiere zur Ruhe kamen, erschien mit einem Mal Ganoch zwischen den Taschen bei der Reiterin. »Sind wir da?«, fragte er.

Die Vila grinste. Ihr Gesicht leuchtete unter dem weiten Kapuzenumhang wie aus dünnem Porzellan gebildet. »Wir sind in der richtigen Gegend.«

Die Reiter stiegen ab und sammelten sich. Fluchend sanken die beiden Vampire im Schnee ein und kämpften sich zu einer festeren Stelle durch. Weitere Gnome erschienen in ihrer größeren Gestalt und schlossen sich der Gruppe an. Die feste, raue Schicht trug sie.

Der Trupp faltete große Pergamentbögen auseinander und sah sich um, suchte nach den Landmarken. Es war schwierig, die Symbole und Beschreibungen auf den Karten mit der Wirklichkeit in Einklang zu bringen. Ein eisiger Wind ließ das Pergament flappen, und die Vilas und Vampire breiteten ihre Mäntel aus und schützten es, so gut es ging. Glitzernde Eiskristalle tanzten über dem Schnee.

»Wir müssen dorthin!« Ganoch wies auf einen Einschnitt im südlichen Grat.

»Wenn das der Pass ist, ist es zu weit für die kurzbeinigen Gnome«, befand ein Vampir. Er fuhr mit dem Finger die Linien auf der Karte nach. »Das wäre ein Marsch von mehreren Tagen.«

»Mit den Tieren können wir nicht näher heran«, erwiderte eine Vila. »Wir würden auffallen.«

Ganoch maß ebenfalls die Distanzen auf der Karte ab. »So weit ist es nicht«, entschied er. »Wir brechen auf!«

Kommandos hallten durch das Tal. Nach und nach erschienen weitere Gnome bei den Tieren, schwer gerüstet mit Armbrüsten, Speeren und Kurzschwertern, in gefütterten Lederwesten und mit Holzschilden am Arm. Bald hatte die Hundertschaft sich in dem Tal versammelt und marschierte los. Die beiden Vampire gingen voran, die Vilas blieben mit den Geflügelten zurück. Auf einer kleinen steinernen Anhöhe mitten in der Senke fegten sie die dünne Schneeschicht fort und richteten sich ein Lager ein.

Der Weg aus dem Tal hinaus war mühsam für den Haupttrupp. Ganoch versuchte, mit den Vampiren Schritt zu halten, aber die waren mit ihren längeren Beinen im Vorteil. Die Gnome sanken seltener im Schnee ein, aber wenn sie einsanken, dann gleich bis zur Hüfte. Oft genug konnten sie ihr geringeres Gewicht gar nicht ausspielen, sondern mussten die dünne Eisdecke ganz bewusst durchstoßen, damit sie im Schnee Halt fanden und nicht den Hang hinabrutschten.

Die Sonne stieg höher, und die Vampire hüllten sich fester in ihre dicken Mäntel. Ganoch kämpfte sich mühsam voran. Der Atem bildete weiße Wolken vor seinem Mund. Schon bald zog sich die Linie seiner Gnome auseinander, und die einzelnen Trupps der Kompanie marschierten getrennt.

Dann gelangten sie auf nackten Stein, auf ein Geröllfeld aus schwarzen Kieseln. Hier kamen sie besser voran. Die Gnome traten Steine los, die den weißen Schnee tiefer am Hang zeichneten, und immer wieder hörte man Warnrufe an die Gruppen, die weiter unten marschierten.

Ein Vampir blieb zurück, bis er neben Ganoch lief. »Psst«, sagte er. »Womöglich gibt es Späher auf der anderen Seite des Hangs.«

»Ich hoffe nicht«, erwiderte Ganoch. »Geht voran und achtet darauf.«

Der Vampir verzog das Gesicht und kletterte schneller. Bald war er mit seinem Kameraden auf dem Pass verschwunden.

Als alles vorüber war und die zehn Vertreter für den Hohen Rat feststanden, ging die Versammlung der Gnome auseinander. Draußen auf den Straßen mochten sie weiter darüber reden. Aber die Entscheidung war gefallen.

»Ganoch sollte im Rat sitzen«, befand Batha, während sie mit Darnamur einen Tisch wieder zurechtschob. »Das gefällt mir nicht. Diese fingierte Versammlung, während er fort ist. Sein Name stand nicht einmal auf deiner Liste. Er hat sich einen Posten in der neuen Regierung verdient.«

»Du hast recht«, erwiderte Darnamur. »Er hat einen Platz im Rat verdient. Genau wie du. Genau wie Dranjar. Aber wir sind noch nicht so weit, dass wir Posten und Ämter an verdiente Gnome vergeben können. Noch kämpfen wir, und ich will meine erfahrensten Befehlshaber nicht in einem Rat sitzen haben, wo sie mit Alben und Goblins diskutieren. Ich brauche euch draußen.«

»Allerdings«, stimmte Dranjar zu. »Wir haben genug Zeit verloren mit diesem Geschwätz hier. Erst müssen wir unsere Feinde erschlagen! Die Beute verteilen können wir später.«

»Außerdem müssen die Mitglieder des Rats überwacht werden«, sagte Darnamur. »Sie dürfen keinen Schritt unbeobachtet tun, und ich will über jede ihrer Absprachen Bescheid wissen.«

Batha seufzte. »Wir sind alle Soldaten, und wir wollten für die Stellung der Gnome kämpfen. Aber niemand hat uns gesagt, dass wir deshalb ununterbrochen mit dem Messer in der Hand hinter allen anderen Völkern stehen müssen. Ich sehe einfach nicht, wie dieser Kampf enden soll.«

»Weißt du, Batha«, sagte Darnamur. »Es gibt Kämpfe, bei denen man nur von einem Schritt zum nächsten denkt. Als ich den Unkwitt erschlug, kämpfte ich in jedem Augenblick nur um mein Leben und wusste nicht, wie es ausgehen würde. Aber eines kann ich dir sagen: Am Ende, wenn der Gegner erschlagen vor dir liegt, dann *spürst* du, dass es vorüber ist.«

Er sah Batha in die Augen und legte ihr beide Hände auf die Schultern. »Du bist ein Kämpfer wie ich. Halte dich an das, was du weißt. Wenn wir oft genug treffen und selbst überleben, muss der Gegner irgendwann fallen. Bis dahin kämpfen wir weiter und denken an den nächsten Schlag und an die nächste Abwehr. Alles andere wäre eine gefährliche Ablenkung und eine Verirrung.«

Er wandte sich von ihr ab und stützte sich auf den Tisch. »Ich warte immer noch auf das Dröhnen, wenn dieser Drache fällt, auf die Stille, wenn sein Herz aufhört zu schlagen. Aber noch sehe ich, wie unsere Feinde sich bewegen. Es ist nicht vorbei, und wir kämpfen weiter.«

Zur Mittagsstunde lagen Ganoch und seine Schar in einem Wäldchen. Viele der Gnome hatten sich nach dem langen Marsch hingelegt und schliefen. Ganoch versteckte sich in einem Dickicht am Rand und wartete auf die Rückkehr seiner Späher.

Eine hohe Bergwiese schloss sich an den Waldrand an. Dahinter hörte man das Plätschern eines Bachlaufs. In den kahlen Ästen über ihnen hingen einige Schneenester, aber der Boden war frei. Das trockene Gras sah grau aus und tot.

Nach und nach trafen die Kundschafter ein, die beiden Vampire und einige Gnomenspäher. Sie hatten Wildwechsel entdeckt und Pfade, die von anderen Bewohnern dieses Tales benutzt wurden.

»Dort oben ist ein Loch an der Bergflanke«, berichtete ein Gnom. »Das ist ein Eingang zum Goblinlager. Ich weiß nicht, ob es noch mehr davon gibt.«

»Es sind keine Goblins draußen«, merkte einer der Vampire an. »Wir sollten ihnen nachts auflauern, wenn sie aus ihrem Bau kommen.«

Ganoch schüttelte den Kopf. »Wir bleiben bei unserem ursprünglichen Plan. Wir gehen tagsüber rein, solange sie schlafen.« Er wandte sich an die Vampire. »Ihr bleibt draußen, in sicherem Abstand, und haltet uns den Rücken frei.«

Die Vampire waren schwer gerüstet. Sie trugen lange Kettenhemden, Schilde auf dem Rücken und Breitschwerter am Gürtel. Die Helme hatten sie an den Waffengurt gebunden, und Kurzbögen mit schwarz gefiederten Pfeilen ans Gepäck geschnürt. Aber sie hatten ihre Kapuzen so weit zugezogen, dass ihr Gesicht nur noch durch einen schmalen Schlitz zu sehen war, und sie schauten unzufrieden drein.

Ganoch rief die Gnome mit einer Handbewegung zusammen. Die Trupps traten an, die aufmerksameren Späher weckten ihre schlafenden Kameraden. Dann ließen sie sich von den Kundschaftern zum Goblinlager führen. Vor dem Ziel fächerten sie auseinander, verschwanden hinter Büschen und Felsen. Bald sah Ganoch nur noch seine eigenen Begleiter, die acht Gnome seiner Schar.

Als sie das Loch in der Bergwand erblickten, nahmen sie ihre kleine Gestalt an. Insektengroß pirschten sie weiter. Ganoch verharrte, als der Schatten der Höhlendecke auf ihn fiel. Er spürte kein Leben, keine Wärme. Doch aus dem Dunkel drangen gedämpft raue Stimmen.

Er winkte seinen Trupp zu sich und ging weiter. Nach einer Weile – in großer Gestalt wären es nur ein paar Schritte gewesen – gelangten die Gnome an eine Tür, die nach rechts vom Gang abging. Sie war aus einigen dicken, grob behauenen Brettern zusammengenagelt. Die kleinen Gnome konnten mühelos durch die Ritzen kriechen. Dahinter fanden sie eine kleine Kammer, in der ein halbes Dutzend Goblins um einen Tisch herumsaßen.

Zwei von ihnen hatten den Kopf auf die Tischplatte gelegt und schnarchten, die anderen spielten ein Geschicklichkeitsspiel mit ihren Messern. Ein großer Tonkrug stand zwischen ihnen, Becher aus Ton daneben. Sie alle hatten blutige Schnitte an den Händen.

In einer Ecke brannte ein kleines Feuer. Der Rauch kroch langsam durch den Raum und zog durch Spalten und Ritzen ab. Ein Gnom musste husten. Knochenklingen glänzten auf, aber Darnamur befahl seine Leute zurück. »Das wird laut werden«, sagte er. »Wir kümmern uns erst mal um die Schlafenden, tiefer in der Höhle.«

Sie zogen sich aus der Wachstube zurück.

Die Gnome schlichen weiter. Wenn sie keine Goblins in der Nähe spürten, wechselten sie in ihre normale Gestalt und kamen so schneller voran. Sie stießen auf eine große Grotte, vermutlich das Hauptlager. Feuer brannten hier. Dazwischen standen Zelte oder schliefen Goblins in Decken gehüllt. Es waren vor allem Frauen und Kinder, und nur wenige Krieger. Einige menschliche Sklaven waren in einem Winkel aneinandergekettet, nackt und verlaust und halb verhungert.

In Seitenkammern entdeckten sie weitere Familien. Goblinfrauen, reich geschmückt mit kunstvollem Gewirk aus Zähnen und Knochen und buntem verdrillten Garn. Kinder. Aber keine Häuptlinge. Die Edlen des Goblinstammes waren also alle mit den Kriegern unterwegs. Und die Kämpfer, die man zum Schutz des Stammes zurückgelassen hatte, waren meistenteils alt und verstümmelt oder es waren schlanke Halbwüchsige, die nicht einmal zehn Jahre alt sein konnten.

Die Gnome durchsuchten die Höhlen ungestört. Bis auf die sechs Wachen am Eingang war kein Goblin wach. Es gab Vorratskammern, in denen bei eisiger Kälte Wildbret lagerte, Werkstätten und grobe Schmieden dicht an der Wand des Berges, wo der Qualm durch zahlreiche Risse entweichen konnte. Hier kauerten Sklaven, deren Ketten fest mit Amboss und Blasebalg verbunden waren, die Werkzeuge ihrer Befreiung nur eine Handbreit außer Reichweite. Sie schliefen mit blau gefrorenen Lippen.

Aber einen weiteren Ausgang aus dem Lager fanden die Gnome nicht.

Ganoch versammelte seine Kompanie aus käfergroßen Gnomen in einer Seitenkammer. Diese Höhle war nur ein schmaler Schlauch, der über der großen Grotte lag und über einige breite Stufen zu erreichen war. Ein gewebter Vorhang mit roten Ornamenten trennte den Raum von der Haupthalle. Der Knochenschmuck der Frau, die dort schlief, war mit Goldplatten durchwirkt, und auch die Kinder bei ihr wirkten ungemein wohlhabend, anders, als man es sonst bei Goblins gewohnt war.

»Das muss die Familie des Clanführers sein«, sagte Ganoch. »Aber ich frage mich, wer die Sippe in seiner Abwesenheit führt?«

»Vielleicht ist ihr Hauptmann bei den sechs Wachen am Eingang?«, schlug einer der Gnome vor.

»Vielleicht.« Ganoch verdrillte seine kleinen Zöpfe zwischen den Fingern. »Aber ich habe keinen Krieger gesehen, der herausragte. Ich würde gerne mit unserem ersten Schlag den Anführer erwischen.«

Die winzigen Gnome sahen ihren Hauptmann ratlos an und schüttelten den Kopf.

»Teilen wir uns auf«, entschied Ganoch schließlich. »Ich bleibe mit meiner Schar hier im Seitengang und kümmere mich um diese feine Familie ...« Mit dem Kinn wies er auf die herausgeputzte Frau und ihre schlafenden Kinder. »Ihr verteilt euch in der Halle. Mindestens zwei Gnome neben jedem Krieger. Auf meinen Pfiff hin schlagt ihr zu und verschwindet wieder. Dann rücken die zweite bis fünfte Schar zum Eingang vor und kümmern sich um die Wachen. Die anderen töten weitere Goblins in der Halle. Das sollte sie in Panik versetzen. Treibt sie zusammen, aber passt auf, dass sie euch nicht in kleiner Gestalt erwischen und zertreten. Haltet Abstand, wenn sie aufwachen.«

Die Trupps nahmen ihre Befehle entgegen und verschwanden. Darnamur schickte einen Späher zum Vorhang. Dann trat er zu der Goblinfrau und zog das Kurzschwert. Seine Kameraden verteilten sich bei den Kindern.

Er hob zwei Finger an die Lippen und stieß einen schrillen Pfiff aus, unhörbar für alle großen Wesen, aber ein durchdringender Laut für die insektengroßen Gnome. Der Späher am Vorhang wiederholte das Signal für die Gnome in der großen Grotte. Ganoch nahm wieder seine natürliche Größe an.

Die Knochenklinge in seiner Hand wuchs mit. Wuchtig stieß er zu. Das Drachenbein fuhr in die Kehle der Goblinfrau. Er sah ihre schwarzen Augen im Dunkel glänzen, ein Zucken, ein gurgelndes Atmen. Aber Ganoch hatte die Klinge schon wieder erhoben und schlug ein zweites Mal zu. Knochen spritzten vom Halsschmuck der Goblinfrau weg. Ganochs Klinge schnitt bis zum Nacken durch und blieb in einem Wirbel stecken.

Die Frau zu seinen Füßen lag reglos da, dunkles Blut sprudelte wie eine frische Quelle unter dem halb abgetrennten Kopf hervor.

Ganochs Herz schlug schneller, seine Hand zitterte. Einen Augenblick stand er reglos da. Die Geräusche von seinen Gefährten waren gedämpft, dumpfe Schläge, ein Röcheln. Eines der Kinder brachte ein kurzes Wimmern hervor, das mit einem feuchten Reißen abbrach. Stille und der Geruch von Blut breiteten sich in der Kammer aus.

## 12. Kapitel:
# Die Zeit des Hohen Rates

*Die Einheit der Vielen. Hier in diesem Rat sehe ich endlich und zum ersten Mal den Wahlspruch verwirklicht, unter dem die Finstervölker sich vor Jahrhunderten vereinigt haben. Ich hoffe, wir werden diese Worte mit Leben füllen.*

*Der Hohe Rat soll in Zukunft die Geschicke von Daugazburg lenken. Zehn Vertreter aus jedem Volk sitzen hier einträchtig beisammen,. lösen schwierige Fragen in friedlichem Gespräch und treffen Entscheidungen in gleichberechtigter Abstimmung.*

*All das ist neu für uns, und es ist bisher ohne Beispiel in den Grauen Landen. Wir werden es erst lernen müssen. Der Umsturz hat Wunden geschlagen bei allen Völkern. Es liegt an uns, sie zu heilen. Jetzt, an diesem Ort und zu dieser Zeit, können wir alle dazu beitragen, dass es den Preis wert war.*

Darnamur, Vorsitzender der Gnomenfraktion,
Rede zur Konstitution des Hohen Rates

Der Hohe Rat von Daugazburg, die neue Regierung der Grauen Lande, versammelte sich zu seiner ersten Sitzung im alten Spiegelsaal der Fei. Darnamur hatte den Thron mitsamt dem Podest fortbringen lassen. Der spiegelnde Glasboden war mit weichen

Teppichen ausgelegt. Das dämmrige Licht eines späten Nachmittags brach sich in trüben Kristallfenstern, die nicht länger von Blenden verstellt waren.

Aus der Zeit der Fei waren allein die blitzenden Leuchter an der Decke geblieben. Als neue Möblierung dienten einfache Bänke mit niedrigen Pulten, die in einem Kreis aufgestellt waren. Die Sitze waren jeweils getrennt für Gnome und Goblins, Nachtalben und Nachtmahre, Kobolde und Menschen. An der Seite des Kreises, die zum Fenster zeigte, stand ein Katheder. Das Licht von draußen sorgte dafür, dass jeder, der dorthin schaute, den Blick senken musste. Und hinter diesem Pult stand Darnamur.

Ein Nachtalb erhob sich in der Reihe, die seinem Volk vorbehalten war. Er streckte einen Arm aus und wies mit dem Finger zu der Bank der Menschen. »Ist es nicht übertrieben, gleich zehn Menschen zu dieser ersten gemeinsamen Versammlung unserer Völker zuzulassen?«

»Warum?«, fragte Darnamur liebenswürdig. »Bitte erklärt Euch genauer, Rat Grefan.«

»Es sind genauso viele Menschen hier wie Alben«, erklärte Grefan. »Genauso viele! Dabei gehören die Menschen nicht einmal zu uns Finstervölkern. Sie sind nur als Diener in der Stadt!«

Erregt sprangen einige Menschen von ihren Plätzen auf.

»Das ist eine Unverschämtheit!«

»Ich bin niemandes Diener!«

»Mein Papier habt Ihr aber immer gern gekauft, Rat Grefan. Und sogar um Nachlass gefeilscht, albischer Habenichts.«

»Bitte!«, rief Darnamur. »Wir wollen uns doch keine Beleidigungen an den Kopf werfen.«

»Grandios, Grefan«, hörte man Bleidan in der nachfolgenden Stille flüstern. »Der Papierhändler ist auch Mitglied bei unseren *Fortschrittsfreunden.* Willst du unsere ganze Partei hier auseinanderreißen?«

Tomgar stand auf, der Anführer der *Gesellschaft Freier Menschen.* Er war ein riesiger, grobschlächtiger Mensch, dem das schüttere Haar in fettigen Strähnen bis auf die Schultern hing. Er überragte die anwesenden Nachtalben um drei Köpfe.

»Ihr könnt froh sein, Alben«, sagte er, »dass ihr überhaupt so viele Sitze habt wie wir. Wie viele Alben gibt es denn in Daugazburg? Wir Menschen sind viel zahlreicher. Von Rechts wegen sollten wir zehnmal so viele Stimmen im Rat bekommen!«

Mataz, der Goblinhauptmann, lachte dreckig. »Gibt nicht mehr so viele Alben hier, will ich wetten. Nach Goblinrecht müsste ich die ganzen Plätze für die Alben im Rat kriegen, die ich erschlagen habe in den letzten Tagen. Meine Siege, meine Beute!«

Grefan wurde ganz grün im Gesicht und starrte Mataz hasserfüllt an. Aber er schwieg. Einige weitere Goblins auf ihrer Ratsbank johlten, und die Alben warfen ihnen eisige Blicke zu.

Darnamur schlug mit einem bereitliegenden Holzklotz auf das Katheder. »Meine Herren … und Damen! Jedes Volk hat zehn Vertreter im Rat. Wenn wir anfangen, darüber zu diskutieren, kann nichts Gutes herauskommen. Nicht jetzt, wo wir eben erst Frieden geschlossen haben.«

Beifälliges Gemurmel erklang, vor allem von den Bänken der Gnome und Kobolde. Und dazu Greuwas Schnarchen. Der alte Gnom war mit dem Kopf vornüber auf die Bank gesunken.

»Ich will gleich zu dem wichtigsten Punkt kommen, den dieser Rat zu behandeln hat«, sagte Darnamur. »In spätestens zwei Tagen lagert ein Heer vor unseren Toren. Es herrscht Krieg. Da sind schnelle Entscheidungen gefragt, und wir haben eben gesehen, wie rasch hier ein Streit um Nebensächlichkeiten aufkommen kann. Ich schlage also vor, dass wir für wichtige Aufgaben Ausschüsse bilden. Jeweils drei Ratsmitglieder, die sich um laufende Geschäfte kümmern und in kleinem Kreise Entscheidungen fällen.«

Grefan hob wieder den Kopf und straffte sich, blieb aber sitzen. Einige Mitglieder des Rates blickten einander an, bis Bleidan sich zögernd erhob.

»Erst wird der Rat einberufen, dann soll er die Macht wieder an einige wenige abgeben?«

»Der Rat bestimmt die Mitglieder der Ausschüsse. Der Rat kann sie jederzeit abberufen, wenn eine Mehrheit das fordert«, erklärte Darnamur. »Bei den täglichen Sitzungen müssen sie dem Rat Rede und Antwort stehen ... schlage ich vor. Als Erstes sollten wir einen Ausschuss für die Verteidigung der Stadt berufen. Ihm obliegt der Oberbefehl über unsere Truppen.«

Mehrere Ratsmitglieder redeten durcheinander. Rasch entspann sich eine erregte Diskussion. Darnamur beteiligte sich nicht daran, räumte aber auch nicht den Platz am Rednerpult, den er seit der Eröffnung der Versammlung besetzt hielt. Er wartete, bis einige Zeit verstrichen war. Dann ließ er abstimmen. Die Gnome stimmten geschlossen für ihn, und einer stieß Greuwa an, bis auch der die Hand hob.

Erwartungsgemäß nahm der Rat den Vorschlag an. Es gelang Darnamur auch, sich selbst zum Vorsitzenden des Ausschusses bestimmen zu lassen. Er lächelte. Diese Form der Regierung war tatsächlich etwas Neues für Daugazburg, und es zahlte sich aus, dass er ein wenig besser darauf vorbereitet war als die anderen. Er hatte mit den übrigen Ratsmitgliedern schon gesprochen, bevor sie zum ersten Mal zusammentraten, und er hatte sich auch vorher überlegt, wie die Sitzung verlaufen sollte. Durch diesen Vorsprung ließ sich gleich zu Anfang einiges festzurren, aus dem er hoffentlich noch lange Nutzen ziehen konnte.

»Ich bin der Zweite in diesem Ausschuss.« Hauptmann Fitwiz sprang auf. Er bleckte die Zähne zu einem Grinsen. »Wir Goblins sind die einzige Armee in der Stadt, und ich bin ihr Hauptmann. Der Krieg gehört uns!«

Mataz, der andere Goblinhauptmann, schaute überrascht drein. Dann erhob er sich langsam. Mataz war ein wenig kleiner als sein Kamerad, aber fast doppelt so breit. Seine Hände bewegten sich zum Gürtel. Darnamur hatte allerdings darauf geachtet, dass keine Waffen im Ratssaal waren – keine sichtbaren jedenfalls. Also beschränkte sich Mataz auf Worte.

»Du bist nicht *mein* Hauptmann, du gelbe Ratte«, knurrte er.

»Zeigt Respekt vor dem Hohen Rat«, wies Darnamur den Goblin zurecht. »Fitwiz hat sich um einen Platz im Ausschuss für Verteidigung beworben. Es sind drei Plätze zu vergeben. Mataz,

Ihr könnt gleich den dritten Sitz im Ausschuss beanspruchen. Wir sind nicht in einem Goblinlager und kämpfen nicht um unsere Plätze.«

Mataz gab ein Knurren von sich und setzte sich. Er ballte die Fäuste und öffnete sie wieder.

»Wer also will Fitwiz im Ausschuss?«

Zögernd gingen die Hände hoch. Nur auf der Bank der Alben regte sich niemand. Die Goblins waren die Krieger der Stadt, und es wäre dumm gewesen, den Ausschuss im Widerspruch zu den Hauptleuten zu besetzen, mit denen er später zusammenarbeiten sollte.

Mataz rutschte während der ganzen Zeit unruhig auf der Bank herum. Immer wieder stand er halb auf, klopfte mit den schweren Pranken auf die Ablage vor sich und mahlte knirschend mit den Zähnen.

Als eine einfache Mehrheit beisammen war, beendete Darnamur die Abstimmung und gratulierte seinem frisch gewählten Amtsgenossen. Mataz sprang auf und brüllte: »Und jetzt ich! Wählt mich, sofort! Wenn diese gelbe Filzlaus erhoben wird, steht mir dasselbe zu.«

In den Reihen der Menschen erhob sich Tomgar. »Zwei Goblins in diesem Ausschuss und kein Vertreter der anderen Völker? Wir Menschen fordern einen Platz. *Ich* fordere einen Platz!«

»Du?« Mataz starrte den Menschen an und lachte. »Wir wählen die Anführer der Krieger, so hab ich's verstanden. Die Auswahl fürs Gossenputzen kommt später dran.«

»Die Goblins sind nicht die Einzigen, die für die Stadt kämpfen«, sagte Tomgar. »Wenn der Feind kommt, sollen auch Menschen auf den Mauern stehen.« Er sah Darnamur an. »Darnamur hat mich heute Mittag aufgefordert, geeignete Männer auszusuchen. Aber wenn Menschen kämpfen sollen, müssen auch Menschen in diesem Ausschuss sitzen.«

»Pah, Menschen auf den Wällen!«, rief Mataz. »Zum Pechpfannenkippen und Steinewerfen. Aber wer von deinen Besenschwingern kann einen Säbel führen?«

»Ihr wollt sicher auch Nachtalben zur Unterstützung«, warf Grefan eisig ein. »Dieser Hagaz wird jedenfalls Alben bei sich haben. Und ich glaube nicht, dass Eure tapferen Goblins sich vom Zauberfeuer rösten lassen wollen, Hauptmann Mataz, ohne dass jemand es dem Gegner mit gleicher Münze heimzahlen kann.«

»Also gut«, sagte Darnamur. Als er den Lärm nicht übertönen konnte, hämmerte er mit dem Holzklotz auf das Pult und wiederholte die Worte lauter: »Also gut!«

Es wurde leiser im Raum. Darnamur fuhr fort. »Möglicherweise können wir einen Ausgleich schaffen. Ich wollte noch einen Antrag einbringen, den wir vorziehen könnten: eine Umgestaltung des Heeres der Grauen Lande.«

»Umgestaltung?«, rief Mataz. »Wir Goblins sind die Krieger! Was gibt's da umzugestalten?«

»Die Ränge«, erwiderte Darnamur ruhig. »Bislang kennen wir Hauptleute, die eine Einheit führen; Leutnants, die einen Hauptmann vertreten; und Sergeanten, die einen kleinen Trupp kommandieren. Das ist ein grobes System, das oft zu Unklarheiten führt. Wer in seiner eigenen Kompanie der Hauptmann ist, kann zugleich auch gegenüber dem Hauptmann der größeren Truppe ein Leutnant sein.

Ich möchte also beantragen, dass wir jedem Offizier einen festen Rang geben. So weiß jeder, wo er steht. Mataz könnte den Titel eines Generals erhalten, als Führer eines Heeres. Oder Marschall. Eine Beförderung als Ersatz für den Platz im Ausschuss. Ich habe hier eine Liste mit Titeln für Soldaten. Diese neue Rangfolge bietet zugleich einen Anreiz für alle, sich zu bewähren und aufzusteigen.«

Darnamur hob ein Blatt in die Höhe, das er mitgebracht hatte. Sein letzte Bemerkung zielte vor allem auf die Nachtalben, die Wert auf Positionen und Ämter legten. Es war eine alte Tradition, an die er da rührte. Aber die Bitaner hatten ihr Heer neu geordnet, und Darnamur hatte im Krieg erfahren, dass das Vorteile brachte.

Diesen Vergleich mit ihren Erzfeinden vermied er jedoch.

Und er wies auch nicht darauf hin, dass er die Ränge und Titel von den Bitanern übernommen hatte. Die gebildeteren Ratsmitglieder würden es wissen, und sie würden ohne Zweifel auch die Vorteile erkennen.

»Ein General zählt mehr als ein Hauptmann?«, fragte Mataz.

Darnamur nickte.

»Er darf also einem Hauptmann Befehle erteilen?«

»Wenn sie an derselben Stelle Dienst tun ...«, erwiderte Darnamur schon etwas zögernder.

»Ha!«, rief Mataz. »Dann nehme ich den General. Ich bin also dein Hauptmann, *Hauptmann* Fitwiz! Du kannst dann gern in deinem Ausschluss sitzen und mit Gnomen schwatzen.«

Grefan schlug die Hand vors Gesicht und verdrehte demonstrativ die Augen. Fitwiz brauste auf. »Ich bin ausgewählt! Die drei Auserwählten sind noch höher als die Hauptmänner von den Hauptmännern, hast du nicht zugehört?«

Die Gefolgsleute der beiden Goblinführer ergriffen Partei, und im Nu hielt es die Ratsherren nicht mehr auf ihren Sitzen. Bevor Blut floss, schwang Darnamur eine Glocke, die er neben dem Holzklotz bereitgestellt hatte. Goblins stürmten in den Saal und sorgten für Ordnung – Werzaz' Männer, die halbwegs neutral waren.

Sie trugen keine Waffen und sorgten allein durch ihre zahlenmäßige Überlegenheit für Ruhe. Darnamur hatte ihnen ausdrücklich Zurückhaltung auferlegt und diesen Befehl zusätzlich von Werzaz untermauern lassen. Nur die Goblin-Räte leisteten länger Widerstand. Dort kam es zu einem Handgemenge, das nicht ohne Blessuren abging.

Mataz und Fitwiz würden das nicht übel nehmen. Für sie war es der normale Umgangston. Dennoch grübelte Darnamur darüber nach, wie er das Problem eleganter lösen konnte. Bei diesem Rat kam man nicht ohne zupackende Helfer aus. Aber Darnamur hätte lieber welche gehabt, die kräftig zupacken konnten *und* das rechte Augenmaß besaßen, um die Würde des Hohen Rates zu wahren.

»Ehrenwerte Ratsmitglieder«, sagte er, als sich alle wieder auf ihren Bänken niedergelassen hatten. »Bitte denkt an die Bedingungen, unter denen wir hier zusammenkommen: Jeder darf sein Anliegen vortragen, und am Ende stimmen wir über Entscheidungen ab. Gewalt hat in diesen geheiligten Räumlichkeiten nichts verloren. Der Hohe Rat ist das neue Haupt der Grauen Lande. Damit stehen wir als Gemeinschaft in der Nachfolge von Leuchmadan. Erweist euch dessen würdig.«

»Pah!« Mataz hieb die Faust auf den Tisch. »Abstimmen ist für Elfenlappen!«

Mit diesen Worten ging er zum Ausgang. Drei Goblins folgten ihm.

Fitwiz erhob sich und trat vor das Katheder. Der gelbhaarige Goblin verbeugte sich vor Darnamur und sagte: »Ehrenwerter Protektor, entschuldigt. Ich laufe hinter ... *General* Mataz her und überzeuge ihn. Zur Versammlung morgen früh erscheinen wir zuverlässig. Verlasst Euch auf mich, Protektor!«

Er zwinkerte Darnamur zu.

Der biss sich auf die Lippen und nickte dann. »Ich danke Euch, Fitwiz. Aber denkt daran: Die Zeiten des Protektorats sind vorbei. Ich bin nur noch ein einfaches Ratsmitglied.«

»Warte, Mataz!«

Der Goblinhauptmann wirbelte herum und packte Fitwiz am Kragen. Obwohl sein hellerer Artgenosse größer war als er, hob Mataz ihn mühelos hoch und presste ihn gegen die Wand. Fitwiz' Brustpanzer verschob sich, und der Goblin hing darin wie ein Hummer, der zu klein geworden war für seine Schale.

»Dir brech ich den Hals, du miese, fahle Wanze!«, knurrte Mataz. Seine Gefährten zogen ebenfalls die Waffen, die man ihnen beim Verlassen des Ratssaals wieder ausgehändigt hatte. Auch Fitwiz hatte drei Begleiter mitgebracht, und die Goblins standen einander mit gezückten Klingen gegenüber. Die Tür zum Saal war noch zu sehen. Die Goblins, die als Ordner eingeteilt waren, lümmelten sich davor herum, kaum zwanzig Schritt von ihren streitenden Artgenossen entfernt. Sie fühlten sich nur für den Saal zuständig und verfolgten die Auseinandersetzung mit dem beiläufigen Interesse von Zuschauern.

»Wenn du deine Eingeweide vom Boden kratzen willst, nur zu«, höhnte Fitwiz. »Aber wenn du mir zuhörst, hab ich ein Angebot für dich.«

Mataz' Blick wanderte nach unten. Fitwiz hielt einen krummen Dolch mit gezahnter Schneide in der Rechten und hatte die Klinge halb unter die Kante von Mataz' vergoldetem Brustpanzer geschoben.

Mataz zögerte kurz. Dann ließ er Fitwiz mit einem Schnauben los und sprang zurück. Auch er zog den Dolch. »Dann sag, was du sagen willst«, knurrte er. »Und danach lassen wir die Dolche abstimmen. Was hältst du davon, du Ausschuss?«

»Mataz, sei nicht blöde!«, erwiderte Fitwiz. »Wollen wir uns gegenseitig abstechen, während die Gnome uns an die Nachtalben verkaufen und uns die ganze Beute wieder wegnehmen, die wir im letzten Mondlauf gemacht haben?«

Er bog ein Stück in den Abzweig ein, an dem er Mataz eingeholt hatte. Der bulligere Goblin folgte ihm. Die sechs Krieger aus ihrem Gefolge kamen hinterher und belauerten sich gegenseitig.

»Die Gnome verkaufen uns?«, fragte Mataz. »Wie kommst du darauf?«

»Siehst du das nicht?«, sagte Fitwiz. »Nachdem sie die Fei umgebracht haben, waren wir ihnen gut genug, damit die Alben sich nicht gleich an ihnen rächen. Aber jetzt haben sie all die feinen Pinkel in ihren edlen Rat geholt und teilen die Macht unter sich auf. Den Menschen wollen sie Waffen geben. Du willst General sein, aber wenn du nicht aufpasst, trägt dieser Straßenkehrer bald deine Rüstung!«

Er wies mit dem Dolch auf Mataz' vergoldeten Brustpanzer.

Mataz schüttelte den Kopf. »Ich hab keine Angst vor den Fahlhäuten, den Mistgabelschwingern. Die Alben haben ihre Hexerei. Aber ein Mensch wird den Goblins niemals ihren Platz als Krieger von Daugazburg streitig machen!«

»Meinetwegen«, sagte Fitwiz. »Aber ich sag dir, da ist ein Komplott im Gange. Wir standen so dicht vor der Herrschaft. Jetzt wollen sie uns das Schwert aus der Hand nehmen und uns wieder zu Dienern machen. Als wären sie *wirklich* Leuchmadan und nicht nur ein Haufen Dienstboten und Sklaven, die sich zu Herren aufgeschwungen haben.«

»Und was willst du daran tun?«, fragte Mataz. Seine Hand mit dem Dolch zitterte unsicher. »Sag bloß, du willst mich zum Herrn machen und selbst mein Leutnant sein?«

Fitwiz steckte den Dolch weg, krümmte den Buckel und fasste Mataz behutsam am Ärmel. Er zog den dunklen Goblin mit sich fort den Gang entlang.

»Wir werden uns schon einig, Mataz. Wir können beide Herren sein und uns Daugazburg teilen. Da fällt für jeden mehr ab, als wenn wir uns jetzt streiten und Gnome und Alben feixend zuschauen.«

»Hrm.« Mataz schnaubte zweifelnd.

»Glaub es mir«, meinte Fitwiz. »Ich hab schon einen Plan. Du hast es gehört, Werzaz soll heut fortgehen, und dann sind nur noch wir zwei da. Wir schmeißen unsere Kräfte zusammen. Im richtigen Augenblick schlagen wir zu. Ich hab mir alles überlegt …«

Sie entschwanden um die nächste Biegung, und ihre Stimmen wurden leiser.

Im nächsten Augenblick stand Batha im Gang, in ihrer natürlichen Größe. Diese Goblins waren wirklich so dämlich, dass sie selbst ihren Verrat lautstark auf dem Flur planten! Batha schüttelte den Kopf. Es war fast Zeitverschwendung, diese Ochsen überhaupt so streng zu hüten und ihnen mühsam hinterherzuschleichen.

Batha pfiff auf Gnomenart. Sie wartete einen Augenblick, aber niemand reagierte. Sie fluchte. Ausgerechnet jetzt und in diesem Teil des Gangs waren keine weiteren Späher verborgen.

Sie erwog kurz, zum Eingang der Halle zurückzukehren und von dort ein paar Gnome zu holen. Dann überlegte sie es sich anders. Bis dahin waren die beiden Hauptmänner schon wer weiß wo in den Tiefen des Palastes verschwunden, und es mochte eine ganze Weile dauern, sie wiederzufinden. Wer wusste schon, was für einen Unfug sie in der Zeit anstellen konnten?

Batha hielt den Atem an und lauschte. Ihre spitzen Ohren zuckten. Sie hörte noch immer die rauen Stimmen von Mataz und Fitwiz und deren Kumpanen. Goblins hielten nicht viel von schleichen. Batha würde ihnen leicht auf der Spur bleiben können.

Sie eilte hinter den Stimmen her, achtete aber darauf, genug Abstand zu halten. Die Goblins folgten Korridoren und Stiegen und drangen immer tiefer unter den Palast vor.

Die kunstvoll verzierten Wände wichen nacktem Stein, dann Fels. Es wurde feucht und kalt, dann wieder trockener. In diesem Teil der Zitadelle war Batha noch nie gewesen. Aber die Goblins vor ihr blieben nicht ein einziges Mal stehen, sie schienen ein festes Ziel zu haben.

Batha gelangte an eine schwere Metalltür, die die Goblins hinter sich verschlossen hatten. In ihrer kleinen Gestalt konnte die Gnomin leicht darunter hindurchkriechen.

Auf der anderen Seite wurde der Boden unregelmäßig. Zwischen großen Steinplatten klafften Spalten, die so tief waren, dass man nicht auf den Grund sehen konnte. In kleiner Gestalt waren diese Abgründe nicht zu überwinden. Batha machte sich wieder groß.

Links und rechts des Gangs wucherten Spinnweben wie Vorhänge. Sie zogen sich über die Wände, verklumpten zu dichten Ballen und hingen weit in den Gang hinein. Weiße Fetzen wehten in einem leichten Luftzug über Bathas Kopf.

Misstrauisch sah sich die Gnomin um. Sie hielt Abstand von den schwarzen Umrissen, die sie in den Netzen erkennen konnte. Ob dieser Gang wohl schon zu den Katakomben der Stadt gehörte und mit den alten Kanälen verbunden war? Womöglich war das hier eine unbewachte Verbindung zwischen der Zitadelle und der Stadt.

Sie würde es überprüfen lassen, wenn sie zurück war.

Batha schlich vorsichtig weiter. Sie hörte die Stimmen der Goblins aus sicherer Entfernung. Dann verstummten sie wie abgeschnitten. Unvermittelt wurde es dunkler. Die Goblins hatten Fackeln oder Lampen dabeigehabt. Ihr Widerschein hatte Batha gerade noch erreicht und Umrisse sichtbar gemacht. Jetzt musste die Gnomin sich ganz auf ihre anderen Sinne verlassen. Gleichwohl. Sie hatte ihre Umgebung auch vorher schon mehr gespürt als gesehen.

Batha ging schneller. Hatten die Goblins ihre Verfolgerin bemerkt und lauerten ihr auf? Batha zögerte. Sie rückte dichter an die Wand. Spinnfäden klammerten sich an ihrer Jacke fest. Batha wischte sich die Weben aus Gesicht und Haaren, schnippte eine Spinne von der Schulter und schlich weiter.

Allmählich schälten sich Umrisse aus der Finsternis. Es wurde wieder heller, auch wenn der schwache Schimmer selbst für einen Gnom kaum zu sehen war. Batha erreichte eine Tür, und das Licht flackerte unruhig unter der Ritze hervor. Nun hörte sie auch wieder die Goblins. Ihre Stimmen klangen gedämpft durch das dicke Holz.

Batha überlegte kurz. Das Holz der Tür war trocken und so alt, dass es grau wirkte. Es musste sehr dick sein. Die Angeln allerdings wirkten gut gepflegt, die Ränder waren frei von den allgegenwärtigen Spinnweben. Dieser Durchgang wurde regelmäßig genutzt.

»... meine kleinen Lieblinge«, hörte sie einen Satzfetzen von drinnen. Fitwiz' Stimme.

Neugier siegte über Vorsicht. Die Tür war dick, aber in kleiner Gestalt passte Batha mühelos unter der Ritze hindurch. Sie schrumpfte. Lärm schlug ihr entgegen. Batha ging ein paar Schritte in den Türspalt hinein. Erst dann erkannte sie, was diese schrillen Laute zu bedeuten hatten. Das waren nicht mehr die Stimmen der Goblins, durch die Größenänderung verzerrt und verstärkt.

Es waren Fledermäuse!

Die feinen Schreie dieser Tiere waren selbst für die empfindlichen Ohren der Gnome nur dann zu vernehmen, wenn sie ihre kleine Gestalt angenommen hatten. Und in dem Raum hinter der Tür mussten Dutzende, Hunderte davon leben. Oder gar Tausende!

Was trieben die Goblins da? War dies eine Fluchthöhle, in die sich die letzten verfolgten Fledermäuse von Daugazburg zurückgezogen hatten?

Batha tat noch einen Schritt. Fast hatte sie die andere Seite erreicht. Sie spürte, wie ihr der Schweiß auf die Stirn trat. Die Schreie der Fledermäuse drohten sie zu erdrücken.

Nein.

Sie wollte diese Kammer nicht ohne Verstärkung betreten.

Batha machte kehrt. Als sie sich umwandte, sah sie als Erstes einen glitzernden Faden, der an ihrer Jacke seinen Anfang nahm und hinaus ins Dunkel vor der Türe führte. Und am Ende des Fadens regte sich ein Schatten – eine riesige Spinne, die sie ahnungslos an ihrer Kleidung hinter sich hergezogen hatte.

»Weißt du, wo Batha abgeblieben ist?«, fragte Darnamur.

Dranjar, sein zweiter Leutnant, zuckte die Achseln.

Einst hatte die Schwarze Fei ihre Hinrichtungen auf dem Drauzwinkel zelebriert. Doch seither hatte der Platz sich verändert. Die Türme am Rand wirkten verwahrlost. Erker waren herausgebrochen, alle Fenster zertrümmert. Viele der kleineren Gebäude dazwischen lagen in Trümmern – keine sinnlose Verwüstung durch die Goblins, sondern gezielte Abrisse. Darnamur ließ Platz schaffen für die monumentale Halle der Helden, die hier entstehen sollte.

Hier, wo Wito diese Welt verlassen hatte.

Das Schafott stand noch in der Mitte des Platzes. Es war größer denn je. Für den heutigen Tag hatte Darnamur die Galgen umlegen lassen, sodass nur noch eine riesige Plattform auf einem Holzgerüst übrig war. Auf der Stadtseite führte eine breite Treppe hinauf. Viel Volk hatte sich darum versammelt: Gnome und Menschen, Alben und Kobolde, selbst Goblins und Nachtmahre und vereinzelte Vilas.

Sie machten Platz, als der Scharfrichter auftrat.

Er humpelte über den Platz. Anstelle der Füße hatte er nur mehr Stümpfe an den krummen Beinen, mit Leder und Lumpen umwickelt. Er war nackt. Bei jedem Schritt bewegten sich die bizarren Knochenenden unter seiner Haut, als würde dem Gebein der Halt fehlen. Zischend entwich der Atem zwischen seinen zerfetzten Lippen.

Jemand hatte ihm eine Krücke gebracht. Der Scharfrichter umklammerte sie mit beiden Händen, stützte sich darauf und zog sich voran. Ein Spalier von Gnomen ging ihm voran, ein weiteres folgte ihm. Sie hielten schussbereite Armbrüste auf die gedemütigte Kreatur gerichtet, die so erbärmlich aussah und der doch niemand traute.

Das Publikum murmelte, Pfiffe wurden laut. Ein Stein flog in Richtung des Scharfrichters, verfehlte ihn und flog in die Menge auf der anderen Seite. Dort verbreitete sich Unruhe.

»He!«, brüllte Darnamur. »Ordnung!«

Einige Goblins hoben die Schilde und drängten die Menge zurück. Die Unruhe erstarb wieder zu einem Murmeln.

»Ich hasse diesen Burschen«, sagte Darnamur zu Dranjar. »Er blutet nicht einmal. Wenn das heute vorüber ist, werde ich schon einen Weg finden, ihm Schmerzen zu bereiten.«

»Brauchen wir ihn nicht noch?«, fragte Dranjar. »Wir wollen unsere Kameraden ja wieder aus dem Labyrinth herausholen, und er kann als Einziger die Tür dorthin öffnen.«

»Ich werde ausprobieren, wie viel von ihm übrig sein muss, um diese Tür zu öffnen«, zischte Darnamur. »Und unsere Kameraden sollten nicht zu lange brauchen, um sie zu erreichen.«

»Ich würde ihn gleich erschlagen«, sagte Dranjar. »Niemand überlebt das Labyrinth des Schreckens. Weder ein unbewaffneter Gnom wie Wito noch ein großspuriger Goblin.«

Er wies über den Platz. Am Ende der Gasse, die den Weg des Scharfrichters markierte, waren drei weitere Gestalten erschienen: zwei Gnome und Werzaz. Der Goblin hielt ein großes Bündel vor sich in den Armen, aus dem Klingen und Spitzen und Pfeilschäfte herausragten. Er selbst hatte seinen schimmernden

Gardepanzer abgelegt und trug stattdessen eine Eisenrüstung, die mit scharfen Graten verziert war.

Für Darnamur war es ein vertrauter Anblick. So hatte auch die Rüstung ausgesehen, die Werzaz vor zwölf Jahren bei Keladis verloren hatte. Unwillkürlich musste er lächeln.

Werzaz stapfte entschlossen weiter und hatte den Scharfrichter eingeholt, ehe der beim Schafott angelangt war. Brummelnd und fluchend folgte er dem Zug. Die beiden Gnome Audan und Magati kamen zögernd hinterher.

Die Menge spendete ihnen Beifall, wünschte ihnen Glück. Werzaz fluchte und wich Händen aus, die ihn berühren wollten, um ihn aufzumuntern, um ihm ihren Segen zu geben. Der Goblin war kein Freund solcher Gesten. Der ganze Zug stieg die hölzerne Treppe empor und versammelte sich auf der zur Tribüne ausgebauten Richtstätte.

»He, Werzaz«, rief Darnamur, als der Goblin an ihm vorbeikam. »Wolltest du Handel treiben im Labyrinth? Waffen eintauschen gegen freies Geleit bei den Ungeheuern?« Feixend wies er auf das Waffenbündel.

»Halt's Maul, Eiterbeule«, gab Werzaz zurück. »Was verstehst du davon? Viele Feinde, viele Waffen. Im Labyrinth muss ich kämpfen für drei, wenn die kleinen Schaben mir den Weg zu Wito weisen.« Er nickte in Richtung der beiden Gnome, die ihn begleiteten. »Gnome als Kundschafter, der Goblin als Krieger. So sollte es sein.«

»So war es nie«, erwiderte Darnamur. »Da war kein Goblin, als ich mit dem Unkwitt kämpfte.«

»Mag sein, Warzenhaar«, gab Werzaz zurück. »Aber die Gnome waren auch niemals die Herren, und du hast es nun genau so eingerichtet. Ich mach's dir einfach nach und schaff mir meine eigene Ordnung. Lebe wohl in deiner Gnomenstadt, Rattengesicht.«

Er stieg die letzten Stufen hinauf und ließ Darnamur stehen.

»Großartige Kundschafter hat er sich da ausgesucht«, bemerkte Dranjar halblaut. »Zivilisten und Stadtgnome. Bei denen kann er den großen Goblin markieren, ohne Zweifel.«

Der Scharfrichter stellte sich auf dem Podest breitbeinig hin und legte behutsam die Krücke ab. Er wankte ein wenig, richtete den verformten Körper auf. Umringt von den bewaffneten Gnomen und von einem zweiten Kreis von Goblins unten um das Schafott, breitete er die Arme aus. Die langen Krallen zerrten eine Scheibe von Unlicht auseinander. Ein gemeinschaftlicher Atemzug ging durch die Zuschauer.

Darnamur spürte die Erwartung der Menge. Er dachte an den letzten Auftritt des Scharfrichters, den er miterlebt hatte. Witos Verbannung. Darnamur ballte die Fäuste. Heute herrschte eine andere Stimmung.

Wito war beliebt gewesen bei den Bewohnern von Daugazburg, nicht nur bei den Gnomen. Nun sollte eine kleine, tapfere Schar ihn zurückholen. Selbst wenn dieses Unternehmen kaum Aussicht auf Erfolg hatte, so trug der Aufbruch allein schon Hoffnung in die Herzen der Finstervölker. Er brachte sie zusammen und minderte die Spannungen. Deswegen hatte Darnamur dafür gesorgt, dass dieses Ereignis gebührend bekannt gemacht und als Spektakel aufgezogen wurde.

Es war fast so, als würde Witos Hinrichtung in aller Form zurückgenommen. Was auch immer daraus werden mochte, es war ein hoffnungsvolles Symbol für die Stadt und ein guter Einstieg für den neu gegründeten Hohen Rat. Aber es weckte auch unangenehme Erinnerungen in Darnamur, und er wandte den Blick ab, als Werzaz auf das Tor zuging.

Stattdessen beobachtete er die Menge, glänzende Augen, die den Weg der drei Helden verfolgten, bis sie dem Sog aus dem Tor, das der Scharfrichter schuf, nicht mehr standhalten konnten.

Darnamur spürte, wie der finstere Riss in der Wirklichkeit sich wieder schloss. Er blickte zur Richtstätte empor. Nur der Scharfrichter stand noch dort und seine Bewacher. Werzaz, Audan und Magati waren fort. Sie waren freiwillig gegangen, aber letztendlich waren sie ebenso verbannt wie all die Verurteilten der Schwarzen Fei, die ihnen vorangegangen waren.

Der Scharfrichter beugte sich langsam vor, um seine Krücke

aufzunehmen. Dabei kreuzte sein Blick sich mit dem von Darnamur.

›Ich habe getan, wie Ihr gefordert habt, Herr.‹ Darnamur hörte die Stimme der Kreatur an seinem Ohr. ›Ich diene dem Herrn der Stadt. Ich bin ein Werkzeug. Ist es gut?‹

Darnamur wandte sich ab. »Bringt ihn fort«, befahl er den Wachen.

Der Scharfrichter humpelte die Stufen herab. Die Menge stand noch einen Augenblick da. Darnamur hörte sie flüstern. Er wandte sich von dem Schafott ab und blickte seinen Leutnant an.

»Um wieder auf Batha zu kommen«, sagte er. »Halte die Augen auf nach ihr. Sie sollte auf den Hohen Rat achten. Die Späher im Ratssaal haben Batha zuletzt auf dem Flur gesehen. Seither hat sie sich nicht wieder gemeldet. Ich wünschte, Ganoch wäre hier. Er war der Hauptmann *meiner* Geheimpolizei, seitdem ich unsere Vereinigung gegründet habe.«

»Die Stadt haben wir in der Tasche«, befand Dranjar. »Wir brauchen Ganoch hier nicht. Und es ist Zeitverschwendung, wenn Batha sich mit diesen Ratsherren abgibt. Du hattest den Rat doch nur gegründet, damit die Last sich auf viele Schultern verteilt. Er sollte uns keine zusätzliche Arbeit machen.«

»Ja«, sagte Darnamur. »Aber das geht nur so lange gut, wie die Beine unter diesen Schultern nicht in die falsche Richtung laufen.«

»Wenn die Beine in die falsche Richtung laufen, schneiden wir sie ab«, erwiderte Dranjar. Er legte die Hand auf das Heft seines Kurzschwerts.

»Wenn alle Beine gleichzeitig loslaufen, kommen wir mit dem schneiden nicht nach«, sagte Darnamur. »Das sollte Batha verhindern. Wir müssen Absprachen im Rat unterbinden, bis alle Völker sich daran gewöhnt haben, den Gnomen zu folgen.« Er schaute sich auf dem Platz um, dann beugte er sich näher zu Dranjar und sagte: »Vielleicht schaust du als Erstes auf *Marschall* Mataz und *General* Fitwiz. Die beiden Goblins haben die Sitzung heute Abend vorzeitig verlassen. Sie haben nicht mal mehr ihre Beförderung abgewartet, und ich bin mir nicht sicher, ob sie sich mit wohlklingenden Titeln bestechen lassen. Wenn die beiden was vorhaben, will ich es wissen.«

Dranjar lachte. »Die Goblins? Wenn die etwas vorhaben, *wirst* du es wissen! Goblins sind einfach zu dämlich für eine geheime Verschwörung. Bathas Zehennägel sind schlauer als die beiden!«

# 13. Kapitel: Goblins vor den Toren …

*Drei Gründe gibt es, warum die Goblins uns treu sind. Der erste ist, dass wir ihnen tagtäglich reiche Nachtalben heraussuchen, bei denen sie plündern können. Sie haben keinen Grund, sich gegen uns zu stellen, solange wir sie mit Dingen beschäftigt halten, die ihnen Freude bereiten.*

*Zweitens nehmen die Goblins uns Gnome nicht wirklich ernst. Jeder Goblinhauptmann hofft darauf, selbst irgendwann die Macht an sich zu reißen. Sie stellen sich also nicht gegen uns, weil sie die Nachtalben für die größere Gefahr halten und wir Gnome ihnen gegen die Alben helfen.*

*Und drittens stellen sie sich nicht gegen uns, weil sie drei Hauptmänner haben. Jeder von ihnen will alleine herrschen, doch ein jeder gebietet über fast dieselbe Truppenstärke. Der Hauptmann, der den ersten Zug macht, wird zwei Hauptleute gegen sich haben, und er wird verlieren, während die beiden anderen die Sache unter sich ausmachen. Darum wagt keiner, als Erster loszuschlagen.*

*Und darum können wir auf die Treue unserer Goblins zählen, solange sich an diesen drei Bedingungen nichts ändert.*

Batha, die Gnomin, Darnamurs Leutnant,
im Kriegsrat der Gnome

»Vorsicht damit! Vorsicht! Vorsicht!«

Smatra kapriolte am Boden herum, und sein Stab sprühte Funken. Hoch über ihm baumelte ein großer Behälter aus Stahl an dicken Trossen vom Tor des Blutes herab. Das Ding sah aus wie ein gewaltiges Fass, so groß, dass hundert Kobolde darin Platz gefunden hätten. Es hatte einen Kranz von Löchern am einen Ende, und Hebel und Klappen und Ventile überall sonst.

Die Arbeiter, über die der Kobold sich ereiferte, standen in sicherer Entfernung zu seiner Funkenpeitsche. Sie bedienten die großen Hebelkräne, die man auf der Torbefestigung aufgebaut hatte, oder lenkten mit Stöcken und Händen die Führung der Taue. Goblins hangelten sich wagemutig über die Ausleger und forderten sich gegenseitig heraus, die notwendigen Handreichungen auf möglichst gefährliche Weise zu leisten

Zwischen den Kränen, auf der Plattform, war eine Lafette montiert, ein mit Zahnrädern und Lagern zu bewegendes Gestell, auf das die riesige Eisentonne aufgesetzt werden sollte. Darnamur stand bei Smatra, der all das konstruiert hatte, aber er hielt genug Abstand, um bei dem wilden Herumgehüpfe nicht selbst einen Schlag abzubekommen. Ringsum hatte sich eine große Menge Volk auf dem Drauzwinkel versammelt, um ein Schauspiel ganz anderer Art zu erleben.

»Smatra«, rief Darnamur. »Was machen eigentlich deine Blitzstäbe? Ich brauche Waffen für das Fußvolk!«

Der Kobold hörte kurz damit auf, herumzuspringen und zu schreien. »Das braucht eine Weile, eine Weile«, sagte er. »Aber bis deine Menschen den Speerkampf gelernt haben, bin ich damit auch fertig.«

»Womöglich solltest du dich lieber darum kümmern, als beim Hochziehen von diesem Pott zuzuschauen?«

Smatra hüpfte auf und ab und fuchtelte mit der Funkenpeitsche. »Ist ein empfindliches Gerät, ist es, kein Pott, kein Pott!«

Er hielt kurz inne, fasste sich mit der Linken ans Ohr und knetete es. »Aber was ist es eigentlich?«, sagte er. »Braucht einen Namen, braucht es, wenn es jetzt zum Einsatz kommt. Mein Kind. Meine Erfindung. Wie wär's mit ›Dampfdruckbolzenschussgerät‹?« Er wackelte mit dem Kopf. »Oder ›Feuergetriebener Mechanischer Pfeilschützenregimentsersatz‹?«

Darnamur verzog das Gesicht. »Du solltest mir Waffen bauen, keine Namen, Smatra«, erwiderte er.

»Feuer!«, rief einer der Goblins vom nächsten Wachturm.

Smatra sprang hoch und klatschte in die Hände. Dabei löste er seine Funkenpeitsche aus. Kleine Blitze sprangen in die Finger des Kobolds über. Smatra überschlug sich mit einem Kreischen und kam kichernd wieder auf die Beine. Seine abstehenden Haare zitterten und sträubten sich noch mehr. Blaue Funken tanzten zwischen den Spitzen.

»Feuer! Feuer!«, kreischte er. »Ja, ein Feuer entzünden wir in dem Kessel, Kessel!«

Darnamur wandte sich ab und blickte besorgt Richtung Stadt. Es ging auf Mitternacht zu. Er sah weder Rauchschwaden zu den tief hängenden schwarzen Wolken emporsteigen, noch spiegelte sich darin ein größerer Brand wider.

»Feuer in der Ebene!«, schrie die Wache auf dem Turm. »Fackeln!«

»Sie kommen!«, rief eine weitere Wache auf den Mauern.

Darnamur seufzte.

»Bring dein Pfeil-was-auch-immer in Stellung, Smatra«, sagte er. Dann ging er auf die nächste Treppe zu und eilte zu den Zinnen hinauf. Die Gnome und Goblins in seiner Nähe folgten ihm.

Smatra kobolzte unter den Lastarmen der Kräne umher und brachte die Arbeiter mit seinen Zurufen durcheinander.

Von den westlichen Wällen neben dem Tor hatte man einen weiten Blick über das Land. Darnamur sah nichts als Dunkelheit unter dem schwer verhangenen Himmel. Haine und Felder und die frisch gepflanzten Hecken in der Ferne ließen sich nur erahnen.

Er wartete.

Bald glommen die ersten Funken am Horizont, rot und gelb, breiteten sich aus, zogen wie ein Schwarm Glühwürmchen über das Land. Hagaz' Heer war da.

Dann veränderte sich das Licht. Die glühenden Punkte flossen zusammen, wurden heller, verwoben sich zu einem dichten Teppich. Vereinzelte Lohen stiegen höher zum Himmel auf.

»Sie stecken die Pflanzungen in Brand!«, rief ein Gnom neben ihm entsetzt.

Das Feuer breitete sich aus. An vielen Stellen zugleich nahm es seinen Anfang und schnitt durch das Land, schneller, als das Heer dahinter marschieren konnte. Bald brannte es überall im westlichen Vorland.

»Das wird sie aufhalten«, sagte Darnamur. »Sie verbauen sich selbst den Weg mit dieser Feuerwand.«

Die Fackeln verschwanden hinter den größeren Flammen. Ein leichter Wind trug Brandgeruch heran. Darnamur packte einen Kobold, der sich an ihm vorbei auf dem Wehrgang in Richtung Torturm zwängte.

»Wie lang dauert es noch, bis Smatras Maschine bereit ist?«, fragte er.

Der Kobold, einer von Smatras Helfern in fettverschmiertem Kittel, zog den Kopf zwischen die Schultern. »Muss Stunden heizen, bis es schießen kann«, erwiderte er. »Wenn die groben Riesen es erst mal aufgestellt haben, heißt das.«

Darnamur ließ den kleinen Burschen los, der sogleich weitereilte. Heute Nacht würden sie auf Smatras Maschine verzichten müssen. Wenn sie überhaupt etwas taugte. Darnamur gab Befehle an die Offiziere aus und stellte sicher, dass alle Mauern und Türme gleichmäßig besetzt waren. Womöglich wollte Hagaz mit seinem feurigen Aufmarsch nur ablenken, sodass er die Stadt umgehen und von unerwarteter Seite zuschlagen konnte.

Darnamur wartete.

Bald tauchten die Fackeln wieder auf. In langen Kolonnen bewegten sie sich zwischen den Bränden, auf Pfaden, die aus der Ferne kaum zu sehen waren. Die Straßen waren passierbar geblieben.

»Das sind erheblich mehr als zwölftausend«, stellte ein Nachtalb fest. »Dieser Goblingeneral muss unterwegs eine Menge Verstärkung gesammelt haben.«

»Ein Goblinhauptmann«, berichtigte Darnamur den Alb.

»Nur der Hohe Rat vergibt die neuen Titel. Wir wollen unsere Feinde ja nicht durch eine Beförderung belohnen.« Er rang sich ein Grinsen ab und verfolgte weiter den Aufmarsch des Heeres.

Dranjar war in den Gängen des Palastes unterwegs und befragte die Gnome, die hier Dienst taten oder auf Beobachtungsposten saßen. Er zog sogar Erkundigungen bei Wachen und Dienern ein. Es war eine ermüdende Aufgabe. Und eine Zeitverschwendung.

Unter den Goblins im Palast verbreitete sich rasch, dass Hagaz' Heer eingetroffen war. So erfuhr auch Dranjar davon. Der Krieg hatte begonnen. Dranjar fluchte und setzte seine Nachforschungen fort. Er wäre lieber draußen gewesen und hätte sich um die Truppen gekümmert. Aber solange Hagaz nur aufmarschierte, gab es dort ohnehin nicht viel zu tun.

Wann immer Dranjar an einem Fenster vorbeikam, warf er einen Blick hinaus. Aber von hier sah man nur friedliche Innenhöfe. Bathas Spur hatte ihn vom Ratssaal aus immer tiefer in den Palast geführt.

Er wusste inzwischen, dass seine Kameradin auch später noch gesehen worden war, weit von der Ratshalle entfernt. Mehrere Gnome auf Spähposten hatten verfolgt, wie sie die Korridore entlanggeschlichen war. Die genaue Zeit ließ sich schwer feststellen. Beobachtungen kurz vor der Ratssitzung vermischten sich mit solchen, die eindeutig nach Bathas letztem offiziellen Auftritt stattgefunden hatten. Doch allmählich schälte sich ein Bild heraus.

Batha hatte einen Trupp Goblins verfolgt, und mehrere Zeugen hatten Mataz und Fitwiz erkannt. Darnamur hatte recht gehabt mit seinem Verdacht.

Ein gutes Stück hinter den Goblins war Batha in abgelegenere Trakte des Palastes vorgedrungen. Allem Anschein nach hatte man sie zuletzt auf einer Treppe gesehen, die in die Keller führte. Dort verlor sich ihre Spur.

Der Trupp von pelzigen, lärmenden Gestalten, denen sie

gefolgt war, musste mehr aufgefallen sein als die Gnomin. Wenn Dranjar nach den Goblins fragte und nicht mehr nach Batha, fand er womöglich leichter heraus, wo seine Kameradin abgeblieben war. Ihm graute bei dem Gedanken, alle diensthabenden Gnome erneut abzuklappern.

Da hörte er Fanfaren, ganz aus der Nähe. Es war das Signal vom Warpelturm, dem Landeplatz für geflügelte Geschöpfe innerhalb der Zitadelle. Das konnte nur eines bedeuten: Ganoch war zurückgekommen.

Einen Augenblick lang fühlte Dranjar sich hin- und hergerissen. Dann lief er nach draußen.

Als Darnamur keuchend die Treppe heraufkam und auf die Plattform trat, waren Ganoch und Dranjar schon dort. Sie standen nebeneinander und unterhielten sich. Zwei rote Drachen hockten am Rand des Turms. Sie krallten sich an den Steinen fest, während sie einander anzischten und nacheinander tatzten. Die Vilas auf ihrem Rücken wirkten verloren, zu klein und zu ätherisch, um die großen Echsen zu lenken.

Darnamur trat neben seinen Stellvertreter und legte ihm den Arm um die Schultern. »Gut, dass du da bist, Ganoch. Du wurdest vermisst. Hast du etwas mitgebracht?«

Ganoch lächelte, aber Darnamur erkannte einen bitteren Zug um seine Mundwinkel. »Alle Pakete«, sagte er. »Und da, wo es herkommt, gibt es noch einen gehörigen Vorrat. Köpfe und Pelze. Keine appetitliche Angelegenheit.«

»Dann übernehme ich von hier an«, sagte Darnamur. »Welcher Drache?«

Ganoch wies auf den rechten. »In den Beuteln an der Flanke ... Du wirst den richtigen Sack erkennen.«

Darnamur nickte. »Ganoch, Dranjar, sorgt dafür, dass alle Truppen zum westlichen Wall kommen. Nur eine Notbesatzung auf den anderen Befestigungen. Ich will Goblins *und* Menschen dort sehen. Wenn alles gut geht, wird Hagaz keinen weiten Weg zurücklegen wollen.«

Er lief auf den Drachen zu.

Die Echse zischte und wandte den Kopf. Darnamur erstarrte. Instinktiv riss er die Arme hoch. Aber die Vila hinter dem langen Hals zerrte am Zügel, und der Drache gehorchte. Darnamur ging langsamer weiter. Sein Puls raste, und die freudige Erregung war geschwunden. Ein Flug, ein waghalsiger zudem – eben noch war er ganz begierig darauf gewesen. Doch nun hätte er es vorgezogen, einen Greif zu besteigen.

Die Vila streckte ihm die Hand entgegen und half ihm auf den freien Sattel hinter ihr. Ihr blasses, fast durchscheinendes Gesicht hatte etwas Katzenhaftes an sich. Sie lächelte, aber Darnamur zuckte bei der Berührung unwillkürlich zurück. Vilas, Gestaltwandler – sie brachten Krankheit und Tod. Aber sie waren nützlich.

Er nahm sich zusammen und betastete die Taschen. Rasch fand er den wohlgefüllten Sack, den er suchte, und den Rest der Packen schnallte er los. Er tippte die Vila an und ließ sie die vorderen Packtaschen lösen.

»Kein Grund, alles aufs Spiel zu setzen«, sagte er zu der Drachenführerin. »Wenn die Goblins uns erwischen, können die anderen mit dem Rest weitermachen.«

Die Vila wandte sich zu ihm um und kratzte fast liebevoll über die roten Drachenschuppen neben dem Sattel. »Die Goblins erwischen uns nicht«, sagte sie. »Raudbruna ist hart und schnell.«

Der Drache schlug träge mit den Schwingen, als links und rechts von seinem Leib die Packen auf das Turmdach plumpsten. Darnamur sicherte die Riemen, die ihn am Sattel hielten, und presste die Öffnung des verbliebenen Sacks fest an sich.

»Los!«, kommandierte er.

Raudbruna, der Drache, breitete die Flügel weiter aus. Auf eine leichte Handbewegung seiner Reiterin hin tat er einen Schritt zurück und ließ sich einfach vom Turm fallen. Darnamur jauchzte auf und umklammerte den Sack fester. Im Flug entfaltete der Drache die Lederschwingen ganz, fing den Wind, und aus dem Fallen wurde ein Gleiten.

Sturm brauste um Darnamurs Ohren, die Kälte fuhr ihm in

den Hals und unter die Weste. Das lange Kapuzengewand der Vila vor ihm flatterte.

Binnen weniger Augenblicke wurden Darnamurs Finger klamm, und seine Zähne klapperten. Dennoch genoss er den Flug. Er genoss den Schmerz! Der schwere Himmel über ihm drohte ihn zu erdrücken, die Landschaft in der Tiefe war ein Schatten mit Zähnen. Die wuchtigen Wälle und Türme von Daugazburg blieben hinter ihm zurück. Gelb und rot leuchteten die Fenster in der dräuenden Silhouette der Stadt.

Aber hier, in der Luft, fühlte Darnamur sich frei. Er atmete tief durch, als wäre eine Last von ihm gefallen, und rief dann seiner Begleiterin zu: »Über das Goblinlager. Ein paar tiefe Schleifen, damit wir ihre Aufmerksamkeit wecken. Ein, zwei kleine Feuer, aber nicht mehr!«

Die Vila nickte. Sie wendete den Drachen und ging in einen Sturzflug über. Darnamur beugte sich nach vorn. Tränen schossen ihm in die Augen.

Dann sah er Bewegung.

Goblins, überall!

Sie bauten Zelte auf, hoben Feuergruben aus. Sie arbeiteten an Befestigungen, über die der Drache mühelos hinwegglitt. Immer noch marschierten weitere Kompanien durch die umliegenden Felder heran. Darnamur sah große Ochsenkarren zwischen den brennenden Bäumen in der Ferne.

Raudbruna spie Feuer. Ein erbärmliches Flämmchen, verglichen mit dem Unkwitt. Aber die züngelnde Lohe leckte zwischen den Goblins einher, ließ sie brüllend auseinanderstieben, und zwei halb aufgerichtete Zelte gingen in Flammen auf.

Die Vila zog den Drachen hoch. Speere und vereinzelte Pfeile folgten ihnen. Aber die Geschosse flogen so langsam und träge und berechenbar, dass Raudbruna zwischen ihnen hindurchtauchte wie ein Hecht durch einen Schwarm von Forellen. Übermütig haschte sie gar einen Speer aus der Luft und zerknackte ihn zwischen den Kiefern.

Ein zweiter Anflug, ein zweiter Feuerstoß. Reine, prasselnde Flammen. Darnamur spürte keine zehrende Magie, nichts Unreines in Raudbrunas Lohe. Ein kleiner Drache mit einfachem Feuer. Darnamur stieß den Atem aus und merkte erst jetzt, dass er ihn beim ersten Angriff angehalten hatte.

»Raudbruna braucht eine Rast«, sagte die Vila. »Sie hat keine Flammen mehr.«

»Das reicht«, rief Darnamur gegen den brausenden Wind. »Wir haben ihre Aufmerksamkeit. Nur noch tiefe Überflüge.«

Die Vila nickte und kreiste über dem Goblinlager. Unten liefen die Goblins umher, schwankend zwischen Flucht und Angriff. Pfeile prasselten gegen die Schuppen des Drachen.

»Hagaz!«, brüllte Darnamur so laut er konnte. »Hagaz! Ein Gruß für dich!«

Sie kreisten. Ein Pfeil schlug durch Raudbrunas Flügel und ließ einen Regen von schwarzem Blut nach oben fortspritzen. Zwei heiße Tropfen trafen Darnamur im Gesicht.

Der Drache brüllte wütend und sackte ab. Ein weiterer Feuerstoß kam aus seinem Rachen und wälzte sich über den Boden, erfasste mehrere Goblins und steckte ihre Kleidung in Brand. Die Vila zerrte heftig an den Zügeln, aber der Drache schlug mit dem Leib auf und schrammte schleifend und malmend über die Erde, in etwa dort, woher der Pfeil gekommen war. Der Aufprall war so hart, dass Darnamurs Zähne aufeinanderschlugen.

Goblins liefen schreiend auseinander. Raudbruna fuhr mit ihrem langen Hals nach links und rechts, packte sie im Flug und zerknackte Helme und Panzer zwischen den Kiefern. Andere Goblins streckte sie mit den harten Flügelkanten nieder.

Als der Drache wieder aufstieg, blieb eine Furche unter ihm zurück, in der tote Goblins mit zerschmetterten Gliedern lagen.

Keine weiteren Geschosse folgten ihnen.

»Hagaz!«, rief Darnamur wieder. Seine Zähne schmerzten. »Wo ist der feige Wurm, der diesen Haufen räudiger Pelzrücken hierher geführt hat?«

Ein Trupp schwer gerüsteter Goblins formierte sich mitten im Lager. Schilde und lange Lanzen schlossen sich zu einem stachligen Wall. Ein großer Goblin stand zwischen den Kriegern und brüllte Befehle. Darnamur machte die Vila darauf aufmerksam.

»Einmal darum herum, dann hoch über die Gruppe. Abstand halten.«

Die Vila nickte. Sie murmelte dem Drachen immer noch beruhigende Laute zu.

In einem weiten Kreis flogen sie über den Trupp hinweg.

»Drachenreiter«, hörte Darnamur den großen Goblin rufen. »Komm nur her. Wir werden dir die Flügel stutzen.«

»Wir kommen in Frieden, Hagaz«, rief Darnamur zurück. »Deine Familie möchte dich in Daugazburg willkommen heißen.«

Und mit diesen Worten griff er in seinen Sack, holte einen Goblinkopf hervor, zielte so gut wie möglich und warf. Das grausige Geschoss landete mitten zwischen den Kriegern.

Darnamur griff wieder in den Sack und holte zwei weitere abgetrennte Häupter hervor, die er beim nächsten Überflug warf. Als der Drache ein drittes Mal über Hagaz' Leibwache hinwegflog, hörte Darnamur den Goblin brüllen, laut und wütend und so wild, dass man keine Worte verstehen konnte. Es war eine Mischung von Flüchen und Drohungen, die sich überschlugen.

Darnamur ließ die Vila zur Stadt zurückfliegen, und der tobende Goblinhauptmann blieb hinter ihm zurück.

Die Goblins rannten blindlings gegen die westlichen Wälle von Daugazburg an. Hagaz und seine Hauptleute trieben sie voran, trieben sie mit Schlägen und Schwerthieben aus dem erst halb aufgebauten Heerlager in die Schlacht.

Die Goblins auf der Mauerkrone empfingen die Angreifer mit Salven von Pfeilen, die sie mit ihren Kurzbögen abschossen. In dichten schwarzen Schwärmen regneten die kurzen Geschosse auf die anstürmenden Goblins hinab. Die Angreifer erwiderten den Beschuss, aber die meisten ihrer Geschosse prallten nutzlos von den Zinnen ab.

Nach einem verlustreichen Sturm über die Ebene erreichten sie die gewaltigen Mauern. Die Angreifer hatten nichts weiter als leichte Sturmleitern und Wurfanker. Die Leitern reichten gerade auf halbe Höhe der Befestigungen rund um das Tor des Blutes. Hagaz hatte seine Krieger in die Schlacht geführt, ohne auf das schwere Belagerungsgerät zu warten, und er trieb sie noch weiter an.

Eine Angriffswelle nach der anderen schickte er die viel zu kurzen Leitern hinauf. Auf der letzten Sprosse angelangt, krallten die Goblins sich mit Füßen und Klauen in die Lücken zwischen den Mauerquadern und kletterten an der nackten Wand empor. Viele wurden von den eigenen Wurfankern getroffen. Kein Goblin war kräftig genug, die Haken über die Mauerkrone zu bringen, aber sie versuchten es dennoch.

Die Verteidiger schossen weiter. Ihre Pfeile rissen Lücken in die nachdrängenden Scharen. Menschen warfen Steine hinab, mitunter große Blöcke, die sie zu viert heranschleppten. Sie schmetterten die Angreifer von den Mauern, zerschlugen die Leitern. Ein beißender Geruch lag in der Luft. In den tieferen Stollen des Stadtwalls kochten die Verteidiger Pech und schmolzen Blei, das sie durch verborgene Rinnen und über Pechnasen auf die Angreifer ausgossen.

Die siedende Flüssigkeit rann über den Stein und verbrühte die kletternden Goblins, sie sprühte und plätscherte aus den Pechnasen auf Krieger, die sich schreiend und brennend am Boden wälzten. Nicht einer von ihnen erreichte die Brustwehr.

Nachtalben bezogen Stellung auf den Mauern und ließen Zauberfeuer auf die Angreifer niedergehen. Blitze zuckten aus den tiefen, dunklen Wolken auf Hagaz' Heer hinunter, Feuersäulen, die die Goblins scharenweise niederstreckten und Löcher in den Boden schlugen. Ein Nachtalb schleppte einen Korb mit Tonkugeln auf den Wall und kippte ihn über die Kante. Rohe Schwingen schwirrten, und aus den Tonbrocken wurden selbstlenkende Geschosse. Mit einem Sirren beschleunigten sie und suchten sich ihr Ziel.

Da stürmten Goblins mit Rammböcken heran. Es waren armselige Stämme, kaum vier Schritte lang und aus den brennenden Hainen vor der Stadt geborgen. Gedeckt von Kriegern mit großen Schilden liefen die Trupps auf das Tor des Blutes zu. Sie rammten die stählernen Türflügel. Ihr Ansturm ließ nicht einmal die magischen Runen aufleuchten, die das Tor schützten.

Oben auf dem Torturm arbeiteten die Kobolde an dem großen Metallkessel. Sie hielten kurz inne, als unten die Goblins an das Tor klopften, und beugten sich höhnend über die Brustwehr. »Größere Schlegel«, schmähten sie die Angreifer. »Ihr braucht größere Schlegel, wenn ihr diese Trommel schlagen wollt!«

Sie hüpften auf den Zinnen, johlten und spuckten auf die Goblins, die wieder und wieder mit ihren Bäumchen gegen das Tor anrannten. Schließlich schleppten Menschen ölgefüllte Schläuche heran, schleuderten sie die Mauer hinab und warfen Fackeln hinterher. Stricke und Leitern, Goblins und provisorische Rammböcke, alles ging gleichermaßen in Flammen auf.

Als eine graue Morgendämmerung zwischen den Wolken hindurchsickerte und das Schlachtfeld in blasses Zwielicht tauchte, zogen Hagaz' Heerscharen sich zurück. Ihre Toten ließen sie liegen, durchbohrt, zerschmettert, gesotten und verbrannt.

Darnamur beobachtete, wie Fitwiz sich weit über die Zinnen beugte. Der gelbe Goblingeneral zeigte in einem Lächeln seine Zähne und schnoberte. Er sog den Duft des Schlachtfelds ein wie feinen Bratenduft. Ganz allmählich ließen die Verteidiger die Waffen sinken. Jubel wurde laut. Erschöpft, aber zufrieden zogen die Einheiten auf den Mauern sich zurück. Nur eine Restbesatzung von Menschen blieb auf den Wehrgängen.

Auf dem Turm über dem Tor herrschte noch eine Weile länger hektische Betriebsamkeit. Die Kobolde und ihre Menschendiener werkelten weiterhin an Smatras Maschine. Sie schaufelten Holzkohle durch eine Luke ins Innere, füllten Wasser aus Eimern ein und merkten erst allmählich, dass sie die Schlacht versäumt hatten. Darnamur schnupperte. Rauch trieb heran. Er kam aus Richtung der Stadt, und die Kunde verbreitete sich: »Die Vorstadt brennt!« Viele Menschen hielten erschrocken inne und sahen einander betroffen an.

Darnamur zuckte die Achseln. Die Vorstadt lag außerhalb der alten, unüberwindlichen Mauern von Daugazburg. Sie war nur von einem niedrigen Erdwall und einzelnen Palisaden geschützt. Deshalb hatte Darnamur sie auch räumen lassen.

Irgendwann während des Gefechts mussten versprengte Goblintrupps auf diese Seite der Stadt gelangt sein. Sie hatten dort keine Verteidiger angetroffen und die unzulänglichen Barrieren überwunden. Darnamur hörte von plündernden Scharen, von brennenden Häusern im ehemaligen Viertel der Menschen.

Forderungen nach einem Ausfall lehnte er ab, und bald stand die Vorstadt lichterloh in Flammen. Darnamur zog sich in die Zitadelle zurück. Unterwegs traf er Menschen, die die Zerstörung ihres Heimatviertels verfolgt hatten, bis der Qualm sie von den angrenzenden Wällen vertrieben hatte. Ihre Gesichter waren rußgeschwärzt, Tränen standen in ihren Augen.

Darnamur verstand ihren Schmerz nicht. War er nicht selbst ein Bewohner der Vorstadt gewesen und hatte sie verlassen, als es zweckmäßig gewesen war? Er verlangte von den Menschen ja nichts anderes, als was er selbst gegeben hatte!

Am Mittag nach der Schlacht huschte Ganoch käfergroß unter einer Zeltplane hindurch und verharrte in dem dunklen Winkel, wo die Plane am Boden verankert war. Er atmete einige Male tief durch, bis er wieder richtig Luft bekam.

Es war ein verdammt anstrengender Weg durch das Goblinlager. Zwischen den Zelten gab es wenig Deckung, und der Untergrund war staubig, sodass ein kleiner Gnom bei jedem Schritt einsank und sich mühsam vorwärtskämpfen musste.

Die Standarten im Lager sahen für Ganoch alle gleich aus: schlecht geschnitzte Stangen mit schwarzen Lappen als Fahnen und einem Sammelsurium von Knochen als Totemzeichen darunter. Nur ein Goblin mochte verstehen, worin der Unterschied liegen sollte. Es hatte also eine Weile gedauert, bis Ganoch den richtigen Ort gefunden hatte.

Als er sich wieder etwas erholt hatte, schaute er sich in dem Zelt um. Ein gleichmäßiges Schnarchen erklang von einem hohen Lager aus Pelzen. Der Goblin, der dort lag, war kaum zu erkennen. Aber es schlief nur ein einziger Goblin in diesem Zelt, also musste es der richtige sein.

Ganoch nahm seine große Gestalt an.

In dem Zelt roch es nach kaltem Rauch. Die Reste eines Lagerfeuers waren zu erkennen, ohne Abgrenzung und Abzug mitten auf dem Boden. Darum herum lagen Waffen und Teile einer Rüstung, die der Bewohner achtlos hatte fallen lassen. Der Goblin schnarchte auf den Fellen und hatte den Eindringling nicht bemerkt.

Unschlüssig spielte Ganoch mit dem Griff seiner knöchernen Armbrust.

Da erscholl von draußen ein Ruf: »Gnome! Gnome im Lager!«

Ganoch biss sich auf die Lippen. *Verflucht!*

Der Goblin regte sich, hob den Kopf.

»Psst!«, zischte Ganoch. Er hob die Hände hoch in einer Geste, die Friedfertigkeit vermitteln sollte.

»Ein Gnom!«, brüllte der Goblin. Er beugte sich von seinem Lager hinunter, und als er den Arm hob, hielt er einen gewaltigen Krummsäbel in der Hand. »Twankaz zertritt wie Ungeziefer!«

»Twankaz«, sagte Ganoch halblaut. »Ich komme in Frieden! Ganoch will reden.«

Er seufzte stumm. Twankaz schien keine Geistesgröße zu sein. Aber das war kein Grund, mit ihm zu reden wie mit einem Kind.

»Twankaz verhandelt nicht mit Zecken!« Der Goblin sprang auf die Füße und hob den Säbel. »Dein Blut für unser Blut.«

»Ich will nicht verhandeln«, erwiderte Ganoch. Er rang sich ein Lächeln ab und trat gleichzeitig einen Schritt an die Zeltwand zurück. Von draußen waren Stimmen zu hören und Lärm von weiter her. Das Lager geriet in Aufruhr, aber noch war niemand auf die Vorgänge in Twankaz' Zelt aufmerksam geworden.

»Ich bringe ein Geschenk«, fuhr er fort. »Und eine Botschaft. Du bist doch Twankaz, von Hagaz' Sippe. Sein Leutnant und Zweiter, ein angesehener Krieger.«

Twankaz zögerte. Er stand auf seinem Lager aus Pelzen wie eine Kriegerstatue auf ihrem Sockel.

»Twankaz großer Krieger«, sagte er. »Tückischer kleiner Gnom.«

Ganoch griff unter seine Weste und zog ein Lederetui hervor. Er warf es in Twankaz' Richtung, wo es aufgeklappt vor dem Goblin liegen blieb.

Twankaz beugte sich vor. Er ließ Ganoch nicht aus den Augen und hielt den Säbel schlagbereit erhoben, während er mit der Linken das Etui aufhob.

»Haare?«, knurrte er. »Kleine Gnomenschabe macht Scherz mit Twankaz?«

»Kein Scherz. Riech daran«, sagte Ganoch.

Twankaz nahm mit zwei Fingern ein Büschel aus dem Etui und rieb es gegeneinander.

»Du solltest den Geruch erkennen«, fuhr Ganoch fort. »Goblins haben eine feine Nase für so etwas. Du erinnerst dich an Hagaz' Kinder? An die Köpfe, die wir ihm gebracht haben? An dem Ort, wo wir sie gefunden haben, stehen noch viele Hälse zur Ernte bereit. Heute Nacht fliegen wir zurück in die Berge und holen den nächsten Sack ... mit Köpfen, die zu diesen Haaren passen.«

Twankaz ließ die Klauenhand sinken. Sein Griff lockerte sich. Feine Pelzhaare schwebten zu Boden. Der Säbel in seiner Hand zitterte. »Mieser Rattengnom ...«, knurrte er. »Du bereust ...«

»Aber noch kannst du es verhindern«, unterbrach Ganoch den Goblin. »Sorge dafür, dass Hagaz' Kopf heute Abend bei Sonnenuntergang fällt, sonst ist deine Familie als Nächstes an der Reihe. Und dann eure ganze Sippe. Dagegen könnt ihr gar nichts tun. Unsere Geflügelten sind schneller in den Bergen als eure Krieger. Daugazburg mögt ihr gewinnen, doch ihr verliert euren Stamm. Die Goblins aus der Ebene werden eure Beute erben. Es liegt nur in deiner Hand, Twankaz von Hagaz' Sippe.

Wenn Hagaz lebt, fällt in den Bergen euer Banner auf immer.«

Twankaz brüllte und machte einen Satz nach vorn. Ganoch wechselte die Größe, und der Goblin krachte gegen den Rahmen seines Zeltes. Sein Säbel durchtrennte die Lederplane. Ganoch brachte sich unter dem Saum in Sicherheit. Die nackten Füße des Goblins trampelten eine Zehenbreite neben ihm durch den Staub.

Ganoch wankte nach draußen.

Weitere Goblins wurden auf den Lärm aufmerksam und liefen herbei. Ganoch sah die geschwärzte Klinge von Twankaz' Säbel dreimal durch die Plane fahren, bis sie eine Stange traf und eine Seite des Zelts in sich zusammenfiel.

»Gnom! Scheißmade! Ich zerquetsche dich!«

Ganoch blickte sich gehetzt um. Nirgendwo war es sicher. Im Zelt wütete Twankaz, draußen stampften gepanzerte Stiefel auf ihn zu. Ganoch klammerte sich an eine Zeltnaht und kletterte empor.

Immer wieder trafen von innen Hiebe das Leder, während Twankaz nach ihm suchte. Ganoch klammerte sich an den gefetteten Riemen fest, die die Lederbahnen zusammenhielten.

»Was ist, Twankaz?«, riefen die heraneilenden Wachen.

»Gnome auch hier?«, fragte ein Goblin.

Sie fingen an, rings um das Zelt durch den Staub zu pflügen. Dann kam Twankaz heraus. Seine Augen waren blutunterlaufen. Wütend schaute er auf seine Kameraden, die kurz innehielten und auf Befehle warteten.

»Gnome?«, fragte einer.

»Ratten«, zischte Twankaz. »Asselgezücht.« Seine Kiefer mahlten. Tiefe Falten furchten seine Stirn. Er schaute zu Boden, dann ließ er seinen Blick über das Lager schweifen.

»Was tun?«, fragte ein Goblin.

»Gnom ... wollte Twankaz töten«, sagte der Goblin. »Twankaz hat vertrieben.« Seine Schultern sanken herab.

Dranjar sah zu, wie die Goblins abrückten. In geschlossenen Reihen marschierte die schwer bewaffnete Garde durch das Tor der Zitadelle in die Stadt, zur Schlacht gerüstet. Nur eine Notbesatzung blieb als Wache zurück. Wieder ließ Darnamur ihn hier im Palast nach Batha suchen, während draußen vor dem Tor des Blutes die Entscheidung fiel!

Aber natürlich hatte Darnamur recht. Es war keine Schlacht für Gnome. Und es war richtig, sich um Batha zu kümmern. Sie war nun schon seit zwei Nächten verschwunden, und auch Dranjar machte sich Sorgen um sie. Gemeinhin konnte Batha auf sich selbst Acht geben, aber wenn sie so lange nichts von sich hören ließ, geschah das bestimmt nicht freiwillig.

Dranjar hatte sämtliche erreichbaren Zeugen zweimal befragt, und alles deutete auf die Goblins hin. Auf Mataz und Fitwiz und ihre Gefolgsleute im Rat. Sie hätte man befragen müssen, wenn man mehr erfahren wollte. Aber wenn sie etwas mit dieser Sache zu tun hatten, würden sie nichts verraten. Oder sie würden lügen. Also musste man ihnen anders auf die Schliche kommen. Doch wie sollte das geschehen, jetzt, wo die Goblins in den Krieg zogen?

Dranjar saß auf der Fensterbank, da sah er unten zwischen den verbliebenen Wachen am Tor einen Goblin, der ihm bekannt vorkam. Es war einer von Fitwiz' Gefolgsleuten, einer von den acht Goblins, die zuletzt in Bathas Nähe gesehen worden waren.

Eilig lief Dranjar nach unten und riss die Tür zum Hof auf. Der Goblin kam ihm entgegen. Dranjar taumelte zurück. Damit hatte er nicht gerechnet. Aber womöglich war es eine günstige Gelegenheit.

Er wich ein Stück in den Durchgang zurück, zog sich an einem Mauerspalt in die Höhe und machte sich klein. Käfergroß kroch er vollends in die Fuge, die ihm reichlich Platz bot.

Da kam auch schon der Goblin herein. Dranjar kniff die Augen zusammen, maß die Entfernung ab und den Weg, auf dem der Goblin sich bewegte.

Es war ein breiter Geselle. Der Bursche trug nicht den vergoldeten Brustpanzer der Garde, sondern eine harte Lederrüstung mit schwarzen Eisenbeschlägen. An seinem Gürtel baumelte ein großer Schlüsselbund, zwei Säbel steckten dahinter. An der rechten Hand trug er einen einzelnen zerschlissenen, fingerlosen Handschuh. Der Goblin wirkte eher wie ein Kerkermeister als wie ein Gardekrieger.

Dranjar zog den kleinen Knochendolch. Als der gedrungene Goblin dicht an ihm vorüberkam, setzte er zum Sprung an. Doch er sprang zu kurz und stürzte in die Tiefe. Der Lederpanzer des Goblins lief in einer Art Rock aus, aus zahlreichen sich überlappenden Lederstreifen gebildet. Im Fallen holte Dranjar aus und stieß den Dolch hinein.

Die Klinge aus Drachenbein schnitt in das harte Leder und fing den Sturz ab. Dranjar hing an dem ledernen Rock, dicht über dem Knie des Goblins, und versuchte zu klettern. Doch das Leder war zu glatt und bot keinen Halt. Dranjar nahm ein zweites Messer zu Hilfe. Hand über Hand arbeitete er sich an der Rüstung empor. Nur auf den Beschlägen konnte er manchmal eine Rast einlegen.

Der Pelzkopf merkte nichts davon. Dranjar grinste, biss die Zähne zusammen und kletterte weiter.

Endlich erreichte er den Gürtel. Von dort aus konnte er auf den Mantel des Goblins hinüberspringen, wo er sicheren Halt fand. In dem faltenreichen Kragen machte er es sich schließlich bequem.

Wenn er den Pelzkopf ungesehen begleitete, würde er vermutlich eher etwas über Bathas Schicksal erfahren als durch ein offenes Gespräch.

Er steckte die Waffen weg, hielt sich mit einer Hand an der Falte fest und reckte den Kopf. Es war dunkel hier, ein unbeleuchteter Treppenaufgang. Der Goblin bewegte sich nach unten. Es dauerte eine Weile, bis Dranjar klar wurde, was da geschah.

»Ja!« Unwillkürlich ballte er die Faust. Der Goblin stieg in die Kellergewölbe. Eben dorthin, wohin Batha den Goblins vorletzte Nacht gefolgt war.

## 14. Kapitel:
## … und Goblins in der Stadt

*Ein Volk rechtloser und besitzloser Sklaven ruhigzuhalten erfordert maßlose Gewalt. Denn ein Sklave hat wenig zu verlieren, aber viel zu gewinnen. Wir müssen also Gruppen schaffen, die etwas zu verlieren haben. Sie haben weniger Gründe, sich gegen uns aufzulehnen, und sind viel leichter zu treffen, wenn wir sie maßregeln müssen.*

*Im Hohen Rat sitzen privilegierte Gruppen der anderen Völker. Wir geben ihnen etwas, nämlich Macht und Besitz. Dafür werden sie von sich aus ihre Volksgenossen zur Ordnung rufen, weil ein jeder, der unsere Ordnung in Frage stellt, auch ihre Stellung bedroht.*

*Auf Dauer wird das uns Gnome entlasten. Konflikte werden in die anderen Völker hineingetragen und verhindern ein starkes Bündnis gegen uns. Wir werden nicht länger mit großem Kraftaufwand ganz Daugazburg allein in der Waage halten müssen. Wir brauchen nur noch einen kleinen Finger auf die Waagschale zu legen, um jeweils in unserem Sinne auszutarieren.*

Darnamur, der Gnom,
vor den Führern von *Knochenmessern* und *Grünen Landen*

Die Goblins der Stadt versammelten sich auf dem Drauzwinkel, eine Kolonne neben der anderen. Der Platz glänzte vor Gold und Stahl. Die Fledermausschwingen auf den großen Schilden gemahnten an die Fei und an ein vergangenes Zeitalter.

Darnamur sah weitere Truppen, die aus den Nebenstraßen strömten. Zu der Garde gesellten sich Kompanien in einfacher Wehr, uneinheitliche Rüstungen aus Eisen und Leder, Schilde mit aufgemalten Fratzen und blutroten Symbolen, die Bewaffnung ein Sammelsurium aus Säbeln, Beilen, Stabkeulen, Morgensternen und Speeren. Der einzige Schmuck dieser Goblins bestand aus Knochen und Zähnen, die zwischen den schwarzbraunen Scharen weiß schimmerten.

In den geschlossenen Reihen der goldgerüsteten Garde fand man auch leichter bewaffnete Krieger: Bogenschützen, die in den Schildwall der Infanterie eingebettet waren. Zum ersten Mal bekam Darnamur eine Vorstellung davon, wie viele Goblins Mataz und Fitwiz nach der Zerschlagung der Stadttruppen in ihre Reihen aufgenommen hatten. Er schätzte die Zahl der angetretenen Krieger auf etwa fünftausend.

»Bald haben wir Feuer im Kessel, im Kessel!« Smatra zupfte Darnamur am Wams. »Pfeilschwärme aus meiner Maschine, das werden die Burschen kriegen, kriegen.«

Darnamur wandte sich vom Drauzwinkel ab. Er stand auf der Mauerkrone beim Tor des Blutes und hatte einen guten Blick in beide Richtungen. Vor den Mauern marschierte das feindliche Heer auf, die Goblins von Hagaz. Die Greifen und Drachen von Daugazburg kreisten über den Häuptern der Feinde. Hinter ihnen sank ein blutroter Sonnenball, von milchigem Dunst verhangen, dem Horizont entgegen. »Wenn alles gut geht«, sagte Darnamur zu dem Kobold, »brauchen wir deine Maschine heute nicht. Die Schlacht wird vor den Toren geschlagen.«

Ganoch nahm Darnamur das Sichtglas aus der Hand, das Smatra für sie bereitgestellt hatte, ein langes Rohr mit gläsernen Linsen im Inneren und mit Einstellrädern außen. Das »Weitsichtglas«, wie Smatra es nannte, machte entfernte Einzelheiten so gut erkennbar, als stünde man direkt davor.

Ganoch verfolgte den Aufmarsch der Feinde durch das Glas. Dann ließ er es sinken. Seine Augen tränten, weil sich sein Blick kurz in der Sonne verfangen hatte.

»Es sind immer noch zu viele«, stellte er fest. »Sie haben doppelt so viele Goblins in ihren Reihen wie wir, trotz der Verluste der letzten Nacht. Und machen wir uns nichts vor: Alle Alben, die etwas auf sich halten, haben sich den Rebellen angeschlossen. Unsere Feinde werden in dieser Schlacht auch die besseren Zauberer aufbieten können. Wir hatten gestern nur Glück, weil Hagaz so übereilt angegriffen und sich mit seinen Verbündeten nicht abgesprochen hat.«

»Das spielt keine Rolle«, befand Darnamur. »Denk daran: Die dreitausend Goblins der Garde haben am ersten Tag der Revolution dreißigtausend Goblins der Stadtwache abgeschlachtet wie Vieh, nachdem wir am Tag zuvor die meisten Anführer der Stadttruppen im Schlaf ermordet hatten.«

»Abgeschlachtet«, murmelte Ganoch mit einer Geste auf den Platz hinab. »Oder vertrieben. Oder die Stadtwachen haben sich neue Hauptleute gesucht und stehen jetzt dort unten neben der Garde auf dem Platz.«

»Wie auch immer«, befand Darnamur. »Die Tatsache bleibt bestehen: Ein Haufen ungeordneter Goblinkrieger kommt nicht gegen eine geschlossene Schlachtreihe an. Da hilft ihnen auch die Überzahl nichts. Und wenn du gute Arbeit geleistet hast, *wird* es eine ungeordnete Goblinhorde sein.«

Ganoch sagte nichts und reichte seinem Anführer das Sichtglas zurück. Was auch immer die Gnomenspäher im Laufe des Tages erreicht hatten, sie hatten einen hohen Preis bezahlt. Viele von denen, die wie Ganoch ins Lager der Goblins geschickt worden waren, um Unfrieden zu stiften, oder zu den mit Hagaz verbündeten Alben, um deren Reihen zu lichten, waren nicht wieder zurückgekehrt. Es waren die besten gewesen, Ganochs eigene Elite aus den Veteranen der Spähtrupps der Fei.

Der Plan musste einfach Erfolg haben, damit ihr Opfer gerechtfertigt war.

Auf den Wällen herrschte eine erwartungsvolle Stille. Unten

auf dem Platz ging es rauer zu. Die Gardetruppen verhielten sich für Goblins bemerkenswert diszipliniert, dennoch brachen innerhalb der Reihen immer wieder kleine Rangeleien aus. Schimpfworte flogen durch die Luft, und die Unteroffiziere mussten den ein oder anderen unbotmäßigen Krieger erschlagen, um für Ruhe zu sorgen.

Goblins waren nicht dafür geschaffen, in engen Reihen zu stehen. Und sie waren nicht dafür geschaffen, ruhig abzuwarten.

Den Alben und ihrer Leibwache aus Vampiren bereitete das keine Schwierigkeiten. Sie warteten links und rechts des Tors und sollten sich den Goblins anschließen. Geschützt hinter deren Rücken würden sie auf dem Schlachtfeld ihre Zauber wirken.

»Wo ist Fitwiz?«, murmelte Darnamur. Er suchte mit dem Sichtglas den Platz ab. »Gerade habe ich ihn noch gesehen.«

Aber der Drauzwinkel versank im Dunkel. Die Sonne erreichte nur noch die Turmstümpfe auf der anderen Seite des Platzes, und deren Narben glühten wie in Blut getaucht. Smatras Sichtgerät benötigte mehr Licht, als es die nachtsichtigen Gnome gewohnt waren, und Darnamur steckte es schließlich gereizt in seine Westentasche. »Das Ding taugt gar nichts«, befand er.

»Großartig, großartig«, widersprach Smatra. Er sprang vor Darnamur auf und nieder und drohte empört mit dem Finger. »Smatras Weitsichtglas wird die Kriegführung verändern, verändern! Die Finstervölker werden in Zukunft bei Tageslicht kämpfen, damit man sie durch das Glas besser sehen kann.«

Ganoch wandte sich ab, damit der Kobold sein Grinsen nicht sehen konnte. »Ganz bestimmt«, flüsterte er Darnamur zu. »Gesehen zu werden, das ist das höchste Ziel eines Gnoms im Kampfe!«

Er schaute wieder auf das Feld vor der Stadt hinaus. Er vermeinte, in den Reihen der Feinde Unruhe wahrzunehmen. Aber Darnamur schüttelte den Kopf. »Unsere fliegenden Truppen werden ein Zeichen geben, wenn es so weit ist.«

Dennoch zog Ganoch das Sichtglas aus Darnamurs Tasche

und spähte wieder hindurch. Hagaz' Goblins liefen durcheinander, aber es war nicht auszumachen, ob es eine normale Truppenbewegung war oder ob etwas Ungewöhnliches vorging.

Da rauschten Schwingen heran. Ein Drache stieß über dem Tor ein Brüllen aus.

»Es ist so weit«, rief Darnamur. »Angriff! Angriff!«

Kräftigere Stimmen nahmen den Ruf auf. Erst die Menschen auf den Wällen, dann die Goblins auf dem Platz.

»Angriff!«, brüllte es aus Tausenden Kehlen.

Ein Beben lief durch die Mauern. Es knarrte und ächzte. Die gewaltigen Flügel am Tor des Blutes schwangen auf. Man hörte die Ketten der Gegengewichte im Torhaus rasseln.

Schon setzte sich der erste Zug der Goblingarde in Bewegung. Unaufhaltsam marschierte er voran. Die vordersten Reihen stießen gegen die erst halb geöffneten Tore und schafften es, sie ein Stück weiter aufzudrücken.

Aber die Tore waren schwer, sie bestanden aus Metall, so dick wie ein Goblin lang. Die nachdrängenden Goblinmassen zerquetschten ihre Kameraden wie Fliegen an den Kanten. Schreie stiegen auf; die Reihen des ersten Zuges lösten sich auf, und die Krieger droschen aufeinander ein. Als wüster Pulk drängten sie endlich durch den Spalt, stampften über die Leiber der Gefallenen hinweg.

Unter den Peitschen der Unteroffiziere formierten sie sich neu. Die nächsten Kompanien kamen ungehindert durch das Tor.

Ganoch beobachtete wieder die Reihen ihrer Feinde. Auch dort gab es Kämpfe zwischen den Goblins, doch es war niemand da, der sie schlichtete. Inmitten der feindlichen Armeen war der Tumult am schlimmsten. Hagaz' Banner waren gefallen, seine Leibwache und die nächsten Verbündeten kämpften gegeneinander. Genaueres ließ sich im verlöschenden Schein der roten Sonne nicht ausmachen.

Als die Truppen von Daugazburg herankamen, stellten die Feinde sich ihnen entgegen. Einzelne Einheiten aus Hagaz' Armee schlossen den Schildwall. Doch hinter ihnen tobte der

Kampf weiter. Verbündete Stämme fielen übereinander her. Andere lösten sich aus der Masse des Heeres und gingen auf eigene Faust zum Angriff über.

Es kam zu ersten Scharmützeln. Pfeile stiegen auf. Ganze Wolken aus den Reihen der Garde, vereinzelte Geschosse vonseiten der Angreifer. Kriegertrupps zerschellten am Schildwall. Von Lanzen durchbohrt blieben sie liegen, und die Truppen von Daugazburg schoben sich weiter voran.

Zauberfeuer flackerte auf, ganz hinten in Hagaz' Armee. Ganoch hob das Sichtglas. Ein Trupp bunt gekleideter Alben versuchte, sich durch das Gewimmel von Goblins zu drängen, um mitkämpfen zu können. Doch es war aussichtslos.

Ihre eigenen Verbündeten hielten sie auf, versperrten ihnen den Blick. Bald mussten sie sich gegen die Goblins wehren, die ihnen eigentlich Deckung geben sollten.

Die Garde war nur noch zwei Lanzenlängen von den kläglichen Resten entfernt, die von Hagaz' Schildwall geblieben waren.

»Da schneiden sie durch wie heißer Stahl durch Fett!« Darnamurs Stimme klang triumphierend.

Doch die Garde blieb stehen. Alle Kolonnen erstarrten.

»Was ist los?«, fragte Darnamur.

Ganoch spähte durch das Glas. Da war nichts zu sehen. Die beiden Goblinheere standen einfach da, die festen Reihen aus der Stadt vor dem aufgelösten, schon halb im Bruderkampf versunkenen Heer der Angreifer.

»Ich kann keinen Zauber erkennen«, sagte Ganoch. »Ihre Albenzauberer sind abgelenkt. Aber unsere Truppen bewegen sich einfach nicht weiter.«

»Gib her!« Darnamur riss das Sichtglas an sich.

Die Alben von Daugazburg hatten die Garde als zweite Angriffswelle begleitet. Zweihundert Vampire stellten ihre persönliche Leibwache. Auch dieser Trupp stand ratlos da.

Durch sein Sichtglas sah Darnamur, wie die Magier zusammenrückten. Mit aufgeregten Gesten wiesen sie auf die Goblins und wieder zur Stadt. Was ging dort vor?

Und dann liefen sie auseinander. Alben brachen zusammen, von Pfeilen durchbohrt. Darnamur ließ das Glas sinken, um sich einen Überblick zu verschaffen.

»Leuchmadans Gnade«, hauchte er.

Die eigenen Goblins wandten sich gegen ihre Alben. Die Bogenschützen in den Reihen schossen Pfeile auf die verbündeten Zauberer. Die leicht bewaffneten Hilfstruppen fielen über die Vampire her, die völlig überrumpelt waren. Im Nu waren ihre Reihen durchbrochen, und ein wilder Kampf Mann gegen Mann entbrannte.

Scharenweise flohen die Alben zurück zur Stadt. Goblins rannten hinterher oder schossen auf sie.

»Verrat!«, rief es auf den Wällen.

»Ein Zauberer«, stieß Ganoch entsetzt hervor. »Sie müssen einen ungeheuer mächtigen Zauberer haben. Er hat die Herrschaft über all unsere Goblins gewonnen.«

Darnamur blickte durch das Sichtglas, schüttelte den Kopf. »Nein«, sagte er. »Es geht nach beiden Seiten so. Hagaz' Scharen erschlagen ihre eigenen albischen Verbündeten auf dieselbe Weise. Bei ihnen ist das Gemetzel noch schlimmer, weil ihre Zauberer sich schon unter das Goblinheer gemischt haben und nicht mehr entkommen können.«

Ratlos sahen die Gnome auf die Schlacht hinab, in der mit einem Mal alle Frontlinien verwischt worden waren. Darnamur fasste sich als Erster.

»Die Tore!«, brüllte er. »Schließt die Stadttore.«

Dranjar ritt auf dem Goblin wie eine Vila auf dem Drachen. Der Goblin stieg in die Katakomben unter der Zitadelle hinab und verließ sich dabei nicht auf seine feinen Sinne, sondern führte eine Lampe mit sich. Ihr warmer Schein wanderte über das verwitterte Mauerwerk und fing sich in den weißen Spinnweben, die alles überzogen.

Dranjar sah vor sich nur den struppigen Kopf seines Trägers, doch zu den Seiten hatte er einen freien Blick. Längst hatten sie alle bewohnten Teile des Palastes hinter sich gelassen. Sie bewegten sich tief unter den tiefsten Kellern, die er kannte. Dranjar war froh, dass er sicher auf den Schultern des Goblins saß. Das war keine Gegend für Gnome.

Die Spinnweben waren so dicht, dass selbst die Spinnen wie darin gefangen wirkten. Sie hingen in den Gang hinein, zogen sich über die Decke. Es war unmöglich, hier in kleiner Gestalt zu laufen. Batha wäre gewiss nicht so leichtsinnig gewesen, den Goblins hierher zu folgen, in ihrer natürlichen Größe und fast ohne Deckung.

Oder doch?

Aber sie war nicht zurückgekehrt. Und auch Dranjar empfand Neugier, was der Goblin in diesem vergessenen Teil der Fundamente suchte. Es musste eine Bedeutung haben, dass die Goblins hierherkamen.

Vorsichtshalber nahm er die Armbrust vom Rücken und spannte sie. Immerhin mochte es sein, dass ein fürwitziges Spinnentier sich zu ihm abseilte.

Der Goblin gelangte an eine schwere Holztür. Die Bohlen wirkten verzogen und waren so ausgeblichen, dass sie aussahen, als wären sie versteinert. Das Schloss war allerdings gut geölt, und der Goblin öffnete es mit einem der Schlüssel von seinem Bund. Dann zog er die Türe auf.

Sogleich drang ein infernalisches Kreischen an Dranjars Ohr. Er zuckte zusammen und wäre fast von seinem hohen Sitz gerutscht. Dranjar hob die Armbrust, sah sich gehetzt um. Fledermäuse!

Der Goblin trat durch einen Vorhang aus langen Lederstreifen, der hinter der Tür herabhing. Dahinter tat sich ein gewaltiges Gewölbe auf. Ein süßlicher Geruch lag in der Luft, vermischt mit dem beißenden Gestank von Fledermauskot.

Die Wände verloren sich im Schatten langer Säulenreihen. Die Decke lag fünf Goblinhöhen über ihnen, und dort wimmelte es von Fledermäusen. Als der Goblin in das Gewölbe trat, lösten sich einige von ihrem Ruheplatz. Unruhe breitete sich aus.

Gebannt blickte Dranjar zu den Tieren auf, die Armbrust schussbereit. Da nahm er von der Seite eine Bewegung wahr. Dranjar fuhr herum, legte seine Waffe an. Doch es war die haarige Klauenhand des Goblins, die geradewegs auf ihn zukam.

Einen Augenblick zögerte er entsetzt, dann erkannte er, dass der Goblin seine Kapuze hochschlagen wollte. Dranjar, der in einer Falte saß, verlor den Halt. Er wurde fortgeschleudert, rutschte ein Stück hinab, wurde von einer weiteren Falte mitgerissen und hoch in die Luft geworfen.

Der winzige Gnom überschlug sich im Fallen. Verschwommen sah er den Rücken des Goblins vorbeirasen, erahnte zwei Schatten, die sich aus der größer werdenden Wolke von Fledermäusen über ihm lösten ...

Und er machte sich groß.

Geschickt kam er mit den Füßen auf, ging in die Hocke. Er legte die Armbrust an und zielte auf den breiten Rücken des Goblins.

Die Fledermäuse drehten über ihm ab. Sie schwirrten um den Goblin herum, der gereizt knurrte und nach ihnen schlug. In dem vielflügeligen Flattern hatte er Dranjar nicht bemerkt.

Dranjar blieb ruhig hocken, während der Goblin einige Schritte von der Tür wegtrat und nach einer Art Rechen griff, der dort an der Wand lehnte.

In diesem Augenblick lief Dranjar los. Er bewegte sich stets so, dass der Goblin ihm weiterhin den Rücken zuwandte, und suchte Deckung hinter einer Säule. Er atmete einige Male tief durch. Der Gestank stach in seiner Nase, und er musste würgen. Die Säule, an der er lehnte, war mit Reliefs verziert, mit Kriegern und Bestien, kaum noch zu erkennen vor Rissen und Löchern und dem Fledermauskot, der sich in allen Vorsprüngen sammelte.

Dranjar hörte ein Kratzen. Vorsichtig spähte er um die Säule herum.

Der Goblin kehrte tote Fledermäuse auf dem Boden zusammen. Die hölzernen Zähne des Rechens pflügten Furchen in den Dreck.

Dranjar schüttelte sich. Unmöglich konnte er in diesem Raum

wieder seine kleine Gestalt annehmen. Er würde in der dicken Schicht Kot versinken wie in einem Sumpf. Und ohne die sichere Zuflucht auf dem Rücken des Goblins würden sich die Fledermäuse auf ihn stürzen.

Dranjar erwog, durch die Tür wieder nach draußen zu fliehen. Aber der Goblin blieb zwischen den beiden mittleren Säulenreihen, von wo aus die Tür gut zu sehen war. Es war zu gefährlich, die Deckung aufzugeben. Und auf einen Kampf mit dem gerüsteten Krieger wollte Dranjar es nicht ankommen lassen.

Er würde einfach in seinem Versteck bleiben, bis der Goblin wieder verschwunden war, und sich dann hinausschleichen.

Nachdem er diese Entscheidung getroffen hatte, blickte Dranjar sich neugierig um. Im Schatten der Säulen huschte er näher an die Seitenwand heran. Die Grundfläche des Gewölbes schien viereckig zu sein, und Dranjar entdeckte einen weiteren Ausgang. Er war nicht einmal hoch genug für einen Gnom, und eine schmale Rinne im Boden führte dorthinein. Allem Anschein nach handelte es sich um einen alten Kanal. Auch diese Öffnung war mit Lederstreifen verhangen.

Die ganze unüberschaubare Masse an Fledermäusen war inzwischen in Bewegung. Wie ein gewaltiger schwarzer Mahlstrom kreisten sie unter der Decke. Die fast träge anmutende Bewegung dieser Fledermauswolke setzte sich aus unzähligen flinken Leibern zusammen, die verspielt umeinander kreiselten, sich aus der Masse lösten oder wieder dorthineintauchten.

Dranjar folgte dem Goblin zum anderen Ende des Gewölbes. Der Gestank in der Luft wurde immer schlimmer. Ein Summen mischte sich unter das Schwirren der Fledermäuse. Dranjar lief von Säule zu Säule, so nah wie möglich an den Goblin heran. Der Eingang war inzwischen so weit entfernt, dass Dranjar ihn in der Finsternis nur noch erahnen konnte.

Dafür erhellte der Schein der Lampe eine Art Verschlag an der rückwärtigen Wand. Dieser war aus groben Latten gezimmert und von gazeartigen Tüchern umhüllt. Er nahm die ganze Länge der Wand ein, maß etwa zwei Schritt in der Tiefe und reichte dem Goblin bis zur Hüfte.

Der Gestank, der davon aufstieg, raubte Dranjar den Atem.

Der Goblin hob einen Deckel von dem Verschlag. Schwärme von Fliegen stiegen aus der Öffnung auf. Sogleich begann es in der Fledermauswolke zu brodeln. Einzelne Tiere stießen hinab und fingen die Insekten im Flug. Sie sausten um Dranjar und um den Goblin herum. Der stellte die Lampe ab, scheuchte die Fledermäuse mit unwilligen Armbewegungen fort und schaufelte zugleich die zusammengerechten Kadaver in den Verschlag.

Dranjar kauerte sich enger an seine Säule. Allmählich ergab das alles einen Sinn. Dies war nicht nur eine vergessene Grotte, in die sich die letzten Fledermäuse von Daugazburg zurückgezogen hatten. Es war eine regelrechte Fledermauszucht, sorgsam gehegt und gepflegt von irgendjemandem, der daraus einen Nutzen zog. Der Verschlag mit den Kadavern, in dem gezielt Fliegen als Nahrung herangezogen wurden, und die Vorhänge, die den Fledermäusen den Ausgang verwehrten, ließen daran keinen Zweifel.

Aber warum? Wollten sich da etwa einige Goblins die Taschen füllen, indem sie das Kopfgeld für Fledermäuse einsteckten und selbst für unerschöpflichen Nachschub sorgten?

Der Goblin hatte die Kadaver beseitigt. Nun beugte er sich in den Verschlag und zog etwas hervor. Er schüttelte die Maden von dem länglichen Ding, grunzte und leckte es dann sauber. Dranjar kniff die Augen zusammen. Es sah aus wie ein Knochen.

Er hörte ein Knacken, als der Goblin das Ding auseinanderbrach. Dann erkannte er, was es war: der Unterarmknochen eines Gnoms!

Dranjar musste einen Laut von sich gegeben haben, denn mit einem Mal blickte der Goblin auf. Unter der Kapuze starrte er zu der Säule hin, bemühte sich, außerhalb des Lichtkreises seiner Lampe etwas wahrzunehmen.

Rasende Wut erfasste Dranjar. Er wünschte alle Vorsicht in den schwarzen Abgrund, dem Leuchmadan einst entstiegen war. Diese Goblins legten Hand an Gnome!

Dranjar trat einen Schritt hinter der Säule hervor und schoss.

Der Goblin riss den Arm hoch. Der Bolzen mit der Spitze aus Drachenschuppe fuhr in seinen Unterarm, trat auf der anderen Seite wieder aus. Schwärzliches Blut rann über das Fell.

Der Goblin brüllte.

»Kleines Ungeziefer«, stieß er hervor. Er packte den Bolzen und riss ihn sich aus dem Fleisch. Dann zerrte er beide Säbel so heftig aus dem Gürtel, dass der Schlüsselbund in hohem Bogen hinterherflog und in den Schmutz fiel. »Fliegenfutter!«

Dranjar stützte die Armbrust auf den Boden und hebelte Schlitten und Sehne zurück. Der Goblin stürmte auf ihn zu. Dranjar legte einen Bolzen auf und schoss noch einmal.

Das Geschoss traf den Goblin in den Bauch, drang aber nicht tief durch die Lederrüstung. Der Goblin achtete gar nicht darauf. Er rannte weiter, beide Säbel erhoben. Geifer troff aus seinem Mund. »Kleinerrr Gnom! Ich fresse dein Fleisch wie das von deiner Gefährtin.«

Dranjar machte sich klein.

Die gestiefelten Füße des Goblins stapften durch den Dreck. Kot spritzte auf und prasselte auf Dranjar ein. Hoch über ihm wischten die krummen Klingen durch die leere Luft. Damit hielt der Goblin immerhin die Fledermäuse auf Abstand.

*Gefährtin.*

Dranjar verbannte jeden Gedanken aus seinem Geist. Er richtete seine ganze Aufmerksamkeit auf den Kampf. Er pumpte mit dem Hebel seiner Armbrust. Schnarrend bewegte sich der Schlitten, rastete bei jedem Hub weiter hinten am Schaft ein und zog die Sehne mit sich.

Vom eigenen Schwung getragen, lief der Goblin an Dranjar vorbei, über ihn hinweg.

Dranjar machte sich groß und rannte hinter dem Goblin her, machte sich wieder klein, als der Goblin herumfuhr.

In dieser Halle voller Fledermäuse konnte er nur in seiner kleinen Gestalt bleiben, solange der Goblin ihm Deckung gab. Auch wenn er dabei Gefahr lief, von dem wütenden Pelzkopf zertrampelt zu werden.

»Wo bist du?«, brüllte der Goblin. Er stand leicht gebeugt da und schaute immer noch zu der Säule, wo Dranjar zuletzt Deckung gesucht hatte.

Dranjar spannte die Armbrust fertig und lud sie erneut. Der Goblin hieb mit dem Säbel nach dem Bolzenschaft, der noch in seinem Bauch steckte. »Ich erwisch dich auch so, kleine Made«, knurrte er. »Oder die Fledermäuse kriegen dich. Aber das tät Swanaz bedauern.«

*Swanaz,* dachte Dranjar grimmig. *Jetzt hab ich einen Namen für deinen Grabstein.*

Der Goblin stürmte wieder los. Er schlurfte und trampelte mit den Stiefeln mutwillig durch den Dreck, als wäre sein Gegner darin begraben. Hinter ihm machte Dranjar sich wieder groß und schoss.

Der Bolzen traf den Goblin in den Rücken, gleich unterhalb der Rippen, und nagelte den Mantel an der Lederrüstung fest. Diesmal hatte Dranjar besser getroffen, denn das Geschoss verschwand zur Hälfte. Der Goblin fuhr herum. Sein Schattenriss zeichnete sich vor der Lampe ab, die immer noch neben dem Verschlag stand.

Dranjar wartete auf den nächsten Angriff. Aber der Goblin warf überraschend einen Säbel. Dranjar sprang zur Seite, glitt auf dem schlüpfrigen Boden aus und fiel der Länge nach hin.

»Harrr!« Mit einem Brüllen sprang sein Gegner auf ihn zu und holte mit dem zweiten Säbel aus.

Dranjar rollte sich herum. Kot klebte an seiner Kleidung, und sein Gesicht war verschmiert von Fledermausdung. Dranjar hob die Armbrust, um den Säbel abzuwehren. Doch Swanaz schlug sie ihm mit der Klinge aus der Hand, und die kostbare Waffe aus Drachenbein wurde fortgeschleudert.

Dranjar kam wieder auf die Füße. Der Goblin drängte ihm nach. Er ließ Dranjar keine Zeit, wieder in die kleine Gestalt zu wechseln.

Der Goblin drängte ihn immer weiter zurück, bis Dranjar an den Verschlag stieß. Er duckte sich, und die Klinge des Goblins krachte in die Latten. Fliegen stoben auf, Fledermäuse stießen herab. Gereizt wedelte der Goblin mit den Händen vor dem Gesicht herum.

Dranjar gewann etwas Abstand. Er riss das Kurzschwert aus dem Gürtel, aber schon kam Swanaz hinterher.

Er hieb mit dem Säbel zu. Dranjar parierte. Aber der Goblin war zu stark. Swanaz schlug das Kurzschwert mit dem Säbel zurück, sodass die flache Klinge gegen Dranjars Kopf prallte.

Das Kurzschwert aus den Knochen des Unkwitts brach nicht. Dennoch traf der Schlag Dranjar hart. Er taumelte auf die Lampe zu, und Swanaz trat ihm in den Bauch. Wie ein Ball hob der Gnom vom Boden ab und flog bis in den Fliegenverschlag. Holz krachte, Gaze umfing Dranjar wie Spinnweben.

Hektisch hieb er mit dem Schwert um sich, durchtrennte den Stoff, versuchte, wieder auf die Füße zu kommen. Sein Bauch war ein Klumpen aus Schmerz, und er bekam keine Luft mehr. Von Fliegen umschwärmt, kroch er durch den geborstenen Verschlag.

Um ihn her lagen Klumpen von Fleisch, ein ganzes Schwein, halb verwest und kaum noch zu erkennen. Weißliche Maden wimmelten über die stinkenden Brocken und bedeckten als schmierige Schicht den Boden. Sie blieben an Dranjars Armen, an seiner Kleidung, in seinem Gesicht kleben.

Dranjar versuchte zu atmen und musste zugleich würgen.

Gelassen trat der Goblin näher. Mit seinem langen Arm tastete er auf dem Rücken herum, bis er den Pfeil zu fassen bekam und ihn abbrach. Er verzog das Gesicht. »Bist noch ein wenig zu lebendig, um schon bei den Fliegen zu landen«, höhnte er. »Komm her, ich schneid ein paar Madengänge in dein Fell.«

Dranjar stützte sich auf. Sein Blick fiel auf einen Umriss, der zwischen den Stücken faulenden Fleisches fehl am Platze wirkte. Ein Gesicht. Batha!

Sie lag zwischen dem Abfall, die Kleidung starr von geronnenem Blut. Ihre Augen waren trübe wie raues Glas, das Gesicht verquollen und aufgeplatzt. Maden wimmelten in den Wunden. Ihre rechte Schulter war ein Stumpf, an dem die Fliegeneier in weißen Trauben klebten. Dranjar sog scharf die Luft ein, und es tat weh.

»Hast du deine Freundin entdeckt, Eiterbeule? Hat auch gedacht, sie könnte mit einem Goblinkrieger kämpfen. Sprang plötzlich unter der Tür heraus, als wär Leuchmadans Drache hinter ihr her.« Swanaz hob die Rechte und schüttelte den Säbel. »In die Hand hat sie mich gepikst, die kleine Gnitze.«

Dranjar bemerkte die braunen Lumpen, die um die Hand des Goblins gewickelt waren. Was er für einen Handschuh gehalten hatte, war in Wahrheit ein schmutziger Verband.

»Ich hoffe, sie fault dir ab, die Hand«, stieß er hervor.

Swanaz lachte. »So einen Stich kann ich ab. Ich hab ihren Arm dafür abgenagt, bevor wir den Rest zu den Fliegen geworfen haben. Und von dir nehm ich mir auch einen Blutpreis für die Dornen in meinem Fleisch.«

Er trat mit dem Fuß die restlichen Latten des Verschlags weg. Dranjar holte tief Luft, umklammerte das Heft seines Kurzschwerts ... und wechselte die Größe.

Swanaz stieß einen wütenden Laut aus und sprang vor. Sein Säbel senste durch die Luft.

Dranjar stand käfergroß auf dem Boden, zwischen Bergen von verwesendem Fleisch und inmitten eines Gewimmels ekler Kreaturen. Ein Rauschen und Klackern ertönte um ihn her, wie ein Sturm in einem ausgedörrten Wald. Die Maden wanden sich und schnappten mit ihren Kiefern.

Dranjar stand vornübergebeugt. Seit dem Tritt des Goblins wütete der Schmerz in seinen Eingeweiden. Er keuchte. Mit raschen Stößen wehrte er zwei Maden ab, die mit knisternden Kieferzangen auf ihn zutasteten. Das Drachenbein schnitt mühelos durch die ledrige Haut, und die Maden krümmten sich, als ihr Inneres hervorquoll.

Swanaz tobte über ihm. Er stieß Fleischstücke beiseite und rutschte über den schmierigen Grund.

Dranjar spähte und wartete. Und machte sich groß, als der Goblin genau über ihm aufragte. Er riss die Klinge hoch, während er Swanaz unter den Lederrock fuhr. Mit beiden Händen stieß er dem Goblin das Kurzschwert bis zum Heft in die Leiste. Dranjar spürte, wie die Schneide über das Becken schrammte. Dann ließ er los und sprang mit einem Satz aus dem Verschlag.

Swanaz schrie und kreischte und taumelte.

Dranjar rollte sich auf dem Steinboden ab. Jeder Atemzug schmerzte. Mühsam richtete er sich auf.

Der Goblin umklammerte immer noch den Säbel und wankte auf Dranjar zu. Blut und Urin liefen ihm zwischen den Beinen hervor und nässten seine Hose. Er biss die Zähne so fest zusammen, dass er die Hauer in die Oberlippe trieb. Die Flüche, die er ausstieß, waren nicht mehr zu verstehen.

Dranjar wich zurück, Swanaz kam ihm nach. Sie taumelten durch die Halle wie zwei Betrunkene. Der Goblin brüllte, tat zwei Schritte und hob den Säbel. Dranjar nahm all seine Kraft zusammen, sprang vor und rollte zwischen den Beinen seines Feindes hindurch. Dabei trat er kräftig gegen den Griff des Kurzschwerts, der Swanaz immer noch aus dem Unterleib ragte.

Der Goblin ließ seine Klinge fallen und brach zusammen. Sein Gebrüll wurde zu einem Stöhnen, dann zu einem Röcheln. Dranjar schleppte sich um den gefallenen Feind herum, hob den Säbel auf und schlug Swanaz den Kopf ab. Erst nach dem dritten Schlag verstummte der Goblin, und Dranjar hieb verzweifelt und kraftlos weiter, bis er den Hals endlich durchtrennt hatte.

Dann ließ er sich entkräftet auf den Hosenboden fallen und blieb sitzen. Fledermäuse und Fliegen drehten sich über ihm in einem bizarren Tanz. Es brummte und knatterte, und das Geräusch vermischte sich mit dem Brausen in seinem Kopf.

Allmählich kam Dranjar wieder zu Kräften, nur die Schmerzen blieben. In seinem Leib, in seinem Kopf. Er rappelte sich auf und versuchte, das Kurzschwert aus dem Goblin zu ziehen. Aber seine Finger glitten an dem schmierigen Griff ab, und die Klinge steckte zu fest. Schließlich gab er es auf.

Schwankend bewegte er sich durch das Gewölbe, bis er Swanaz' Schlüsselbund fand. Hatte der Goblin wieder abgeschlossen, nachdem er eingetreten war? Dranjar wusste es nicht.

Er taumelte auf die Tür zu, legte schon eine Hand auf den Ledervorhang. Da vernahm er ein metallisches Klirren dahinter. Gedämpft hörte er Fitwiz' Stimme. »Da ist offen! He, Swanaz, bist du schon zugange?«

Der Türgriff bewegte sich. Weitere Goblinstimmen johlten im Hintergrund.

Dranjar wich von der Tür zurück, schleppte sich in den Schutz der Säulenreihe. Der Schmerz trieb ihm Tränen in die Augen. Der Schmerz und die Verzweiflung.

*Leuchmadan, lass es endlich vorüber sein!*

Mataz marschierte an der Spitze seiner Truppen. Er verkroch sich nicht feige in der Zitadelle wie Fitwiz. Auch wenn Fitwiz es andersherum vorgeschlagen hatte – Mataz ließ sich den Kampf nicht nehmen! Deshalb hatte der Rat der Häuptlinge von Daugazburg auch ihm den Titel eines *Marschalls* verliehen, aber Fitwiz nur zum *General* ernannt.

Was auch immer diese Titel bedeuten mochten. Bald würden die Goblins allein herrschen, und die Häuptlinge der anderen Völker konnten mit den Krähen Rat halten.

Mataz packte einen seiner Mitstreiter, der beim Ausrücken gegen das Tor gedrückt und verletzt worden war. Der Bursche wankte und stöhnte. Mataz hatte keinen Platz für Schwächlinge in seinem Heer.

Er hob den Krieger an und schlug ihn noch einmal gegen den Türflügel, bis das Rückgrat brach. Dann schleuderte Mataz ihn weg. Das weiter aufschwingende Tor schob den Verletzten mit, bis der Körper in einer Mulde hängen blieb und zermalmt wurde. Mataz hasste solche Goblins! Sie waren es nicht wert, das Gold der Garde zu tragen.

Er brüllte seine Befehle. Trommler und Trompeter trugen sie weiter. Die anderen Kolonnen marschierten schneller, kaum dass sie das Tor hinter sich gelassen hatten, und schlossen zu Mataz' erstem Zug auf. Der Marschall zeigte die Zähne und reckte seinen Spieß in die Höhe. Er spürte die Wucht seines

Heeres, das den Boden unter seinen Füßen erbeben ließ. Seine Kompanie. Fitwiz' Kompanie. Die Kompanie von Werzaz. Und zahlreiche Horden der Stadtgarde. Alle unter seinem Befehl.

Mataz der Mächtige.

Die Reihen der Feinde kamen in Sicht. Einzelne Krieger stürmten ihm entgegen und wurden beiläufig zur Strecke gebracht. Die beiden Heere schossen einige Pfeilsalven aufeinander ab. Fast bedauerte Mataz, dass Hagaz' Heer nicht in festen Reihen vor ihm stand. Das wäre eine Schlacht gewesen!

Aber Hagaz' Banner waren gefallen. Das erkannte er sofort, auch wenn sich im Durcheinander der feindlichen Heerhaufen sonst wenig ausmachen ließ. Die Gnome hatten es also geschafft, Verrat und Zwietracht in die Reihen ihrer Gegner zu tragen. Dem würde er nun ein Ende setzen.

Widerstrebend brachte Mataz sein Heer zum Stehen. Alles in ihm sehnte sich danach, zum Sturm anzusetzen, in die spärlichen Linien der Goblins vor ihm einzubrechen wie ein Orkan in ein Zeltlager. Aber er hielt sich zurück.

Er würde noch Blut fließen sehen, bevor die Sonne aufging. Das Blut seiner wahren Feinde.

Mataz trat einen Schritt vor.

Die beiden Heere verhielten sich abwartend. Eine kurze Stille legte sich über das Schlachtfeld. Trommeln und die Tritte schwerer Stiefel waren verstummt. Mataz' Stimme trug weit.

»Goblins!«, brüllte er in das Schweigen hinein. »Ich bin Mataz, der Herr der Goblins von Daugazburg. Gnome und Alben wollen, dass wir gegeneinander kämpfen. Ich aber will euer aller Hauptmann sein. Unterwerft euch mir oder sterbt. Folgt mir und tötet alle Alben. Tötet alle, die uns im Wege stehn. Dann gehört Daugazburg den Goblins.«

Er hielt inne. Die Stille dauerte an. Mataz fühlte die Unsicherheit der Feinde.

Er riss seinen Spieß in die Höhe. »Goblins!«, brüllte er.

Sein ganzer Zug nahm den Ruf auf: »Goblins!«

Seine Kompanie, alle Kompanien von Daugazburg schwenkten die Waffen und riefen: »Goblins!«

Wie ein Lauffeuer sprang das Wort auf das andere Heer über: »Goblins!«

Erst nur vereinzelt, dann aus immer mehr Kehlen: »Goblins!«

Mataz grinste zufrieden. Er wandte sich um, ließ sein ganzes Heer kehrtmachen und fiel über die Alben her, die hinter ihnen aus der Stadt herausmarschiert waren.

Die Bogenschützen schossen ihre Pfeile ab. Die Krieger rückten vor. Mataz kämpfte sich durch die eigenen Reihen, um wieder an die Spitze zu gelangen. Doch da hatten sie die Linien der Vampire schon durchbrochen. Er sah einige wenige Alben, die in blinder Furcht auf das Tor des Blutes zurannten. Goblins nahmen die Verfolgung auf.

Mataz rief sie zurück, auch wenn er die Feinde ungern entkommen ließ.

Die Torflügel vor ihnen schlossen sich schon wieder.

»Wir können es schaffen«, rief ein Krieger neben ihm. »Sturm, Sturm!«

»Nein«, brüllte Mataz. »Wir werden uns nicht die Köpfe blutig rennen an diesen Toren wie Hagaz gestern. Zur Zitadelle!«

Als seine Truppen umschwenkten und sich parallel zu den Mauern bewegten, stellte Mataz befriedigt fest, wie viele neue Goblins an ihrer Seite standen. Hagaz' Horden hatten sich ihnen angeschlossen. Und in der Zitadelle wartete schon Fitwiz. Sie würden die uneinnehmbaren Wälle von Daugazburg überwinden, weil Fitwiz ihnen einfach das Tor öffnete.

Gegen Menschen und Gnome und Nachtmahre war es dann kein Krieg mehr, sondern nur noch eine einfache Jagd.

Frafa wollte gerade die geheime Pforte öffnen, die als Feuer getarnt die schmale Treppe vom Flur trennte, da hörte sie Stimmen. Sie erstarrte. Balgir lag auf ihren Schultern und zupfte aufgeregt an ihrem Kleid. Sie legte ihm eine Hand auf den Kopf und beruhigte ihn.

Im ersten Augenblick wusste sie nicht, was sie tun sollte. Sie war doch sonst immer allein im ehemaligen Turm der Fei! Müde rieb sie sich die Stirn. Seit dem Abendrot hatte sie die Kraft von Leuchmadans Kästchen gelenkt und an den Äther abgegeben. Nun war sie erschöpft, sie brauchte etwas zu essen und vielleicht ein wenig Schlaf.

Nur Darnamur, der Gnom, hatte außerdem noch Zugang zum Turm, wegen des Geheimnisses, das hier bewahrt wurde und das er allein Frafa anvertraut hatte. Darnamur selbst hielt sich nicht oft hier auf. Es gab keinen Grund für ihn, durch die Gänge des Bauwerks zu streifen.

Andererseits: Warum sollte er nicht jemanden hierher bringen? Es mochte weitere Schätze der Fei geben, die er einer Verwendung zuführen wollte.

Aber die Stimmen hinter dem geheimen Durchgang klangen grob und rau. Es waren unzweifelhaft Goblins. Würde Darnamur Goblins in den Turm bringen? Als Wachen womöglich?

Frafa legte die Hand auf das Glas. Das Feuer darin erweckte den Anschein, als loderte es in einer ausgemauerten Nische. Frafa wusste, dass es nur eine Scheibe war, nicht dicker als eine gewöhnliche Tür. Sie presste ein Ohr dagegen und lauschte. Die Goblins entfernten sich bereits, und auch mit ihren scharfen Albensinnen konnte Frafa die Worte nicht verstehen.

Sie rang einen Augenblick mit sich selbst, dann seufzte sie und schleppte sich die Treppe wieder hinauf. Es mochte lächerlich sein, doch die Anwesenheit dieser Fremden im Turm beunruhigte sie. Frafa konnte sich viele Erklärungen denken, warum Darnamur ausgerechnet jetzt weitere Besucher einlassen sollte. Aber das änderte nichts daran, dass sie ein schlechtes Gefühl dabei hatte.

Sie gelangte wieder in den Erker, von dem aus man zu der geheimen Kammer mit Leuchmadans Kästchen kam. Geduckt pirschte sie sich an ein Fenster heran und spähte in den Hof.

Goblins liefen dort umher. Das war nicht ungewöhnlich. Laute Rufe und unflätige Scherze hallten zwischen den Mauern wider. Frafa kniff die Augen zusammen und musterte die pelzigen Gesellen genauer.

Außer den Goblins war niemand zu sehen. War das auch normal?

Sie presste die Faust auf die Lippen und biss sich auf die Knöchel, um einen Aufschrei zu unterdrücken. Ihr setzte fast der Herzschlag aus. Das waren nicht die Goblins der Garde!

Auf dem Hof wimmelte es von Goblins in gewöhnlichen Rüstungen aus Stahl und hartem Leder, mit Schilden, die eigentümliche Zeichen trugen, dazu Banner und Clanzeichen aus Knochen. Viele der gewöhnlichen Goblins aus der Stadt hatten sich der Garde unterworfen. Trotzdem waren die goldgerüsteten Goblins im Palast stets in der Überzahl gewesen.

Frafa dachte an das feindliche Heer, das vor der Stadt aufmarschiert war. Hatten diese Goblins etwa die Wälle überwunden und die Zitadelle genommen? In den wenigen Stunden, da Frafa abgelenkt gewesen war? Dabei hatten Darnamur und seine Offiziere am Abend noch so zuversichtlich geklungen!

Frafa wich so weit in den kleinen Raum zurück, wie sie konnte. Fledermäuse schwirrten vor den Fenstern umher. Waren diese Geschöpfe mit den Angreifern nach Daugazburg zurückgekehrt? Frafa duckte sich.

Wenn Nachtalben dort unten waren, denen die Fledermäuse als Boten und Spione dienten, konnten sie Frafa im Erker leicht aufspüren. Sie konnte hier nicht bleiben.

Frafa wagte nicht, die Treppe hinab und durch den Turm zu schleichen. Dieser Weg führte ohnehin nur in eine Festung, die von feindlichen Truppen besetzt war. Sie erinnerte sich an die Goblins, die Aldungans Turm gestürmt hatten. Frafa hätte nicht gedacht, dass sie noch einmal in eine solche Lage geraten würde …

Sie schaute auf Balgir hinab. Die Echse hockte vor ihr auf dem Boden und sah zu ihr auf. »Nein«, sagte sie und wusste nicht einmal, ob sie zu sich selbst sprach oder zu ihrem Taschentier. »Diesmal nicht.«

Balgir konnte ihr nicht helfen. Sie konnte nicht ihre Größe ändern, und ein Seil allein reichte nicht, um aus der Zitadelle zu fliehen. Ihr blieb nur eines übrig, nämlich ein sicheres Versteck zu suchen: die geheime Kammer mit Leuchmadans Kästchen.

Während der letzten Nächte hatte sie viel Zeit mit diesem Behältnis verbracht. Es war schwer gewesen, seine Macht freizusetzen, ohne dass der stete Strom zu viel von ihrer eigenen Lebenskraft fortriss. Doch es steckte genug Kraft in dem Kästchen, um ihr eigenes Leben für eine Ewigkeit zu erhalten. Sie musste nur lernen, diese Kraft richtig zu lenken. Bisher hatte sie die Magie immer nur an sich vorbeigeleitet, sie hatte niemals versucht, davon zu zehren.

Wie schwer konnte das sein? Sie musste einfach mehr von dieser Kraft aufnehmen, als der Strom zugleich von ihr fortriss. Was die mächtigsten Nachtalben in der Welt schafften, allein von den Kräften des Äthers zu zehren, weder Speis noch Trank zu bedürfen und ihren Leib ganz dem Zauber zu unterwerfen – würde ihr das hier, am Quell aller Lebenskraft, auch gelingen?

Frafa hatte keine Vorräte, kein Wasser in diesem Versteck. Sie wusste nicht, wie lange sie dort ausharren musste oder wie lange sie überhaupt unentdeckt bliebe. Aber sie konnte zumindest versuchen, sich an der Magie zu laben ... Oder sie würde davon verschlungen werden, wenn sie den Strom nicht beherrschen konnte.

Sie beugte sich zu ihrem Vertrauten hinab. »Lebewohl, Balgir«, flüsterte sie. »Ich kann dich nicht mitnehmen. Wenn ich in der Kammer sterbe, kommst du nicht hinaus. Oder ich überlebe und könnte dich doch nicht am Leben erhalten. Aber du kannst über die Wände klettern und dich überall verbergen. Du hast bessere Aussichten, wenn du es allein versuchst. Wenn alles gut geht ... finde ich dich wieder.«

Magati hatte die Augen schließen müssen, als sie durch das Tor traten. Als sie die Lider nun wieder auftat, fand sie sich von Mauerwerk umgeben. Audan stand neben ihr und hielt die Augen immer noch fest zugekniffen. Hinter ihnen ragte Werzaz auf, der unheimliche Goblin.

Sie standen in einem schmalen Gang, der mit schweren Steinplatten ausgelegt war. Die Wände bestanden aus groben grauen

Quadern, die Decke wölbte sich über ihnen. Der Gang war so breit, dass zwei Goblins mit ausgestreckten Armen nebeneinanderstehen konnten, und hoch genug für einen Troll. Es war kühl, und die Luft roch abgestanden.

Sie knuffte Audan.

»Ist es vorbei?«, fragte der und blinzelte.

»'s fängt grad erst an, Käferhirn«, knurrte Werzaz.

Magati legte eine Hand auf das Mauerwerk. Es war kühl und fühlte sich ein wenig feucht an.

»Kann es sein«, sagte sie, »dass dieses Labyrinth des Schreckens einfach unter der Stadt liegt? Dass dieses Reich, in das der Scharfrichter einen Zugang schafft, gar nicht so magisch ist? Womöglich finden wir ganz einfach einen Ausgang, indem wir uns nach oben vorkämpfen?«

»Nicht so einfach, Warzenhaar«, knurrte Werzaz. »Wir Goblins kennen die Stollen unter der Stadt gut. Den hier kenn ich nicht.«

»Gehn wir einfach ein bisschen weiter«, schlug Audan vor. »Womöglich kommt es dir irgendwann bekannt vor.«

Werzaz fauchte. Er trat gereizt nach dem Gnom, aber sein Bündel mit Waffen war so groß und schwer, dass er sich nur träge bewegen konnte.

»Was?«, fragte Audan empört und flüsterte Magati zu: »So ein Groblin!«

Magati spähte den Gang entlang. Seltsamerweise war es nicht wirklich dunkel hier drin, es war eher dämmrig. Doch weit und breit gab es keine Lampe, nur Gänge, so weit das Auge reichte. Vielleicht ist dies doch ein magischer Ort, dachte sie.

»Jedenfalls sieht es hier gar nicht so schrecklich aus«, stellte Audan fest. »Ich dachte immer, das Labyrinth wäre voller riesiger Ungeheuer.«

Der breite Stollen setzte sich in beide Richtungen fort. Einige Schritte weiter mündete auf der linken Seite ein Abzweig ein.

»Wir sollten weitergehen«, sagte Magati. »Was für Möglichkeiten haben wir, Wito zu finden?«

Werzaz schnoberte. Er hob ein wenig den Kopf. »Ich riech

keinen Gnom ... außer euch Asselgezücht, natürlich. Aber da ist was anderes ...«

Er legte sein Bündel ab. Audan seufzte. »Kaum da, schon eine Rast. Das kann ja wohl nicht wahr sein.«

»Halt's Maul, du Eiterpickel«, fuhr Werzaz ihn an. Er wühlte in seinem Packen, nahm einen Schild und ein Bündel Speere in die Linke, einen weiteren Speer in die Rechte. Dann richtete er sich wieder auf.

Magati lauschte besorgt in das Dämmerdunkel. Sie hörte ein Schaben aus Richtung der Einmündung. Langsam wich sie an die Wand zurück. »Da kommt etwas«, flüsterte sie.

»Schlaue Kakerlake«, erwiderte Werzaz. Grimmig starrte er den Gang entlang.

Magati und Audan zückten ihre Knochenmesser. Ein Schatten schob sich um die Biegung.

# 15. Kapitel: Bürgerkrieg

*Die Goblins waren immer schwer im Zaum zu halten. Aber sie stellen von jeher die Hauptmacht unserer Heere. Ohne sie wäre Daugazburg schutzlos. Also dachte ich, wir könnten sie zumindest für eine Weile in unsere Ordnung einbinden.*

*Ich habe mich geirrt. Jetzt zahlen wir den Preis dafür. Aber ich werde diesen Fehler nicht wiederholen.*

*Die Goblins kämpfen nicht nur um die Vorherrschaft. Sie haben sich gegen alle Völker von Daugazburg gestellt und gegen die Grauen Lande. Es kann also für uns nicht nur darum gehen, diesen Angriff abzuwehren und die Herrschaft über die Stadt zurückzugewinnen. Wir müssen jeden einzelnen Goblin in Daugazburg auslöschen. Und wenn wir das erreicht haben, werden wir Drachen und Vilas hinter ihnen herschicken. Wir töten die Goblins in den Bergen, wir jagen sie in der Steppe.*

*Wir befreien die Grauen Lande von allen Goblins, denn ich werde nicht zulassen, dass dieses Geschwür in unserer Gemeinschaft bleibt und jederzeit wieder aufbrechen kann.*

Darnamur, der Gnom,
vor dem provisorischen Rat beim Aufstand der Goblins

Werzaz brachte den Speer in Anschlag, Audan schrie auf und stolperte über den Gang auf Magati zu. Sie sahen ein Bündel Tentakel und einen riesigen Panzer dahinter. Die Greifarme züngelten. Das Ungeheuer zischte. Es kam auf sie zu, und wo der käferartige Panzer gegen die Wand schabte, zermalmte er den Stein.

»Weg hier, weg!«, rief Audan.

Magati stand einen Augenblick da wie erstarrt. Das Knochenmesser in ihrer Hand bebte.

»Machen wir uns klein!«, rief sie dann.

Und die Gnome verschwanden.

Die Schatten über ihnen wuchsen ins Titanenhafte. Die beiden Gnome nahmen Bewegungen wahr und Geräusche, die wie ein Donnern klangen. Sie konnten Werzaz und das Ungeheuer nicht mehr unterscheiden. Zitternd flohen sie in eine Spalte zwischen zwei Bodenplatten. Sie war tief und schmal, gerade richtig als Deckung für zwei winzige Gnome.

Über ihnen tobte ein Kampf. Sie hörten Werzaz brüllen. Hämmernde Schläge erschütterten den Stollen.

»Zur Wand!« Magati zupfte Audan am Ärmel.

Die Fugen bildeten einen Irrgarten. Plötzlich stieß Magati einen erschrockenen Ruf aus. Sie wich zurück. Audan blieb unschlüssig hinter ihr.

»Was ist?«, fragte er. Magati zog ihn mit sich, und sie liefen ein Stück des Weges wieder zurück. Audan schaute sich mehrmals ängstlich um, dann sah er eine träge Woge um die Ecke schwappen. Schwärzliches Blut lief durch die Rinne, in der die verkleinerten Gnome sich bewegten. Es folgte ihnen wie eine Flutwelle.

Magati bog ab, und noch einmal. Wieder bewegten sie sich Richtung Wand. Sie erreichten die nächste Einmündung vor der Woge und rannten daran vorbei. Audan sah kurz ein düsteres Funkeln in dem Seitengang. Wie eine Amöbe kroch das Blut dort entlang.

Die Quadersteine der Seitenwand ragten vor ihnen auf. Sie krochen in die Fugen dazwischen. Audan wollte hektisch emporsteigen und sich vor dem Blut in Sicherheit bringen. Doch Magati hielt ihn zurück.

»Vorsicht! Da könnten sich Spinnen verstecken oder anderes Ungeziefer.«

Argwöhnisch betrachtete sie die Ritzen, ehe sie höher emporstieg.

»Wir sind im Labyrinth der *großen* Schrecken«, sagte Audan abschätzig. »Ich glaube nicht, dass sich jemand die Mühe gemacht hat, irgendwelche Insekten für Gnome hier auszusetzen.«

»Insekten sind überall. Man muss sie nicht eigens aussetzen«, gab Magati trocken zurück.

Audan sagte nichts. *Es ist ein magischer Ort!*, dachte er. Die Schwarze Fei hatte ihn geschaffen, um ihre mächtigsten Feinde zu vernichten. Kleine Krabbeltiere passten nicht zu Audans Vorstellungen von diesem Labyrinth.

Die beiden Gnome setzten sich auf die Kante eines Mauersteins. Audan atmete schwer. Aus der Sicht eines Großen waren sie zwei Handbreit über dem Boden, doch für einen kleinen Gnom war das eine beachtliche Höhe.

»Es ist still geworden«, sagte Audan.

Er schaute nach unten. Der Gang kam ihm jetzt dunkler vor als bei ihrer Ankunft. Der Boden schien sich zu bewegen. Eine riesige Blutlache bedeckte die Steine und war inzwischen in alle Ritzen gesickert.

»Da!«, rief Magati. Audan folgte ihrer Geste.

Ein riesiger Umriss füllte den halben Gang aus. Es war das gepanzerte Käfertier mit dem Tentakelkopf. Es rührte sich nicht von der Stelle, aber wenn man genau hinsah, konnte man erkennen, wie sich der vordere Teil hob und senkte. Man hörte schmatzende Geräusche.

»Es frisst Werzaz«, flüsterte Audan.

Magati schwieg. Die beiden winzigen Gnome starrten die Furcht erregende Gestalt an.

Dann hörten sie Werzaz schreien. »Stinkende, aufgeschäumte Lindwurmscheiße. He, ihr feigen Sterzköpfe? Wo habt ihr euch verkrochen? Ah, willst du wohl ...«

Audan und Magati tauschten einen Blick. Dann liefen sie auf den Mauersteinen entlang, bis sie über einer trockenen Stelle im Gang standen. Dort stiegen sie hinab und machten sich groß.

Auf Zehenspitzen trippelten sie um die Lache herum und auf das Ungeheuer zu. Werzaz lag auf der anderen Seite halb unter den Tentakeln. Mit seinen langen Armen zog er sie von seiner Rüstung, an der sie sich festgesogen hatten. Sobald er einen Tentakel losgerissen hatte, saugte der sich an einer anderen Stelle fest.

Der Goblin fluchte, stemmte das gepanzerte Ungeheuer hoch, kroch ein Stück darunter hervor, zupfte sich wieder die Tentakel ab. Die schleimigen Fangarme schmatzen, wenn sie sich von Werzaz lösten. Aber die Kreatur war eindeutig tot.

Magati und Audan liefen rasch zu ihrem Gefährten.

»Werzaz!«, rief Audan. »Du bist ja gar nicht tot!«

»Hättest du wohl gern, du hässlicher Furunkel auf Beinen«, schimpfte Werzaz. »Jetzt macht euch mal nützlich und hebt diesen Kadaver von meinem Leib. Schwer wie ein Troll, und Rüssel im Gesicht hat der, die pappen wie der Fraß in den Kasernen von Daugazburg.«

Audan zerrte am Panzer, aber er richtete nichts aus. Magati ging dorthin, wo Werzaz' Waffen lagen. Sie nahm einen Säbel mit gezahnter Klinge und sägte damit die Fangarme ab. Endlich kam Werzaz frei.

Er nutzte jeden Zoll Bewegungsfreiheit, um wütend auf das gefallene Ungeheuer einzuschlagen und zu treten. An seiner Flanke war ein Stück aus seiner Rüstung herausgerissen. Er blutete. Sein halbes Gesicht war blutunterlaufen, und das Auge schwoll gerade zu. Werzaz hatte überall Kratzer, wo man durch Kleidung und Fell seine Haut sehen konnte. Von Kopf bis Fuß war er mit glitzerndem Schleim überzogen, von der Hüfte abwärts in dunkles Blut getränkt.

Es war das Blut des Ungeheuers, nicht das seine.

»Ist auf mich draufgefallen, als es umgekippt ist«, sagte Werzaz. »Verdammter Scheißbrocken. Aber ich hab ihm ordentlich die Fratze durchstochen, als es nach mir geschnappt hat, und mit dem Spieß seine Eingeweide umgerührt. Hat ihm wohl den Appetit verdorben. Ha!«

Er trampelte mit den schweren Stiefeln auf den Greifarmen herum und zerquetschte sie zu Brei.

»Wir dachten wirklich, es hätte dich erwischt.« Audans Stimme klang bewundernd. Er schaute von dem Goblin zu dem Ungeheuer, das nur aus einem bohnenförmigen Panzer zu bestehen schien, mit dem Bündel Tentakel am Kopf und einigen dünnen Spinnenbeinen, die unter dem Leib herausragten. Zwischen den Tentakeln gab es mehrere Öffnungen. Die Zähne darin sahen aus wie kreisförmige Sägen.

»Pah«, schnaubte Werzaz. »Um mit mir fertig zu werden, müsste schon etwas verdammt viel Größeres kommen. Das sag ich euch, Käferfutter!«

Der Boden bebte. Die drei blickten einander an. Da hörten sie auch schon ein Brüllen durch die Stollen hallen, das die beiden Gnome fast niederwarf.

Die Goblins kamen um Mitternacht. Sie strömten durch die Gassen heran, die sternförmig auf den Drauzwinkel zuliefen. Sie versammelten sich zwischen den Trümmern der eingestürzten Häuser, in den Ruinen der baufälligen Türme. Ihre Bogenschützen besetzten jeden Winkel, die schwer gerüsteten Krieger formierten sich am Rande des Platzes.

Dort, wo die Gebäude fast an den Außenwall stießen, flogen bald Pfeile hin und her. Menschen und Gnome, Alben und Vampire hatten auf den großen Mauern Aufstellung bezogen. In der kurzen Atempause, nachdem die Goblins durch Verrat die Zitadelle genommen hatten und bevor sie in die Stadt vorstießen, hatte Darnamur Schilde besorgt und alles versammelt, was er für die Verteidigung aufbieten konnte. Das waren vor allem die halb ausgebildeten menschlichen Speerkämpfer, die in Zukunft einen Ersatz und ein Gegengewicht zu den Goblins hatten bilden sollen.

Sie waren noch lange nicht bereit. Aber zumindest konnten die Menschen inzwischen die großen Schilde halten und die Mauerkronen auch zur Stadtseite hin verteidigen, wo es keine Brustwehr gab. Die Gänge im Inneren der Wälle, wo die großen Pechkessel standen, waren gut gefüllt mit Vorräten und mit Nachschub an Kriegern und Material.

Weit hinten auf dem Platz sah Darnamur Gold im Sternenlicht funkeln. Mataz hielt seine Garde zurück und schickte die neu gewonnenen Hilfstruppen vor.

»He, he – bereit! Die Maschine ist bereit!« Smatra schlängelte sich zwischen den Beinen der Verteidiger über die Mauerkrone heran. Er fuchtelte mit seiner Funkenpeitsche, doch es zuckten keine Blitze aus dem Kristall. Smatra hatte sich völlig verausgabt, als er seine Gehilfen auf dem Torturm angetrieben hatte.

Der große Zylinder seiner Bolzenschussmaschine war nun auf den Platz hin ausgerichtet. Pfeilbündel standen daneben bereit, eigentümliche, kurze Bolzen mit stählerner Spitze, einem Kopf aus Blei, dahinter ein gedrungener Schaft mit dichter Befiederung. Weiße Dampfwolken stiegen von der Maschine auf, und mitunter war ein Zischen zu vernehmen. Kobolde sprangen darauf herum, schoben Kohle und Pfeilbündel durch Klappen hinein, drehten an Rädern oder zogen irgendwelche Hebel.

»Es ist gut«, sagte Darnamur. »Bringt Euch in Sicherheit. Versteckt Euch in Eurem Labor und überlegt Euch, was Ihr mir noch an Waffen liefern könnt.«

Der Koboldfinder zog eine Schnute. »Smatra muss bleiben, bleiben! Eine komplizierte Maschine, da oben auf der Mauer. Will pausenlos betreut werden, umhegt, umsorgt, gefüttert. Ei, kann ich ja nicht meinen unfähigen Gehilfen überlassen, den Holzköpfen, den Grobfingern! Ohne meine Schläge schaffen die gar nichts, gar nichts!«

Darnamur schaute auf den weißhaarigen Kobold hinab, dem der Schopf schmierig am Kopf klebte. Smatra stand da auf seinen krummen Beinen und hüpfte nicht herum, wie es sonst seine Art war.

»Ihr seid müde, Meister Smatra. Und ich brauche Euch anderswo«, sagte Darnamur. »Verschwindet. Ladet Eure Funkenpeitsche auf. Wir sehen uns, wenn die Sonne steigt. Falls Leuchmadan uns das erleben lässt.«

Er stieß den Kobold fort. Langsam, immer wieder sehnsüchtige Blicke zu seiner Maschine zurückwerfend, entfernte Smatra sich entlang der Mauer. Hinter den Schilden der Verteidiger kroch er auf das Nachtviertel zu.

Die Goblins rückten vor.

Sie hielten ihre Schilde hoch und rannten brüllend auf die schmalen Treppen zu, die auf die Wälle führten. Der Drauzwinkel war nicht groß, und von den Wällen herab flogen die Pfeile weit. Die Verteidiger schossen sofort.

Smatras Maschine zischte. Es gab einen eigentümlichen, dumpfen Knall, dann noch einen. Das Zischen, das Knallen und das Rasseln aus dem Inneren des riesigen Kessels vereinigten sich zu einem einzigen rhythmischen Wummern. Dann und wann sah Darnamur die schattenhaften Geschosse, die aus dem Inneren der Maschine heraus und auf die Goblins zusausten.

Krachend schlugen die Bolzen in die erhobenen Schilde oder fanden einen Weg dazwischen hindurch. Mit einem satten Klatschen schlugen sie gegen Panzerplatten und brachten die Krieger zu Fall. Sie zersprangen, und Splitter fuhren den Goblins unter den Helm und in die Kehle. Andere Geschosse trafen frei liegende Gesichter oder ungeschützte Körperteile. Die Kobolde auf dem Torturm bewegten ihre Waffe schwerfällig, und wohin sie zeigte, da kam der Angriff ins Stocken und die Goblins fielen über ihre strauchelnden Kameraden.

Anderswo erreichten sie die Mauer. Sie stürmten die Treppen empor, kletterten an der nackten Wand hoch. Einige von ihnen hatten Leitern dabei, wie Hagaz bei seinem Sturm auf die Stadt.

Vom Turm her erklang ein grausiges Scheppern. Dann verstummte die Maschine. Nur das leise Fauchen des Dampfes aus den Ventilen war noch zu hören. Und die Flüche der Kobolde.

Sie rissen Klappen auf, krochen in die Eingeweide der Waffe. Zermalmte Bolzen flogen heraus und Zahnräder. »Schießt!

Schießt!«, rief ein Unteroffizier der Menschen panisch zum Turm empor.

»Es klemmt!«, rief einer von Smatras menschlichen Gehilfen herab. »Der Kobold hätte lieber saubere Schwerter aus dem Eisen schmieden sollen statt so ein Uhrwerk!«

Die Goblins kletterten weiter die Wälle empor. Nur vereinzelte menschliche Bogenschützen schossen noch auf sie. Alben standen neben ihnen, berührten vor dem Schuss die Pfeile und legten einen Bann darauf. Unfehlbar trafen diese Geschosse ihr Ziel. Aber es waren nur Tropfen in ein Feuer.

Von unten schossen die Goblins zurück. Ihre kurzen Pfeile surrten zur Mauerkrone wie Mückenschwärme. Sie trafen die Verteidiger ebenso wie eigene Kameraden, die dort kletterten.

Hinter dem Schildwall liefen Menschen aus dem Inneren der Festungswälle auf den Wehrgang. An langen Stangen trugen sie Töpfe und Pfannen mit Öl und Pech und geschmolzenem Blei herbei. Sie kippten es über die Mauer hinab, denn die Pechnasen waren auf der anderen Seite.

Der Beschuss vom Platz her ließ nach. Zu viele Angreifer waren inzwischen im Schussfeld.

Auf einen Befehl von Darnamur hin traten die Menschen vor. Sie stießen mit ihren Lanzen nach den kletternden Goblins.

»Ha!«, hörte Darnamur Mataz' Stimme von unten her. »Menschen wollen Krieger sein. Zeigt ihnen, wie Krieger sterben!«

Darnamur stellte sich auf die Zehenspitzen und spähte zwischen den Schilden hindurch. Aber auf dem Platz wogte eine Masse von gerüsteten Goblins in Gold und Stahl und Leder. Er konnte den Marschall nicht ausmachen.

»Zielt auf die Anführer«, befahl er den Bogenschützen.

Die Menschen stocherten mit den Speeren. Die Goblins klammerten sich mit Klauen und Füßen an den Mauerritzen fest und kletterten weiter. Zu Dutzenden wurden sie in die Tiefe gestoßen. Aber die Goblins griffen auch nach den Lanzen und hielten sich daran fest. Sie rissen die Verteidiger mit, während sie selbst fielen. Andere Speerträger verloren nur ihre Waffe.

Auf den Stufen krachten die Goblins wuchtig in den Schildwall. Sie drückten die Reihen der unerfahrenen Menschen zusammen und hackten sie nieder, wo sie sich zur Flucht wandten.

»Magie!«, brüllte Darnamur.

Die fähigsten der albischen Magier hatten sie bei dem Ausfall verloren. Was noch geblieben war, bot Darnamur nun am Tor des Blutes auf. Zauberfeuer züngelte von den Wachtürmen zwischen die Goblins und zerstreute sie. Blaue Blitze rissen sie von der Mauer, fegten sie die Treppen hinab und zerschmetterten ihre Leitern. Vampire, die als Reserve hinter den Treppenaufgängen standen, rückten vor und schlugen die Angreifer zurück.

Andere Zauber wüteten unten zwischen den Goblins, die kreischend auseinanderliefen oder tot zusammenbrachen. Dann knatterte Smatras Maschine wieder und schickte einen Hagel kurzer, schwerer Bolzen in die Menge auf dem Platz. Der Beschuss fuhr in die aufgelösten Reihen wie eine gewaltige Sense.

Die Goblins flohen. Sie zogen sich hinter die niedrigen Mauerreste am Rand des Platzes zurück. Viele von ihnen blieben unterwegs liegen, schreiend und blutend. Darnamur sah sie am Fuß der Mauern mit verrenkten, zerschmetterten Gliedern, durchbohrt von Pfeilen oder verbrannt.

»Beschuss einstellen«, rief er. Es dauerte eine Weile, bis der Befehl oben auf dem Torturm ankam und die Kobolde ihrer Maschine Einhalt geboten. Sie schoben dicht gepackte Bündel mit neuen Bolzen ins Innere, luden nach, füllten Wasser in den Kessel und kippten es über den dampfenden Stahl.

»Wir schaffen es!«, rief ein Mensch neben ihm triumphierend. »Wir halten die Mauern!«

Darnamur musterte seine Reihen. Der Schildwall zeigte Lücken. Die Alben auf den kleineren Türmen wirkten erschöpft. Auf der anderen Seite des Platzes sammelten die Goblins sich erneut.

»Wir müssen weg«, hauchte Audan. Er wollte sich umwenden, aber seine Knie waren weich. Auch Magati regte sich nicht. Sie starrte mit weit aufgerissenen Augen in den Gang.

»Unfug, ihr Zitterhalme«, sagte Werzaz. »Ein Werzaz flüchtet nie. Ich bin der Krieger. Ich kämpfe uns den Weg frei.«

Er ging zu seinem Bündel und suchte sich neue Waffen zusammen. Dann hob er zwei seiner Speere auf, die beim ersten Kampf auf den Boden gefallen waren.

Magati und Audan wichen an die Wand zurück. Sie griffen nicht einmal nach ihren Messern. Sie konnten spüren, wie die Steinplatten unter ihren Füßen hüpften. Ein Schlag. Noch ein Schlag. Und noch einer.

»Was auch immer da kommt, es wird schneller«, flüsterte Magati. Zoll um Zoll schoben sie sich weiter fort von dem Kadaver, und damit auch von jenem *anderen*, was aus dieser Richtung kam.

»Verkriecht euch ruhig, Schrumpfschwengel«, sagte Werzaz. »Ich halte stand.«

Er kauerte sich hinter den Schild. Den Speer stemmte er gegen den Boden. Audan und Magati schauten einander an. Dann nahmen sie ihre kleine Gestalt an.

»Höher«, flüsterte Magati, als könnte sie selbst jetzt noch gehört werden. Es klackerte in der Wand. Die Quader darin schlugen aneinander. Audan betrachtete sie misstrauisch. Wenn der Stollen noch heftiger erbebte, würden sie in den Fugen zermalmt werden.

Es wurde dunkler. Die beiden Gnome fuhren herum. Etwas raste durch den Gang auf sie zu, etwas Riesiges. Die Formen waren verwischt, eine Aura lag um das Geschöpf wie eine dunkle Wolke. Darin war eine Bewegung zu erahnen, bleiche Klauen und Zähne, wirbelnde Pranken. Die Gnome pressten sich dichter an die Wand, dann war es da.

Der Panzer des Tentakelkäfers barst unter den Tritten des neuen, größeren Ungeheuers. Sie hörten das Dröhnen der Schritte. Ein Schrei von Werzaz, der in der Ferne verklang.

Dann wurde es still.

Der Drausturraz war die größte Goblinveste von Daugazburg. Seine Mauern waren nicht hoch, aber dick, und bis zum Tag der

Messer hatten die Goblinkrieger der Stadtwache hier gelebt. Heute suchten Zehntausende von Menschen darin Zuflucht.

Frauen und Kinder verkrochen sich in den tiefen Gewölben unter dem Drausturraz. Die Männer verbargen sich in den Türmen, in den wuchtigen Kasernen und auf den Wehrgängen. Doch es waren Dienstleute und Krämer, Handwerker und Landarbeiter, keine Krieger. Furchtsam umklammerten sie die Waffen, die Darnamur ihnen aus den Magazinen geholt hatte. Sie kauerten still hinter den Zinnen und versuchten, keine Aufmerksamkeit zu erregen.

Die großen Kämpfe fanden anderswo statt. Kleinere Goblinbanden streiften durch die Stadt. Manche versuchten, über die Mauern zu steigen. Die Verteidiger wehrten sie ab und hielten dann wieder die Köpfe unten. Wenn der Drausturraz leer wirkte, so hofften sie, achteten die Goblins nicht darauf.

Ängstlich lauschten sie dem Lärm aus der Stadt.

Die Angriffe wurden zahlreicher. Mit jedem Goblin, den die Verteidiger vertrieben, sprach es sich weiter herum: Da waren Menschen im Drausturraz! Als der Sturm auf den Drauzwinkel begann, war auch der Drausturraz umlagert.

Von allen Seiten drängten die Goblins heran. Sie kletterten die Mauer empor oder stiegen einander gegenseitig auf die Schultern, um das Hindernis zu überwinden. Die Menschen stachen mit Speeren nach ihnen. Die Goblins verhöhnten sie und schossen sie von den Mauern.

Im Laufe der Stunden wurden die Kämpfe heftiger. Immer mehr Goblins schlossen sich dem Angriff an. Sie schleppten Seile und behelfsmäßige Wurfanker heran. Sie brachten Balken als Rammböcke. Die Menschen warfen mit Steinen. Immer öfter schafften einzelne Angreifer es bis zur Mauerkrone. Die Kämpfe dort wurden blutiger. Die Menschen dachten an ihre Familien und hielten stand.

Goblins umlagerten die Festung von allen Seiten. Weitere strömten aus den umliegenden Gassen. Dann vereinten sie sich zu einer einzigen Angriffswelle. Augen blitzten aus pelzigen Gesichtern zu den Verteidigern empor. Die Menschen oben schauten verzweifelt auf den Wald von Piken und Klingen hinab. Sie stachen und warfen und sahen doch keine Aussicht, diesen Angriff abzuschlagen.

Blutende Goblins stürzten zurück in die Reihen ihrer Gefährten, die achtlos über sie hinwegstiegen. »Menschenfleisch!«, brüllte ein Krieger. Ein Pfeil durchbohrte seine Kehle. Aber andere nahmen den Ruf auf. »Menschenfleisch!«

Die Horde hatte einen gemeinsamen Schlachtruf.

Sie kletterten am Wall empor. Klauenhände griffen um die Kante der Brustwehr. Die Goblins stießen ihre Säbel zwischen die Zinnen. Blutdurst spiegelte sich in ihren Augen.

Da fiel Zauberfeuer von einem Turm herab.

Es kam nicht aus der Festung, sondern aus einem düsteren Bauwerk, das sich in einer Seitengasse erhob, eine Querstraße vom Drausturraz entfernt. Der Turm eines Zauberers, längst verlassen und bei den ersten Prognomen geplündert. Jetzt schlugen blaue Blitze aus allen Fenstern und prasselten auf die Goblins ein.

Dutzende gerüsteter Krieger verschmorten zu schwärzlichen Klumpen, die, noch zuckend, von den Mauern fielen. Die Goblins, die es bis zu den Zinnen geschafft hatten, schauten sich überrascht um. Einer sah zu dem Turm auf und versuchte zu erkennen, welcher Feind ihnen da in den Rücken fiel – und eine Bleikugel traf ihn an der Stirn. Sie bohrte sich durch Stahl und Knochen und trat auf der anderen Seite wieder aus. Im Hof kullerte sie über das Pflaster; kein Blut war daran zu sehen, aber feine Zauberglyphen leuchteten matt.

Die Goblins wichen zurück. Sie suchten Deckung im Schatten der umliegenden Häuser. Fliegende Golems schwärmten vom Turm aus, kleine Gestalten aus Ton. Sie fielen über die Goblins her, die wild nach den surrenden Gestalten schlugen.

»Zauberer!«, brüllte ein Hauptmann. »Albische Schimmelfratzen in dem Turm da! Holt sie zuerst!«

Goblins verschwanden in einer Seitengasse. Ein weiterer Trupp stürmte wieder mit einer Ramme auf das Tor zu. Andere schlossen sich ihnen an, gaben Deckung. Die Zauber vom Turm setzten den Goblins weiterhin zu, aber sie fächerten auseinander und boten kein so deutliches Ziel mehr.

Eine weitere Schar Goblins stürmte aus einer Seitenstraße. Sie waren gut gerüstet und bewegten sich in geschlossener Formation. Sie stießen zu den Kriegern mit der Ramme – und machten sie nieder!

Die übrigen Goblins murrten laut bei diesem Verrat. Wer bisher noch unentschlossen in Deckung verharrt hatte, nahm nun ebenfalls die Waffen wieder auf und trat den neuen Goblins entgegen. Vom Fuß des Turms, in dem sich die Zauberer verbargen, stieg Rauch auf.

Die neu hinzugekommenen Goblins stellten sich dem Angriff. Brüllend schwangen sie ihre Waffen. Ihre Reihen öffneten sich, und schwer bewaffnete Alben und Vampire traten heraus. Ihre schlanken Leiber trugen Panzer aus schwarzem Stahl, mit Silber und Rubinen verziert. Kettengewebe spannte sich zwischen den Platten. Die spitzen Helme ließen nur die Augen frei.

Eine Albe mit zwei schmalen, gekrümmten Klingen in der Hand stürzte vor. Krachend fuhr ihr Säbel einem Goblin durch den metallenen Wangenschutz und trat an der anderen Seite des Kopfes wieder aus. Die Klinge zog einen Halbkreis aus schwarzem Blut hinter sich her. Der Goblin ging röchelnd zu Boden. Die Albe rückte weiter vor. Ein Vampir gab ihr von hinten Deckung.

»Keine Gnade für Verlierer!«, rief sie mit einer hellen, melodischen Stimme. Sie schlug mit ihren Säbeln nach allen Seiten, trennte Köpfe und Arme und Beine ab. Sie sprang über einen geschlossenen Schildwall ihrer Feinde hinweg und jagte ihnen die Klingen in den Rücken, noch bevor ihre Füße wieder den Boden berührten. Holz und Stahl barsten unter ihren Hieben, und die Albe wich den Angriffen ihrer Feinde so leicht aus, dass sie nicht einmal parieren musste.

Die Goblins waren von der Wucht des Angriffs völlig überrumpelt. Eben noch hatten sie eine Festung voll hilfloser Menschen stürmen wollen, nun wurden sie niedergehauen wie Schlachtvieh. Sie liefen durcheinander, verteidigten sich, suchten ihr Heil in der Flucht.

Kaum hatte die vereinigte Schar von Alben, Vampiren und Goblins eine Gasse geschlagen, da hörte man einen Knall vom Turm der Zauberer. Ein schwerer Eisenstab flog heran, mit einem Hakenkranz an der Spitze. Er schoss über die Zinnen des Drausturraz hinweg, kratzte über den Stein. Dann wurde er an einem Strick zurückgezogen, bis die Haken Halt fanden.

Weitere Geschosse folgten, und bald spannte sich ein halbes Dutzend Seile quer über die Straße, vom Turm über eine Häuserreihe bis in die Festung. Alben glitten daran entlang oder liefen einfach auf den Seilen, als wäre es fester Boden. Im Nu standen sie auf den Mauern und kappten die Seile hinter sich. Rasch kletterten einige von ihnen zum Tor hinab und öffneten es.

Die Menschen in der Festung standen da wie erstarrt. Sie umklammerten ihre Waffen und wussten nicht, was sie tun sollten, nun, da ihre Bastion von unerwarteten Helfern gestürmt wurde. Als mit den Alben auch Goblins durch das Tor kamen, wichen sie zurück.

Die hochgewachsene Albenkriegerin nahm den Helm ab und warf ihn achtlos dem Vampir hinter ihr zu. Sie schüttelte ihr Haar und lachte. »Dumme Menschen«, rief sie. »Fürchtet euch nicht. Das sind meine Goblins. Ich halte sie in Zucht und Ordnung, wie man es mit Goblins tun muss.«

»Heil, Swankar! Göttin des Krieges«, brüllten einige der Goblins hinter ihr und schwenkten ihre Waffen.

»Sie führt uns zu Sieg und Beute«, rief ein anderer.

Ein Nachtalb war oben auf den Zinnen stehen geblieben. Sein langes schwarzes Haar wehte im Nachtwind. Sein dunkler Mantel umflorte ihn wie ein Schatten. »Fürchtet euch nicht, Bürger von Daugazburg!«, rief er. »Wir werden eure Verteidigung nun anführen. Die Horden werden diese Festung nicht einnehmen.«

Die übrigen Alben verteilten sich auf dem Hof. Sie traten zu den Menschen, gingen auf die Magazine und Gebäude zu.

»Ich bin Salvan, ein Hauptmann der Alben«, rief ihr Sprecher, der immer noch auf der Mauer stand. Den Feinden auf der Straße kehrte er selbstgewiss den Rücken zu. »Geht zurück auf eure Posten. Wir werden bei euch sein. Ruft alle herbei, die sich in den Häusern verstecken und eine Waffe führen können. Gemeinsam werden wir eure Familien verteidigen, bis in Daugazburg wieder Ruhe herrscht.«

Seine wohlklingende Nachtalbenstimme trug weit über den kleinen Platz in der Mitte des Drausturraz. Die Menschen schöpften Hoffnung. Doch mit einem Mal war der Alb von einem halben Dutzend Gnomen umringt. Sie zielten mit weiß schimmernden Armbrüsten auf ihn.

»Hauptmann Salvan«, sagte einer der Gnome. »Lang genug habt Ihr Euch versteckt. Ihr seid ein Verräter und ein Feind des Hohen Rates. Da steht ein Preis auf Euren Kopf.«

Die Menschen wandten erschrocken die Köpfe. Ein Murren wurde laut. Während des ganzen Kampfes hatte sich keiner dieser gut bewaffneten Gnome sehen lassen, obwohl sie die ganze Zeit über dort gewesen sein mussten, in kleiner Gestalt versteckt zwischen den Mauerlücken.

Salvan hob beschwichtigend die Hand.

»Nur ruhig, meine Freunde.« Er lächelte erst die Menschen ringsum an, dann die Gnome vor ihm. »Das ist ein Missverständnis. Es lässt sich leicht aufklären.«

Ganz behutsam, damit die Gnome es nicht als Angriff missdeuteten, griff er unter seine Weste und zog einen Bogen Papier hervor. Er hielt ihn dem Leutnant der Gnomenspäher entgegen.

»Ich bin ein treuer Gefolgsmann des Protektors und des Hohen Rates. Die Klage gegen mich ist eine Finte. Bringt dieses Schreiben zu Darnamur, und er wird meine Position bestätigen.«

Der Gnomenoffizier nahm das Papier entgegen und verzog den Mund. »Und wie stellt Ihr Euch das vor? Einen Briefboten schicken, während in der Stadt eine Schlacht tobt?«

»Nun«, sagte Salvan. Seine Zähne funkelten. »Wenn die Sonne aufgeht, werden wir Darnamur schon erreichen und die Angelegenheit klären. Und bis dahin, schlage ich vor, vergeuden wir unsere Kräfte nicht, indem wir gegeneinander kämpfen. Wenden wir uns dem gemeinsamen Feind vor den Toren zu.«

Die Goblins kamen zurück. Die Kobolde auf dem Tor des Blutes schwenkten ihr gewaltiges Eisenfass. Wo auch immer die Goblins an den Mauern einen Vorteil gewannen, schnitt der Bolzenhagel die nachrückenden Truppen ab, und die Verteidiger konnten die Angreifer zurückschlagen.

Dann herrschte Stille auf dem Torturm. Der Druck in den Kesseln war erschöpft. Die Goblins brüllten triumphierend und füllten die Lücken. Sie stürmten die Treppen zum Wall empor, kletterten auf der ganzen Länge des Platzes die Mauern hoch. Ihre Pfeile trieben die Verteidiger von der Kante zurück, bis ihre Vorhut den Wehrgang erreichte.

Vampirtruppen eilten dorthin, wo die Goblins Brückenköpfe bildeten. Alben wirkten ihre Zauber von den Wachtürmen aus, und aus den Stollen in den Wällen schleppten die Menschen siedende Flüssigkeiten heran. Öl wurde zwischen die anrennenden Truppen gegossen und in Brand gesetzt.

Dann schoss Smatras Maschine wieder, und die Goblins wurden zurückgedrängt.

Durch die Gassen der Stadt rollten Katapulte heran. Die Goblins schafften von der Zitadelle herbei, was sich bewegen ließ. Bald flog ein Stein über den Platz, traf zu tief gegen den Wall und zerschmetterte mehrere Goblins. Der nächste Stein traf besser und riss die Verteidiger auseinander.

Smatras Maschine feuerte und vertrieb die Besatzung von den Katapulten oder spickte sie mit Bolzen. Dann stand sie erneut still. Die Kobolde schaufelten Holzkohle nach. Sie kippten Wasser durch die Einlässe und reichten neue Bolzen aus dem Torhaus auf die Plattform.

Der Kampf wogte hin und her. Die Menschen waren nicht so erfahren wie die Goblins. Doch ihre günstigere Stellung auf dem Wehrgang machte den Nachteil fast wieder wett. Die Verluste waren groß, aber Darnamur hatte Reserven in den Mauergängen.

Smatras Maschine verstummte für immer. Der letzte ihrer besonderen Bolzen war verschossen. Die Goblins mit den Katapulten konzentrierten den Beschuss dennoch auf den Torturm, aber ihre Geschosse kamen zu tief. Sie schlugen gegen den wuchtigen Bau, doch sie hinterließen kaum mehr als ein paar Kratzer. Selten trafen sie die Stadtmauer, die zu beiden Seiten an das Tor angrenzte.

Immer mehr Goblins setzten sich auf den Wällen fest. Wie aus dem Nichts erschienen Gnome neben ihnen, die sich zwischen den Steinquadern versteckt hatten. Sie machten sich groß, stießen den Goblins ihre langen Dolche in die Nieren, durchschnitten ihnen die ungeschützten Kniekehlen. Dann rückten die größeren Verteidiger vor und stürzten die Verletzten in die Tiefe.

Einmal sah Darnamur, wie ein Goblin zusammenbrach, die Muskeln verkrampft, die Zähne gebleckt. Darnamur fluchte lautlos. Er kannte diese Anzeichen! Hoffentlich war der Gnom, der so voreilig das Gift eingesetzt hatte, dabei zertrampelt worden.

Darnamur hatte ausdrücklich angeordnet, diese Geheimwaffe erst beim Gegenangriff nach Sonnenaufgang einzusetzen. Wenn die Goblins zu früh darauf aufmerksam wurden, dass die Gnome sie aus dem Hinterhalt töten konnten, ohne groß und sichtbar zu werden, dann fanden sie vielleicht eine Gegenmaßnahme.

Darnamur zog sich auf einen Wachturm zurück und verfolgte von dort aus die Schlacht. Von jenseits des Tores hörte er laute Rufe. Die Krümmung der Mauer erlaubte ihm, an der Torbefestigung vorbeizuschauen.

Von der Nordseite des Platzes her wälzte sich ein breiter Heerwurm von Goblins über den Wehrgang. Sie mussten irgendwo in der Stadt die Mauern genommen haben. Sie fegten Menschen und Vampire zur Seite. Die Gnome zeigten sich gar nicht erst angesichts dieser Übermacht.

Darnamur kniff die Augen zusammen. Am Rest des Walls kam der Kampf beinahe zum Erliegen. Alle starrten gebannt zur anderen Seite des Tores, wo die Entscheidung fiel. Dann griffen die Goblins umso heftiger an. Die Menschen auf den Mauern zauderten.

»Rückzug!«, befahl Darnamur. Die Unteroffiziere gaben den

Befehl weiter. »Rückzug nach Süden. Wir räumen die Zinnen und flüchten in das Gassengewirr!«

Darnamur lief selbst den Wachturm hinab auf den Wehrgang.

Inzwischen stürmten die Goblins den Torturm hinauf. Einer von Smatras Kobolden sprang aus einem schmalen Fenster, prallte auf den Wehrgang, verlor den Halt und stürzte auf den Platz hinab.

Die Menschen schoben sich langsam südwärts über die Mauern. Sie versuchten, ihren Schildwall geschlossen zu halten. Die Alben und Darnamur blieben in der Deckung der Schilde und schlossen sich dem Rückzug an. Die letzten Vampire unterstützten sie. Die Goblins rückten nach, andere fielen ihnen vom Platz her in die Flanke. Sie versuchten, weiteren Raum auf der Mauerkrone zu erobern oder ihnen den Weg abzuschneiden.

Menschen flohen aus den Zugängen zu den tiefer liegenden Gängen. Andere drängten von den Mauern hinein. Sie wollten sich lieber in den Mauern verschanzen, als ihr Glück in der Stadt zu versuchen.

Darnamur hatte den Rand des Platzes fast erreicht. Da hörte er hinter sich ein Poltern. Goblins waren oben auf dem Torturm. Einige warfen die Kobolde hinunter auf den Platz. Andere hieben auf Smatras Maschine ein. Sie hebelten und hämmerten und konnten sie endlich von der Lafette lösen.

Die Tonne aus Stahl stürzte krachend auf den Drauzwinkel. Luken sprangen auf, und heißer Dampf und glühende Kohlen traten aus. Dann rollte der Kessel über das Pflaster und walzte die Goblins nieder.

Darnamur floh weiter.

Unter ihnen wurde es ruhiger. Sie erreichten das Ende des Platzes und kamen an die Stelle, wo der Wall im Schatten der Oberstadt lag. Nur noch eine breite Straße trennte die Stadtmauer von den Gebäuden, und darauf fanden längst nicht so viele Goblins Platz. Der Ansturm auf die Mauer ließ nach.

Darnamur und seine Truppe rannten zu einer der Treppen und kämpften sich einen Weg hinab. Die Alben wirkten die letzten Zauber, zu denen sie noch Kraft hatten, und die Verteidiger erreichten die Straßen. In den Gassen der Stadt gingen die Kämpfe weiter. Menschen und Goblins, Alben und Vampire, in kleinen Trupps schlugen sie sich durch, zogen sich in Hauseingänge zurück, kletterten über Mauern oder durch Zugänge in die Kanalisation.

Darnamur fasste mit der Hand an den Sims einer winzigen Fensteröffnung und machte sich klein. Dann kletterte er hindurch und in den Turm dahinter.

# 16. Kapitel: Morgendämmerung

*Hochverehrter Rat. Edler Vorsitzender Gulbert. Die Fürsten von Bitan ziehen in den Krieg. Wir wollen die Finstervölker ein für alle Mal von der Welt tilgen und damit endlich die Sicherheit unserer Völker gewährleisten, der sich dieser Rat verschrieben hat.*

*Die Grauen Lande liegen am Boden. Es gibt Kunde von Unruhen in Daugazburg. Die Finstervölker bekriegen sich untereinander. Unsere Spione melden, dass die Goblins vom Scherbenpass abgerückt sind. Die Gelegenheit war noch nie so günstig, und wir werden sie nicht verstreichen lassen.*

*Nach dem Großen Krieg wurde dieser Rat gegründet, um Leuchmadan und den Finstervölkern auf immerdar die Stirn zu bieten. Wir Fürsten von Bitan bitten euch also, Ihr Herren der Elfen und der Zwerge: Schließt euch unserem Zug an. Daugazburg wird fallen. Gemeinsam stampfen wir diese Brut in den Boden, bevor sie sich ein weiteres Mal erhebt und unsere Grenzen bedroht.*

Der Bote der Fürsten von Bitan,
vor dem Rat der Freien in Keladis

Darnamur schlich verstohlen durch Häuser und über Hochstraßen, durch schmale Gassen und Abflussrinnen, mal in kleiner, mal in großer Gestalt.

Er war ein Späher, und das war seine Profession.

Orangerotes Sonnenlicht ließ die Dächer von Daugazburg aufleuchten. Darnamur schlich weiter. Wenn er Kampfgetümmel hörte oder Goblins, schlug er einen Bogen. Schließlich, ohne dass er darüber nachgedacht hätte, führten seine Schritte ihn zum »Roten Drachen«, zu der geheimen Hinterstube, wo die Gnome von den *Knochenmessern* seit jeher ihre Treffen veranstalteten.

Andere waren schon vor ihm gekommen. Offiziere und erschöpfte Krieger. Sie saßen an den Tischen oder lagen auf dem Boden. Ein Winkel war zu einem behelfsmäßigen Lazarett geworden. Ganoch winkte Darnamur an einen Tisch, wo er mit einigen Hauptleuten saß.

»Ich dachte mir, dass du herkommst«, sagte er. »Wir haben hier einen kleinen Befehlsstand eingerichtet.«

»Die Wälle sind verloren.« Darnamur ließ sich erschöpft auf einen Stuhl sinken. »Und ich fürchte, all unsere menschlichen Speerkämpfer. Die gesamte Truppe, die ich als neues Heer von Daugazburg ausbilden lassen wollte.«

Ganoch seufzte. »Aber das hattest du eingeplant. Der Feind hat schlimmere Verluste erlitten. Die Hälfte seiner Krieger, mindestens. Jetzt sind wir ihnen auf jeden Fall überlegen. Unsere Gnomentruppe zählt zwanzigtausend Späher und Milizen. Wir haben sie in der Nacht zurückgehalten und daher kaum einen Mann verloren.«

Seine Stimme klang ein wenig vorwurfsvoll. Darnamur hob eine Augenbraue. »Gnome können nicht offen gegen Goblins kämpfen«, sagte er. »Wir werden bei Tag aus dem Hinterhalt zuschlagen. Mit dem Gift. Wenn die Goblins sich zerstreut haben und die Fledermäuse nicht mehr fliegen.«

»Das wird schwierig«, warf ein Gnomenhauptmann ein. »Unsere Späher berichten, dass die Goblins sich bei Tagesanbruch aus der Stadt zurückgezogen haben. Sie haben alle Mauern, die sie in der Nacht erobert haben, wieder geräumt und verschanzen sich in der Zitadelle.«

Das war eine schlechte Nachricht. Darnamur hatte seine

Truppen an allen Befestigungen postiert. Dort sollten sie unsichtbar zu Füßen der Goblins lauern und zuschlagen, sobald der Feind sich sicher fühlte und bei Tag müde wurde.

Die Kämpfe in der Nacht hatten nur dem Zweck gedient, die Zahl der Goblins so weit zu verringern, dass die Gnome mit ihnen fertig werden konnten. Auch die Verluste der verbündeten Völker waren kein Unglück, sie waren fest eingeplant. Die anderen Völker durften aus diesem Krieg nicht gestärkt hervorgehen. Darnamur verlor seine menschlichen Speerträger nur ungern. Aber das war ein Opfer, das er zum Wohle aller Gnome bringen musste.

Wenn die Goblins allerdings sämtliche Eroberungen der Nacht wieder aufgaben und dicht gedrängt in der Zitadelle hockten, kamen die kleinen Gnome nur schwer an sie heran.

Ein Bote brachte einen Brief. Darnamur las beiläufig, während er den anderen zuhörte.

»Wir müssen sie heute über Tag erledigen.« Ganoch legte die Stirn in Falten. »In dieser ersten Nacht haben die Goblins sich auf die Stadtmauern konzentriert. Es gab nicht viele zivile Opfer und keine großen Schäden in der Oberstadt. Aber morgen werden die Goblins jede einzelne Festung, jeden Turm und jedes Haus verwüsten und die unbewaffneten Bürger erschlagen.«

»Die großen Völker werden sich halt verkriechen müssen«, warf ein Gnomenhauptmann ein. »Oder sich selbst wehren. Wie viele Goblins sind noch da? Fünftausend? Zehntausend? Mehr auf keinen Fall. Daugazburgs Bevölkerung zählt in die Hunderttausende. Wenn jeder ein Schwert in die Hand nimmt, können sie die Goblins schon lang genug aufhalten.«

Darnamur faltete den Brief zusammen und lächelte. »Ein paar fähige Krieger haben wir noch dazubekommen. Da bietet uns jemand Verstärkung an, Ganoch. Mein geheimnisvoller Gewährsmann hat sich zu erkennen gegeben.«

»Gewährsmann?« Der Hauptmann, der zuletzt gesprochen hatte, blickte verdutzt drein.

»Darnamur bekam regelmäßig Briefe«, erklärte Ganoch.

»Seit dem Umsturz. Irgendwer hat die Nachtalben verraten, sich selbst aber nicht zu erkennen gegeben.«

»Erstaunlich akkurate Beschreibungen von den Verstecken aller alten Anhänger der Fei«, bestätigte Darnamur. »Und von mächtigen Alben mit eigenen Plänen. Diese Briefe waren sehr nützlich für uns. Jetzt fordert unser Helfer seine Belohnung. Er will einen Platz im Rat. Dafür bietet er seine Hilfe gegen die Goblins an. Seine Hilfe und die von einigen Dutzend Nachtalben und Vampiren, die sich ihm angeschlossen haben.«

»Wir können nicht wählerisch sein«, befand der Hauptmann mürrisch.

»Unser geheimnisvoller Helfer ist Salvan. Der frühere Hauptmann der politischen Polizei der Fei.«

»Was?« Ganoch fuhr auf. »Unmöglich. Dem können wir niemals trauen!«

»Natürlich nicht«, sagte Darnamur. »Er hat seinen Ruf als Getreuer der Fei ausgenutzt, um sich bei seinesgleichen einzuschleichen und sie dann seinen eigenen Feinden auszuliefern. Das ist selbst für einen Nachtalb arglistig. Aber er hat ein paar fähige Zauberer auf seiner Seite, die wir jetzt gut brauchen könnten. Und wir haben keinen persönlichen Streit mit ihm, Ganoch sei Dank. Die politische Polizei hat uns Gnome weitgehend in Ruhe gelassen.«

»Uns ja«, sagte Ganoch. »Aber Salvan hat so ziemlich jede andere Vereinigung verfolgt, die mit uns Gnomen verbündet war. Und die jetzt im Rat sitzt. Sie werden ihn niemals in ihrer Mitte dulden.«

»Im Augenblick gibt es gar keinen Rat«, stellte Darnamur fest. »Ich nehme sein Angebot erst mal an. Diese Verstärkung könnte vielen Gnomen das Leben retten.«

Ganoch schüttelte den Kopf. »Dann löst du ein Problem, indem du gleich das nächste säst. Selbst wenn Salvan uns nicht verrät, würde ich gern wissen, wie du diese Entscheidung vor den Rat bringen willst.«

Darnamur rollte den Brief in seinen Händen. Seine Mundwinkel kräuselten sich. »Weißt du, mich überrascht, wie Salvan überhaupt so viele Anhänger um sich scharen konnte. Er hat in letzter Zeit jeden seiner Verbündeten und Freunde verraten, und trotzdem folgen sie ihm. Nun ja, Nachtalben. Aber wenn Salvan zu so etwas imstande ist, werde ich doch wohl mit dem Rat fertig werden.«

»Meinetwegen«, sagte Ganoch. »Wir brauchen trotzdem einen Plan, wie wir die Goblins loswerden und unsere Bürger schützen.«

»Also gut«, sagte Darnamur. »Das ist mein Plan. Wir lauern den Goblins auf, wenn sie morgen Nacht ausrücken, und jagen sie dann. Dank des Gifts können wir sie sogar mit Armbrüsten abschießen, während wir käfergroß in Mauerritzen hocken. Sie werden sterben und nicht einmal sehen, was sie getroffen hat.«

»Wohl kaum«, befand einer der Gnome. »Ein so winziger Bolzen wird nicht durch Fell und Rüstung gehen.«

»Nun«, sagte Darnamur. »Auf jeden Fall nützt ihnen ihre Überlegenheit im Kampf gar nichts, wenn sie unsere Leute zu spät oder gar nicht sehen. Wir müssen uns nur überlegen, wie wir unsere Truppen am günstigsten in Stellung bringen.«

»Aber dann werden die Goblins mehrere Stunden ungehindert in der Stadt marodieren«, wandte Ganoch ein. »Selbst wenn es gut läuft.«

»Dafür müssen wir die Hilfstruppen und Verbündeten einsetzen, die wir noch haben«, sagte Darnamur. »Und einen Teil unserer Miliz. Wir lenken sie ab, halten sie auf. Wir sorgen heute dafür, dass die Bürger der Stadt sich so gut wie möglich verschanzen. Du musst auch den Vorteil sehen. Wenn die Goblins in der ganzen Stadt verteilt sind, können wir einen Trupp nach dem anderen überwältigen.«

»Nicht ohne große Verluste.« Ganoch blickte grübelnd auf die Tischplatte. »Denk an die Fledermäuse. Sie behindern bei Nacht unsere Bewegung. Wenn wir in kleiner Gestalt unterwegs sind, müssen wir ständig tückische Angriffe aus der Luft fürchten. Und sobald wir uns groß machen, können die Goblins uns auflauern.«

»Goblins sind keine Nachtalben«, sagte Darnamur. »Keine

Ahnung, wo sie die Fledermäuse herhaben. Aber sie können die Tiere nicht lenken. Die werden bei Nacht wild umherfliegen und sich bei Tag in ihre Höhlen zurückziehen, wie es ihrer Natur entspricht. Aber natürlich hast du recht. Es wird Verluste geben. Darum wäre es mir lieber gewesen, wir hätten die Goblins bei Tag in der Stadt erwischt.«

»Du hast keine Ahnung, wo sie die Fledermäuse herhaben«, griff Ganoch Darnamurs Worte auf. »Vielleicht gibt es noch mehr, was wir nicht wissen. Wenn sie doch Nachtalben auf ihrer Seite haben, die die Fledermäuse befehligen, können leicht wir zu den Gejagten werden.«

»Die Fledermäuse«, krächzte eine Stimme hinter dem Tisch. Die Gnome fuhren herum. Dranjar war in die Gnomenstube gewankt und bis zum Tisch gehumpelt. Er atmete schwer. Seine Lippen waren blutverschmiert, und seine Kleidung war stinkend und verdreckt. »Ich weiß, wo die Fledermäuse bei Tag ruhen«, sagte er. »Gebt mir Brandöl und Schwefel. Gebt mir einen Trupp, und ich führe euch gleich durch den Kanal bis unter die Zitadelle. Wir holen uns heute jede Fledermaus. Und nächste Nacht jeden Goblin in der Stadt.«

Er holte tief Luft, hielt sich den Bauch und krümmte sich. Dann wandte er sich an Darnamur. »Darnamur«, sagte er keuchend. »Sie haben Batha erschlagen. Ich will sie tot sehen. Jeden Einzelnen von ihnen.«

Es dauerte lange, bis Audan und Magati endlich wagten, ihre natürliche Größe wieder anzunehmen. Sie schauten sich um. Von Werzaz war keine Spur zu sehen. Sein Bündel lag an der Seite, aufgerissen und durchwühlt, wie er es zurückgelassen hatte. Nur der zertretene Kadaver des Tentakelkäfers zeugte von beiden Angriffen gleichermaßen.

»Wir müssen hinterher«, sagte Magati. »Wir müssen nach Werzaz suchen.«

»Und was sollen wir dabei finden?«, fragte Audan.

Magati blickte unschlüssig den Gang entlang, in die Richtung, in die das Ungeheuer verschwunden war und in die es Werzaz vermutlich mitgeschleppt hatte. Es war wieder heller geworden. Fast hätte man meinen können, es wäre nichts geschehen.

»Werzaz ist ohnehin tot«, behauptete Audan.

»Und wenn nicht?«, fragte Magati. »Das dachten wir schon nach dem ersten Angriff. Vielleicht liegt er irgendwo verletzt und braucht Hilfe.«

»Vielleicht liegt er auch im Hort dieses Ungeheuers, und das braucht noch einen Nachtisch«, erwiderte Audan. »Wir sind hier, um nach Wito zu schauen.«

»Richtig – Wito«, sagte Magati. »Suchen wir ihn zuerst. Und wenn wir ihn finden … Wito könnte uns sagen, was wir tun sollen.«

Sie entfernten sich in die andere Richtung, entgegengesetzt zu der, in die Werzaz verschwunden war, als wäre es irgendwie folgerichtig, dass die Suche nach Wito dort beginnen musste. Dennoch warfen sie immer wieder einen Blick über die Schulter zurück. Audan war besorgt, aber Magati empfand den Stich eines schlechten Gewissens.

Sie schlichen die Gänge entlang, kamen vorbei an Einmündungen und an Schächten auf halber Höhe der Wand, in denen es dunkel war. Immer wieder hielten sie inne, um zu lauschen, und mehrmals machten sie sich klein, weil sie etwas zu hören glaubten. Sie verkrochen sich in den Ritzen und warteten. Aber nichts geschah.

Schließlich sagte Magati: »Das hat alles keinen Sinn.«

Sie setzte sich hin, lehnte sich mit dem Rücken gegen die Wand und ließ den Kopf sinken. Audan blieb vor ihr stehen, schaute den Gang entlang und drängte: »Komm weiter. Wir können hier nicht bleiben!«

»Warum nicht? Ein Teil des Labyrinths ist so schlecht wie der nächste. Wir könnten ewig hier umherirren, ohne dass wir Wito finden. Es war eine ganz dumme Idee, herzukommen. Wir finden Wito nicht, und wir finden selbst nicht mehr hinaus. Werzaz war der Einzige, der hier überhaupt etwas tun konnte, und wie lange hat er durchgehalten?«

»Vielleicht«, sagte Audan, »können wir es klüger anstellen. Wir müssen nicht blind durch die Gänge stiefeln, um Wito zu finden.«

»Und wie willst du dir Wito herbeidenken?« Magati schaute Audan an. Wie willst *du* Wito herbeidenken, lag es ihr auf der Zunge, aber sie sprach es nicht so aus. War diese Dummheit ihre Idee gewesen oder die von Audan? Sie wusste es nicht mehr genau, aber sie fürchtete, dass sie wenig Grund hatte, sich Audan überlegen zu fühlen.

»Wito war ganz alleine hier«, sagte Audan. »Unter all den Ungeheuern. Er hat sich bestimmt klein gemacht und Deckung in den Ritzen gesucht. Wenn er nur in kleiner Gestalt unterwegs ist und an derselben Stelle ins Labyrinth gekommen ist wie wir, dann kann er nicht weit gekommen sein.«

»Das sind viele Wenns«, erwiderte Magati müde. »Und überhaupt, Wito ist schon seit vielen Mondläufen im Labyrinth. Schau dir an, wie es hier aussieht. Auch wenn es keine Ungeheuer gäbe, kann er nicht so lange überlebt haben.«

»Wir haben noch nicht viel von diesem Ort gesehen«, widersprach ihr Audan. »Es gab feuchte Stellen, womöglich war da irgendwo Wasser zum Trinken. Vielleicht findet man auch was zu essen. Wir können zumindest versuchen, ob wir Wito so leichter finden. Ehe wir einfach weiter ziellos durch das Labyrinth stapfen und uns verirren.«

Er zog Magati am Arm.

Sie erhob sich zögernd. »Es tut mir leid, dass ich uns hergebracht habe«, sagte sie.

»Ach was«, sagte Audan. »Wir finden Wito. Wir kommen wieder raus.«

Gemeinsam gingen sie den Weg zurück, den sie gekommen waren. Sie versuchten es jedenfalls. Die Gänge ähnelten einander so sehr, dass sie bald Zweifel hatten, ob sie jedes Mal die richtige Abzweigung nahmen. Als Audan überzeugt war, dass sie den ersten Gang wieder erreicht hatten, fanden sie weder den Kadaver des Käfers noch Werzaz' Ausrüstung.

»Wenn wir nicht richtig sind, kann es jedenfalls nicht weit

sein«, meinte Audan. »Vielleicht sind wir in einem Nebengang oder noch eine Biegung entfernt. Wito wird uns hören, wenn er in der Nähe ist.«

»Du willst ihn rufen?«, fragte Magati. Sie erinnerte sich an die Ungeheuer und hielt das für keine gute Idee. Was auch immer Werzaz fortgeschleppt hatte, es war womöglich noch in der Nähe. Aber Audan ließ sich nicht aufhalten.

»Wito! Wito!«, rief er. Langsam ging er weiter.

Magati folgte ihm. »Wito?«

Sie wanderten den großen Stollen entlang, spähten in die dunklen Schächte. An den Einmündungen riefen sie, warteten und lauschten auf eine Antwort. Doch nur ihr eigenes Echo kam zu ihnen zurück.

Magati fröstelte. »Das bringt nichts«, sagte sie.

»Pst«, flüsterte Audan. »Hörst du das?«

Magati lauschte. Ihr standen die Haare zu Berge. Ein Laut wie ein fernes Rascheln drang an ihr Ohr. »Ich glaube, da kommt etwas«, erwiderte sie.

Audan nickte.

»Wir machen uns lieber klein und verstecken uns«, flüsterte Magati.

Die beiden Gnome wechselten ihre Größe und krochen in eine Ritze. Sie fühlten sich gleich viel sicherer, obwohl sich die Umgebung eigentlich gar nicht so sehr verändert hatte. Sie liefen wieder durch einen Irrgarten, nur dass die Wände weiter auseinandergerückt waren und der Raum über ihnen leer schien. Dennoch fühlten sie sich der großen Welt mit ihren Ungeheuern entrückt.

Plötzlich zupfte Audan Magati am Ärmel. Er wies auf eine Stelle am Boden, wo die Seitenwand einen leichten Überhang bildete. Etwas lag dort im Staub. Vorsichtig traten sie näher. Es waren Ketten, halb zugeweht.

»Witos Ketten!«, sagte Audan. »Hier hat er sich befreit!«

Magati sah sich um, aber sie fand keine weiteren Spuren. Auch nichts, was darauf hindeutete, dass Wito in diesen Ketten gefangen gewesen war. Etwas an dieser Sache kam ihr seltsam vor, seltsam und unwirklich. Aber ehe sie ihr Unbehagen genau greifen konnte, riss Audan sie aus ihren Gedanken.

»Wito! Wito!«, rief er laut.

»Spinnst du?« Magati stieß ihn in die Seite. »Wer weiß, was sich da über uns herumtreibt.«

»Meinst du, die Ungeheuer können uns hören und die Rinnen auskratzen?« Audan legte erschrocken die Hand auf den Mund.

Magati blickte nach oben. »Keine Ahnung«, sagte sie. »Wito wird uns jedenfalls kaum hören. Unsere Stimme in dieser Größe trägt nur wenige Bodenplatten weit, und es wäre schon ein seltsamer Zufall ...«

Sie verstummte. Ungläubig starrte sie zur nächsten Gabelung, wo drei der Bodenplatten aneinanderstießen. Eine Gestalt in zerlumpter Kleidung spähte dort vorsichtig um die Ecke, schaute die beiden Gnome an.

»Audan?«, fragte der Gnom vor ihnen. »Magati? Was macht ihr denn hier?«

Es war Wito.

Fürst Sukan von Opponua trat des Abends in sein Kaminzimmer. Es war ein düsterer Raum, voll von Jagdtrophäen und einigen Vitrinen mit Likören und Gläsern dazwischen. Das einzige Licht kam vom Kamin her, den die Diener bereits angefacht hatten. Zuckende Flammen holten die Köpfe an den Wänden aus dem Dunkel, die Hirsche und Bären und Eber, die sich in den Schatten zu bewegen schienen. Ihre gläsernen Augen glühten.

Sukan schnupperte. Ein eigentümlicher Geruch stieg ihm in die Nase. Da lag ein Brandgeruch im Raum, der nicht vom Kamin herkam. Der Rauch trug eine würzige Note ...

Sukan spähte zu dem hohen Lehnsessel, der mit dem Rücken zur Tür vor der Feuerstelle stand. Bläuliche Rauchschwaden schwebten darüber. Und dann sah Sukan den spitzen Hut auf dem Tischchen daneben.

»Gulbert!«, rief der Fürst und eilte durch den Raum.

Der Zauberer saß auf Sukans Sessel, schaute in Sukans Feuer. Er hielt ein Glas mit Sukans Wein in der Linken, die eigene Pfeife in der Rechten.

»Fürst Sukan.« Gulberts Stimme klang vorwurfsvoll. »Ich warte schon eine ganze Weile auf Euch.«

»Was ... Wer hat Euch hereingelassen?« Sukan musterte seinen Besucher von oben bis unten.

Gulbert der Zauberer war ein großer Mann. Er trug eine graublaue Robe, über die sein wallender weißer Bart weit herabhing. Das rundliche Greisenantlitz zwischen den langen Haaren wirkte jünger, als die übrige Erscheinung vermuten ließ. Es zeigte einen sanftmütigen, fast heiteren Ausdruck.

»Ich habe mich selbst eingelassen«, sagte Gulbert. »Wir müssen reden, Sukan.«

»Ihr hättet Euch anmelden sollen, wie es Eurer Stellung geziemt«, sagte Sukan tadelnd. »Anstatt mir in meinem Kaminzimmer aufzulauern!«

»Fürst Sukan.« Gulbert hob die Augenbrauen. »Habt Ihr in Euren reiferen Jahren etwa eine Vorliebe für die Etikette entwickelt?«

Sukan wischte sich hektisch eine Strähne aus der Stirn und errötete. Er war kräftig gebaut und trug wie stets ein feines Kettenhemd unter seinem Überwurf. Er war immer ein Krieger gewesen, und er war stolz darauf. Seine Standesgenossen, die im Laufe der letzten Jahrhunderte im Wohlleben verkommen waren, sich hinter Beamten und Gesetzen versteckten und üppige Seidengewänder trugen, verachtete er.

Er hätte sich von Gulbert nicht so aus der Fassung bringen lassen dürfen.

»Immerhin seid Ihr inzwischen Vorsitzender des Freien Rates«, sagte er. »Ich hätte nicht erwartet, dass ein so hoher Besuch ganz zwanglos in meiner Stube auftaucht.«

Der Zauberer machte eine wegwerfende Handbewegung. »Ach was, Sukan. Alte Freunde und Kampfgefährten wie wir! Ich muss allerdings sagen, Euer jüngstes Verhalten enttäuscht mich.«

»Mein Verhalten?«, fragte Sukan.

»Die Gesandten in Keladis«, erklärte Gulbert. »Die zum Krieg aufriefen. Ich hatte gehofft, Ihr wäret besonnener geworden.«

»Das war nicht meine Gesandtschaft«, brummte Sukan. »Viele Fürsten von Bitan haben sich für den Zug in die Grauen Lande zusammengeschlossen. Aber seht Ihr, Gulbert, ich wüsste keinen Grund, warum ich mich ihnen nicht anschließen sollte.«

»Ich finde die Zeit sehr ungelegen«, widersprach ihm Gulbert. »Ich habe eben erst die Nachfolge von Perbias im Rat angetreten. Die Elfen erkennen meine Autorität noch nicht wirklich an. Bei den anderen Völkern ist auch noch vieles zu ordnen.«

»Nun«, sagte Sukan. »Immerhin habt Ihr den Posten, nach dem Ihr strebtet. Wenn ich mich recht entsinne, haben wir vor zwölf Jahren eine Vereinbarung getroffen: Ich helfe Euch, Leuchmadans Kästchen in die Grauen Lande zu bringen. Ihr verschafft mir dafür die Krone von Bitan. Ich muss sagen, Ihr habt mich in dieser Hinsicht auch sehr enttäuscht.«

»Hätten wir damals Erfolg gehabt«, bemerkte Gulbert liebenswürdig, »hätte ich selbstverständlich auch meinen Teil der Vereinbarung einhalten können.«

»Nun, das habt Ihr aber nicht«, entgegnete Sukan schroff. »Die Krone, die mir rechtmäßig gebührt, sitzt immer noch nicht auf meinem Haupt. Und jetzt wollt Ihr kommen und mir sagen, dass Bitans Krieg gegen die Grauen Lande Euch ungelegen kommt? Soll ich wieder einmal die heißen Eisen für Euch aus der Esse holen und die Fürsten überreden, sich zurückzuhalten?«

Gulbert lachte. »Oh nein. Das wäre wenig aussichtsreich. Die Bitaner wollen den Krieg, und ich kann sie nicht aufhalten. Mir bleibt keine Wahl, als sie nach bestem Vermögen zu unterstützen. Die Mittel, die ich im Rat dafür durchsetzen konnte, sind allerdings begrenzt. Wenige Elfen und ein paar Zwerge werden uns begleiten. Immerhin kann ich fliegende Einheiten beisteuern, und das dürfte zumindest einen frühen Untergang verhindern.«

»Wir brauchen Eure Adlerzwerge nicht, so gern Ihr auch mit diesen Verbündeten prahlt«, knurrte Sukan. »Und warum seid Ihr hier? Wenn Ihr keine Einwände vorbringen wollt, könnt Ihr doch gleich mit Euren Truppen zum Heerlager marschieren.«

»Vorher sind noch einige Pläne zu machen«, sagte Gulbert.

»Pläne? Ohne die anderen Fürsten?«

»Ich wollte Euch vorweg aufsuchen«, erwiderte Gulbert. »Immerhin haben wir gemeinsame Interessen. Wir sollten absprechen, wie wir sie auch gemeinsam durchsetzen können.«

»Und was für Interessen sollten das sein?«, fragte Sukan. »Außer natürlich das finstere Gelichter in allen Landen auszumerzen, die Lucans Glanz erreicht.«

»Ihr hattet schon angesprochen, was uns gemeinsam zu tun bleibt.« Gulbert lächelte breit. »Die Krone von Bitan. Ihr seid ein Nachfahre von König Lukar. Es wäre eine Beleidigung Eures Geschlechts, wenn Ihr ohne die Königswürde Eures Ahnen einen Zug in die Grauen Lande unternehmen müsstet. Wenn wir es geschickt anstellen, werdet Ihr sie diesmal auch bekommen, das verspreche ich Euch.«

# 3. Teil

# Restauration

*Der Nachtalb schritt durch die Gänge von Leuchmadans Hort. Sie waren dunkel und kalt. In manchen Kammern fand er Spuren kürzlichen Lebens. Ausrüstung lag dort ausgebreitet, die erst in jüngerer Zeit aus Daugazburg hierher gebracht worden war.*

*Jemand hatte diese Räumlichkeiten eingerichtet, sie vorbereitet und sie bewohnt. Jetzt waren sie verlassen.*

*Einmal kam der Nachtalb an zwei Körpern vorüber. Sie lagen in einem Winkel des Gangs und waren in rötlich schimmernde Fasern eingesponnen. Die Fäden umhüllten die ausgezehrten Leiber, durchdrangen sie und versanken in den umliegenden Wänden, bis die Körper so aussahen wie im Stein verankerte Kokons. Nur wenn man genau hinsah, konnte man erkennen, dass es Alben waren.*

*Der Nachtalb blickte auf seine Brüder hinab und schüttelte den Kopf. Dann ging er weiter.*

*Endlich erreichte er die letzte Kammer, eine Halle von ungeheuren Ausmaßen. Die Decke fiel nach hinten ab. Rechts vom Eingang stand ein langer Tisch an der Wand. Sein Ende verlor sich in der Weite der Halle. Alchemistische Apparaturen standen darauf verteilt, und sie waren neu. Die Tür war ein gewaltiger Felsblock, der an viel zu dünnen Angeln hing und weit offen stand.*

*Der Nachtalb wartete einen Augenblick, bis unter der Decke strahlende Linien aufglühten und den Raum erhellten. Sofort sah er weitere Leichen. Mindestens ein halbes Dutzend lagen hier, alles Nachtalben, von demselben rötlichen Gespinst umwoben und mit dem Fels verbunden.*

*Narren, einer wie der andere. Sie hatten ihr Schicksal verdient.*

*Diese Alben hatten dieselbe Idee gehabt wie er: sich mit dem Blut der Erde zu vereinen und von dessen Macht zu zehren. Sie waren einer Verlockung erlegen, die über alle Liebe zu ihrer Herrin hinausging. Geliuna hatte ihre Treue zu hoch eingeschätzt.*

*Aber in ihrer Gier waren sie vorschnell und unachtsam gewesen. Der Nachtalb hatte viele Jahrhunderte lang studiert, um auf diesen Tag vorbereitet zu sein. Doch jene anderen Alben hatte alle Macht sofort gewollt.*

*Eine körperliche Verbindung zum Blut der Erde war nicht möglich. Es war zu stark. Die Magie in dieser Flüssigkeit veränderte den Körper, vernichtete ihn. Wer mit dem Blut der Erde in Berührung kam, war dem Tod geweiht.*

*Doch was diesen Dummköpfen widerfahren war, schreckte den Nachtalb nicht ab. Es spornte ihn an! Entschlossen schritt er zur hinteren Wand der Halle. Der Boden wurde zerklüfteter. Bald erinnerte er mehr an eine naturbelassene Höhle als an eine aus dem Fels gehauene Kammer.*

*Wo die leuchtenden Linien unter der Decke zusammenliefen, stieß der Nachtalb auf ein steinernes Becken. Die Quelle des Blutes. Zwischen zwei Felsgraten brodelte eine zähe, rotschwarze Flüssigkeit. Sie sickerte an der Wand herab und schwappte träge in ihrem Bassin.*

*Der Nachtalb griff unter seinen Mantel und holte ein Objekt aus feinem Kristall hervor. Bauchige Auswüchse wölbten sich aus einem zentralen Korpus, dünne Glasrohre liefen darüber wie Adern. Der Nachtalb zog einen Stopfen ab, und es zeigte sich, dass das Artefakt im Inneren so hohl war wie eine Wasserflasche.*

*Ein jedes lebende Wesen auf der Welt hatte nur ein einziges Leben zu vergeben. Das galt für einen Nachtalb, dem die Zeit so viel bedeutete wie dem Mond auf seinem endlosen Lauf, ebenso wie für einen Menschen, dem das Leben so knapp bemessen war wie das Licht einer brennenden Kerze. Es war immer nur* ein *Leben, wie lange es auch dauern mochte, und deswegen konnte man nur einmal sein Leben an ein Objekt binden. Nur einmal ein magisches Herz schaffen.*

*Der Nachtalb hatte sich lange enthalten. Mit diesem höchsten aller Zauber wollte er sein Lebenswerk krönen, ein schwieriges Werk, das langer Vorbereitung bedurfte, höchsten Geschicks, und dessen Ausgang bis zuletzt ungewiss blieb. Den Zauber des magischen Herzens wollte er mit einer anderen Magie zusammenbringen, an der er schon bedeutend länger forschte.*

*Der Nachtalb zögerte noch einmal. Dann füllte er das Blut der Erde in sein kristallenes Gefäß.*

# 17. Kapitel:
# Alte Geschichten

*Die Goblins stellen von jeher die Armee der Grauen Lande. Da ist es schon sträflich, wie wenig wir über sie wissen. Wir haben ihre Krieger erlebt und glauben, wir kennen ihr Volk. Doch es hat seinen Grund, dass die Goblinkrieger ausziehen und sich anderswo austoben. Sie tun es, damit sie nicht den geregelten Ablauf zuhause stören.*

*Bei meiner Expedition gegen Hagaz' Sippe nahm ich die Goblins nicht nur gefangen, ich habe auch mit ihnen gesprochen! Inzwischen konnte ich mit vielen weiteren Goblinsippen in den Bergen Kontakt aufnehmen. Und ich musste feststellen: Bei den Goblins herrschen nicht die Krieger, sondern ihre Frauen.*

*Die Krieger suchen Ruhm und Beute, aber ihre Frauen planen die Strategien für den Stamm. Sie sind besonnener und ruhiger als die Goblins, denen wir begegnen. Wir haben ihnen gezeigt, wie verletzlich sie gegenüber unseren Angriffen sind, und sie wollen keinen Krieg gegen Daugazburg führen. Mit ihnen können wir haltbare Vereinbarungen treffen.*

*Mein Vorschlag wäre also, die Sitze der Goblins im Rat nicht mehr mit ihren Kriegern zu besetzen, sondern mit den angesehensten Stammesmüttern. Ihre Krieger sind es gewohnt, in den heimischen Höhlen dem Rat der Frauen zu folgen. Sie werden also, wenn ihre Frauen hier sitzen und mitbestimmen, Daugazburg als Heimat akzeptieren und nicht mehr als Feind oder Beute ansehen. Und die Goblinfrauen werden ebenso verlässliche Verbündete sein wie die Vertreter aller anderen Völker.*

GANOCH, DER GNOM, GENERAL VON DAUGAZBURG,
IN EINER REDE VOR DEM HOHEN RAT

»Du schickst sie in den Tod, das weißt du?«

Darnamur und Ganoch standen auf den massiven Befestigungen des Pidon-Tores und sahen zu, wie ein langer Zug von Wagen und Menschen durch die verwüstete Vorstadt hinaus in die Ebene zog. Manche der Menschen wirkten bedrückt, aber die meisten waren froh und voller Erwartungen. Kinder saßen hinten auf den Wagenklappen und ließen die Füße in der Luft baumeln. Rufe und Gelächter stiegen zu den Mauerkronen auf.

»Sie würden sterben, wenn sie hierbleiben«, antwortete Darnamur. »Unsere Pflanzungen vertrocknen. Einen guten Teil davon haben die Goblins gleich ganz abgebrannt. Die Ernte wird in diesem Frühling mager ausfallen, und danach wird alles noch schlimmer werden. Wir können das ganze Volk hier in der Stadt nicht mehr lange ernähren.«

»Also schickst du sie in die Wüste«, stellte Ganoch fest. »Glaubst du, dort kommen sie besser zurecht? Es sind Stadtmenschen. Sie haben keine Erfahrung damit, Land zu bestellen.«

»Es sind viele Gefangene aus dem letzten Krieg darunter.« Darnamur redete, ohne seinen Freund anzuschauen. Er blickte unverwandt auf den Flüchtlingszug hinab. »Bauern aus Bitan. Und frühere Sklaven aus den Pflanzungen. Die Erfahrenen werden die Unerfahrenen anleiten.«

»Und was sollen sie ihnen sagen? Die Menschen müssen ihr Saatgut essen, wenn sie bis zur ersten Ernte überleben wollen. Aber ohne Saatgut wird es keine Ernte geben. Womöglich ist das auch gleichgültig, weil es in den Grauen Landen nicht genug fruchtbare Flecken gibt, an denen sie sich überhaupt niederlassen könnten.«

Darnamur zuckte die Schultern. »Wer weiß das schon. Ich

habe dafür gesorgt, dass die Kraft von Leuchmadans Kästchen freigesetzt wird. Irgendwo in der Wüste *müssen* Oasen entstehen. Zumindest einige der Menschen werden sie finden und überleben.«

»Und die anderen?«

»Ich zwinge sie zu nichts«, sagte Darnamur. »Sie gehen alle aus freiem Willen. Weil sie die Freiheit suchen und der Kämpfe in der Stadt müde sind. Warum sollte man ihnen verwehren, ihr Schicksal selbst in die Hand zu nehmen? Einige Zehntausend Menschen ziehen aus und versuchen ihr Glück. Es bleiben noch genug von ihnen in der Stadt zurück, und die haben nun bessere Aussichten als vorher, die nächsten Jahre zu überstehen.«

»Es gäbe vielleicht auch andere Möglichkeiten«, sagte Ganoch. »Wenn du den Alben nicht so misstrauen würdest. Die Kraft von Leuchmadans Kästchen reicht für mehr als ein paar Oasen irgendwo in der Wüste. Du müsstest nur mit den Zauberern zusammenarbeiten, die eine solche Kraft lenken können.«

»Was du unter Zusammenarbeit verstehst, hast du mir ja gezeigt.« Darnamurs Stimme klang beißend. »Es stand dir nicht zu, im Rat zu reden. Du hättest mir deine Vorschläge unterbreiten sollen, damit ich sie dort vorbringe.«

»Ich war mir nicht sicher, ob du die rechte Überzeugung aufbringst.«

Die beiden standen eine Weile da und blickten zwischen den Zinnen hindurch den Menschen nach. Endlich seufzte Darnamur. »Wie auch immer«, fuhr er fort. »Der Rat hat entschieden, und ich beuge mich der Abstimmung. Jetzt haben wir die Goblins also wieder am Hals. Ihre Weiberhauptleute. Feiere deinen Erfolg, Ganoch, und hoffe darauf, dass es gut geht. Ich fürchte, mit den Goblins ist kein Staat zu machen. Wenn sie sich wieder erheben, wird das Blut von Daugazburg an deinen Händen kleben.«

»Im Augenblick haben wir jedenfalls Ruhe«, stellte Ganoch fest. »Ich sehe die Goblinweiber lieber im Rat und ihre Männer in den Werkstätten, als dass sie sich weiterhin in den Katakomben verkriechen und in dunklen Gassen die Spaziergänger meucheln, um zu überleben.«

»Damit wären wir fertig geworden«, sagte Darnamur. »Hättest du dich um die Truppen gekümmert und ich mich um den Rat, dann hätten wir das Goblinproblem viel endgültiger gelöst. Aber was soll's.« Darnamur atmete tief durch. »Denken wir an die Zukunft.«

Er trat einen Schritt von der Mauer zurück und sah Ganoch an. »Wenn du wieder in die Berge aufbrichst und neue Bündnisse aushandelst, will ich, dass du Trolle ausfindig machst.«

»Trolle?«, fragte Ganoch. »Wozu?«

»Ich brauche sie hier in der Stadt. Versuche, welche anzuwerben. Wir haben die Ruhe wiederhergestellt. Jetzt müssen wir das neue Daugazburg bauen.«

»Du willst Trolle in die Stadt holen?« Ganoch schüttelte den Kopf. »Und mit Goblins wolltest du nichts mehr zu tun haben, weil sie sich nicht im Zaum halten lassen?«

»Willst du es dir zur Gewohnheit machen, gegen alles, was ich sage, einen Einwand vorzubringen?«

Ganoch hob abwehrend die Arme. »Ich verstehe es nur nicht.«

»Wir müssen die Stadt wiederaufbauen«, sagte Darnamur. »Das betrifft die Ordnung ebenso wie die Bauten. Und ich möchte sie *richtig* bauen. Dazu brauche ich Trolle.«

»Wenn du die Menschen fortschickst und dafür Trolle holst, wird das der Ordnung nicht guttun.«

»Dein Auftritt vor dem Rat auch nicht«, erwiderte Darnamur. »Soll in Zukunft etwa jeder Offizier glauben, dass er da reinplatzen und eine Rede halten kann? Aber diese Bauten, die nur die Trolle für uns errichten können, die brauchen wir. Leuchmadan und die Fei regieren noch immer in den Köpfen der Bürger. Wir müssen ihnen sichtbare Symbole der Revolution bieten, um unsere Stellung zu stärken.«

Ganoch blickte über die Stadt hinweg, über die schiefen Türme, die zahllosen Erker, die steilen, überhängenden Dächer über den finsteren Gassen. Das alte Daugazburg.

»Möglicherweise hast du recht«, räumte er ein. »Ich weiß nur nicht, ob Trolle das richtige Symbol für ein neues Daugazburg sind.«

Frafa eilte beschwingt durch die Gassen von Daugazburg. Balgir hatte sich um ihren Leib gerollt und lag auf ihren Hüften wie ein Gürtel.

Fünf Tage lang hatte sie nach dem Aufstand der Goblins in der geheimen Kammer ausgeharrt, bis Darnamur sie gefunden und ihr erklärt hatte, dass die Gefahr vorüber war. Fünf Tage lang hatte sie an der Macht von Leuchmadans Kästchen genippt, und sie konnte diese Kraft noch immer in ihrem Inneren fühlen.

Es war eine ungesunde Kraft, die in Frafas Geist wütete wie ein Strohfeuer, heiß und hell, aber ohne feste Scheite, die für eine ruhige, warme Glut sorgten. Inmitten ihres Tatendrangs fühlte Frafa eine Leere, als hätte ihr körperliches Dasein an Substanz verloren.

Sie wusste, dass ihr Hochgefühl eine hysterische Note trug. Dennoch ließ sie sich bereitwillig davon mitreißen. Frafa fühlte sich stark, allem Irdischen entrückt. Es war, als flöge ihr Geist dahin. Sie hatte von den Honigtöpfen der Zaubermacht gekostet. Oder von den Metkrügen ... Frafa kicherte bei diesem Gedanken.

Sie hatte diese Möglichkeit, die ihr das Kästchen bot, nur durch Zufall entdeckt. Doch seither machte sie eifrig Gebrauch davon. Wann immer sie Leuchmadans Lebenskraft in die Grauen Lande entließ, naschte sie erneut davon. Sie lenkte einen Teil der Kraft in ihren Körper, und wenn sie dann nach Hause ging, wie jetzt, war ihr, als habe sie süßen Wein getrunken.

Die Menschen und Nachtmahre und Kobolde, die durch die Straßen gingen, zogen wie Schemen an Frafa vorüber. Die Häuser am Straßenrand sahen aus wie Silhouetten aus Rauch.

Sie kam bei dem Turm an, der einst ihrem Meister Aldungan gehört hatte und in dem sie inzwischen allein mit Bleidan lebte. In der Diele hinter der Tür hängte sie ihren Mantel an einen Haken und legte Balgir wie einen Schal darüber.

Das Taschentier zischte und keckerte aufgebracht hinter ihr her. Frafa hüpfte die Treppe hinauf und lachte.

Als Erstes lief sie bis fast zur Spitze des Turms hinauf und zu

Bleidans Arbeitsraum. Von den Übergriffen der Goblins waren keine Spuren mehr zu sehen. Nur die Käfige mit den Tieren wirkten ein wenig ausgedünnt, und die Regale mit den Präparaten waren beinahe leer.

Bleidan war noch nicht zurück, obwohl das Licht der Morgensonne schon durch das Fenster fiel. Frafa stand einen Augenblick unschlüssig mitten im Raum, dann nahm sie sich der Tiere an. Als sie das Futter verteilte, kam ihr ein Gedanke. Ihre Lippen kräuselten sich, und sie schaute noch einmal hinaus in den Flur. Von Bleidan war keine Spur zu sehen. Sie war allein.

Sie huschte wieder in das Arbeitszimmer zurück und holte eine Blütenschlange aus einem Vivarium. Sie beruhigte das Tier, indem sie seine Aura lähmte. Dann trug sie es zum Treppenaufgang. Frafa sah sich um und grübelte darüber nach, welches der beste Ort wäre. Schließlich wählte sie den Handlauf des Geländers, gleich hinter der Biegung an einem Absatz der Treppe.

Frafa sammelte all ihre magischen Kräfte. Sie fühlte die Macht des Kästchens in sich, aber es fehlte ihr immer noch an Kontrolle. Daran würde sie arbeiten müssen ...

Schließlich schaffte sie es. Die winzige Schlange hatte nun dieselbe Farbe wie das Geländer, und sie war so darum herumgelegt, dass nur der Kopf an der Seite hervorschaute. Außerdem hatte Frafa die Essenz des Tieres gedämpft, sodass es gelähmt war und schlechter wahrzunehmen. Sobald die Aura eines anderen Wesens in ihre Nähe kam, würde die Schlange wieder aufleben.

Frafa lief wieder nach oben und verbarg sich in der Diele. Sie kicherte erneut.

Als Hüterin von Leuchmadans Kästchen war sie mächtig. Eine bedeutsame Albe, die Bleidan auf Augenhöhe gegenübertreten konnte. Es wurde Zeit, das auch zu tun. Sie wollte ihn auf Nachtalbenart auf die Probe stellen.

Frafa wartete. Sie ging auf und ab. Bleidan kam nicht. Frafa wurde langweilig.

Sie lief wieder in das Arbeitszimmer und kümmerte sich um

die Tiere. Allmählich wurde sie müde, müde und aufgedreht zugleich. Sie blinzelte und beschloss, dass sie als Nächstes die Kunst der Meditation erlernen musste.

Da hörte sie von der Treppe her einen kurzen Aufschrei. Dann war es still.

Frafa erstarrte.

Ihr Herz schlug heftiger. Sie lauschte, aber es blieb still. Ein unbehagliches Gefühl breitete sich in ihrem Inneren aus. Sie rannte los.

Frafa nahm immer drei Stufen auf einmal. Im Nu war sie an Bleidans Seite. Der Alb stand auf dem Treppenabsatz und hielt die Schlange in der Linken, der Körper des Tiers hing schlaff herab. Die rechte Hand hielt Bleidan in die Höhe. Auf der olivgrünen Haut war ein dunkler Fleck zu sehen, der sich rings um zwei Bissmale ausbreitete. Bleidan atmete schwer.

»Bleidan!«, rief Frafa. »Geht es dir gut?«

Bleidan richtete seine ganze Aufmerksamkeit auf die Hand. Die Verfärbung ging zurück. Die Schwellung unter der Haut ließ nach. Die winzigen Punkte in der Mitte verschwanden, bis nur noch zwei grüne Blutstropfen zu sehen waren.

Erst dann wandte er sich zu Frafa hin. Er musterte sie ruhig und schweigend, und Frafa fröstelte beim Blick dieser schwarzen Augen.

»Es war eine Prüfung. Ein Bote«, stammelte sie. »Wie bei Saira und Tartanis. Ein ... Nachtalbenbrauch.«

»Nachtalbenbrauch«, sagte Bleidan nur. Sein Gesicht war wie eingefroren. Frafa schaute ihn an, voll banger Erwartung, und ihr wurde bewusst, dass sie Bleidan schon lange nicht mehr so genau betrachtet hatte. Seine Gegenwart war ihr allzu selbstverständlich geworden. Aber er hatte sich verändert. Für einen Nachtalb wirkte er beinahe hager. Seine Farbe war bleich und ungesund, das Haar stumpf. Das war nicht derselbe Mann, den Frafa vor einem halben Jahr kennengelernt hatte.

Er war nicht mehr schön.

Frafa hatte die letzten Monde neben ihm hergelebt, sich über seine Rückkehr gefreut und den Anblick, den sie jeden Tag vor Augen hatte, durch die Erinnerung ersetzt. Aber Bleidan hatte sich von der Gefangenschaft nicht erholt. Er sah eher noch schlechter aus.

Bleidan fasste Frafa beim Arm und ging mit ihr die Treppen hoch. Dort legte er die Schlange wieder in das Vivarium.

»Ein Nachtalbenbrauch«, sagte er dabei. »Oder war es ein Gnomenscherz? Oder eine goblinsche Grobheit? Hast du dir auch gut überlegt, welche der liebenswerten Gewohnheiten der Finstervölker du da hervorgeholt hast?«

Frafa schob die Unterlippe vor. »Sei nicht so grämlich wie ein Elf. So ist es nun mal hier. So war es immer.«

Bleidan setzte den Deckel auf das Vivarium. Dann schaute er Frafa wieder an. Sie zog den Kopf ein.

»Also gut, Frafa«, sagte er. »Du willst eine erwachsene Albe sein. Dann zeige ich dir, wie es hier ist.«

Er ging aus dem Zimmer und auf das Treppenhaus zu. Frafa zog er am Arm hinter sich her. Sie wehrte sich halbherzig. Eben noch war sie leichtfüßig einhergelaufen, jetzt war ihr Bleidans Schritt zu schnell und sie stolperte beinahe die Stufen hinab.

»Was willst du mir zeigen?«, rief sie. »Wo gehen wir hin?«

»In die Zitadelle«, gab Bleidan schroff zurück. »Zu der Aufgabe, die *Protektor* Darnamur mir zugewiesen hat. Es ist an der Zeit, dass du die Gebräuche der Finstervölker nicht nur durch die romantischen Sichtgläser von Büchern und alten Geschichten erlebst.«

Er hastete mit ihr durch den Vorraum und an den Garderobenhaken vorbei. Frafa konnte nicht einmal ihren Mantel mitnehmen. Sie blickte sehnsüchtig dorthin, wagte aber nicht, Bleidan aufzuhalten. Balgir war ohnehin verschwunden.

Schweigend liefen sie nebeneinander durch die Stadt. Frafa wusste, dass Bleidan dem Rat angehörte und einen großen Teil der Nacht und auch des Tages in Gesprächen und Verhandlungen und Sitzungen verbrachte. Aber sie ging davon aus, dass

Bleidan sie nun über jene *andere* Aufgabe in Kenntnis setzen wollte, über die er sonst nicht so gerne sprach.

Am Tor der Zitadelle hielten Menschen Wache. Die vergoldeten Brustpanzer der Garde waren ihnen zu weit und zu kurz. Sie hielten ihre Speere fest, als wären es Besenstiele.

Frafa rümpfte die Nase. Die Wachen ließen sie passieren. Bleidan hielt auf das Haus der Schreie zu, den Kerker der Zitadelle. Seine Aufgabe hatte mit Heilkunde zu tun, so viel hatte Frafa mitbekommen. Gab es unter dem Kerker Spitalräume oder ein Labor für seine Forschungen? Oder kümmerte er sich um die Krankheiten der Gefangenen?

Bleidan pochte an die Pforte des kleinen Turmes, der über den Gewölben an der Oberfläche aufragte. Ein Goblin öffnete. Frafa zuckte zurück. Sie schmiegte sich eng an Bleidan, als sie an dem Wachposten vorbeigingen. Auf der Treppe nach unten flüsterte sie: »Goblins. Da sind noch bewaffnete Goblins hier im Kerker.«

Bleidan lachte trocken. »Ja. Ist es nicht lustig? Nach der Revolte verfolgte Darnamur alle Goblins in der Stadt mit großem Hass. Aber die Truppe, die hier Dienst tut, ließ er ungeschoren. Und das Traurige ist: Als die Goblins in der Zitadelle die Macht an sich rissen, haben sie dasselbe getan.«

»Was?«, fragte Frafa verwirrt.

Bleidan seufzte. »Sie ließen mich hier in Ruhe. Was für eine Ironie. Die Goblins haben alle Alben und Menschen und Gnome erschlagen, die sie zu fassen bekamen. Sie haben in der ganzen Stadt Jagd auf die anderen Völker gemacht. Aber ich, der ich mitten in der Zitadelle Dienst tat, an dem Ort, wo sie ihr Hauptquartier eingerichtet hatten, ich blieb unbehelligt. Nur einmal kam General Fitwiz mich besuchen. Er versicherte mir, wie wichtig meine Arbeit sei, ließ sich alles kurz zeigen. Dann klopfte er mir auf die Schulter, sagte ›weiter so‹ … Und das war alles, was ich vom Aufstand der Goblins mitbekommen habe.«

»Was für eine Aufgabe ist für Darnamurs Gnome und für die Goblins zugleich so wichtig?« Frafa war überrascht, dass diese beiden gegensätzlichen Völker ein gemeinsames Anliegen hatten. »Geht es um deine Experimente? Von denen du damals gesprochen hast?«

»Entscheide selbst, was es damit auf sich hat«, erwiderte Bleidan.

Sie hatten den untersten Absatz erreicht, die tiefsten Kerker. Zwei weitere Goblins öffneten eine eisenbeschlagene Tür und ließen sie in einen finsteren Korridor ein. Zu beiden Seiten gab es Durchgänge in angrenzende Räume, manchmal nur ungesicherte Öffnungen, manchmal mit schweren Türen oder Gittern abgesperrt. Frafa hörte ein leises Wimmern und die Rufe, Flüche und das Gelächter von Goblins.

»Das könnte dich interessieren«, sagte Bleidan. Er trat unter einem niedrigen Türsturz hindurch in eine große Kammer, die zwei Stufen tiefer lag als der Flur. Frafa sah als Erstes eine Nachtalbe. Sie war nackt und hing mit dem Bauch nach unten waagerecht unter der Decke. Ketten an Armen und Beinen hielten sie in der Schwebe. Von ihr kam das Wimmern, das Frafa gehört hatte.

Ein Goblin bewegte die Ketten mit Rädern und Hebeln und führte die Albe daran wie eine Marionette. Unter ihr drehten zwei weitere Goblins eine metallene Walze mit Dornen. Der erste Goblin ließ die Albe an den Ketten so weit herunter, dass die Dornen immer neue Stellen ihres Körpers aufrissen. Die Walze drehte sich und schmirgelte der Nachtalbe die Haut vom Leib.

Grünes Blut floss über das Metall, tropfte zu Boden. Hautfetzen blieben zwischen den Dornen hängen und fielen in feuchten Klumpen herunter. Auf dem Boden hatte sich bereits eine schmierige Schicht gesammelt. Ein Geruch nach Fäulnis stieg auf, und Schimmel spross auf den schleimigen Überresten.

Frafa blieb stehen und klammerte sich am Türpfosten fest. Das Blut wich ihr aus dem Gesicht, und sie wandte sich ab. Bleidan nahm sie wortlos am Arm und führte sie weiter. Die Schmerzenslaute der gefolterten Albe verfolgten sie, und ohne dass Frafa es verhindern konnte, fügte ihr Geist die Bilder hinzu.

Bleidan bog in einen weiteren Kerkerraum ab, und das Knirschen und Stöhnen aus der ersten Kammer verlor sich zwischen all den übrigen Lauten, die das Gewölbe erfüllten. Der Raum, in den sie nun kamen, war mit fleckigen Holzbohlen ausgelegt. Einige Kerzenstümpfe brannten auf vorspringenden Mauerquadern und verbreiteten ein schwaches Dämmerlicht.

Mitten in der Kammer war ein Fae am Boden festgenagelt. Sein Leib war mit schwarzen Linien in beschriftete Felder unterteilt und von nässenden Wunden übersät. Goblins saßen um ihn herum, Drahtkäfige mit abgemagerten Ratten zwischen sich. Die ließen sie nach und nach heraus, trieben sie mit langen Stöcken zu dem Gefangenen hin und wetteten darauf, wo sie als Nächstes zubeißen würden.

In einem größeren Gewölbe war ein Alb an ein Gestell gebunden. Ein Goblin stand neben ihm und zertrümmerte ihm die Knochen mit einem langstieligen Hammer. Als Bleidan hereinkam, schaute der Goblin auf.

»Meister Bleidan«, sagte er. »Ich glaub, der Schimmelstecken hier ist krank. Ich kann schlagen, was ich will, der schreit nicht mehr! So macht die Arbeit keinen Spaß.«

Bleidan warf nur einen flüchtigen Blick auf den Alb, der mit stierem Blick ins Leere starrte. Frafa sah zu, wie es unter der Haut des Gefolterten zuckte und die Knochen sogleich wieder schief zusammenwuchsen.

Bleidan führte sie weiter durch die tiefsten Kerker im Haus der Schreie. Er zeigte Frafa Kammern, in denen Fässer mit blubbernder Säure standen, Kohlebecken und große Zangen, Sägen und scharfe Klingen; Apparaturen mit Schneiden und Spitzen und Steingewichten. In einem Raum saßen einige Goblins untätig zusammen. Sie soffen und stritten und beklagten sich bei Bleidan, dass ihnen die Arbeit ausging.

Nebenan hatten sich andere Goblins versammelt und bauten mit Eifer an einer Maschine aus Holz und Stahl. Sie beredeten, wo sie die Schnallen anbringen mussten, um das Opfer auf der Maschine festzumachen, und wo die Klingen und die malmenden Steine hingehörten, die sie über ein Stangengerüst bewegen wollten. Es gab weitere Kerker, in denen Alben festgehalten und gefoltert wurden. Sie schrien selten und sprachen gar nicht, und ihre Folterknechte wirkten gelangweilt und stellten keine Fragen.

Frafa wehrte sich gegen Bleidans Griff. »Was soll das hier?«, fragte sie.

»Nun, dies ist das alte Daugazburg«, sagte Bleidan. »Schau es dir an.«

»Das alte Daugazburg?«

Sie kamen durch eine leere Zelle, die eine Folterkammer vom Gang trennte. Frafa blieb stehen und atmete flach. In diesem Raum war es wenigstens still, und sie wollte nichts weiter sehen von diesem Ort.

»Das alte Daugazburg in mancherlei Hinsicht«, erklärte Bleidan. »Die Opfer, die du gesehen hast, sind die ältesten Zauberer der Stadt. Machtvolle Fürsten, jeder von ihnen ein Anwärter auf die Herrschaft, nachdem die Fei gestürzt wurde. Man kann sie also mit Fug und Recht als Vertreter des alten Daugazburg verstehen.«

»Was macht ihr mit ihnen? Was machst *du* mit ihnen!«

»Ich schaffe dem Rat ein Problem vom Hals. Verstehst du, Frafa? Jeder dieser Fürsten besitzt ein magisches Herz. Man kann sie nicht töten, weil sie dann an einem anderen Ort einen neuen Leib ausbilden würden. Damit wären sie unserem Zugriff entzogen und könnten wer weiß was anrichten. Man kann sie aber auch nicht einfach nur in den Kerker werfen, denn wenn sie nur einen Augenblick Ruhe finden, könnten sie einen Zauber wirken, um zu entfliehen.«

Bleidan verstummte kurz. Sein Blick irrte zu dem Durchgang zurück, durch den sie soeben gekommen waren. Dann führte er Frafa weiter, auf den Gang hinaus.

»Mir wurde die Aufsicht über das Haus der Schreie und über die Goblins anvertraut, die hier als Folterknechte arbeiten«, fuhr er fort. »Ich soll dafür sorgen, dass die Gefangenen nicht sterben. Und dass sie sich niemals weit genug erholen, um Zauber zu wirken. Meine Aufgabe ist es, sie an der Flucht zu hindern und ihnen das Leben zur Qual zu machen, bis sie den Tod herbeisehnen und uns verraten, wo ihr magisches Herz verborgen liegt.«

»Aber das sind Nachtalben!«, rief Frafa. »Die meisten jedenfalls. Meister Aldungan war einer dieser Fürsten! Wie kannst du nur! Ich meine … hast du …?«

Bleidan schüttelte den Kopf. »Meister Aldungan haben wir nicht gefangen. Aber alle anderen Magier seines Ranges und die meisten darunter. Und *du* fragst mich, wie ich das tun konnte? Weißt du nicht mehr, warum ich dich hergebracht habe?«

»Wegen der Schlange …«, stotterte Frafa. »Weil ich … Nur weil ich dir eine Schlange auf das Treppengeländer gelegt habe? Das kann man doch nicht mit diesem … dieser Untat hier vergleichen!«

»Kann man nicht?« Bleidans Stimme klang trocken. »Du hast Saira und Tartanis erwähnt. Das ist eine sehr alte Geschichte. Aus den Tagen, als die Alben derlei Dinge nicht aus Notwendigkeit taten, sondern zum Spaß. Oder um den Schmerz zu studieren. Oder aus gar keinem Grund. Du hast dir romantische Geschichten aus dem alten Daugazburg als Vorbild genommen – ich zeige dir hier die Wirklichkeit. Saira und Tartanis haben einander Ungeheuer geschickt, um ihre Liebe auf die Probe zu stellen. Aber warum? Weil sie Alben waren und tagtäglich so gelebt haben. Willst du das auch?«

Frafa schüttelte den Kopf. Bleidan sah sie an. »Du … lebst so«, flüsterte sie schließlich, und Bleidan zuckte zusammen.

»Aber ich *will* es nicht«, sagte er. »Und außerhalb dieses Ortes müssen wir es auch nicht. Wir machen unsere Orte heute nicht mehr zu Orten wie diesem hier. Dafür solltest du dankbar sein, anstatt dummen, gefährlichen Träumen nachzuhängen.«

Er fasste sie bei der Hand und führte sie aus dem Kerker hinaus. Sie gingen den Gang entlang, und Frafa schloss die Augen, um nichts mehr zu sehen.

»Du erinnerst dich an die Albe in der ersten Kammer?«, fragte Bleidan.

Frafa nickte.

»Sie hat oft um ihren Tod gefleht. Als sie noch sprechen konnte. Sie schwor, dass sie gar kein magisches Herz hätte, dessen Versteck sie uns verraten könnte. Sie hat sich mit Heilmagie befasst und Zauber in ihren Leib gewoben, die jede Wunde heilen. Und deshalb, so hat sie immer behauptet, sähe es nur so aus, als verfüge sie über ein magisches Herz, das ihre Wunden schließt.«

Bleidan atmete schwer. »Weißt du, Frafa, ich glaube ihr. Ich habe ihr immer geglaubt. Sie hat sich demselben Zweig der Magie verschrieben wie wir. Meister Aldungan hätte dieselbe Fähigkeit gehabt. Und doch ... musste ich tun, was mir aufgetragen wurde. Ich darf sie nicht sterben lassen, bevor sie uns das Versteck ihres magischen Herzens verrät.«

»Warum nicht?«, fragte Frafa. »Ich dachte, sie hätte gar keines?«

»Aber was, wenn ich mich irre? Wenn ich auch nur *einen* Zauberfürsten entkommen lasse, der seine Macht noch zu gebrauchen weiß, könnte der die neue Ordnung gefährden.«

»Aber daran glaubst du nicht«, begehrte Frafa auf. »Ich dachte immer, du setzt dich für das ein, was du für richtig hältst! Wenn du nicht glaubst, dass diese Zaubererin eine Gefahr darstellt, warum lässt du sie dann nicht gehen? Oder tötest sie?«

»Und dann?«, fragte Bleidan. Sie stiegen die Stufen empor.

»Es ist schwierig, Frafa«, fuhr Bleidan nach einer Weile fort. »Ich habe es dir gesagt. Selbst die Goblins hatten Respekt vor meiner Aufgabe. Sosehr die Völker im Rat auch untereinander entzweit sind, in dieser Sache sind sie sich alle einig: die Gnome und die Goblins, die Menschen und selbst die Alben aus meiner eigenen Vereinigung. Keiner will, dass die alten Fürsten zurückkehren.«

»Trotzdem«, sagte Frafa störrisch. »Du kannst ihr nicht so etwas antun, wenn du nicht einmal glaubst, dass es einen Sinn hat.«

Sie traten hinaus in das helle Sonnenlicht auf dem Platz, kniffen die Augen zusammen und suchten rasch den Schatten der hohen Mauern.

»An den Sinn glaube ich ohnehin nicht mehr«, erwiderte Bleidan. »All die Fürsten, die bis heute der Folter widerstanden haben, mögen einst die Stärksten gewesen sein. Ihre Macht hat ihnen Hoffnung verliehen. Aber diese Hoffnung wurde ihnen zum Verhängnis. Sie haben *zu* lange durchgehalten, und ihr Geist ist genauso gebrochen wie bei der Albe in der ersten Kammer. Ich bin überzeugt, selbst wenn wir jetzt die Folter einstellten, wären sie zu keinem Zauber mehr fähig. Ihr magisches Herz hält sie am Leben, aber sie erinnern sich nicht einmal mehr daran und können es darum auch gar nicht verraten. Sie sind lebende Tote, zu einem endlosen leeren Dasein in Qual verdammt, weil sie nicht sterben können.«

»Dann töte wenigstens ihren gegenwärtigen Leib«, sagte Frafa. »Lass sie gehen! Ich verstehe dich nicht. Zum einen sagst du, sie wären eine Gefahr und du kannst sie nicht gehen lassen. Und dann versicherst du mir, dass sie gar keine Gefahr mehr darstellen.«

»Es geht nicht nur darum, was ich glaube«, sagte Bleidan. »Zu viele Mitglieder im Rat fürchten meine Gefangenen. Sie würden diese letzten Zauberfürsten lieber tausend Jahre foltern lassen, anstatt auch nur das mindeste Risiko einzugehen, dass sie sich wieder erheben.«

»Das ist Unsinn!«, fuhr Frafa auf. »Wie soll der Rat dich aufhalten? Du bist dort unten allein mit den Goblins. Bis Darnamur davon erführe, wäre es unumkehrbar geschehen.«

»Ja, aber nach einem solchen Vertrauensbruch hätte ich alle Völker im Rat gegen mich. Selbst meine bisherigen Verbündeten. Viele von ihnen wollen sich vielleicht nicht selbst die Finger damit schmutzig machen, aber sie würden mir nie verzeihen, wenn ich eigenmächtig eine Entscheidung treffe.«

»Du fürchtest sie!« Frafa schaute Bleidan empört an. Vielleicht war sie auch nur enttäuscht – oder fassungslos. Sie hatte Bleidans Stärke auf die Probe stellen wollen, wie einst Saira und Tartanis. Das war ein dummer Einfall gewesen, das wusste sie jetzt. Unüberlegt. Und doch war ihr, als hätte Bleidan die Probe nicht bestanden, wenn auch auf ganz andere Weise als geplant.

Etwas war ... beschädigt worden. Bleidan kam ihr kleiner vor. Zugleich machte sie sich Vorwürfe, weil ihr Urteil so ungerecht war.

Bleidan schüttelte heftig den Kopf. »So einfach ist es nicht. Glaub mir, Frafa, wenn es nur darum ginge, würde ich dem ein Ende machen. Aber das könnte den Rat zerreißen. Es könnte all meine Allianzen sprengen.«

Er schaute sich um, dann beugte er sich näher an ihr Ohr und flüsterte so leise, dass selbst ein Gnom es kaum noch gehört hätte: »Du musst wissen, dieser Rat wird immer stärker, seitdem Darnamur ihn gegründet hat. Diese Gnome wollten ein Marionettentheater, aber spätestens seit dem Aufstand der Goblins ist er das nicht mehr. Immer mehr Vertreter handeln eigenständig. Wir schließen Bündnisse. Wir stellen Anträge. Selbst Darnamur wagt nicht, sich offen gegen uns zu stellen. Er würde die Unterstützung seiner Partei verlieren, wenn er zu selbstherrlich auftritt. Seine Truppen sind müde, und wir gewinnen Abstimmungen gegen ihn mit Stimmen von seiner eigenen Bank.

Ich kann jetzt nichts tun, was das gefährden würde. Noch ein Jahr, vielleicht nur ein paar Mondläufe, dann hat dieser Umsturz tatsächlich das gebracht, was wir alle uns erhofft haben. Die Herrschaft der Gnome wird enden, und der Hohe Rat aller Völker regiert gemeinschaftlich in Daugazburg.

Das neue Daugazburg, Frafa. Ich kann das nicht aufs Spiel setzen, nur um ein paar alte Fürsten zu retten.«

Die Sitzung dauerte schon eine ganze Weile. Der Mond stand hoch am Himmel. Sein milchiges Licht fand den Weg an Türmen und Wällen vorbei und schimmerte vor den großen Fenstern des Sitzungssaals.

Darnamur hatte gewusst, dass auch an diesem Abend wieder das Wahlrecht zur Sprache kommen würde. Die Fraktionen konnten sich nicht einigen, wie in Zukunft die Vertreter für den Rat bestimmt werden sollten. Seit Tagen endete deswegen jede Sitzung in einer ergebnislosen Debatte. Heute wollte Darnamur diesen unvermeidlichen Punkt der Tagesordnung als Stichwort nutzen.

»Bevor wir das Thema weiter erörtern, muss ich dem Rat einen anderen Fall zur Entscheidung vorlegen!« Er hob die Glocke und läutete.

»Solange die Besetzung des Rats in unserer Hand liegt, müssen wir über eine weitere Vereinbarung aus den Zeiten der Goblin-Revolte befinden«, fuhr Darnamur fort. Unter den Ratsherren erhob sich ein Flüstern, als auf den Glockenschlag hin ein Alb in den Sitzungssaal trat.

Es war eine stattliche Erscheinung mit wallenden Haaren, auf denen schräg eine Kappe aus schwarzem Samt saß. Der Alb trug einen dunklen Mantel mit ausladenden Schulterpolstern, an dem bei jedem Schritt Silberfäden und Silberbesatz glitzerten. Darunter sah man ein gefälteltes Hemd, wie die Kappe aus schimmerndem schwarzen Samt gefertigt, und eine schwarz-silbern gestreifte Hose. Der Alb trat neben das Rednerpult und verneigte sich vor den Ratsbänken.

»Hauptmann Salvan«, erklärte Darnamur. »Er vertritt eine eigene, neu gegründete Nachtalbenpartei. Während der Revolte gegen die Goblins kamen er und seine Leute uns zu Hilfe. Sie retteten vielen das Leben und sicherten unseren Erfolg. Salvan beantragt nun, dass man ihm für seinen Dienst und für die Alben, die er vertritt, einen Platz im Rat einräumt.«

Grefan der Nachtalb rutschte auf seinem Sitz hin und her, seit Salvan eingetreten war. Jetzt sprang er von der Bank auf. »Wisst Ihr nicht, wer das ist?«, rief er. Anklagend richtete er den Finger auf Salvan.

Salvan stand da und lächelte sanft.

Darnamur fuhr fort. »Wir alle wissen, wer Hauptmann Salvan *war*«, sagte er. »Aber ich habe darauf hingewiesen, wer er jetzt *ist*. Es fällt mir schwer, ihm seinen Platz zu verwehren.«

»Nicht auf unserer Bank! Nicht auf unserer Bank!«, brüllte Grefan. Weitere Alben stimmten ihm zu.

»Es ist genug Platz auf eurer Bank«, sagte Darnamur. »Die Alben hatten Verluste während des Aufstands. Auch Ratsherren sind den Goblins zum Opfer gefallen. Ihr solltet froh sein, wenn eure Fraktion wieder gestärkt wird.«

Grefan schnappte nach Luft. Er blies die Wangen auf, aber es schien, als hätte es ihm die Sprache verschlagen.

Bleidan erhob sich. »Ihr seid zynisch, Darnamur, wenn ihr uns zumutet, unsere Reihen auf diese Weise aufzufüllen. Unsere Brüder sind für die neue Ordnung gestorben. Es waren Mitglieder der *Freunde des Fortschritts*, die schon immer mit euch Gnomen verbündet waren. Schon damals, als Salvan uns allen nachstellte! Es wäre eine Beleidigung, wenn er nun auf ihren Platz nachrücken dürfte.«

»Bürger Bleidan.« Salvan ergriff selbst das Wort. »Auch ich vertrete Alben. Viele von ihnen haben ebenfalls ihr Leben gegeben, als wir den Aufstand der Goblins niederwarfen.«

»Ja«, knurrte Grefan. »Ich frage mich nur, auf welcher Seite sie dabei standen.«

»Sie haben für die Stadt gekämpft«, erwiderte Salvan milde.

»Aber woher sind sie gekommen?«, fragte Bleidan. Er wandte sich den anderen Ratsherren zu. »Wir alle wissen, dass Hauptmann Hagaz viele Alben als Verbündete hatte. Manche müssen entkommen sein, als die Goblins sich gegen sie wandten. Ich denke, diese Verräter haben sich in die Stadt geschlichen und stellen nun Salvans Partei. Oder es sind andere Anhänger der Fei, die sich vorher schon in der Stadt verkrochen hatten. Wollen wir diese Feinde in unsere Mitte holen?«

»Ich habe schon gesagt, wir wissen, wer Salvan war«, sagte Darnamur. »Aber seid Ihr selbst es nicht, der immer von ›Versöhnung‹ spricht? Der sich dafür eingesetzt hat, dass die Verfolgungen aufhören? Was auch immer Salvan in der Vergangenheit getan hat – jetzt wollen er und seine Leute Frieden schließen. Sie fordern nicht mehr als einen Sitz im Rat. Und ich glaube, seine Partei ist zu stark, als dass wir sie einfach übergehen könnten.«

»Ich stimme für den Antrag«, rief Tomgar aus den Reihen der Menschen. »Viele sind ihm dankbar. Er hat den Menschen geholfen, als sonst keiner für sie da war.«

»Ich protestiere aufs Schärfste!«, rief Grefan. »Wie kann es sein, dass andere Völker über die Sitze der Alben abstimmen dürfen? Unsere Stimmen wurden bereits verwässert, als nach dem Goblinaufstand auch die Vilas eine Bank bekommen haben. Die Pestbringer! Und das nur, weil Darnamur ihre Flugtiere brauchte für einen Krieg gegen die Goblins, der dann doch nicht stattgefunden hat. Wir *Freunde des Fortschritts* sollten die Ratsbank der Alben besetzen. So war es vereinbart.«

»Es war vereinbart, dass die Fortschrittsfreunde die albischen Vertreter für den ersten vorläufigen Rat bestimmen«, wies Darnamur ihn zurecht. »Wie eine regelgerechte Abstimmung verlaufen soll, darüber streiten wir uns schon seit Tagen. Das habt Ihr selbst mitzuverantworten, Rat Grefan.«

»Die Vilas stimmen für den Alb«, knurrte eine Vila von ihrer Bank.

»Für welchen Alb?«, fragte Grefan verwirrt.

»Für den anderen«, sagte die Vila. »Den, neben dem Ihr nicht sitzen wollt.«

Grefan funkelte sie an. Die blassgesichtigen Frauen in ihren langen Gewändern erwiderten den Blick ebenso hitzig. Bleidan zog an Grefans Gewändern und versuchte, ihn dazu zu bewegen, sich hinzusetzen.

»Bitte, meine Damen«, sagte Darnamur. »Wir sollten uns einig werden. Es ist noch zu früh zum Abstimmen. Solange nicht geklärt ist, wie der Rat in Zukunft gewählt werden soll, hoffe ich, dass wir alle Entscheidungen über notwendige Umbesetzungen im Konsens treffen können. Womöglich wollen die Alben ihre Haltung überdenken?«

Er schaute Bleidan an. »Jetzt wäre die Zeit, Euren versöhnlichen Worten Taten folgen zu lassen. Wie gesagt, Ihr hattet uns kritisiert, weil wir die Verräter unter den Alben verfolgen ließen. Und Ihr könnt nicht leugnen, dass die Fortschrittsfreunde nicht für alle albischen Bürger sprechen.«

Bleidan schaute Salvan an. Seine ausgezehrten Gesichtszüge wirkten noch härter als sonst. Salvan hatte eine Hand in die Hüfte gestützt und schaute gleichmütig drein.

»Ich trete für Versöhnung ein«, sagte Bleidan. »Salvans Anhänger mögen einen Vertreter schicken. Aber nicht ihn. Nicht ihn! Er hat seine Truppen gegen die Fortschrittsfreunde geschickt. Er hat viele von uns ermordet. Er hat auch Gnome getötet! Wie können wir mit jemandem zusammensitzen, der uns alle verraten hat?«

»Ich habe niemanden verraten«, sagte Salvan. »Und ich habe niemanden getötet. Ich habe nur meine Arbeit getan, für die damals rechtmäßige Herrin der Stadt. Ich habe Mitglieder einer verbotenen Vereinigung festgenommen. Getötet wurden nur solche, die sich widersetzt haben, während eines Gefechts; oder Gefangene, die die Fei verurteilt hat. Ich habe niemals einen Mord befohlen.«

»Das ist doch Haarspalterei«, rief Grefan. »Ob aus Ehrgeiz oder Überzeugung – wie viele von uns sind nun tot, weil Ihr Eure Arbeit allzu eifrig getan habt?«

»Allerdings!«, schrie ein Kobold. »Salvan gehört nicht in den Rat. Er gehört gerichtet!«

»Ich habe mir nicht mehr vorzuwerfen als andere, die ihr in Amt und Würden haltet«, rief Salvan. »Vorsitzender Darnamur kann bestätigen, dass ich dem Protektorat ebenso zu Diensten war wie der Fei.«

Darnamur schlug mit dem Holzklotz auf das Pult. Durch den Lärm konnte er sich nur schwer Gehör verschaffen. »Das ist wahr«, rief er.

Salvan wartete nicht, bis der Saal sich beruhigt hatte. »Wenn ihr einen Verräter sucht«, brüllte er, »dann sucht ihn woanders. Denn wer hat mir die *Fortschrittsfreunde* verraten? Wer hat die Kobolde angeklagt? General Ganoch war es! Ein angesehener Offizier, der sogar hier im Rat sprechen durfte, wie ich gehört habe. Niemand hat *ihm* Vorwürfe gemacht. Und doch arbeitete er damals, zu Zeiten der Fei, für beide Seiten – ob aus Ehrgeiz oder Überzeugung!«

Es wurde still im Saal.

Darnamur wartete, bis sich auf den Bänken wieder etwas rührte. Dann sprach er, bevor ein anderer etwas sagte. Seine

Stimme klang kalt. »Ich hoffe, Ihr könnt diesen Vorwurf auch beweisen, Bürger Salvan.«

»Allerdings kann ich das«, erwiderte Salvan. »Es gibt Zeugen aus meiner alten Polizei, denen ihr vielleicht nicht vertrauen würdet. Aber ich kenne auch Gnome, die es bezeugen können.«

»Nachtmahre mussten es mit ihrem Blut bezahlen«, sagte eine Ratsfrau von der Bank dieses Volkes. Die Nachtmahre meldeten sich selten zu Wort, und wenn, dann stimmten sie oft mit den Alben. Alle schauten hin, als die Nachtmahre jetzt sprachen. »Die Alben waren der Fei zu wichtig, um sie hinzurichten«, sagte die Nachtmahrsfrau. »Meister Bleidan weiß es am besten. Es war daher unser Volk, das zum Drauzwinkel marschierte, als die Fortschrittsfreunde zerschlagen wurden. Wenn Ganoch uns verraten hat, dann fordere ich einen Prozess.«

»Das sind schwerwiegende Anschuldigungen«, sagte Darnamur. »Ich schlage vor, wir vertagen diese Versammlung, damit alle Parteien sich untereinander beraten können.«

Proteste wurden laut, von den Alben und den Nachtmahren und den Menschen gleichermaßen. Aber Darnamur schlug seine Glocke, und die Ordner stürmten herein. Er ließ den Saal räumen.

Darnamur wartete in der Gnomenstube hinter dem Roten Drachen. Inzwischen hatten sie für die vorderen Wirtsräume wieder einen Pächter gefunden, der die Schenke betrieb. Er hielt auch die Bierfässer gefüllt, aus denen die winzigen Gnome zapften, und so waren die Versammlungen der *Knochenmesser* wieder ein wenig lustiger geworden.

Es war noch mitten in der Nacht, und die Stube war leer. Zwei Gnome kümmerten sich um den Ausschank und bedienten meistens sich selbst. Einige Altgediente saßen herum, oder Späher auf Freischicht. Darnamur saß allein am Tisch, nippte an seinem Krug und wartete.

Endlich kam Ganoch herein.

»Was ist los?«, fragte er und setzte sich neben Darnamur. Ein

Schankgnom kam heran, aber Ganoch winkte ihn gleich wieder fort. »Ich bleibe nicht lange. Ich habe Dienst.« An Darnamur gewandt, fragte er dann: »Warum hast du mich hierher bestellt und nicht in deine Amtsstube?«

»Da stehen im Augenblick die Ratsherren Schlange«, sagte Darnamur. »Ich hielt es für besser, wenn du dich dort nicht blicken lässt.«

»Warum?«, fragte Ganoch. »Ich habe Gerüchte gehört. Die Sitzung wurde vorzeitig beendet ...«

»Salvan hat seinen Antrag auf einen Ratsplatz ein wenig forsch vorgebracht.« Darnamur rang sich ein verlegenes Lächeln ab. »Er hat verraten, dass du es warst, der die *Fortschrittsfreunde* hat auffliegen lassen. Und dass du ihn auf die Spur der Kobolde gesetzt hast.«

Ganoch zuckte zusammen. »Ich wusste, dass das noch mal auf uns zurückfällt.«

»Viele Ratsmitglieder fordern einen Prozess deswegen«, sagte Darnamur. »Salvan meint, er könnte Zeugen aufbieten.«

»Es war nicht meine Entscheidung«, sagte Ganoch. »Es wurde mir aufgetragen, und es diente der Vorbereitung der Revolution.«

»Aber genau das darf niemals zur Sprache kommen. Weißt du, was es für den Rat, was es für die ganze Stadt bedeutet, wenn in einem Prozess festgestellt wird, dass nicht nur du allein, sondern *alle* Gnome die übrigen revolutionären Vereinigungen verraten haben? Wir würden alle Verbündeten verlieren. Ein neuer Bürgerkrieg wäre unvermeidlich.«

»Und was sollen wir dann tun?«, fragte Ganoch. »Ich werde die Schuld nicht allein auf mich nehmen. Ich *wollte* das nicht, wenn du dich erinnerst! Und es haben nicht alle Gnome zugestimmt, sondern nur eine Mehrheit im Rat der *Knochenmesser*. Die meisten von uns wussten nicht einmal davon.«

»Einerlei«, befand Darnamur. »Es wird auf alle Gnome zurückfallen. Deshalb wird auch niemand die Schuld auf sich nehmen. Stattdessen hole ich dich hier aus der Schusslinie, bis Gras über die Sache gewachsen ist.«

»Was? Wie willst du das machen?«

»Du fliegst noch heute Nacht ab. Kehre zu deinen Aufgaben in den Bergen zurück. Ich erkläre dich vor dem Rat für unabkömmlich. Außerdem schicke ich dir in meiner Eigenschaft als Vorsitzender des Verteidigungsausschusses weitere Truppen nach, die dich unterstützen sollen: alle alten Einheiten der *Knochenmesser*, die Veteranen, die uns noch geblieben sind. Deine alten Truppen.

Danach ist kaum noch wer in der Stadt, der von den Vorfällen weiß. Salvan kann nur noch Zeugen aus seinen eigenen Reihen aufbieten. Die Untersuchungen werden ins Leere laufen.«

Ganoch runzelte die Stirn. »Der Rat wird sich denken, dass du mich schützen willst.«

»Was soll's«, erwiderte Darnamur. »Damit werde ich fertig. Besser, als wenn der Rat weiß, dass wir alle sie hintergangen haben. Ich werde höflich Rede und Antwort stehen und rückhaltlose Aufklärung versprechen, sobald du zurück bist. Irgendwann werden andere Probleme den Rat beschäftigen. Ich gebe dir Bescheid, wenn du zurückkommen kannst.«

»Das gefällt mir nicht«, sagte Ganoch. »Ich glaube nicht, dass wir das einfach aussitzen können.«

»Warum nicht? Bring ein paar schöne Erfolge mit heim. Wer wird dann noch wagen, dich anzuklagen? Daugazburg braucht Verbündete, und du bist derjenige, der unsere Bündnisse in den Grenzlanden neu knüpft. Du wirst als Held zurückkommen!«

Die drei Gnome saßen an einem Feuer, das Wito dicht an der Wand entzündet hatte. Die Mauer glich aus ihrer Perspektive einer kerzengeraden Steilwand, die sich weit über ihnen in unermesslicher Höhe verlor. Das milde Dämmerlicht aus dem Gang fiel in den Spalt wie Mondenschein, und wenn Magati emporblickte, glaubte sie beinahe, Sterne in der Schwärze aufblitzen zu sehen, dort, wo sich das Deckengewölbe befinden musste.

Wito reichte Wurzeln herum, die er im Feuer geröstet hatte. Er hatte Wasser in einer Schale, die aus einer aufgeschlagenen Samenkapsel oder einer Nussschale bestand. Es hätte beinahe idyllisch sein können.

Audan hatte gerade erzählt, was seit Witos Verbannung in Daugazburg geschehen war.

»Ich glaube es nicht, dass ihr mir nachgekommen seid«, stellte Wito fest. »Ihr seid ja noch verrückter als Darnamur!«

»Darnamur ist immerhin Protektor von Daugazburg und Herr der Grauen Lande«, sagte Audan. »Und wir haben dich gefunden. So verrückt können wir also alle nicht sein.«

»Gefunden habt ihr mich«, erwiderte Wito. »Doch nun sitzen wir zu dritt hier fest, und der Sinn dieser Unternehmung will mir nicht so recht einleuchten.«

»Wie hast du überhaupt so viele Monde überlebt?«, fragte Magati den älteren Gnom.

Wito sah sogar besser aus als an dem Tag, da er in die Verbannung geschickt worden war. In seinem Gesicht waren nur ein paar Narben zu sehen, doch die schienen eher noch von der grausamen Behandlung durch die Schergen der Fei herzurühren als von den Gefahren des Labyrinths. Sein Leinenhemd war bräunlich verfärbt und zerrissen, doch war es schon am Tag seiner Verbannung kaum mehr als ein Lumpen gewesen. Die Jacke aus verfilzter Wolle wärmte ihn gut genug, und er wirkte nicht ausgehungert. Er bewegte sich so geschmeidig wie vor seiner Verhaftung. Immerhin war er ein Hauptmann der Späher gewesen.

»So lang, wie ihr sagt, kam mir die Zeit gar nicht vor«, antwortete Wito. »Aber wenn man sich erst einmal an diesen Ort gewöhnt hat, kann man hier gut überleben. Es ist karg, aber wenn es nötig war, habe ich immer eine Quelle und essbare Pflanzen gefunden. Dennoch ist es der schlimmste aller Kerker: einsam und ohne Ausweg. Nicht mehr so einsam jetzt.«

Wito musterte seine beiden Freunde.

»Aber die Ungeheuer?«, fragte Audan.

»Ich habe keine Ungeheuer gesehen«, sagte Wito. »Da waren

anfangs Schatten in der Ferne, unheimliche Geräusche. Ich habe sie mir wohl eingebildet. Ich denke, das Labyrinth ist einfach nur leer und endlos.«

»Das ist es nicht!«, widersprach Audan. »Wir haben die Ungeheuer gesehen. Vermutlich hat sich einfach keines in deine Nähe verirrt, weil du dich klein gemacht hast und sie dich gar nicht bemerken. So haben wir dich auch gefunden.«

Wito schaute Audan verwirrt an. »Ich versteh nicht recht ...«

»Es ist doch ganz einfach«, sagte Audan selbstgefällig. Immerhin war es seine Idee gewesen, wie Magati sich erinnerte. »Wir haben uns gedacht, dass du dich in kleiner Gestalt durch das Labyrinth bewegst, um den Ungeheuern aus dem Weg zu gehen. Und dass du deshalb nicht weit von deinem Ausgangsort entfernt bist. Also haben wir uns in der Nähe gründlich umgesehen und nach dir gerufen. Erstaunlich ist nur, dass du uns erst bemerkt hast, als wir uns klein gemacht haben und in die Ritze gekrochen sind. Du hättest uns vorher viel besser hören müssen. Warum hast du dich nicht groß gemacht? Oder hast du uns doch für Ungeheuer gehalten?«

Witos Gesichtsausdruck war nicht zu deuten. Audan wartete auf eine Antwort, aber Magati wurde unruhig. Etwas an Witos Verhalten verwirrte sie.

»Ihr habt euch klein gemacht und seid in eine Bodenritze gestiegen«, sagte Wito. »Und dort habt ihr mich gefunden.«

Audan nickte. »Das weißt du doch«, sagte er.

»Dann hätte ich vorher gar nicht zu euch gelangen können«, sagte Wito. »Denn ich konnte mich nicht groß machen. Ich bin nämlich bereits in meiner großen Gestalt. Und das hier ist keine Ritze im Fußboden, sondern ein Gang des Labyrinths. So wie ich es kenne.«

Als Darnamur zurück in seiner Amtsstube war, prüfte er seine Termine für den Rest der Nacht. Zufrieden stellte er fest, dass Salvan nicht wieder vorgesprochen hatte. Es wäre nicht gut, wenn man ihn in nächster Zeit zusammen mit diesem Nachtalb sah. Niemand durfte je erfahren, dass es eine Absprache zwischen ihnen gab.

Durch den Auftritt heute Abend hatte Salvan einen Fuß in der Tür. Jetzt lag es an ihm, ob er sich in der Verwirrung, die er gestiftet hatte, einen Ratssitz erhandeln konnte. Für Darnamur war damit der Handel erfüllt, den sie während des Bürgerkrieges geschlossen hatten. Und wenn Ganoch und alle seine getreuen Truppen erst einmal die Stadt verlassen hatten … blieb Raum für weitere Schritte.

# 18. Kapitel: Der Spinnwebsalon

*Vor tausend Jahren wurden die Grauen Lande verwüstet. Doch diese Zeit ist vorbei. Leuchmadans Kästchen wurde zurückgebracht, und seither füllt sich die Wüste mit Leben. Wir alle sehen die neuen Pflanzungen um die Stadt. Doch auch anderswo entstehen grüne Flecken. Das Land wird fruchtbar, aber es ist leer.*

*Viele Menschen klagen, dass man ihnen in Daugazburg keinen rechten Platz einräumt, dass man sie gering schätzt und dass man sie ihrer Freiheit beraubt. Doch im neuen Daugazburg gibt es keine Sklaven mehr. Wir wollen daher ein Zeichen setzen.*

*Wer von den Menschen anderswo frei leben will, der mag Daugazburg verlassen. Wir stellen für jede Siedlergruppe einen Wagen mit Ausrüstung und Saatgut. Jedem Dorf, das auf diese Weise in den Grauen Landen entsteht, bieten wir zwanzig Jahre Abgabenfreiheit und das Recht, seine Geschicke in Zukunft selbst zu lenken. Die Grauen Lande werden grün, wie Wito es versprochen hat. Ihr könnt das Volk sein, das sie besiedelt.*

Darnamur, der Gnom, Vorsitzender des Hohen Rates,
bei der Verkündung eines Ratsbeschlusses

Frafa war im Turm weit nach oben gezogen. Die untersten Geschosse standen seit dem Überfall der Goblins leer. Bleidan hatte sie notdürftig ausräumen und säubern lassen, aber die Spuren der Verwüstung waren noch immer allgegenwärtig. Frafa bewohnte nun ein größeres Zimmer, das allerdings noch karger eingerichtet war als ihr altes.

Gegen Mittag klopfte Bleidan an ihre Tür und weckte sie.

»Kommst du mit, Frafa?«, fragte er.

»Augenblick.« Sie kleidete sich rasch an, ehe sie die Tür öffnete. Ihr Kopf war schwer vor Müdigkeit. Sie hatte die ganze Nacht mit Leuchmadans Kästchen gearbeitet, aber dabei weniger erreicht als früher. In den letzten Tagen fiel es ihr schwer, sich zu konzentrieren. Der Besuch im Haus der Schreie, vor allem aber Bleidans Worte hatten sie verunsichert.

»Was willst du?«, fragte sie.

»Wir haben wieder eine Versammlung«, antwortete Bleidan. »Ich denke, du solltest dabei sein.«

»Die Fortschrittsfreunde?« Frafa erinnerte sich an das Treffen in dem leeren Lagerhaus, das ein so dramatisches Ende genommen hatte ... Und bei dem sie sich schon vorher fehl am Platze gefühlt hatte. So etwas wollte sie nicht noch mal erleben, aber sie konnte Bleidans Bitte nicht rundheraus abschlagen.

»Es sind ein paar Fortschrittsfreunde dabei«, sagte Bleidan. »Und einige andere Alben. Es ist nur eine kleine Zusammenkunft bei Litiz.«

Widerstrebend hob Frafa Balgir hoch, zog einen Mantel über und ging mit.

Draußen auf den Straßen war es ruhig. Frafa blickte zum Himmel empor, an dem keine einzige Wolke zu sehen war. Sie fühlte sich schuldig. Immerhin war es ihre Aufgabe, den Grauen Landen das Leben zu bringen. Und das bedeutete zunächst einmal Regen. Die Leute sprachen schon vom trockensten Winter seit zwölf Jahren!

»Worum geht es?«, fragte sie Bleidan, während sie durch die hellen Straßen gingen. Es waren so viele Menschen unterwegs, dass man kaum glauben mochte, dass die Hälfte von ihnen die

Stadt verlassen hatte. Ein Trupp staubiger Gestalten räumte Trümmer aus einem eingestürzten Haus.

»Wir wollen etwas tun«, sagte Bleidan. »Schau dich um. Daugazburg liegt am Boden, und niemand weiß, ob es sich wieder erholt. Wir müssen die Dinge in die Hand nehmen.«

»Hattest du nicht gesagt, es liefe gut für den Rat?«, fragte Frafa. »Dass ihr die Dinge ganz von selbst in die Hand bekommt?«

»Ich sage nichts gegen den Rat«, erwiderte Bleidan. »Ich sage etwas gegen den Vorsitzenden. Darnamur.«

Erschrocken blieb Frafa stehen. Sie sah sich um. »Die Gnome können überall sein«, wisperte sie. »Darf man so reden?«

Bleidan lächelte freudlos. Er legte zwei Finger auf Frafas Nasenwurzel. »Die Gnome verdanken mir ihre Kunst, sich an Nachtalben anzuschleichen. Natürlich kann ich ihnen diesen Vorteil auch wieder nehmen.«

Frafa spürte ein Prickeln im Kopf. Etwas in ihren Sinnen veränderte sich, aber sie konnte nicht greifen, was es war. Als Bleidan die Hände sinken ließ, schnüffelte sie vorsichtig. Die Stadt roch wie immer.

»Kann ich die verkleinerten Gnome jetzt wieder riechen?«, fragte sie.

»Nein«, sagte Bleidan. »Das war kein Geruch, es war ihre Magie, die von Nachtalben als Geruch wahrgenommen wird. Meine Salbe überdeckt das und wird es weiterhin tun. Aber ich habe eine kleine Veränderung in deiner Nase vorgenommen, sodass du die Salbe selbst riechen kannst. Du wirst es merken, wenn du darauf stößt.«

»Wenn das so einfach geht, warum hast du es nicht schon längst gemacht?«, fragte Frafa.

Bleidan schwieg eine Weile. Sie kamen an weiteren Plätzen vorüber, wo Menschen alte Gebäude abrissen. Frafa wusste nicht, ob sie die Trümmer des Bürgerkriegs forträumten oder ob sie Platz für Darnamurs Bauprojekte schafften.

»Ich musste erst einmal auf den Gedanken kommen«, sagte Bleidan schließlich. »Und selbst dann … Nun, ich habe es aufgeschoben. Ich wollte nichts tun, was die Zusammenarbeit im Rat gefährdet hätte.«

Wann immer sie auf Gnome trafen, verstummten Bleidan und Frafa. Sie begegneten Gnomen in deren normaler Gestalt, aber auch den winzigen Beobachtern. Diese Späher versteckten sich meist an Kreuzungen im Mauerwerk. Frafa spürte ihre Magie, aber nirgendwo roch sie Bleidans Salbe. Entweder gab es hier keine Spione, die sich besonders vor Nachtalben verbargen, oder Bleidans Gegenzauber wirkte nicht.

»Warum tust du es jetzt?«, fragte sie.

Bleidan hob ratlos die Hände. »Inzwischen glaube ich nicht mehr, dass es jemals eine echte Zusammenarbeit gab. Mit Darnamur an der Spitze kommen wir nicht weiter. Er verhaftet unbequeme Leute, wenn er einen Vorwand findet. Gibt es keinen Vorwand, lässt er sie ermorden.«

»Aber geht das denn?«, fragte Frafa. »Du hattest doch gesagt, dass der Rat ...«

»Im Rat spricht man nicht darüber. Es gibt ja keine wirklichen Beweise. Aber du hast recht: Auf lange Sicht verliert Darnamur dabei mehr Rückhalt, als er kurzfristig gewinnen kann. Darum glauben wir, dass seine Pläne auf lange Sicht überhaupt keinen Rat und keine Rechtmäßigkeit mehr vorsehen.«

In einem entlegenen Winkel des Nachtviertels führte Bleidan sie eine schmale Treppe hinab, die außen an einem Turm unter die Erde führte. Sie traten durch eine Türöffnung in einen Kellergang. Hinter einer Ecke stand ein Vampir Wache. Er nickte ihnen zu.

Das Tageslicht blieb hinter ihnen zurück, und vor sich hörte Frafa gedämpfte Stimmen. Gespinst hing an den Wänden. Mitunter glänzte es seidenweiß, wenn doch einmal ein verirrter Schimmer vom Eingang sich in die Schatten verirrte. Der Gang endete vor einer schweren Pforte.

Bleidan klopfte. Frafa erahnte ein Gesicht hinter einer vergitterten Öffnung, dann wurde auf der anderen Seite ein Riegel zurückgeschoben.

»Willkommen im Spinnwebsalon«, sagte Bleidan.

An einem weiteren Vampirwächter vorbei und durch einen Vorhang hindurch gelangten die beiden Alben in einen großen Kellerraum. Es sah aus, als wären viele kleine Räume durch unvollendete Mauerdurchbrüche verbunden worden. Oft gab es Stufen zwischen den Tischen, und die unregelmäßigen Wände bildeten viele schlecht einsehbare, geschützte Winkel. Drei rote Lampen brannten unter der niedrigen Decke und verbreiteten ein dumpfes Glühen. Überall hingen Spinnweben mitsamt ihren achtbeinigen Bewohnern: Sie spannten sich zwischen den Möbeln und an den Wänden entlang, Spinnen krabbelten an der Decke und krochen über die Tische.

Frafa setzte ihre Füße vorsichtig auf.

»Bleidan! Willkommen!«

Die Wirtin trat auf sie zu. Frafa blinzelte. Sie musste zweimal hinsehen, bis sie Litiz erkannte. Die Albe hatte ihr Haar kurz geschnitten und goldgelb gefärbt. Das sah über ihrem runden, dunklen Albengesicht so merkwürdig aus, dass Frafa sie fassungslos anstarrte.

»Hallo, Frafa«, begrüßte Litiz sie.

Frafa fasste sie am Arm. »Ich bin so froh, dass dir nichts passiert ist«, sagte sie. »Ich war in deiner Xotoc-Stube, bevor ... bevor Bleidan zurückgekehrt ist.«

Litiz legte den Kopf schräg. »Ja. Ich musste eine Weile untertauchen. Aber jetzt habe ich ein neues Lokal, weiter weg von den Goblins. Und von den Gnomen.« Sie lachte und wies auf die Spinnweben. »Ich habe gehört, sie wollen den alten Turm am Drauzwinkel sogar ganz abreißen.«

»Oh ja.« Bleidan verzog den Mund. Frafa wunderte sich, dass ihm das Bauwerk so viel bedeutete. »Darnamur will einiges abreißen.«

»Aber komm, deine Freunde warten schon!« Litiz führte Bleidan und Frafa an einen größeren Tisch in einer halbrunden Nische des Kellerraums.

Ein halbes Dutzend Nachtalben saß dort versammelt. Bleidan begrüßte sie, und Frafa folgte zögernd seinem Beispiel. Alle hatten Bleidan schon zu anderen Gelegenheiten in seinem Turm besucht. Zwei von ihnen, Megerin und Gaurgan, waren Mitglieder des Rats.

Frafa rückte ihren Stuhl ein wenig vom Tisch ab. Die Alben schauten sie auf eine Weise an, die ihr Sorgen bereitete. Das war nicht nur ein weiteres Gespräch mit Bleidans politisierenden Freunden, bei dem sie unbeteiligt im Hintergrund sitzen und Xotocl trinken konnte.

Sie wollten etwas von ihr.

»Du erinnerst dich an das letzte Treffen der Fortschrittsfreunde vor dem Umsturz?« Bleidan wandte sich ihr zu.

Das Treffen in der Lagerhalle! Frafa zuckte zusammen.

»Ich wollte eigentlich nicht daran denken.« Frafa verzog das Gesicht. »Mir ist damals die Lust auf solche Versammlungen vergangen. Ich hoffe, diese hier verläuft anders.«

»Oh ja.« Ein anderer Alb am Tisch seufzte schwer. »Das hoffe ich auch.«

Litiz brachte Getränke. Frafa riss ihren Becher an sich und umklammerte das warme Porzellan, als würde sie frieren. Tatsächlich spürte sie Kälte tief in ihrem Inneren.

»Das stell ich dir aber in Rechnung, wenn dein Haustier meine Dekoration verwüstet!« Litiz grinste verschmitzt.

Frafa drehte sich nach Balgir um, der auf der Lehne ihres Stuhls balancierte. Zwischen seinen Kiefern knirschte und knurpselte es, und schon lugte das Taschentier zu einer weiteren Spinne empor. Es züngelte eifrig.

Frafa nahm es auf den Schoß.

Bleidan neben ihr sprach ungerührt weiter: »Wir alle wurden jüngst wieder an diese Versammlung erinnert. Das war Darnamurs letzte Zündelei, die den Kessel für mich zum Überkochen brachte. Der Verräter, der unsere Versammlung auffliegen ließ, der mich in den Kerker brachte und viele Fortschrittsfreunde das Leben kostete, war ein Gnom!«

Frafa hörte die Worte. Es berührte sie nicht. Es überraschte sie nicht einmal. Gnome waren von jeher Späher und Spione. Sie hatte auch nie viel darüber nachgedacht, warum Hauptmann Salvan und seine Goblins bei der Versammlung aufgetaucht waren. Dass es einen Verräter geben musste. Es war eben geschehen, und zwar deshalb, weil Bleidans Freunde ein Gesetz der Fei übertreten hatten.

Sollten sie ein so belangloses Detail zum Anlass nehmen, um wiederum etwas Gefährliches zu tun und ihren Fehler zu wiederholen?

»Und dieser Gnom war Darnamur?«, fragte sie. »Wie kann er euch verraten haben? Er war doch nie ein Mitglied eurer Vereinigung!«

Die Alben schüttelten heftig den Kopf. »Nein«, sagte Bleidan. »Der Verräter war General Ganoch. Darnamurs besonderer Vertrauter. Der war auch nie Mitglied bei uns, aber er hat von unserer Versammlung gehört. Warum auch nicht? Wir haben immer freundschaftliche Verbindungen zu Witos *Grünen Landen* gepflegt. Wir standen uns nah. Wir haben diesen Gnomen vertraut.«

»Und jetzt?«, fragte Frafa.

»Wir wollten Ganoch vor dem Rat anklagen. Nicht nur unsere Fraktion ist empört über diesen Verrat. Darnamur hat nicht umsonst den Rat mit Vertretern der alten politischen Vereine gefüllt, und die Verfolgung durch die Fei betrifft sie alle. Aber Ganoch ist mit seinen Truppen abgerückt, und Darnamur weigert sich, ihn zurückzurufen.«

»Aber wenn ihr die Mehrheit im Rat habt ...«

»Für ein Verfahren gegen Ganoch würde es reichen«, sagte Bleidan. »Aber ob es reicht, um Darnamur abzuwählen? Im Augenblick nicht.«

»Das ist genau das Problem«, warf Ratsherr Megerin ein. »Es zeigt, wie Darnamur taktiert. Wie es um den Rat bestellt ist. Er spielt uns gegeneinander aus. Wann immer wir einen Vorteil haben, setzt er einen Winkelzug dagegen. Und es gibt immer genug Ratsmitglieder, die sich einschüchtern lassen.«

»Aus gutem Grund«, meinte Gruniz, eine andere Bekannte von Bleidan. »Es ist schon seltsam, wie viele Kritiker in den letzten Wochen angeblich ›verbrecherischen Goblins‹ zum Opfer gefallen sind. Goblins, die niemals aufgespürt wurden.«

Frafa sah Bleidan an. »Und du glaubst nicht mehr, dass es mit der Zeit besser wird? Warum können wir nicht einfach abwarten?«

Megerin schnaubte verächtlich.

»Darnamur stützt sich auf seine Truppen«, sagte Bleidan. Er klang niedergeschlagen. »So war es schon immer. Erst hatte er die Goblins hinter sich und die Gnomenspäher. Jetzt, wo die Goblins weg sind und die Menschen geschwächt, sind seine Gnome das einzige Heer in Daugazburg überhaupt. Aber das hat mir auch Hoffnung gemacht. Denn wenn Darnamur ein neues Heer aufstellen will, braucht er die Mitarbeit der anderen Völker.

Außerdem sind seine eigenen Gnome geschwächt und des Kampfes müde. Wir haben Verbindungen zu ihnen aufgebaut. Viele von ihnen folgen Darnamur nicht mehr bedingungslos und suchen den Ausgleich mit dem Rat. Eine friedliche Lösung. Darum dachte ich, dass die Zeit für uns arbeitet.«

»In der Tat.« Gaurgan, der zweite Ratsherr, fiel ihm ins Wort. »Nur leider spielt Darnamur nicht nach deinen Regeln. Der hat General Ganoch doch nicht einfach fortgeschickt, um ihn zu verstecken. Ganoch wirbt Verbündete in den Bergen an! Da baut Darnamur sich seine nächste Truppe auf, fremde Krieger, ohne Wurzeln in der Stadt und ohne Verbindung zum Rat.«

Bleidan nickte. Er sah unglücklich aus. »Ich fürchte inzwischen, Darnamur will gar keine friedliche Regierung. Er will auf Dauer mit seinen Kriegern herrschen, am besten mit solchen, die ihm persönlich ergeben sind. Er spielt nur auf Zeit, bis er wieder stark genug ist, um den Rat ganz zu übergehen.«

Frafa schaute misstrauisch durch den Spinnwebsalon. Sie roch keine Gnome. Doch womöglich hatte Darnamur andere Spione hier, auch wenn die Alben leise sprachen und ein wenig abseits saßen. Frafa war gar nicht wohl zumute.

Alle am Tisch schauten sie an, und sie schaute zurück, wartete darauf, dass Bleidans Freunde endlich zur Sache kamen.

»Warum erzählt ihr mir das?«, fragte sie. »Ich bin nicht im Rat. Ich kenne niemanden.«

»Im Rat gewinnen wir ohnehin die Oberhand«, sagte Megerin. »Aber Darnamur baut sich neben dem Rat eine neue, eine eigene Hausmacht auf. Dem müssen wir etwas entgegensetzen.«

Eine Armee von Alben, dachte Frafa. Wollen sie mich dafür gewinnen?

»Wir wissen, was du im Palast tust«, sagte Bleidan.

Die übrigen Nachtalben am Tisch schauten Frafa erwartungsvoll an. Sie zog den Kopf ein.

»Es tut mir leid, Frafa«, fuhr Bleidan fort. »Ich ziehe dich nur ungern da hinein. Du erinnerst dich, ich war von Anfang an dagegen, dass du dieses Amt übernimmst. Aber wir müssen etwas gegen Darnamur in Stellung bringen. Eine eigene Macht, mit der wir gegen ihn kämpfen können, wenn es nötig ist. Oder mit der wir ihn zumindest dazu zwingen, nach den Regeln zu spielen.«

»Unsinn«, sagte Megerin. »Wenn wir stark genug sind, vernichten wir ihn. Alles wird besser ohne diesen Verrückten an der Spitze. Hast du dir in letzter Zeit mal die Stadt angeschaut?«

Bleidan seufzte. Er sah nur Frafa an. »Ein friedlicher Übergang wäre mir lieber. Wir haben den Rat, wir sollten ihn nutzen. Ich will keinen Kampf und ich will keine Rache, Frafa. Ich will, dass du das verstehst. Aber die Macht sollte in den richtigen Händen liegen. Und wir haben nicht viele Möglichkeiten, eine Macht zu erringen, die auch gegen Darnamurs Meuchelmörder und Krieger bestehen kann. Aber du kannst über diese Macht verfügen.

Frafa, wir wollten dich bitten, Leuchmadans Kästchen aus dem Palast zu bringen.«

Wito, Magati und Audan saßen verwirrt beieinander und überlegten, wie sie diese unmögliche Situation deuten sollten. Audan und Magati wussten genau, dass sie in Käfergröße zwischen den Bodenplatten des Labyrinths saßen. Nun aber behauptete Wito, dies hier wäre das wahre Labyrinth und er hätte niemals seine Größe gewechselt. Wie passte das zusammen?

Schließlich sagte Wito: »Kommt, nehmen wir unsere kleine Gestalt an.«

»Das geht nicht«, widersprach Magati. »Wir haben bereits unsere kleine Gestalt angenommen, um zu dir zu kommen. Gnome können sich nicht doppelt klein machen.«

»Aber ich bin in meiner normalen Gestalt hier«, widersprach Wito. »Und doch sind wir gleich groß. Wenn ich mich noch kleiner machen kann, müsstet ihr das auch schaffen.«

Magati und Audan sahen einander an. Wito erhob sich und trat ein Stück vom Feuer weg. »Kommt«, wiederholte er. »Versuchen wir es einfach. Das Labyrinth ist ein magischer Ort.«

Er lächelte. Die beiden jüngeren Gnome kamen zu ihm. Sie schlossen die Augen und legten das Gesicht in Falten. Doch nichts geschah.

»Es geht nicht«, sagte Magati schließlich.

»Also gut«, meinte Wito. »Ich zuerst und dann ihr.«

Er machte sich klein. Augenblicke später schlossen sich Audan und Magati ihm an. Sie schauten sich verblüfft um.

»Unglaublich«, sagte Audan. Er tastete mit der Stiefelspitze über den Boden. Der Untergrund war bröselig. In der Ferne sah man Silhouetten aufragen wie Tafelberge. Der Grund um sie her war steinig und sanft gewellt. Die Gnome versuchten, sich noch kleiner zu machen, aber das klappte nicht.

»Mir schwirrt der Kopf«, sagte Magati.

Sie wurden wieder größer und standen bei Witos Feuer. Als Wito seine beiden Begleiter aufforderte, ihre große Gestalt anzunehmen, stutzten die.

»Aber ... wir haben uns doch gerade groß gemacht«, wandte Audan ein. »Dann müssten wir uns jetzt ja zweimal groß machen.«

»Ihr habt euch gerade ein zweites Mal klein gemacht«, stellte Wito nüchtern fest.

Magati konzentrierte sich und schüttelte den Kopf.

»Stellt euch einfach den Gang vor, so wie ihr ihn kennt. Ihr kommt von dort, ihr könnt zurückkehren.«

Audan und Magati wurden wieder groß – und Wito folgte ihnen. Sie standen nun in dem Teil des Systems aus Gängen, das Audan und Magati kannten.

Wito sah sich aufmerksam um. Er kratzte sich am Kopf, musterte die gemauerten Wände, die großen Steinplatten, mit denen der Boden ausgelegt war. »Erstaunlich«, sagte er. »Hattet ihr euch das Labyrinth des Schreckens so vorgestellt?«

»So haben wir es vorgefunden«, erwiderte Magati.

»Aber wie *hättet* ihr es euch vorgestellt? Wenn man euch gefragt hätte, ehe ihr hier wart?«

»Nun«, räumte Magati widerstrebend ein. »Das ist schon ein Labyrinth, wie es sein sollte. Es sieht ein wenig so aus wie die Katakomben unter Daugazburg. Die alten Kanäle. Was wir davon kennen.«

»Ihr seid Stadtgnome«, sagte Wito. »Ich war als Kundschafter viel in den Bergen unterwegs. Für mich sah das Labyrinth von Anfang an so aus wie ein Gewirr kahler, schmaler und einsamer Bergtäler. Ich denke, wir alle haben das Labyrinth so vorgefunden, wie wir uns ein Labyrinth vorgestellt haben.«

»Die Sterne!«, rief Audan. »Dann habe ich sie mir nicht eingebildet.« Er schaute zur Decke hoch. »Aber wie kann es sein, dass die Ritze zwischen den Steinen plötzlich zu einem Bergtal wird, wenn ich mich klein mache?«

»Nun«, sagte Wito. »Ihr habt mich gefunden, als ihr es erwartet hattet. Ungeheuer erschienen, als ihr daran dachtet. Ich glaube, wir können das Labyrinth mit unseren Gedanken formen.«

»Dann können wir uns einen Ausgang herbeidenken!« Magati triumphierte.

Wito schüttelte den Kopf. »So funktioniert es nicht«, sagte er. »Das Labyrinth hat mit unseren Gedanken gespielt und ist darauf eingegangen. Aber es tut nicht das, was wir wollen. Es folgt eher ... einer Traumlogik.«

»Aber wir haben Einfluss darauf«, wandte Magati ein.

»Das haben wir. Aber wir müssen vorsichtig sein. Es wäre nicht das ›Labyrinth des Schreckens‹, wenn es unsere Gedanken auf freundliche Weise deuten würde.«

»Es ist auch nicht wirklich unfreundlich«, gab Magati zu bedenken. »Sonst hätten wir dich nicht gefunden. Du hättest auch gar nicht überlebt. Es bringt uns an einen Ort, den wir fürchten. Doch in kleineren Dingen kommt es uns entgegen. Es folgt seinen eigenen Regeln. Wie können wir das nutzen? Wir müssen es nutzen können!«

»Ich weiß es nicht«, sagte Wito. Er runzelte die Stirn und atmete tief durch. »Ich weiß es nicht, aber es ist ein Ansatz. Wir können darüber nachdenken.«

»Aber in *deinem* Labyrinth«, stellte Audan fest. »Machen wir uns lieber klein. Deine einsame Bergödnis gefällt mir besser als die Katakomben voller Ungeheuer, die wir uns vorgestellt haben.«

»So einsam sind meine Bergtäler nicht mehr«, sagte Wito. »Immerhin sind wir jetzt zu dritt.« Er nahm seine Freunde bei der Hand und lächelte.

Magati schaute Audan an. »Aber ich sag es dir: Wenn du in nächster Zeit auch nur an Ungeheuer *denkst*, dann hau ich dir einen Stein auf den Kopf!«

Die drei Gnome wechselten wieder in ihre kleine Gestalt – oder in die Erscheinungsform des Labyrinths, die unter den gemauerten Gängen lag.

Die Unterredung mit Bleidans Freunden hatte Frafa verstört. Sie wusste nicht, was sie tun sollte. Am Abend ging sie zur Zitadelle wie in jeder Nacht und zog sich in die geheime Kammer mit Leuchmadans Kästchen zurück. Aber sie war zu aufgewühlt, um Magie zu wirken.

Sie dachte an die Menschen, die ausgezogen waren, um fruchtbares Land zu finden. Es wäre Frafas Aufgabe gewesen, mit dem Kästchen die notwendigen Oasen zu erschaffen. Sie dachte an all die Berichte, die sie hörte. Vom Regen, der nicht kam, und von der Welke, die aus dem Boden in sämtliche Pflanzen kroch, die von den Bränden verschont geblieben waren. Frafa fühlte sich schuldig.

Allein deswegen sollte sie Bleidan das Kästchen bringen. Er könnte mehr damit anfangen. Aber sie konnte sich nicht dazu entschließen. Nicht sofort und nicht in den Tagen danach.

Mitunter schaffte sie es, eine flüchtige Verbindung zu der Magie aufzunehmen und ein wenig davon für sich selbst abzuzweigen. Dann fühlte sie sich wie trunken und vergaß ihre Sorgen. Aber dieses Hochgefühl schwand rasch und ließ sie umso verzweifelter zurück.

Bleidan hatte ihr Bedenkzeit gegeben und bedrängte sie nicht. Jedenfalls nicht mit Worten. Aber wann immer sie ihn sah, *fühlte* sie sich bedrängt und verspürte Zorn auf ihn. Frafa mied Aldungans Turm, in dem sie gemeinsam mit Bleidan wohnte. Sie floh in die Zitadelle, in den einsamen Turm der Fei.

Als sie eines Tages wie gewohnt durch Darnamurs Arbeitszimmer kam, hielt der Gnom sie auf.

»Frafa.« Darnamur blickte von seinen Papieren auf. Seine Stimme klang nicht wie die übliche flüchtige Begrüßung.

Sie blieb wie erstarrt stehen. Ihr Herz schlug schneller. Hatte er bemerkt, wie sehr sie in letzter Zeit versagte? Er verstand nichts von Magie, und sie hatte sich darauf verlassen, dass es außer ihr niemandem auffiel.

Oder ging es um Bleidans Verschwörung?

Sie schaute Darnamur erschrocken an.

Der runzelte die Stirn. »Geht es dir nicht gut?«, fragte er.

Frafa schüttelte hastig den Kopf. »Ich bin müde ...«, sagte sie schnell.

»Ich wollte mit dir über deinen Freund reden. Über Bleidan.«

Alles Blut wich aus ihrem Gesicht. Darnamur lächelte. »Ich sehe, du verstehst, worauf ich hinauswill.«

Wieder schüttelte Frafa den Kopf. Sie zog die Schultern hoch.

Darnamur sprach ungerührt weiter. »Ich habe das Gefühl, ich kann ihm nicht mehr trauen. Aber er vertraut dir. Ich wollte dich bitten, ihn ein wenig für mich im Auge zu behalten. Aber vielleicht gibt es jetzt schon etwas, was du mir sagen möchtest?«

»Er macht ja ständig Politik für den Rat«, brachte Frafa heiser hervor. »Davon verstehe ich gar nichts. Ihr sitzt im Rat und habt überall Eure Gnome, die Euch alles zutragen. Was sollte ich Euch da Neues verraten können?«

»Tja«, sagte Darnamur. »Sag du es mir! Bleidan trifft sich in letzter Zeit mit so vielen Leuten, und ich bin mir sicher, er ist an etwas Wichtigem dran. Aber ich bekomme immer nur Belanglosigkeiten zu hören. Fast könnte man meinen, Bleidan ginge meinen Spähern aus dem Weg. Und wer seine Absichten so gründlich verborgen hält, hat meist einen Grund dazu. Womöglich verschwört er sich gegen den Rat ... Du würdest doch keinen Verbrecher decken, Frafa?«

»Ihr deckt auch einen Verbrecher. Ganoch.«

Die Worte waren Frafa entschlüpft, ehe sie recht darüber nachgedacht hatte. Erschrocken schlug sie die Hand vor den Mund. Sie sah, wie Darnamur kurz die Brauen hob. Schließlich schnaubte er belustigt.

»Also gut«, sagte er. »Lassen wir dieses Geschwätz von Recht und Moral. Reden wir miteinander, wie es richtige Nachtalben tun. Ich hoffe nur, Bleidan ist ebenso aufrichtig und hat nicht versucht, dich mit so einem Schmu zu packen zu kriegen. Und wenn doch, hoffe ich, du warst nicht so dumm, darauf hereinzufallen ...«

»Bleidan hat sich immer nur für das Wohl von Daugazburg eingesetzt«, widersprach Frafa empört. »Für das Wohl aller Völker.«

Darnamur winkte ab. »Ich weiß genau, was Bleidan tut. Du auch? Ich gebe zu, seine Arbeit im Haus der Schreie ist nützlich. Aber es ist keine besonders anständige Arbeit, nicht wahr? Es ist mehr das, was man von einem Nachtalb erwarten würde. Bleidan hat nicht viele Skrupel, wenn es seinen Zwecken dient.«

Darnamur rutschte von seinem Stuhl herunter und trat auf Frafa zu. Er war nur halb so groß wie sie, aber Frafa griff trotzdem Schutz suchend nach Balgir. Das Taschentier saß auf ihrer Schulter und schaute angelegentlich in eine andere Richtung.

»Hier ist ein Krieg im Gange, Frafa«, sagte Darnamur. »Darüber musst du dir im Klaren sein. Er wird nicht mit Waffen ausgetragen. Aber es ist derselbe Krieg, den ihr Nachtalben schon immer ausgefochten habt: ein Krieg um Macht und Posten und Einfluss. Bleidan spricht von Recht, und in Wahrheit kämpft er um die Macht. Ich verteidige mich natürlich. So einfach ist die

Wahrheit. Du musst dich entscheiden, auf welcher Seite du stehen möchtest.«

»Bleidan ist ein guter Freund«, sagte Frafa. »Er hat mir immer geholfen. Außerdem versteht Ihr ihn sowieso falsch. Er würde nie etwas Unrechtes tun!«

Darnamur hob die Hände. »Bitte. Erspar mir peinliche Lügen. Ich habe das ›Auch‹ in deinem Satz sehr wohl verstanden, als wir darüber sprachen, wer einen Verbrecher deckt. Aber ich sehe darüber hinweg. Noch. Weil ich dich nicht als Feind haben möchte, sondern als Verbündete überzeugen will.

Deine Tante und ich, wir waren Kampfgefährten. Wir wussten, woran wir miteinander waren. Dasselbe kann ich dir auch bieten – keine weinerlichen elfischen Winkelzüge. Ich habe dir einen Posten und Macht und Einfluss gegeben. Wenn du auf meiner Seite stehst, wirst du mehr bekommen. Einen Platz im Rat. *Bleidans* Platz im Rat. Ich werde dich behandeln, wie man es mit Verbündeten tut.

Wenn du auf Bleidans Seite bleibst, was hast du dann? Einen Platz als seine Freundin? Eine Kammer als seine Schülerin in seinem Turm? Er sieht in dir ein Kind, Frafa. Wenn du dich ihm anschließt, wird er dir nichts geben. Er wird dir *wegnehmen*, was ich dir gegeben habe!« Frafa blickte sich gehetzt um, aber Darnamur hob beruhigend eine Hand. »Denke darüber nach«, sagte er. »Und wenn du mir etwas über Bleidan erzählen willst, dann komm zu mir. Ich warte. Noch eine Weile. Ich verlasse mich darauf, dass du die Entscheidung einer Nachtalbe triffst.«

Die drei Gnome brauchten eine Weile, bis sie den Lagerplatz wiederfanden. Dann saßen sie am Feuer, schwiegen und dachten nach. Sie hatten etwas über das Labyrinth herausgefunden, aber Wito fühlte sich deswegen nicht sicherer. Im Gegenteil: Wenn an diesem Ort alles geschehen konnte, gab es auch keinerlei Sicherheit mehr.

Sie schliefen eine Weile, und am nächsten Tag machten sie sich wieder auf den Weg. Zumindest beschlossen sie, dass es der nächste Tag sein sollte. Im Labyrinth herrschte immer dasselbe Zwielicht, und hier unten, zwischen den Steinen oder in den Bergtälern, war das eine endlose Sternennacht.

»Vielleicht kommt uns das Labyrinth ein wenig entgegen«, überlegte Wito. »Aber das bedeutet auch, dass wir uns bewegen müssen. Wenn wir einfach nur dasitzen und grübeln, erreichen wir nichts.«

Bei der nächsten Rast verzehrten sie alles, was von Witos Vorräten noch übrig war. Magatis Magen knurrte vernehmlich.

»Das bringt nichts«, sagte Audan. »Wir wandern von einer Felsenschlucht in die nächste, aber im Grunde kommen wir nirgendwohin.«

»Du musst ein wenig Geduld haben«, tadelte Magati ihn. »In unserer kleinen Gestalt kommen wir ja nicht so schnell voran. Unsere ganze Wanderung entspricht vielleicht fünf, sechs Bodenplatten im großen Labyrinth.«

»Was für eine Rolle spielt das in einem Traum? Wenn das Labyrinth sich verändern kann, könnte der Ausgang genauso gut hinter der nächsten Biegung liegen.«

»Der Ausgang«, warf Wito ein. »Ich finde, wir müssen erst einmal Werzaz suchen. Er war euer Gefährte. Wir können ihn nicht zurücklassen.«

»Zurücklassen ...«, murmelte Audan. »Schön wär's.«

Er verstummte. Wito und Magati schauten einander erschrocken an.

»Was hast du eigentlich gesucht?«, fragte Wito Magati.

»Ich weiß nicht recht ...«, stammelte die.

Die Gnome standen in einem tiefen Spalt mit beinahe senkrechten Wänden. Moose wuchsen in den Ritzen, und an manchen Stellen schob sich zähes, fremdartiges Gestrüpp aus dem Boden. Wito holte tief Luft.

»Also gut«, sagte er. »Wenn das Labyrinth auf unsere Erwartungen reagiert, sollten wir uns erst einmal einig werden, *was* wir eigentlich erwarten. Vermutlich finden wir gar nichts, wenn wir einfach nur ziellos umherlaufen.«

»Wir wollen zum Ausgang, ist doch klar«, sagte Audan.

Wito und Magati schauten ihn an. Verlegen sah Audan zu Boden.

»Wir suchen erst einmal Werzaz«, bestimmte Wito. »Werzaz, gesund und munter und ohne irgendwelche Ungeheuer.«

»Meinetwegen«, meinte Audan mürrisch.

»Wenn wir ihn finden, können wir ihm sagen, was wir herausgefunden haben«, sagte Magati.

»Das wird so ein Groblin ohnehin nicht verstehen. Ich versteh's ja selbst nicht«, wandte Audan ein. »Und außerdem kann Werzaz sich nicht klein machen. Dann wären wir wieder in dem großen Labyrinth, mit all den ...«

Magati hob drohend die Hand. Audan zog den Kopf ein. »Ich sag ja gar nichts mehr«, meinte er.

Wito schaute das schmale Tal entlang. »Es ist wahr«, murmelte er nachdenklich. »Wir haben die falsche Größe ...«

Er sah seine Gefährten an. »Wenn wir Werzaz suchen wollen, machen wir uns besser wieder groß. Werzaz ist in dem Labyrinth der gemauerten Gänge verschwunden, nicht hier unten. Das wissen wir ganz genau. Wir können ihn also auch nur dort finden.«

Audan spähte unbehaglich nach oben. »Wenn du meinst ...«, murmelte er.

Sie nahmen ihre normale Gestalt an – oder wechselten vielmehr in das Labyrinth, in dem Audan und Magati ursprünglich angekommen waren. Dort standen sie ratlos herum.

»Wir waren fast wieder an unserem Ausgangsort, als wir dich gefunden haben«, sagte Audan. »Und seither haben wir uns nicht weit fortbewegt. Allerdings habe ich in den letzten Stunden zwischen den Steinen völlig den Überblick verloren.«

»Ich glaube, Werzaz ist in diese Richtung verschwunden«, sagte Magati.

»Woher willst du das wissen?«, fragte Audan. »Die Wände sehen alle gleich aus.«

Magati zuckte die Achseln und blickte trotzig drein. Wito seufzte.

»Also gut«, entschied er. »Wir fangen in der Richtung an zu

suchen, die Magati uns gewiesen hat. Wir suchen nach Blutspuren am Boden. Werzaz kämpft. Ob nun er verletzt wird oder sein Gegner – wir müssen Spuren finden, wenn wir auf dem richtigen Weg sind.«

Sie folgten Witos Plan. Audan kam nur widerstrebend hinterher. »Wann brechen wir die Suche ab?«, fragte er hoffnungsvoll. »Ich meine, wenn wir keine Spuren finden?«

»Überhaupt nicht«, antwortete Wito grimmig. »Wir lassen niemanden hier zurück.«

»Aber wenn wir ihn gar nicht finden«, mäkelte Audan. »Ich meine, wir können doch nicht ewig hier herumlaufen. Tagelang, jahrelang. Irgendwann müssen wir abbrechen.«

Wito blieb stehen. Er kam zu Audan zurück, legte ihm links und rechts die Hände auf die Schultern und schaute ihm fest in die Augen. »Wenn wir Werzaz nicht wiederfinden«, verkündete er im Brustton der Überzeugung, »dann können wir auch keinen Ausgang finden.«

# 19. Kapitel: Was würde ein Nachtalb tun?

*Wenn ich mich recht entsinne, hat der Vorsitzende Darnamur seit Bestehen des Rates kaum einen Antrag eingebracht, der nicht mit dem Militär in Verbindung gestanden hätte. Und jetzt, wo er sein Augenmerk endlich einmal zivilen Belangen zuwendet, fordert er ausgerechnet Bauvorhaben, für die halb Daugazburg niedergerissen werden müsste?*

*Er will Trolle nach Daugazburg holen, nachdem er die Hälfte aller Menschen und damit einen großen Teil unserer Arbeitskräfte in die Wildnis geschickt hat. Die Vorstadt hat er preisgegeben, obwohl sie seit dem Umsturz zum Herzen von Handel und Handwerk wurde. Um die Pflanzungen vor den Mauern steht es schlechter als zu Zeiten der Fei. Die Verfolgung der Goblins hat auch Fastenwall als letztes Zugpferd unserer Ökonomie straucheln lassen. Wenn ich also an den Aufbau der Stadt denke, hätte ich Dringlicheres vor Augen als Prachtbauten.*

*Der Vorsitzende Darnamur verweist auf die wohlgefüllten Schatzkammern, die der Rat von der Fei geerbt hat. Ich aber frage: Wo sollen die Arbeitskräfte herkommen, die er damit bezahlen will? Wo will er mit Gold und Gemmen die Steine und das Bauholz kaufen, die Werkzeuge und all die Dinge, die man für seine Bauvorhaben benötigt? Wo die Vorräte, die in der Stadt gebraucht werden?*

*Wir sollten uns also lieber dem Wirtschaften zuwenden, nicht dem Prunk. Denn wenn niemand von uns einen Zauber kennt, um Gold ohne Umweg in Güter und Nahrung zu verwandeln, dann sehe ich unsere Stadt trotz wohlgefüllter Schatzkammern auf dem Weg in die Armut.*

Bleidan, der Nachtalb,
Rede vor dem Hohen Rat

Ein frischer Wind blies durch die Gassen von Fastenwall und wirbelte bitteren Staub auf. Frafa hatte einen metallischen Geschmack im Mund. Sie stand an der Ecke von Stachgatan und Smeitgarda, wo sie sich mit Bleidan und seinen Freunden verabredet hatte.

Argwöhnisch beobachtete sie einen untersetzten Goblin, der zwei Häuser weiter eine Werkstatt auskehrte. Mit seinen langen, muskulösen Armen schwang er einen einfachen Reisigbesen. Er wirkte einsam vor der breiten, mehrstöckigen Fassade mit den vielen leeren Fenstern. Als der Goblin zu ihr herüberschaute, zog Frafa sich tiefer in einen Hauseingang zurück.

Sie war es nicht gewohnt, so lange in Fastenwall zu verweilen. Früher war sie nie in dieses Stadtviertel gekommen. Inzwischen durchquerte sie es regelmäßig, wenn sie zur Zitadelle unterwegs war. Aber sie blieb möglichst auf den Hochstraßen und eilte auf kürzestem Wege hindurch.

Sie empfand die Ruhe an diesem Tag als ungewöhnlich und bedrückend. Es sollte anders sein! Selbst in Aldungans Turm war Fastenwall stets gegenwärtig gewesen, als Teil der beständigen Geräuschkulisse von Daugazburg. Nun waren die Schmieden verstummt, der Qualm hatte sich verzogen. In der Luft hing ein fauliger Geruch von Färbern und Gerbern, der nicht länger von den Ausdünstungen der größeren Gewerbe überdeckt wurde.

»Wo ist das Kästchen?«

Frafa zuckte zusammen. Es war Megerin, Bleidans Freund aus dem Rat. Der Alb war unvermittelt neben ihr aufgetaucht.

»Nicht weit von hier«, sagte sie. »Ich habe es versteckt.«

Megerin schnaubte. Er kniff die Augenbrauen zusammen und ließ seinen Blick prüfend über die Umgebung schweifen.

Nach und nach tauchten weitere Verschwörer auf. Und auch Bleidan erschien. Bald stand Frafa mit vier Alben in dem Hauseingang, und alle schauten sich unbehaglich um.

»Wir müssen los«, sagte Bleidan. »Wir können hier nicht warten.«

»So ist das also«, sagte Gruniz. »Schon hast du die Hälfte deiner Konkurrenz abgehängt. Darum konnten wir uns also nicht in deinem Turm treffen.«

»Das war nicht meine Entscheidung«, erwiderte Bleidan gereizt. Er schaute Frafa an. »Es wäre sicherer gewesen, das Kästchen dorthin zu bringen.«

Frafa zog den Kopf ein. Die Stimmung war angespannter als beim Treffen im Spinnwebsalon. Das wunderte Frafa nicht, denn immerhin erreichte ihre Verschwörung heute den Höhepunkt.

»Das geht nicht«, antwortete sie Bleidan. »Wir werden beobachtet. Sie sind euch auf der Spur. Ich weiß genau, dass Darnamur Verdacht geschöpft hat. Er wird den Turm im Auge behalten.«

»Dich wird er auch im Auge behalten«, sagte Megerin. »Und wenn du das Kästchen irgendwohin gebracht hast, haben seine Spione es im Nu gefunden.«

»Ein wenig schlauer habe ich es schon angestellt«, blaffte Frafa. »Ich habe Leuchmadans Kästchen in meinem Taschentier nach draußen geschmuggelt. Das habe ich dann zu dem Versteck geschickt, das ich mir vorher ausgesucht habe. Balgir kann jeden Verfolger abhängen.«

»Psst«, sagte Bleidan. »Wir sollten nicht hier auf der Straße darüber reden.«

Ein weiterer Alb kam herbeigelaufen. Es war Ratsherr Gaurgan. »Ihr habt mir die falsche Zeit genannt«, sagte er anstelle einer Begrüßung. »Ihr wolltet mich wohl abschütteln!«

»Wie könnt Ihr das sagen, Meister Gaurgan«, bemerkte Flaiham, noch einer von Bleidans Verbündeten. »Meister Bleidan würde so etwas niemals erwägen!«

»Also gut«, sagte Bleidan. »Gehen wir.«

Sie schritten durch die Gassen von Fastenwall. Frafas Begleiter schauten sich unruhig um und beäugten misstrauisch die wenigen anderen Passanten und die Handwerker, die sich vor den spärlich besetzten Werkstätten herumtrieben.

Gruniz schnüffelte. »Wenigstens sind keine Gnome unterwegs«, sagte sie.

»Oder man riecht sie nicht unter dem Gestank«, erwiderte Gaurgan.

Bleidan ging vorn neben Frafa. Er flüsterte ihr zu: »Sie misstrauen mir immer noch. Wenn ich sie hintergehen wollte, hätte ich ihnen gar nicht Bescheid geben müssen.« Er seufzte. »Manchmal möchte ich aufgeben. Nachtalben sind einfach nicht dafür geschaffen, vertrauensvoll zusammenzuarbeiten.«

Frafa schaute zu Boden und schniefte. »Nachtalben denken immer nur an ihren eigenen Vorteil«, sagte sie leise. »Das hat Meister Aldungan selbst mir gesagt.«

Bleidan lachte trocken. »Aldungan ist genauso alt wie deine seltsamen Geschichten um Liebespaare, die sich als Gunstbezeugung Ungeheuer ins Haus schicken. Ich hoffe immer noch, dass sich seit jenen Zeiten etwas verändert hat.«

»Was flüstert ihr da vorne?« Gruniz schloss zu ihnen auf. »Ihr versucht hoffentlich nicht, uns loszuwerden?«

Bleidan wandte sich zu den vier anderen Alben um. »Bei Leuchmadan, was wollt ihr? Wir kennen uns seit Jahren, wir haben den Zorn der Fei herausgefordert und sind gemeinsam in den Kerker gegangen. Und nur weil jetzt Leuchmadans Kästchen ins Spiel kommt, fürchtet ihr, ich wollte euch übervorteilen?«

»Leuchmadans Kästchen birgt die Macht der Grauen Lande«, erwiderte Gruniz. »Selbst du könntest in Versuchung geraten. Wir müssen streng darauf achten, dass wir diese Macht nur in der Gemeinschaft verwenden.«

»Achtet darauf«, erwiderte Bleidan müde. »Aber mit meiner Freundin und Hausgenossin darf ich trotzdem noch allein reden, oder?«

»Natürlich, Bleidan«, sagte Flaiham. »Ich habe volles Vertrauen zu dir. Wir haben dir nicht umsonst die Aufsicht über das

Kästchen anvertraut. Du wirst es zum Wohle aller verwenden. Morgen schon wird der Hohe Rat ein anderer sein!«

Frafa hielt den Kopf gesenkt. »Willst du das wirklich tun?«, fragte sie Bleidan leise. »Warum willst du dein Leben aufs Spiel setzen, wenn es dir doch keiner dankt und deine Freunde deswegen mit dir streiten? Überlass das Kistchen diesem zänkischen Haufen, geh nach Hause und widme dich deinen eigenen Geschäften. So wie Aldungan. Er hat sich von der Politik ferngehalten und sein Leben der Forschung gewidmet.«

Bleidan warf einen flüchtigen Blick über die Schulter. »Es denen überlassen? Nein. Vermutlich traue ich ihnen so wenig wie sie mir. Ich hatte gehofft, es wäre anders ... Aber manche Dinge erkennt man erst, wenn sie auf die Probe gestellt werden. Ich will das Schicksal von Daugazburg nicht in andere Hände legen. Ich weiß, dass ich die Stadt retten kann. Ich habe eine Vision, Frafa, und gerade weil ich niemandem sonst vertrauen kann, muss ich es selbst in die Hand nehmen.«

»Es ist gefährlich.« Frafa rückte näher an Bleidan heran. Sie sprach in bittendem Tonfall. Plötzlich spürte sie eine Last auf der Schulter. »Ich sage es dir: Darnamur hat Verdacht geschöpft. Er beobachtet dich und deine Freunde schon länger. Ich kann nicht versprechen, dass ich das Kästchen unbemerkt aus der Zitadelle geschafft habe.«

»Ach, Frafa«, sagte Bleidan. »Wir kennen die Gefahr. Natürlich belauert Darnamur mich. Da sind Worte im Rat gefallen, nach denen eine Verständigung nicht mehr möglich ist. Wir müssen einfach hoffen, dass wir seinen Spitzeln einige Stunden lang entschlüpfen können. Wenn ich Leuchmadans Kraft gemeistert habe, kann ich uns beschützen. Es tut mir nur leid, dass ich dich dafür in Gefahr bringen musste. Ich hätte das lieber vermieden, aber das konnte ich nicht.«

»Ich weiß«, sagte Frafa. »Wenn es gefährlich wird, muss man für sich selber sorgen. Ein jeder, so gut er es vermag.«

Bleidan lächelte. »Das hoffe ich nicht. Wir beschützen uns gegenseitig. Deshalb kann ich jetzt auch nicht nach Hause gehen und diesen Gestalten dort hinten alles Weitere überlassen. Der

Diebstahl des Artefakts wird auf jeden Fall auf dich zurückfallen. Wie stünde ich da, wenn etwas schiefläuft, weil ich nicht alles gegeben habe?«

Sie gingen schweigend weiter, Frafa bedrückt und ängstlich wegen dem, was vor ihnen lag. Die Alben hinter ihnen misstrauisch und angespannt.

Frafa führte sie in eine Seitengasse zwischen zwei Manufakturen. An der Rückseite des einen Gebäudes gab es einen schmalen Durchstich, bevor die Mauer des nächsten Grundstücks begann.

»Was ist das denn für ein Koboldkriechgang?«, murmelte Gruniz, obwohl der Spalt für Alben durchaus breit genug war.

Nach einigen Dutzend Schritten kamen sie zu einer schmalen Treppe, die in einen Keller hinabführte. Die Stufen sahen umso dunkler aus, je weiter es nach unten ging, und sie wirkten feucht und moosig.

»Dort unten ist es«, sagte Frafa. »Ein ungenutzter Kellerraum. Es gibt keinen Zugang vom Gebäude her. Da wird niemand zufällig über uns stolpern.«

»Wie bist du darauf gestoßen?«, fragte Bleidan. »Ich wusste gar nicht, dass du dich in Fastenwall so gut auskennst.«

»Ich habe mich eigens vorher umgesehen.« Frafa blickte verlegen zur Seite. »Dieser Winkel sah versteckt und verlassen genug aus, um das Kästchen hier erst mal in Sicherheit zu bringen.«

Die Alben stiegen in den Keller hinab. Es ging mindestens zwei Stockwerke tief unter die Erde, bis sie schließlich einen türlosen Durchlass erreichten. Dahinter erstreckte sich ein dunkler Gang, der in leichter Biegung unter das Manufakturgebäude führte. Durchgänge zweigten in kleine Kellerräume ab. Manchmal hingen noch Holzreste in den Angeln, als wären hier Türen zerschlagen worden. In den Kellern stapelte sich Gerümpel.

»Da hat jemand geplündert«, stellte Gruniz fest.

»Aber nicht bei der Goblinrevolte.« Flaiham warf einen genaueren Blick in ein Kellergelass. »Das ist älter.«

Der Gang mündete in eine größere Kammer. Die Decke stieg trichterförmig an, der Boden war zur Mitte hin abgesenkt, mit Stufen, die um den ganzen Raum herumliefen. Durch zwei winzige Fensterschächte fiel Licht von der Seite ein. Möbel lagen herum, umgekippte Schränke und zerschlagene Truhen. Ein Tisch stand in der Mitte, und Balgir wartete daneben.

»Ah«, sagte Megerin. Er kniff die Augen zusammen und betrachtete die Echse.

Balgir starrte zurück und zischte.

Frafa trat auf ihr Taschentier zu und nahm es hoch. Balgir wehrte sich nicht. Sie strich ihm über den Nackenkamm, und nach wenigen Versuchen bekam sie den magischen Knoten in seiner Essenz zu fassen.

Balgir erschlaffte und wurde zu einer Ledertasche.

Frafa öffnete sie, griff hinein und zog ein Kästchen heraus. Es war so groß, dass Frafa Balgirs Öffnung gehörig weiten musste, um es hindurchzubekommen. Sie legte es auf den Tisch und trat zurück. Balgir behielt sie unter dem Arm, ohne ihn zurückzuverwandeln.

Die Alben versammelten sich um das silberne Kästchen. Bleidan legte eine Hand darauf. Er schloss die Augen. »Ich fühle nichts«, sagte er schließlich. Er zog die Hand zurück, kniff die Augen zusammen und schaute das Kästchen an. Dann legte er beide Hände darüber. Falten zeigten sich auf seiner Stirn.

Frafa wich in eine Ecke des Raumes zurück. Dort lehnte sie sich gegen die Wand und umklammerte Balgir.

»Du willst uns doch wohl nicht täuschen?«, fragte Gruniz. »Um Leuchmadans Kästchen in einer ruhigen Stunde allein zu gebrauchen?«

»Ich kann keine Verbindung herstellen«, erwiderte Bleidan. »Es ist wohl schwieriger.«

»Unsinn«, sagte Gaurgan. »Wie schwer kann es schon sein? Selbst das Kind da konnte mit dem Ding was anfangen.« Er schaute flüchtig zu Frafa hin.

»Wir brauchen möglicherweise mehr Zeit, um die Herrschaft über das Kästchen zu erringen.«

»Oh ja«, sagte Flaiham. »Wir müssen das sorgfältig machen. Bedenkt, was auf dem Spiel steht!«

»Frafa könnte uns einweisen«, schlug Bleidan vor.

»Unsinn.« Megerin griff nach der silbernen Schatulle. »Du hattest deine Gelegenheit. Vielleicht bist du doch nicht der Beste von uns.«

Er konzentrierte sich, und seine Freunde schauten zu. Bleidan trat einen Schritt zurück. Er presste die Lippen aufeinander.

»Ich spüre etwas«, stieß Megerin hervor. »Magie. Aber … sie kommt nicht von dem Kästchen.«

Er schaute auf. Die übrigen Alben blickten einander an. Dann sahen sie zur Tür.

Vampire marschierten herein.

Sie bewegten sich mit erschreckender Lautlosigkeit, obwohl sie Rüstungen aus Stahl trugen und schwere Armbrüste in der Hand hielten. Sie stellten sich in einer Reihe an der Wand auf und zielten auf die fünf Alben am Tisch. Hinter ihnen traten weitere Nachtalben in den Kellerraum, und zuletzt kam Salvan.

»Bleidan«, meinte er lächelnd. »Es scheint dein Schicksal zu sein, immer wieder von mir festgenommen zu werden. Und mein Schicksal, dich immer wieder in den Kerker zu bringen.«

Der Zauber der Stille erlosch. Frafa hörte die Vampire. Bei jeder Bewegung knarrten die Riemen ihrer Panzerung, die Kolben und die Beschläge der Armbrüste schlugen gegen die Brustplatten.

»Nein!« Megerin riss das Kästchen hoch. »So nicht, Salvan. Ich halte Leuchmadans Kästchen in Händen. Alle Macht der Grauen Lande gehört mir!«

Er ging um den Tisch herum und streckte den Angreifern das Kästchen entgegen. Seine Augenbrauen zogen sich zusammen, Falten erschienen auf seiner Stirn. Er konzentrierte sich auf einen Zauber.

Einer der Vampire schoss. Ein eiserner Bolzen fuhr knirschend durch das Kästchen und in Megerins Brust. Megerin riss die Augen auf. Dann kippte er nach hinten. Das Kästchen blieb auf ihm liegen, von dem Armbrustbolzen festgenagelt. Grünes Blut sickerte unter dem Silber hervor.

»Keine weiteren Zauberversuche mehr«, befahl Salvan. »Eure Lage ist aussichtslos.«

»Du hast uns in eine Falle geführt, Bleidan!«, rief Gruniz.

Bleidan schaute zu Boden. »Ich ...«, setzte er an. Seine Schultern fielen herab.

Er hob den Kopf und sah Salvan an. »Du bist ein Alb wie wir«, sagte er. Sein Blick wanderte über die Alben an Salvans Seite. »Warum stellt ihr euch gegen uns und in den Dienst derer, die die Stadt zugrunde richten? Merkt ihr nicht, wie Darnamur uns gegeneinander ausspielt?«

Salvan zuckte die Achseln. »So ist das nun mal. Darnamur ist jetzt oben, ihr seid unten. Und wir bleiben im Spiel. Du hättest lieber einen Rat von uns annehmen sollen, anstatt uns jetzt einen zu geben.« Er nickte seinen Begleitern zu. »Bindet sie.«

Die Vampire traten zu ihren Gefangenen. Sie hielten die Armbrüste auf sie gerichtet, während zwei der Alben den Verschwörern die Hände fesselten.

Bleidan ließ es geschehen. Sein Blick wanderte zu Frafa, die auf einer Truhe saß. Sie hielt ihr Taschentier gegen die Brust gedrückt und den Blick gesenkt.

»Frafa«, sagte Bleidan nur.

Sie zuckte zusammen. »Was hätte ich tun sollen?«, verteidigte sie sich. »Darnamur war euch schon auf der Spur. Hätte ich ihm nicht geholfen, wäre ich euch doch nur ins Unglück gefolgt. Ich musste mich entscheiden. Und Darnamur vertraut mir das Kästchen an. Er bietet mir etwas. Ihr aber wolltet nur etwas von mir haben. Ich musste doch die Entscheidung einer Nachtalbe treffen, nicht wahr?«

»Ich bin auch ein Nachtalb«, sagte Bleidan. »Und ich habe nie die Pflicht empfunden, eine andere Entscheidung zu treffen als meine eigene.«

»Warum so philosophisch?«, warf Salvan munter ein. »Das muss an eurem Meister liegen. Alle Entscheidungen, die ein

Nachtalb trifft, sind immer auch die Entscheidungen eines Nachtalbs. Und du hast dich falsch entschieden, Bleidan.«

Feine Blutspritzer sprenkelten die Steine, so winzig, dass Audan und Magati sie niemals bemerkt hätten. Es sah aus, als hätte jemand das Blut zu einem feinen Nebel zerstäubt. Wito lenkte ihr Augenmerk darauf.

»Siehst du«, sagte Magati. »Ich hatte doch recht mit der Richtung.«

»Unsinn«, entgegnete Audan. »Wir sind seither ein Dutzend Mal abgebogen. Inzwischen gehen wir genau in die entgegengesetzte Richtung!«

Wito betrachtete die Steine und kniff die Augen zusammen. Es war dunkles Blut. Vielleicht von Werzaz, vielleicht von seinen Feinden. Die Spritzer waren zu klein, als dass er sie genauer hätte einordnen können. Wito wollte sich gar nicht vorstellen, was für ein Kampf, was für eine Verletzung ein solches Sprühmuster hinterlassen konnte.

Sie folgten den Spuren. Unterwegs fanden sie größere Blutflecke und sogar eine eingetrocknete Lache. Außerdem ein großes Käferbein mit Klauen am Ende und verschiedene Metallstücke.

Audan und Magati schauten sich den großen Fleck genauer an.

»Das könnte die Stelle sein, wo Werzaz den Tentakelkäfer erschlagen hat«, sagte Audan.

»Unmöglich«, antwortete Magati. »Dann müssten mehr Überreste hier liegen. Und der große Sack mit den Waffen.«

»Den hat er vielleicht inzwischen wieder abgeholt«, vermutete Audan.

»Wie auch immer«, befand Wito. »Zumindest kann das unmöglich Werzaz' Blut sein. Eine solche Wunde hätte er nicht überlebt.«

»Aber natürlich ist es möglich«, fügte Audan hinzu, »dass er hier gestorben ist und dass ein Ungeheuer seinen Leichnam fortgeschleppt hat.«

Magati sah in böse an, und Audan fuhr auf. »Was ist? Kann doch wohl sein, oder?«

»Du sollst doch nicht an Ungeheuer denken! Beim nächsten Mal setzt es was. Ich hab dich gewarnt!«

Audan starrte auf den Blutfleck und auf das Bein des Riesenkäfers. »Wie soll man da an was anderes denken«, murmelte er. Argwöhnisch behielt er Magati im Auge.

Wito führte sie weiter den Spuren nach. Da die Blutspritzer von dem Fleck aus in beide Richtungen führten, glaubte er nicht, dass Werzaz hier gestorben war. Andererseits gab es natürlich keinen Beweis, dass es immer noch Werzaz' Spur war, der sie folgten. Überhaupt wunderte es Wito, dass sie zwar viel Blut sahen und die Spuren von Kämpfen, aber überraschend wenige Überreste. Insgeheim musste er Audan recht geben: Irgendetwas in diesem Labyrinth schleppte offenbar Tote und abgetrennte Gliedmaßen fort.

Wenn man davon ausging, dass dies hier kein wirklicher Ort war, sondern ein Traum, der eigenen Regeln folgte, was bedeutete das dann? Wito zermarterte sich das Hirn, ob er aus diesem Umstand vielleicht einen Hinweis ableiten konnte. Dann gab er es auf. Es brachte nichts, über jede Einzelheit zu grübeln. Gerade wenn es ein Traum war, musste nicht alles einen Sinn ergeben.

»Da!« Audan wies auf einen Schatten in der Ferne.

Die Gnome blieben stehen.

Der Schatten regte sich nicht. Es war nur ein kleiner, dunkler Umriss an der Wand des Stollens, und darum herum lagen allerhand formlose Bündel verstreut, wie zerknüllte Kleidung neben einem aufgerissenen Sack. Die Gnome strengten ihre Augen an, aber die Einzelheiten waren nicht auszumachen.

Sie pirschten sich vorsichtig näher heran.

Nichts bewegte sich, nichts war zu hören.

Wito fröstelte. Plötzlich kamen ihm die Umrisse der Gestalt vertraut vor. Er erinnerte sich an einen anderen Gang, an eine andere Höhlenwand. An Werzaz, den er nach seiner Rückkehr vom Unkwitt dort gefunden hatte, halb tot und von Sukans Klinge durchbohrt.

Wito ging schneller.

Es war tatsächlich Werzaz.

Der Goblin hockte vor der Wand. Um ihn her lagen amorphe Kreaturen. Sie sahen aus wie Schnecken ohne Haus, waren aber so lang wie ein Arm und hatten ein riesiges Maul und scharfe Zähne. Es musste ein halbes Dutzend sein. Sie waren zerquetscht, angestochen, aufgerissen. Zwischen seinen verkrampften Fingern hielt Werzaz noch eine dieser Kreaturen. Er hatte sie wohl erwürgt.

Werzaz war tot.

Ihm fehlte ein Bein, aber der Stumpf war mit blutdurchtränkten Fetzen abgebunden. Diese Verletzung hatte er also überlebt und noch Zeit gehabt, sie zu verbinden. Seine stählerne Rüstung hing in Fetzen herab, Wunden überzogen seinen Leib. Einige waren verbunden, viele aber frisch. An Armen und Beinen hatte er klaffende Bisswunden, die mit geronnenem Blut gefüllt waren.

Er starrte noch immer seinem letzten Gegner ins Antlitz. Die erwürgte Zahnschnecke lag auf seinem Schoß, Werzaz' Klauen hatten sich tief in ihren Leib gegraben. Der Goblin hatte aus dem Leib des kleinen Ungeheuers weißen Schleim herausgepresst, der erstarrt war und seine Hände überzog wie eine Schicht Harz. Das Maul der Schnecke war aufgerissen, und Werzaz hielt noch im Tod die spitzen Zähne gefletscht, als grinste er seinen Feind an.

Die drei Gnome versammelten sich um ihn.

»Ich weiß nicht«, sagte Magati nach einer Weile. »Es klingt verrückt. Aber ich habe fast das Gefühl, er sieht glücklich aus!«

»Gut möglich«, erwiderte Wito leise. »Er fiel in einem aufrechten Kampf, und sogar unbesiegt. Wie er es immer wollte.«

Und Wito erzählte seinen Begleitern von der großen Mission, die er gemeinsam mit Werzaz durchgefochten hatte. Davon, wie der Goblin am Ende geschwächt und verstümmelt hatte aufgeben müssen. Als alles vorüber gewesen war, hatte Werzaz das bedauert. Er hatte sich um einen ehrenhaften Tod betrogen gefühlt und wollte nicht als Krüppel weiterleben – aber die Fei hatte für seine Heilung gesorgt, und damit schien alles wieder gut zu sein.

»Aber ein Goblin wie Werzaz«, sagte Wito, »was sollte der noch anfangen? Der Krieg war vorüber, und er war in einer Umgebung gefangen, in der ein aufrechter Kampf nicht mehr zählte. Er muss ständig das Gefühl gehabt haben, dass seine größten Taten bereits hinter ihm liegen. Ich glaube, am Ende fühlte er sich immer noch um seinen ehrenhaften Tod betrogen, und er hat ihn hier gesucht. Lebe wohl, Krieger!«

Erst spät am Vormittag kam Frafa wieder zu ihrem Turm. *Ihr Turm.* Sie war allein.

Nachtalben lebten nicht in Gesellschaft. Sie lebten in einem Haushalt mit Herren und Untergebenen. Eine zufällige, nur auf Zweckmäßigkeit ausgerichtete Gemeinschaft. Aber als Frafa durch den leeren Turm schritt, empfand sie Einsamkeit.

Sie stieg vom Eingang bis zur höchsten Spitze und ging wieder zurück. Jetzt waren alle fort. Bleidan war der Letzte gewesen, der mit ihr in Aldungans Turm geblieben war. Alle anderen Alben, die Schüler und Familiare, waren schon vorher verschwunden. Genau wie die Goblins und die Menschen, die Nachtmahre und Kobolde und Gnome der Dienerschaft. Bleidan war der Letzte gewesen, und nun war er fort. Wie konnte eine einzige Person einen solchen Unterschied machen?

Frafa fror, und sie schlang die Arme um den Leib. Eine Weile stand sie in ihrem alten Zimmer. Es war leer. Sie ging in den Arbeitsraum, wo Bleidans Tiere in den Käfigen lebten. Sie kratzten und scharrten in den Vivarien, rieben sich klirrend an den Gitterstäben, sie surrten und knackten und keckerten. Aber Frafa fühlte sich auch hier allein.

Sie ging in ihr neues Zimmer, schob Holz in den Ofen und setzte sich aufs Bett.

Es war jetzt ihr Turm.

Bleidan war fort. Aber sie konnte neue Diener einstellen. Sie konnte diesen Haushalt besser führen, als Bleidan es getan hatte. Sich mehr darum kümmern. Immerhin hatte sie eine Stellung im Palast, und Darnamur wollte ihr einen Platz im Rat verschaffen. Wenn sie es wollte, konnte sie diesen Turm wieder mit Leben füllen.

Nachtalben brauchten keine Gesellschaft, sie brauchten Herren und Diener. Nun war sie die Herrin, und Diener ließen sich finden. Frafa sah sich selbst in ihrem Turm, umgeben von neuen Dienern und Sklaven ... und mit einem Gefühl im Herzen wie eben in Bleidans Arbeitszimmer mit all den Tieren um sich.

War die Leere im Turm oder war sie in ihrem eigenen Inneren?

Die Wege der Nachtalben kreuzten sich und trennten sich wieder, aber jeder folgte seinem eigenen. So war das bei Nachtalben.

Frafa versuchte zu schlafen, aber sie träumte. Sie hörte Stimmen, hetzte durch leere Räume. Sie sah Bleidan und hatte etwas vergessen oder befand sich sonst in einer peinlichen Lage.

Immer wieder schrak sie hoch. Hatte sich ein Nachtmahr im Turm eingenistet, in einem nicht abgeschirmten Zimmer? Frafa wälzte sich auf die andere Seite. Schließlich stand sie auf und setzte sich an den Tisch. Sie hatte ihre Ausbildung ohnehin zu lange vernachlässigt. Der Schlaf floh sie oder tat ihr weh, aber natürlich gab es andere Möglichkeiten. Jetzt war die Zeit gekommen, um die Kunst der Meditation einzuüben.

Alle Nachtalben pflegten sie, irgendwann.

Die Goblinfestung erhob sich auf einem Steilhang über einem namenlosen Pass tief in Leuchmadans Zinnen. Zwischen schiefen Türmen verliefen kurze Mauerstücke, und der ganze Bau sah so aus, als hätte man ihn zusammengepresst, damit er in der engen Nische Platz fand. Zu erreichen war die Festung nur über einen schmalen Saumpfad, der in scharfen Kehren in den Fels geschlagen war.

Eis und Schnee glitzerten auf den Gipfeln ringsum und in

allen Ritzen des dunkelgrauen Gemäuers. Schwarze Schießscharten blickten auf die weit unten liegende Passstraße hinab wie leere Augenhöhlen. Nichts regte sich auf den Zinnen, die im hellen Sonnenlicht verlassen unter einem lichtblauen Himmel lagen.

Da schoss eine Feuersäule aus der Steilwand, über die höchsten Turmspitzen hinaus. Sie riss Steine und Staub mit sich, verschlang die Festung und verblasste schließlich. Eine Rauchsäule blieb zurück, dick und grau und schwer. Sie wuchs langsam dem Himmel entgegen und zerfaserte. Im Umkreis hagelte es Felsbrocken.

Durch den Rauch hindurch konnte man allmählich wieder den Steilhang sehen. Ein Stück fehlte, als wäre es herausgebissen worden, vom Fuß des Berges bis hinauf zu der Goblinfestung, von der nur noch ein paar Türme und Mauerreste am Rand eines klaffenden Abgrunds standen.

Während die Beobachter von der anderen Seite des Talgrunds her zusahen, neigte sich das Mauerwerk, bröckelte ab und stürzte nach und nach in die Tiefe. Bald war die Festung ganz verschwunden.

Gulbert setzte das Fernglas ab. »Eine beeindruckende Erfindung, euer Sprengpulver«, stellte er fest.

Er stand mit den Fürsten von Bitan und den übrigen Befehlshabern am Rand einer Almwiese, die gegenüber der Festung an einem Berghang lag. Ein guter Teil des Heeres lagerte hinter ihnen.

Sukan ließ ebenfalls sein Glas sinken, blickte mürrisch drein und schwieg. Ein anderer Fürst, Delando von Fertuelas, meldete sich zu Wort. Er klang gereizt. »Ja. Ein großartiges Schauspiel zu Eurem Amüsement, Herr Zauberer. Aber denkt Ihr auch daran, dass wir nicht ausgezogen sind, um Termitenhügel in die Luft zu sprengen?«

Gulbert schaute den Fürsten von Fertuelas an und schüttelte milde den Kopf. »Herr Delando, seid doch nicht so hitzköpfig! Sollen wir etwa nach Daugazburg weitermarschieren, solange wir die Feinde noch in unserem Rücken haben?«

»Was für Feinde?«, warf Sukan ein. »Seit Wochen rennen wir hier durch die Berge. Die Festungen von dem Geschmeiß sind kaum besetzt. Die Feinde, auf die wir stoßen, sind nichts als Räuberbanden. Die Grauen Lande sind reif für die Ernte, und wir verschwenden hier unsere Zeit!«

»Unterschätzt die Finstervölker nicht.« Gulbert hob mahnend den Zeigefinger. »Bedenkt, was beim letzten Mal geschah. Vor tausend Jahren schlugen wir den Feind, und doch rannten wir uns an den mächtigen Wällen von Daugazburg die Köpfe ein. Vor dem letzten Vorstoß will ich erst allen Widerstand brechen. Wir müssen uns auf eine lange Belagerung einstellen; da will ich nicht zwischen den Mauern von Daugazburg und einem Entsatzheer in die Zange geraten.«

»Belagerung?« Delando lachte und wies mit der Hand über das Tal. »Das war vor tausend Jahren! Wie mächtig auch immer die Mauern von Daugazburg sind – heute haben wir die Mittel, um sie zu Staub zu zerblasen. Wenn sie ihre Tore mit Magie geschützt haben, dann sprengen wir den Boden unter ihren Füßen weg. Die Zeiten, da hohe Wälle Schutz boten, sind vorüber. Jetzt, da die Menschen von Bitan selbst Berge aus dem Weg räumen können.«

»Hm, ja …« Gulbert strich sich nachdenklich den Bart. »Euer Sprengpulver. Wir werden neue Vorräte davon anfordern müssen. Ich habe die letzten Fässer für diese Festung verwendet. Wir werden mehr davon brauchen, bevor wir uns gegen Daugazburg wenden können.«

# 20. Kapitel: Bündnisse

*Was Saira und Tartanis angeht ... das sind nur Gestalten aus alten Geschichten. Es war niemals die Wahrheit. Ich glaube nicht, dass die Alben jemals wirklich so waren.*

*Die Alben der alten Tage haben diese Geschichten nicht erzählt, weil sie wirklich so gedacht haben. Sie haben sich diese Geschichten erzählt, weil sie so hart sein wollten, damit sie den Schmerz ihres Daseins nicht mehr spüren. Sie wollten umarmen, was ihnen aufgezwungen worden war, damit sie die gnadenlosen Kämpfe in den Grauen Landen und die Taten, zu denen sie getrieben wurden, nicht als Zwang und Gefangenschaft empfinden mussten.*

Bleidan, der Nachtalb,
nach den Erinnerungen der Nachtalbe Frafa

Im Lenzmond 41 nLR – Vorfrühling in Daugazburg

»Ihr wollt Bleidan hinrichten lassen!« Aufgebracht stürmte Frafa in Darnamurs Arbeitszimmer und stützte die Hände auf seinen Schreibtisch. »Das war so nicht vereinbart.«

Darnamur verzog das Gesicht. Hinter Frafa schaute ein Mensch in das Zimmer, der vor der Tür Wache stand. Darnamur winkte ihn fort, und der Posten schloss die Tür.

»Genau genommen«, sagte Darnamur zu der Albe, »haben wir überhaupt keine Einzelheiten zum weiteren Schicksal der Verschwörer vereinbart.«

»Selbst die Fei hat ihn damals nur in den Kerker geworfen!«

»Und jetzt ist sie tot«, sagte Darnamur. »Das ermuntert mich nicht eben, in politischen Dingen ihrem Beispiel zu folgen.«

Frafa zitterte. Sie richtete sich vor dem Schreibtisch auf, ballte die Hände zu Fäusten. »Aber ...«, stotterte sie. »Ihr könnt ihn nicht umbringen! Ich habe Euch geholfen. Ihr könnt jetzt nicht einfach allein entscheiden.«

Darnamur öffnete den Mund, schluckte dann aber seine Erwiderung herunter. Er neigte den Kopf und schaute Frafa an. Sie trug Balgir wie einen Gürtel um die Hüfte geschlungen. Ihr Kleid war zerknittert. Ein paar Strähnen standen ihr vom Schopf ab.

»Du hast recht, Frafa«, sagte Darnamur schließlich. »Ich kann das nicht allein entscheiden. Es ist eine Angelegenheit des Rates. Viele Ratsmitglieder sind beunruhigt über das, was Bleidan getan hat. Leuchmadans Kästchen, verstehst du?«

»Leuchmadans Kästchen ist dort, wo Ihr es immer aufbewahrt habt«, erwiderte Frafa. »Bleidan ist nicht einmal in seine Nähe gekommen.«

»Aber er hat es versucht«, sagte Darnamur. »Er wusste ja nicht, dass du ihm eine Fälschung bringst. Verstehst du, Frafa? Leuchmadans Kästchen ist für viele ein Grund zur Sorge. Es verleiht Macht, und nur die Nachtalben können sie nutzen. Mit dem Kästchen hätten Bleidan und die Alben den Rat stürzen können. Menschen und Nachtmahre, Kobolde und Vilas sind zutiefst erschüttert über diesen Verrat. Der Versuch ist gescheitert, doch er hat gezeigt, was Bleidan tun *wollte.*«

»Bleidan wollte den Rat nicht stürzen«, sagte Frafa. »Er wollte ... einfach nur mehr Einfluss gewinnen. Und das Kästchen hätte er zum Wohle der Stadt gebraucht.«

Darnamur grinste. »Er wollte mich stürzen. Du kannst nicht erwarten, dass du mich mit diesem Einwand für ihn gewinnen kannst.«

»Aber das ist kein todeswürdiges Verbrechen. Und es war nicht gegen den Rat gerichtet.«

»Du hast erlebt, wie rasch zwischen Bleidan und seinen Freunden das Misstrauen wuchs, als es um das Kästchen ging«, sagte Darnamur. »Kannst du dir nicht vorstellen, was der Gedanke an dieses Artefakt im Rat bewirkt? Selbst diejenigen, die mit meinem Vorsitz nicht zufrieden sind, empfinden Unbehagen, wenn sie sich diese Macht in den Händen eines Nachtalbs vorstellen.«

»Ich halte diese Macht jeden Tag in den Händen«, wandte Frafa ein.

»Ja«, sagte Darnamur. »Das könnte noch ein Problem geben. Wir sollten diesen Punkt im Rat ein wenig vage halten. Es ist ärgerlich genug, dass ich im Zusammenhang mit Bleidans Verschwörung das Vorhandensein des Kästchens offiziell zugeben musste. Aber ein Gnom kann die Magie darin nicht nutzen. Solange klar ist, dass ich die Kontrolle über das Kästchen habe, dürfte der Rat es dulden.«

Er sprang von seinem Stuhl herunter und ging um den Schreibtisch herum. »Viele im Rat fordern Bleidans Tod. Die Entscheidung darüber liegt nicht mehr bei dir oder bei mir. Ein Gerichtsausschuss wurde eingerichtet. Es ist für uns beide besser, wenn du weder deine Verbindung zu dem Kästchen noch zu Bleidan allzu deutlich werden lässt.«

Darnamur beäugte misstrauisch Balgir, der von Frafas Hüfte aus zurückstarrte. Die Augen der Echse waren zu schmalen Schlitzen zusammengekniffen. Der Kopf folgte lautlos Darnamurs Bewegungen.

»Kann ich denn gar nichts tun?«, fragte Frafa. »Ich wollte Bleidan nicht töten!«

»Du wirst bald im Rat sitzen. Wie ich es dir versprochen habe. Du wirst die Leute kennenlernen, die über Bleidans Schicksal entscheiden. Sieh zu, was du erreichen kannst. Allerdings stehst du selbst nah an dem Abgrund, in den Bleidan gestürzt ist. Ich rate also zur Vorsicht.«

»Ich dachte«, bemerkte Audan mutlos, »man könnte seinen Traum lenken, wenn man erst einmal erkannt hat, dass man träumt.«

Die drei Gnome waren nun schon tagelang in Witos Felsenlabyrinth unterwegs auf der Suche nach einem Ausgang. Sie hielten nach einem Pass Ausschau, nach einer Siedlung – was auch immer sich an hilfreichen Wegmarken aus der Wirklichkeit in diese Traumlandschaft übertragen ließ. Aber ihre Hoffnung hatte sich nicht erfüllt. Die Landschaft blieb karg und einsam, von steilen Hängen gesäumt, die nur wenige Wege offen ließen.

Nach einer Weile hatten Audan und Magati beinahe vergessen, dass sie auch ein anderes Labyrinth kannten, ein Labyrinth, das immer noch über ihnen liegen musste, wenn der Traum nicht auch diese Logik verzerrt hatte. Mitunter, wenn Magati daran dachte und das einsame Bergland sich besonders schlecht mit den gemauerten Gewölben in Einklang bringen ließ, war sie in Versuchung, sich doch wieder groß zu machen, nur um zu sehen, wie das Labyrinth es schaffte, den Ausblick in kleiner Gestalt mit dem, was sie in ihrer großen Gestalt sah, passend zu machen. Aber sie tat es nicht.

Wenn sie erst einmal aus der Rinne getreten war, würde sie das richtige Tal womöglich nicht wiederfinden.

Wito antwortete Audan. »Womöglich liegt es daran, dass es nicht *unser* Traum ist.«

»Dann sollten wir vielleicht nicht länger nach einem Ausgang suchen«, sagte Magati, »sondern nach dem Träumer. Nach dem wahren Träumer, der diesen Traum lenken kann.«

»Aber wer ist der wahre Träumer?« Audans Stimme klang anklagend. »Was für ein Goblinhirn träumt sich ein Labyrinth, das allen, die dorthin geraten, ihre ganz persönlichen Schrecknisse schickt? Glaubt ihr wirklich, so jemand würde uns helfen, wenn wir ihn finden?«

»Er weiß möglicherweise gar nicht, dass er träumt«, gab Magati zu bedenken. »Er könnte dankbar sein, wenn wir ihn darauf hinweisen. Es kann jedenfalls nicht schaden, sich den Träumer als Ziel zu wünschen.«

»Als das Wünschen noch geholfen hat ...«, murmelte Wito.

Sie fanden Wurzeln zum Essen, trockenes Buschwerk und Rinnsale mit klarem, bitterem Wasser. Dennoch zehrte das Land an ihren Kräften, vor allem an den Kräften der Seele. Wito war am längsten hier, und je länger Audan und Magati mit ihm wanderten, umso mehr spürten sie in ihm eine Müdigkeit, die über körperliche Erschöpfung hinausging.

Es schien fast so, als wäre es ihm gleichgültig, wohin sie sich wandten. Man mochte meinen, die Ankunft der Gefährten wäre schon das Ziel seiner persönlichen Wünsche gewesen. Aber Magati war nicht bereit, aufzugeben. Es waren schon einmal Gefangene aus dem Labyrinth entkommen, und wenn es diesen Weg gab, würden sie ihn finden.

Sie schaute zum Himmel empor. »Wir suchen uns jetzt den hellsten Stern und folgen ihm«, sagte sie. »Soweit das Labyrinth es zulässt. So haben wir zumindest eine Richtung.«

Die drei Gnome blickten nach oben.

»Das sind überhaupt keine wirklichen Sterne«, widersprach Audan. »Du weißt doch, dass über uns nichts weiter ist als eine gemauerte Decke. Diese Funken dort sind bloße Täuschungen. Zufällige Spiegelungen des magischen Lichts in den Gängen, womöglich.«

»Für mich sehen sie echt genug aus«, erwiderte Magati trotzig.

»Wer sagt uns, dass sie beständig sind?«, wandte Audan ein.

»Dort.« Magati ließ sich nicht beirren. »Seht ihr diesen blauen Stern, der ein wenig tiefer steht? Er wirkt so fern! Den nehmen wir. Und ich nenne ihn den ›Träumer‹.«

Audan verzog das Gesicht. »Jetzt gibst du den Funken schon Namen! Möchtest du auch noch eine Karte von der Landschaft zeichnen? Ich will einfach nur weg, und das so schnell wie möglich.«

»Karten!« Wito blickte auf. »Habt ihr Schreibmaterial dabei? Vielleicht können wir uns tatsächlich zurechtfinden, wenn wir ...«

Audan unterbrach ihn. »Ich sag euch was. Bevor wir stundenlang hinter falschen Sternen herwandern, schauen wir lieber gleich, was sich dahinter verbirgt. Ob dort wirklich etwas ist.«

Magati schaute ihn fragend an. Dann erkannte sie, was er vorhatte. »Nein!«, rief sie und sprang auf ihn zu.

Aber Audan machte sich groß.

»Ausgeschlossen!«, rief Grefan empört. »Das ist eine Ungeheuerlichkeit!«

Frafa stand neben der Bank der Alben im Ratssaal. Als sie zum letzten Mal hier gewesen war, war es noch der Thronsaal der Fei gewesen. Jetzt waren die Spiegel am Boden von Teppichen bedeckt, die Kristallsäulen waren entfernt worden. Nur unter der Decke und an den Wänden war noch etwas von dem reinen Glanz zu sehen, mit dem Geliuna sich umgeben hatte. Frafa schaute unschlüssig zu Darnamur hin, der am Pult des Redners stand.

»Was stört Euch daran, Grefan?«, fragte Darnamur. »Sie war immerhin Bleidans Vertraute. Ich hätte nie geglaubt, dass Ihr auch gegen diese Neubesetzung des Rates etwas einzuwenden habt!«

Auf der Albenbank waren drei Plätze unbesetzt. Grefan saß auf der linken Seite, Salvan auf der rechten, mit einem gehörigen Abstand zu den sechs übrigen Mitgliedern.

Grefan war ganz grün im Gesicht. »Sie war Bleidans *Schülerin*! Euer Vorschlag ist eine Missachtung des Rats, eine Missachtung der Alben. Dieses Mädchen steht für überhaupt keine Partei. Sind wir jetzt so weit, dass ein Gnom die Vertreter der Nachtalben ernennt?«

»Ihr solltet froh sein, dass Alben überhaupt noch Einlass finden hier«, warf ein Nachtmahr ein. »Nachdem sie eben erst eine Verschwörung angezettelt haben, um den Rat zu stürzen.«

»Eine Verschwörung aus *Eurer* Partei, Grefan«, bemerkte Tomgar. »Alle Verschwörer waren *Fortschrittsfreunde.* Es wäre an der Zeit, dass der Einfluss dieser zweifelhaften Gruppe beschränkt wird.«

»Ich habe mich an keiner Verschwörung beteiligt!«, ereiferte sich Grefan.

»Weil Ihr ein Nörgler seid, Grefan«, sagte Salvan beißend. »Und viel zu dumm. Bleidan wäre nie auf den Gedanken gekommen, Euch einzuweihen.«

»Lenken wir nicht ab.« Der Alb, der mit einigem Abstand neben Salvan saß, warf diesem einen giftigen Blick zu. »Es geht um die Ernennung. Das Mädchen hat im Hohen Rat nichts zu suchen. Sie ist Darnamurs Handpuppe. Sie hat keinerlei eigene Macht und keine Unterstützung.«

»Ganz genau!« Grefan erhob sich und trat auf Frafa zu. Er legte eine Hand auf ihren Arm, wandte das Gesicht aber den Ratsherren zu. Es war die Geste eines Sklavenhändlers, der auf dem Markt über seine Ware sprach, und Frafa schnappte empört nach Luft.

»Wenn ihr das zulasst«, sagte Grefan, »zeigt ihr deutlich, dass diese Versammlung nichts weiter ist als ein Marionettentheater. Ich setze mich nicht neben ein Kind und eine Schülerin und tue so, als wäre sie meinesgleichen. Und wenn ich sie eigenhändig hinauswerfen muss!«

Er grub seine Finger so tief in ihren Arm, dass es wehtat. Frafa machte einen Schritt zurück, aber Grefan hielt sie eisern umklammert und zerrte sie Richtung Tür. Andere Ratsmitglieder sprangen auf und redeten durcheinander. Darnamur hieb mit seinem Holzklotz auf das Pult, dann griff er nach der Glocke.

Frafa sträubte sich. Sie sah Darnamur an, spürte den Schmerz in ihrem Arm. Wut stieg in ihr auf. Darnamur hatte ihr einen Platz im Rat zugesichert, sie hierher gebracht, und nun ließ er zu, dass man sie vor aller Augen demütigte! Sie wollte sich losreißen, aber Grefan war stärker.

»Du ...« Sie versuchte, mit der Linken seine Hand von ihrem Arm zu schlagen. Etwas regte sich in ihr. Frafa schlug mit dem Leib und mit ihrer Essenz!

Grefan schrie auf und riss seine Hand fort.

Darnamur hatte schon die Glocke angehoben, um die Ordner zu rufen. Jetzt sah er gebannt zu und ließ sie wieder sinken.

Es war still geworden im Saal. Nur Grefans Wimmern schnitt durch die Luft, und alle sahen ihn an. Er hielt seine Hand hoch erhoben, und schwarzes totes Fleisch blätterte davon ab, rieselte als Asche zu Boden. Frafa rückte eilig von ihm weg.

»Was ... was«, stotterte er. Er schaute Frafa an. »Was hast du getan ...«

Seine dunklen Augen waren weit aufgerissen. Er sah zu, wie die Auszehrung sich ausbreitete. Sie erfasste seine ganze Hand. Ein Finger fiel ab, verdorrte, während er fiel, und zerstäubte zu Asche, als er am Boden aufkam. Die Haut am Handgelenk löste sich in Schuppen.

Frafa schlug die Hand vor den Mund. Ganz unwillkürlich und ohne nachzudenken hatte sie mit ihrer Essenz die Bewegung nachvollzogen, die sie seit vielen Mondläufen tagtäglich immer wieder vollführte. Die Bewegung, mit der sie die Lebenskraft aus Leuchmadans Kästchen riss und im Äther verteilte.

Grefans Gesicht war grau geworden. Er schien sich zu konzentrieren. Aber die Auszehrung wanderte langsam seinen Arm empor, und Haut und Fleisch und Knochen wurden zu Asche. Frafa sah mit ihren anderen Sinnen, wie Grefans Lebenskraft von ihm fortstäubte und den Leib mitriss.

»Helft mir!«, stieß Grefan hervor. »Ich kann ... es nicht aufhalten!«

»Oho«, meinte Salvan spöttisch. »Wie kann das sein? Der Zauber eines Kindes ohne eigene Macht? Ausgeschlossen, dass so etwas den großen Grefan zu Fall bringt!«

Grefans Freunde traten zu ihm. Sie legten die Hände auf seinen Leib. Einer riss den Ärmel ab, damit sie die Auszehrung besser sehen konnten. Frafa spürte Magie. Aber es war Grefans Lebenskraft, die zerfiel, und keiner dieser Alben kannte sich damit aus.

*Bleidan könnte ihn retten,* dachte Frafa. Sie sah sich im Raum um, sagte aber nichts. Sie las Entsetzen auf den Gesichtern mancher Ratsmitglieder, neugierige Anteilnahme oder hämische Freude bei anderen.

Grefans Arm war nur mehr ein kleiner Stumpf. Es floss kein

Blut, nichts Lebendes war an der Wunde zu sehen. Nur tote Asche, die abflockte und weiter den Arm hinaufkroch.

Grefan löste sich von seinen Freunden. Er sah Frafa an. »Bitte«, stammelte er. »Hilf mir. Nimm es weg. Ich ... habe keine Einwände. Ich stimme für dich!«

Frafa hob abwehrend die Hände. »Ich kann das nicht«, stieß sie atemlos hervor. »Ich habe noch nie ... zurückgetan. Ich weiß gar nicht, warum es immer weitergeht.«

»Tu es einfach!«, fuhr ein Alb sie an. Frafa hatte ihn öfter bei Bleidan gesehen, aber im Augenblick fiel ihr sein Name nicht ein. Alle Gesichter im Raum verschwammen. Frafas Gedanken wirbelten durcheinander. »Er stirbt!«, rief der Alb.

Frafa tat ein paar Schritte auf Grefan zu. Der streckte ihr flehend einen Arm entgegen und den winzigen Stumpf. Schon rieselten Ascheflocken von der Schulter aus seinem Gewand.

Frafa griff mit ihrer Essenz aus. Sie konnte Grefans fein verwobene Lebenskraft spüren. Noch nie hatte sie sich so in die Einzelheiten des ätherischen Gewebes vertieft, das einen Nachtalb leben ließ, in die Nähte, die das magische Sein an die Lebenskraft und an den Leib knüpften. Es war, als wären einige Knoten darin aufgegangen, und die frei werdenden Stränge rissen die nächsten Knoten mit. So fein waren die Fäden, dass Frafa sie nicht zu fassen bekam. Sie hätte auch nicht gewusst, wie sie sie wieder hätte verknüpfen sollen.

Sie wich zurück. Erschrocken sah sie, wie die Haut von Grefans Hals abblätterte. Grefan schrie, dann wimmerte er wieder. Inmitten seiner Gefährten brach er in die Knie. Das Gewicht der Haare riss ihm die tote Kopfhaut vom Schädel, und man sah den blanken Knochen. Dann zerfiel auch der, und die Haare am Boden lösten sich ebenso auf.

Von Grefan blieb nur ein Haufen Asche.

»Du verfluchte Hexe!«

Ein Alb trat auf sie zu und hob die Arme. Darnamur griff wieder nach der Glocke. Frafa spürte, wie die Essenz des Albs nach ihr tastete. Sie versuchte sich zu schützen, doch sie wusste nicht, wie man einen Zauber abwehrte.

Aber da ließ das Tasten schon nach, und der Alb taumelte zurück. Sein Gesicht war grau geworden. »Leuchmadans Gnade«, keuchte er. »Was hast du in deiner Essenz?«

Die übrigen Albenräte wichen zurück. Sie standen dicht beieinander wie Schafe beim Anblick eines Wolfs. Einer von ihnen wandte sich Darnamur zu. »Sie!«, stieß er hervor. »Sie ist die Albe, die für Euch Leuchmadans Kästchen hütet. Wisst Ihr eigentlich, was Ihr da tut? So viel Macht, so wenig Beherrschung! Sie ist derart durchtränkt von Leuchmadans Kraft, dass sie jederzeit selbst verbrennen könnte.«

Darnamur zuckte die Achseln. Wieder stellte er die Glocke hin. »Jemand muss sich um das Kästchen kümmern«, sagte er. Er ließ seinen Blick über den Rat schweifen. »Alle Pflanzungen würden endgültig verdorren, und wir würden in einer Wüste zugrunde gehen, wenn sich keiner findet, der regelmäßig Kraft aus diesem Behältnis in das Land entweichen lässt. Ich denke, es ist im Sinne des Rates, wenn diese Aufgabe einer Albe zufällt, die zu unerfahren ist, um die Macht für eigene Zwecke zu missbrauchen. Die andere Möglichkeit wäre, das Kästchen einem erfahrenen und ehrgeizigen Nachtalb zu überlassen – wie Bleidan, beispielsweise.«

Ein Gemurmel erhob sich unter den Ratsmitgliedern. Die Alben schauten einander grimmig an. Sie mieden Frafas Blick.

Frafa hob ihren Arm und schaute ihn an. Stand sie kurz davor zu verbrennen? Oder so zu vergehen wie Grefan? Ihr schauderte. Sie hatte nicht gewusst, dass das Kästchen ihre Essenz veränderte ... Nein. Sie erinnerte sich. Sie hatte sehr wohl gespürt, dass etwas in ihr vorging, seitdem sie die Kraft des Kästchens nicht nur verteilt, sondern auch davon gekostet hatte. Sie musste aufhören damit.

»Also gut«, sagte Darnamur. »Ich schätze keine Gewalt im Rat. Aber Grefan hat als Erster die Hand erhoben, und ich denke, sein Beispiel hat zugleich den Haupteinwand entkräftet, der gegen die Kandidatur von Fräulein Frafa vorgebracht wurde.

Ich stelle also noch einmal den Antrag, dass die Nachtalbe Frafa, die offizielle Bewahrerin des Lebens der Grauen Lande und des Kästchens von Leuchmadan, auch einen Platz hier im Hohen Rat erhält. Oder will sonst noch jemand darauf verweisen, dass sie zu jung ist und zu schwach und dass es für jeden Alb eine Schande wäre, neben ihr auf einer Bank zu sitzen?«

Die Alben sahen einander an. Grimmig kniffen sie die Augenbrauen zusammen, blickten von der zusammengefallenen Robe inmitten eines Haufens Asche, die Grefan gewesen war, zu den anderen Ratsmitgliedern.

Salvan erhob sich. Er lächelte und streckte Frafa die Hand entgegen. »Mir jedenfalls wäre es eine Ehre, wenn die edle Dame an meiner Seite Platz nähme«, verkündete er. »Immerhin hat selbst Grefan zuletzt seine Stimme für sie abgegeben.«

Als Audan seine Größe änderte, folgte Magati ihm hastig. Sie wollte in diesem unberechenbaren Labyrinth nicht ihren Gefährten verlieren. »Wito, komm mit«, rief sie noch.

Dann stand sie wieder in dem gemauerten Stollen, den sie vor so langer Zeit betreten hatte. Sie blinzelte verwirrt, denn inzwischen war dieser Ort ihr fremd geworden. Ihr war, als hätte sie mit ihrer Größe auch den Ort gewechselt. Nur wenige Augenblicke zuvor hatte sie noch im Freien gestanden, und da *waren* Sterne über ihr gewesen!

Wito erschien neben ihr, und die drei Gnome waren wieder beisammen. Magati atmete auf. Audan stand an dem Fleck, wo er herausgekommen war. Seitdem Magati zu ihm gestoßen war, hatte er sich nicht gerührt. Wito trat einen Schritt nach vorn. Dann hob er den Arm.

»Seht!«

Magatis Blick folgte der Geste. Wo sie in kleiner Gestalt den Stern gesehen hatte, leuchtete tatsächlich ein bläuliches Licht durch den Gang, die erste klar umrissene Lichtquelle, die sie im Labyrinth des Schreckens bisher gesehen hatte. Das Funkeln kam von weit her, sah aber gar nicht mehr nach einem Stern aus. Für eine Lampe wirkte das Licht zu kalt.

»Audan. Magati«, sagte Wito. »Wie mir scheint, habt ihr beide recht. Folgen wir dem Licht in unserer großen Gestalt, und sehen wir zu, wohin es uns führt.«

Er ging los, aber Audan griff nach seiner Jacke. »Warte. Das könnte eine Falle sein. Der Köder eines Ungeheu... Ahhh!«

Magati hatte ihrem Gefährten einen Schlag auf den Hinterkopf versetzt, und Audan verstummte gekränkt.

»Ich hab dich gewarnt!«, sagte sie und stapfte an Audan vorbei.

Nach einer Weile erkannten sie, dass der Schimmer aus einer Türöffnung fiel, die seitlich vom Gang abzweigte. Sie pirschten vorsichtig näher und spähten hinein.

Die Kammer dahinter maß vielleicht zehn mal zehn Schritte. Die Wände waren nicht gemauert wie der Gang, sie bestanden aus glattem Stein. In der Mitte erhob sich eine schmale Säule, auf der ein großer Edelstein ruhte. Von diesem Stein ging das bläuliche Leuchten aus.

Die Gnome brauchten einen Augenblick, bis sie im Schatten der Säule eine kauernde Gestalt in einem blauen Gewand ausmachten. Sie war riesig, aber spindeldürr, ihr Leib sah beinahe aus wie eine Schlange, der Arme und Beine gewachsen waren. Der Kopf war kahl, und mit den fein geschnittenen Zügen und den spitzen Ohren wirkte das Geschöpf wie ein Zwitterwesen aus Elf und Nachtalb. Auch seine Haut war grünlich wie die eines Albs.

»Der Träumer!«, wisperte Magati.

Die zusammengekauerte Gestalt hob den Kopf und schaute zum Durchgang. Langsam richtete sie sich auf.

Salvan lächelte, als Frafa den Saal betrat. Er winkte ihr zu. Die Alben daneben musterten Frafa finster, und ganz von selbst trat sie an die rechte Seite der Bank und setzte sich neben Salvan. Dieser hatte sein langes Seidenhaar zu einem Zopf geflochten, der ihm nach vorn über die Schulter hing.

Frafa sah ihn kurz an und wandte verlegen den Blick ab. Die Sitzung dauerte nicht lange. Über Nacht waren weitere Berichte angekommen. Bitaner plünderten an der Grenze. Frafa fand das nicht sehr bemerkenswert, denn der Krieg gegen Bitan dauerte nun schon seit Jahrtausenden an. Aber das Heer der Bitaner schien größer zu sein als sonst, und einige Ratsmitglieder wirkten beunruhigt.

Frafa sah von den Nachtmahren zu den Vilas, von den Gnomen zu den Kobolden. Wann würde wohl über Bleidan verhandelt? Und wen musste sie deswegen ansprechen?

Ihr Blick glitt über Salvan hinweg zu den übrigen Alben. Die meisten von ihnen waren Bleidans Freunde. Das war ihr Volk, gemeinsame Anliegen verbanden sie. Diese Alben hätten Frafa im Rat einführen sollen.

Aber es waren auch Grefans Freunde. Frafa konnte sich unmöglich an sie wenden. Sie ballte die Fäuste und sah zu Boden.

Als die Sitzung vorbei war, eilte sie nach draußen. An der Tür hielt sie inne und machte wieder kehrt. Sie musste mit jemandem reden! War es nicht das, was Bleidan getan hatte, wenn er etwas erreichen wollte? Mit Ratsmitgliedern außerhalb der Sitzungen sprechen?

Sie verweilte am Eingang zur Halle, beobachtete die Grüppchen, die beisammenstanden und sich berieten. Einige Ratsmitglieder gingen an ihr vorbei. Nur wenige grüßten. Frafa grüßte zurück. Aber es waren Fremde für sie, und Frafa wusste nicht, wie sie ein Gespräch beginnen sollte.

»Ah, die Dame Frafa.« Salvan trat zu ihr. Er lächelte und fasste nach ihrer Hand. Frafa zog sie hastig zurück und legte sie an die Hüfte. Balgir regte sich auf ihrer Schulter.

Salvans Lächeln blieb unverändert. »Kommt«, sagte er. Er warf einen raschen Blick in den Saal. »Ich begleite Euch nach Hause.«

»Ich ... finde den Weg allein ...« Frafa verstummte. Salvan hatte Bleidan verhaftet. Kam er nun als Verbündeter nicht mehr in Frage?

Immerhin sprach er mit ihr. Das war mehr, als sie bei irgendeinem anderen Ratsherrn erreicht hatte. »Ich fürchte, Ihr habt Euch heute ein paar Feinde gemacht«, sagte er. »Ihr solltet nicht mehr allein durch die Gassen der Stadt gehen. Ihr braucht Verbündete.«

»Ihr seid kein Verbündeter«, erwiderte Frafa. »Ihr gehört ... zur Gegenseite.«

»Ich bin kein Mitglied der *Fortschrittsfreunde*«, sagte Salvan. »Das ist wahr. Ihr aber auch nicht, wenn ich richtig verstanden habe. Bleidan hat Euch ein Stück seines Weges mitgenommen, aber jetzt seid Ihr auf Euch allein gestellt.«

»Bleidan war mein Freund«, entgegnete Frafa. »Und ein Mitglied desselben Haushalts. Ihr habt ihn fortgebracht.«

»Und Ihr habt ihn verraten.«

Frafa zuckte zurück, aber Salvan streckte wieder die Hand aus und bekam ihren Arm zu fassen. Beruhigend strich er darüber. »Nein«, sagte er. »Das war kein Vorwurf. Wir haben uns beide nichts vorzuwerfen. Ich will nur darauf hinweisen, dass wir alle drei keinen persönlichen Groll gegeneinander hegen müssen, weder Bleidan noch Ihr noch ich. Wir beide haben mit Darnamur einen Handel geschlossen, der nur zufällig zu Bleidans Ungunsten verlief. Nachtalben tun so etwas. Genauso können wir auch zusammenarbeiten, wenn es uns gegenseitig Nutzen bringt.«

Frafa schaute Salvan an. Er hielt ihren Arm, nach allem, was sie Grefan angetan hatte. Salvan war ein junger Alb, aber stark und selbstsicher. Frafa fühlte sich an Bleidan erinnert. Die beiden hatten auf unterschiedlichen Seiten gestanden, aber womöglich waren sie gar nicht so verschieden.

Vielleicht war Salvan der Mann, über den sie eine Verbindung zu Bleidans Feinden herstellen konnte.

Er hielt immer noch ihren Arm, und gemeinsam verließen sie die Zitadelle und gingen zu Aldungans Turm. Salvan begleitete sie bis hinein. Frafa blickte zur Treppe. Sie dachte an all die leeren Geschosse über ihr, die Räume, das ausgebrannte Dach. Bleidans Arbeitszimmer. Ein leerer, kalter Turm, der ihr allein gehörte. Salvan ließ ihren Arm nicht los.

»Danke, dass Ihr mitgekommen seid«, sagte Frafa. Sie suchte nach Worten. Sie musste jetzt reden, sie musste mehr über den Rat erfahren. Über Bleidans Schicksal.

Sie schaute in Salvans Augen, die tief und dunkel waren. Sein makelloses Nachtalbengesicht wirkte feiner, als das von Bleidan je gewesen war. Frafa sah in Gedanken Bleidan vor sich, wie er aus dem Kerker der Fei zurückgekehrt war, das Antlitz matt und streng. Salvans Gesicht hingegen war rund und weich.

Er stand dicht vor Frafa und legte ihr eine Hand auf die Schulter. »Ich habe es gern getan«, sagte er. »Da herrscht eine feindselige Stimmung in diesem Rat. Es tut gut, jemanden bei sich zu haben, der in seinem Inneren nicht nur Ziele hat, sondern Leben.«

Frafa spürte seine Berührung. Sie drang durch ihre Haut und bis in die Essenz. Frafa erinnerte sich an jenen Tag, als Bleidan das erste Mal ihre Essenz mit der seinen erfasst hatte. Eine Träne trat ihr ins Auge.

»Was hast du?«, fragte Salvan. »Warum die Träne?«

»Es ...«, setzte Frafa an. »Eine Erinnerung. An die Zeit vor den Gnomen. Es war leichter damals.«

Salvans Hand wanderte tiefer. Unter der körperlichen Berührung spürte sie Salvans Magie, die über ihre Seele strich. Sie atmete schneller und konnte den Blick nicht von ihm abwenden. Er streichelte mit der anderen Hand über ihre Wange und nahm die Träne fort.

»Es wird wieder eine Zeit ohne Gnome geben«, sagte Salvan. »Wir werden dann immer noch hier sein. Wir sind Alben, Frafa. Die Zeit ist unser Freund.«

Frafa seufzte. Seine Hand streifte über ihren Bauch, und sie fühlte das Kribbeln in ihrem Inneren. Etwas löste sich, und Frafa ließ sich nach vorn sinken, legte die Stirn auf Salvans Brust. Er strich ihr über den Rücken. Seine Berührung löste Spannungen in ihrer Essenz, von denen Frafa gar nichts gewusst hatte.

»Verbünden wir uns, Frafa«, sagte er. »Du hast die Anlagen, und ich habe Erfahrung. Ich kann dir zeigen, wie du dich in der Politik zurechtfindest. Gemeinsam können wir viel erreichen – nicht gleich, aber mit der Zeit. Der Weg ist rau. Wir können ihn zusammen gehen.«

Sie hörte seine Stimme. Es tat gut, an ihm zu lehnen, seine

Berührung zu spüren. Zu fühlen, wie er Leib und Seele löste und Wärme in ihr weckte. Bleidan hatte immer nur etwas von ihr erwartet, aber er hatte sie nie einfach gehalten und *gegeben.* Frafa legte die Arme um Salvan und hielt sich fest. Sie wollte nicht mehr reden, aber sie streckte Salvan ihre Essenz entgegen, und sie berührten sich.

Salvan schloss sie fester in seine Arme und hob sie hoch. Dann trug er sie die Treppe empor, all die vielen Stufen hinauf bis zu ihrem Zimmer. Frafa schloss die Augen, und sie spürte seinen Leib und seine Seele, und Salvan umfing sie mit seiner Magie.

Er legte sie auf ihr Bett, und sie schrak hoch. Sie hatte ganz vergessen, wo sie war. Als sie die Augen aufschlug, sah sie Salvans Gesicht vor sich. Oder Bleidans Gesicht. Bleidan, wie er sein sollte, wie er ihr auf dem Drauzwinkel erschienen war: stark und schön und makellos.

Und Frafa fühlte sich geborgen.

»Gulbert!« Fürst Sukan von Opponua stürmte wutentbrannt in das Zelt. »Was soll das? Wollt Ihr als unbeliebtester Führer unserer Allianz in die Geschichte eingehen?«

Gulbert der Zauberer, Vorsitzender des Rates der Freien, saß auf einem reich verzierten Klappstuhl an seinem Tisch, ein Buch in den Händen, inmitten seiner mitgebrachten und im Laufe des Krieges zusammengeplünderten Ausstattung, und blickte zu seinem zornigen Besucher auf. Er klappte das Buch zu und erhob sich lächelnd.

»Wie kommt Ihr darauf, Sukan?«, fragte er unschuldig.

»Wie ich darauf komme?« Sukan schnappte nach Luft. »Ich meine natürlich Euren Auftritt im Kriegsrat eben! ›Es steht Euch vom Range her gar nicht an, mein Herr, mir Ratschläge zu erteilen.‹ Mit diesen Worten stolziert Ihr aus dem Zelt und lasst die Fürsten sitzen. Was denkt Ihr Euch dabei?«

Gulbert ging an Sukan vorbei und schlug die Zeltklappe herunter. »Ich denke, wir sollten nun leiser sprechen.« Er senkte selbst die Stimme. »Die Planen meines Zeltes sind dick und dämpfen unsere Gespräche. Aber wenn Ihr laut genug schreit, bekommen die Wachen dort draußen dennoch alles mit.«

»Was macht das für einen Unterschied?« Sukan fuchtelte mit den Armen. »Das ganze Lager spricht schon darüber. Ihr entzweit unser Heer, Gulbert! Bald wird die eine Hälfte auf eigene Faust nach Daugazburg weitermarschieren, und was die andere Hälfte dann tut, weiß Lucan allein.«

»Ihr missversteht mich, Fürst«, sagte Gulbert. »Euren Auftritt hier darf ruhig das ganze Lager mitbekommen. Sollen sie ruhig hören, wie wir uns streiten. Aber sie müssen nicht mitbekommen, wie eng wir zusammenstehen, dass wir verhandeln und gemeinsame Pläne schmieden.«

»Was?« Sukan legte den Kopf schief und schaute Gulbert verständnislos an.

»Unsere gemeinsamen Pläne«, sagte Gulbert. »Ihr erinnert Euch? Ich wollte Euch zum König von Bitan machen.«

Sukans Schultern sanken herab. Er schlurfte in die Mitte des großen Zeltraums, ließ sich dort auf einen Stuhl fallen und packte eine Korbflasche. Er setzte sie an den Mund und trank einen großen Zug. Dann wischte er sich mit dem Ärmel über den Mund.

»Wisst Ihr, Gulbert, vergessen wir diese Fantastereien. Es kommt doch nur eine weitere Enttäuschung dabei heraus, wie das letzte Mal, als Ihr mir große Versprechungen gemacht habt. Wie wollt Ihr mir jetzt zur Krone verhelfen, nachdem Ihr drei Viertel der Fürsten von Bitan gegen Euch aufgebracht hat? Ihr seid keine Hilfe für mich. Wenn Ihr Euch für meine Krönung einsetzt, werden die Fürsten mir diesen Wunsch erst recht abschlagen, nur um Euch damit zu treffen.«

»Deshalb«, erklärte Gulbert geduldig, »dürfen sie ja auch nicht erfahren, dass wir in gutem Einvernehmen stehen.« Er nahm gegenüber von Sukan Platz. »Ich setze mich ja auch nicht für Euch ein. Ganz im Gegenteil, Ihr habt Streit mit mir! Jeder konnte das gerade hören, und jeder bekommt es im Kriegsrat mit. Würde ich für Euch sprechen, würden die Fürsten Eure

Bitte abschlagen. Aber jetzt, da Ihr Euch gegen mich stellt, macht Ihr Euch die Fürsten gewogen.«

Sukan runzelte die Stirn. »Mag sein. Aber sie werden mich nicht gleich zum König krönen, nur weil ich mit Euch streite.«

»Das ist richtig«, stimmte Gulbert ihm zu. »Die Fürsten von Bitan wollen keinen König. Sie schätzen ihre Unabhängigkeit. Deswegen mache ich meinen Rang auch so auffällig geltend. Als Vorsitzender des Rates sitze ich als Erster neben Königen. Ein einfacher Fürst kann mir nicht auf Augenhöhe gegenübertreten. Ein König jedoch könnte das, denn er würde für ganz Bitan sprechen. Ich bin mir sicher, schon jetzt liebäugeln viele der Fürsten, die ich verärgert habe, mit diesem Gedanken. Ein König könnte die Gewichte im Kriegsrat verschieben. Die Bitaner würden an Einfluss gewinnen gegenüber den Zwergen und den Elfen, die mich unterstützen.«

»Hm«, sagte Sukan. »Aber warum sollten sie ausgerechnet mich wählen? Sie mögen mich nicht. Ihr selbst habt mir einmal zu verstehen gegeben, dass die meisten der Fürsten mich belächeln. Dass sie mich für altmodisch, ja sogar für dumm halten!«

»Überlegt doch, Fürst Sukan.« Gulbert beugte sich näher zu seinem Verbündeten und flüsterte. »Wir haben einen Haufen eifersüchtiger Fürsten. Keiner traut dem anderen, keiner gönnt dem anderen auch nur das Schwarze unter dem Fingernagel. Jetzt bringe ich sie in eine Lage, wo es für sie günstig wäre, einen König zu haben. Wen also werden sie wählen? Gewiss keinen ihrer Rivalen; niemanden mit echter Macht, dem sie zutrauen, das Reich zu einen.

Aber ein Fürst, der unter allen anderen Fürsten abseits steht. Den keiner ernst nimmt. Den sie in ihrem Herzen verachten und belächeln. Auf so einen Kandidaten könnten sie sich einigen. Es dürfte also ein Leichtes sein, Fürst Sukan, die Fürsten von Bitan in Eure Richtung zu stoßen. Sie wollen einen König, der es nur dem Namen nach ist, einen Titel ohne Befugnisse. Sie halten Euch für schwach. Man muss sie nur noch glauben machen, dass Ihr eine geeignete Marionette für ihre Zwecke abgäbet.«

Sukan sprang erregt auf. »Ich bin niemandes Marionette!«

Gulbert erhob sich und legte Sukan beruhigend die Hand auf die Schulter. »Wir beide wissen das, mein Fürst«, säuselte er. »Aber die Fürsten von Bitan wissen es nicht. Und wenn dieser Irrtum sie dazu bringt, Euch die Krone anzutragen, dann sollten wir sie darin bestärken. Wenn Ihr erst einmal auf dem Thron sitzt, könnt Ihr ihnen schon zeigen, wie Ihr diesen Platz ausfüllt. Aber jetzt müssen wir erst einmal, ganz behutsam, die Fürsten dazu bringen, dass sie von selbst auf den Gedanken kommen, den ich Euch gerade erläutert habe.«

»Hrm.« Sukan schnaubte. »In mir lebt der alte Rittergeist von Bitan fort. Ich bin ein Nachfahre von Lukar. Ich werde Bitan in ein goldenes Zeitalter zurückführen! Die Führung über diesen Kriegszug obliegt mir, und ich werde den Fürsten schon zeigen, was für ein König ich bin.«

»Ja«, sagte Gulbert. »Das klingt gut. Ich glaube, Ihr werdet die Fürsten davon überzeugen können, dass Ihr der Richtige für die Königswürde seid. Wenn sie in den nächsten Tagen vor der Wahl stehen, diesen Feldzug in Chaos und Auflösung enden zu sehen und mit geteilten Kräften nach Daugazburg zu marschieren oder mit Hilfe eines Königs die Führung über das ganze Heer zu erringen, dann schlägt Eure Stunde.«

Sukan setzte sich langsam wieder. Nachdenklich starrte er auf die Korbflasche mit dem Wein. »Ich frage mich nur ...«, hob er an. »Was springt für Euch dabei heraus? Wenn es Euch gar nicht ernst ist damit, das Heer hier in den Bergen festzuhalten, dann könntet Ihr es doch genauso gut selbst gegen Daugazburg führen und den Ruhm erringen!«

Gulbert strich sich den langen weißen Bart. »Ich bitte Euch, Sukan. Wir sind doch keine Krämer, die für jeden Handel einen Preis vereinbaren. Wir sind alte Verbündete!«

Sukan beäugte ihn misstrauisch.

»Natürlich«, fügte Gulbert hinzu, »erwarte ich von Euch, dass Ihr Euch in Zukunft auch wie ein Verbündeter verhaltet. Wenn Ihr König seid, werdet Ihr meine Stellung als Vorsitzender des Rats festigen und für mein Ansehen Sorge tragen.«

»Das versteht sich von selbst«, sagte Sukan. »Ich bin ein Mann von Ehre.«

»Das beruhigt mich ungemein«, sagte Gulbert. Mir waren schon Zweifel an Eurer Aufrichtigkeit gekommen. Es gibt da hässliche Gerüchte unter Euren Leuten.«

»Was für Gerüchte?«, fragte Sukan.

»Ich wäre mit der Finsternis im Bunde. Eure Soldaten erzählen, ich trüge eine Kette mit den Ohren ermordeter Feinde um den Hals. Solche hässlichen Verleumdungen gehen da um! Ich habe mich schon gefragt, wem daran gelegen sein könnte, so etwas in Opponua über mich zu verbreiten, und warum wohl.«

Sukan äugte auf Gulberts Brust. Unter der Robe zeichnete sich keine Kette irgendeiner Art ab. »Ich jedenfalls nicht«, erwiderte er fest. »Wenn ich glaubte, dass Ihr mit Leuchmadan im Bunde seid, würde ich Euch an Ort und Stelle niederstrecken.« Er zuckte die Achseln. »Ich werde diesen Geschichten entgegentreten, wenn mir solche zu Ohren ... äh ... kommen.«

## 21. Kapitel:
# Die Helden der Revolution

*Die Revolution muss fortgeführt werden. Die Fei ist gestürzt und Leuchmadan gefallen, aber sie leben fort im Denken und Handeln vieler. Auch dort stiften sie noch zu Unruhe und Verschwörung an. Nach der Herrschaft über die Leiber muss die Revolution, muss dieser Rat auch die Herrschaft über die Seelen, über die Gedanken aller Bürger erringen.*

*Von heute an soll daher getilgt werden, was an die alte Herrschaft, an die alte Zeit erinnert. Wir werden das Antlitz dieser Stadt verändern. Neue Bauten sollen die Macht der Revolution greifbar werden lassen. Sie werden alles Alte überschatten und jeden Bürger auf Schritt und Tritt an die Macht und die Größe der neuen Ordnung erinnern.*

*Aber wir werden noch weiter gehen. Wir ändern die Worte selbst. Die Stadtviertel, Straßen und sämtliche Ämter sollen neue Bezeichnungen tragen. Nichts darf bleiben, was in die Zeit der Tyrannei zurückweist. Ich stelle den Antrag, dass zu diesem Zweck ein Ausschuss gebildet wird und die Revolution der Sprache vorantreibt! Den Anfang sollen ein neuer Kalender machen, neue Maße und Gewichte und eine neue Münzregel. Klarheit und Einheit werden die alten Widersprüche und Gegensätze beseitigen und zeigen, dass die Ordnung über die Willkür triumphiert.*

Darnamur, der Gnom,
in einer Rede vor dem Hohen Rat

Frafa und Salvan standen gemeinsam auf dem Platz der Helden, als Bleidan hingerichtet wurde. Sie hielten einander an den Händen. Frafa empfand es als schmerzlich, wie wenig Zuschauer gekommen waren. Sie erinnerte sich an jenen Tag, als sie Bleidan näher kennengelernt hatte. Damals war ein Gnom zum Schafott geführt worden, und das Volk hatte sich beinahe totgetreten.

Heute standen nur einige Hundert Gestalten auf dem Platz: die Wachen, ein paar Beobachter vom Rat und die üblichen blutrünstigen Gaffer. Letztere wirkten gelangweilt. Hinrichtungen gab es inzwischen jeden Tag, zu jeder Stunde. Seit die Menschen die Goblins als Henkersknechte abgelöst hatten, ging es auch weniger aufsehenerregend zu. Frafa war dankbar dafür.

Sie hielt nach *Fortschrittsfreunden* Ausschau. Einige der Zuschauer kamen ihr bekannt vor, aber sie war sich nicht sicher. Falls eine Abordnung der Partei die Hinrichtung verfolgte, so stand sie zumindest nicht beisammen, und sie verhielt sich still. Bleidan war selbst unter seinen früheren Gefolgsleuten umstritten, seit er versucht hatte, Leuchmadans Kästchen an sich zu bringen.

*Er hat es für euch getan,* wollte Frafa rufen. Die offizielle Darstellung von Bleidans Tat war von den misstrauischen Deutungen der anderen Völker im Rat geprägt. Wie konnte es sein, dass selbst Bleidans Freunde daran glaubten und an der Lauterkeit seiner Motive zweifelten?

Aber Frafa schwieg ja selbst und klammerte sich an Salvan fest.

Als die Gefangenen hergeführt wurden, wandte sie den Blick ab. Frafa stand ganz hinten auf dem Platz, so weit entfernt, dass die Gestalten auf dem Schafott winzig wirkten.

Ihr Herz schlug rascher. *Wenn Bleidan mich erkennt …*

Der Gedanke bereitete ihr Schmerzen, und sie krampfte die Finger zusammen. Sie spürte, wie Salvans Essenz in die ihre drang, ihren Griff lockerte. Es prickelte. Frafa vergaß einen Augenblick lang, was um sie herum vorging.

Ihr Blick wanderte wieder zum Schafott. Sie erkannte Gruniz und Megerin und zwischen ihnen Bleidan. Ein weiterer Alb wurde soeben von zwei kräftigen Menschen nach vorn gezerrt, sein Kopf auf den Block gedrückt.

Ein dritter Knecht fixierte den Hals mit einem festen Tau. Seine Bewegungen waren flink und zeugten von Erfahrung. Dann hob der Henker ein gewaltiges Beil mit einem Stiel, der fast so lang war wie ein Alb ... *Anderthalb Meter.* Frafa musste daran denken, wie aufgebracht Darnamur wäre, wenn sie nicht in den neuen Begriffen dachte, die er so kunstvoll ersonnen hatte.

*Aus Bitan gestohlen,* hatte Salvan ihr erklärt.

Der Kopf der Axt glühte matt im Abendrot. Frafa konnte den Blick nicht mehr abwenden. Die Axt sauste herab. Schlug krachend in den Holzblock. Frafa schrie unterdrückt auf. Aber schon schleiften die Henkersknechte den enthaupteten Leib fort ... Gaurgan oder Flaiham, Frafa hatte es nicht genau erkannt. Sie stand viel zu weit weg, aber vor ihrem inneren Auge war es *Bleidans* Kopf gewesen, den sie hatte fallen sehen.

Die Knechte zogen den nächsten Alb nach vorne. Andere schmissen den Toten auf der gegenüberliegenden Seite hinab auf einen bereitgestellten Karren. Endlich gelang es Frafa, sich abzuwenden. Sie konzentrierte sich auf Salvans beruhigende Gegenwart.

Wieder krachte die Axt in das Holz.

Frafas Blick zuckte kurz hoch. Bleidan stand noch dort. Sah er in ihre Richtung? Hastig wandte sie sich wieder ab. Obwohl sie so weit entfernt waren, kamen ihr die Gesichter der Alben schmal und blass vor, ihre Haltung gebeugt. Sie waren gefoltert worden. Womöglich von denselben Goblins, die Bleidan zwei Monate lang befehligt hatte.

Frafa erinnerte sich an die Kerker und erschauderte.

Sie hatte Bleidan im Rat nicht retten können. Doch wenn es mit Worten nicht ging, dann vielleicht mit Magie ... Sie hütete

Leuchmadans Kästchen. Sie war voller Macht. Sie musste etwas tun, damit Bleidan fliehen konnte!

Frafa konzentrierte sich. Sie streckte ihre Essenz aus und suchte zugleich nach einem geeigneten Zauber. Aber Bleidan war so weit entfernt, kaum zu erreichen für ihre nur wenig ausgebildeten Sinne. Salvan trat dicht hinter sie. Er fasste behutsam ihre Hände, drückte sie an ihre Hüften. Frafa spürte sein Kinn an ihrer Schulter, seine Wange an der ihren. Er streichelte sie mit magischen Fingern, beruhigte ihre aufgewühlte Essenz.

»Nicht«, hauchte er in ihr Ohr. »Willst du Bleidans Schicksal teilen?«

Frafa hörte, wie die Axt fiel. Das Krachen ertönte stets in eine vollkommene Stille hinein, gefolgt von einem verhaltenen Johlen und Jubeln aus der Menge. Frafa hoffte, dass dieser Lärm auch ihren eigenen gedämpften Schrei beim ersten Schlag übertönt hatte.

Sie lehnte sich gegen Salvan und schaute zu Boden.

Der Klang der Axt hallte ein viertes Mal über den Platz.

»Es ist bedauerlich«, bemerkte Salvan. »Fast hatte ich mich daran gewöhnt, dass wir aufeinandertreffen. Schwer vorstellbar, dass Bleidan nicht mehr mitspielt.«

»Und ich bin schuld daran«, sagte Frafa. »Ich habe ihn verraten.«

Salvans Hände wanderten zu ihren Schultern empor. »Und ich habe ihn festgenommen. Und Darnamur hat das Ganze eingefädelt. Und der Rat hat ihn verurteilt. Seine Freunde haben ihn im Stich gelassen. Und er selbst ist auch schuld daran, weil er sich auf das Spiel eingelassen hat, und er kannte die Gefahr. Alle haben ein wenig Schuld, oder auch nicht.«

Er drehte Frafa zu sich herum, fasste sie am Kinn und hob ihr Gesicht an, bis ihre Blicke sich trafen. »Es bringt nichts, über solche Dinge zu grübeln. Halte dich an das, was wichtig ist: Bleidan ist tot, wir leben. Hättest du wirklich lieber an seiner Seite gestanden? Auch ...«, er nickte in Richtung des Schafotts, »... dort?«

Als die Axt ein fünftes Mal zu hören war, zog Salvan Frafa

mit sich. Sie verließen den Platz, der vor wenigen Tagen noch Drauzwinkel geheißen hatte. Und der inzwischen ganz offiziell den Helden der Revolution geweiht war.

Dranjar hatte die Hinrichtung der »Schatullen-Verschwörer« überwacht, an der Spitze einer Einheit seiner Späher. Zufrieden verfolgte er, wie der letzte Kopf fiel.

Er wandte sich ab und ließ den Blick über den Platz schweifen. Es waren viel zu viele Alben hier. Manche von ihnen blickten so befriedigt drein wie er selbst, aber Dranjar gab sich keinen Illusionen hin: Keiner dieser Alben war ein Freund der Revolution oder gar ein Freund der Gnome. Wer von ihnen zufrieden wirkte, beklatschte allenfalls den Tod einiger Rivalen. Jeder noch lebende Alb konnte der nächste Verschwörer sein.

*Würde der nächste Verschwörer sein.*

Es war nur eine Frage der Zeit.

Dranjar übergab das Kommando seinem Leutnant und humpelte vom Platz. Darnamur hatte ihn nach der Hinrichtung in seine Kanzlei bestellt. Womöglich ging es bereits um die nächsten Verschwörer. Oder um das bitanische Heer, das jederzeit aus den Bergen hervorbrechen konnte.

Solange seine Soldaten ihn sehen konnten, hielt Dranjar sich aufrecht und bemühte sich, seine Schritte kraftvoll und geschmeidig wirken zu lassen. Als er Deckung hinter den größeren Leuten hatte, ging er langsamer. In einer Seitengasse stand das Gefährt, das er vor einigen Wochen mitsamt Kutscher erworben hatte: eine dreirädrige, eiförmige Droschke, die von einem halben Dutzend Laufvögeln gezogen wurde.

Schwerfällig schleppte sich Dranjar dorthin. Sein Wagen würde die verlorene Zeit schon aufholen. In der Zitadelle durfte er sich keine Schwäche anmerken lassen. Es wurde von Tag zu Tag schwieriger, Darnamurs Fragen auszuweichen.

Die Droschke holperte über das Pflaster. Der Kutscher, ein Kobold, stand hinten auf dem Kutschbock, spähte über das Dach hinweg und gab den Vögeln die Peitsche. Wann immer die Räder über ein Schlagloch sprangen, jauchzte er. Er kicherte, wenn Menschen und Nachtmahre vor dem kleinen Gefährt, das ihnen kaum zur Brust reichte, zur Seite sprangen und hinter ihm herfluchten.

Dranjar verspürte Übelkeit.

Am Tor der Zitadelle hielten sie an, und Dranjar legte das letzte Stück zu Fuß zurück.

Vor Darnamurs Türe straffte er den Rücken. Er zwang sich, tiefer zu atmen, und achtete nicht auf das Stechen in seinem Leib. Die Wachen ließen ihn ein.

»Du siehst schlecht aus«, begrüßte Darnamur seinen langjährigen Leutnant.

Dranjar ging nicht darauf ein. Er schob sich einen Stuhl vor den Schreibtisch und setzte sich darauf. »Warum wolltest du mich sprechen?«

Darnamur musterte ihn nachdenklich, und Dranjar senkte verlegen den Blick. Er spürte, wie eine seiner Augenbrauen zuckte.

»Es geht um Ganoch«, sagte Darnamur schließlich. »Wir werden ihn festnehmen müssen.«

»Weswegen?« Dranjars Kopf fuhr hoch. »Und wie? Er kämpft gegen die Bitaner!«

»Ich habe ihn zurückgerufen, damit er Bericht erstattet.« Darnamur atmete tief durch. »Der Rat ist in Unruhe. Nachdem wir Bleidan und seine Verbündeten hingerichtet haben, fordern sie auch Ganochs Kopf. Er hat nicht nur die Alben, sondern auch Menschen, Nachtmahre, Kobolde und Vilas an die Schergen der Fei verraten. Wenn wir ihn beschützen, während wir überall sonst rücksichtslos durchgreifen, verlieren wir unsere letzten Verbündeten.«

»Na und?«, erwiderte Dranjar. »Ganoch ist einer von uns. Die anderen sollen meinetwegen in die Wüste gehen.«

»So einfach ist das nicht.« Darnamur strich über die Papiere auf seinem Schreibtisch. »Die Bitaner wollen uns vernichten. Wenn sie mit den Festungen in den Bergen fertig sind, kommen sie nach Daugazburg. Sie löschen uns aus, wenn wir ihnen nicht vereint entgegentreten.«

»Aber Ganoch hat nur umgesetzt, was wir alle beschlossen haben. Widerwillig umgesetzt.«

»Und jetzt müssen wir ihn opfern. Zum Wohle unserer Sache und für alle Gnome.«

Die beiden Gnome saßen einander gegenüber. Dranjar schüttelte den Kopf. »Es wird nicht gehen«, sagte er. »Du musst einen anderen Weg finden. Unsere eigenen Truppen würden sich gegen uns auflehnen, wenn wir etwas gegen Ganoch unternehmen. Er hat sie ausgewählt und angeführt.«

»Deswegen habe ich dich herbestellt«, erwiderte Darnamur. »So gut wie alle alten Gnomenkompanien, bei denen Ganoch Ansehen genießt, sind mit ihm in den Bergen. Wir haben nur noch die Frischlinge in der Stadt und deine handverlesenen Truppen. Sie sind dir treu. Wenn Ganoch hierherkommt, ist er allein. Er hat keine Leute mehr hier, und mit der kleinen Wache, die er mitbringt, wirst du fertig.«

»Das ist nicht gerecht«, presste Dranjar hervor. »*Wir* sollten seine Leute sein.«

»Wir sind im Krieg«, sagte Darnamur. »Wir alle haben Leute geopfert, wenn der Auftrag es verlangte. Selbst Ganoch hat das schon getan. Wichtig ist nur der Erfolg. Deshalb können wir uns auch keine lange Verhandlung leisten, keine Befragung. Ganoch weiß zu viel, was den Bürgerkrieg beflügeln und uns Gnome schwächen könnte. Außerdem könnten die Truppen in den Bergen von uns abfallen, wenn wir ihnen die Zeit dazu lassen. Ich erwarte also, dass Ganoch sich der Festnahme widersetzt. Und bedauerlicherweise ums Leben kommt.«

»Nein«, sagte Dranjar. »Das kannst du nicht von mir verlangen.«

»Gerade von dir«, erwiderte Darnamur. »Weil es nicht nur unserer Sache dient, sondern weil es eine Gnade ist. Eine Gnade, die du deinem Freund erweisen wirst. Wenn du ihn tötest, ersparst du ihm Folter und eine schmachvolle Hinrichtung auf dem Platz der Helden. Wir werden unseren eigenen Mann nicht den fremden Völkern ausliefern. Wir Gnome regeln unsere Angelegenheiten selbst.«

»Wir Gnome können uns klein machen und uns verkriechen. Sollen die Bitaner doch die Stadt einnehmen und den ganzen widerspenstigen Abschaum abschlachten!«

Darnamur stand auf und ging zu einem Regal. Er holte die riesigen Pergamentbögen hervor, auf denen seine neue Stadt skizziert war, die Arbeit seiner Baumeister. Dranjar kannte die Pläne.

»Das wäre ein trauriges Ende für unsere Revolution.« Darnamur stützte die Rollen aufrecht auf die Tischplatte. »Ein trauriges Ende für alles, wofür wir gekämpft haben. Für die Opfer und für die Mühen, an denen auch Ganoch Anteil hatte. Wir Gnome haben uns nicht erhoben, um allein in Ruinen zu vegetieren. Wir haben uns erhoben, um die Grauen Lande zu führen. Um *groß* zu sein.«

»Ja«, sagte Dranjar. »Ein trauriges Ende.«

Ächzend rutschte er von seinem Stuhl.

Darnamur legte die Pläne ab und fasste ihn an Arm. »Such endlich einen Heiler auf«, sagte er. »Ist das immer noch der Tritt von diesem Goblin? Verdammt, ich brauche dich gesund!«

»Ich war bei einem Albenheiler«, log Ganoch. »Er meinte, es würde von selbst wieder zusammenwachsen. Es braucht nur Zeit.«

»Wir haben keine Zeit. Wenn das hier vorbei ist, wirst du sofort als General an Ganochs Stelle in die Berge gehen. Also, Dranjar, nimm dich zusammen und lass dich von einem Zauberer zusammenflicken! Am besten, bevor Ganoch hier ankommt. Ich habe lange genug zugesehen, wie du dich mit deinem Stolz zugrunde richtest.«

»Ja, ja«, sagte Dranjar. »Ich kümmere mich darum. Ich kümmere mich um alles. Du kennst mich doch. Ich tu, was nötig ist.«

Frafa schrak hoch. Salvans Hand lag auf ihrer Schulter, und allmählich fand sie in die Wirklichkeit zurück. Sie saß auf einem weichen Teppich, die Beine gekreuzt, und blickte auf eine dicke Kerze, deren Flamme nur ein Funke war. Sie brauchte all diese Hilfsmittel zur Meditation, auch wenn sie mit Salvans Hilfe schon viel weiter gekommen war und den Schlaf kaum noch vermisste.

»Salvan«, sagte sie. »Es ist noch so früh!«

Der Raum war verdunkelt, aber die Mittagsstunde konnte kaum vorüber sein. Salvan erholte sich immer viel schneller als sie. Frafa nahm die Hände aus dem Schoß und legte die Rechte auf Salvans Hand.

»Wir könnten ein wenig lernen vor der ersten Ratssitzung«, flüsterte Salvan ihr ins Ohr. »Oder andere Dinge tun.«

Er fasste sie unter den Achseln und hob sie hoch. »Die Kerze!«, rief sie. »Salvan, die Kerze!«

Salvan lachte und ließ sie los. Frafa beugte sich eilig hinab und drückte mit dem Fingernagel den Docht in das Wachs.

»Sie wird gewiss nichts in Brand setzen«, meinte er. Dann nahm er Frafa bei der Hand und führte sie aus dem Raum der inneren Einkehr.

Bleidan hatte Aldungans Turm aufräumen lassen. Aber Salvan hatte ihn neu eingerichtet. Jetzt waren Küche und Vorratskammern gut gefüllt, Gästezimmer und Salons mit Möbeln ausgestattet, ebenso mehrere private Räumlichkeiten im Obergeschoss. Jeden Tag ließ er Diener herkommen, die sich um das Haus kümmerten, auch wenn er bisher darauf verzichtet hatte, festes Personal einzustellen.

Frafa musste sich erst noch daran gewöhnen, von einem stillen Meditationsraum zu einem eigenen Schlafzimmer zu gehen, von dort aus zu einem Ankleideraum und dann wieder in eine eigene Studierstube.

Auf dem Flur war es hell. Sonnenlicht fiel durch unverhangene Fenster und offene Türdurchgänge. Frafa trug nur ein kurzes Hauskleid aus Seide und hatte keine Schuhe an. Ihr war kalt auf dem Steinboden, und sie trat von einem Fuß auf den anderen. Salvan wollte sie zum Schlafzimmer führen, dem Zimmer, wo ein großes Bett für sie beide stand.

Aber sie wehrte ab.

»Jetzt nicht«, sagte sie.

»Was ist?«, fragte Salvan.

»Nichts«, erwiderte Frafa.

Er sah sie an.

»Ich bin noch müde«, erklärte sie. »Und es gibt so viel zu tun!«

Sie huschte in das Ankleidezimmer und schloss die Tür hinter sich. Dann lehnte sie sich dagegen und wartete. Aber Salvan kam ihr nicht nach. Frafa atmete auf.

Sie hatte heute über Salvan meditiert.

Seit zwei Monaten wohnte sie mit ihm zusammen, und er entsprach weit mehr als Bleidan dem, was Frafa sich unter einem Nachtalb immer vorgestellt hatte. Er nahm sich, was er bekommen konnte. Ihren Turm beispielsweise …

Frafa schüttelte den Kopf. Salvan war für sie da. Aber wie Bleidan lebte er für seine Ziele. Und wenn er von ihrer gemeinsamen Zukunft sprach, war es dann *ihre* Zukunft?

Frafa empfand in Salvans Gegenwart ein schwer zu greifendes Unbehagen. Und seit Bleidans Hinrichtung war es mit jedem Tag stärker geworden. Sie hatte gehofft, in der Meditation zu ergründen, wie sie damit umgehen sollte.

Aber alles, was sie bisher erkannt hatte, war: Wenn sie Salvans Worte und seine Lehre auf sich selbst und auf ihr Zusammenleben anwenden wollte, dann fügte es sich nicht zueinander. Denn Salvan sagte, dass ein Nachtalb seinen eigenen Weg gehen müsste. Aber seit sie mit Salvan zusammen war, ging sie *seinen* Weg.

Die Ratssitzung am Abend wurde jäh unterbrochen, als ein bewaffneter Gnom in den Saal stürmte. Sofort verstummten alle Debatten. Die Mitglieder des Rats schauten besorgt zur Tür, ein Alb trat halb aus seiner Bank heraus. Doch der Bote war allein. Er lief zum Pult des Vorsitzenden, ohne die übrigen Anwesenden eines Blickes zu würdigen, und wisperte Darnamur etwas zu.

Frafa spitzte die Ohren, aber die Worte waren nicht zu verstehen. Darnamurs Mund war ein schmaler Strich. Grimmig kniff er die Augen zusammen. Er scheuchte den Boten fort und schlug einmal hart mit seinem Holzklotz auf den Tisch. Der Schlag hallte durch die Stille.

»Ehrenwerte Mitglieder«, rief er. »Die Sitzung wird vertagt. Ein dringliches Problem erfordert meine sofortige Aufmerksamkeit. Tomgar, versammle den Stab und den Ausschuss im kleinen Besprechungssaal.«

Dann hastete er nach draußen. Einige der Ratsmitglieder eilten ihm nach, bestürmten ihn mit Fragen. Tomgar wollte Darnamur am Ausgang aufhalten und ihn zur Rede stellen, aber der rief den Ordnern einen scharfen Befehl zu, und sie verstellten die Tür und ließen niemanden vorbei, bis Darnamur hinter der Biegung des Korridors verschwunden war.

Frafa schaute Salvan an. »Was ist da los?«, fragte sie.

Salvan zuckte die Achseln. »Ich glaube, ich werde mich ein wenig in der Nähe des Besprechungssaals aufhalten. Mal sehen, was man da aufschnappt.«

Dranjar eilte mit seiner Schar auf den Warpelturm zu. Immer wieder blieb er stehen und rang nach Atem. Er war inzwischen bei einem Gnomenheiler gewesen, bei mehreren sogar. Ohne Magie konnten sie in seinen Leib nicht hineinschauen.

Oben sah er schon den Greif landen. Dranjar fluchte unterdrückt und humpelte die Außentreppe hinauf. Er konnte kaum noch einen Fuß vor den anderen setzen.

Unter den Gnomen gab es nur einfache Wundheiler. Magie beherrschten sie nicht. Aber bevor Dranjar sich einem Alb anvertraute, wollte er lieber jahrelang an den Folgen der Verletzung herumlaborieren. Egal, was Darnamur dazu sagte.

Da sah er oben auf der Treppe Ganoch. Der General kam ihnen bereits entgegen.

»Halt … halt!«, krächzte Dranjar. Er hielt den Krieger vor sich an der Jacke fest. »Ich gehe vor.«

Er hätte es vorgezogen, Ganoch auf der Plattform zu empfangen, nicht auf der schmalen Treppe. Aber tief in seinem Herzen empfand er auch Erleichterung, weil er nun nicht ganz den Turm hinaufmusste. Er drängte sich an seinen Leuten vorbei und blieb schnaufend stehen. Er ließ Ganoch herankommen.

Der General hatte vier Begleiter dabei. Er lächelte Dranjar entgegen und lief schneller. »Dranjar!«, rief er.

Er nahm die letzten Stufen in einem Satz und klopfte Dranjar auf die Schulter. Dann beugte er sich herab. »Was ist mit dir?«, fragte er besorgt. »Es ist noch schlimmer geworden, oder?«

»Es geht schon«, sagte Dranjar.

Ganoch schüttelte den Kopf. »Es geht nicht«, erwiderte er. »Wenn Darnamur sich nicht darum kümmert, muss ich es tun. Ich fliege nicht wieder weg, bevor wir nicht wissen, was der Goblin in deinem Leib kaputtgetreten hat.«

»Bei Leuchmadan, Ganoch!«, fuhr Dranjar auf. »Es war nur ein Tritt! Ich habe ...«

Er verstummte. Über dem Dach kreiste der Greif, mit dem Ganoch eingetroffen war. Seine Leibwachen waren ein Stück zurückgeblieben; der General war ja unter Freunden. Er stand eine Stufe oberhalb von Dranjar und genau vor Dranjars Schar.

»Dabei war es mir gar nicht recht, dass Darnamur mich herbestellt hat«, plauderte Ganoch weiter. »Der Krieg läuft schlecht. Die Truppen, die ich aufstelle, werden überrannt, bevor ich sie formieren kann. Wir brauchen dringend Verstärkung, wenn wir die Bitaner in den Bergen ...«

»Ganoch«, fiel Dranjar ihm ins Wort. »Ich muss dich festnehmen.«

Ganoch stutzte. »Was?«, sagte er.

Dranjar zog seinen Dolch. »Leg deine Waffen hin und lass dich abführen. Mach es mir nicht noch schwerer.«

»Aber Darnamur meinte ... Darnamur!« Ganoch funkelte Dranjar an. »Das ist jetzt nicht der richtige Zeitpunkt für solche Intrigen.«

Seine Wachen wurden aufmerksam. Sie liefen die Treppe hinab. Dranjar hörte, wie seine eigenen Leute die Armbrust hoben oder das Schwert zogen.

»Das ist keine Intrige«, sagte er. »Oder vielleicht doch. Der Rat fordert deine Verhaftung, und wir müssen ihm entgegenkommen.«

»Also opfert ihr mich.«

Dranjar zuckte die Achseln. »Du hast es selbst gesagt. Wir brauchen Verstärkung gegen die Bitaner.«

Ganoch hob die Hände. Dann löste er den Waffengurt. Die Gnome seiner Leibwache blickten einander unschlüssig an. »Also gut«, sagte er. »Ich komme mit. Aber ich will als Erstes Darnamur sprechen. Er kann unmöglich glauben, dass er damit durchkommt. Ich verstehe nicht, warum *du* dabei mitmachst!«

Dranjar blickte verlegen zur Seite. »Du bist Soldat«, murmelte er. »Du weißt, wie es ist. Man muss tun, was nötig ist. Zum Wohl aller Kameraden.«

Ganoch hatte seine Waffen abgelegt. Auf seinen Wink hin steckten auch seine Wachen ihre Kurzschwerter weg. Dranjar ließ den Dolch sinken.

Ganoch schüttelte den Kopf und holte tief Luft. »Ich hatte es fast vergessen. Batha war ja diejenige von euch beiden, die den Verstand hatte. Dranjar, reden wir über Darnam...«

Dranjar packte Ganoch und verdrehte ihm den Arm, sodass der General mit einem Schmerzenslaut in die Knie ging. »Ich muss meine Pflicht tun«, sagte er. »Wehrt Euch nicht, General Ganoch.«

Er nahm ein Stück Seil vom Gürtel. Mit einem kurzen Blick vergewisserte er sich, dass Ganochs Wachen nicht eingriffen. Dann bog Dranjar ihm die Arme nach hinten und legte den Strick um die Handgelenke. Kaum merklich drängte er Ganoch dabei auf die Kante der Treppe zu.

»Was tust du da?«, rief Ganoch. Er sträubte sich. Dranjar stieß ihm das Knie in die Niere. Ganoch zuckte zusammen und fuhr herum. Er riss seine Hand aus Dranjars Griff und schleuderte ihn zurück. Dranjar prallte hart gegen die Turmwand. Er griff nach seinem Dolch, geriet ins Stolpern und rutschte die Treppe zwei Stufen hinunter. Er bekam keine Luft mehr, und der Schmerz wühlte in seinen Eingeweiden.

Ganoch setzte nach, packte Dranjar am Kragen, riss ihn hoch und stieß ihn noch einmal gegen die Wand. »Was soll das, bei Leuchmadan?«, brüllte er ihn an. »Willst du ...«

Ein gedämpfter Knall. Ganoch verstummte. Ein Bolzen steckte in seiner Seite, und die blutige Spitze ragte ein Stück weit aus seinem wattierten Lederwams heraus.

Dranjar nahm alle Kraft zusammen und stieß Ganoch von sich fort. Der General taumelte einen Schritt zurück, strauchelte ... und fiel über die Treppenkante in die Tiefe.

Frafa fand keine Ruhe. Sie suchte den Turm der Fei auf, in der Hoffnung, Darnamur in seinem Arbeitszimmer anzutreffen. Aber die Kanzlei war verlassen. Frafa erwog, mit Salvan beim Besprechungssaal zu warten. Doch die Wachen vor Darnamurs Tür erwarteten sicher, dass sie mit dem Kästchen arbeitete. Sie würden Fragen stellen, wenn sie so schnell wieder herauskam.

Also ging sie weiter bis in den Turm der Fei und streifte dort unschlüssig durch die Gänge. Nichts zog sie in die geheime Kammer. Doch dann fiel ihr ein, dass sie von dem Erker aus einen guten Blick über die Zitadelle hatte. Vielleicht konnte sie von dort aus erspähen, was Darnamurs Aufmerksamkeit in Anspruch nahm!

Sie eilte die verborgene Stiege empor und spähte oben hinaus.

Das Leben im Palast schien seinen normalen Gang zu nehmen. Wachen patrouillierten auf den Mauern und in den Höfen, Bedienstete gingen ihrer Arbeit nach. Aber als sie die Szenerie eine Weile betrachtete, bemerkte sie doch einige Absonderlichkeiten. Greifen kreisten über dem Warpelturm, und auch beim Gebäude selbst herrschte ungewohnte Betriebsamkeit. Dann marschierten mehrere Alben mitsamt einer Schar bewaffneter Gnome in diese Richtung.

Frafa beschloss, ihnen zu folgen. Sie verließ den Turm durch einen anderen Ausgang, der direkt in den Innenhof führte, und durchquerte mehrere Flügel des Palastes bis zu dem schmalen

Vorplatz am Fuße des Warpelturms. Er war voll mit Bewaffneten. Menschen und vor allem Gnomenspäher suchten den Boden ab, als hätte jemand einen wertvollen Ring verloren. Die Alben, die würdevoll und mit in sich gekehrtem Gesichtsausdruck dazwischen einherschritten, wirkten merkwürdig fehl am Platze. Frafa erkannte einige Ratsmitglieder, und zu ihrer Überraschung war auch Salvan hier. Sie eilte zu ihm.

»Was ist geschehen?«, fragte sie. »Was suchen die Leute alle?«

»General Ganoch«, erwiderte Salvan. Ein leichtes Lächeln kräuselte seine Lippen. »Anscheinend hatte Darnamur seine Festnahme befohlen, aber er ist entkommen.«

»Ein abgekartetes Spiel, wenn ihr mich fragt«, zischte ein Alb in ihrer Nähe. »Diese Gnome stecken doch alle unter einer Decke.«

»Immerhin hat Darnamur einen offiziellen Befehl zu Ganochs Verhaftung herausgegeben«, wandte Salvan ein. »Und er lässt dem Sicherheitsausschuss und den Alben freie Hand bei der Suche.«

»Na«, sagte der Alb abschätzig. »Sie werden schon wissen, wie sie ihren Mann in Sicherheit bringen.« Dann schaute er Salvan an, wandte sich brüsk ab und stolzierte davon.

»Warum suchen die Alben überhaupt mit den Soldaten?«, fragte Frafa. »Und warum suchen sie *hier*?«

Ihr war unbehaglich zumute, und sie wusste nicht genau, warum. Vielleicht lag es an diesem General: Ganoch. So viele Empfindungen verbanden sich für Frafa mit diesem Namen, und sie alle hatten viel zu viel mit Bleidan zu tun.

Salvan wies auf einen Gnom, der vornübergebeugt an einer Hauswand lehnte und das Treiben mit trübem Blick verfolgte. »Hauptmann Dranjar sollte Ganoch festnehmen, und er hat geschworen, dass der General diesen Platz unmöglich verlassen haben kann. Er muss sich in kleiner Gestalt hier versteckt halten, und dann müssten die Alben ihn aufspüren können.«

Der kleine Platz zwischen dem Warpelturm und den umliegenden Gebäudeflügeln war gedrängt voll mit all den Suchenden. Die Außentreppe, die Plattform und jeder Zoll Mauerwerk am Turm waren schon mehrmals abgesucht worden. Es schien unmöglich, dass es hier noch irgendwo einen Winkel gab, in dem der Gesuchte stecken konnte.

Die Suchtrupps hatten ihre Arbeit schon aufgenommen, lange bevor Frafa angekommen war. Und allmählich gelangten sie zu derselben Ansicht. Sie standen unschlüssig herum, die Alben versammelten sich in kleinen Gruppen und redeten erregt aufeinander ein.

Frafa sah zu Dranjar hin, aber der Hauptmann machte keine Anstalten, die Suchtrupps anzutreiben. Auch Salvan verzog das Gesicht. »Irgendwie muss er wohl doch fortgekommen sein«, sagte er. »Ich denke, wenn man diesen Preis gewinnen und ihn aufspüren will, muss man andere Wege gehen. Ich kenne da noch einige Leute aus meinem Dienst bei der Fei ...«

Salvan verabschiedete sich mit einem Lächeln von Frafa und verließ den Platz. Nach und nach folgten andere seinem Beispiel. Die Soldaten erweiterten den Umkreis ihrer Suche, und Frafa sah sie hinter den Scharten des Warpelturms auftauchen, hörte sie in den umliegenden Gebäuden rumoren. Der Platz leerte sich.

Frafa schlenderte über das Pflaster, die Augen halb geschlossen. Ein Gedanke formte sich in ihr, stieg ganz allmählich in ihrem Geist auf.

Dutzende von Alben hatten hier schon nach dem verschwundenen Gnom gesucht. In seiner natürlichen Größe hätte General Ganoch sich unmöglich an diesem Ort verstecken können. Wenn er jedoch seine kleine Gestalt angenommen hatte, hätten die Alben seine magische Aura wahrnehmen müssen.

*Es sei denn, er hätte die Salbe verwendet, die einen verkleinerten Gnom vor den Sinnen der Alben schützt!*

Doch damals, in einem anderen, einem hoffnungsvolleren Zeitalter – so kam es Frafa vor –, hatte Bleidan ihre Sinne verändert, sodass sie diese Salbe riechen konnte. Vermutlich war sie die einzige Albe in Daugazburg, die diese Fähigkeit besaß. Genau wie Bleidan der einzige Alb gewesen war, der die Salbe anrühren konnte.

Sie ging langsam über den Hof, atmete tief ein. Tatsächlich stieg ihr der unverkennbare Geruch von Bleidans Tarnsalbe in die Nase! Ihr Herzschlag stockte.

Unvermittelt blieb sie stehen. Sie war selbst erschrocken über diesen Erfolg. Eigentlich sollte es diese Paste gar nicht mehr geben. Frafa hatte unter den Gnomen munkeln hören, dass die Vorräte inzwischen erschöpft waren.

Andererseits, Darnamur pflegte seine eigenen Bestände. Das wusste sie genau, denn sie roch jeden Tag seine getarnte Leibwache im Ratssaal. Ein bedeutender Offizier wie Ganoch hatte vermutlich etwas von der Salbe an sich bringen können.

Frafa blickte sich hastig um. Keiner der Späher, die noch auf dem Hof waren, achtete auf sie.

Gut.

Sie lehnte sich gegen die Mauer des Warpelturms und tat so, als würde sie ganz entspannt nachdenken. Abwechselnd schloss sie die Augen und öffnete sie wieder, um die Gnome und Alben um sich her zu beobachten.

Der Gnom war hier, irgendwo zwischen den Quadersteinen des Turms verborgen. In der ersten Aufregung hatte sie ihn verloren, aber jetzt, da ihr Atem gleichmäßiger ging, stieg ihr der leichte Fettgeruch wieder in die Nase. Ein Hauch von Blut war dabei, kaum wahrzunehmen, wenn er sich nicht so auffällig mit dem Duft der Salbe verbunden hätte.

Weswegen war sie überhaupt so aufgeregt? Sie tat doch nichts Verbotenes! Frafa schaute auf die Soldaten, auf die letzten drei Alben, Ratsmitglieder, die an einer Gebäudeecke beisammenstanden und miteinander sprachen, gestikulierten. Sie sollte ihnen Bescheid geben oder den Wachen. Unter Frafas Führung würden sie den General mühelos aus seinem Versteck holen können.

Von Hauptmann Dranjar war nichts mehr zu sehen.

Frafa öffnete den Mund, schloss ihn wieder. Sie kniff die Augen zusammen. Einer der Alben an der Ecke war jener unfreundliche Bursche gewesen, der sich bei ihrer Aufnahme in den Rat gegen sie gestellt hatte. *Denen* würde sie ihren Fang gewiss nicht ausliefern! Sie würden nur Ruhm und Lohn für sich einstreichen wollen.

Vielleicht sollte sie Salvan Bescheid geben? Der würde wissen, wie man am besten verfuhr.

Frafa zögerte. Sie hatte schon zu viele Fehler gemacht, und die meisten davon, so erkannte sie jetzt, weil sie einfach das getan hatte, was man von ihr erwartete. Bleidan war deswegen gestorben, und sie hätte es so gern ungeschehen gemacht!

Diesmal wollte sie genauer nachdenken, bevor sie eine Entscheidung traf. Hatte sie überhaupt einen Grund, ihr Wissen mit irgendjemandem zu teilen?

General Ganoch hatte Bleidan verraten und dessen *Fortschrittsfreunde*. Das war der Grund, warum der Rat nach ihm suchte.

*Aber ich selbst habe Bleidan auch verraten, und mit viel schlimmeren Folgen.*

Bleidan hatte gewollt, dass Ganoch dem Rat ausgeliefert wurde. Dann hatte derselbe Rat Bleidan zum Tode verurteilt. Wäre es wirklich in Bleidans Sinne, wenn sie nun Bleidans Mördern ein weiteres Opfer lieferte?

Frafa fuhr sich mit dem Ärmel über das Gesicht. Ihre Gedanken drehten sich im Kreis, und sie ging ein Stück von der Mauer weg. Sie musste etwas tun, sie musste sich bewegen, um ihren aufgewühlten Geist zu beruhigen. Und um etwas Zeit zu gewinnen.

In einer anderen Ecke des Hofes fing sie wieder an zu suchen. Sie suchte nicht mehr nach Nachtalbenart, mit hoch erhobenem Haupt, sondern tastete mit den Fingerspitzen zwischen den Steinen, wie die Soldaten es getan hatten. Immer wieder blickte sie sich um, ob jemand misstrauisch wurde. Aber die Soldaten beachteten sie nicht, nur einer der Alben blickte einmal abschätzig zu ihr hin, ehe er sich wieder seinen Begleitern zuwandte.

*Was würde ein Nachtalb tun?*

Das war die Frage, die Frafa sich gestellt hatte, als sie Bleidan verraten hatte. Und sie hatte es bereut.

*Aber was will Frafa tun?*

Vielleicht war es an der Zeit, dass sie diese Frage beantwortete.

Auf ihrem tastenden Weg über den Hof war Frafa inzwischen fast wieder dort angekommen, wo, wie sie wusste, der gesuchte Gnom stecken musste. Sie musste zu einer Entscheidung kommen.

Ganoch hatte Bleidan verraten. Sie hatte dasselbe getan, aber sie hatte es deswegen getan, weil Darnamur sie dazu genötigt hatte. Womöglich war es bei Ganoch nicht anders gewesen?

Frafa wusste es nicht. Im Grunde wusste sie nur eines gewiss: Sie wollte diesen Gnom nicht an Darnamur ausliefern. Sie würde niemanden mehr an Darnamur ausliefern, niemals mehr! Und ob sie ihn an den Rat auslieferte oder an Darnamur, das blieb sich gleich.

Ihr Finger fuhr bedächtig durch eine Rille am Fuß des Warpelturms. Die magische Salbe dämpfte Magie, aber als Frafa den Gnom fast berührte, konnte sie doch dessen lebende Aura spüren. Frafa erschrak. Die Aura war so schwach, noch schwächer, als es bei einem Geschöpf dieser Größe zu erwarten war. Der Gnom musste auf den Tod verwundet sein!

Wieder dachte sie an Bleidan und an das, was er ihr erzählt hatte. Bleidan hatte seine Forschung dem Leben und der Heilung gewidmet. Also würde es Bleidans Idealen entsprechen, wenn sie diesem Gnom half ... oder wenn sie es zumindest versuchte.

Bleidan selbst hätte womöglich etwas anderes getan. Aber Bleidan hatte auch andere Dinge getan, die Frafa erschüttert hatten. Frafa wollte Bleidan lieber im Gedächtnis behalten, indem sie seinen Idealen folgte, nicht seinen Fehlern und seinen Irrwegen.

Ihre Fingerspitze verharrte über dem winzigen Geschöpf in der Mauerspalte. Ganoch, lange Zeit der Stellvertreter des mächtigen Darnamur, sein Handlanger. General und Anführer der Truppen im Felde. Ein mächtiger Mann, ein Verbrecher vielleicht.

Doch auf der anderen Seite … ein winziges, zerbrechliches Geschöpf. Von seinen Freunden verraten und verlassen. Hilflos und verwundet.

Frafas Sinne waren nicht fein genug, um bei einem so kleinen Wesen und durch die tarnende Salbe hindurch die Aura genauer zu untersuchen. Aber sie dehnte ihre eigene Essenz ein wenig aus, sodass ihre Lebenskraft die seine durchdrang und nährte. Sie hoffte nur, dass der Gnom ihr nicht auf der Hand starb, bevor sie ihn vom Platz schmuggeln und sich ein wenig besser um ihn kümmern konnte.

Dranjar wankte in Darnamurs Arbeitszimmer und ließ sich schwer auf den Stuhl vor dem Schreibtisch fallen.

»Wir haben ihn nicht gefunden«, sagte er.

Darnamur nickte. Er hätte davon erfahren, wenn es anders wäre.

»Aber er kann unmöglich entkommen sein«, fuhr Dranjar fort. »Er muss tot auf dem Platz liegen.«

»Ich werde es nicht glauben, solange ich keine Leiche sehe«, erwiderte Darnamur. »Niemand weiß besser als wir, wie leicht ein Gnom überall durchschlüpfen kann.«

»Er hatte einen Armbrustbolzen im Leib und ist acht Meter in die Tiefe gestürzt«, sagte Dranjar.

»Und als er unten ankam, war er noch kräftig genug, um die Größe zu ändern. Und nach allem, was ich gehört habe, saß der Bolzen weit außen. Nur ein Streifschuss über den Rippen. Sprechen wir es ruhig aus: Du hast die Sache verpatzt.«

Dranjar schüttelte den Kopf. Er sah müde aus, aber es lag ein Hauch von Triumph in seiner Stimme. »Ich habe es richtig gemacht. Ganoch hat vielleicht noch gelebt, als er unten ankam. Aber nicht mehr lange. Da war Gift an dem Bolzen, und du weißt, wie das wirkt.«

»Gift?« Darnamur runzelte die Stirn.

»Du wolltest ihn tot sehen«, sagte Dranjar. »Also habe ich Gift eingesetzt. Um sicherzugehen.«

»Großartig. Das heißt also, wenn wir seine Leiche doch noch finden, dann fangen unsere Probleme erst an. Gift macht keinen guten Eindruck. Damit dürfte es uns schwerfallen, das Ganze als Unfall darzustellen.«

»Warum?«, fragte Dranjar. Er lehnte sich auf dem Stuhl zurück und hielt sich den Leib. Seine Stimme klang leise. »Wir können jederzeit sagen, der Schütze hatte noch Reste vom Krieg gegen die Goblins an der Waffe. Das macht es umso mehr zu einem Unfall, besser als ein gezielter Schuss. Wer weiß schon, wie lange das Gift wirksam bleibt. Ich hab mir alles genau überlegt.«

Dranjar verstummte und tat einige schwere Atemzüge. Darnamur musterte ihn mit gerunzelter Stirn.

»Ich glaube auch nicht, dass es Fragen gibt«, fuhr Dranjar endlich fort. »Selbst von meinen eigenen Leuten weiß kaum jemand, worum es wirklich ging. Ich musste nur ein wenig Unruhe inszenieren, damit einer der Eingeweihten einen Vorwand zum Schuss bekommt. Ich hätte ihn lieber selbst mit dem Dolch verletzt, aber es ging etwas durcheinander. Dadurch wirkte es allerdings auch glaubwürdiger.«

»Also gut.« Darnamur trat an sein Regal. Er holte Unterlagen heraus. »Ich werde meine Vorkehrungen treffen. Aber wir können nicht ewig darauf warten, ob und wie Ganoch noch einmal auftaucht. Wir müssen an die Zukunft denken. Und das bedeutet, du musst so schnell wie möglich aufbrechen, *General* Dranjar. Ganochs Truppen brauchen Führung, und du musst vor Ort dafür sorgen, dass Ganochs Verschwinden nicht zu Unruhen führt.«

Darnamur breitete die Papiere aus, Landkarten von Leuchmadans Zinnen, Truppenaufstellungen. Dranjar beugte sich vor. Er stützte den Kopf auf die Hände.

Darnamur erklärte ihm, was zu tun war. Dranjar hörte schweigend zu.

Bis sein Kopf mit einem lauten Poltern auf die Tischplatte schlug.

»Dranjar?«, fragte Darnamur.

Sein Leutnant bewegte sich nicht.

Darnamur sprang von seinem Stuhl und rannte um den

Schreibtisch. Er hob Dranjars Oberkörper hoch. Ein Blutfleck blieb zurück, wo der Kopf des Gnoms gelegen hatte. Blut lief ihm aus dem Mund, und die Augen waren weit aufgerissen.

Darnamur starrte dem Toten fassungslos ins Gesicht. Dann stützte er Dranjar gegen die Lehne des Stuhls und schrie, bis die Wachen hereinkamen. Und auch danach beruhigte er sich noch lange nicht.

# 22. Kapitel: Der Kerker des Scharfrichters

*Die Revolution hat viele tapfere Anführer verloren. Helden, die wir schmerzlich vermissen. Unsere Feinde möchten jubeln über diese Schwäche. Sie wittern eine Gelegenheit, dem Rat des Volkes die Macht wieder zu entreißen.*

*Aber sie mögen sich hüten!*

*Jetzt ist nicht die Zeit, um nachzugeben. Wir müssen Stärke zeigen. Wir müssen die Feinde von Rat und Revolution spüren lassen, wer die Herrschaft in der Stadt innehat. Wer auch nur den leisesten Zweifel an seiner Treue aufkommen lässt, muss unbarmherzig verfolgt werden. Denn besser ist es, den Schurken zu vernichten, bevor er ein Verbrechen begehen kann.*

*Wir werden diese Geschwüre in unserer Mitte ausbrennen, und wir werden siegen. Die Zeit der ›Prognome‹ ist vorbei. Die Zeit für eine Säuberung ist gekommen. Denn es geht nicht mehr darum, zu welchem Volk wir gehören. Es geht darum, wer für uns ist und wer gegen uns.*

Darnamur, der Gnom, vor dem Hohen Rat

Als Darnamurs Zorn sich gelegt hatte, saß er brütend an seinem Schreibtisch und starrte auf den leeren Stuhl, wo Dranjar zuletzt gesessen hatte. Jetzt war er allein. Und der Kampf war noch lange nicht vorbei.

Fahrig ging Darnamur seine Papiere durch. Es würde schwer werden. Er wusste nicht mehr, wem er vertrauen konnte ... Ach was. Er hatte noch nie jemandem vertrauen können außer sich selbst. Irgendwann zeigten alle Schwäche und zerbrachen. Es war nur ärgerlich, wenn es bei Verbündeten der Fall war.

Einen Vorteil hatte es immerhin: Wenn bekannt wurde, dass Dranjar im Zuge von Ganochs Verhaftung gestorben war, würde jeder glauben, dass Ganoch sich widersetzt hatte. So wirkte alles ganz natürlich und glaubwürdig.

Darnamur prüfte seine Möglichkeiten. Ganoch hatte Berichte mitgebracht, und die waren beunruhigend. Die Bitaner, so hieß es, hatten einen König ausgerufen. Alle Späher meldeten, dass die Menschen zum Marsch auf Daugazburg rüsteten und nur das Widerstreben ihrer Verbündeten sie noch aufhielt.

Und was sollte er mit den Gnomen machen, die Ganoch angeführt hatte? Darnamur hatte keinen General mehr, den er schicken konnte. Am liebsten wäre er selbst gegangen, aber wem sollte er die Stadt anvertrauen? Jemand musste den Rat im Auge behalten.

Darnamur schrieb Befehle und verteilte das Kommando in den Bergen an mehrere Hauptleute. Er versäumte die morgendliche Ratssitzung und plante den ganzen Tag hindurch weiter, erwog Strategien und gab genaue Anweisungen für die hinhaltenden Taktiken, die seine Truppen anwenden sollten. Er berief Gesandte, die Ganochs Bemühungen um die Völker an der Grenze weiterführen sollten. Die Verbindung zu den Goblins und den Trollen durfte nicht abreißen.

Am Nachmittag war Darnamur zutiefst erschöpft. Aber er konnte nicht schlafen. Es war niemand mehr da, der ihm die Arbeit abnahm. Darnamur empfing die Hauptleute und gab Befehle aus.

Vor der Ratssitzung nahm er die Meldungen der Spitzel entgegen, um die sich bisher Dranjar gekümmert hatte. Auch das war eine Sache, die seiner Aufmerksamkeit bedurfte. Gerade jetzt, da Ganochs Leiche nicht gefunden war und er möglicherweise noch lebte, durften die geheimen Kundschafter und Informanten nicht vernachlässigt werden. Sie brauchten eine straffe Führung.

Endlich schlurfte Darnamur müde zum Spiegelsaal. Er sah Dranjars leere Augen vor sich, und er verfluchte ihn.

Dann dachte er an Frafa. Die Albe war schwach und leicht zu lenken. Sie war so vertrauenswürdig, wie man es nur erwarten konnte. Er hatte einen ganz besonderen Auftrag für sie.

Darnamur seufzte. Ihm war zumute, als müsste er ein einstürzendes Gebäude stützen und bräuchte mehr Hände dafür, als ihm zu Gebote standen. Und jetzt beschwor er zusätzlich Sturm und Hagelschlag herauf in der Hoffnung, dass ihm das Unwetter ein paar geeignete Stützbalken aus dem Wald schlagen und heranwehen würde.

Der Träumer in der steinernen Kammer stand auf. Im ersten Augenblick wollte Magati erschrocken zurückfahren, doch sie waren ohnehin entdeckt. Gebannt verfolgte sie, wie die Kreatur sich erhob.

Das Geschöpf bewegte sich geschmeidig. Als es stand, war es so groß wie die Säule mit dem strahlenden Juwel, größer als zwei Goblins. Der Träumer war dünn, aber auf eine anmutige Weise. Die langen Finger liefen in Klauen aus, doch die Bewegungen wirkten majestätisch, nicht bedrohlich.

Magati ließ ihren Blick hinauf zum Gesicht des Wesens wandern. Die großen Augen unter den hängenden Lidern glommen wie zwei Halbmonde, die Lippen waren schmal, aber so vollkommen geschwungen, als hätte ein Kalligraph sie in das Gesicht gezeichnet. Die breite Nase hob sich kaum aus dem Gesicht.

»Der Scharfrichter!«, flüsterte Wito neben ihr. Magati zuckte zusammen.

Sie schaute genauer hin. Unvorstellbar! Es grenzte an Blasphemie, diese anmutige Kreatur mit dem Scharfrichter von Daugazburg in Verbindung zu bringen. Der Scharfrichter war missgestaltet, unter seiner Haut spielten keine geschmeidigen Muskeln.

Stattdessen schienen sich dort bei jeder Bewegung die Knochenenden abzuzeichnen. Der Scharfrichter war grau wie der Tod, und sein Antlitz grob und hässlich. Und doch ...

Auf eine gewisse, entstellte Weise bildete der Scharfrichter wahrhaft jenes Geschöpf ab, das sie hier vor sich sahen.

›Besucher‹, klang eine Stimme, so wohlklingend wie ein gut gestimmtes Instrument. Sie schien in Magatis Kopf zu erklingen, die Lippen des Wesens vor ihr bewegten sich nicht. Es faltete elegant die Hände unter dem Kinn und sah auf die Gnome hinab.

Wito trat aus dem Türrahmen in den Raum. Audan zog sich ein wenig zurück und murmelte unruhig eine Warnung.

›Verzweifelte, die durch alle Schrecknisse den Weg zu meinem Sanktum gefunden haben.‹

»Wer bist du?«, fragte Wito.

Das Wesen hob den Kopf. ›Warum diese Frage? Noch nie hat jemand sie gestellt. Nicht an diesem Ort. Wen kümmern Namen? Wen kümmert das Sein? In der Abkehr, in der Einsamkeit liegt alle Zuflucht. Dies ist der Ort für jene, die aufgegeben haben. Hier helfe ich ihnen und richte sie wieder auf. Was schmutzig, was zerbrechlich ist, was Schmerz empfindet – schickt es fort, fort, um den Rest zu retten.‹

Das Geschöpf trat zur Seite. Der Stein hinter ihm erstrahlte, doch das Licht veränderte sich. Das blaue Leuchten wurde zu einem Wirbel. Während die Aura des Edelsteins anwuchs, verschoben sich die Farben. Wurden zu einem saugenden Unlicht ...

»Das Tor!«, rief Magati. »Der Ausgang!«

Audan kam wieder hinter ihr hervor und sah in den Raum.

Wito hob die Hand und hielt die beiden zurück.

»Ich will nicht nur gehen«, sagte er. »Ich will verstehen!«

Das Wesen sah ihn fassungslos an. ›Hast du es denn noch nicht verstanden? Das eben ist die Lehre dieses Ortes! Schmerz und Schrecken sind draußen. In der geschlossenen Tür liegt die Freiheit. Lass dich auf nichts ein, und du wirst nicht verletzt werden. Wende dich von allem ab, von diesem Labyrinth wie von der Wirklichkeit, und schaffe deine eigene Zuflucht. So wie ich.‹

»Du bist der Scharfrichter von Daugazburg«, sagte Wito.

Die hochgewachsene Kreatur wich zurück und zog die Schultern ein. Sie schüttelte heftig den Kopf. Sie verschwand beinahe unter dem Unlicht, das nun düsterdunkel in der Mitte des Raumes hing und alles Sehen auslöschte. ›Nein. Nein!‹, rief sie. Ließ sie ihre Stimme erklingen …

»Wer bist du dann?«

›Ich bin Andinjar. Andinjar der Draudegan.‹

Das Wesen trat wieder vor. Unruhig rang es die Hände.

›Ich zeige es euch doch! Warum muss ich es erklären? Ich bin nicht das Ding, das ihr Scharfrichter nennt. Ich bin nicht dieses Ding! Ihm ist dieser Ort versperrt. Nur so kann ich meine Seele rein erhalten.‹

Andinjar wies auf den Edelstein, der inzwischen hinter dem Schleier aus Unlicht verborgen lag. Audan und Magati waren beide in den Raum getreten. Sie drängten sich an Wito und hielten den Kopf gesenkt. »Wir sollten gehen«, flüsterte Audan.

Aber Wito schüttelte den Kopf. »Erklär es mir, Andinjar«, sagte er leise.

›Ich bin Andinjar. So alt und mächtig. Ein Fürst von Falinga, dem geschützten Lande. Da kam ein Fae daher. Ein Fae. Ein Gott, behauptet er. Von Leuchmadans Geist. Er will König sein, und er bricht mich, bricht mich. Ich widersetze mich, aber er bricht mich. Knochen und Geist, jenseits aller Heilung. Schneidet meine Augen. Formt meinen Leib. Aber ich unterwerfe mich nicht. Ich nehme meine Seele, hierhin, hierhin. Ich halte sie rein. Und den Scharfrichter lasse ich zurück.‹

Andinjar bewegte die Klauenfinger und kam näher. Ein verschlagenes Grinsen lag auf seinem wohlgeformten Antlitz. Audan und Magati wichen zurück, aber Wito blieb stehen wie eingefroren. Andinjar beugte sich zu ihm hinab.

Seine Stimme klang ihnen allen.

›Verstehst du, kleines … Ding? Ich widersetze mich Leuchmadans Umsturz. Ich übertölpele ihn. Ich fliehe hierher, in

Sicherheit, und lasse den Scharfrichter zurück. Als Täuschung und als Ablenkung. Ohne Namen. Ohne Seele. Leuchmadan denkt, er hat mich unterworfen. Aber meine reine Seele ist hier, hinter Türen und Irrwegen und Mauern. Was zurückbleibt, ist ... leer. Fügsam. Gebrochen. Entstellt. Aber das bin nicht ich. Ich bin hier. Ich warte. Ich räche mich.‹

Andinjar schob sein Gesicht noch dichter an Wito heran, als wolle er ihm etwas zuflüstern. Doch seine unwirkliche Stimme klang so klar wie immer.

›Ich bringe Leuchmadan dazu, seine schlimmsten Feinde zu mir zu schicken. Die Mächtigen, die ihr Rückgrat nicht beugen wollen. Der Scharfrichter nimmt sich ihrer an. Aber in Wahrheit bringt er sie zu mir. Die gefallenen Großen. Die gestürzten Mächtigen. Denen es ergeht, wie es mir dereinst erging. Leuchmadan glaubt, der Scharfrichter dient ihm. Ha!

Aber ich helfe seinen Feinden, wenn sie hierherkommen. Ich zeige den Stolzen und den Starken all die Schrecken, damit sie erkennen, was ich erkannt habe. Dann können sie lernen, was ich gelernt habe. Oder sie finden einen ehrenvollen Tod, unbesiegt, wenn sie sich um keinen Preis fügen oder zurückweichen wollen.

Den wenigen aber, die lernen wollen, zeige ich, wie sie wenigstens ihre reine Seele bewahren, unbeschadet hinter den Mauern und Türen ihres Geistes. Wie sie sich in eine List flüchten und eine Hülle zurückschicken können in die Welt, um Leuchmadan zu täuschen, um den Herrn von Daugazburg zu täuschen. Eine Hülle, gebrochen. Aber in Wahrheit, in ihrem Geist, tief in ihrem eigenen Innersten, da sitzen sie, triumphieren und pflegen den klaren Edelstein ihrer Seele genau wie ich. Keine Folter kann sie erreichen. Und niemand, niemand kann sie sehen!‹

Darnamur hatte in rascher Folge Ämter und Beförderungen zur Abstimmung gestellt, und jetzt, nach der abendlichen Sitzung, eilte er zwischen den Ratsmitgliedern umher und traf Vereinbarungen.

Seine Stimme klang schrill, seine Augen zuckten unstet. Es fiel Frafa schwer, den Gnom zu lesen, aber etwas war anders als sonst. Vielleicht hatte es mit General Ganoch zu tun, nach dem immer noch überall in der Zitadelle gesucht wurde. Oder mit diesem anderen Gnomenoffizier, von dessen Tod Frafa gehört hatte.

Sie hatte kaum Aufmerksamkeit dafür übrig, denn sie hatte ihre eigenen Schwierigkeiten.

Gestern hatte sie es geschafft, diesen Gnom aus der Zitadelle heraus und in ihren Turm zu bringen. Aber er war krank und verwundet. Seine Knochen waren an vielen Stellen gebrochen, und ein Fieber tobte in ihm.

Irgendwann zwischendrin hatte er seine normale Gestalt angenommen, aber Frafa glaubte nicht, dass Ganoch überhaupt verstand, wo er war. Sie hatte seine Pfeilwunde verbunden. Aber sie wusste, dass sie ihn nicht heilen konnte.

Sie konnte ihn am Leben halten, einige Tage vielleicht, einfach indem sie ihm Lebenskraft übertrug. Aber nur ein Meisterheiler hätte seine Brüche richten können oder das Gift bannen, das in seinen Adern tobte und ihn kraftlos auf sein Lager fesselte.

Und wo sollte sie einen solchen Heiler finden, in einer Stadt, in der es kaum noch Zauberer gab? Für einen Gnomengeneral, der überall gesucht wurde?

Frafa hatte Ganoch im obersten Geschoss des Turmes untergebracht, gleich unter dem eingestürzten Dach und in einer Kammer, die sich abschließen ließ. Und den ganzen Tag hatte sie nur bei ihm gesessen und nicht gewusst, was sie tun sollte – worauf sie sich da überhaupt eingelassen hatte!

Sie konnte nur froh sein, dass Salvan nicht nach Hause gekommen war. Aber er war den ganzen Tag fort gewesen, weil er sich unbedingt die Belohnung verdienen wollte, die für Ganochs Ergreifung zu erwarten stand, und das war ein weiteres Problem, für das sie eine Lösung finden musste.

Am liebsten wäre sie also dieser Ratssitzung ferngeblieben, aber sie hatte Angst, dass dies erst recht auffiele. Und nun saß sie die ganze Zeit unruhig da, fragte sich, was daheim in ihrem

Turm vorging, und wartete auf den Augenblick, da sie endlich den Saal verlassen konnte.

Gerade als sie aus der Ratshalle traten und Frafa überlegte, wie sie wohl Salvan abschütteln konnte, der sich ihr ausgerechnet jetzt angeschlossen hatte, da kam Darnamur auf sie zu. »Frafa! Salvan!«, rief er. »Euch wollte ich sprechen.«

Frafa blieb stehen. Sie wagte kaum, den Kopf zu heben. War er ihr bereits auf die Spur gekommen? Unwillkürlich wanderte ihre Hand zum Hals, wo Balgir wie ein Schal über ihren Schultern hing. Das Taschentier zischelte.

»Warte doch gleich in der Kanzlei auf mich, Frafa«, fuhr Darnamur fort. »Ich habe etwas mit dir zu bereden.«

Frafa stand starr da, und die Furcht schnürte ihr die Kehle zu. Aber Darnamur beachtete sie nicht weiter. Er schaute Salvan an. »Und mit Euch ebenfalls, Salvan. Ich brauche zuverlässige Leute. Viele Schultern sind nötig, um das zu tragen, was Ganoch und Dranjar geleistet haben.«

Frafa atmete auf. Würde Darnamur so mit ihr reden, wenn er ahnte, dass sie den gesuchten General versteckt hielt?

Salvan deutete eine Verbeugung an. »Ich stehe immer gern zu Diensten, Herr Vorsitzender.«

Darnamur lachte trocken. »Ich weiß genau, was ich von Euch erwarten kann, Salvan.« Er wandte sich ab und eilte durch den Saal auf eine Gruppe Nachtmahre zu. Salvan fasste Frafa am Arm und führte sie hinaus.

»Was hat das zu bedeuten?«, fragte sie.

»Wer weiß?« Salvan zuckte die Achseln. »Aber Darnamur hat seine beiden wichtigsten Stützen verloren. Er knüpft ein neues Netz, das ihn tragen soll. Und wir beide sind die einzigen Nachtalben, auf die er dabei zukommen kann. Wenn da nicht etwas für uns herausspringt, müsste schon Lucan seine Hände im Spiel haben.«

Salvan zog sich in einen Saal zurück, der als Warteraum für Darnamurs Besucher eingerichtet war. Frafa ging weiter. Sie hatte jederzeit Zutritt zur Kanzlei, und inzwischen besaß sie sogar einen eigenen Satz Schlüssel für den Turm.

Sie wechselte ein paar misstrauische Blicke mit den Wachen vor der Tür. Mittlerweile standen Abordnungen fast aller Völker hier, nicht nur Darnamurs Leibwache aus Menschen und Gnomen. Sie misstrauten den Alben. Seitdem bekannt geworden war, dass Leuchmadans Kästchen sich im Turm befand, achteten sämtliche Fraktionen des Rats eifersüchtig darauf, dass niemand das Artefakt herausschmuggelte und dass niemand, der es missbrauchen konnte, den Turm betrat.

Frafa kräuselte verächtlich die Lippen.

In Darnamurs Arbeitsraum trat sie unruhig von einem Fuß auf den anderen. Sie hatte gar keine Zeit, um hier zu warten! Schließlich setzte sie sich auf einen freien Stuhl und musterte einen dunklen Fleck auf dem Schreibtisch. Der war bei ihrem letzten Besuch noch nicht da gewesen.

Sie dachte an den Tag, als Darnamur sie zum Verrat an Bleidan angestiftet hatte. Heute hatte sie wieder ein Geheimnis vor ihm ...

Endlich kam Darnamur herein. Er setzte sich und lehnte sich mit einem Ächzen zurück. Er rieb sich die Augen. Frafa verspürte das Bedürfnis, etwas zu sagen, aber sie biss sich auf die Lippen.

Darnamur ergriff schließlich das Wort. »Die Bitaner kommen.«

Frafa war so erleichtert, dass sie beinahe aufgelacht hätte. Also ging es nicht um Ganoch! Die Anspannung wich so plötzlich aus ihrem Körper, dass ihr die Knie weich wurden.

Darnamur schaute sie an und wartete auf eine Antwort.

Frafa schluckte. »Ich weiß«, brachte sie endlich hervor.

»Ich habe eine Aufgabe für dich. Eine sehr wichtige.«

Frafa konnte immer noch nur an den Gnomengeneral denken, der verwundet in ihrem Turm lag. Sie verstand kaum, was Darnamur zu ihr sagte, und fragte sich stattdessen, ob er wohl schon mit Salvan gesprochen hatte und ob der unterwegs nach Hause war. Darnamurs Worte rauschten an ihren Ohren vorbei. Doch plötzlich stellte ihr Geist eine Verbindung her, und sie riss die Augen auf. »Soll ich etwa mit dem Kästchen ...?«

Darnamur schüttelte den Kopf. Ein Lächeln stahl sich auf

seine Lippen. »Bei Leuchmadan, nein. Du bist zu schwach, um das Kästchen für den Krieg zu gebrauchen. Obwohl – wenn du mit Gulberts Heer tun könntest, was du mit Grefan gemacht hast, dann wäre das eine große Hilfe.«

»Gulbert?«, fragte Frafa.

»Der Anführer der Bitaner.« Darnamur spielte mit dem Dolch an seinem Gürtel. »Aber du bist nicht stark genug, und den Alben, die es wären, kann ich das Kästchen nicht anvertrauen. Ich habe also beschlossen, den nächstbesten Schritt zu wagen.«

Frafa blickte ihn verständnislos an.

»Dein Meister, Frafa«, fuhr Darnamur fort. »Er ist der letzte Albenfürst von Daugazburg, der am Tag der Messer entkommen ist.«

»Aldungan?« Erinnerungen stiegen in Frafa auf. Ein anderes Leben, nur wenige Mondläufe her, und doch schien es ihr so weit entfernt wie die Kindheit. Sie war in der letzten Zeit so sehr mit sich selbst beschäftigt gewesen, dass sie gar nicht mehr an ihren Meister gedacht hatte. Aldungan war nur noch ein Name, der mit dem Gebäude verbunden war, in dem sie wohnte.

Darnamur nickte. »Er ist verschwunden, wie die Mächtigen der Fatu. Aber als Nachtalb ist er ein viel greifbareres Geschöpf. Und vor allem habe ich dich, die ihn mir hoffentlich zurückholen kann.«

»Was?« Frafa starrte ihn fassungslos an.

»Frafa, da marschiert ein Heer gegen uns. Wir können es nicht aufhalten. Ganoch hat in den Bergen nur ihren Vormarsch verlangsamt, und schon das hat uns viel Blut gekostet. Die Bitaner haben Zauberer bei sich. Und Aare, die unseren Vorteil in der Luft zunichte machen. Wir haben kein Heer, das ihnen in der Ebene standhalten könnte.

Ich weiß, ich selbst habe die Zauberfürsten von Daugazburg verfolgt und getötet. Aber jetzt brauchen wir einen von ihnen, wenn wir nicht untergehen wollen!«

»Ich weiß nicht, wo der Meister ist«, stieß Frafa hervor. »Er war einfach verschwunden in der Nacht, als die Goblins kamen. Vorher schon.«

»Dann such ihn. Denk nach, Frafa. Von allen Fürsten ist Aldungan der letzte. Und du bist die Einzige aus seinem Haushalt, die noch hier ist. Du musst etwas über deinen Meister wissen. Über seine Freunde, seine Zufluchtsorte. Wenn du mir sagen kannst, wo ich ihn finde oder wie ich Verbindung zu ihm aufnehmen kann, so wäre das für uns alle von Vorteil!«

»Aber ich war nur eine ganz unbedeutende Schülerin.« Frafa zog den Kopf zwischen die Schultern. »Ich weiß nichts ...«

Sie wand sich unter Darnamurs Blick. Das wurde ihr alles zu viel. Darnamur hatte sie wieder einmal überrumpelt und statt des erwarteten Verrats einen unerwarteten gefordert. Mit einem Mal sehnte sie sich nicht mehr zurück in ihren Turm, sondern in die geheime Kammer der Fei, zu Leuchmadans Kästchen. Niemand kam dorthin, niemand konnte dort bestimmen, was sie tat. An diesem verborgenen Ort voller Lebenskraft konnte sie ...

Fast schmerzhaft schnitt eine Eingebung in ihre Gedanken.

Darnamur hatte es bemerkt. »Dir ist etwas eingefallen?«, fragte er.

Frafa starrte ihn an. Ihr Kopf prickelte, ihr Herz schlug heftig. Aber sie dachte an Aldungan, und ihre Gedanken strömten mit einem Mal ruhiger dahin. Er war ihr Meister. Sie hatte ihm Treue geschworen. Er hatte ihr in seinem Haus Schutz und Förderung gewährt, obwohl er keinen Nutzen von ihrer Gegenwart hatte.

Sie wollte niemanden mehr an Darnamur verraten, doch am allerwenigsten ihren Meister! Aber da kam ihr ein Gedanke. Sie hatte einen verwundeten Gnom im Hause, den nur ein Meisterheiler retten konnte ... Und Darnamur wollte, dass sie ihn mit Aldungan zusammenbrachte, dem Meister des Lebens von Daugazburg!

»Ich weiß nicht, wo er ist«, sagte sie. »Aber es gibt einige Orte, an denen ich suchen könnte.«

»Wo?«, fragte Darnamur.

»Ich kann keine Fremden zu ihm schicken«, sagte Frafa. »Ich werde selbst nach ihm suchen. Ich trage ihm Eure Bitte vor, und Aldungan wird sich entscheiden.«

»Es ist ... keine Bitte«, sagte Darnamur. »Es ist ein Angebot.«

»Ein Angebot«, sagte Frafa. »Gebt mir einen Greif. Ich fliege los und überbringe es ihm. Das ist mein Angebot.«

Darnamur schaute sie an. Er nestelte immer noch an seinem Dolch.

»Ich könnte dich zwingen, mir zu verraten, was du weißt«, sagte Darnamur.

»Das könntet Ihr«, erwiderte Frafa. Sie legte die Hände in den Schoß, damit Darnamur nicht sah, wie ihre Finger zitterten. »Aber das werdet Ihr nicht, oder? Weil Ihr ein Kampfgefährte meiner Tante wart. Weil Ihr nicht mein Feind seid, sondern weil ihr mich als Verbündete wollt. Und weil Ihr, da ich ja Eure Verbündete bin, genauso gut mich ausschicken könnt, um Eure Botschaft zu überbringen. Denn irgendwen müsst Ihr ohnehin schicken.«

Andinjar verstummte. Audan sah sich in der kargen Kammer um und rümpfte die Nase. »Da sitzen sie dann ... in einem ziemlich jämmerlichen Gefängnis.«

Magati schaute von ihm zu Wito. Der hatte sich von Andinjar abgewandt und den Kopf gesenkt. Er schwieg und schluckte schwer. Aber Andinjar hatte Audans Worte vernommen. Sein Blick wanderte über die beiden anderen Gnome hinweg zu ihm, und unter seinen gesenkten Lidern blitzte es verächtlich.

›Ungeziefer‹, schallte die Stimme und schien sich um Audan zu verdichten. ›Ich kenne eure Art. Ihr seid es gewohnt, um die Tischbeine der Mächtigen zu kriechen, und habt gar keine Vorstellung von Würde. Ihr habt nichts dergleichen zu bewahren. Darum seht ihr die Mauern eines Kerkers, wo in Wahrheit die schützenden Wälle einer Festung und einer Schatzkammer stehen.‹

»He!«, rief Audan empört.

Aber Wito unterbrach ihn. »Verzeiht, Andinjar, wenn wir Euch nicht verstehen. Aber wir wollen nicht aufgeben. Wir wollen ganz und gar zurück, was immer uns dort auch erwartet.«

Andinjar wedelte mit den langen Fingern. ›Dann geht doch. Geht. Was wollt ihr überhaupt hier? Für euch habe ich diesen Ort nicht geschaffen. Es war ein Ort für die Großen, für die Mächtigen. Nicht für die Kleinen, die daran gewöhnt sind, sich zu verkriechen, nachzugeben, zu fliehen, den Rücken zu beugen.‹

Verächtlich verzog er das Gesicht und sah hochmütig auf die drei Gnome herab. Er wies auf das Unlicht, hinter dem sich sein Seelenstein verbarg. ›Hinaus mit euch. Ihr habt nichts zu verlieren, ihr habt nichts zu hüten. Keine Größe, die gewahrt werden müsste.‹

»Warum habt Ihr uns dann überhaupt hier eingelassen?«, keifte Audan hinter Witos Rücken hervor. »Wir haben Euch nicht darum gebeten!«

»Genau genommen doch«, flüsterte Magati.

»Oh.« Audan verstummte.

Andinjar kräuselte die Lippen. ›Ich habe euch nicht eingelassen. Es war das Ding, das ihr Scharfrichter nennt. Und was hätte er tun sollen? Er dient und tut, was die Herren der Stadt ihm befehlen. Dies ist ein Ort, um den Mächtigen ihre Grenzen zu zeigen ... Ich hätte nie gedacht, dass die Herren von Daugazburg so viel Aufwand treiben mit einfachen Dienern.‹

»Ihr seht, die Welt dort draußen verändert sich«, sagte Wito. »Kommt mit uns, Andinjar. Leuchmadan ist tot. Ihr müsst Euch nicht mehr verbergen. Alte Verletzungen können heilen.«

Andinjar schüttelte den Kopf. ›Keine Heilung. Keine Veränderung. Es gibt immer einen anderen Herrn und immer einen Kampf. Wer daran teilhat, ist niemals sicher. Warum sollte ich mich dem wieder stellen, wo ich hier doch geborgen bin?‹

»Da ist kein Leben an diesem Ort«, sagte Wito. »Das Leben ist draußen.«

›Erinnerung. Beständigkeit. Abgeschiedenheit‹, murmelte Andinjar. Er ließ seinen Blick über die Wände seines Gefängnisses schweifen. ›Wo Leben ist, da ist Schmerz. Veränderung ist Unsicherheit.‹

Magati packte Wito. »Komm«, flüsterte sie. »Wir müssen fort.«

Sie zog ihn auf das Unlicht zu und spürte, wie Audan sich an ihrem Ärmel festkrallte. Gemeinsam taumelten sie durch den Ausgang – und fanden sich in einer kleinen runden Kammer wieder.

Im ersten Augenblick rieb Magati sich die Augen und fragte sich, ob sie das Labyrinth überhaupt verlassen hatten. Die gemauerten Wände um sie her wirkten alt, ein Hauch von Moder stieg davon auf, und es war dunkel. Aber es war eine echte, eine reine Dunkelheit.

Nach und nach nahmen die Gnome weitere Dinge um sich herum wahr. Decken am Boden bildeten ein einfaches Lager. Becher und Schalen, Klingen und Figurinen, Ringe und Reife und Stapel von gewebten Tüchern lagen wahllos im Raum verstreut. In der Dunkelheit konnten sie keine Farben unterscheiden, aber alles wirkte brüchig, zerfressen, alt. Magati wagte nicht, etwas zu berühren, aus Furcht, es könnte unter ihren Fingern zerfallen.

»Die Kammer des Scharfrichters«, sagte Wito leise. »Hier muss er wohnen. Was von ihm in dieser Welt übrig ist.«

»Und da ist der Ausgang!« Audans Stimme klang freudig. »Kommt. Da führt eine Treppe nach oben!

Sie stiegen hinauf. Die Gnome erkannten die wirklichen Katakomben von Daugazburg wieder, mit ihrem vertrauten Geruch. Anders als die Stollen des Labyrinths war dieser Ort mit seinen ganz eigenen Ungeheuern bevölkert, mit Spinnen und Schaben und anderem Getier.

Von den Katakomben gelangten sie zu einem Kanal und von dort in einen Keller. Licht waberte ihnen entgegen, und sie folgten dem Schein, wie sie vorher Magatis Stern gefolgt waren. Durch einen schmalen, halb verschütteten Zugang kletterten sie schließlich in die Ruinen eines eingestürzten Turms.

»Du weinst ja«, sagte Audan überrascht. »Hoffentlich nicht um diesen entsetzlichen Scharfrichter!«

»Er war auch nur ein Opfer«, erwiderte Wito.

»Und wie viele Opfer mehr hat er in sein Labyrinth geschickt?«, fragte Audan. »Nein, es geschieht ihm recht, dass er selbst dort eingesperrt ist und versauert. Er hat alles verdient, was ihm geschehen ist.«

»Wer weiß?«, fragte Wito zurück. »Ich bin nicht sein Richter. Ich sehe nur eine Kreatur, die mehr Folter ertragen hat, als wir uns vorstellen können. Die seit einer Ewigkeit in ihrem Kerker sitzt und sich an einen verlorenen Traum klammert. Einst war er ein Rebell, wie wir.«

Audan schnaubte.

»Seht!«, rief Magati. »Der Drauzwinkel!«

Sie war auf einen Mauerrest geklettert, und an einem ausgebrannten Gebäude vorbei konnte sie von dort aus auf den vertrauten Platz blicken. Sie atmete tief durch und schaute zwischen den Türmen hindurch. Das rote Licht der Abendsonne brannte in ihren Augen, aber ihr war es wie eine Liebkosung.

»Da ist einiges Volk versammelt«, stellte Audan fest. »Eine Hinrichtung?«

Frafa packte ihre Sachen. Sie stand in der Küche und warf Vorräte in das Taschentier, während sie gleichzeitig darüber nachdachte, was sie für die Reise noch vorbereiten musste.

Und die schwierigste Frage war: Wie konnte sie den verletzten Gnom aus der Stadt schmuggeln? Ob sie ihn wohl so weit zur Besinnung bringen konnte, dass er seine kleine Gestalt annahm? Sie überlegte, in welchem Gepäckstück sie den Gnom in seiner normalen Größe verstecken konnte. Mit Grauen stellte sie sich vor, wie sie den kindergroßen Verletzten zu ihrem Greif schleppte, mit all den Sachen, die nötig waren, um ihn darunter zu verbergen, und immer in Sorge, dass ihre Mittel zur Beruhigung nicht ausreichten und dass der Gnom einen Laut von sich gab, der sie alle verriet.

*Ob sie den Gnom wohl in seiner großen Gestalt in ihr Taschentier hineinbekam?* Leuchmadans Kästchen, oder vielmehr dessen Imitat, hatte ja auch hineingepasst.

Frafa hörte vom Küchentisch her ein Würgen. Das Brot, das sie zuletzt in Balgirs Rachen geworfen hatte, fiel zu Boden. Die Echse züngelte und wischte sich mit den Vorderklauen das Maul.

»Balgir!«, rief Frafa empört und schlug die Hände vor den Mund. Sie hatte ganz vergessen, das Taschentier vor dem Packen zu verwandeln, so zerstreut war sie gewesen. Jetzt waren alle Vorräte in Balgirs gierigem Schlund gelandet.

Balgir blickte sie an und rollte mit den Augen. Er klaubte sich Brotkrumen zwischen den Zähnen hervor und ließ sie auf die Tischplatte fallen.

Frafa stemmte die Hände in die Hüften. »Das Brot war dir also nicht gut genug?«, schimpfte sie.

Balgir wälzte sich auf den Rücken und streckte den aufgeblähten Bauch in die Höhe. Frafa schaute an ihm vorbei, aber von den Würsten, den Fleischbällchen, dem Fisch und dem Speck, die sie bislang Richtung Tisch befördert hatte, war nichts mehr zu sehen.

»Das meiste war noch in Papier eingeschlagen, du gieriges Vieh!«

Sie sah sich in der Küche um, fand aber nur noch Brot und weitere Backwaren, ein wenig Schmalz in Gläsern und andere Kleinigkeiten. Auf dieser Reise würde sie wohl leben müssen wie ein Mensch. Sie musterte ihr Taschentier mit zusammengezogenen Brauen. Balgir würgte eben ein Stück Papier hervor, und Frafa schaute nicht nach, ob der Fisch noch darin eingewickelt war.

Frafa war so aufgebracht, dass sie beinahe Salvan überhört hätte. Dabei hatte sie die Küchentüre offen gelassen, damit sie bemerkte, wenn er zurückkam. Sie konnte unmöglich riskieren, dass er an ihr vorbei nach oben in den Turm gelangte und dort womöglich den Gnom aufstöberte!

Sie rannte nach draußen und erwischte ihn auf der Treppe.

Salvan grinste breit, als sie ihm entgegenlief. »Frafa!«, rief er. »So stürmisch heute ...« Er erkannte ihre Stimmung, und sein Lächeln verschwand. Er streckte die Hand nach ihr aus. »Was ist? Hatte Darnamur für dich keine gute Nachrichten?«

Frafa wich der Berührung aus. »Es geht nicht um Darnamur«, sagte sie. »Es geht um dich. Um uns.«

Salvans Blick wurde schmal. »Um uns?«, wiederholte er.

»Salvan«, sagte sie. »Ich will, dass du meinen Turm verlässt.«

Salvan stand da und sah sie an. Sie war dankbar, dass sie auf der Treppe zwei Stufen über ihm stand, denn so musste er zu ihr hochschauen. Irgendwie machte es alles leichter.

»Warum?«, fragte Salvan.

»Ich ...«, setzte Frafa an. Es gab so viele Gründe. Der Gnom. Die Reise. Und sie wollte auch nicht, dass ihr Meister bei seiner Rückkehr einen Fremden in seinem Turm vorfand. Aber nichts davon konnte sie Salvan sagen. Darnamur hatte sie ermahnt, niemandem von ihrer Reise zu erzählen. Und was den Gnom betraf – sie konnte Salvan nicht genug vertrauen.

Er würde sie verraten.

Zum ersten Mal formte sie diesen Gedanken in aller Klarheit, und sie wusste, warum sie Salvan aus ihrem Turm heraushaben wollte und dass alles andere nur eine willkommene Ausrede gewesen war.

»Geh einfach«, sagte sie.

»Einfach so?«, fragte Salvan.

Frafa nickte. »Das wäre mir am liebsten.«

»Aber ich lasse mich nicht einfach fortschicken.« Salvan trat eine Stufe höher. Er stand dicht vor ihr. Sein Mund war verkniffen und seine Finger bewegten sich wie zu einem Zauber.

Frafa spürte, wie ihre Kehle sich zusammenzog. »Du bist in meinem Turm!« Ihre Stimme klang schrill. Sie hob eine Hand und drückte Salvan von sich weg.

Salvan wich der Berührung aus und sprang so hastig zurück, dass er beinahe die Stufen hinabfiel. Frafa atmete freier. »Es geht einfach nicht«, sagte sie. »Wir können hier nicht so zusammenwohnen ... wie ich mit Bleidan.«

»Dein Turm war leer, als ich eingezogen bin«, stieß Salvan hervor. »Und du warst verloren im Rat. Jetzt, wo du von mir alles bekommen hast, willst du mich loswerden?«

»Wir können im Rat Verbündete bleiben«, erwiderte Frafa.

»Nein«, sagte Salvan. »Das können wir nicht. Ich lasse mich nicht ausnehmen und fortwerfen. Du glaubst, du brauchst mich nicht mehr. Aber ich bin wieder Hauptmann der politischen

Polizei. Darnamur hat mir heute meinen alten Posten zurückgegeben. Wenn du mich fortschickst, Frafa, das verspreche ich dir, dann wirst du es bereuen.«

»Warum kannst du nicht einfach gehen und mich in Ruhe lassen?« Frafa stampfte mit dem Fuß auf. »Ich bereue jetzt schon jeden Tag, den ich mit dir zusammen war. Ich habe den falschen Alb im Rat aufgelöst!«

Einen Augenblick herrschte Stille im Treppenhaus. Salvan presste seine Lippen fest aufeinander.

»Also gut«, sagte er dann. »Du hast es so gewollt. Ich werde Diener schicken, die alles abholen, was mir gehört.«

»Tu das«, sage Frafa. »Aber sie werden mich nicht hier antreffen.«

## 23. Kapitel:
## Wenn Reisende nach Hause kommen …

*So viele Leute glauben, man müsse bestimmte Dinge tun. Wenn man aber selbst nicht daran glaubt, dann ist es leicht, andere zu lenken, indem man ihnen nach Belieben solche Zwänge einredet. Indem man von Dingen spricht, die einfach nötig sind, obwohl keiner sie will und niemand etwas daran ändern kann.*

*Wenn man selbst nicht an Notwendigkeiten glaubt, ist man frei. Weil man sich niemals von scheinbaren Zwängen einengen lässt, sondern einfach seine Ziele ins Auge fasst und sich den nötigen Raum dafür verschafft.*

*Und deswegen war ich auch der beste Führer für Daugazburg. Sogar der einzige. Viele glauben, sie wären größer als ich, wüssten es besser. Aber ich weiß: Niemand sonst hätte die Revolution lenken können.*

Darnamur, der Gnom,
nach unbestätigten Aufzeichnungen

### Mai im 1. Jahr der Revolution – Frühling in Daugazburg

Ganoch, Batha und Dranjar – sie hatten ihn im Stich gelassen. Sie waren fort, genau wie Wito und Skerna. Kameraden wie Wito und Skerna hatte er niemals mehr gefunden. Darnamur tat, was nötig war. Aber alles wurde immer schwieriger.

Sicher, es gab noch viele alte Kameraden, langjährige Wegbegleiter, die er sogar als Freunde bezeichnet hätte. Aber sie waren auch Ganochs Freunde gewesen, und darum konnte er ihnen nicht trauen. Wer wusste schon, wie weit Ganochs Unzufriedenheit sich ausgebreitet hatte?

Die Offiziere, denen Darnamur am ehesten vertraute, hatte er in die Berge geschickt. Er brauchte sie, um Ganochs Truppen zu führen. Und er selbst blieb allein zurück.

Und zurückbleiben musste er. Er hatte in Daugazburg alle Hände voll zu tun. Der Rat war voller Ränkeschmiede, die nur auf eine Möglichkeit warteten, ihn zu hintergehen. Auch den verbliebenen Offizieren durfte er nicht den Rücken zuwenden. Zu jeder Sitzung nahm er seine Listen mit und notierte, wer gegen ihn sprach und wo seine Gegner Bündnisse eingingen.

Er stattete Salvans Geheimpolizei mit weiteren Befugnissen aus, und eine neue Welle von Verhaftungen begann. Darnamur ließ Bürger festnehmen, die mit Ratsmitgliedern verdächtige Gespräche führten. Er setzte Offiziere ab, die sich gegen ihn verschworen, und verhaftete sie ebenfalls.

Es schmerzte ihn, die *Knochenmesser* zu spalten. Aber es war unumgänglich. Die Verräter waren inzwischen überall, und es ging längst nicht mehr um die Gnome gegen den Rest der Welt. Darnamur unterstellte treue Einheiten der politischen Polizei; unzuverlässige Befehlshaber verschwanden hinter Kerkermauern. Oder sie verschwanden ganz, wenn sie zu gefährlich waren.

Trotzdem kam Daugazburg nicht zur Ruhe.

Je mehr er suchte, umso mehr Feinde der Revolution fand Darnamur. Ihre Reihen schienen unerschöpflich, und selbst im gewöhnlichen Volk nistete die Unruhe.

Verstanden sie nicht, dass sie zusammenhalten mussten? Der Feind hatte die Berge verlassen und marschierte auf die Stadt zu. Die Lage war verzweifelt, und Darnamur tat alles, um die Stadt zumindest so weit in den Griff zu bekommen, dass er in den Krieg ziehen zu konnte. Dann, eines Tages, kehrte Frafas Greif reiterlos zurück. Und Darnamur wusste nicht, wie er die Bitaner und die

Stadt gleichermaßen besiegen sollte, wenn er niemanden fand, dem er zumindest zeitweise einen Teil des Kampfes übertragen konnte.

Wito, Audan und Magati traten langsam weiter auf den Platz hinaus. Sie sahen Nachtmahre, Kobolde, einige Alben und viele Gnome. Aber keine Goblins.

Magati atmete auf. Als sie mit Werzaz in das Labyrinth gegangen waren, hatte ein Goblinheer die Stadt bedroht. Anscheinend hatte Daugazburg standgehalten.

Auf dem Schafott ging etwas vor. Die drei Gnome konnten es nicht sehen, aber sie hörten es: Schläge und krachende Laute. Mitunter lief ein Raunen durch die Menge, aber ansonsten herrschte Stille auf dem Platz, eine fast beängstigende Stille.

Magati empfand ein neuerliches Unbehagen, aber Wito bahnte sich entschlossen einen Weg durch die Zuschauer.

»Wito!«, rief Magati. Sie eilte ihm nach, um ihn zurückzuhalten.

Einige der Umstehenden schauten sie an. Magati hörte ein Murmeln. Ein Gnom sprang aus der Menge, stellte sich ihnen in den Weg und schaute ihnen geradewegs ins Gesicht.

»Wito?«, sagte er.

Wito wandte den Blick ab und zog den Kopf zwischen die Schultern. Er wollte weitergehen, aber das Wort verbreitete sich rasch. Alben und Nachtmahre griffen es auf.

»Wito.«

Viele erkannten ihn nicht. Sie schauten über die drei zerlumpten Gnome hinweg, als würden sie irgendwo in der Ferne einen strahlenden Helden erwarten. Aber es gab genug Gnome aus den *Grünen Landen*, und je näher sie dem Schafott kamen, umso mehr vertraute Gesichter sahen sie.

Bald waren die drei Gnome umringt, wurden mit Fragen bestürmt. Die Laute vom Schafott verstummten. Dort oben standen Goblins, die wieder einmal als Henker tätig waren. Sie hielten Beile in den Händen und Hämmer, Zangen und langstielige

Gefäße, in denen es glühte. In einer Schale auf dem Schafott brannte ein Feuer, doch das Opfer sahen die Gnome nicht. Es musste dort auf den Bohlen liegen, ihren Blicken entzogen.

Darnamur trat an den Rand der Richtstätte und schaute hinab.

»Wito?«, fragte er. Er kniff die Augen zusammen. Sie lagen tief in den Höhlen, waren von Falten und blassen Schatten umsäumt. Darnamur nickte, wie in grimmiger Befriedigung, aber kein Lächeln zeigte sich auf seinen Lippen.

»Ihr habt es geschafft«, stellte er fest. Er wandte sich zu den Goblin-Henkern um. »Also gut. Wir brauchen ihn nicht mehr. Schlagt ihm den Kopf ab.«

Wito sah entsetzt zu ihm auf. Er drängte sich durch die Menge, die um ihn herumstand, und kämpfte sich auf das Schafott hinauf.

»Was ... was tust du ...«, stammelte er.

Darnamur breitete die Arme aus. »Es ist gut, dass du hier bist«, sagte er. Er hob die Stimme, damit jeder auf dem Platz ihn hören konnte. »Willkommen zurück. Seht Wito den Gnom, der das Labyrinth der Fei bezwungen hat! Wir haben die Macht des Scharfrichters gebrochen.«

Wito taumelte die Stufen hinauf. Darnamur kam ihm entgegen.

»Wir haben dein Werk vollendet«, sagte er. »Daugazburg gehört den Gnomen. Wir dulden niemanden mehr, der sich gegen uns stellt.«

Hinter ihm lag der Scharfrichter, umringt von Folterknechten. Er war verstümmelt, verbrannt. An einigen Stellen schoben sich gebrochene Knochenstümpfe durch die Haut. Es war nicht auszumachen, ob er noch lebte. Ein Goblin hielt ein schweres Beil hoch erhoben.

Wito hob die Hand. »Nein ...«, rief er.

Doch es war zu spät. Das Beil fiel. Es schnitt durch den dünnen Hals und schlug krachend ins Holz. Der Kopf des früheren Scharfrichters von Daugazburg rollte ein Stück fort. Wito tat drei Schritte darauf zu, aber Darnamur hielt ihn fest.

»Wir haben ihn doch noch gebrochen«, sagte er. »Er hat dich zurückgebracht. Ich wusste, dass er es kann. Daugazburg gehört uns, aber es gibt immer noch welche, die sich uns widersetzen. Deine Rückkehr wird uns helfen, Wito.«

Darnamur senkte die Stimme. Er beugte sich ganz dicht an Wito heran, der steif neben ihm stand und an den Seiten die Fäuste ballte. »Ich habe getan, was ich konnte«, flüsterte Darnamur. »Aber manche ... wollen sich einfach nicht fügen. Manchmal weiß ich nicht, wie ich es ihnen noch beibringen soll.«

Darnamur führte Wito durch die Stadt zur Zitadelle. Er ließ sich von seinen Truppen abschirmen. Weitere Einheiten zogen voraus und räumten die Straßen. Aber das Gerücht um Witos Rückkehr verbreitete sich rasch. Das Volk säumte die Hochstraßen, stand an den Fenstern, den Brüstungen, drängte gegen den Kordon, der ihnen Luft verschaffte.

Vereinzelte Jubelschreie waren zu hören. Bürger riefen den Namen: »Wito, Wito!« Ein Hauch von Festtag lag in der Luft. Doch Darnamur blickte sich argwöhnisch um.

Es hatte bereits Anschläge auf sein Leben gegeben, und jeden Augenblick konnte ein weiterer Verräter den Trubel ausnutzen und wieder einen Versuch unternehmen. Darnamur rückte dichter an Wito heran, um ihn notfalls schützen zu können.

Doch bei aller Anspannung empfand er auch Erleichterung. Sein alter Hauptmann war zurückgekehrt. Die Probleme würden dadurch nicht einfach verschwinden. Die *Bitaner* würden nicht verschwinden! Aber Darnamur fühlte sich freier, und er überlegte schon, wie er das nutzen sollte.

Hastig fasste er für Wito die Lage zusammen.

Wito schaute sich um, musterte die Ruinen am Drauzwinkel und ließ seinen Blick über das Volk schweifen.

Sie hatten etwa den halben Weg zurückgelegt, da ergriff er zum ersten Mal das Wort. »Darnamur«, sagte er. »Was hast du mit meiner Stadt gemacht?«

Darnamur fühlte, wie ihm das Blut ins Gesicht schoss. Aber Wito hatte ja nicht miterlebt, was geschehen war! Hatte niemals die Notwendigkeiten der Revolution erfahren. Er lebte noch immer in den alten Idealen der *Grünen Lande*, die damals schon verträumt gewesen waren.

»Ich habe getan, was nötig war«, sagte Darnamur. »Du kannst mir kaum einen Vorwurf machen. Immerhin habe ich dich zurückgebracht. Meine Härte hat am Ende den Scharfrichter gebrochen!«

»Deine Härte ...« Wito verstummte. Er schluckte. »Der Scharfrichter war selbst ein Opfer«, fuhr er schließlich fort. »Ich habe ihn kennengelernt, im Labyrinth. Wenn ich an seine Geschichte denke, habe ich das Gefühl ...« Sein Blick schweifte umher, kehrte sich dann nach innen. »... habe ich das Gefühl, dies alles ist schon einmal passiert. Die Geschichte wiederholt sich. Ich wünschte, unser Machtwechsel wäre ... anders verlaufen.«

»Ja.« Darnamur zuckte die Achseln. »Jedenfalls ist der Scharfrichter fort, und ich trauere ihm nicht nach. Was auch immer ihm selbst irgendwann einmal widerfahren sein mag. Wir müssen uns um unsere eigenen Probleme kümmern. Und davon gibt es genug.«

Darnamur war froh, als sie die Kanzlei erreichten und die Türen sich hinter ihnen schlossen. Er schob einen Stuhl hin und holte Papiere aus dem Regal.

Dann berichtete er, was die Späher ihm vom Heer der Bitaner erzählt hatten, vom verlustreichen Kampf der Gnomeneinheiten, die es aufhalten sollten. Von all den Ränken in der Stadt, die es unmöglich machten, sich richtig vorzubereiten. Von den langfristigen Problemen, die vielleicht gar keine Rolle mehr spielen würden, wenn die Bitaner durchkamen.

Schließlich breitete Darnamur stolz seine Pläne für das neue Daugazburg aus: schlanke Türme und neue Basteien für die Festungsmauer, größer als die ganze Zitadelle mitsamt dem Palast. Hallen für Märkte und ein offenes Versammlungsrund, das auf

Brückenbögen in luftiger Höhe über der alten Stadt schweben sollte. Die Halle der Helden mit ihrer gewaltigen Kuppel, die den früheren Drauzwinkel und das halbe Stadtviertel darum herum verschlingen würde.

»Ich wollte den Bau ganz oben mit einer Statue von dir krönen«, sagte er nachdenklich. »Wito, der Vater der Revolution. Jetzt, wo du zurück bist, wird das möglicherweise schwieriger ...«

Wito seufzte. »Darnamur«, sagte er. »Ich wollte keine Stadt voll riesiger Mausoleen. Ich wollte grüne Lande.«

»Das ist eine Metapher«, erwiderte Darnamur. »Und Daugazburg wird erblühen, wenn wir erst einmal alle Feinde besiegt haben. Diese neue Stadt wird Wohlstand schaffen.«

»Es ist mehr als eine Metapher«, sagte Wito. »Wir haben Leuchmadans Kästchen. Genug Macht, um die Grauen Lande auch wortwörtlich erblühen zu lassen.«

»Das mag sein«, räumte Darnamur ein. »Aber darauf können wir nicht warten. Wir müssen jetzt etwas tun, mit den Mitteln, die uns gegeben sind.«

»Mit dem Kästchen haben wir alle Mittel, die wir brauchen«, sagte Wito. »Wir müssen seine Macht nur in vollem Umfang nutzen.«

»Aber das können wir nicht. Ich kann es nicht und du auch nicht. Und ein jeder, der es kann, könnte diese Macht leicht missbrauchen.«

»Vertrauen«, erwiderte Wito. »Wusstest du, dass die Fei mich ebendeshalb verbannt hat? Auch Geliuna nutzte das Kästchen nicht so, wie es möglich gewesen wäre. Sie versuchte es, aber die Magie war ihr fremd. Ich sagte ihr, dass es andere gibt, die schneller damit zurechtkämen. Ich sagte ihr, dass die Macht des Kästchens allen gehört, weil es die Lebenskraft des Landes selbst ist, die darinsteckt. Darüber gerieten wir in Streit, und sie bezichtigte mich aufrührerischer Gedanken.«

»Ich bin nicht die Fei«, sagte Darnamur. »Ich bin durchaus bereit, das Kästchen in fähigere Hände zu geben. Frafa kümmert sich darum. Sie ist eine Schülerin von Aldungan und die Nichte unserer alten Freundin Daugrula.«

»Und warum steht es um das Land dann schlechter als zu Zeiten der Fei? Hast du nicht fünfzigtausend Menschen fortgeschickt, weil die Stadt sie nicht mehr ernähren kann?«

»Frafa ist unerfahren«, sagte Darnamur. »Sie lenkt nur einen Bruchteil der Kraft, die in dem Kästchen ruht. Aber ebendeshalb kann sie sich auch nicht über den Rat erheben und die Herrschaft an sich reißen.«

»Und das nennst du Vertrauen?«, fragte Wito.

Darnamur lachte auf. »Nein!«, rief er. »Das nenne ich Vorsicht! Wenn einer allein das Kästchen vollständig kontrolliert und damit die Alleinherrschaft erringt, schadet das dem Gemeinwohl ebenso, als wenn wir es gar nicht gebrauchten.«

»Wären wir nur ernsthaft bereit, die Macht zu teilen, würden wir womöglich jemanden finden, der auch dazu bereit ist.«

»Die Macht des Kästchens lässt sich nicht teilen«, wandte Darnamur ein. »Der stärkste Zauberer, der eine Verbindung dazu aufbauen kann, kontrolliert es. Und niemand könnte ihn kontrollieren. Wem in der Stadt würdest du die absolute Macht anvertrauen wollen? Wer würde sich freiwillig den anderen Mitgliedern einer Regierung unterordnen? Und wer würde niemals der Versuchung erliegen, allein zu entscheiden, selbst dann nicht, wenn er überzeugt wäre, dass er recht hat und die anderen irren? Denn auch eine Tyrannei aus gutem Willen wäre eine Tyrannei.«

Wito schaute Darnamur lange an. Er rutschte ein wenig auf seinem Stuhl herum, während Darnamur aufgeregt um den Schreibtisch herumlief. »Bleidan«, sagte Wito schließlich. »Er ist auch ein Schüler von Aldungan, und er ist stark genug, um das Kästchen zu beherrschen. Er ist ein Mitbegründer der *Fortschrittsfreunde.* Seine Ideale schließen eine Tyrannei aus.«

»Ha!« Triumphierend hob Darnamur den Zeigefinger in die Höhe. »Und doch wurde ebendieser Bleidan letztens vom Rat verurteilt und hingerichtet. Weil er versucht hat, das Kästchen an sich zu bringen und am Rat vorbei die Macht zu ergreifen!«

Wito fuhr hoch. »Aber das hat er doch nur getan, weil ...!« Er verstummte und seufzte wieder. »Vielleicht hast du recht«, sagte er dann. »Vielleicht hast du recht.«

»Natürlich habe ich recht«, sagte Darnamur. »Man kann hier niemandem trauen, Wito. Willkommen zurück in der Wirklichkeit. Lass uns jetzt *ernsthafte* Pläne schmieden!«

Am Rande von Daugazburg, zwischen dem Mondviertel und dem Abendviertel und unweit der verwüsteten Vorstadt, stand ein hoher Turm. Er hatte zu einem alten Kastell gehört, das schon längst von der Stadt verschlungen worden war. Die Spitze des Turms war geborsten, das Dach eingestürzt. Rußgeschwärzte Trümmer kragten am Rand über das Mauerwerk.

Jetzt, mit dem Frühling, erwachte das Leben aus dem Schutt. Grün rankte sich über die halb verbrannten Balken. Bäume trieben unnatürlich schnell aus. Orchideen und dichtes Buschwerk fanden Halt zwischen den Mauersteinen. Ein Urwald zierte die Turmspitze, als hätte er die Wälle seines Kerkers gesprengt.

Frafa trat aus den Überresten des Treppenaufgangs und stand in einem undurchdringlichen Dickicht.

»Meister Aldungan?«, rief sie halblaut.

Sogleich stand der Meister neben ihr, als hätte der Geist des Waldes Gestalt angenommen. Er trug sein schweres blaues Gewand, das in makellosen Falten bis zum Boden fiel. Nichts deutete darauf hin, dass der Alb, der es trug, schon seit Tagen ohne ein Dach über dem Kopf in einem Urwald hauste.

»Frafa«, sagte er.

Seitdem sie nach Daugazburg zurückgekehrt waren, sah sie Aldungan selten. Zu den Mahlzeiten kam er hin und wieder nach unten. Frafa störte ihn nur, wenn sie es nicht länger aushalten konnte. Aber Aldungan hatte ihr verboten, den Turm zu verlassen, und so war sie auf die Nahrung angewiesen, die sie in Aldungans Dachgarten ernten konnte.

Den Rest der Zeit verbrachte sie in Bleidans ehemaligem Arbeitsraum. Sie beschäftigte sich mit den Tieren, studierte ein wenig. Oft saß sie nur da und dachte nach.

Der Meister blickte auf sie hinab. Frafa hob den Korb. Aldungan lächelte.

»Ist es wieder so weit?«, fragte er. »Wenn ich dich so ansehe, könnte ich fast glauben, du wärest der grobstofflichen Speise entwachsen.«

»Ich habe mich ... mit Magie am Leben gehalten. Aber ... irgendwelche Albenzauberer im Rat haben gesagt, das wäre nicht gut für mich.« Frafa schaute zu Boden. Warum klang das alles so dumm, wenn sie es Meister Aldungan erzählte?

»Heutzutage gibt es Alben, die Magie fürchten?«, fragte er. »Kein Wunder ...«

Er nickte Frafa zu, und sie folgte ihm zwischen die Bäume. Dabei schüttelte sie den Korb. Balgir lag darin. Auf der einen Seite lugte sein Kopf über den Rand, auf der anderen hing sein Schwanz heraus und schleifte fast über den Boden. Er räumte seinen Platz nur widerstrebend und ließ sich von Frafa herausheben.

Nach wenigen Schritten verschwand die Treppe aus dem Blick. Das dichte Gestrüpp ließ den Dachgarten viel größer erscheinen, weil man seine Begrenzungen nicht sehen konnte, und weil es länger dauerte, sich einen Weg zu bahnen.

Seit Monaten hatte es in Daugazburg nicht mehr geregnet. Frafa wunderte sich, wie dieses Grün so schnell wachsen konnte. In den letzten Tagen war das Leben auf dem ausgebrannten Dach von Aldungans Turm so gewuchert, dass es jedem zufälligen Beobachter auf der Straße oder in der Nachbarschaft hätte auffallen müssen. Welchen Sinn hatte es, dass sie sich verborgen hielten, wo doch die Turmkrone ein so deutliches Zeichen an die ganze Stadt sandte?

Dennoch waren sie bislang unbehelligt geblieben.

Frafa schritt hinter Aldungan her und sah sich um. Viele der Pflanzen waren ihr gänzlich unbekannt, obwohl sie die Lehre des Lebens schon so lange studierte. Einige davon wirkten der Form nach vertraut, aber sie waren auf eine schwer zu durchschauende Weise verzerrt. Frafa blinzelte. Die Blätter kamen ihr zu lang vor oder eigentümlich gebogen. Äste und Stämme wuchsen in seltsam verdrehten Formen, die fast unnatürlich wirkten. Auch die Farben waren anders. Das Grün spielte ins Violette, und das verlieh dem Licht zwischen den Bäumen eine eigentümliche Aura.

Auf ihrem kurzen Spaziergang hatte Frafa einen Korb mit Früchten und Pilzen, mit Nüssen und Schoten gefüllt. Aldungan führte sie die Treppe hinab und in einen Salon. Zum Glück hatte Salvan ihnen einige Möbel gelassen. Frafa fragte sich, was aus ihm geworden war. Ob sein Zorn auf sie inzwischen verraucht war, oder ob sie ihn fürchten musste.

Frafa deckte den Tisch, und sie setzten sich. Aldungan wirkte abwesend und in sich gekehrt wie immer. Die gemeinsamen Mahlzeiten schienen für ihn kaum mehr zu sein als ein Ritual. Frafa fragte sich, ob er auf dem Dachgarten von seinen Früchten aß oder ob er sich von reiner Magie nährte.

»Meister Aldungan«, sagte sie. »Was wollt Ihr tun?«

»Nichts«, erwiderte Aldungan. »Noch ist die Zeit nicht reif.«

»Aber wir sitzen allein hier im Turm! Wie bekommen wir mit, wann die Zeit reif ist?«

»Hab Vertrauen, Frafa«, sagte Aldungan. »Meine Boten fliegen in der ganzen Stadt und darüber hinaus. Glaubst du, ich muss mit meinen Nachbarn reden, um zu wissen, wie die Sache steht? Im rechten Augenblick werden wir vor diesen Rat treten, ganz so, wie du mich gebeten hast. Aber der richtige Zeitpunkt ist entscheidend. Er bestimmt, wie die Dinge sich entwickeln.«

Im Morgengrauen brachte Darnamur Wito zum Ratssaal. Er hatte darauf bestanden, dass sein alter Hauptmann sich erst einmal erholte, ein wenig aß, sich wusch und sich ordentlich ankleidete.

»Ich würde dir gern mehr Ruhe gönnen«, sagte er. »Aber ich habe keine Zeit. Die Bitaner sind nur noch wenige Tagesmärsche von der Stadt entfernt, und da ist niemand, der sie aufhalten könnte.«

Wito lächelte müde. »Daran kann ich wohl auch nichts ändern. Ob du mir deinen Rat nun heute vorstellst oder morgen.«

»Nein«, erwiderte Darnamur. »Darum kümmere ich mich schon. Ich kann die Bitaner aufhalten, aber ich kann nicht an zwei Orten zugleich sein. Ich brauche also jemanden, der mir in der Stadt den Rücken freihält. Und du warst schon immer mehr der politische Gnom als ich.«

»Wie willst du allein ein Heer aufhalten, das unsere besten Truppen aufgerieben hat?«

Darnamur legte einen Finger auf die Lippen und grinste. »Du wirst schon sehen. Wenn mir ein richtiger, ein greifbarer Gegner gegenübersteht, dann finde ich auch seine empfindliche Stelle.«

Wito schüttelte den Kopf. »Darauf können wir uns nicht verlassen. Wir brauchen ein ordentliches Heer gegen die Bitaner. Wenn uns das fehlt, müssen wir vielleicht sogar die Stadt räumen und uns in die Berge zurückziehen. Dort können wir jahrelang durchhalten.«

»Wir müssten die Berge erst einmal erreichen«, entgegnete Darnamur. »Und wenn wir das schaffen, erwartet uns dort nur ein verzweifelter Kampf gegen den Untergang. Nein, ich werde uns alle retten. Sorge du nur dafür, dass diese machtgierigen Alben, die Goblins, die Menschen und das ganze andere Geschmeiß das Opfer der Gnome nicht ausnutzen.«

Sie traten in den Saal. Darnamur ging voraus, aber Wito löste sich aus seinem Schatten und trat an seine Seite. Einige Gnome jubelten ihm zu. Mitglieder seiner Partei verließen ihre Bank und beglückwünschten ihn zu seiner Rückkehr. Auch andere Ratsmitglieder gingen auf Wito zu. Er blieb stehen und schüttelte Hände, wurde mit Fragen bestürmt, während Darnamur einfach weiterging.

Mit einem Stirnrunzeln schaute er auf die Menge, die seinen Freund umringte. Dann schlug er mit dem Holzklotz auf den Tisch.

»Mitglieder des Hohen Rates«, brüllte er. »Ruhe! Ich will einen Antrag einbringen.«

Die Unruhe erstarb zu einem Gemurmel.

»Wito der Gnom ist zurück, der Vorsitzende der *Grünen Lan-*

de«, erklärte Darnamur. »Wir kennen ihn alle. Ich beantrage, dass er als Vorsitzender des Hohen Rates aufgenommen wird. Ich beantrage ferner die Einrichtung eines neuen Postens: Ein *Ratsgesandter* soll für den Krieg gegen die Bitaner den Oberbefehl über das Heer erhalten, zugleich soll er aber Mitglied des Rates bleiben. Damit würde auch die taktische Führung des Militärs zum Regierungsamt. Ich beantrage, dass dieser Posten mir übertragen wird.«

Es wurde still im Saal. Einige Ratsherren murrten.

Darnamur blickte sich um und funkelte die Unzufriedenen an. Wohin sein Blick fiel, da verstummten die Zweifler und schauten zur Seite. Doch aus der Menge, die sich um Wito scharte, kamen Zwischenrufe:

»Die Ratsbank der Gnome ist voll besetzt. Wenn wir Wito zum Vorsitzenden machen und Ihr Euren Platz behaltet, haben die Gnome elf Stimmen!«

»Diktierst du dem Rat inzwischen offen deine Befehle?«, fragte ein Alb schroff.

Darnamur ballte die Fäuste. »Ich will einfach keine Zeit verlieren und über jede Einzelheit lange diskutieren. Wenn wir die Bitaner aufhalten wollen, bevor sie die Türme von Daugazburg sehen, dann muss ich morgen Nacht zu unseren Truppen stoßen. Ich will diesen Ratsbeschluss, und dann bin ich weg.«

»Dann«, sagte der Alb, »bin ich dafür.«

Die Ratsmitglieder blickten einander an. Sie schauten zu Darnamur, der mit zusammengepressten Lippen hinter dem Pult des Vorsitzenden stand. Zögernd gingen weitere Hände hoch. Sie stimmten für Darnamur, aber der blickte so grimmig drein, als würde er jede Zustimmung als Schlag und Beleidigung deuten.

Wito verfolgte das Schauspiel und strich sich mit der Hand über die Wange. So vieles stand unausgesprochen im Raum, und er konnte es sich nur dürftig zusammenreimen.

Er war im letzten halben Jahr nicht dabei gewesen. Würde er je wieder heil machen können, was in dieser Zeit zu Bruch gegangen war? Gab es überhaupt eine Heilung? Oder war das, was er hier vorfand, nur die unvermeidliche Folge seiner Ideen?

Hatte er selbst ihnen ein Erbe hinterlassen, für das es gar keine richtige Umsetzung gab, das aber genug Kraft entwickelte, um jeden anzutreiben, es gemäß den eigenen unzureichenden Vorstellungen zu versuchen?

Wito schüttelte den Kopf. Er seufzte lautlos und musterte die Gesichter des Rates, eines nach dem anderen. Es hatte keinen Sinn, jetzt darüber zu nachzusinnen, was wäre, wenn ... Es gab Arbeit zu tun.

Als die Abstimmung vorüber war, trat Darnamur vom Pult fort und kam zu Wito. »Jetzt ist es deine Versammlung«, murmelte er. Mit diesen Worten hastete er aus dem Saal hinaus.

Darnamur zog in den Krieg. Ein wagemutiges Unternehmen, vermutlich. Und doch ... *Zum ersten Mal sehe ich Darnamur fliehen,* war Witos unwillkürlicher Gedanke, als er seinem alten Leutnant hinterherblickte.

Unruhig lief Darnamur auf dem Warpelturm umher. Er schaute zu der Sonne, die viel zu langsam dem westlichen Horizont zustrebte. Was zu tun war, war getan, und er brannte darauf, Daugazburg hinter sich zu lassen.

Der Greif mit seiner Reiterin stand bereit. Sie prüfte die Ledertaschen, die zwei menschliche Knechte kurz zuvor auf dem Tier festgeschnallt hatten. Außen auf der Treppe keuchte seine Kompanie heran, die letzten Veteranen, die Darnamur in der Stadt hatte. Eine Hand voll erfahrene Offiziere und knapp zehntausend Gnome Miliz, das war alles, was er bei Wito in Daugazburg zurückließ.

Wenn sein Plan Erfolg hatte, würden sie niemals in die Schlacht ziehen müssen. Er selbst kehrte als Held zurück, seine Kritiker würden verstummen, und mit dem Feind hätte er endlich, endlich auch alle anderen großen Völker niedergerungen. *Darnamur, der Retter von Daugazburg.* Ein Gnom.

Ja.

Darnamur lächelte versonnen und streichelte das Päckchen, das er unter dem Arm trug. Smatras letzte Waffe, ihm auf den

Leib geschneidert. Die Waffe eines Helden, der wagte, was kein Großer jemals gewagt hätte.

Wie dumm er gewesen war! Er war ein Krieger, ein Kämpfer. Kein Intrigant, kein Pläneschmied und kein Redekünstler. Er liebte den geraden Weg, und er hatte alle Fähigkeiten, die es dafür brauchte. Er war schnell, er war geschickt, er traf Entscheidungen, ohne zu zögern. Und er tat alles, um einen Auftrag zum Erfolg zu bringen.

Es war dumm von ihm gewesen, auf fremdem Gebiet zu kämpfen. Es war von Anfang an so geplant gewesen, dass Wito und die *Grünen Lande* sich um die Worte kümmerten, Darnamur und seine *Knochenmesser* hingegen um die Taten. Aber Wito war fort gewesen, und er hatte die Lücke füllen müssen.

*Nein,* dachte Darnamur. *Ein Leutnant springt ein, wenn der Hauptmann fort ist. Doch es ist keine Schande, zurückzutreten, wenn der Hauptmann wiederkehrt.* Es war keine Niederlage, wenn er Wito das Verhandeln und Politisieren überließ. Er war immer noch ungeschlagen, und das würde er auch bleiben.

Seine Truppen traten an.

Darnamur prüfte ihre Rüstungen, die Waffen.

»Späher«, sagte er dann. »Ihr werdet mich begleiten. Wir versuchen, Kontakt zu unseren Kameraden aufzunehmen, die den Zug der Bitaner begleiten. Wenn alles gut geht, werdet ihr nicht kämpfen müssen. Wenn etwas Unvorhergesehenes passiert, haltet euch bereit!«

Er wies auf den Greif, und sein Trupp kletterte nach und nach an den Flanken hoch, nahm die kleine Gestalt an und suchte sich einen Platz in den gepolsterten Taschen.

Darnamur saß als Letzter auf. Er verstaute sein Gepäckstück in einer Tasche hinter dem Sattel. Dann schnallte er sich selbst hinter der Vila fest. Darnamur wollte den Flug in seiner vollen Größe genießen. Er zog sich eine Kappe über den Kopf. Mit seinen kräftigen Löwenpranken stieß der Greif sich von der Mauerkante ab und breitete die Schwingen aus. Mit einem schrillen Schrei schraubte er sich in den Himmel. Der Wind peitschte Darnamur ins Gesicht.

Schon lag der letzte Wall der Stadt hinter ihm. Zwischen den Flügelschlägen sah er das flache Land zu seinen Füßen.

Darnamur fühlte sich frei.

Er atmete tief durch. Ihm war gar nicht bewusst gewesen, wie eng ihm die Stadt mit den Jahren geworden war, wie weit sie entfernt war von dem, was sein Leben war.

Darnamur dachte an Ganoch.

Er wandte den Kopf und schaute zur Stadt zurück. Türme und Wälle, von Spitzen und Zacken gekrönt, ragten düster hinter ihm auf. Was würde ihn erwarten, wenn er je nach Daugazburg zurückkehrte?

Nein, dachte Darnamur. Er würde aus Ganochs Fehler lernen. Er durfte niemandem vertrauen, und womöglich würde selbst Wito den Einflüsterungen der Kritiker und der Besserwisser erliegen und sich gegen ihn stellen.

Doch seine Feinde sollten nicht glauben, dass sie einen Vorteil gewannen, nur weil Darnamur ihnen kurz den Rücken zuwandte. Er würde siegreich und an der Spitze des Heeres in die Stadt zurückkehren, stark und unangreifbar und *groß*.

Oder gar nicht mehr.

# 24. Kapitel:
# Neue Feldherren

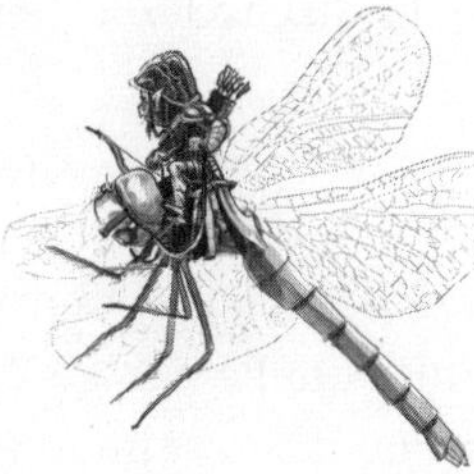

*Mir schwebt ein Rat vor, in dem die Volksgrenzen aufgehoben sind. In dem jeder Bürger frei für einen Vertreter stimmen kann, und in dem diese Vertreter dann beisammensitzen, nicht mehr nach Bänken getrennt, und sich für Ziele einsetzen, nicht mehr für Völker.*

*Leider sind wir von diesen Verhältnissen weit entfernt.*

*Auf ein Wahlrecht müssen wir uns erst noch einigen. Wir müssen lernen, einander zu vertrauen und miteinander zu arbeiten statt gegeneinander. Die Maßnahmen, die ich zuerst vorschlagen möchte, sollen also vor allem Vertrauen schaffen. Darum werde ich sämtliche Ämter aufgeben, die Darnamur auf sich vereinigt hat. Ich schlage ein Gesetz vor, das in Zukunft jede Ämterhäufung verbietet: Jedes Mitglied des Rats darf nur eine Position innehaben, nur einen Sitz in einem Ausschuss oder irgendein anderes Amt. Sämtliche militärischen Strukturen sollen ohne Einschränkung dem Rat unterstellt werden.*

*Es dürfen nicht mehr alle Fäden bei einer Person zusammenlaufen. Lasst uns ein Netz knüpfen, in dem niemand dem anderen etwas voraushat und worin jeder auf den anderen angewiesen ist. Ich bin überzeugt, so finden wir am ehesten zueinander, und so kann eine jede Gruppe am ehesten dazu gebracht werden, ihre eigenen Kräfte ohne Vorbehalte zum Wohle der Grauen Lande zur Verfügung zu stellen.*

Wito, der Gnom,
Vorsitzender des Hohen Rates

Der Greif fauchte die Gnome an, die um ihn herumwimmelten, und die Vila fasste ihn hart am Zügel. Darnamur war als Erster abgestiegen und half den Spähern seiner Schar, die nach und nach aus den Taschen krochen, ihre große Gestalt annahmen und vom Rücken des Greifs kletterten. Aus dem Lager kamen weitere Gnome heran, um die Verstärkung zu begrüßen.

»Los, los«, rief Darnamur. »Lasst das Tier mal zur Ruhe kommen!«

Er führte seine Gnomenspäher von dem Greif fort. In einiger Entfernung sah er kleine behelfsmäßige Zelte, kaum mehr als Unterstände mit einer Plane und einem Stock als Stütze. Die Truppen von Daugazburg, die den Bitanern zusetzten, waren versprengt und weit verstreut. Sie führten einen Partisanenkrieg, und Darnamur hatte eine Weile gebraucht, bis er eine größere Schar ausfindig gemacht hatte, der er sich anschließen wollte.

Ein Leutnant kam heran. »Was ist das?«, fragte er. »Nachschub? Wir können …«

Er erkannte Darnamur, brach ab und salutierte. Dann schaute er beunruhigt zu seinem schäbigen Lager hinüber und schwieg.

»Keine Sorge«, sagte Darnamur. »Ich bleibe nicht lange. Ich wollte heute Nacht noch den entscheidenden Schlag gegen die Bitaner führen …«

Der Leutnant wurde blass. »Einen Schlag gegen die Bitaner? Aber wir haben hier höchstens …«

Darnamur grinste. »Keine Sorge, ich will nicht mit deinen Leuten in die Schlacht ziehen. Ich lade nur meine Begleitung und die Vorräte ab, dann fliege ich allein weiter. Ich brauche das Lager nur als Rückzugsstellung.«

Noch mehr Gnomenspäher kamen heran. Hinter ihnen, zwischen den Zelten, erblickte Darnamur auch Goblins, und in einer Mulde am Fuß des Hangs die unverkennbare Silhouette eines Trolls. Darnamur kniff die Augen zusammen. Er hatte sich zu sehr daran gewöhnt, dass fremde bewaffnete Völker Ärger bedeuteten. Aber natürlich hatten die Gnome hier draußen für den Kampf gegen die Bitaner so viele Verbündete gesammelt, wie sie finden konnten.

Trotzdem war Darnamur froh, dass diese Verbündeten sich zurückhielten und die Gnome unter sich blieben. Etwa fünfzig Späher versammelten sich in einem dichten Pulk um die Neuankömmlinge. Sie versuchten zu erkennen, wer da mit dem Greif aus Daugazburg angekommen war.

»Äh«, sagte der Leutnant. »Genau genommen sind das nicht meine Leute.«

Unruhe lief wie eine Welle durch die Gruppe der Gnome. Dann schob ein weiterer Offizier zwei von ihnen beiseite, die ihm die Sicht versperrten, und stand frei vor Darnamur. Es war Ganoch.

»Darnamur«, sagte er. Er musterte seinen früheren Befehlshaber.

Darnamur erstarrte. Es war unmöglich, dass Ganoch überlebt hatte, dass Ganoch überlebt hatte und aus der Stadt herausgekommen war, ohne dass er es erfahren hatte!

Der Gnomengeneral trug seine Haare jetzt nicht mehr zu Zöpfen geflochten. Sein Gesicht war auf eine verstörende Weise verzogen, als wäre der Schädel gebrochen gewesen und dann falsch zusammengewachsen. Aber davon abgesehen schien er unversehrt.

»Ganoch!«, rief Darnamur mit gespielter Heiterkeit. »Ich freue mich, dich zu sehen. Man hat ja allerhand wilde Dinge gehört, was mit dir geschehen sein soll.« Ganz langsam schob er seine Hand zum Griff seines Schwerts.

Ganoch schaute ihn an. Kein Muskel regte sich in seinem Gesicht. Endlich ergriff er wieder das Wort.

»Darnamur«, wiederholte er. »Ich wollte in die Stadt kommen und dich zur Rechenschaft ziehen, doch die Grauen Lande können in dieser Stunde keinen Zwist und keinen Bürgerkrieg verkraften. Ich wollte die Truppen hier sammeln und gegen dich führen, doch unsere wenigen Krieger werden gegen die Bitaner gebraucht. Aber dass du nun hergekommen bist ...«

»Na«, sagte Darnamur. Er sprach so laut, dass alle Gnome ringsum ihn hören konnten. »Da gab es wohl einige Missverständnisse. Du bist in der Stadt jederzeit willkommen. Der Rat hegt einen Groll gegen dich, das ist wahr. Aber das hätten wir gemeinsam schon überstanden, wenn du nicht derart in Panik geraten wärst und Dranjar niedergeschlagen hättest, um dann vom Warpelturm zu springen. Dranjar ist dabei gestorben, das weißt du?«

»Ich weiß«, sagte Ganoch. »Ich weiß ganz genau, was ich in Daugazburg zu erwarten habe. So sehr bin ich nicht auf den Kopf gefallen. Die Völker in Daugazburg hassen uns Gnome inzwischen allesamt, und mich besonders. Selbst wenn ich dich zur Rechenschaft gezogen hätte, könnte ich dort nicht überleben, es sei denn, ich würde ein Despot wie du. Das weiß ich nur allzu gut. Aber dass du nun hergekommen bist, aus deinen Mauern heraus, zu mir, allein, das ist ein Geschenk.«

»Tötet ihn«, sagte Darnamur. Er trat einen Schritt zur Seite. Zwei Gnome hinter ihm hoben die Armbrust und schossen sofort.

Ganoch zuckte zurück, aber er war zwischen seinen Leuten eingekeilt und konnte nicht ausweichen. Da warf sich einer seiner Späher schützend vor ihn, und die Bolzen trafen den Soldaten und nicht den General. Lautlos sank der Gnom zu Boden.

Beide Seiten zogen nun die Waffen, lange Dolche und Kurzschwerter aus Drachenbein.

»Tötet den Verräter!«, brüllte Darnamur.

Seine Leute stießen gegen die Soldaten vor. Der Feind war doppelt in der Überzahl, doch die Entschlossenheit ihres Angriffs verschaffte Darnamurs Leibwache Luft.

Auch Ganoch zückte die Waffe. Er wollte auf Darnamur zulaufen, aber der zog sich hinter seine Wachen zurück. Ganochs eigene Leute stellten sich vor ihren Anführer und sorgten dafür, dass er nicht selbst kämpfen konnte. Darnamur sah noch einen verzweifelten Ausdruck auf Ganochs Gesicht, bevor dieser hinter seinen Kriegern verschwand, die unter den Klingen der Stadtgnome starben.

Darnamur lächelte kurz, während er durch die Reihen seiner Leute nach hinten trat. Ganoch hatte sich geirrt. Er war nicht allein hier! Die Elite seiner Wache war bei ihm, jene Schar, die von Beginn der Revolution an im Ratssaal Wache gehalten hatte, versteckt und getarnt, um jeden Anschlag und jeden offenen Aufruhr gegen seine Person mit Waffengewalt zu unterbinden.

Darnamur hatte sie selbst ausgebildet, und es war eine eingespielte Truppe. In der Deckung ihrer Kameraden hatten einige von ihnen die Armbrüste gespannt, während Darnamur ihnen mit seiner Rede Zeit verschafft und die Geräusche überdeckt hatte.

Es war bedauerlich, dass er sie nun zurücklassen musste.

Die gut bewaffneten und ausgeruhten Gnome aus Darnamurs Wache schwärmten aus und erweiterten den Ring um ihren Befehlshaber. Sie hieben und stachen auf die Feldsoldaten ein, die oft nur gewöhnliche Knochenmesser oder Waffen aus Holz trugen. Ganochs Männer fielen zu Dutzenden, und dunkles Gnomenblut tränkte den Boden.

Aber die Gnome hier verteidigten Ganoch erbittert, und Ganoch scharte seine besten Leute um sich und ging zum Gegenangriff über. Im Lager waren die Goblins aufmerksam geworden und eilten heran, und ganz in der Ferne erhob sich der Troll.

Darnamur wusste genau, dass ein Kampf gegen diese Übermacht aussichtslos war. Seine Leibwache war gerade stark genug, um ihm den Rückzug zu decken.

Er wandte sich um, nutzte die Lücke, die seine Leute ihm geschaffen hatten, und rannte zu dem Greif zurück.

Ein Gnom trat ihm in den Weg. Darnamur rammte ihm das Kurzschwert bis zum Heft in den Leib und trat ihm gegen die Knie. Der Sterbende sank nieder, sein eigener Stich ging fehl.

In einer fließenden Bewegung zog Darnamur mit der linken Hand einen Dolch und erstach einen weiteren Angreifer, zog das Kurzschwert aus dem ersten Gnom, den er getötet hatte, und lief weiter. Er tauchte unter dem Stoß eines kurzen Speeres hindurch, seine Klinge zuckte hoch und durchtrennte einem Gnom die Kehle.

Noch einem Gnom!

Darnamur fluchte in sich hinein. Er war gekommen, um die Bitaner zu vernichten, und nun stellten seine eigenen Leute sich gegen ihn. Er hatte gewusst, dass Ganoch ein Verräter war, und er bedauerte, dass er ihn nicht rechtzeitig hatte aufhalten können.

Die Vila riss den Greif herum und kam ihm entgegen. Das Tier schlug mit den Löwenklauen nach Darnamurs Verfolgern. Der nutzte den Augenblick und fasste den hinteren Sattelrand.

»Abheben!«, rief er. »Wir müssen weg.«

Seine Hand glitt ab, und er hastete hinter dem Greif her.

»Ihr müsst erst aufsitzen und Euch festzurren, Herr«, sagte die Vila. »Es ist zu gefährlich …«

»Wir haben keine Zeit!«, brüllte Darnamur.

Er schob Dolch und Schwert in den Gürtel, ergriff den Sattel mit beiden Händen und schwang sich hinter der Reiterin auf.

Der Greif rannte los, an dem Getümmel vorbei. Ein Horde Goblins stellte sich ihm in den Weg. Sie reckten ihre Säbel in die Luft, und einer schleuderte einen Speer auf das Reittier.

Der Greif legte den Kopf zur Seite, und mit einem Klirren glitt die Speerspitze über die eisenharte Federmähne. Dann bäumte der Greif sich auf. Ein Hagel von Federpfeilen ging auf die Goblins nieder. Die duckten sich und rissen die Schilde hoch, aber viele wurden getroffen. Einige fielen schreiend zu Boden, die Übrigen stoben auseinander. Einer zog sich fluchend eine Greifenfeder aus dem Oberschenkel, als ein Flügel ihn traf und niederstreckte.

Darnamur verlor den Halt, als der Greif sich auf die Hinterpranken stellte. Er rutschte nach hinten, klammerte sich an der Reiterin fest. Dann machte der Greif einen Satz und hob ab.

Darnamur zog sich in den Sattel, während das Scharmützel unter ihm in der Dunkelheit versank. Er sah noch kurz den schmalen Ring seiner Gefährten, von allen Seiten von Feinden umbrandet.

Dann verschwand das Gnomenlager hinter einem Grat, und der Greif flog über verödetes Land. Darnamur stützte die Stirn gegen die Vila, die vor ihm saß, und zuckte zurück. Was tat er da? Er nestelte mit einer Hand nach den Schnallen und gurtete sich fest. Er zupfte die Vila am Gewand. »Wir brauchen einen geschützten Landeplatz, um uns vorzubereiten«, rief er gegen den Wind an. »Wir sind jetzt auf uns gestellt. Keine weiteren Feldlager mehr. Wer weiß, wo überall noch Verräter lauern. Such eine Stelle, wo wir allein und ungestört sind.«

Ein wütender Sturm rüttelte an den Schutzwänden. Darnamurs Zähne schlugen aufeinander. Er spürte jeden Flügelschlag des Greifs in seinen Knochen, und der Rausch, der ihn sonst im Angesicht einer Gefahr überkam, war einer dumpfen Sorge gewichen. Darnamur fühlte sich den Elementen ausgeliefert. Und er musste sich auf Smatras Erfindung verlassen.

Er fühlte sich *klein.*

Darnamur biss die Zähne zusammen.

Er prüfte die Leinen und Verbindungen um sich herum: die Gurte, die ihn hielten; die Schnur, mit der er sich am Sattel des Greifen gesichert hatte; die Leine, die zu dem kleinen Lenkdrachen führte.

So viele Verbindungen liefen in seiner Hand zusammen, und dennoch fühlte er sich hilflos. Darnamur saß inzwischen insektengroß in einer kleinen Holzkiste, die hinter der Vila auf dem Rücken des Greifs festgeschnallt war.

Unruhig überprüfte er die Ausrüstung ein weiteres Mal.

Ein lautes Klopfen hallte durch seine Kiste. Darnamur zurrte die Gurte nochmals fest und zog ein Knochenmesser. Deckel und Rückwand der Kiste flogen fort, und sogleich schoss der kleine Papierdrache empor. Flappend fing er den Wind. Die Leine schnurrte von der Rolle neben Darnamur. Als sie ganz abgespult war, gab es einen Ruck. Das Gestänge der Flugmaschine ächzte.

Darnamur kauerte sich zusammen. Sein Atem ging schneller.

Er durchschnitt das Seil, das ihn an den Greif band. Der kleine Papierdrache riss die größere Flugmaschine aus der Kiste in die Höhe.

Gefesselt an ein Gestell aus Holz und Seide trieb Darnamur durch den Nachthimmel. Er trudelte und konnte kaum oben und unten unterscheiden. Aber der Wind ließ nach. Der kleine Drache bremste ihn allmählich ab. Der Schwung des Greifs hätte die filigrane Flugmaschine sonst zerfetzt.

Darnamur spürte, wie sie nach unten sanken. Die schweren Bleigewichte an seinem Gefährt gewannen die Oberhand über die brausenden Winde und beruhigten seine Flugbahn. Doch solange die Schwingen seines Fliegers nicht auseinandergefaltet waren, führte diese Flugbahn nach unten.

Hastig schaute Darnamur sich um. Von dem Greif war nichts mehr zu sehen. Blasse Sterne funkelten über ihm in einem schwarzen Abgrund, unten am Boden sah er die flackernden Lichter von Lagerfeuern.

Er packte die Griffe an den Tragflächen.

*Leuchmadan,* betete er und zog.

Nichts geschah.

Der Schweiß trat ihm auf die Stirn. Er verfluchte Smatra und seine Erfindungen. Der Kobold hatte ein verzwicktes Hebelwerk in seine Flugmaschine eingebaut, und er hatte Darnamur versprochen, dass er die Tragflächen mit einem einzigen Zug aufspannen konnte, sobald seine Geschwindigkeit niedrig genug war.

Jetzt ruckelte und zerrte er, aber die Flügel bewegten sich nur zentimeterweise und klappten dann wieder zusammen. Die Fallgeschwindigkeit des Fluggeräts nahm wieder zu.

Darnamur reckte sich und versuchte zu erkennen, was an der Konstruktion nicht funktionierte.

*Die Leine des Bremsdrachen hing im Gestänge fest!*

Darnamur atmete in flachen Stößen. Er reckte sich, aber er kam nicht an die Stellen heran, wo die Schnur sich in den Hebeln verfangen hatte. Stattdessen durchtrennte er sie und hoffte, dass der Drache sich von selbst losriss.

Die Leine schnellte ein Stück fort und hing dann wieder fest.

Darnamur schaute nach unten. Die Lagerfeuer waren kleine Punkte auf einer grauen Ebene. Er konnte nicht abschätzen, wie hoch er war, wie schnell er zu Boden raste. Aber er spürte die Beschleunigung. Der Wind zerrte wieder kräftiger an ihm.

Hastig schnitt er einige Trimmgewichte los. Der Sturz verlangsamte sich ein wenig. Aber der Drache allein würde ihn trotzdem nicht sicher auf den Boden bringen.

Keuchend löste Darnamur seinen Oberkörper aus den Gurten. Er steckte das Messer weg und zog das Kurzschwert. Mit der Spitze kam er an die Knoten heran und durchtrennte sie.

Der Drache flog davon, und Darnamur stürzte im freien Fall. Fast wurde er aus dem Gefährt geschleudert, und nur von den Gurten um die Oberschenkel gehalten, baumelte er halb aus dem Gestell heraus. Er verlor das Schwert.

Darnamur zappelte, tastete nach den Griffen und bekam sie zu fassen.

Er zog daran.

Die Tragflächen fingen den Wind, das Holz ächzte. Darnamur schob den Hebel ein wenig zurück, die Flügel klappten wieder zusammen. Er öffnete sie wieder, versuchte, den Fall zu bremsen, ohne die Flügel zu überlasten. Aber als er sie nur halb aufklappte, geriet die Maschine ins Schlingern, und die Trimmgewichte unter ihm konnten die Flugbahn nicht stabilisieren.

Darnamur versuchte, die Lagerfeuer im Auge zu behalten. Ihm wurde übel. Als er glaubte, dass sein Fluggerät richtig in der Luft lag, riss er beherzt an den Hebeln. Es krachte, und ein Ruck schleuderte ihn von seinem Platz. Aber die Schwingen waren eingerastet.

Darnamur hing kopfunter in einem Gestell aus drei übereinanderliegenden und mit Seide bespannten Flügeln und einem langen flossenartigen Schweif. Vor ihm hingen die übrig gebliebenen Gewichte, und verzweifelt griff er nach den Seilen, an denen sie hingen.

Er zog sich daran hoch, aber er hing so verdreht, dass er nicht wieder auf seinen Platz zurückkriechen konnte.

»Smatra!«, brüllte er in den Wind. »Ich bring dich um, wenn ich zurückkomme!«

Seine Schreie verloren sich in der Nacht wie das Summen eines Insekts.

Fluchend zog Darnamur wieder ein Messer und durchtrennte einen Gurt an seinem Oberschenkel. Nun hielten ihn nur noch ein Lederband an seinem anderen Bein und die Hand, mit der er sich krampfhaft an das Trimmseil klammerte.

Langsam zog er sich hoch.

Keuchend lag er endlich wieder auf dem kleinen Holzgitter, das Smatra als Unterlage für ihn unter den Flügeln montiert hatte. Die Trimmgewichte brachten die Flugmaschine in die richtige Lage, und sie segelte in weiten Spiralen dem Boden entgegen.

Darnamur wollte sich wieder festgurten, aber seine Hände zitterten zu sehr. Er hatte ein weiteres Messer verloren. *Egal.* Er hatte noch genug.

Er fasste nach dem Bügel vor sich. Zaghaft rollte er nach rechts, dann nach links. Er zog an dem Bügel, stieß ihn von sich fort. Wie Smatra erklärt hatte, reagierte das Fluggerät darauf. Aber träge.

Darnamur warf weitere Gewichte ab, Bleikugeln, die ihm in seiner jetzigen Gestalt riesig groß vorkamen, die aber für die Bitaner unter ihm kaum mehr waren als Sandkörnchen. Schließlich reagierte das Fluggerät besser, und die Bleigewichte sorgten weiterhin dafür, dass es in der richtigen Lage blieb. Darnamur versuchte, es zu lenken. Er konnte die Nase senken und schneller werden oder die Nase hochstellen und bremsen.

Und er hoffte, dass er auch landen konnte.

Darnamur blieb nur diese eine Nacht und dieser eine Versuch, um sein Ziel zu erreichen. Es gab keinen Ort mehr, an den er sich zurückziehen konnte. Und nur, wenn er hier und heute die Bitaner aufhielt, konnte er als Held zurückkehren, seine Truppen zurückgewinnen und dann die Stadt. Es gab keine

Alternative zum Erfolg. *Heute Nacht wird der Feldherr dieses Heeres fallen,* schwor er sich.

Wito saß in Darnamurs ehemaliger Schreibstube in der alten Kanzlei der Fei. Darnamur war vor ihm Vorsitzender des Rates gewesen, und Wito hatte ganz selbstverständlich seinen Arbeitsraum mit allen Papieren übernommen.

Audan und Magati saßen vor dem Schreibtisch auf zwei Stühlen, und Magati schüttelte den Kopf. »Tut mir leid, Wito. Darnamurs Leute haben sich um sie gekümmert, als sie die Stadt verließ. Wir wissen nicht, wo sie hingegangen sind.«

»Aber ich habe gehört«, warf Audan ein, »Beuzabar hätte sie aus der Stadt gebracht.«

»Beuzabar?«, fragte Wito.

»Der Wirt vom Roten Drachen. Das ist die Schenke, wo sich die *Knochenmesser* immer getroffen haben.«

»Ich weiß«, sagte Wito. »Wo finde ich ihn?«

»Er wurde hingerichtet«, sagte Magati. »Noch zu Zeiten der Fei. Aber soviel ich gehört habe, war es nichts Politisches. Er hat geschmuggelt und ist aufgeflogen.«

»Genau«, sagte Audan. »Aber vorher hat Darnamur deine Familie in einer von Beuzabars Lieferungen versteckt. Vielleicht ist noch irgendein Pascher übrig, der mehr darüber weiß.«

Wito suchte nach Hinweisen, wo Cleuda und die Kinder geblieben waren. Er hatte ein schlechtes Gewissen, weil er so viel Zeit auf seine eigenen Angelegenheiten verwendete. Aber je schwerer es wurde, etwas darüber herauszufinden, umso mehr Sorgen machte er sich.

Schon im Labyrinth hatten Audan und Magati ihm berichtet, dass Cleuda und die Kinder in Sicherheit waren. Darnamur hatte sie erst einmal versteckt und vor dem Winter in die Berge gebracht. Aber erst jetzt, nach seiner Rückkehr, war Wito bewusst geworden, wie ungewiss diese »Sicherheit« tatsächlich war.

Darnamurs ganz spezieller Haufen, die *Knochenmesser*, hatten sich darum gekümmert, und nur wenige waren eingeweiht gewesen, alles enge Kameraden von Darnamur und alte Veteranen aus den Spähtrupps der Fei. Und die waren inzwischen alle im Felde, und die meisten von ihnen waren tot. Wito hatte bisher keinen Gnom aufspüren können, der wusste, wohin genau man Cleuda gebracht hatte.

»Ihr habt sie Menschen anvertraut?«, fragte er.

Magati blickte verlegen zur Seite. »Es waren natürlich auch ein paar von Darnamurs Spähern dabei. Wäre etwas schiefgelaufen, hätten wir sicher davon gehört.«

Wito atmete tief durch. Er konnte es Darnamur nicht vorwerfen, dass so wenige Bescheid wussten. So war es für Cleuda und die Kinder am sichersten gewesen. Vermutlich war es ohnehin überflüssig, nach ihnen zu suchen. Sobald die Lage in Daugazburg sich beruhigt hatte und wieder Verbindung zu allen Siedlungen in den Zinnen und den Schraffelgraten bestand, würde sich herumsprechen, dass er zurück war. Und Cleuda würde wieder nach Daugazburg kommen, wo auch immer sie sich jetzt versteckte.

*Wenn* die Lage sich je wieder beruhigte!

Aber jeden Tag verließen Flüchtlinge die Stadt, aus Furcht vor den anrückenden Bitanern. Wenn Daugazburg unterging, würden die Überlebenden in alle Himmelsrichtungen zerstreut, und sie würden Verfolgte sein. Wito wusste nicht einmal, wohin er sich dann wenden sollte, um zumindest seine Familie wiederzufinden.

Außerdem hatten die Bitaner in den Bergen gehaust, Vorposten verwüstet und Festungen geschleift. Womöglich war auch das Versteck seiner Familie darunter gewesen …

Nein. So durfte er nicht denken! Cleuda und die Kinder waren wohlauf. Und sie alle würden standhalten und die Grauen Lande wiederaufbauen. Wie konnte es anders sein nach allem, was sie durchgemacht hatten?

Als seine Freunde sich verabschiedeten, sah Wito all das Volk auf dem Gang: seine eigenen Wachen und die Wachen der Fraktionen im Rat, die jeden Zugang zum Turm der Fei überwachen ließen.

Ihm blieb keine Zeit für weitere Nachforschungen. Er hatte ein halbes Jahr versäumt und wusste nicht, wie er das in wenigen Tagen nachholen sollte! Man erwartete Entscheidungen von ihm, die Ratssitzungen mussten vorbereitet werden, Absprachen waren zu treffen …

Wito konnte immer mehr nachfühlen, wie Darnamur zumute gewesen sein musste. Der hatte sich um alles gekümmert! Darnamur hatte einen Platz in jedem wichtigen Ratsausschuss besetzt, er hatte nach wie vor seine eigene politische Partei geführt und sich den unmittelbaren Oberbefehl über alle Truppen vorbehalten.

Wito war nur noch Vorsitzender des Rats, alle anderen Aufgaben hatte er anderweitig verteilt. Er konnte loslassen. Während er hier in der Kanzlei saß, traf sich der Generalstab mit dem neuen Verteidigungsausschuss. Ein Offizierskorps, das fast ausschließlich aus Gnomen bestand, musste einem Nachtalb, einem Menschen und einer Goblinfrau Rede und Antwort stehen. Das war ungewohnt für alle Beteiligten. Aber Wito war überzeugt, dass alle Völker und alle Parteien umso schneller zusammenwachsen würden, wenn sie sich zusammenraufen *mussten*.

Er wandte sich den Akten zu und versuchte, sie zu ordnen. Er hatte ein Menge Aufgaben abgegeben. Die Arbeit sollte ihm also leichter fallen!

Darnamur hatte sich um alles gekümmert. Trotzdem konnte Wito kaum aufzählen, worum Darnamur sich *nicht* gekümmert hatte: um den Aufbau einer zivilen Verwaltung; die Versorgung der Stadt mit Gütern und Lebensmitteln; Finanzierung der neuen Regierung, wenn irgendwann die über ein Jahrtausend angesammelten Schätze der Fei endgültig ausgegeben waren. Der Wiederaufbau von Handel und Handwerk, die Handelsbeziehungen zu den Verbündeten und zu den Feinden, ohne die Daugazburg in der Wüste nie hätte überleben können … von all dem fand sich kaum etwas in Darnamurs Unterlagen.

Alle Probleme, die ihm nicht wichtig waren, hatte Darnamur einfach auf eine Halde gelegt und Wito dann damit allein gelassen.

Bei Nacht bildeten die Bitaner einen Korridor um ihr Lager, indem sie mit Rechen tiefe Furchen in den Boden zogen und mit Hunden und Besen auf Patrouille gingen. Sie hatten Wachen vom Volk der Elfen und setzten sogar Ameisen ein. Für Gnome war es fast unmöglich, hier einzudringen, und doch hatte Darnamur es geschafft, indem er einfach über alle Vorposten hinweggeflogen war.

Inzwischen hatte er sein Fluggerät sicher im Sand der Grauen Lande vergraben und schlich schon seit Stunden herum. Er war förmlich durchtränkt mit den letzten Resten von Bleidans antimagischer Salbe und spähte die Zelte der Fürsten und Befehlshaber aus.

Schließlich gelangte er zu einem großen Zelt aus dickem blauen Tuch, das sich über drei Flügel hinweg erstreckte, ein jeder mit einem spitzen Dach und einem Wimpel gekrönt. Elfen und Menschen standen vor dem Eingang und ringsherum Wache, und diese seltsame Gemeinschaft überzeugte ihn schon halb, dass hier der Vorsitzende des Freien Rats residierte.

In kleiner Gestalt schlüpfte Darnamur durch eine Lücke in der Plane. Ja, hier war er richtig. Tabakrauch hing in der Luft, kalt und abgestanden.

Gulbert der Zauberer war zwar nicht der Einzige, der Pfeife rauchte. Aber Darnamur war überzeugt davon, dass es *sein* Zelt war. Er kannte den Zauberer. Vor zwölf Jahren hatte er sich auf seinem Packtier versteckt und war lange mit ihm unterwegs gewesen. Er kannte ihn gut.

Das Zelt war verschwenderisch ausgeleuchtet mit neuartigen Lampen, die so hell strahlten, dass ein Gnom nicht hineinschauen konnte. Das Licht in den Glaskolben ging nicht unmittelbar von einer Flamme aus, sondern von einem weiß glühenden Netz aus Eisen. Mindestens ein halbes Dutzend dieser Leuchter hing unter der Decke jedes der drei Zelträume.

Er schlich durch das geräumige Innere, vorbei an Möbelstücken, an Stühlen, an einer mit Porzellan und Silber überladenen Tafel, an Schrankkoffern und Truhen, die allesamt viel zu schwer aussahen, um sie auf einem Feldzug mitzuschleppen. Alles wirkte ein wenig zusammengewürfelt. Darnamur hatte das Gefühl, dass es sich um Beutegut handelte, um Schätze, die die Bitaner bei ihrem Plünderzug durch die Berge in den bedeutenderen Vorposten erbeutet hatten.

Zwei Wachen standen vor einer Plane, die einen weiteren Teil dieses Zeltpalastes abtrennte. Zum Glück waren es Menschen. Darnamur versteckte sich einen Augenblick hinter einem Tischbein und beobachtete sie, dann huschte er weiter, kämpfte sich durch einen langfaserigen Teppich und an den Füßen der Posten vorbei in den Raum dahinter.

Hier war es dunkel.

Noch zwei Planen folgten auf die erste und sperrten das Licht aus den Vorräumen fast vollständig aus. Darnamur verharrte kurz und verschaffte sich einen Überblick. Er hatte Gulberts Schlafkammer gefunden!

Darnamur zog seinen Dolch.

Auch hier standen Möbel und Schränke, und ein prachtvolles Bett beherrschte den Raum. Es war groß genug für drei Menschen, und ein Stoffhimmel bauschte sich darüber. Die Vorhänge selbst waren zurückgeschlagen, und aus seinem Blickwinkel sah Darnamur nicht mehr als einen formlosen Hügel von Decken auf der Matratze.

Darnamur folgte dem Saum eines Teppichs, der zu hoch und zu weich war, als dass er ihn käfergroß hätte überqueren können. Überall nahmen ihm Falten und die Kanten dichter Läufer die Sicht. Darnamur blieb angespannt. Hinter jedem Versteck konnte eine Spinne lauern oder ähnliches Getier.

Dann wurde er plötzlich groß.

Er hatte sein Augenmerk so sehr auf sein Ziel gerichtet, dass er im ersten Augenblick gar nicht verstand, was mit ihm geschehen war. Der weite Raum voll dunkler Schatten schrumpfte plötzlich zusammen. Schon waren seine Augen auf einer Höhe mit Gulberts Decken, und er sah, wie der Zauberer sich in seinem Bett aufrichtete. Gulbert trug ein weißes Nachthemd, das im Zwielicht erstrahlte, und eine Nachtmütze mit einer langen Bommel.

»Sieh an«, hörte Darnamur die salbungsvolle Stimme des Führers aller Völker des Lichts. »So ein Zufall. Derselbe Gnom, der mir schon einmal eine Klinge ins Herz gestoßen hat.«

Darnamur erstarrte. Er hob den Dolch, aber er stand viel zu weit von dem Zauberer entfernt.

Die Mission war gescheitert.

Darnamur fühlte eine tiefe Müdigkeit in sich aufsteigen. Und dann Zorn.

»Wie ...«, krächzte er. Er räusperte sich. »Wie habt Ihr mich bemerkt?«

»Du meinst, weil du deine Magie mit irgendwelchem alchemistischen Zeug getarnt hast? Für wie dumm hältst du mich, Gnom? Natürlich kenne ich die Mittel meiner Feinde und habe mich darauf vorbereitet. Ich wusste ja, dass irgendwelche Gnome einen Anschlag auf mich unternehmen würden.«

»Ihr ... wusstet es?« Darnamur ließ die Hand mit dem Dolch sinken.

»Sagen wir, ich habe mich darauf verlassen.« Gulbert grinste breit. Er lehnte sich etwas zurück und sah nicht aus wie jemand, auf den soeben ein Attentat verübt werden sollte. »Daugazburg wird von Gnomen beherrscht, und Gnome sind Meuchelmörder. Da war es nur eine Frage der Zeit, bis einer in meinem Zelt auftaucht. Natürlich wusste ich nicht, dass du das sein würdest.«

Gulbert tastete auf dem Nachttisch nach seiner Pfeife, dann zog er die Hand zurück. »Diese Gewohnheiten ...«, meinte er entschuldigend. »Aber vermutlich würde es nicht so glaubwürdig wirken, wenn meine Wachen mich erdolcht und mit der Pfeife in der Hand finden.«

»Ihr wollt Euch erdolchen lassen?«, stammelte Darnamur.

»Glaubst du etwa, ich bin gern bei diesem unbequemen Feldzug? Er ist vom Anfang bis zum Ende ein Ärgernis. Ihr Finstervölker habt euch mit dieser dummen Revolution selbst die

Arme abgehackt, und jetzt wird dieser dumme Bitanerhaufen nach Daugazburg marschieren und euch den Kopf abschlagen. Und wo stehe ich dann? Als Vorsitzender des Freien Rates, einem Bündnis, das zum Schutz gegen die Finstervölker gegründet wurde? Wenn die Finstervölker geschlagen sind, kann ich mitsamt meinem Titel in Ruhestand gehen. Werde ich aber von einem tückischen Gnom erdolcht, macht mich das zum Helden und Märtyrer!«

»Aber ... Ihr werdet tot sein!«

»Tz-tz.« Gulbert drohte schalkhaft mit dem Zeigefinger. »Das hatten wir doch schon einmal. Mein magisches Herz schützt mich. Ich werde in einen neuen Körper schlüpfen und an einem sicheren Ort wiedererstehen.«

»Zumindest seid Ihr eine Zeit lang aus dem Weg.« Darnamur trat grimmig näher. »Ich glaube, das reicht mir.«

»Ja, so haben wir beide etwas davon.« Gulbert plauderte munter weiter. »Ich werde rechtzeitig in Bitan sein, wenn die Überlebenden des geschlagenen Feldzugs zurückkehren. Alle werden bestürzt sein und voller Furcht vor den Finstervölkern. Und dann bin ich zur Stelle, als Retter. Menschen, Elfen und Zwerge werden um meine Führung betteln. Sie werden mich zu ihrem Hochkönig machen!«

»Ihr seid ja sehr von Euch überzeugt«, sagte Darnamur. Er stand direkt vor dem Bett. Ein Stoß, und es wäre getan. Aber die Vorstellung, dass er damit Gulbert half, war nicht zu ertragen. »Warum sollte gleich der ganze Feldzug scheitern, nur weil Ihr nicht mehr dabei seid?«

»Nun«, sagte Gulbert einfach. »Da verlasse ich mich ganz auf einen König, der vom Drachenfeuer gezeichnet wurde. Und auf den Fluch des Unkwitt, der alle Träume zu Staub werden lässt.«

Darnamur hatte keine Lust auf Rätselspiele. Er ließ den Dolch sinken. »Was auch immer Ihr Euch erhofft, Gulbert, ich werde nicht Eure Marionette sein.«

»Du hast natürlich die Wahl«, sagte Gulbert. »Du kannst mich einfach am Leben lassen und gehen. Dann führe ich dieses Heer zu eurer Stadt und brenne sie nieder. Ich werde eure

Frauen und Kinder abschlachten. Und danach alles jagen, was sich an wildem Volk in den Bergen und in der Ebene versteckt. Und jetzt lass den Unsinn und tu wie dir geheißen!«

Darnamur stand da, und der Dolch in seiner Hand zitterte.

*Niemand beherrschte ihn!*

Da öffnete Gulbert den Mund und stieß einen durchdringenden Schrei aus. Darnamur erschrak, und ohne nachzudenken, stieß er zu. Die Knochenklinge bohrte sich in Gulberts Herz.

Doch der Schrei verstummte nicht.

Das Gift tat seine Wirkung. Darnamur spürte, wie die Muskeln des Zauberers verkrampften, aber der Schrei erstickte nur langsam. Und Darnamur wusste nicht, ob Gulbert ein Grinsen auf dem Gesicht trug, als er im Bett zusammenbrach, oder ob es nur eine unnatürliche Starre war, die sein Gesicht lähmte.

Schon zerflossen die Züge des Zauberers.

Und vom Eingang her hörte Darnamur einen entsetzten Aufschrei: »Ein Gnom! Ein Gnom hat den Zauberer ermordet!«

Die Tür ging auf, und eine Nachtalbe trat ein. Überrascht blickte Wito vom Schreibtisch auf. Die Albe war klein und zierlich, und dichtes schwarzes Haar umrahmte ihr Gesicht. Sie trug ein unauffälliges braunes Kleid und wirkte unter all den Räten und Beamten in der Zitadelle fehl am Platze. Und auf ihrer Schulter saß eine Echse, die genauso aussah wie Daugrulas Taschentier.

Wito starrte die Albe an. In diesem Augenblick drängte hinter ihr eine Wache herein. Verlegen ergriff der Wachsoldat das Wort: »Herr Vorsitzender, entschuldigt. Sie wollte auch diesen anderen Alb mit hereinbringen, und ich weiß nicht, ob das in Ordnung ist.«

»Und warum ist es in Ordnung, wenn *sie* unangemeldet hereinkommt?«

»Oh.« Der menschliche Wachposten lief rot an. »Ihr kennt ja noch nicht ... Ich meine, Herr Darnamur hat bestimmt ... Fräulein Frafa hat uneingeschränkten Zugang und einen Schlüssel für den Turm.«

»Frafa.« Wito erinnerte sich ... Darnamur hatte diesen Namen erwähnt. Die Albe verwaltete Leuchmadans Kästchen, und sie war sogar Mitglied im Rat.

»Wo seid Ihr gewesen?« Wito wandte sich an die Albe. »Ich habe gehört, Ihr habt eine Aufgabe im Turm?«

Frafa knickste. »Vorsitzender Wito«, sagte sie. »Der Vorsitzende Darnamur hat mich fortgeschickt, um einen Magier zu suchen, der unsere Truppen gegen die Völker des Lichts führen kann. Ich bin zurück. Und ich habe Meister Aldungan mitgebracht, den letzten der Zauberfürsten.«

»Oh.« Witos Gedanken überschlugen sich. Hatte Darnamur ihm davon erzählt? Jetzt war Darnamur verschwunden, und Wito war mit seinen Fragen allein.

Er hörte aufgeregte Stimmen auf dem Gang. Beinahe jede Fraktion des Rates hatte ihre Vertreter an allen Zugängen zum alten Turm der Fei postiert. Die Tür seiner Amtsstube war einer dieser Zugänge, und es klang so, als wäre draußen auf dem Flur ein Tumult im Gange. »Bringt ihn rein! Sofort!«, befahl Wito der Wache.

Der Mensch führte einen hochgewachsenen Alb in einer dunkelblauen Robe ins Zimmer. Eine Aura von Alter umgab ihn – und etwas anderes. Wito versuchte, Aldungan zu mustern, aber sein Blick schien die Gestalt nicht recht aufnehmen zu wollen. Er fühlte sich an Baskon erinnert, den Wardu, den untoten Diener Leuchmadans, mit dem er einst zusammen auf einer Mission gewesen war. War es etwa die Aura mächtiger Magie, die seine Sinne vernebelte?

Aber bei der Fei hatte er dergleichen nie erlebt, und dieser Aldungan, so angesehen er auch war, konnte unmöglich mächtiger sein als die einstmalige Herrin von Daugazburg.

Wito zögerte kurz, dann schüttelte er kaum merklich den Kopf. Womöglich wirkte jede Magie eines Mächtigen ein wenig anders auf den Betrachter.

Wito erhob sich von seinem Platz und ging dem Besucher entgegen. Er war sich nicht ganz über die Etikette im Klaren. Einst war Aldungan ein Fürst gewesen, aber jetzt war Wito selbst der höchste Würdenträger der Stadt. Wito entschied, ihm als Gleichrangigen zu begegnen.

»Wir verlangen, bei dieser Unterredung dabei zu sein«, rief ein Nachtmahr durch die Tür. Es war ungewöhnlich, dass dieses Volk so laut das Wort ergriff.

»Genau!«, zeterte ein Kobold. »Ein Fürst, ein alter Fürst. So nah bei Leuchmadans Kästchen. Man kann ihm nicht trauen.«

»Schließt die Tür«, befahl Wito seinen Wachen. Dann wandte er sich seinem Besucher zu. »Willkommen, Herr Aldungan. Es freut mich, dass Ihr Euch entschieden habt, Daugazburg in der Stunde der Bedrängnis beizustehen.«

Aldungan nickte und schaute sich in der Kanzlei um. Wie selbstverständlich trat er an Witos Schreibtisch und blätterte durch die Papiere. Achtlos ließ er sie dann wieder fallen und sah aus dem Fenster.

Die Spitzel vor Witos Arbeitszimmer würden ihren Herren eiligst Bescheid geben. Es blieb nicht viel Zeit für ein vertrauliches Gespräch, bevor der halbe Rat sich dort draußen versammelte und Einlass begehrte.

»Meine Hilfe gibt es nicht umsonst«, sagte Aldungan.

»Gut«, sagte Wito. »Darnamur hat gewiss nichts anderes erwartet, als er Frafa aussandte.«

»Darnamur bot ihm Reichtümer«, warf Frafa ein. »Und einen Platz im Rat.«

Witos Herz pochte. Ihm wurde bewusst, dass er allein in einem Raum war mit dem mächtigsten Zauberer, den es in Daugazburg noch gab. Dem einzigen Albenfürsten, der Darnamurs Nachstellungen entgangen war.

Konnte er ihm trauen?

Aber Aldungan hatte schon unter der Fei zurückgezogen gelebt und niemals Interesse an Macht und Politik gezeigt. Er war ein Gelehrter und damit vermutlich der beste, der einzig mögliche Vertreter der alten Ordnung, mit dem eine Zusammenarbeit möglich war. Weshalb sollte Aldungan sich mit einem Mal in die Politik einmischen und sich gegen den Rat stellen?

Wito schluckte. Er hatte Darnamur gegenüber von Vertrauen

gesprochen. Jetzt fand er seine eigenen Worte auf die Probe gestellt. Aber er glaubte an einen Ausgleich und an eine Vereinbarung, die beiden Seiten gerecht wurde.

»Ich kann das natürlich nicht allein entscheiden«, sagte er. »Wir werden sogleich den Rat einberufen und erörtern, wie unsere Zusammenarbeit aussehen soll. Aber ich zweifle nicht daran, dass Darnamurs Angebot in vollem Umfang gebilligt wird.«

Aldungan machte eine wegwerfende Handbewegung. »Den Platz in eurem Rat brauche ich nicht. Ich habe keine Neigung, meine Tage im Gespräch mit ungebildeten Laien zu verbringen. Ich sehe nicht eine zauberische Schrift in deinem Arbeitszimmer, Gnom. Dieser Rat ist eine Arbeit für Krämer.«

»Nun«, sagte Wito, »wenn Ihr Euer altes Leben wiederaufnehmen wollt, so werdet Ihr im neuen Daugazburg ebenso gute Bedingungen bekommen wie unter der alten Herrschaft. Dafür verbürge ich mich. Es gibt nicht mehr viele Zauberer, und ihr wäret der unumschränkte Meister der Magie. Der Rat könnte Euch die Leitung einer neuen Akademie übertragen, um wiederaufzubauen, was wir im Laufe der Revolution verloren haben. Wir könnten Euch Mittel für die Forschung zuweisen, die alles übersteigen, worüber Ihr zu Zeiten der Fei verfügen konntet.«

»Ja«, sagte Aldungan. »Die Zukunft von Daugazburg. Wie ich sehe, habt ihr sie schon halb verspielt. Darüber können wir später reden. Erst einmal werde ich dir sagen, was ich *jetzt* will.«

»Ich bin nur der Vorsitzende …«, fing Wito an, aber Aldungan schnitt ihm mit einer Geste das Wort ab und beugte sich so ruckartig zu dem Gnom hinunter, dass der Saum seines langen Gewands über den Boden wischte.

»Lassen wir diesen Unsinn. Ich sage dir jetzt, was ich will. Und du kannst dann sehen, wie du es herbeischaffst. Ob mit deinem Rat oder ohne ihn, ist mir egal. Dieser Darnamur …« Aldungan lächelte. »… wäre wohl in der Lage gewesen, allein alles Notwendige zu tun, nach allem, was man so hört.«

»Hrmm.« Wito räusperte sich erstickt.

»Ich habe keine Lust auf Intrigen und Geschwätz«, fuhr Aldungan fort. »Zu so etwas habe ich mich schon damals nicht herabgelassen, als Magier meines Ranges hier bei Hofe verkehrten. Noch viel weniger werde ich es jetzt tun, da die Geschäfte des Staates von Kriegern und Kaufleuten besorgt werden. Aber ich werde mich auch nicht mit einer Stellung abfinden, die mich einem dieser Emporkömmlinge unterordnet.«

»Wir haben keine ...«, setzte Wito an.

»Ihr habt einen *Ratsgesandten*«, unterbrach Aldungan ihn. »Das wäre ein Anfang. Wenn ich das Heer der Grauen Lande in die Schlacht führe, dann will ich denselben Titel, den ihr Darnamur verliehen habt. Als Feldherr und politischer Würdenträger zugleich. Jedem Soldaten und jedem Amtsträger des Rates zumindest gleichgestellt und mit der alleinigen Befehlsgewalt über mein Heer.«

»Wir können darüber reden«, sagte Wito. »Aber ich weiß nicht, ob der Rat das billigen würde. Ihr müsst verstehen, das Misstrauen ...«

»Dem Rat bleibt gar keine andere Wahl, als meine Bedingungen anzunehmen«, sagte Aldungan. »Wie man hört, ist Darnamur aufgebrochen, um den Krieg zu beenden. Aber seither ist nichts weiter geschehen, als dass die Bitaner ihre Aarlinger verloren haben. Ihr Fußvolk marschiert weiterhin auf die Stadt zu. Ich kann sie aufhalten, bevor sie die Mauern erreichen, dafür verbürge ich mich. Aber ohne meine Kraft werden die Grauen Lande untergehen, und all ihre schwachen und erbärmlichen Kreaturen mit dazu.«

Irgendwann, während Wito und Aldungan verhandelten, verabschiedete sich Frafa. Keiner beachtete sie. Sie ging durch die rückwärtige Tür der Kanzlei in das Archiv, das einstmals ein Arbeitszimmer der Fei gewesen war. Von dort aus konnte sie die Tür zum Turm aufschließen und die geheime Kammer mit Leuchmadans Kästchen aufsuchen.

Sie war lange nicht mehr hier gewesen.

Aber der Ort war ihr zur Zuflucht geworden. Hier hatte sie sich vor den Goblins versteckt, und hierher war sie später immer gekommen, wenn sie allein sein wollte.

Frafa setzte sich mit überkreuzten Beinen vor den Tisch und meditierte ein wenig. Die Ruhe der geheimen Kammer machte ihr vieles leichter. Eine kleine Atempause, das Auge des Sturms.

Tage und Wochen hatten sie sich in Aldungans Turm verborgen gehalten. Darnamur hatte die Stadt verlassen. Die Bitaner rückten näher. Aldungan hatte abgewartet, bis die Lage verzweifelt war, die letzte Hoffnung erloschen. Erst kurz vor dem Zusammenbruch wollte er vor den Rat treten, damit seine Forderungen auch erfüllt wurden.

Die Zeit in Aldungans Turm war einsam gewesen, aber voller Anspannung. Und nun war sie hier, um eine weitere Forderung ihres Herrn zu erfüllen. Aber jetzt, zwischen diesen beiden Zeiten, blieb ihr ein Moment der Ruhe. Ein Moment, um nachzudenken.

*Wollte* sie diese Aufgabe erfüllen?

Es war Aldungan, ihr alter Meister. Frafa hatte inzwischen viele neue Meister kennengelernt. Und sie hatte gelernt, gegen ihre Meister auch eigene Entscheidungen zu treffen. Es war nicht selbstverständlich, dass sie zu Aldungan zurückkehrte. Sie hatte die Wahl.

Frafa dachte an die Vergangenheit und die Gegenwart. An die Schlachten und die Toten. An die Stadt und an das Land. An ihre Pflicht. Aldungan konnte mit Leichtigkeit tun, worin sie versagte.

Frafa erhob sich wieder. Sie strich Balgir über den Rückenkamm und verwandelte ihn in eine Tasche. Dann tat sie, was sie schon einmal mit der von Darnamur zur Verfügung gestellten Fälschung gemacht hatte: Sie stopfte Leuchmadans Kästchen in den Schlund ihres Taschentiers und verwandelte Balgir zurück in eine Echse. Die diesmal das echte Artefakt in ihrem Inneren verbarg.

Frafa verließ den Turm der Fei wieder. Witos Kanzlei war verlassen, die Ratssitzung musste begonnen haben. Frafa trat auf den Korridor hinaus, als käme sie von einer ihrer ganz alltäglichen Sitzungen im Turm, die sie nun, nach langer Unterbrechung, wiederaufgenommen hatte.

Die Spitzel draußen beäugten sie misstrauisch, misstrauischer als je zuvor. Aber es waren Nachtmahre und Kobolde, Menschen und Gnome und Vilas und Goblins. Sie hüteten den Turm mit Leuchmadans Kästchen eifersüchtig. Weil sie nichts mit dem Artefakt anfangen konnten, wollten sie verhindern, dass es den Alben in die Hände fiel. Doch eben weil sie den Alben misstrauten, war keiner unter ihnen, der das Geheimnis von Frafas Taschentier kannte.

Sie sahen nur eine einfache Echse auf ihrer Schulter, und lächelnd schritt Frafa an ihnen vorbei. Sie erwartete Aldungan am Ausgang der Zitadelle.

»Das Kästchen, Meister«, murmelte sie und hielt ihm Balgir hin. Misstrauisch behielt sie dabei die Umgebung im Auge.

Aldungan nahm das Taschentier entgegen. Balgir hing in der Luft, reglos und alle viere von sich gestreckt. Er zeigte nicht sein übliches Widerstreben, als Aldungan ihn verwandelte. Der Alb tastete nur einmal kurz in die Tasche hinein, dann nickte er befriedigt und gab sie Frafa zurück.

»Leuchmadans Kästchen«, stellte er fest.

Frafa hielt wieder Balgir in der Hand und zögerte, ihn zurückzuverwandeln.

»Ihr wolltet es haben«, sagte sie unsicher.

»Ich hatte es«, erwiderte Aldungan. »Nun bring es zurück.«

Frafa starrte ihn an.

Aldungan lachte leise. »Glaubst du etwa, ich müsste das Kästchen dauernd bei mir tragen, um seine Kraft zu nutzen? Eine Berührung reicht, und die Verbindung ist hergestellt. Leuchmadan hatte das Artefakt viele Tagesreisen entfernt unter der Sternenklippe verwahrt, als er die Grauen Lande verwüstete. Erst als die Bitaner es in Seide hüllten, verlor er die Herrschaft darüber. Du solltest es wieder in den Turm zurückbringen, bevor jemand Verdacht schöpft und bemerkt, dass es nicht mehr da ist. Nimm einen anderen Eingang, damit niemand sich wundert, wenn du so schnell zurückkehrst.«

»Werdet Ihr den Grauen Landen wieder Leben bringen?«, fragte Frafa.

»Aber ja, Frafa«, erwiderte Aldungan. »Zum richtigen Zeitpunkt. Es kommt immer auf den richtigen Zeitpunkt an.«

# 25. Kapitel:
# Das letzte Aufgebot

*Gnome. Menschen. Völker von Daugazburg. Hier steht das letzte Aufgebot, um unsere Heimat zu verteidigen. Wir haben unsere Krieger verloren, und der Feind scheint übermächtig. Aber wir, die wir hier stehen und überlebt haben, haben weit Schlimmeres überstanden. Wir wurden in einem Feuer gehärtet, das unsere Feinde sich nicht einmal vorstellen können. Wir werden in ihre Reihen fahren wie eine geschärfte Klinge.*

*Kommt mit mir. Seht die Zeichen. Ihr werdet die Macht spüren, die hinter uns steht. Die Bitaner sind Fremde in unserem Land, und wir kämpfen für unser Heim und für unsere Familien. Wir kämpfen für die Zukunft.*

*Wenn wir die Bitaner bezwingen, haben wir die Grauen Lande gewonnen. Wir werden sie uns nicht wieder nehmen lassen. Wir werden diese Stadt so gestalten und wiederaufbauen, wie es unserem Willen entspricht, und wir werden keine schlechten Herren und keine Willkür mehr dulden.*

Aldungan, der Nachtalb,
in einer Rede vor seinen Truppen

Achttausend Gnomenmilizen waren vor der Stadtmauer angetreten, auf dem einstigen Zollmarkt und späteren Schlachtfeld vor dem Tor des Blutes. Das Aufgebot der Menschen zählte etwa ebenso viele Köpfe, und eine Tausendschaft von ihnen trug besonders klobige Speere, mit einem verdickten Ende wie bei einer Keule und mit einer dünneren Spitze darüber. Dieses kleine Korps war in den letzten Monaten gründlich gedrillt worden und sollte Smatras neue Waffen in die Schlacht führen. Der Rest der Menschen war in aller Eile ausgehoben worden und stellte eine abenteuerlich aussehende Ansammlung von Rüstungsteilen und Goblinwaffen zur Schau.

Waffen gab es genug in der Stadt, nach all den Kämpfen und Gemetzeln. Woran es fehlte, das waren die Hände, die sie zu führen vermochten.

Neben den beiden großen Aufgeboten standen kleine schlagkräftige Einheiten von Alben, Vampiren und Vilas. Zum ersten Mal dienten auch mehrere Tausend zierliche Nachtmahre in einem Heer der Grauen Lande. Man hatte ihnen Armbrüste in die Hand gedrückt und ihnen eine kurze Einweisung gegeben, wie sie die Waffen spannen und in die richtige Richtung halten sollten. Hinzu kamen einige Hundert Kobolde, die Aldungan als »technische Brigade« aufgestellt hatte.

Aldungan saß auf einem schwarzen Ross und ritt die Reihen seines Heeres ab. Wito und die anderen Mitglieder des Rats folgten ihm zu Fuß. Auch Smatra war dabei. Er legte seine Hand auf die Ausrüstung, die er selbst gefertigt hatte, und murmelte etwas. Es klang, als wollte er sie verzaubern. Zwischendurch lief der Kobold immer wieder unvermittelt los, stürmte zeternd zwischen die Krieger und schimpfte über Fehler oder nachlässige Handhabung.

»Das ist eine solche Hybris«, knurrte ein Gnom neben Wito. »Die paar Truppen, die wir haben, hätten wir besser in der Stadt beisammengehalten. Auf eine offene Feldschlacht können wir uns nicht einlassen. Dieser stolze Nachtalb führt unsere Kämpfer nur ins Verderben!«

»Wir können die Stadt nicht halten«, widersprach Wito. »Du weißt, was die Bitaner mit unseren Festungen in den Bergen gemacht haben. Eine Bresche, und sie sind drin. Wenn er ihnen entgegenzieht, kann Aldungan zumindest das Schlachtfeld bestimmen.«

Wito hatte selbst Zweifel, was Aldungan betraf – und das in mehr als einer Hinsicht. Aber Darnamur hatte diesen Pakt gewollt, und er war der Misstrauischste von allen. Zumindest darauf konnte Wito sich verlassen: Wenn es einen besseren Weg gegeben hätte, hätte Darnamur diese Zusammenarbeit nie in Erwägung gezogen.

»Aldungan wird kein passenderes Schlachtfeld finden als diese zerklüftete Stadt mit all ihren Mauern und Verstecken«, erwiderte der Gnom beharrlich.

»Passend für euch kleines Volk«, fuhr Tomgar ihn an. »Ihr könnt euch in jeder Ritze verkriechen. Aber wir Menschen müssen dankbar sein für jeden Tag, den dieser Alb die Feinde auf Abstand hält. Umso mehr Bürger können wir in Sicherheit bringen.«

Wito wandte sich zu ihm um. »Ihr bringt Eure Leute aus der Stadt, Tomgar? Ihr unterstützt diese Flucht?«

»Ich werde selbst gehen«, sagte der Führer der *Freien Menschen*. »Sobald dieses Heer abmarschiert ist. Wenn Aldungan wider Erwarten doch gewinnt, können wir ja wiederkommen.«

Wito schüttelte den Kopf. Was war nur aus Daugazburg geworden? Als die Fei ihn verurteilt hatte, lebten über zweihunderttausend Seelen innerhalb der Mauern. Inzwischen war die Stadt fast entvölkert. Jeder, der eine Waffe halten konnte und auch nur halbwegs dazu bereit war, steckte in diesem Heer – vielleicht zwanzigtausend Kämpfer. Krieger sollten es sein, doch Wito sah keinen großen Unterschied zu den Tausenden, die als Flüchtlinge aus den anderen Toren strömten.

Wie würden die Grauen Lande in Zukunft aussehen? Alben gab es kaum noch. Die Goblins würden wiederkommen. In den Bergen und in der Steppe des Ostens gab es viele. Aber Wito dachte daran, dass bei den Menschen die Frauen nicht mitkämpften. Selbst wenn die Finstervölker diese Schlacht gewannen, würden die Menschen sich am schnellsten von ihren Verlusten erholen. Bald würden sie an Zahl alle anderen Völker übertreffen.

Die Führer von Daugazburg beendeten den abschließenden Appell. Aldungan setzte sich auf seinem Ross an die Spitze des Heers und ließ zum Abmarsch blasen. Seine Gestalt ragte aus der Masse hervor, gut sichtbar inmitten seiner Truppen.

Wito und die anderen blickten ihm hinterher. Pferde waren selten in Daugazburg. Warum ritt der Alb nicht auf einem Drachen? Seit dem Rückzug der Aarlinger gehörte die Luft wieder den Finstervölkern.

Wito wandte sich an die wenigen Mitglieder des Rats, die noch bei ihm standen. »Hoffen wir darauf, dass Aldungan Erfolg hat. Aber wenn er scheitert ... überlegen wir uns, wie wir Leuchmadans Kästchen in Sicherheit bringen und wie wir uns geordnet in die Berge und die verbliebenen Burgen und Siedlungen dort zurückziehen können.«

Aldungan bezog Stellung auf der Flanke eines lang gestreckten Höhenzugs, der sich kaum fünf Goblinhöhen aus der staubigen Ebene erhob. Am Fuß der Anhöhe lag ein Talkessel, in dem Aldungan sein Heer aufgestellt hatte. Der Hügelkamm war mit einem zähen Dornengestrüpp bewachsen, das nach hinten Deckung gab und zugleich den Rückzug erschwerte.

Aldungan wusste, dass die meisten seiner Kämpfer beim ersten Rückschlag die Flucht ergreifen und den Rest des Heeres mitreißen würden. Sein Heer war nicht erprobt, und darum hatte Aldungan das Schlachtfeld sorgfältig gewählt und die Truppen entsprechend aufgestellt.

Ein einziges Korps der Bitaner, das über die Flanken kam und seinen Truppen in den Rücken fiel, hätte die gesamte Schlachtordnung zusammenbrechen lassen. Aber das würde nicht geschehen. Die Adlerzwerge waren fort, und Drachen und Greife kreisten in großer Höhe. Durch ihre Augen verfolgte Aldungan jede Bewegung seiner Gegner in der kahlen Steppe.

Die Bitaner hatten bislang nicht einmal versucht, etwas anderes zu tun, als frontal auf ihn zuzumarschieren. Aldungan hatte im Grunde nichts anderes erwartet. Die Finstervölker kannten Sukan gut. Inzwischen mochte er König sein, doch er war immer noch derselbe plumpe und leicht zu durchschauende Befehlshaber, der er schon als Fürst von Opponua gewesen war.

Schwarze Wolken wälzten sich von allen Richtungen heran wie dunkle Tintenschleier. Der Himmel über dem kleinen Talkessel färbte sich grau, dann bleiern. Am Horizont marschierte schon das bitanische Heer auf, und mit ihm kam die Dunkelheit, zur Mittagsstunde, als wollte sie den Finstervölkern wie ein weiterer Verbündeter beistehen.

Aldungan hob das Sichtglas an die Augen, das der spillerige Kobold ihm in Daugazburg aufgenötigt hatte. Dann ließ er es wieder sinken. Wenn er seine magischen Sinne durch die Erde ausgreifen ließ, konnte er mehr wahrnehmen.

Der Vormarsch der Bitaner geriet ins Stocken. Der Boden war von verhärtetem Wurzelwerk überzogen wie von einem groben Netz. Der Tross konnte dem Heer nicht mehr folgen, aber die Bitaner sahen den Feind vor sich und ließen sich nicht aufhalten.

Ein Teil ihrer Truppen blieb bei den Wagen zurück, die Schwerbewaffneten stellten sich zur Schlacht. Aufmerksam verfolgte Aldungan, wie seine Feinde einige große Fuhrwerke mit übermannshohen Rädern aus dem Tross herausführten. Die Ochsengespanne blieben weit hinter den vordersten Linien zurück. Doch noch während der Fahrt wurden Packen abgeladen und nach vorn geschleppt.

Die Finstervölker erwarteten den Feind: Nachtmahre und Kobolde im hinteren Feld, davor die Menschen und in der ersten Reihe Schildträger und die Einheiten mit Smatras Blitzwaffen. Die wehrhafteren Völker, Goblins, Alben und Vampire, schützten die Flanken.

Einige Gnome standen neben Aldungan bereit. Er gab ihnen Befehle, und nachdem sie ihre kleine Gestalt angenommen hatten, ließ Aldungan sie auf eigens vorbereitete Libellen aufsteigen und nach vorn fliegen, wo sie ihre im Hinterhalt lauernden Kameraden anweisen sollten.

Die Bitaner marschierten weiter, und ihre Schlachtordnung wurde erkennbar. Aldungan bemerkte, dass unter den Feinden Unruhe aufkam. Die Elfen blieben zurück. Sie spürten etwas, aber sie schienen ihre menschlichen Verbündeten nicht überzeugen zu können. Schon zerfiel der linke Flügel von Sukans Heer, aber zuversichtlich rückte das Zentrum weiter vor.

Als die Heere einander gegenüberstanden, war es dunkel geworden wie in der finstersten Nacht. Die Wolken hingen tief über dem Land, aber kein Regen fiel und kein Donnergrollen war zu hören. Was jenseits der Heere lag, war für gewöhnliche Augen nicht mehr auszumachen. Die Dunkelheit hatte alles verschluckt wie ein unersättlicher Schlund.

Aldungan lauschte in das Land, ob sich womöglich ein Teil seines Plans gegen ihn kehrte. Die Dunkelheit behinderte auch seine fliegenden Einheiten, wenn auch nicht in dem Maße wie den Feind. Der Abzug der Elfen mochte eine List sein. Diese Truppen waren durchaus fähig, sich ungesehen anzuschleichen und einen Zangenangriff zu versuchen.

Sie wären jedenfalls dazu in der Lage gewesen, wenn Aldungan nicht Leuchmadans Kästchen beherrscht hätte. Sein Geist war überall im Boden und erspürte alles, was sich auf dem lebenden Grund bewegte. Er ertastete auch Magie. Da waren menschliche Zauberer beim Tross und in den Reihen. Aldungan hielt sich zurück, um sie nicht zu warnen. Aber er war überzeugt davon, dass er sie im entscheidenden Moment aufhalten konnte.

Da flammte ein Feuerschweif hinter den Reihen der Bitaner auf. Zischend und Funken sprühend fuhr eine gleißende Linie über den Himmel, über die Reihen der schwer bewaffneten Feinde hinweg und auf Aldungans Heer zu. Dicht vor den vordersten Reihen seiner Truppen endete das Gleißen in einem Feuerball. Ein Donnern hallte bis zu Aldungan hin, und sein Pferd scheute. Ungläubig erkannte er die Lücke, die dieses Geschoss in seine Linien gerissen hatte. Er spürte Dutzende von scharfkantigen Metallsplittern, die in seine Erde fuhren. Und als er das Pferd wieder gebändigt hatte, sah er entsetzt, wie weitere Feuerstreifen schräg in die Luft stiegen.

Magati sah Audan und winkte ihm übermütig zu. Das Brummen der machtvollen Schwingen dröhnte gegen den ausgepolsterten Helm, die beiden riesigen Augenkuppeln ihres Reittiers schimmerten schwarz im Zwielicht. Audan saß selbst auf einer Libelle, in einem winzigen Sattel zwischen den beiden großen Flügelpaaren, und klammerte sich verzweifelt fest. Dann war er außer Sicht.

Magati war unterwegs zu ihrem eigenen Volk, das sich vor den Reihen der Menschen im Unterholz versteckte. Sie liebte ihr neues Reittier. Fast konnte sie sich vorstellen, ihren Dienst auch nach der Schlacht noch zu verlängern – Botenflieger in Aldungans Heer zu sein, das war schon etwas anderes, als Nachrichten auf Schuhsohlen durch die Stadt zu tragen!

Wurzelwerk zog unter ihr vorbei. Magati versuchte, sich einen Überblick zu verschaffen. Sie war nicht zum ersten Mal hier unterwegs, aber die Landschaft veränderte sich beständig. Als sie im Morgengrauen angekommen waren, hatten sie eine kahle, staubige Senke vor sich gehabt. Während das Heer aufmarschierte und Magati die ersten Botenflüge unternahm, war der Boden feucht und fest geworden, und nun bedeckte ein Geflecht von Wurzeln die ganze Ebene.

Hatte Aldungans Macht die Wurzeln wachsen lassen, oder waren sie vorher nur ein Stück tiefer im Boden verborgen gewesen? Eins jedenfalls wusste Magati: Das Holz war hart wie Eisen, und die Wurzelstränge bildeten Bögen und Mulden, die einem winzigen Gnom selbst vor schweren Stiefeln und Pferdehufen Deckung boten. Das kam zu gelegen, um nur zufällig hier aufzutauchen.

Das Brummen der Flügel lockte einige käfergroße Gnome aus ihren Verstecken. Banner wurden in die Höhe gereckt. Magati fand die erste Kompanie, überbrachte die Befehle und flog weiter zur nächsten Abteilung. Aus den Augenwinkeln sah sie weitere Libellen über das Wurzelwerk sausen, andere Boten. Die heranmarschierenden Bitaner waren inzwischen deutlich zu erkennen.

Bei ihrem letzten Ziel stieg Magati ab.

»Es läuft alles nach Plan«, meldete sie dem Hauptmann. »Wir lassen die Bitaner herankommen. Auf das Hornsignal hin greifen wir an.«

»Wir.« Der Gnomenhauptmann blickte auf das Knochenschwert an seiner Hüfte, dann hinauf zum dunkler werdenden Himmel. Hinter ihm spähten weitere Gnome aus ihren Verstecken. »Wir Milizen stecken dann mitten im bitanischen Heer, und du Botenreiter bist längst wieder davongeschwirrt.«

Magati zog schuldbewusst den Kopf ein. Das Wurzelwerk unter ihren Füßen erbebte von den herannahenden Tritten des bitanischen Heeres. Die Libelle wippte unruhig mit den Flügeln.

»Ich denke, ich bleibe bei euch«, sagte Magati. »Falls wir eine Botschaft zu Aldungan tragen müssen, wäre es gut, wenn ihr auch ein paar Boten habt.«

Sie schaute ihre Libelle an. Die dunklen Facettenaugen waren starr und leer. Die Kiefer darunter waren so Furcht erregend, dass Magati sich in ihrer kleinen Gestalt nie an so ein Tier herangewagt hätte. Aber sie wusste genau, sie lenkte es nicht wirklich. Aldungan hatte die Libellen seiner Botenreiter verzaubert, sodass sie den Wünschen ihrer Reiter folgten.

»Bleib außer Sicht«, sagte sie. »Versuch, wieder zu mir zu stoßen, wenn die Bitaner uns entdeckt haben.« Sie klatschte in die Hände. Die Libelle surrte davon. Der Hauptmann neben ihr schüttelte den Kopf.

»Das war eine Dummheit«, sagte er.

Magati schlug das Herz bis zum Hals, aber sie schwieg. Mit den anderen Gnomen dieser Kompanie verkroch sie sich unter den Wurzeln, und es dauerte nicht lange, bis die Bitaner heran waren.

Rings um sie stampften Stiefel auf den Boden. Einzelne Menschenkrieger stolperten über die Wurzeln. Magati hörte sie fluchen. Erschrocken verfolgte sie, wie einer der Gnome aus seinem Versteck geschleudert wurde. Als er sich erhob, stand sein Arm in einem eigenartigen Winkel ab, und der Gnom lief hektisch umher, bis er Schutz unter einem der schwingenden Stämme fand.

Dann wurde es stiller. Die Gnome wagten sich ein wenig weiter aus den Löchern und Spalten hervor, in denen sie sich verkrochen hatten. Rings um sie stand bitanische Infanterie. Die kleinen Gnome erkannten kaum mehr als die nächsten zwei, drei Krieger, die alle weiteren verdeckten. Aber sie hörten all die kleinen Laute eines Heeres, spürten die Wärme in der Luft, die *Ausstrahlung* der vielen Menschen, Tausender Menschenkrieger, von Kopf bis Fuß in Stahl gehüllt, mit langen Piken, mit Schilden, die sie vor sich in den Boden gerammt hatten, mit schmalen Schwertern an den Seiten.

Die Gnome hielten den Atem an.

Ein Fauchen stieg hinter den Reihen der Bitaner auf, ein Lichtstreifen schoss über ihre Köpfe, verlosch, flog als einsamer Funke weiter.

»Eine Rakete«, bemerkte der Hauptmann neben Magati. »Wollen sie ein Signal geb...«

Ein Donnerschlag aus Richtung ihres eigenen Heeres unterbrach ihn. Dem Hauptmann blieb der Mund offen stehen. Irgendwo hinter den Bitanern wurden Zahlen gebrüllt, wurden weitergegeben von Einheiten, die noch jenseits der letzten Reihen standen, die sie sehen konnten.

Und von vorn, aus ihrem eigenen Heer, erklangen hektische Trompetenstöße.

Audan stand neben Aldungan, als die Raketen einschlugen. Raketen waren in Daugazburg bekannt, als Feuerwerkskörper oder auch als Signal. Die Finstervölker hatten lange versucht, eine Waffe daraus zu formen, aber der Schaden, den sie anrichteten, war den Aufwand nicht wert. Anscheinend hatten die Bitaner mehr erreicht.

»Die Gnome«, rief Aldungan seinen Trompetern zu. »Befehlt den Angriff! Sofort!«

Er wandte sich an seine Libellenreiter. »Fliegt zu den Einheiten, rasch«, sagte er. »Haltet sie zusammen. Du – du – und du, ihr bringt den linken Flügel der Nachtmahre in Stellung. Ihr drei, den rechten ...«

Audan hörte nicht mehr zu. Er gehörte zu den ersten drei, die ihre Befehle erhalten hatten. Rasch machte er sich klein, zögerte kurz neben seiner grün schillernden Libelle. Er traute den Biestern nicht!

Dann kletterte er seufzend in den Sattel, der hoch auf dem wuchtigen Rückenpanzer des Tiers angebracht war. Die Libelle schlug mit den Flügeln, und Audan schrie auf. Der Helm! Er hatte den Helm vergessen! Hastig schob er sich die Holzhaube über den Kopf, die mehr die Ohren vor dem infernalischen Flügelschlag schützte als irgendwas sonst.

Halb taub und benommen hob er endlich ab. Er hatte ein Pfeifen im Ohr. Audan hielt Ausschau nach Magati. Als er sie zuletzt gesehen hatte, war sie zu den Milizen davongebrummt, die an der Spitze des Feldes im Hinterhalt lagen. Audan hoffte, dass ihr nichts geschehen war.

In einem weiten Bogen flog er auf das Aufgebot der Nachtmahre zu. Dabei sah er nach rechts, wo die unerbittliche Schlacht tobte.

Eine kleine Lücke klaffte in der Reihe ihrer eigenen Menschen, dort, wo die erste Rakete niedergegangen war. Es waren Aldungans beste Truppen, und sie hielten Stand. Aber Unruhe lief wie eine Woge durch das Heer und ließ es an den Flanken, in den hinteren Reihen abbröckeln.

Weitere Geschosse ritten auf einem Feuerschweif in ihre Richtung. Unwillkürlich zog Audan den Kopf ein. Da tauchten Drachen und Greifen aus den Wolken herab. Audan kniff die Augen zusammen. Er zog an den Zügeln seiner Libelle, bis sie in der Luft innehielt.

Es war schwer, aus dieser Entfernung etwas zu erkennen. Aber er hätte schwören mögen, dass zumindest eine der Vilas mit ihrem Tier kämpfte und versuchte, es zurückzuhalten. Gehorchten die geflügelten Wesen ihren Reitern nicht mehr? Wer lenkte sie dann?

Zwei der Drachen bekamen die fliegenden Raketen zu fassen. Sie bremsten deren Flug, veränderten die Bahn der Geschosse und trugen sie zurück zu den Angreifern. Andere Raketen flogen weiter. Audan schüttelte den Kopf und setzte seinen Weg fort.

Ein lautes Donnern markierte die Einschläge. Mitsamt den Drachen, die sie abgefangen hatten, explodierten zwei der Flugkörper mitten in den Reihen der Bitaner. Stahlsplitter und Fleisch und Knochen gingen auf die Feinde nieder, streckten eine Hand voll nieder. Die Drachen allein hätten mehr Feinde erschlagen können.

Andere Geschosse zerplatzen in der Luft oder abseits in der Ebene, von den Vorstößen der Geflügelten zumindest aus der Flugbahn gebracht. Es gab auch Raketen, die bis zu Aldungans Heer flogen. Wo sie einschlugen, hinterließen sie eine Hand voll Tote und viel Blut – und ein feuriges Tosen, das allein schon ausreichte, selbst den Tapfersten in die Flucht zu schlagen.

Wie sollte Audan die Unteroffiziere der Nachtmahre überzeugen, die Stellung zu halten, wenn er doch selbst am liebsten das Weite gesucht hätte?

Magati hörte die Signale, aber sie zögerte. Der Hauptmann und seine Gnome verließen ihre Deckung und machten sich groß. Die Gnome erschienen mitten zwischen den Feinden, mit Knochenwaffen in den Händen. Sie fielen den Menschen in den Rücken, schlüpften unter ihre Wehr, standen hinter ihren Schilden.

Magati sah, wie ihre Kompanie den Feind zurückdrängte. Blut tropfte auf die Wurzelstränge. Sie packte ihren Knochendolch und folgte den anderen ins Getümmel.

Die Schlacht wirkte in der normalen Gestalt ebenso verwirrend wie aus der Käferperspektive. Überall wogte der Kampf, aber Magati sah nur die Gnome in ihrer Nähe, sonst überall Menschen. Achttausend ihrer Kameraden standen auf dem Schlachtfeld, doch sie verschwanden hinter den viel größeren Gegnern.

Magatis Einheit stand weit hinten im Heer der Feinde. Nur eine schmale Reihe schwer gerüstete Infanterie stand noch zwischen ihnen und den Bogenschützen. Dorthin schlugen sich die Gnome durch, und Magati schloss sich dem Hauptmann an. Bevor das bitanische Fußvolk sich neu sammelte, waren die Gnome schon weitergestürmt.

»Nach hinten!«, rief der Hauptmann. »Wir müssen die Raketen aufhalten!«

Wieder stiegen Feuergarben in den Himmel. Die Stellungen der Feuerwerker mussten gleich hinter den Bogenschützen liegen. Drachen und Greife sausten über das Heer, schnappten nach den Flugkörpern. Bitanische Bogenschützen schossen, aber die Gnome waren zwischen ihnen und lenkten sie ab. Die Schützen zogen rasch ihre Dolche und verteidigten sich im Nahkampf.

Einer von ihnen packte den Bogen an einem Ende und schlug damit nach Magati. Die wich zurück, machte sich klein, und der Bogen fuhr zischend durch die Luft. Der Schütze trat dorthin, wo sie eben noch gestanden hatte. Magati huschte unter eine Wurzel und schlüpfte auf der anderen Seite wieder hinaus. Sie machte sich groß.

Der Gnomenhauptmann stand hinter dem Bogenschützen und schlug ihm das Kurzschwert in die Waden. Der Schütze fuhr herum, immer noch mit dem Bogen in der Hand, und sein Schlag streckte den Hauptmann nieder. Magati sprang vor, stieß zu, und ihr Knochendolch fuhr dem Menschen zwischen die Rippen. Er taumelte zurück und riss ihr das Messer aus der Hand.

Magati hob das Kurzschwert auf, aber der Schütze stand vornübergekrümmt da und griff nicht mehr an. Magati beugte sich zu dem Hauptmann hinab, zwei weitere Gnome kamen ihr zu Hilfe. Magati richtete sich auf, versuchte, sich im Getümmel einen Überblick zu verschaffen.

Sie sah nach ihrer Libelle, aber natürlich war es unmöglich, dass das Tier in diesem Durcheinander einen Weg zu ihr fand.

Überall gewannen die Bitaner die Oberhand. Sie waren wohlgerüstet und gut ausgebildet, und dazu doppelt so groß und viel stärker als ihre Gegner. Magati und ihre Schar hatten noch Glück, weil sie zwischen den leicht bewaffneten Bogenschützen standen. Die Infanteristen richteten unter den übrigen Milizen ein Gemetzel an. Viele Gnome, die in kleiner Gestalt Deckung suchten, wurden zertrampelt, bevor sie es unter die Wurzeln schafften.

Aber auch andere Trupps schlugen sich wie Magatis Einheit nach hinten durch. Einige Gnomengruppen hatten bereits die Linien der Bogenschützen durchbrochen. Sie kämpften zwischen den Feuerwerkern und den großen Wagen. Die wenigen Menschenwachen verteidigten erbittert ihre Fuhrwerke.

»Weiter ... weiter«, keuchte der Hauptmann. Er hielt sich den Kopf, und einer seiner Männer stützte ihn, andere Gnome deckten die Seiten. Die Bogenschützen drangen mit ihren langen Dolchen auf sie ein, und die Gnome wehrten sie ab und versuchten, zu den Raketen durchzukommen.

Magati schaute auf die Platzwunde an der Stirn des Hauptmanns und schob sich den hölzernen Helm auf den Kopf, der ihr an einem Riemen über die Schulter hing. Aber ein Soldat sprach sie an, und sie verstand ihn nicht. So streifte sie den Helm wieder ab.

Da schaffte es ein Gnom, einen Brandsatz in einen Wagen zu werfen.

Die Bitaner darum herum flohen sofort.

Eine Explosion ließ den Boden erbeben. Der Wagen barst in einer Feuersäule, brennende Brocken wurden herausgeschleudert und zerplatzten ebenfalls in der Luft, oder sie zündeten unvermittelt, sausten fauchend davon und trugen ihre verheerende Fracht in die Ebene. Freund und Feind und auch die Ochsen des Gespanns wurden gleichermaßen niedergestreckt, als es rings um den Wagen todbringende Metallkugeln hagelte.

Das Feuer griff auf das nächststehende Gespann über. Trotz

der Panzerplatten, die das Fuhrwerk schützten, drangen glühende Splitter in das Innere des Wagens. Manche Bitaner versuchten zu löschen, andere flohen, und gleichzeitig wurde um den Wagen herum noch immer erbittert gekämpft. Dann explodierten auch dort die Raketen.

Eine Woge aus heißer Luft wehte bis zu Magatis Schar herüber. Viele Bitaner, aber auch einige der Gnome hatten sich zu Boden geworfen, obwohl sie ein gutes Stück von dem Inferno entfernt standen. Der Hauptmann hielt sich den Kopf und stöhnte, als würde jede Explosion gegen seinen Schädel hämmern.

»Eine Lücke!«, rief Magati. »Stoßen wir durch!«

Sie lief los. Einige Gnome folgten ihr, andere verharrten unschlüssig. Der Hauptmann strauchelte, und ein Bitaner erstach den Gnom neben ihm und trat den Offizier nieder. Andere Gnome eilten zur Unterstützung herbei, und noch mehr Bogenschützen stürzten sich auf sie. Magati und ihre Begleiter waren vom Rest der Kompanie abgeschnitten. Aber die Raketen lagen nun vor ihnen, und Magati stürmte in den Bereich, von wo aus die Raketen abgeschossen wurden.

Sie sah hölzerne Rampen, deren Neigung sich einstellen ließ. An den Seiten waren Skalen mit Zahlen beschriftet. Bündel von Raketen lagen daneben, durch hölzerne Stellwände notdürftig vor Funkenflug geschützt. Die Geschosse waren länger als Magati selbst und so dick, dass die Gnomin sie mit zwei Händen nicht hätte umfassen können. Dazwischen standen Bitaner in langen grauen Kitteln und mit hohen Hüten auf dem Kopf. Sie hielten Lunten und Feuertöpfe in den Händen, aber keine Waffen. Entsetzt schauten sie dem knappen Dutzend Gnome entgegen, das auf sie losstürmte.

Einige wandten sich zur Flucht, andere riefen nach Verstärkung. Einer packte eine Rakete wie eine Keule und stellte sich den Gnomen entgegen. Als sie das sahen, suchten zwei seiner Kameraden das Weite, die bis dahin ausgeharrt hatten.

Ein Bolzen drang in die Stirn des Mannes, und er ließ die Rakete fallen. Verwundert griff er sich an den Kopf, dann brach er zusammen. Magati hörte hinter sich das Ratschen einer

Winde; der Gnom mit der Armbrust spannte und lud nach. Andere Gnome machten weitere unbewaffnete Feuerwerker nieder, die sich mit bloßen Händen oder Stäben wehrten oder Feuertöpfe auf die Angreifer warfen.

Magati wies auf eine Rampe. Eine Rakete lag darauf bereit, doch die Leute, die sie bedienten, waren geflohen. »Da!«, rief sie. »Helft mir.«

Sie lief zu dem Holzgerüst hin und zerrte daran. Es war schwer und verhakte sich immer wieder zwischen den Wurzeln. Sie konnte es nicht herumdrehen. Aber zwei Milizsoldaten verstanden, was sie vorhatte, und fassten mit an. Gemeinsam richteten sie die Rakete auf einen dritten Wagen aus.

Durch die Neigung der Rampe konnte man die Entfernung beeinflussen, so viel hatte Magati verstanden. Aber sie wusste nicht, wie sie die Rampe einstellen musste, damit die Rakete genau bis zum Wagen flog. Andererseits lag der Wagen längst nicht so weit entfernt wie Aldungans Heer. Magati ging einfach davon aus, dass es sich mit den Raketen verhielt wie mit einem Bogen: Wenn das Ziel nah genug war, konnte man gerade draufhalten.

Sie senkte die Rampe ab, packte einen bereitliegenden Luntenstab, hielt ihn in einen Feuertopf und steckte die Rakete an. Dann wankte sie zurück. Qualm und Funken vereinigten sich vor ihr zu einer einzigen Wolke. Daraus hervor sauste ein Geschoss und hämmerte krachend in die Seitenwand des Fuhrwerks.

Die Rakete zerschellte an der eisenbewehrten Wagenwand, doch sie explodierte nicht. Trümmer flogen in alle Richtungen. Doch ein besonders großer, massiv aussehender Metallzylinder aus der Spitze der Rakete landete ein Stück neben dem Wagen. Er rollte über den Boden. Immer noch sprühten Funken heraus, und dann ging er hoch.

Glühende Splitter durchschlugen die Eisenplatten, bohrten sich in das Holz. Magati warf sich zu Boden und legte die Hände schützend über den Kopf. Dabei ertastete sie den Helm, streifte ihn rasch über.

Eine Kette von Explosionen ertönte. Sie schienen von überall zugleich zu kommen, denn der Wagen spie seine feurige Fracht aus und verteilte sie in weitem Umkreis. Viele Raketen barsten in der Luft. Splitter schlugen ringsum ein. Aber als Magati aufblickte, stürmten schon weitere Bitaner auf sie zu.

Die Gnome neben ihr stellten sich den Angreifern entgegen. Ein Pfeil schwirrte heran, wie aus dem Nichts, und nagelte einen Gnom an die Abschussrampe. Die bitanischen Langbogenschützen hatten genug Distanz und freies Schussfeld.

Magati hatte noch ein halbes Dutzend Milizionäre bei sich und stand unvermittelt zwanzig Bitanern gegenüber. Unsicher sahen die Gnome einander an. Zwei weitere wurden von Pfeilen getroffen.

Magatis Blick fiel auf den Luntenstab, der neben ihr lag und immer noch glühte. In wenigen Schritten Entfernung lagen weitere Raketen, ganze Stapel davon. Langsam schloss sich ihre Hand um den Stab. Dann sprang sie auf, hetzte gebückt über den wurzeldurchwirkten Boden und stieß die Lunte in jedes Zündloch, das sie erreichen konnte.

Im nächsten Augenblick qualmte und sprühte es um sie her. Magati sah sich um, aber nirgendwo gab es Deckung, überall nur rauchende Raketen. Ein Feuerstrahl schoss an ihren Füßen vorbei, die Rakete trudelte in die andere Richtung, auf die Bitaner zu. Kreuz und quer stachen nun die Feuerzungen durch die Luft, Geschosse schwirrten davon. Die feurige Lohe, die sie forttrug, hüllte Magati ein.

In Aldungans Heer breitete sich Unruhe aus. Mehrere Raketen waren zwischen seinen Truppen explodiert, doch auch die Reihen der Bitaner waren durch den Angriff der Gnome gesprengt worden. Aldungans vorderste Einheiten wollten die Lage ausnutzen und vorrücken, doch an anderen Stellen liefen seine Krieger panisch davon, entsetzt von dem Beschuss.

Aldungan versuchte, seine Reihen geschlossen zu halten. Die Truppen an den Flanken trieben fliehende Nachtmahre zurück an ihre Stellungen. Botenflieger und Hornsignale wiesen die Offiziere an.

Von seinem erhöhten Platz aus verfolgte Aldungan, wie die Gnome einen Durchbruch zu den Stellungen schafften, von denen aus die Bitaner ihre Raketen abschossen. Es gab Explosionen, die Menschen und Gnome gleichermaßen zerfetzten. In dieser Zeit nahm sein Heer wieder die angewiesenen Positionen ein. Die Krieger bejubelten ihren ersten Erfolg.

Aber schon erstarb der Kampf in den Reihen seiner Feinde. Aldungan blieb nicht mehr viel Zeit. Er war sich nicht sicher, ob die Gnome sämtliche Zeugwagen mit den Raketengeschossen vernichtet hatten. Bevor die Bitaner das Feuer wieder eröffneten, mussten die beiden Heere in einen Nahkampf verwickelt sein, der den Einsatz von Fernwaffen unmöglich machte.

Aldungan befahl den Hauptangriff.

Sein gesamtes Heer rückte vor.

Und König Sukan antwortete mit einem Angriff seiner Kataphrakten.

Aldungan lächelte. Vor tausend Jahren hatten die bitanischen Panzerreiter Sukans Ahnherrn den Sieg gebracht. Aber die Ritterscharen der Menschen zeigten nur mehr einen Abglanz ihrer früheren Größe. Sukan allein glaubte noch an sie – so sehr, dass der König der Bitaner selbst die wenigen Hundert Reiter anführte.

Sie kamen von den Seiten und schlossen ihre Reihen in einer Zangenbewegung zu den Heeren der Finstervölker hin. Sobald die Pferde die wurzelüberzogene Steppe hinter sich gelassen hatten und auf eine freie Ebene kamen, ritten sie schneller. Der Hufschlag und das Klappern der schweren Rüstungen vereinten sich zu einem bedrohlichen Donnergrollen.

Aldungan begegnete dem Angriff genau so, wie Leuchmadan es vor tausend Jahren getan hatte. Spalten taten sich im Boden auf, liefen zusammen, wurden zu einem Netz, in dem die Pferde hilflos gefangen waren. Vor tausend Jahren hatten die Feinde Leuchmadan vom Quell seiner Macht getrennt, bevor der Zauber vollendet war. Diesmal geschah das nicht.

In vollem Galopp ritten die Pferde in die Falle. Ihre Hufe gerieten in die Lücken, sie strauchelten. Manch ein Ross brach bis zu den Knien in den Boden ein. Die Reiter, die die Bedrohung zwischen dem kümmerlichen Bewuchs und in dem aufgewühlten Staub viel zu spät bemerkten, wollten noch ausweichen, darüberspringen oder ihre Tiere zügeln. Doch die Pferde ritten ineinander hinein, und die Reiter wurden abgeworfen. Knochen brachen. Ritter wurden in ihrer Rüstung zermalmt. Schreie ertönten, und am Ende waren da nur noch eine Hand voll Pferde und ein paar Reiter, die unsicher über den löchrigen Boden schwankten und sich zur Flucht wandten.

Aldungan ließ seine Armbrustschützen anlegen. Sie waren nicht ausgebildet, und sie sahen ihr Ziel nicht, weil sie über die vordersten Reihen ihrer Verbündeten hinweg blindlings in die Luft schießen mussten. Aber Aldungan hatte die Entfernung gut gewählt, und er hatte Tausende von Schützen. Ihre Bolzen sausten in das zersprengte Reiterregiment. Sie trafen den Boden und Ritter und Pferde, Tote und Verletzte und auch ein paar der wenigen, die noch standen.

In der Zwischenzeit war die Masse von Aldungans Heer weiter voranmarschiert und zog nun, ohne auf Widerstand zu treffen, über das hinweg, was vom Vorstoß der Kataphrakten geblieben war.

Aldungan atmete durch. Sein Kopf prickelte. Es war ungewohnt, so viel Macht zu lenken, es war anstrengend, die Magie auf so ungewohnte Weise wirken zu lassen. Aber es war noch nicht vorbei. Die Bitaner hatten ihren König verloren und damit jede Möglichkeit für einen schnellen Wechsel der Strategie. Die Fürsten und Generäle von zwei Dutzend Fürstentümern und Volksgemeinschaften würden sich von nun an abstimmen müssen.

Aber ihre Truppen waren geschult und das Offizierskorps war durchaus in der Lage, taktisch zu reagieren. Und während seine eigenen Truppen die Bitaner niederringen mussten, würde Aldungan sich den bitanischen Akademiezauberern stellen.

Der Nachtalb lächelte wieder.

Er gebot über Leuchmadans Kästchen und über die Macht von tausend Jahren, die sich darin angesammelt hatte. Er würde den Eindringlingen zeigen, dass auf dem Boden der Grauen Lande nur *einer* Magie wirkte! Er sehnte sich danach, wieder in die Essenz des Landes einzutauchen. Es war ungewohnt und anstrengend, aber es fühlte sich richtig an.

*Er* fühlte sich richtig an, wenn er es tat.

Er fühlte sich wie Aldungan, der Gott der Grauen Lande.

# 26. Kapitel:
# Akklamation

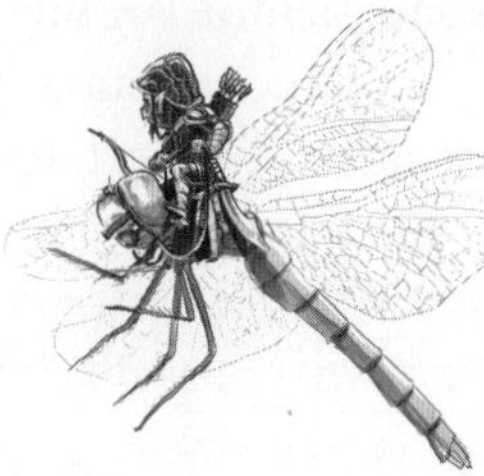

*Die Knochenmesser … Darnamur hat den Namen seiner Organisation mit Bedacht gewählt. Denn waren es nicht die Knochenmesser, mit denen alles seinen Anfang nahm?*

*Von jeher waren die Gnome die Kundschafter der Grauen Lande. Sicher, sie wurden schon immer auch als Attentäter eingesetzt. Vor allem Darnamur hatte sich dabei einen Namen gemacht. Aber die Gnome mussten sich stets entscheiden: Wollten sie ihre besonderen Fähigkeiten nutzen und sich klein machen oder wollten sie eine vernünftige Waffe mitnehmen?*

*Erst das Knochenmesser erlaubte ihnen, beides zu tun.*

*Nachdem es erst einmal eingeführt war, verbreitete sich das Knochenmesser rasend schnell unter allen Gnomentruppen der Fei. Es war kein Zufall, dass es zu einem Symbol wurde: Diese Waffe machte die Gnome von Spähern zu Meuchelmördern. Und das veränderte nicht nur ihre Einsätze, es veränderte ihr Denken. Es veränderte das Selbstbild unseres Volkes.*

*Also wäre es zu einfach, wenn ich sagen würde, ich hätte mit all dem nichts zu tun gehabt. Darnamur hat seine Partei nach dem Knochenmesser benannt, wegen all dem, was diese Waffe für die Gnome bedeutet. Und ich war derjenige, der diese Waffe erstmals eingeführt hat. Trage ich letztlich also nicht doch die Verantwortung für die Art und Weise, in der diese Revolution durchgeführt wurde?*

Wito, der Gnom,
Aus seinen Aufzeichnungen im Exil

Die Bitaner rückten dichter zusammen und hielten die Stellung. Schwerbewaffnete traten in die ersten Reihen und schlossen einen Schildwall. Die bitanischen Schützen formierten sich dahinter.

Audan schwebte auf seiner Libelle über dem Aufgebot der Menschen von Daugazburg und begleitete den Vorstoß. Es war anstrengend. Er flog von einem Hauptmann zum nächsten und überbrachte die Nachrichten, sodass sich die Offiziere abstimmen konnten. Aber weil die Menschen einen verkleinerten Gnom nicht hören konnten, musste er jedes Mal die Größe wechseln. Er wusste nicht, wie lange er das noch durchhielt.

Da befahlen die Trompeten von Aldungans Hügel den Sturm. Die Infanterie lief los. Audan schwirrte in einigem Abstand hinterher und war froh, dass es erst einmal nichts zu melden gab.

Es war ein verhaltener Sturm. In vorderster Reihe lief die Tausendschaft von Smatras Spezialtruppen. Jede Einheit musste einen kleinen Wagen hinter sich herziehen – die Blitzspeicher, an denen sie ihre Waffen nachladen konnten, und die auch selbst als Waffen taugten. Hinter den Blitzwerfern folgten zweitausend Speerkämpfer, ein paar Monate lang gedrillt. Und dahinter nur noch Masse.

Audan flog über den Speerkämpfern und war froh, dass er auf seinem geflügelten Reittier saß. Wenn es schlecht lief, konnte er sich damit rasch absetzen. Allerdings wusste er immer noch nicht, wo Magati abgeblieben war, und das bereitete ihm Sorge. Er konnte nicht kämpfen. Aber er konnte auch nicht fliehen, solange Magati nicht bei ihm war.

Vorne, über den Bitanern, stießen Schatten aus den Wolken. Die großen Geflügelten, die noch übrig waren. Ihre Reihen hatten sich merklich gelichtet. Jetzt zogen sie den Beschuss der Feinde auf sich. Greife ließen messerscharfe Federn auf die Bitaner hinabregnen und wurden selbst von Pfeilen gespickt. Aber an vielen Stellen fiel die Gegenwehr der Bitaner überraschend schwach aus. Audan lenkte seine Libelle höher, um mehr zu sehen.

Unruhe brodelte unter den bitanischen Bogenschützen.

Audan sah Metall aufblitzen, er glaubte, weißliches Gebein zu sehen. Gnome!

Im Herzen bewunderte Audan den Wagemut seiner Mitgnome. Er hatte sie alle schon für tot gehalten nach dem ersten blutigen Scharmützel, das sie den Bitanern geliefert hatten.

In dem Durcheinander schaffte es ein Großteil der Infanterie, den Beschuss der Bitaner zu unterlaufen. Armbrustbolzen flogen von hinten über Audan hinweg, und rasch ließ er die Libelle wieder tiefer sinken. Schlecht gezielt prasselten die Bolzen zwischen oder vor den Bitanern nieder. Die Bitaner schossen zurück. Die meisten ihrer Pfeile trafen den hinteren Teil von Aldungans Heer. Die Hälfte seiner Truppen blieb zurück und suchte panisch Deckung, ein anderer Teil wandte sich zur Flucht.

Audan sah sich beunruhigt um. Ihre Reihen wurden dünn. Sollte er nach vorne fliegen und Meldung machen? ... Aber dort standen die Heere nun so dicht voreinander, dass der Kampf unausweichlich war.

Die Bitaner schoben ihre Schilde zusammen. Die Speere formten einen Wall von Stacheln. Stahl schimmerte auf dem dämmrigen Schlachtfeld. Und sie rückten vor, marschierten in einer unaufhaltsam anmutenden Geschlossenheit dem Heer der Finstervölker entgegen.

Oben auf dem Dach seiner Blitzkarren hatte Smatra kleine Katapulte aufbauen lassen. Das Korps der Blitzwerfer hielt inne, keine zwanzig Schritte von den Bitanern entfernt. Sie schossen die Schleudern ab.

Die Bitaner winkelten die Schilde an, damit die Geschosse daran abgleiten konnten. Ihr Gleichschritt stockte nicht, tausend Arme und Beine bewegten sich wie eins.

Aber es waren keine Pfeile oder Steine, die auf sie zukamen. Es waren Eisenkugeln, die an Drähten hingen. Sie flogen schwerfällig, ohne Wucht und ohne Drall. Aber es knisterte und funkte, als sie auftrafen. Die Drahtbündel an den Geschossen gleißten auf und brannten durch. Aber der geschlossene Schildwall, Metall auf Metall und Rüstung an Rüstung, reichte die

Blitze von einem Soldaten zum nächsten weiter. Manche Bitaner ließen Speer und Schild fallen, andere sanken einfach zu Boden. Ihre Schlachtreihe riss auf.

Die Blitze waren nicht stark genug, um zu töten. Aber sie betäubten einige Feinde, lähmten andere. Aldungans Truppen rückten nach und brachen in die Lücken ein.

Blitze fuhren aus den Wolken in das bitanische Heer hinab, wie ein Echo zu den Blitzwerfern. Sie trafen die hinteren Reihen, die Schützen, die Reserve. Die Bitaner wirkten verwirrt. Die Krieger hinten sahen nicht, was vorn geschah, und die Krieger in der Mitte konnten die Blitze von Smatras Maschinen und die Zauberblitze vom Himmel nicht voneinander unterscheiden. Und dann traf Aldungans erste Tausendschaft im Nahkampf auf die Bitaner. Sie stießen mit ihren Speeren, und bei jeder Berührung sprang ein weiterer Blitz über und tötete den Gegner. Die Bitaner mochten die besseren Krieger sein, aber bei Smatras Waffen traf jeder Schlag, ob der Speer nun auf Fleisch stieß oder auf einen Schild – oder ob ein Bitaner den Stoß mit der Waffe parierte.

Aldungans erste Vorhut schritt durch die vorderen Reihen der Bitaner wie der Schnitter durch das Korn, und die Reihen dahinter sahen nur, dass die Krieger aus Daugazburg scheinbar nichts aufhalten konnte. Die Bitaner gerieten in Panik. Ihre hinteren Linien brachen weg, bevor sie noch mit einem Gegner in Berührung kamen.

Audan sah, wie der Kampf sich in kleinere Scharmützel auflöste. Da hörte er ein eigentümliches Brausen in der Luft. Er schaute nach oben.

Der Himmel war dunkel. Ein dicker Tropfen sauste an seiner Libelle vorbei. Die kippte ab und wich aus, aber immer mehr Tropfen kamen nach. Im Zickzackflug floh Audan vom Schlachtfeld und suchte Deckung. Wassertropfen gingen um ihn her nieder, zerplatzten an den Flügeln seines Reittiers oder trafen ihn wie Faustschläge.

Aldungan öffnete die Augen wieder. Die Magier der Feinde hatten sich verausgabt bei dem Versuch, seinen Schirm zu durchdringen und doch noch in den Kampf einzugreifen. Nun würden die Krieger es zu Ende bringen – und sein eigener, letzter Zauber, der noch einen Augenblick brauchen würde, bis er das Schlachtfeld erreichte. Doch was auch immer er an diesem Tage zum Einsatz bringen wollte, es war in Bewegung gesetzt. Ihm blieb nichts mehr zu tun.

Er hatte noch gespürt, wie seine letzte Reserve in den Kampf eingegriffen hatte, Ganochs Truppen, die Elite der Gnome und die kleinen, aber kampferprobten Goblinscharen, die sie in der Zwischenzeit als Verbündete hatten sammeln können.

Frafa hatte den kleinen Gnomenoffizier verwundet zu ihm gebracht, und Aldungan hatte ihn geheilt und bei seinen Kameraden abgesetzt. Seither hatte er die Verbindung nicht abreißen lassen. Und jetzt zahlte es sich aus.

Aldungan hatte Ganochs Truppen in Stellung gebracht und im rechten Moment über seine geflügelten Boten den Angriff auf den Tross der Feinde befohlen.

Es war nicht mehr wichtig, wie viel diese abgekämpften Scharen ausrichten konnten. Wichtig war nur, dass in diesem Augenblick die bitanischen Botenläufer und Flüchtlinge mit widersprüchlichen Meldungen zwischen den Einheiten umherliefen. Vorne wankten die Reihen, von hinten wurde ihr führerloses Heer bedrängt. Die Bitaner mussten sich eingekesselt fühlen.

Aldungan verfolgte, wie die Schlachtordnung seiner Feinde sich auflöste. Die Menschen flohen, während an anderer Stelle noch gekämpft wurde. Aber ein harter Regen ging inzwischen auf die Wallstatt nieder und löste die letzten Scharmützel auf, bevor das Blatt sich noch einmal wenden konnte.

In diesem Augenblick, als beide Seiten sich verwirrt durch die undurchdringlichen Wasserschleier tasteten und versuchten, ihre Positionen oder Rückzugsstellungen zu finden, Jagd auf den Feind zu machen oder zu tun, was auch immer jedem in dieser Lage angemessen erschien, zweifelte niemand daran, dass die Finstervölker die Schlacht gewonnen hatten.

Magati erwachte im strömenden Regen. Es war dunkel, und sie saß auf einem Stamm über einem brodelnden Ozean. Allmählich kehrten ihre Erinnerungen zurück. Sie betastete ihren Kopf. Ihr Gesicht brannte. Sie riss sich den Helm herunter und ließ ihn ins schäumende Wasser fallen.

Der Regen fiel in Sturzbächen, Schwalle und Tropfen, die größer waren als sie selbst. Magati zauderte einen Moment, dann suchte sie eine lichtere Stelle im Wurzelwerk und nahm wieder ihre normale Gestalt an. Das wilde Meer schrumpfte zu einer schlammigen Pfütze, aber der Regen wirkte kaum weniger heftig als zuvor.

Nichts regte sich auf dem Schlachtfeld. Überall lagen Tote, Menschen und viel zu viele Gnome. Sie sah ausgebrannte Trümmer von den Fuhrwerken oder den Abschussrampen. Und dazwischen abgetrennte Gliedmaßen. Ihr war übel, und sie humpelte nach Osten, auf die Reihen von Aldungans Heer zu, dorthin, wo das Heer der Finstervölker vor der Schlacht gestanden hatte.

Da hörte sie eine raue Stimme. »He! Wer da?«

Doch ehe Magati etwas sagen konnte, gab eine andere Stimme schon Antwort: »Es ist ein Gnom. Einer von uns. Es sei denn, die Bitaner hatten Wichtel dabei.«

Einige Gestalten schälten sich vor ihr aus den grauen Regenschleiern. Es waren Menschen. Aber sie trugen nicht die glänzenden Rüstungen und die gleichförmigen Uniformen, die Magati bei den Bitanern gesehen hatte. Es waren Menschen aus Aldungans Heer.

Magati atmete auf.

»Die Schlacht«, keuchte sie. »Wie ist sie ausgegangen?«

»Hast du einen Schlag auf den Kopf bekommen?«, fragte einer der Männer. »Komm, wir bringen dich zurück.«

Ein anderer antwortete auf ihre Frage: »Die Schlacht? Natürlich haben wir gewonnen! Wir haben die Burschen weggefegt!«

Magati ließ sich bereitwillig von den Menschen stützen und zu dem Hügelkamm führen. Sie entdeckte die Brandlöcher in ihrer festen Lederjacke und erinnerte sich daran, wie sie ihr Gesicht in der Feuerwolke mit den Armen geschützt hatte. Ein paar Funken mussten durchgekommen sein, denn ihre bloße Haut brannte an manchen Stellen. Aber die Raketen, die sie angezündet hatte, waren in die Menge der Bitaner hineingezischt und dort explodiert. Magati sah es noch deutlich vor sich, die letzten Augenblicke, ehe sie benommen davongetaumelt war und sich in ihrer kleinen Gestalt im Wurzelwerk verkrochen hatte.

Die Finstervölker hatten gesiegt. Sie, Magati, hatte die Feinde weggesprengt.

Magati die Gnomin hatte die große Schlacht gewonnen!

Sie lächelte glücklich.

Es dauerte eine ganze Weile, bis sie ein behelfsmäßiges Lager erreichte, in dem sich die siegreichen Truppen im Regen zusammenkauerten. Noch länger dauerte es, bis sie Audan wiederfand und erfuhr, wie die Schlacht tatsächlich verlaufen war. Die Ernüchterung und die Trauer um die unzähligen Gnome, die gefallen waren, kamen erst viel später am Abend. Doch der Augenblick des traumhaften, umnebelten, fast trunkenen Triumphs auf dem Schlachtfeld war es, was Magati festhalten wollte, was ihr auf Dauer als Abschluss dieses Tages in Erinnerung blieb.

Aldungans Heer sammelte sich am Hang über dem Schlachtfeld. Die Truppen aus der Stadt und die Veteranen, die schon seit Monaten gegen die Bitaner kämpften, hatten sich wieder vereinigt.

Die Bitaner waren fort. Die Kadaver ihrer Pferde lagen über die Ebene verstreut, die inzwischen eine Schlammgrube war, zerklüftet wie ein durchgepflügter und dann überfluteter Acker.

Die Bitaner waren fort. Sie würden sich nicht wieder vereinen und sie würden nicht wieder zurückkehren. Nicht so bald jedenfalls. Selbst wenn sie erkannten, dass ihre Verluste weit weniger schwer waren, als die Niederlage erwarten ließ, so hatten sie doch ihren gemeinsamen Führer verloren – und den Kampfgeist.

Aldungan stand unter einem Baldachin aus ineinander verflochtenen Ranken, der aus dem Gestrüpp hinter ihm herausgewachsen war. Er blickte hinab auf sein Heer, auf die verdreckten Gestalten, die allmählich wieder zu Einheiten zusammenfanden.

Nur wenig kleines Volk war darunter. Die Gnome hatten die Hauptlast des Kampfes getragen. Die Zeit der *Knochenmesser* war vorüber. So hatte die Revolution nacheinander die beiden zahlenmäßig stärksten und stolzesten Völker von Daugazburg bis zur Bedeutungslosigkeit ausgedünnt: die Nachtalben und die Gnome. *Gut.*

Das schuf einen Leerraum, der nur auf die nächste Macht wartete, auf die nächste neue Ordnung.

Aldungan saß auf und lenkte sein Ross langsam vor die Truppen. Seine Volksgenossen, die verbliebenen Alben, scharten sich um ihn, als wäre er noch einer von ihnen und sie nicht bloß Teil des restlichen Heerhaufens.

»Krieger von Daugazburg!«, rief er, und seine Stimme hallte weit über die Ebene. »Heute haben wir unsere Feinde vertrieben. Aber wir alle haben in den letzten Mondläufen erfahren, dass nicht nur der Feind von außen unser Land verwüsten kann. Wir werden unser Geschick nicht länger einem gesichtslosen Rat anvertrauen, schwachen und unfähigen Kreaturen, die sich hinter Palastmauern verbergen, die verhaften und morden und bespitzeln, die aber nicht imstande waren, hier draußen mit uns zu kämpfen. Wir werden uns ihnen nicht länger unterwerfen!

Wir kehren jetzt nach Daugazburg zurück, um unsere Heimatstadt zu befreien. Wir sind die neuen Herren von Daugazburg. Ich führe euch nicht nur zurück in die Stadt, ich führe euch bis in die Zitadelle! Lasst uns dort einen Frieden schaffen, in dem ihr die Waffen in der Hand behaltet.«

Wieder fielen Tropfen vom Himmel, diesmal fein und schmeichelnd. Es war Abend geworden, und in der Dunkelheit sah man die Wolken nicht mehr. Aber der Regen war warm und angenehm. Nach der langen Dürre war so viel Wasser wie ein Wunder.

Aldungan blickte zur Seite. Salvan stand dort, die Schultern hochgezogen, das nasse Haar klebte ihm im Gesicht. Er bewegte sich steif in seiner klammen Kleidung.

Er tauschte einen Blick mit Aldungan, straffte sich und trat vor. »Heil Aldungan, dem Herrn von Daugazburg!«, rief er.

»Heil Aldungan, dem König der Grauen Lande«, riefen andere Alben aus.

Aldungan reckte seinen Stab in die Luft. Der Regen fiel in weichen Tropfen, und wo er auftraf, da fing es an zu grünen. Den trockenen grauen Ranken entsprossen Blätter. Dünnes Gras wuchs zwischen den Füßen der Krieger.

»Ich habe euch den Sieg über die Bitaner gebracht, wie ich es versprochen habe«, fuhr Aldungan fort. »Folgt mir weiter, und ich verspreche euch Sicherheit, Reichtum und fruchtbares Land. Für die Bürger von Daugazburg und für die Menschen, die in die Wüste gegangen sind, um dort zu siedeln.«

### Im Lichtmond des 1. Jahres von Aldungans Herrschaft – Sommer in Daugazburg

Nach Aldungans Rückkehr in die Zitadelle dauerte es noch viele Tage, bis die Dinge geordnet waren. Frafas Meister festigte seine Stellung, und er errichtete eine neue Ordnung. Es gab keinen größeren Widerstand mehr, keinen neuerlichen Bürgerkrieg – es war einfach niemand mehr da, der ihn führen wollte.

Die großen Gruppen aus der Zeit der Revolution waren zerschlagen. Da war keine geordnete Macht mehr außer Aldungan und seinen Anhängern. Was blieb, waren vereinzelte Unzufriedene, die Aldungan verfolgte oder die er in die neue Ordnung einband.

Aldungan richtete sich in der Macht ein, als wäre sie seine Wohnstube. Er verhandelte, plante und intrigierte, und er bewies Fähigkeiten, als hätte er sich sein ganzes Leben lang nur auf diesen Augenblick, auf diese Übernahme vorbereitet. Die

Herrschaft der Grauen Lande schmiegte sich um ihn wie ein maßgeschneiderter Handschuh.

Frafa fragte sich, ob sie ihren Meister je wirklich gekannt hatte. Hatte er sich in der kurzen Spanne seit dem Umsturz so sehr verändert, oder war es die Macht selbst, die ihn formte und zu jemand ganz anderem werden ließ?

Und Macht hatte er, weit jenseits von allen Ämtern, die er sich übertragen ließ. Sie umgab ihn wie eine Aura. Alben und selbst Goblins beugten das Knie vor ihm, wie sie es einst vor Geliuna gebeugt hatten. War es die Macht von Leuchmadans Kästchen, die denjenigen durchströmte, der es vollkommen beherrschte?

Wann immer sie es einrichten konnte, suchte Frafa Zuflucht in der geheimen Kammer. Niemand hinderte sie daran. Sie hatte keinen anderen Platz mehr, an den sie sich zurückziehen konnte. Aldungans alter Turm und die Zitadelle – beide Orte waren nun das Heim ihres Lehrmeisters. Nur in der geheimen Kammer war sie ungestört.

Am Ende erwirkte Aldungan sogar einen förmlichen Beschluss des Rates, der ihm die Macht übertrug. Bei der entscheidenden Abstimmung waren nicht viele Vertreter zugegen. Manche hatten schon vor der Schlacht die Stadt verlassen, andere waren nach Aldungans Rückkehr untergetaucht. Und manch einer, der noch da war, erschien dennoch nicht, sei es aus Protest oder weil Aldungan ihn daran hinderte. Wen kümmerte es noch? Der Alb hatte das Kunststück vollbracht, sich als Nachfolger der Fei und des alten Reiches zu präsentieren und gleichzeitig auch als Vollender und Exponent der Revolution. Der Rat stufte sich selbst auf den Rang eines beratenden Gremiums zurück. Dafür gab Frafa ihre Stimme gern, sie empfand es als Erleichterung.

So vereinte Aldungan nun auf sich per Akklamation, Ratsbeschluss und durch eigenen Erlass die Titel eines Königs, des *Protektors* und des Vertreters Leuchmadans auf Erden. Er nannte sich einfach nur Herr, die alte Anrede, mit der schon Geliuna sich begnügt hatte. Auf dieselbe Weise stellte er die alten Namen wieder her, die Ortsbezeichnungen, die Maße, die Kalenderzählung. Und die Grauen Lande nannte er Falinga, das geschützte Land, ein Name aus der Zeit, bevor der Zauber des Kästchens ihre Heimat verwüstet hatte.

Und als all das getan war, nachdem der Rat ihn bestätigt und er die Zeit des Übergangs für beendet erklärt hatte, nachdem das Volk von Daugazburg eine Nacht lang auf den Straßen seine Krönung gefeiert hatte, rief Aldungan Frafa in den Spiegelsaal.

Aldungan hatte die Teppiche herausreißen lassen. Die Ratsbänke waren fort, und Geliunas alter Thronsaal war kahl und leer. Aber Aldungan hatte nicht einfach den alten Stand wiederhergestellt. Nein, auch der Thron fehlte und das Podest, und die Kristalllüster waren verschwunden.

Der ganze Raum bestand aus Spiegelkacheln, Boden, Wände und Decke. Jede Bewegung wurde tausendfach zurückgeworfen. Kein kleiner Gnom konnte sich hier einschleichen oder gar verstecken.

Frafa blieb zögernd an der Türe stehen. Aldungan stand vor den gleichfalls spiegelnden, halb durchsichtigen Fenstern, hatte eine Mappe mit Papieren neben sich auf die Fensterbank gelegt und winkte Frafa heran.

»Frafa«, begrüßte er sie.

Sie machte einen Knicks. »Ihr wolltet mich sprechen, Herr?«

»In der Tat. Allmählich kommen die Dinge zur Ruhe. Da ist es an der Zeit, die alltäglichen Geschäfte zu ordnen. Wir müssen all das Durcheinander richten, das diese unglückliche Geschichte hinterlassen hat.«

»Gewiss, Meister Aldungan«, sagte Frafa. Sie fragte sich, was der Meister von ihr wollte. Jetzt, da die Revolution zu Ende war, sollte da alles so werden wie früher? Würde sie ihre Studien in Aldungans Turm wiederaufnehmen, friedlich in den Tag hineinleben, ohne sich jemals um irgendetwas kümmern zu müssen?

Frafa wusste gar nicht, ob sie das wollte, ob sie überhaupt noch dazu in der Lage wäre. Es fiel ihr schon schwer, sich das auch nur vorzustellen – wie es damals gewesen war, wie sie selbst vor einem halben Jahr noch gewesen war! Sie erinnerte sich daran, doch es waren Erinnerungen wie von jemand anderem gestohlen.

»Was ist mit Euren Forschungen?«, fragte sie dennoch. »Wollt Ihr sie wiederaufnehmen? Sie waren Euch wichtig.«

»Forschungen?« Aldungan runzelte die Stirn, als hätte sie ihn aus dem Konzept gebracht. »Was für Forschungen? Nein, die habe ich vollendet. Es gibt nichts mehr, was ich noch ergründen müsste. Aber da ist eine Stadt, ein ganzes Reich, die wiederaufgebaut werden müssen. Ich habe während der letzten Tage die Unterlagen studiert und mir über die ersten Schritte Gedanken gemacht ...«

»Verzeiht, Meister Aldungan«, sagte Frafa. »Ich bin kaum die Richtige, mit der Ihr Euch darüber beraten solltet. Ich habe ... so vieles falsch gemacht.«

»Beraten?« Aldungan zog die Brauen zusammen. »Ich hatte nicht vor, mich mit dir zu beraten. Ich brauche jemanden, der meine Befehle ausführt und weiterleitet. Ich wollte dir den Posten als meine Kanzlerin übertragen.«

»Kanzlerin?« Frafa verschlug es beinahe den Atem. »Ich bin nur eine Schülerin! Ich habe längst nicht genug Macht für so eine Stellung.«

»Macht und Magie habe ich selbst genug«, erwiderte Aldungan trocken. »Aber es macht sich nicht gut, wenn ein Herrscher sich in der Öffentlichkeit mit Alltäglichkeiten abgibt. Da muss jemand anderer meine Anweisungen ausformulieren und sie weiterleiten, die Urkunden siegeln und alles, was an mich herangetragen wird, erst einmal sichten. Für diese Stellung braucht man nur Fleiß – und mein Vertrauen. Du bist die Letzte meines Haushalts, die noch in Daugazburg verblieben ist, Frafa. Ich denke, ich werde es mit dir versuchen.«

»Oh«, sagte Frafa nur.

»Was natürlich nicht heißt, dass du deine magischen Studien vernachlässigen sollst«, fügte Aldungan hinzu und blickte streng auf sie herab. »Du hast noch viel zu lernen und solltest deine Anlagen nicht verkümmern lassen. Aber das dient nicht mir und meinen Zwecken, sondern liegt in deinem eigenen Interesse. Du wirst dich in Zukunft nebenbei darum kümmern müssen, soweit es deine Pflichten nicht beeinträchtigt.«

»Ich werde mich darum kümmern«, sagte Frafa.

»Gut«, antwortete Aldungan. »Was deine neuen Pflichten betrifft – zunächst einmal gibt es immer noch allzu viele Unruhestifter, deren Treiben wir ein Ende setzen müssen. Im Augenblick herrscht in Daugazburg zwar Grabesstille aufseiten meiner Feinde. Aber die Stadt wird sich wieder bevölkern, und irgendwann wird das Volk Atem holen, und es wird Raum für *Politik* entstehen. Dann will ich nicht gleich den nächsten Aufstand haben.

Ich habe eine Reihe von Haftbefehlen und Todesurteilen vorbereitet. Kümmere dich darum! Tomgar, dieser Menschenführer, ist ein beständiger Unruhestifter. Durch seine Desertion habe ich einen guten Vorwand, mich seiner zu entledigen. In Zukunft werden die Menschen die Mehrheit der Bevölkerung von Daugazburg stellen. Wir müssen darauf achten, dass sie sich niemals als Volk unter eigenen Führern vereinen.

Und Darnamur ist natürlich unser größter Feind. Seine Heere sind zerschlagen, und das Volk hasst ihn. Aber ihm sind immer noch Anhänger geblieben, und das sind allesamt erfahrene Kämpfer und Meuchelmörder. Darnamur bleibt eine Gefahr.«

»Er ist im Krieg gegen die Bitaner verschollen«, sagte Frafa. »Vermutlich ist er längst tot.«

»Wenn man einen Gnom nicht sieht, heißt das nicht, dass er nicht da ist. Ich will, dass er verhaftet und hingerichtet wird, sobald er auftaucht. Mehr noch: Ich will nicht warten, bis er auftaucht. Ich will, dass nach ihm gesucht wird! Und hier habe ich eine Liste mit weiteren Namen. Gib die Befehle an die Polizei und an die Truppen und an alle Gouverneure und Provinzhauptleute heraus. Siegle sie und schicke sie weiter.«

»Steht Wito auf der Liste?«, fragte Frafa.

Aldungan schüttelte den Kopf. »Das wäre im Augenblick

nicht klug. Darnamur ist bei jedem verhasst außer bei den hartgesottensten Gnomenmördern. Ich mache mir die Leute gewogen, wenn ich ihn zur Rechenschaft ziehen will. Aber Wito ist beliebt. Er hat viele schöne Worte gesprochen, und er hat nie die Gelegenheit bekommen, durch schlechte Taten seinen Ruf zu verspielen.

Wito wollte grüne Lande. Und genau dafür werde ich sorgen. Da ist vieles aufzubauen. Ich werde Wito in den Osten schicken als Gouverneur irgendeiner Provinz an den Goblingrenzen. Da kann er sehen, wie er sich im Alltag bewährt. Man kann ihn aus dem Weg räumen, wenn niemand mehr an ihn denkt. Oder er stirbt selbst, bevor das nötig ist. Diese niederen Völker sind so unbeständig wie die Eintagsfliegen.«

Frafa nickte. Sie steckte das Blatt ein.

»Was Darnamurs Baupläne betrifft«, fuhr Aldungan fort. »Ich denke, ich werde einiges übernehmen. Die Bauten, die er planen ließ, sind wahre Denkmäler. Sie eignen sich gut, um *mein* neues Daugazburg zu repräsentieren.

Aber die Statuen in dieser Halle der Helden ...« Aldungan fuhr mit der Hand durch die Luft, und auf seine Lippen stahl sich ein Lächeln. »... die sparen wir uns! Darnamur wollte sogar die überlebensgroße Statue einer Gnomin am Eingang stehen haben. Ist das nicht kurios?«

»Und eine Statue meiner Tante daneben«, sagte Frafa. »Weil sie und diese Gnomin ihr Leben gaben, um die Finstervölker zu retten und Leuchmadans Kästchen zurückzubringen. Mir haben diese Denkmäler gefallen.«

Aldungan stutzte. Er sah Frafa an. Sie hielt seinem Blick stand. Aldungan zuckte die Achseln.

»Meinetwegen«, sagte er. »Sollen die Statuen bleiben. Vermutlich geben sie brauchbare Helden ab. Die beiden fügen sich gut in eine Geschichte meiner Herrschaft, und ihre Taten sind des Gedenkens wert. Dem Volk werden solche Helden gefallen. Wir könnten weitere gebrauchen. Wenn du so viel Wert auf diesen Zierrat legst, dann kümmere dich um die Einzelheiten. Sorg dafür, dass nicht zu viele Gnome dabei sind und keine Revolutionäre, die Zweifel an meiner Herrschaft befördern. Und die riesige Statue von Wito, die Darnamur auf das Kuppeldach stellen wollte, die kommt auf jeden Fall weg!«

Frafa nickte.

Zum Abschied meinte Aldungan: »Am besten richtest du dich in der alten Kanzlei ein. Die meisten Akten sind auch schon da. Für die ersten Befehle kannst du die Ratssiegel verwenden. Aber lass neue schneiden. Ich erwarte dich jeden Abend und jeden Morgen zum Bericht.«

Frafa knickste und zog sich zurück, die Namensliste mit den Todesurteilen an ihre Brust gedrückt.

Die alte Kanzlei, die Darnamurs Amtsstube geworden war und die später für kurze Zeit Wito gedient hatte, war leer. Überall lagen Papiere herum, und es sah aus wie nach einer Plünderung. Es würde eine Weile dauern, eine neue Ordnung einzurichten. Darnamur hatte es während seiner ganzen Herrschaft nicht geschafft.

Frafa setzte sich hinter den Schreibtisch, aber der Stuhl war ihr zu hoch und zu unbequem. Sie schob ihn zur Seite und nahm sich einen Besucherstuhl. Lustlos blätterte sie sich durch das Material, das auf dem Tisch lag, und wischte es dann einfach herunter. Sie spielte mit der Liste in ihrer Hand, legte sie dann auf den Tisch.

*... wirst du es bereuen.*

Sie erinnerte sich an Salvans Worte, als sie ihn aus dem Turm verwiesen hatte. Es war nicht gut, Feinde zu haben. Jetzt war sie Kanzlerin, und auch wenn sie für Aldungan nichts weiter als eine Sekretärin darstellte, so hatte sie doch das höchste Amt nach dem Herrscher und stand immer in Verbindung mit ihm. Es würde Neider geben, Intrigen, und sie würde sich behaupten müssen.

Sie setzte Salvans Namen auf Aldungans Liste.

Je früher und je gründlicher sie in ihrer Umgebung aufräumte, je weiter sie alle von sich fernhielt, die eine Gefahr werden konnten, umso weniger Gedanken musste sie sich in Zukunft machen. Es reichte nicht, einfach nur Aldungans Befehle auszuführen. Sie hatte einen eigenen Posten, und Aldungan wollte, dass sie ihm Arbeit abnahm – nicht dass sie mit ihren eigenen Problemen zu ihm kam und Unterstützung forderte.

Jedenfalls wollte sie sich nicht mehr als Werkzeug benutzen lassen. Sie wollte nicht mehr abwarten, bis ein anderer sie lenkte. Sie würde sich selbst bewegen.

Frafa schaute auf das Blatt vor sich, und es fühlte sich gut an, selbst etwas zu tun, sich nicht anzulehnen. Und es *für* sich selbst zu tun.

Das brachte die Erinnerungen an all ihre früheren Fehler zurück. Ihr Blick trübte sich. Sie schob das Blatt fort, ließ sich tief in den Stuhl sinken. Balgir kroch auf ihren Schoß, und sie kraulte ihn.

Sie würde auch in Zukunft Fehler machen, aber zumindest würden es ihre eigenen Fehler sein. Doch das würde die Zeit nicht zurückdrehen, und es würde nicht ungeschehen machen, was schon passiert war, was sie, gedankenlos, schon hatte geschehen lassen.

Nachtalben alterten nicht. Die Zeit bedeutete ihnen etwas anderes als Gnomen und Menschen. Hieß das also, dass auch ein jeder Verlust, ein jeder Schmerz für eine Nachtalbe ewig andauerte?

Aber in einem Jahr hatte sie gelernt, dass sie für ihre Gegenwart und ihre Zukunft selbst entscheiden musste. Sie hatte gelernt, und sie würde weiterlernen – vielleicht irgendwann auch, wie man abschüttelte, was die eigene Vergangenheit einem aufzwingen wollte.

Wie lange mochte es dauern, das zu lernen?

Frafa dachte zurück an das, was Geliuna, die Schwarze Fei, einst zu ihr gesagt hatte: *Es mag dir lang vorkommen. Aber es ist nur Zeit. Sie vergeht von selbst.*

# Epilog

Aldungan blieb allein zurück. Die Geschäfte für heute waren getan, und er musste niemanden mehr empfangen. Das war gut. Er war im Innersten aufgewühlt und durfte es sich doch nicht anmerken lassen. Er brauchte Zeit für sich.

Er suchte Geliunas geheime Kammer auf, wo noch immer das kostbare Kästchen stand. Jetzt war es sein Eigentum, seine Verantwortung – die Lebenskraft der Grauen Lande in Form einer Magie, die er nach Belieben nutzen konnte.

Aldungan stellte sich vor den Tisch und legte die Hände auf die silberne Schatulle. Magie ... hatte er genug.

Frafa hatte ihn gefunden. Doch sie hatte ihn niemals gefragt, was genau er bei Leuchmadans Hort getan hatte. Er hätte diese Frage auch nicht beantwortet. Niemand durfte es wissen. Noch war die Zeit nicht reif dafür, und vielleicht war es besser, wenn er niemals offen verkündete, wer er war. Was er war ...

Er hatte sich bei der Quelle des Blutes nicht nur versteckt. Schon lange hatten seine Forschungen um das Blut der Erde gekreist. Und jetzt hatte er endlich den letzten Schritt gewagt, jetzt hatte er endlich getan, was er all die Jahrhunderte über vorbereitet hatte.

»Leuchmadans Hort«, so nannte man die Gänge unter der Sternenklippe, in denen auch die Quelle des Blutes zu finden war. Ein jeder dachte, dieser Name rühre daher, dass der Ort Leuchmadans geheime Wohnstatt gewesen war, bevor er sich den Finstervölkern offenbart hatte.

Doch Aldungan wusste es besser.

Leuchmadan hatte diesen Ort niemals verlassen! Die geheimen Grotten unter der Sternenklippe waren Leuchmadans Hort, weil Leuchmadan dort wohnte. Weil er dort gewohnt hatte und weil er immer dort wohnen würde. Im Blut der Erde. Weil Leuchmadan in Wahrheit das Blut der Erde war!

Es war noch nicht lange her, da hatte Leuchmadan in Fleisch und Blut hier in der Zitadelle residiert. Und er war vergangen, als Leuchmadans Herz zerstört worden war.

Doch Leib und Herz waren nur die endliche Verkörperung einer unendlichen Macht gewesen, die Leuchmadan war. Und wie es ein Fae dereinst getan hatte, um Leuchmadan zu werden, genau so hatte Aldungan sich in Leuchmadans Hort unter der Sternenklippe mit dem Blut der Erde verbunden. Er hatte Leuchmadan in sich aufgenommen, er war Leuchmadan geworden.

Leuchmadan war kein finsterer Herrscher, es war eine gesichtslose Macht, fremd und unvorstellbar, die unter den Grauen Landen pochte und Leben schenkte. Womöglich hatte diese Macht ein Denken, ein Streben, ein Bewusstsein, doch es war kein Wesen, wie die Welt sich ein lebendes Wesen vorstellte. Leuchmadan war reine Macht.

Und diese Macht ruhte nun in Aldungan.

Aldungan war davon überzeugt gewesen, dass er diese Macht beherrschen konnte. Nein. Womöglich konnte niemand Leuchmadan beherrschen, so wenig wie man einen Berg beherrschen konnte. Ein Berg wuchs oder verwitterte, er bewegte sich und bildete sich neu, und kein Sterblicher hatte Einfluss darauf. Und doch waren die natürlichen Regungen eines Berges so langsam, so ohne fühlbaren Willen, dass ein Sterblicher sehr gut darauf leben konnte. Man konnte Minen in die Flanken eines Berges treiben und ihn ausbeuten, man erduldete die Regungen des Gesteins und blieb dennoch Herr.

Das war es, was Aldungan gedacht hatte, als er sich mit dem Blut der Erde vereinigte. Doch jetzt spürte er Leuchmadan in seinem Inneren und war sich nicht mehr so sicher. War er Aldungan, der sich Leuchmadans Macht zu eigen gemacht hatte? Oder war er Leuchmadan, der Aldungans Persönlichkeit verschlungen hatte und nun glaubte, Aldungan zu sein? Der nur für eine kleine Weile glaubte, Aldungan zu sein, während er tatsächlich immer mehr *nur* Leuchmadan wurde und immer weniger vom ursprünglichen Aldungan an sich hatte?

Das Blut der Erde war Leuchmadan, und es pulsierte jetzt in Aldungans Leib, hatte die schwächliche Lebenskraft des Nachtalbs längst verzehrt, war längst in dessen Formen geflossen, hatte sein Wesen nachgebildet ... und er war Leuchmadan.

Leuchmadan-Aldungan. Oder der Aldungan-Leuchmadan. Sie waren eins. Er war nicht mehr der Aldungan, der er gewesen war, bevor er sein magisches Herz an das Blut des Lebens gebunden hatte, um dann gefahrlos in der Quelle baden und den sterblichen Leib erneuern zu können. Aber er war auch nicht derselbe Leuchmadan wie in seiner letzten Verkörperung. Der Leuchmadan, der von einer Faen-Persönlichkeit geprägt worden war.

Aldungan erinnerte sich an diesen Leuchmadan, an all seine Taten und Gedanken, denn das Blut der Erde vergaß nie. Aber er war anders.

Aufseiten der Feinde hatte er einen würdigen, einen neuen Gegner gefunden. Gulbert, den Vorsitzenden des Freien Rates. Aldungans fliegende Spione berichteten regelmäßig aus den Landen des Lichts. Sie hatten ihm zugetragen, dass Gulbert bereits zurückgekehrt war mit den ersten Boten der Bitaner, die von der Niederlage ihres Heeres kündeten.

Und wie Aldungan von einer Woge des Triumphs auf den Thron getragen wurde, so lenkte Gulbert eine Woge von Furcht und Entsetzen, damit sie alle Dämme fortriss, die zwischen ihm und der Macht standen. Der alte Leuchmadan hatte seine Heere in die Lande seiner Feinde geschickt, wo sie möglichst viele Gegner erschlagen sollten, damit Leuchmadan neues Land und neues Volk gewann. Gulbert hingegen schickte seine Heere in die Länder seiner Feinde und opferte sie dort, damit er mehr Macht und mehr Einfluss in seinen eigenen Ländern errang, mehr Unterstützung, damit er seine inneren Feinde niederwerfen konnte und statt des verlorenen Heeres ein umso mächtigeres bekam.

Der alte Leuchmadan hatte Freund wie Feind in Angst und Schrecken versetzt, bis niemand sich ihm mehr zu widersetzen wagte. Doch Gulbert verbreitete nichts als Freundlichkeit und guten Willen. Er brachte denen, die ihm im Weg standen, den Tod, aber auf eine Weise, dass die Schuld daran seinen Feinden zufiel.

Es war gut, dass es einen neuen Leuchmadan gab. Denn Leuchmadan stand auch einem neuen Feind gegenüber, und er würde von ihm lernen. Der neue Leuchmadan würde nicht mehr mit den groben Methoden kämpfen, die ein Fae ihn vor tausend Jahren gelehrt hatte, mit Magie und Gewalt. Der neue Leuchmadan würde von Gulbert lernen und Magie und Gewalt für Intrige und Politik nutzen.

Aldungan schloss die Hand um das Kästchen aus unzerstörbarem Silber. Es zerknitterte unter seinem Griff wie Pergament. Er presste es zu einer faltigen, glänzenden Kugel zusammen und warf sie achtlos in eine Ecke, jeder Magie entleert. Dann erhob er sich, verließ das geheime Gelass und stieg hinauf in das höchste Turmzimmer, Leuchmadans Sitz ... früher und jetzt.

Als er oben an das Fenster trat, hörte er das Volk auf der Straße. Sie feierten immer noch ihren neuen König. Und ein neuer Klang mischte sich darunter. Die Feinsinnigeren spürten die Woge von Leben, die in das Land zurückgeflutet war. Und die Wachen auf den Mauern konnten es auch sehen. Der Ruf verbreitete sich von den Wällen und Türmen bis in die entlegensten Gassen.

Aldungan-Leuchmadan lächelte. Hier oben waren die Worte nicht zu vernehmen. Aber er wusste, was dort unten vor sich ging. Bei seiner Rückkehr hatte Aldungan Grün gebracht und die verdorrten Pflanzungen belebt. Aber jetzt entspross ein Urwald dort. Pflanzen wucherten zu übernatürlicher Größe. Die Bäume schossen empor, beladen mit Früchten. Die Grauen Lande erblühten als üppiger Garten, fruchtbarer denn je durch die gesammelte Lebenskraft eines Jahrtausends.

Aldungan hatte keine Verwendung für die Macht in dem Kästchen. Sie war am besten angelegt, wenn er den Grauen Landen damit Reichtum und Überfluss gewährte, solange der angesparte Überfluss eben reichte.

Damit würde der neue Herrscher seinem eigenen Volk freundlich erscheinen, als Retter und Erlöser. Dennoch würde die Größe dieser Geste jenen, die sie verstanden, Angst und Ehrfurcht einflößen. Alle Mächtigen würden wissen, mit wem sie es zu tun hatten, ohne dass er sein Geheimnis enthüllen und sich angreifbar machen musste. Ganz wie Gulbert würde er seine Stellung festigen und seine Schätze mehren für den Krieg, der unvermeidlich war.

Licht und Dunkel. Am Ende konnte diese Welt nur einen Herrscher haben. Und Leuchmadan würde auch zu den Völkern des Lichts gehen und sie lehren, dass Leuchmadans Völker nicht auf die Grauen Lande beschränkt waren. Leuchmadans Völker waren all jene, die sich ihm zuwandten. Wer sie auch waren, wo sie auch lebten.

Einst hatten die Finstervölker sich von den Völkern des Lichts bedrängt gefühlt, und sie waren zu Leuchmadan gekommen. Leuchmadan hatte daraus gelernt, dass Bedrängnis zu ihm führte, und darum hatte er die Völker des Lichts bedrängt, um sie zu gewinnen. Doch es gab noch viel zu lernen. So viele Arten der Bedrängnis, so viele neue Arten. Und Leuchmadan lernte sie.

Gulbert schaffte es, aus Sieg und Niederlage gleichermaßen Nutzen zu ziehen. Doch Leuchmadan wusste, dass er selbst in dieser Hinsicht zugleich Schüler und Meister war. Denn was seine Gegner, die freien Völker, die Völker des Lichts, auch an Wegen fanden, um Krieg zu führen, um Völker zu zwingen: Es waren stets und naturgemäß nur Wege, die zu Leuchmadan führten. Leuchmadan musste seine Feinde in diesen Künsten nicht übertreffen. Er musste nur bei ihnen bleiben und sie begleiten, ihnen den Weg weisen, wenn der rechte Zeitpunkt gekommen war. Bis sie der Versuchung erlagen und von selbst zu ihm kamen.

Leuchmadan würde da sein und auf sie warten.

## Dramatis Personae

(Ohne Anspruch auf Vollständigkeit)

Die Grünen Lande (eine Gnomenpartei):

| | |
|---|---|
| Audan | Ein junger Gnom |
| Haro | Ein alter Knochenschnitzer |
| Magati | Eine junge Gnomin |
| Wito | Gründer und Vorsitzender der *Grünen Lande* |

Die Knochenmesser (der militante Arm der Grünen Lande):

| | |
|---|---|
| Batha | Gnomin und Darnamurs Leutnant |
| Darnamur | Führer der *Knochenmesser* und Witos Kriegskamerad |
| Dranjar | Gnom und Darnamurs Leutnant |
| Ganoch | Gnomenhauptmann und Darnamurs rechte Hand |

Die Freunde des Fortschritts (eine Nachtalbenpartei):

| | |
|---|---|
| Bleidan | Der Führer der *Fortschrittsfreunde* |
| Grefan | Nachtalb und späterer Ratsherr |
| Smatra | Kobold. Parteilos. Aber ein wahrer Fortschrittsfreund |

Gesellschaft der Freien Menschen:

| | |
|---|---|
| Tomgar | Mensch und Parteiführer |

Loyalisten
(oder Opportunisten – ein und dasselbe für Alben):

| | |
|---|---|
| Fadin | Nachtalb und Kanzler der Fei |
| Rudrogeit | Ein Vampir und Frafas Halbbruder |
| Salvan | Nachtalb und Hauptmann von Geliunas politischer Polizei |
| Swankar | Nachtalbe und Frafas Mutter |

Militaristen (Goblins):

| | |
|---|---|
| Fitwiz | Ein Hauptmann der Palastgarde |
| Hagaz | Ein Hauptmann der Grenztruppen |
| Mataz | Ein weiterer Hauptmann der Palastgarde |
| Werzaz | Ein unzufriedener Hauptmann der Palastgarde |

Parteilose Akteure

| | |
|---|---|
| Aldungan | Nachtalb und Meistermagier |
| Andinjar | Ein Draudegan und Revolutionär aus alten Zeiten |
| Ankanos | Ein körperloser Zwerg |
| Balgir | Ein Taschentier |
| Frafa | Nachtalbe und Aldungans jüngste Schülerin |
| Geliuna | Die Schwarze Fei. Herrin von Daugazburg. |
| Litiz | Nachtalbe und Gastwirtin |

Hinter der Grenze:

| | |
|---|---|
| Delando von Fertuelas | Ein Fürst von Bitan. |
| Gulbert | Zauberer und Vorsitzender im Rat der Freien |
| Sukan von Opponua | Ein Fürst von Bitan |

*»Peter Hamiltons Fantasie kennt keine Grenzen!«*

SCIENCE FICTION WEEKLY

Peter F. Hamilton
TRÄUMENDE LEERE
Roman
496 Seiten
ISBN 978-3-404-28535-8

Auftakt der neuen COMMONWEALTH-Serie von Peter F. Hamilton!

Im Jahr 3580 lebt die Menschheit in über tausend Sonnensystemen. Eine mächtige Raumflotte beschützt sie vor jeder feindlichen Spezies. Selbst der Tod ist besiegt. Doch im Herzen der Galaxie liegt eine schwarze Welt. Und auf das, was von dort kommt, hat die Menschheit keine Antwort ...

»Hamiltons bislang bester Roman!« *Ken Follett*

Bastei Lübbe Taschenbuch

*Ein riesiger Rubin, eine uralte Prophezeiung und ein Oger, wie er mutiger nicht sein kann ...*

Stephan Russbült
DER RUBIN DER OGER
Roman
480 Seiten
ISBN 978-3-404-28523-5

Tief unter dem Gebirge ihrer Heimat bauen die Oger roten Marmor ab, mit dem sie Handel treiben. Eines Tages finden sie einen gewaltigen Rubin. Der Edelstein weckt nicht nur die Habgier der verbündeten Zwerge, auch ein geheimnisvoller Fremder interessiert sich sehr für ihn. Mit gutem Grund, denn der Stein birgt ein Geheimnis. Ein Geheimnis, das nur der kluge Oger Mogda zu lüften vermag ...

Für alle Fans von DIE GOBLINS, DIE ORKS UND DIE ZWERGE.

Bastei Lübbe Taschenbuch

*Stellen Sie sich vor, die Helden aus dem HERRN DER RINGE wären abgrundtief böse*

Alexander Lohmann
GEFÄHRTEN DES ZWIELICHTS
Roman
480 Seiten
ISBN 978-3-404-28527-3

Gnome, Trolle, Nachtalben, Wardu und Goblins – sie alle gehören zu den Finstervölkern.
Sie sind die Gefährten des Zwielichts – das wahre Böse.
Doch nun will eine Gruppe aus Menschen, Elfen, Zwergen und Wichten das steinerne Herz ihres Herrschers vernichten. Ganz gleich, dass diese Gruppe normalerweise zu den Guten zählt: Nun sind sie die Bösen. Und die Gefährten des Zwielichts müssen sie aufhalten. Um jeden Preis.
DIE GEFÄHRTEN DES ZWIELICHTS ist eine Geschichte, die eines zeigt: Ob gut gleich gut und böse gleich böse ist, hängt allein von der Perspektive ab ...

Bastei Lübbe Taschenbuch

WWW.LESEJURY.DE

# WERDEN SIE LESEJURYMITGLIED!

**Lesen** Sie unter www.lesejury.de die exklusiven Leseproben ausgewählter Taschenbücher

**Bewerten** Sie die Bücher anhand der Leseproben

**Gewinnen** Sie tolle Überraschungen